ein Ullstein Buch

ein Ullstein Buch
Nr. 20197
im Verlag Ullstein GmbH,
Frankfurt/M – Berlin – Wien
Werner Peterich übertrug ins Deutsche:
Sir Edmund Orme; Das Privatleben;
Owen Wingrave; Die Daumenschraube.
Karl Lerbs: Der Altar der Toten.
Helmut M. Braem und Elisabeth Kaiser:
Das wirklich einzig Wahre; Das Tier
im Dschungel; Das glückliche Eck.

Vom selben Autor
in der Reihe der
Ullstein Bücher:

Maisie (20289)
Der Amerikaner (20305)
Erzählungen (20338)
Prinzessin Casamassima (20358)
Bildnis einer Dame (30121)
Die Erbin von Washington Square (30134)

Ungekürzte Ausgabe

Umschlagentwurf:
Hansbernd Lindemann

Taschenbuchausgabe mit Genehmigung des
Verlags Kiepenheuer & Witsch, Köln

Printed in Germany 1983
Druck und Verarbeitung: Mohndruck
Graphische Betriebe GmbH, Gütersloh
ISBN 3 548 20197 0

Juni 1983
11.–15. Tsd.

CIP-Kurztitelaufnahme
der Deutschen Bibliothek

James, Henry:
Gespenstergeschichten / Henry James. Hrsg. von
Werner Peterich. – Ungekürzte Ausg. – Frankfurt/M;
Berlin; Wien: Ullstein, 1982.
(Ein Ullstein-Buch; Nr. 20197)
ISBN 3-548-20197-0
NE: James, Henry: [Sammlung ‹dt.›]; GT

Henry James

Gespenstergeschichten

Herausgegeben von
Werner Peterich

ein Ullstein Buch

Inhaltsverzeichnis

Zur Erinnerung an Helmut M. Braem

Vorwort

Der 1843 in New York geborene und 1916 als britischer Staatsbürger gestorbene Henry James wurzelt in der amerikanischen Neuengland-Tradition genauso wie in der englischen Literatur. Beide Literaturen – die englische wie die amerikanische – bleiben bis weit ins 20. Jahrhundert hinein von einem mächtigen, aus dem 18. Jahrhundert stammenden Sonderzweig gespeist, der sogenannten *gothic novel*, dem Schauerroman à la Walpole *(Das Schloß von Otranto)* und M. G. Lewis *(Der Mönch)*. Der berühmteste Vertreter dieses Genres in Deutschland ist E. T. A. Hoffmann mit seinem Roman *Die Elixire des Teufels*.
Der Ausdruck ›wild-romantisch‹ ist bei uns in den allgemeinen Sprachgebrauch eingegangen und bezeichnet eine ganz bestimmte Stimmungslage, die auch und besonders in Deutschland in Literatur und Kunst bis hin zu Caspar David Friedrich ihren Niederschlag gefunden hat. Ursprünglich eine Reaktion auf die durchsichtige Klarheit des Rationalismus, schwelgten Künstler und Schriftsteller in der Darstellung des Unerklärlichen, Irrationalen und Übersinnlichen und bedienten sich einer Fülle von szenischen und atmosphärischen Mitteln, die mit der Zeit fast zu auswechselbaren Requisiten wurden: Sturmnächte und Friedhöfe, Schloß- und Burgruinen, klagende Käuzchen und Klosterdunkel, geheimnisvolle Mönche und Räuberhauptmänner, Burgverliese und Waldeseinsamkeit. Da flackern die Kerzen in unerklärlichem Luftzug und eilen dunkle Gestalten durch wallenden Nebel, erscheinen zu mitternächtlicher Stunde geheimnisvolle Fremde und fliehen rätselhafte Reiter durchs tückische Moor. Der Geist und das Schloßgespenst haben ihren festen Platz in diesem Katalog. Dem Fernsehzuschauer heute sind diese

Schauder und Spannung erzeugenden Elemente aus den Verfilmungen etwa der Kriminalromane von Edgar Wallace vertraut; sie wurden zeitweilig fast zu etwas wie einem Markenzeichen des englischen Films.
Als Henry James sich einiger dieser Schauerelemente zu bedienen begann, stellte er sie jedoch bald in den Dienst höherer künstlerischer Ziele. War *Sir Edmund Orme* (1891) noch eine reine Gespenstergeschichte, in der das Übersinnliche anscheinend noch um seiner selbst willen dargestellt wird, ist ihm das in *Das Privatleben* (1892) nur mehr gleichsam auslösendes oder augenöffnendes Element, um zum Beispiel einen Politiker und einen Schriftsteller als ›leere Hülsen‹ darzustellen – ein hochaktuelles Thema, das man bei James genausowenig erwartet wie das der – modern ausgedrückt – ›Wehrdienstverweigerung‹ in der dritten der in diesem Band vereinigten Geschichten, *Owen Wingrave* (1892).
Um wesentlich subtilere psychologische und moralische Fragen wie ›Nichtverzeihen-Verzeihen‹ oder ›Verderbtheit-Unschuld‹ geht es in *Der Altar der Toten* (1895) und vor allem in James' unübertroffenem Meisterwerk dieses Genres *Die Daumenschraube* (1898). Die Lektüre dieses Klassikers der Horrorliteratur wird noch Generationen von Lesern die Haare zu Berge stehen lassen und noch Generationen von Kritikern anregen, die Zahl der durchgängig belegbaren Interpretationen zu erhöhen. G. Willen hat in seinem *Casebook on Henry James' ›The Turn of the Screw‹* fünfzehn solcher Interpretationen zusammengestellt, doch liefert die Sekundärliteratur in einzelnen Aufsätzen mit Leichtigkeit drei- bis viermal soviel an Deutungen und Meinungen über diese wohl unergründlichste aller Geistergeschichten der Weltliteratur.
In den vier letzten Stories dieses Bandes dient das übersinnliche Element der Aufhellung äußerst verfeinerter Seelenvorgänge, für die Henry James ja so berühmt ist. In *Das*

wirklich einzig Wahre (1899) wird die Frage nach der Unverletzlichkeit des geistigen Eigentums aufgeworfen; in *Das Tier im Dschungel* (1903) nach dem wahren Leben gefragt, das ohne Leidenschaft und selbstlose Liebe unmöglich scheint. Wer sich in James' Werk ein wenig auskennt, hört hier in abgewandelter Form bereits das erregt-beschwörende ›Lebe! Lebe!‹ aus dem Roman *Die Gesandten* wieder, der im selben Jahr (1903) entstand. Der gefeierte Autor, der sich selbst als distanzierten Beobachter und Chronisten psychischer und gesellschaftlicher Vorgänge begriff, legt ausgerechnet in der Zeit, da er die hinreißendsten Analysen europäisch-amerikanischer Begegnungen schreibt (seine drei großen Spätwerke: *Die Gesandten, Die Flügel der Taube* und *Die Goldene Schale*), im Alter von sechzig Jahren in geradezu tragischem Aufschrei ein betroffen machendes Bekenntnis zu dem ab, dem er für unser Empfinden nur in seinem Werk nachgespürt, das er jedoch nie selbst aktiv gestaltet hat – dem Leben.
Um die Frage nach den verschiedenen Möglichkeiten sich zu entwickeln und zu leben geht es auch in der letzten Geschichte, *Das Glückliche Eck* (1908). Die Geister der Vergangenheit zwingen den Betroffenen zur Stellungnahme und eröffnen die Möglichkeit zur kritischen Betrachtung des eigenen Daseins.
James hat die ganze Fülle der Möglichkeiten durchgespielt: von der reinen ›Gespenstergeschichte‹ über die engagierte Gesellschaftsanalyse und die *tour de force* von etwas, was uns wie der Gipfel des *l'art pour l'art* anmutet, bis zu den feinsinnigen Persönlichkeitsanalysen, in denen sich der Meister des psychologischen Romans selbst übertrifft.
Die Geistergeschichten – auch bei James nur ein Seitenzweig? James hat sich sein Leben lang nicht der Faszination des Übersinnlichen entziehen können. Er hat sie als Schriftsteller benutzt, wo es ihm sinnvoll erschien, und hat damit gespielt, wo es ihm ›nur‹ Spaß machte. Damit ist der Sinn dieses Ban-

des klar ausgesprochen: die Auswahl soll heranführen an das Gesamtwerk eines in Deutschland immer noch als Geheimtip geltenden Autors von Weltrang; die Lektüre selbst aber sollte vor allen Dingen ›Spaß‹ machen.
Einige der in diesem Band gesammelten Erzählungen sind schon in früheren Ausgaben veröffentlicht worden; *Der Altar der Toten* in der Übersetzung von Karl Lerbs erschien 1949 im Verlag Müller & Kiepenheuer; die Erzählungen *Das wirklich einzig Wahre, Das Tier im Dschungel* und *Das Glückliche Eck*, übersetzt von Helmut M. Braem und Elisabeth Kaiser, stammen aus der Anthologie Henry James, *Erzählungen*, Kiepenheuer & Witsch Köln 1958.
Die Übersetzungen aller Erzählungen wurden vorgenommen nach den Texten der New Yorker Gesamtausgabe (1907 bis 1909), bis auf die Erzählung *Das Glückliche Eck*, für die eine frühere Ausgabe herangezogen wurde.

Werner Peterich
Holzen, im Januar 1979

Sir Edmund Orme

Sir Edmund Orme (1891)

Auch wenn die Erklärung undatiert ist, scheint sie lange nach dem Tod seiner Frau geschrieben worden zu sein, von der ich annehme, daß es sich bei ihr um eine der Personen handelt, von denen hier die Rede ist. Gleichwohl enthält die merkwürdige Geschichte nichts, womit sich das beweisen ließe; vielleicht ist das aber auch nicht so wichtig. Als ich seinen Nachlaß übernahm, fand ich diese Blätter in einer verschlossenen Schublade unter Schriftstücken, die mit dem allzu kurzen Erdenleben dieser unglücklichen Dame zu tun hatten (sie starb ein Jahr nach der Hochzeit im Kindbett): Briefe, Notizen, verblichene Photographien, Einladungskarten. Dieser Umstand stellte die einzige Verbindung dar, auf die ich hinweisen kann, und man kann ohne weiteres sagen – und wird das vermutlich auch tun –, die Geschichte sei viel zu überspannt, als daß sie nachweislich auf wirkliche Geschehnisse zurückgeführt werden könnte. Ich kann, wie ich zugebe, nicht bezeugen, daß er ein wirkliches Vorkommnis beschreiben wollte – was ich freilich beschwören kann, ist seine allgemeine Wahrheitsliebe. In jedem Falle hat er die Geschichte für sich aufgezeichnet, und sie war nicht für andere bestimmt. Ich gewähre – was mir durchaus freisteht – anderen gern vollen Einblick, und zwar ausdrücklich deshalb, weil es sich um ein so einzigartiges Dokument handelt. Mögen diese anderen aus Achtung vor der Form des Ganzen stets bedenken, daß sie wirklich nur für ihn selbst aufgeschrieben wurde. Ich habe nichts daran geändert außer den Namen.

Sofern die ganze Angelegenheit eine Geschichte genannt werden kann, so erkenne ich den genauen Augenblick, da sie anfing. Sie begann an einem milden, ruhigen Sonntagnachmittag im November um die Mittagsstunde, kurz nach der Kirche auf der sonnenbeschienenen *Parade Marine* von Brighton. Das Seebad war voll von Menschen; es war der Höhepunkt der Saison, und es war nicht nur ein wunderschöner Tag, sondern auch noch ein Feiertag – was die vielen Spaziergänger erklärt. Die blaue See selbst verhielt sich gesittet; sie schien sanft schnarchend zu dösen (wenn man *das* gesittet nennen will), als ob die Natur eine Predigt hielte. Nachdem ich den ganzen Vormittag über Briefe geschrieben hatte, war ich hinausgegangen, um vorm Mittagessen noch einen Blick aufs Meer zu werfen. Ich hatte mich über das Geländer gelehnt, welches die King's Road vom Strand trennt, und rauchte, glaube ich, gerade eine Zigarette, da wurde ich durch etwas aus meinen Gedanken gerissen, was lustig gemeint war – jemand legte mir einen leichten Spazierstock auf die Schulter. Es war, wie ich feststellte, eine Augenblickseingebung von Teddy Bostwick von den *Rifles*, der auf diese Weise ein Gespräch anknüpfen wollte. Dieses Gespräch entspann sich, als wir gemeinsam dahinschlenderten – er hakte einen stets unter, um einem zu zeigen, daß er einem verzieh, wenn man seine launigen Einfälle nicht zu schätzen wußte –, die Leute betrachteten, vor einigen von ihnen den Hut lüpften, überlegten, wer andere sein mochten, und unterschiedlicher Meinung waren, was die Schönheit der Mädchen betraf. In Hinblick auf Charlotte Marden, die wir mit ihrer Mutter auf uns zukommen sahen, stimmten wir freilich überein; und zweifellos hätte es niemand gegeben, der anderer Meinung gewesen wäre als wir. Die Luft in Brighton war von jeher dazu angetan, unscheinbare Mädchen hübsch und hübsche noch hübscher zu machen – ob dieser Zauber auch heute noch wirkt, weiß ich nicht. Auf jeden Fall war das Seebad ganz besonders gut für den Teint, und der von Miss Marden veranlaßte die Leute geradezu, sich nach ihr umzudrehen. *Wir* jedenfalls blieben weiß Gott stehen – zumindest war dieser Teint eines der Dinge, die uns dazu bewegten, denn wir kannten die Damen bereits. Wir machten mit ihnen kehrt, schlossen uns ihnen an und gingen da hin, wohin auch sie gingen. Sie spazierten nur von einem Ende der Promenade zum anderen – sie kamen gerade aus der Kirche. Und abermals äußerte sich Teddys Laune darin, daß er sich augenblicklich Charlottens bemächtigte und es mir überließ, an der Seite der Mutter weiterzugehen. Darüber war ich jedoch nicht unglücklich; jetzt hatte ich das Mädchen vor mir, und außerdem konnte ich mich über sie unterhalten. Wir dehnten unseren Spaziergang aus, Mrs. Marden hielt mich fest, um schließlich zu sagen, sie sei müde und müsse sich setzen. Wir fanden Platz auf einer windgeschützten Bank – und plauderten über die Vorübergehenden. Mir war bei den Mardens bereits aufgefallen, daß die Ähnlichkeit zwischen Mutter und Tochter selbst für Ähnlichkeiten dieser Art erstaunlich war – und zwar um so mehr, als diese die Verschiedenheit im Wesen eigentlich unberücksichtigt ließ. Auf reife Mütter wird häufig warnend hingewiesen – sie seien sichtbare, mehr oder weniger entmutigende Zeichen dafür, was einmal aus den Töchtern werden könne. In diesem Falle war jedoch nichts Abschreckendes in der Vorstellung, daß Charlotte mit fünfundfünfzig genauso schön sein würde wie ihre Mutter – selbst dann nicht, wenn man davon ausging, daß sie einmal genauso blaß und besorgt aussehen sollte wie Mrs. Marden. Jedenfalls hatte sie mit zweiundzwanzig etwas rosig Reines und war bewundernswert hübsch. Ihr Kopf hatte die bezaubernde Form des mütterlichen Hauptes geerbt, und ihre Züge wiesen das gleiche Ebenmaß auf. Außerdem waren da noch Blicke, Bewegungen und Tonfall (in manchen Augenblicken vermochte man kaum zu sagen, wen von den beiden man vor sich hatte), die bei den beiden Damen gleichsam jeweils wie ein Widerhall waren, eine Erinnerung.

Die Damen besaßen ein wenig Vermögen und ein lustiges kleines Haus in Brighton, das angefüllt war mit Porträts,

Andenken und Trophäen (ausgestopfte Tiere oben auf Bücherschränken und verblaßte, lacküberzogene Fische unter Glasstürzen), an denen Mrs. Marden ihrem eigenen Eingeständnis nach mit frommen Erinnerungen hing. Ihr Gatte war krankheitshalber nach Brighton ›beordert‹ worden, um die letzten Jahre seines Lebens dort zu verbringen, und sie hatte mir gegenüber bereits erwähnt, daß sie in diesem Haus immer noch das Gefühl hatte, von seiner Güte behütet und beschützt zu werden. Seine Güte schien groß gewesen zu sein, und bisweilen hatte man bei ihr das Gefühl, als müsse Mrs. Marden sie gegen geheimnisvolle Anwürfe verteidigen. Offenbar brauchte sie irgendein Gefühl des Beschütztwerdens, eines Einflusses, der beschworen werden konnte und an dem man innig hin; sie schien von einer unbestimmten Wehmut, einer gewissen Sehnsucht nach Sicherheit erfüllt. Sie brauchte Freunde und hatte deren eine ganze Menge. Gleich beim erstenmal war sie sehr freundlich zu mir, und ich habe sie nie im Verdacht gehabt, die übliche Absicht damit zu verfolgen, mich ›einzuwickeln‹ – ein Verdacht selbstverständlich, wie er nur allzuoft in eingebildeten jungen Männern aufkommt. Es kam mir nie in den Sinn, daß sie mich für ihre Tochter oder, wie einige unnatürliche Mütter, gar für sich selbst haben wollte. Es war, als ob sie beide gemeinsam ein tiefes, schüchternes Bedürfnis nach Freundschaft gehabt hätten und bereit gewesen wären zu sagen: ›Ach, sei doch freundlich zu uns und vertraue uns! Keine Angst, wir erwarten nicht, daß du uns heiratest.‹ – ›Selbstverständlich hat Mama ein gewisses Etwas; das ist es ja gerade, was sie besonders liebenswert macht!‹ erklärte Charlotte mir einmal vertraulich in einem frühen Stadium unserer Bekanntschaft. Sie vergötterte das Aussehen ihrer Mutter. Das war das einzige, worin sie eitel war; die hochgezogenen Augenbrauen nahm sie als bezaubernd unumstößliche Tatsache hin. ›Sie sieht aus, als wartete sie auf den Arzt, die liebe Mama‹, sagte sie bei anderer Gelegenheit. ›Vielleicht sind *Sie* der Arzt; glauben Sie, Sie sind es?‹ Wie sich herausstellte, besaß ich in der Tat einige Heilkraft. Aber wie dem auch sei: als ich erfuhr – sie ließ einmal eine diesbezügliche Bemerkung fallen –, daß Mrs. Marden ihrerseits glaubte, Charlotte habe etwas ›furchtbar Merkwürdiges‹ an sich, wurde die Beziehung zwischen den beiden Damen für mich immer interessanter.

Im Grunde war es eine durchaus glückliche Beziehung; jede dachte immer so sehr an die andere.

Der Strom der Spaziergänger auf der *Parade* wich nicht von seiner Richtung ab, so daß Charlotte schließlich mit Teddy Bostwick an uns vorüberging. Sie lächelte, nickte und ging weiter, doch als sie sich uns zum zweiten Mal näherte, blieb sie stehen und sprach uns an. Captain Bostwick wollte durchaus noch nicht heimgehen; er sagte, die Gelegenheit sei zu günstig: ob sie nicht noch eine Runde drehen könnten? Die Mutter ließ ein ›Tun Sie, wie es Ihnen beliebt‹ fallen, und das Mädchen schenkte mir, als sie uns verließen, über die Schulter hinweg einen kecken Blick. Teddy sah mich durch sein Monokel hindurch an; doch das störte mich nicht; ich dachte ausschließlich an Miss Marden, als ich meiner Begleiterin gegenüber bemerkte: »Sie ist ja sehr kokett, wissen Sie.«

»Sagen Sie das nicht – sagen Sie das nicht!« murmelte Mrs. Marden.

»Das sind gerade die nettesten Mädchen – ein ganz kleines bißchen«, führte ich großmütig für sie ins Feld.

»Aber warum werden sie dann immer bestraft?«

Die Heftigkeit, mit der sie diese Frage stellte, erschreckte mich – sie war ihr mit solchem Ungestüm entfahren. Deshalb mußte ich einen Moment überlegen, ehe ich nachfragte: »Was wissen Sie denn darüber?«

»Ich war selbst ein schlechtes Mädchen.«

»Und sind Sie bestraft worden?«

»Die Strafe trage ich mit mir durchs Leben«, sagte Mrs. Marden und wandte den Blick ab. »Ah!« kam es plötzlich von ihren Lippen, sie atmete vernehmlich, fuhr von der Bank hoch und starrte ihre Tochter an, die zusammen mit Captain Bostwick wieder erschienen war. Mit dem eigentümlichsten Ausdruck im Gesicht stand sie ein paar Sekunden da; dann ließ sie sich wieder sinken, und ich bemerkte, daß sie puterrot geworden war. Charlotte, der ihre Bewegung nicht entgangen war, kam direkt auf sie zu, ergriff mit rascher Zärtlichkeit ihre Hand und setzte sich neben sie.

Das Mädchen war blaß geworden – und starrte die Mutter unbewegt und angstvoll an. Mrs. Marden, die unter einem Schock stand, dessen Ursache wir nicht kannten, erholte sich wieder; das heißt, sie saß schweigend und ausdruckslos da und schaute auf die gleichgültige Menge, in die sonnige Luft und auf die träge dösende See. Zufällig fiel jedoch mein Blick auf die Hände der beiden Damen, die einander festhielten, und mir fiel sogleich auf, daß die ältere die Hände der jüngeren mit großer Heftigkeit gepackt hielt. Bostwick, der nicht wußte, was er von alledem halten sollte, stand vor ihnen und fragte mich aus seinem kleinen leeren Einglas heraus, ob *ich* es wisse; was Charlotte wiederum dazu brachte, nach einer Weile mit einer gewissen Gereiztheit zu sagen: »Stehen Sie nicht so herum, Captain Bostwick; gehen Sie – *bitte,* gehen Sie!«

Woraufhin ich mich erhob – und hoffte, daß Mrs. Marden nicht krank sei; sie jedoch flehte mich augenblicklich an, *nicht* fortzugehen; wir sollten vielmehr bleiben und anschließend zum Mittagessen zu ihr gehen. Sie zog mich neben sich nieder, und einen Augenblick spürte ich, wie ihre Hand meinen Arm drückte, und zwar auf eine Weise, die ebensogut unwillkürlich ihre Verzweiflung verraten als auch ein heimliches Signal sein konnte. Was sie mir jedoch möglicherweise hätte sagen wollen, erriet ich nicht; vielleicht hatte sie jemand oder etwas Ungewöhnliches in der Menge gesehen. Nach ein paar Minuten erklärte sie uns, alles sei in Ordnung mit ihr; sie leide nur unter Herzklopfen, doch das vergehe, wie es komme. Es war Zeit zu gehen, und wir gingen. Der Zwischenfall, so schien es, war abgeschlossen. Bostwick und ich aßen bei unseren geselligen Freunden zu Mittag, und als ich mit ihm fortging, erklärte er, er habe nie so liebe und herzensgute Menschen erlebt.

Mrs. Marden hatte uns das Versprechen abgenommen, am nächsten Tag zum Tee wiederzukommen, und uns ganz allgemein nahegelegt, so oft zu kommen, wie wir könnten. Dennoch sollte ich am nächsten Tag, als ich um fünf Uhr an die Tür des hübschen Hauses klopfte, erfahren, daß die Damen nach London gefahren waren. Sie hatten beim Butler eine Nachricht für uns hinterlassen; er sollte uns sagen, sie hätten überraschend fortgemußt, und es tue ihnen leid. Sie würden für ein paar Tage fortbleiben. Mehr konnte ich aus dem begriffsstutzigen Bediensteten nicht herausholen. Drei Tage später ging ich wieder hin, doch sie waren immer noch fort; erst nach Ablauf einer Woche erhielt ich ein Billett von Mrs. Marden, in dem es hieß: ›Wir sind wieder da; kommen Sie und verzeihen Sie uns.‹ Bei dieser Gelegenheit, so erinnere ich mich (also als ich hineilte, gleich, nachdem ich das Billett bekommen hatte), erzählte sie mir, sie habe plötzliche Gesichte. Ich habe keine Ahnung, wie viele Menschen zu diesem Zeitpunkt in England unter dieser unangenehmen Gabe litten, doch wären es wohl nur sehr wenige gewesen, die das auch erwähnt hätten; deshalb erschien diese Eröffnung höchst ungewöhnlich, zumal Mrs. Marden nicht verhehlte, daß einige von diesen unheimlichen Erfahrungen mit mir zusammenhingen. Es waren noch andere Leute anwesend – Brightoner Müßiggänger, alte Frauen mit angstvollen Augen, die bedeutungslose Bemerkungen machten –, und ich konnte mich nur wenige Minuten mit Charlotte unterhalten; doch danach traf ich beide Damen beim Dinner und hatte die Genugtuung, neben Miss Marden zu sitzen. Diese Stunde, so erinnere ich mich, war der Zeitpunkt, an dem mir zum erstenmal ganz aufging, ein wie wunderschönes, von der Natur freizügig bedachtes Geschöpf sie war. Bisher hatte ich ihre Person gleichsam nur in Bruchstücken und vorüberhuschenden Bildern wahrgenommen, wie ein ausschnittsweise geträllertes Lied, doch jetzt stand sie in eindrucksvoller, rosiger Glut vor mir, als wenn der ganze Stimmumfang zum Tragen gekommen wäre – nun hörte ich die ganze Arie. Es war eine süße, frische Melodie – ich sollte sie immer wieder vor mich hinsummen.

Nach dem Essen wechselte ich ein paar Worte mit Mrs. Marden; und zwar in dem Augenblick, da – spät abends – noch einmal Tee gereicht wurde. Ein Diener ging mit einem Tablett an uns vorüber, ich fragte sie, ob sie eine Tasse haben wolle, und als sie zustimmte, nahm ich eine und reichte sie ihr. Sie streckte die Hand danach aus, und ich gab sie ihr, heil, wie ich hoffte; doch im Augenblick des Entgegennehmens schrak sie unversehens zusammen und wich ein wenig zurück, so daß Tasse und Untertasse laut zersplitterten, freilich ohne die übliche weibliche Bewegung des Rockschürzens von seiten meiner Gesprächspartnerin. Ich bückte mich, um die Scherben aufzuheben, und als ich mich wieder aufrichtete, schaute Mrs. Marden durch den ganzen Raum zu ihrer Tochter hinüber, die ihrerseits lächelnd, doch gleichwohl mit einem angstvollen Aufleuchten in den Augen zu ihr herüberblickte. ›Liebste Mama, was um alles in der Welt *hast* du nur?‹, so schien die unausgesprochene Frage darin zu lauten. Mrs. Marden errötete, genauso, wie sie es neulich nach ihrer merkwürdigen Regung auf der *Parade* getan hatte, so daß es mich überraschte, als sie mit unerwartetem Nachdruck zu mir sagte: »Sie sollten wirklich vorsichtiger sein!« Ich hatte stotternd zu einer Entschuldigung angesetzt, als ich plötzlich merkte, daß sie die Augen geradezu flehentlich auf mich gerichtet hatte. Das war zuerst mißverständlich und vergrößerte meine Verwirrung nur noch; dann begriff ich plötzlich genauso unmißverständlich, als ob sie mir zugeflüstert hätte: ›Tun Sie so, als ob *Sie* es gewesen wären – tun Sie so, als ob *Sie* es gewesen wären.‹ Der Diener kam zurück, um die Scherben aufzukehren und den verschütteten Tee aufzuwischen, und während ich noch dabei war, so zu tun, als ob das Ganze wirklich meine Schuld gewesen wäre, machte Mrs. Marden plötzlich, daß sie davonkam, und begab sich in ein anderes Zimmer. Mir fiel auf, daß sie dem Zustand ihres Kleides dabei keinerlei Aufmerksamkeit schenkte.

An diesem Abend sah ich von keiner der beiden mehr etwas, doch am nächsten Morgen traf ich auf der King's Road Miss Marden mit einem zusammengerollten Notenblatt in ihrem Muff. Sie sagte, sie sei allein fortgegangen, um Duette mit einer Freundin zu üben, und ich fragte sie, ob wir nicht gemeinsam noch ein wenig weitergehen könnten. Sie gestattete mir, sie bis zur Haustür zu bringen, und als wir davorstanden, fragte ich, ob ich nicht mit hineinkommen dürfe. »Nein, heute nicht – das möchte ich nicht«, sagte sie aufrichtig, doch ohne verletzend zu sein; ihre Worte jedoch veranlaßten mich, einen gedankenvollen und bestürzten Blick zu einem der Fenster des Hauses hinaufzuwerfen. Und der Blick fiel auf das weiße Gesicht von Mrs. Marden, die vom Salon her zu uns herübersah. Sie stand lange genug da, um mich erkennen zu lassen, daß *sie* es war und kein Gespenst, wie ich einen Moment dachte; dann verschwand sie, ohne daß ihre Tochter sie bemerkt hätte. Die Tochter hatte auf dem Herweg kein Wort von ihrer Mutter gesagt. Da man mir gesagt hatte, daß ich heute nicht erwünscht sei, ließ ich die beiden Damen eine Weile allein, wonach Umstände eintraten, welche uns noch länger getrennt hielten. Ich fuhr schließlich nach London, und während ich dort war, erhielt ich eine dringliche Einladung, umgehend nach Tranton zu kommen, einem hübschen alten Anwesen in Sussex, das einem Ehepaar gehörte, dessen Bekanntschaft ich kurz zuvor gemacht hatte.

So fuhr ich also von London aus nach Tranton und fand bei meiner Ankunft die Mardens mitsamt einem Dutzend anderer Leute als Gäste im Hause vor. Das erste, was Mrs. Marden zu mir sagte, war: »Können Sie mir verzeihen?«, und als ich nachfragte, was ich ihr denn verzeihen solle, entgegnete sie: »Daß ich Sie mit meinem Tee bekleckert habe.« Ich hielt ihr entgegen, dieses Mißgeschick sei doch nicht mir, sondern vielmehr ihr widerfahren, woraufhin sie sagte: »Auf jeden Fall war es sehr ungehörig von mir; aber eines Tages, denke ich, werden Sie verstehen, und dann werden Sie auch nachsichtig mit mir sein.« Am ersten Tag in Tranton ließ sie noch zwei oder drei andere Andeutungen fallen (es waren nicht die ersten, die sie machte), die auf eine geheimnisvolle Initiation hinzielten, welche mir bevorstand; daraufhin fing ich, wie es so schön heißt, an, sie damit aufzuziehen und zu sagen, ich wünschte, die ganze Angelegenheit wäre weniger geheimnisumwittert, und ich würde sie lieber auf der Stelle über mich ergehen lassen. Sie antwortete, wenn sie käme, würde ich sie hinnehmen müssen – es werde mir gar nichts anderes übrigbleiben. Daß es überhaupt dazu kommen werde, daran hege sie insgeheim nicht den geringsten Zweifel, ja, sie sei von einem tiefen Vorgefühl in dieser Hinsicht erfüllt, was im übrigen der einzige Grund sei, warum sie die ganze Angelegenheit überhaupt erwähne. Ob ich mich nicht erinnerte, daß sie gesagt habe, sie habe Gesichte? Vom ersten Augenblick, da sie mich gesehen habe, sei ihr klar gewesen, daß es Dinge gäbe, die ich erfahren würde, ob ich wolle oder nicht. Bis dahin bleibe nichts anderes übrig als abzuwarten, einen kühlen Kopf zu bewahren und nichts zu überstürzen. Ganz besonders sei ihr daran gelegen, nicht noch nervöser zu werden, als sie es ohnehin schon wäre. Vor allem aber solle ich nicht nervös werden – man gewöhne sich an alles. Ich erklärte, auch wenn ich mir keinen Vers darauf machen könne, wovon sie rede, hätte ich entsetzliche Angst; da ich keinerlei Anhaltspunkt hätte, würden auch der Phantasie keine Grenzen gesetzt, und ich könne mir alles mögliche ausmalen. Daß ich übertrieb, geschah mit Absicht; denn wenn Mrs. Marden auch alles mit einem Schleier der Geheimnisse umgab, ich kann eigentlich nicht sagen, daß sie mich erschreckte. Ich konnte mir nicht vorstellen, worauf sie hinauswollte; eher war doch meine Neugier geweckt, als daß ich vor Angst geschlottert hätte. Zwar hätte ich mir sagen können, daß bei ihr im Oberstübchen nicht mehr alles stimme, doch dieser Gedanke kam mir nie. Sie kam mir vielmehr hoffnungslos normal vor.

Es waren noch andere Mädchen im Haus, doch Charlotte Marden war die bezauberndste von allen; dieser Ansicht waren offensichtlich durch die Bank alle, daß es sogar auf die Treibjagd störend wirkte. Es gab zwei oder drei Männer – zu denen auch ich gehörte –, die ihre Gesellschaft jener der Treiber vorzogen. Kurzum, sie galt als eine Art von höherem und erlesenerem Sport, dem man sich widmete. Sie war freundlich zu allen von uns – sie brachte uns dazu, noch spät nach draußen oder früh nach drinnen zu gehen. Ich weiß nicht, ob sie flirtete, doch etliche andere Mitglieder der Gesellschaft glaubten, *sie* täten es. Wahrhaftig, was ihn selbst betraf, Teddy Bostwick, der von Brighton herübergekommen war, war sich dessen zweifellos sicher.

Der dritte Tag, den ich in Tranton weilte, war ein Sonntag, und man machte einen sehr hübschen Spaziergang zum vormittäglichen Gottesdienst. Es war grau und windstill, und das Gebimmel der kleinen alten Kirche, die heimelig auf dem

Grunde eines der sanften Täler von Sussex stand, klang nahe und vertraut. Wir bildeten eine auseinandergezogene Prozession in der milden, feuchten Luft (welche einem wie immer in dieser Jahreszeit das Gefühl gab, daß, wenn die Bäume erstmal ihr ganzes Laub abgeworfen hätten, mehr davon dasein würde – ein weiterer Himmel), und es gelang mir, zusammen mit Miss Marden ein gutes Stück hinter den anderen zurückzubleiben. Ich weiß noch, daß ich, während wir zusammen über das Gras dahingingen, stark versucht war, etwas außerordentlich Persönliches zu sagen, etwas Dringliches und Wichtiges – wichtig für *mich*, nämlich, daß sie mir noch nie so schön erschienen oder daß dieser Augenblick der schönste in meinem ganzen Leben sei. Doch wer hätte in der Jugend noch nicht erlebt, daß einem diese Worte schwer auf der Zunge lagen, ehe sie dann endlich ausgesprochen wurden; überdies hatte ich das Gefühl, daß nicht ich sie gut genug kannte (was mir nichts weiter ausmachte), sondern vielmehr, daß sie *mich* nicht gut genug kannte. In der Kirche mit den alten Grabsteinen und Messingschildern war die für die Gutsherrschaft reservierte Bank bereits besetzt. Ein paar von uns saßen verstreut auf den anderen Bänken, und ich fand einen Platz für Miss Marden sowie einen für mich neben ihr, der ein wenig von ihrer Mutter und der Mehrzahl unserer Freunde entfernt war. Es saßen noch zwei oder drei redliche Bauern auf der Bank, die noch weiter zusammenrückten, um uns Platz zu machen, und ich setzte mich zuerst, um meine Gefährtin nicht in unmittelbare Berührung mit unseren Nachbarn kommen zu lassen. Nachdem sie sich gesetzt hatte, war immer noch Platz da, der frei blieb, bis der Gottesdienst halb vorüber war.

Das jedenfalls war der Augenblick, da ich mir bewußt wurde, daß noch jemand eingetreten und an dieser Stelle Platz genommen hatte. Als ich seiner ansichtig wurde, war er augenscheinlich bereits ein paar Minuten dort gewesen, denn er hatte Platz genommen und starrte, den Hut neben sich und die Hände auf dem Knauf seines Stocks übereinandergelegt, geradeaus auf den Altar. Es handelte sich um einen bleichen, ganz in Schwarz gekleideten jungen Mann, der den Eindruck eines gebildeten Herrn machte. Ich erschrak ein wenig, als ich seiner gewahr wurde, denn Miss Marden hatte mich nicht auf sein Eintreten aufmerksam gemacht, indem sie etwa ein wenig weitergerückt wäre, um ihm Platz zu machen. Da ich bemerkte, daß er kein Gebetbuch bei sich hatte, streckte ich nach einer Weile den Arm vor meiner Nachbarin aus, um meines vor ihn auf die Ablage des Kirchengestühls zu legen; all das hatte durchaus mit der Aussicht darauf zu tun, daß, da ich nun keines mehr hatte, Miss Marden mir die andere Hälfte *ihres*, in graues Wildleder gebundenen Bandes zu halten geben würde. Dieser Vorwand sollte indes zunichte werden, da der Neueingetretene – dem ich sein Hinzukommen deshalb verzieh – sich in dem Augenblick, da ich ihm das Buch anbot, erhob und, ohne mir zu danken, lautlos und so diskret aus der (nicht mit einer Seitentür verschlossenen) Bank hinaustrat, daß er keinerlei Aufmerksamkeit erregte und den Mittelgang der Kirche hinunterging. Ein paar wenige Minuten hatten ihm für seine Andacht genügt. Sein Benehmen war eigentlich ungehörig, sein vorzeitiger Aufbruch womöglich noch mehr als sein Zuspätkommen; dennoch verhielt er sich so leise, daß es nicht belästigend für uns war, und als ich den Kopf wandte, um hinter ihm herzusehen, bemerkte ich, daß offenbar niemand durch sein Hinausgehen gestört wurde. Mir fiel nur auf, daß all dies Mrs. Marden so berührt hatte, daß sie sich unwillkürlich für einen Augenblick von ihrem Platz erhob. Sie starrte ihn, als er vorüberging, an, doch er war so rasch wieder verschwunden, daß sie sich sogleich wieder hinsetzte, freilich nicht, ohne daß unsere Blicke sich quer über die ganze Länge der Kirche getroffen hätten. Fünf Minuten später fragte ich Miss

Marden leise, ob sie mir wohl mein Gebetbuch wiedergeben würde – ich hatte abgewartet, ob sie das nicht spontan von sich aus tun würde. Sie reichte mir diese Anleitung zur Andacht, war jedoch offensichtlich weit davon entfernt gewesen, sich diese Mühe zu machen, denn während sie es mir herüberreichte, fragte sie: »Warum um alles auf der Welt haben Sie es denn dahingelegt?« Ich stand schon im Begriff, es ihr zu sagen, da ließ sie sich auf die Knie nieder, und ich schwieg. Ich hatte nur sagen wollen: »Mir schien das ein Gebot der Höflichkeit.«

Nach dem Segen, als wir unsere Plätze verließen, war ich abermals leicht verwundert, als ich bemerkte, daß Mrs. Marden, statt mit ihren Freunden hinauszugehen, den Mittelgang heraufkam, um sich uns anzuschließen, weil sie ihrer Tochter offenbar etwas zu sagen hatte. Das tat sie zwar auch, aber ich merkte sogleich, daß das nur ein Vorwand war – daß es ihr im Grunde genommen um mich ging. Sie nötigte Charlotte voranzugehen und flüsterte mir plötzlich zu: »Haben Sie ihn gesehen?«

»Den Herrn, der hier Platz genommen hat? Wie hätte ich ihn nicht sehen sollen?«

»Psst!« machte sie mit dem Ausdruck äußerster Erregung. »*Kein Wort* zu ihr – sagen Sie es ihr nicht!« Damit hakte sie sich bei mir unter, um mich in ihrer Nähe, ja, um mich, wie es schien, von ihrer Tochter fernzuhalten. Diese Vorsichtsmaßnahme war unnötig, denn Teddy Bostwick hatte sich bereits Miss Mardens bemächtigt, und als sie vor mir aus der Kirche hinaustraten, sah ich, wie einer der anderen jungen Herren auf der anderen Seite neben ihr Tritt faßte. Offenbar war man der Meinung, daß ich ihre Gesellschaft genug genossen hätte. Kaum, daß wir im Freien waren, zog Mrs. Marden ihre Hand wieder zurück, freilich nicht, ohne mir verstehen gegeben zu haben, daß sie der Stütze wirklich bedurft hatte.

»Sprechen Sie mit niemand darüber – sagen Sie es keinem Menschen!« fuhr sie fort.

»Ich verstehe nicht. Ihnen *was* nicht sagen?«

»Wieso – daß Sie ihn gesehen haben.«

»Aber sie haben ihn doch bestimmt selbst gesehen.«

»Keiner von ihnen hat das getan, kein einziger.« Sie sprach mit so leidenschaftlicher Entschiedenheit, daß ich sie anblickte – sie starrte gerade vor sich hin. Freilich spürte sie die Aufforderung in meinem Blick und verweilte noch auf der Schwelle des alten braunen Holzportals der Kirche, während die anderen schon ziemlich weit vorausgegangen waren, und sagte, indem sie mich auf ganz ungewöhnliche Art dabei anblickte: »Sie sind der einzige Mensch – der einzige Mensch auf der ganzen Welt.«

»Bis auf *Sie,* meine Teuerste!«

»Ach, ich – selbstverständlich. Aber das ist ja gerade mein Fluch!« Womit sie sich eilends von mir entfernte, um sich dem Hauptteil der Gesellschaft anzuschließen. Ich hielt mich auf dem Heimweg eher am Rande, hatte ich doch genug, worüber ich nachsinnen konnte. Wen hatte ich gesehen, und warum war die Erscheinung – die wieder höchst deutlich vor meinem geistigen Auge stand – für die anderen unsichtbar gewesen? Sofern Mrs. Marden darin eine Ausnahme bildete, warum war diese Erscheinung für sie ein Fluch? Und warum war es mir beschieden, ein so fragwürdiges Vorrecht mit ihr zu teilen? Diese Fragen, denen ich stumm in meiner Brust nachhing, waren zweifellos dafür verantwortlich, daß ich das ganze Mittagessen hindurch Schweigen bewahrte. Hinterher trat ich hinaus auf die alte Terrasse, um eine Zigarette zu rauchen, doch war ich kaum ein paarmal auf und ab gegangen, da gewahrte ich Mrs. Mardens schön modelliertes Antlitz am Fenster eines der Zimmer, die auf die unregelmäßig gearbeiteten Steinplatten hinausgingen. Dieser Anblick erinnerte mich an ihr ähnlich flüchtiges Erscheinen am Fenster

in Brighton – an jenem Tag, da ich Charlotte getroffen und sie nach Hause begleitet hatte. Diesmal verschwand meine rätselhafte Freundin nicht; sie pochte vielmehr an die Scheibe und gab mir zu verstehen, ich möchte hineinkommen. Sie befand sich in einem sonderbaren kleinen Gemach, einem der vielen Gesellschaftsräume, aus denen das Erdgeschoß von Tranton bestand; man nannte es das Indien-Zimmer, und es hatte eine an den Fernen Osten erinnernde Einrichtung – Sitzbänke aus Bambus, Faltschirme mit Lackschnitzereien, Laternen mit langen Fransen daran und merkwürdige Göttergestalten in Vitrinen, Gegenstände, die nicht dazu angetan waren, die Geselligkeit zu fördern. Der Raum wurde wenig benutzt, und als ich zu ihr stieß, hatten wir ihn ganz für uns allein. Kaum war ich eingetreten, sagte sie zu mir: »Bitte, sagen Sie mir – lieben Sie meine Tochter?«
Ich zögerte einen Augenblick. »Ehe ich Ihnen darauf antworte – würden Sie bitte so freundlich sein, mir zu sagen, wieso Sie auf diesen Gedanken kommen? Ich bin der Meinung, daß ich nicht unziemlich zudringlich gewesen wäre.«
Mrs. Marden, die mir mit ihren schönen angstvollen Augen widersprach, gab mir keine befriedigende Antwort auf meine Frage, sondern fuhr nur mit sichtlicher Mühe fort: »Haben Sie ihr auf dem Weg zur Kirche nichts gesagt?«
»Wie kommen Sie darauf, daß ich etwas gesagt haben könnte?«
»Die Tatsache, daß Sie ihn gesehen haben.«
»Wen gesehen habe, meine liebe Mrs. Marden?«
»Ach, Sie wissen schon«, entgegnete sie ernst, ja, fast sogar ein wenig vorwurfsvoll, als ob ich versuchte, sie zu demütigen, indem ich sie zwang, das Unsagbare in Worte zu fassen.
»Meinen Sie den Herrn, der Anlaß zu Ihrem sonderbaren Betragen in der Kirche war – derjenige, der sich auf unsere Bank gesetzt hat?«

»Sie *haben* ihn gesehen, Sie *haben* ihn gesehen!« Mrs. Marden rang mit einer merkwürdigen Mischung aus Bestürzung und Erleichterung nach Atem.

»Selbstverständlich habe ich ihn gesehen; genauso wie Sie!«

»Ich habe nicht ganz begriffen. Hatten Sie das Gefühl, es sei unausweichlich?«

Wieder stand ich vor einem Rätsel. »Unausweichlich?«

»Daß Sie ihn sehen *mußten*?«

»Gewiß. Ich bin doch nicht blind.«

»Sie hätten es sein können; alle anderen waren es.« Ich tappte herrlich im dunkeln und gestand das auch unumwunden meiner Gesprächspartnerin ein; doch wurde die Sache für mich auch nicht durchschaubarer dadurch, daß sie schließlich ausrief: »Ich wußte, daß Sie es sein würden, genau von dem Augenblick an, da Sie sie wirklich lieben würden! Ich wußte, daß das die Probe sein würde – was sage ich? –, der *Beweis*!«

»Ist denn mit diesem erhabenen Zustand eine so merkwürdige Verwirrung verbunden?« fragte ich lächelnd.

»Das merken Sie doch! Sie sehen ihn, Sie sehen ihn!« verkündete Mrs. Marden frohlockend aus tiefstem Herzensgrunde. »Und Sie werden ihn wiedersehen!«

»Dagegen habe ich nichts einzuwenden; doch würde ich mich mehr für diesen Herrn interessieren, wenn Sie so freundlich wären, mir zu verraten, wer er ist.«

Sie zögerte, blickte einen Augenblick vor sich nieder; dann schlug sie die Augen zu mir auf und erklärte: »Das werde ich Ihnen sagen, wenn Sie mir vorher verraten, was Sie auf dem Weg in die Kirche zu ihr gesagt haben.«

»Hat sie behauptet, ich hätte etwas gesagt?«

»Bin ich darauf angewiesen?« fragte Mrs. Marden.

»Ach ja, ich erinnere mich – Ihre Geschichte! Nun, da muß ich Ihnen zu meinem Leidwesen sagen, daß Sie sich diesmal geirrt haben. Ich habe wirklich nichts zu Ihrer Tochter gesagt, was im geringsten ungewöhnlich gewesen wäre.«

»Sind Sie dessen ganz sicher?«
»Bei meiner Ehre, Mrs. Marden.«
»Dann meinen Sie also, daß Sie sie nicht lieben?«
»Das steht auf einem ganz anderen Blatt!« Ich lachte.
»Sie tun's, Sie tun's wirklich! Sie hätten ihn nicht gesehen, wenn Sie es nicht täten.«
»Wer, zum Teufel, *ist* er denn, Gnädige?« fragte ich einigermaßen verwirrt.
Und wiederum wollte sie mir nur mit einer Gegenfrage antworten. »Haben Sie ihr denn nicht wenigstens etwas sagen *wollen* – sind Sie nicht drauf und dran gewesen, es zu tun?«
Diese Frage traf den Nagel so ziemlich auf den Kopf; zumindest rechtfertigte sie die vielbesprochenen Gesichte. »Ich war wirklich drauf und dran – ums Haar hätte ich's getan. Ich weiß selbst nicht, was mich davon abgehalten hat.«
»Das genügt durchaus«, sagte Mrs. Marden. »Nicht was Sie *sagen* ist entscheidend, sondern was Sie fühlen. *Das* genau ist es, wonach er sich richtet.«
Mittlerweile ärgerte ich mich aber doch über ihre ständig wiederholte Anspielung auf jemand, den ich nicht kannte, und so legte ich die Hände zu einer Geste inständiger Bitte ineinander, hinter der sich ein nunmehr beträchtliches Maß an Ungeduld verbarg, eine noch größere Neugier und sogar die ersten Ahnungen eines gewissen heiligen Schreckens. »Ich flehe Sie an, mir zu sagen, von wem Sie sprechen.«
Sie warf die Arme hoch und wich meinem Blick aus, gleichsam, als wollte sie sowohl Bedenken als auch Verantwortung abschütteln. »Sir Edmund Orme.«
»Und wer ist Sir Edmund Orme?«
In dem Augenblick, da ich das sagte, schrak sie zusammen. »Pst! Sie kommen.« Und dann, als ich der Richtung ihres Blickes folgte, sah ich Charlotte Marden auf der Terrasse beim Fenster, und ihre Mutter fügte eindringlich hinzu: »Sie dürfen ihn einfach nicht beachten – *niemals*!«

Charlotte, welche die Hände seitlich an die Augen gelegt hatte und lächelnd ins Zimmer hereinspähte, gab zu verstehen, daß man sie einlassen solle, woraufhin ich ging und die Terrassentür öffnete. Die Mutter wandte sich ab, das Mädchen kam herein und sagte keck: »Was um alles in der Welt heckt ihr beide denn da aus?« Man hatte sich für den Nachmittag irgend etwas vorgenommen – was, weiß ich nicht mehr –, für das man Mrs. Mardens Teilnahme oder Zustimmung erheischte – daß *ich* mitmachen würde, wurde als selbstverständlich vorausgesetzt –, und sie hatte das ganze Haus nach ihr abgesucht. Ich war aufgeregt, weil ich sah, daß Mrs. Marden aufgeregt war (als sie sich umdrehte, um ihre Tochter anzusehen, vertuschte sie das mit einer gewissen ungewöhnlichen Reaktion, indem sie ihrer Tochter um den Hals fiel und sie in die Arme schloß), und um diese Erregung zu überspielen, sagte ich gutgelaunt zu Charlotte: »Ich habe Ihre Mutter um Ihre Hand gebeten.«
»Was Sie nicht sagen – und hat sie zugestimmt?« antwortete Miss Marden fröhlich.
»Das wollte sie gerade tun, da erschienen Sie hier.«
»Nun, es dauert nicht lange – ich bin gleich wieder fort.«
»Magst du ihn, Charlotte?« fragte Mrs. Marden mit einem Freimut, wie ich ihn kaum von ihr erwartet hätte.
»Wie soll ich darauf in seiner Gegenwart antworten?« erwiderte das Mädchen und ging ganz auf den spielerischen Ton ein, den ich angeschlagen hatte, sah mich dabei aber an, als möge sie mich nicht.
Freilich hätte sie es sogar in Gegenwart einer vierten Person sagen müssen, denn in diesem Augenblick trat von der Terrasse her kommend (die Terrassentür war offengeblieben) ein Herr ein, dessen zumindest ich gerade erst jetzt ansichtig wurde. Mrs. Marden hatte gesagt: ›Da kommen *sie*!‹, doch schien er ihrer Tochter in einem gewissen Abstand gefolgt zu sein. Ich erkannte in ihm augenblicklich jene Per-

sönlichkeit, die in der Kirche neben uns gesessen hatte. Diesmal sah ich sie besser, erkannte, daß ihr Antlitz und ihr ganzen Wesen sehr sonderbar waren. Ich spreche als ›Persönlichkeit‹ von ihm, denn man hatte – unbeschreiblich – auf der Stelle das Gefühl, als ob ein regierender Fürst eingetreten sei. Er hielt sich mit einer Art selbstverständlicher Majestät, als wäre er etwas anderes als wir. Dennoch blickte er mich unentwegt und mit großem Ernst an, bis ich mich fragte, was er wohl von mir wollte. Meinte er, ich müßte das Knie vor ihm beugen oder ihm die Hand küssen? Mit dem gleichen Ernst und der gleichen Unbewegtheit wandte er den Blick jetzt Mrs. Marden zu. Die jedoch wußte, was zu tun war. Nachdem die erste Erregung über sein Erscheinen sich gelegt hatte, nahm sie weiter überhaupt keine Notiz von ihm, was mich an das erinnerte, was sie mir so eindringlich ans Herz gelegt hatte. Zwar kostete es mich größte Überwindung, es ihr gleichzutun, denn wenn ich auch nichts weiter von ihm wußte, als daß er Sir Edmund Orme war, empfand ich seine Gegenwart doch als eindringliche Mahnung, fast als etwas Bedrückendes. Er stand da, ohne ein Wort zu sagen – jung, bleich, stattlich, glatt rasiert, würdig, mit außerordentlich hellblauen Augen und – wie auf einem Porträt aus längst vergangener Zeit – etwas Altmodischem in seiner Kopfhaltung, der Art, wie er frisiert war. Er war ganz in Trauer (es fiel einem augenblicklich auf, daß er sehr gut gekleidet war) und trug den Hut in der Hand. Abermals sah er mich mit eigentümlicher Eindringlichkeit an, eindringlicher, als mich je jemand in meinem Leben angeblickt hatte; und ich erinnere mich, daß es mich unversehens kalt überlief und ich wünschte, er würde etwas sagen. Kein Schweigen war mir jemals so lautlos erschienen. All das war selbstverständlich ein außerordentlich rascher Eindruck; daß er dennoch einige Augenblicke benötigt hatte, sich durchzusetzen, bewies mir plötzlich der Anblick von Charlotte Marden, die von ihrer Mutter zu mir blickte und wieder zurück (er sah sie kein einziges Mal an, und sie ließ ihrerseits durch nichts erkennen, daß sie ihn angesehen hätte), und dann brach es aus ihr heraus: »Was um alles in der Welt habt ihr denn bloß? Ihr macht ja ein so komisches Gesicht!« Ich spürte, wie wieder Farbe in mein Gesicht zurückkehrte, und als sie im gleichen Ton fortfuhr zu sagen: »Man könnte ja denken, ihr habt ein Gespenst gesehen!«, wurde mir klar, daß ich puterrot geworden war. Sir Edmund Orme errötete kein bißchen, und ich erkannte, daß er einfach nicht die Fähigkeit besaß, verlegen zu werden. Zwar kannte man Menschen dieser Art, doch nie hatte ich einen kennengelernt, den alles so überlegen gleichgültig gelassen hätte.

»Nun sei nicht ungezogen! Geh lieber und sag den anderen, daß ich mitkomme«, sagte Mrs. Marden mit viel Würde, aber dennoch mit zitternder Stimme.

»Und kommen Sie auch – Sie?« fragte das junge Mädchen im Weggehen. Ich gab keine Antwort und tat so, als hätte ich irgendwie angenommen, daß die Frage nicht mir, sondern ihrem Gefährten galt. Doch dessen Schweigen war noch tiefer als meines, und als sie die Tür erreichte (sie wählte nicht den Weg über die Terrasse), blieb sie, die Hand auf dem Türknauf, stehen und wiederholte die Frage. Ich bejahte, sprang vor, um ihr die Tür aufzuhalten, und im Hinausgehen sagte sie noch neckend: »Sie haben nicht alle fünfe beisammen – Sie bekommen meine Hand nicht.«

Ich schloß die Tür, drehte mich um und mußte feststellen, daß Sir Edmund Orme den Augenblick, da ihm mein Rükken zugekehrt war, genutzt hatte, um zur Terrassentür zu gehen. Mrs. Marden stand da, und wir beide blickten einander lange tief in die Augen. Eben erst – während die junge Dame wegschwebte – war mir aufgegangen, daß ihre Tochter ja keine Ahnung hatte von dem, was um sie herum geschehen war. Merkwürdigerweise war es *diese* Erkenntnis, die mich plötzlich heftig erzittern ließ, und nicht der Anblick unseres Besuchers, der mir ganz natürlich erschienen war. Dieser Gedanke brachte mir lebhaft in die Erinnerung, daß sie ihn ja auch in der Kirche nicht wahrgenommen hatte, und die beiden Ereignisse zusammen – jetzt, da sie vorüber waren – brachten mein Herz dazu, heftiger zu schlagen. Ich wischte mir die Stirn, und Mrs. Marden brach in ein leise gestöhntes »Jetzt kennen Sie mein Leben« aus – »Jetzt kennen Sie mein Leben!«

»In Gottes Namen, wer ist er – *was* ist er?«

»Ein Mann, an dem ich gefehlt habe.«

»Und wie haben Sie an ihm gefehlt?«

»Ach, entsetzlich – vor vielen Jahren.«

»Vor Jahren? Aber er ist doch noch blutjung.«

»Jung – jung?« rief Mrs. Marden. »Er ist noch vor *mir* geboren.«

»Aber warum sieht er dann so aus?«

Sie trat näher an mich heran, legte mir die Hand auf den Arm und hatte dabei etwas in ihrem Gesicht, was mich veranlaßte, mich ein wenig zu ducken. »Verstehen Sie denn nicht – *fühlen* Sie es denn nicht?« murmelte sie vorwurfsvoll.

»Ich komme mir schon sehr merkwürdig vor!« sagte ich lachend; und ich war mir bewußt, daß mein Lachen das verriet.

»Er ist tot!« sagte Mrs. Marden mit wachsbleichem Antlitz.

»Tot?« brachte ich mühsam hervor. »Dann war dieser Gentleman ...?« Ich brachte das Wort einfach nicht über die Lippen.

»Nennen Sie es, wie Sie wollen – man kennt hundert gewöhnliche Ausdrücke dafür. Er ist unheimlich gegenwärtig.«

»Wunderbar gegenwärtig!« rief ich. »Hier in diesem Haus geht ein Geist um – *ein Geist um*!« Geradezu frohlockend stieß ich das aus, als ob es die Erfüllung meiner geheimsten Träume darstellte.

»Es ist nicht dieses Haus – es ist weit schlimmer! Das hat nichts damit zu tun.«

»Dann müssen Sie es sein, meine Teuerste?« sagte ich, als ob das vorzuziehen wäre.

»Nein, auch an mir liegt es nicht – wäre es doch nur so!«

»Dann vielleicht an mir«, schlug ich mit verzagtem Lächeln vor.

»Es liegt an niemand außer meinem Kind – meinem ach so unschuldigen Kind!« Und damit brach Mrs. Marden zusammen – ließ sich buchstäblich in einen nahe stehenden Sessel fallen und löste sich in Tränen auf. Ich stotterte irgendeine Frage – bedrängte sie mit irgendwelchen unsinnigen Bitten, doch sie winkte mir unerwartet und leidenschaftlich, Ruhe zu geben. Ich ließ nicht locker – ob es mir denn nicht möglich sei, ihr zu helfen, irgend etwas für sie zu tun? »Sie *haben* schon etwas getan«, schluchzte sie. »Sie hängen mit drin, Sie hängen mit drin!«

»Da bin ich aber froh, daß ich so unmittelbar in etwas höchst Merkwürdigem drinhänge«, erklärte ich tapfer.

»Ob Sie froh darüber sind oder nicht – Sie können gar nicht raus.«

»Das will ich auch gar nicht – dafür ist das viel zu interessant.«

»Da wiederum bin ich froh, daß es Ihnen gefällt.«

»Aber ich möchte mehr darüber erfahren.«

»Sie werden alles sehen, was Sie wollen – gehen Sie!«

»Aber ich möchte auch begreifen, was ich sehe.«

»Wie wollen Sie das – wo ich es doch selber nicht begreife?«

»Dann versuchen wir es eben gemeinsam – gemeinsam kommen wir schon dahinter.«

Auf diese Worte hin erhob sie sich und tat alles, was in ihrer

Macht stand, um die Spuren ihrer Tränen zu beseitigen. »Jawohl – gemeinsam wird es besser gehen –, deswegen haben Sie mir auch so zugesagt.«
»Oh, wir werden es durchstehen!« erklärte ich.
»Dann müssen Sie sich aber besser in der Gewalt haben!«
»Das werde ich, das werde ich – ich werde mich darin üben.«
»Sie werden sich daran gewöhnen«, sagte Mrs. Marden in einem Ton, den ich seither nicht vergessen habe. »Aber jetzt gehen Sie und schließen Sie sich den anderen an – ich komme gleich hinterher.«
Ich trat auf die Terrasse hinaus und hatte das Gefühl, jetzt in eine bestimmte Rolle schlüpfen zu müssen. Meilenweit davon entfernt, eine neuerliche Bewegung mit der ›unheimlich gegenwärtigen‹ Erscheinung, wie Mrs. Marden sie zu nennen beliebte, zu fürchten, fühlte ich mich von einer Erregung gepackt, die mir ausgesprochen lustvoll erschien. Ich wollte diese Empfindung noch einmal spüren – öffnete mich diesem Eindruck ganz weit und ging, so schnell ich konnte, um das Haus herum, als ob ich insgeheim hoffte, Sir Edmund Orme einzuholen. Zwar holte ich ihn in diesem Falle nicht ein, aber der Tag sollte nicht zur Neige gehen, ohne daß ich nicht erkannt hatte, daß ich, wie Mrs. Marden es gesagt hatte, alles sehen sollte, was ich wollte.
Wir, oder zumindest die meisten von uns, machten uns zu dem gemeinsamen Spaziergang auf, der im englischen Landhaus so etwas wie einen geheiligten Sonntagnachmittagsritus darstellt. Wir mußten uns dabei auf einen festumrissenen Gang beschränken, dem durch das Grenzen gesetzt wurden, was die Damen zu leisten imstande waren; überdies waren die Nachmittage kurz, und um fünf Uhr saßen wir bereits wieder um den Kamin herum in der Halle mit dem Gefühl – zumindest ich empfand es so –, daß wir uns unseren Tee durch etwas mehr Bewegung hätten verdienen sollen. Mrs. Marden hatte zwar gesagt, sie werde hinterherkom-

men, war dann jedoch nicht erschienen; ihre Tochter, die sie vor dem Verlassen des Hauses noch einmal gesprochen hatte, erklärte nur, sie sei müde. Sie blieb den ganzen Nachmittag über unsichtbar, doch war das ein Umstand, dem ich genausowenig Bedeutung beimaß wie der Tatsache, daß ich während unseres Spaziergangs Miss Marden nicht für mich allein hatte. Dazu war ich viel zu sehr mit einer anderen Gefühlsregung beschäftigt; ich spürte nämlich, daß ich auf der Schwelle einer sonderbaren Tür in meinem Leben stand, die unversehens aufgesprungen war und aus welcher mir unbeschreibbare Vibrationen entgegenwehten, die mich durchfuhren, als schieße ein Springbrunnen in mir auf. Mein Leben lang hatte ich von Erscheinungen gehört; doch selbst eine gehabt zu haben, war etwas völlig anderes. Und zu wissen, daß ich sie aller Wahrscheinlichkeit nach noch genauer kennenlernen würde! Ich hielt Ausschau danach wie ein Lotse nach dem Aufblitzen eines Leuchtfeuers, und ich war bereit, mich ganz allgemein über dies unheimliche Thema auszulassen, zu behaupten, daß Geister gar nicht so erschreckend seien, ja, daß sie viel lustiger seien, als man gemeinhin annehme. Kein Zweifel, daß ich außerordentlich nervös war. Ich konnte nicht über die Auszeichnung hinwegkommen, die mir zuteil geworden war – über die Ausnahme, die (was die mystische Erweiterung meines Wahrnehmungsvermögens betraf) zu meinen Gunsten gemacht worden war. Gleichzeitig bildete ich mir ein, Mrs. Mardens Abwesenheit Gerechtigkeit widerfahren zu lassen; ich sah darin eine Reaktion auf das, was sie zu mir gesagt hatte: ›Jetzt kennen Sie mein Leben.‹ Aller Wahrscheinlichkeit nach war ihr Sir Edmund Orme seit Jahren erschienen, und da sie innerlich nicht so gefestigt war wie ich, war sie unter ihm, unter dieser Bürde zusammengebrochen.

Sie war mit den Nerven völlig herunter, obwohl sie imstande gewesen war zu bezeugen, daß man sich bis zu einem gewissen Grade an ihn gewöhnte. Sie hatte sich daran gewöhnt zusammenzubrechen.

Der Nachmittagstee war, da die Dämmerung früh hereinbrach, in Tranton eine wohlige Stunde; der Widerschein des Kaminfeuers spielte hinein in die geräumige, weiß gestrichene Halle aus dem vorigen Jahrhundert; Menschen, die sich mochten, waren auf schwellenden Sofas nahe daran, einander das zu sagen, ehe sie gingen, um sich umzukleiden, noch in verschmutzten Stiefeln, gleichsam als abschließende Worte nach dem Spazierengehen; und selbst jemand, der sich allein in den dritten Band eines Romans vertiefte, den eigentlich ein anderer lesen wollte, schien zu der Atmosphäre allgemeinen Behagens beizutragen. Ich wartete auf den richtigen Augenblick und ging dann, als ich sah, daß sie im Begriff stand, sich zurückzuziehen, zu Charlotte Marden hinüber. Die Damen waren eine nach der anderen hinausgegangen, und nachdem ich das Wort ausdrücklich an Miss Marden gerichtet hatte, zerstreuten sich nach und nach auch die drei Herren, die in ihrer Nähe gewesen waren. Zwischen uns entspann sich ein unverfängliches Gespräch; sie schien bedrückt, mit ihren eigenen Gedanken beschäftigt, und der Himmel weiß, daß ich es gleichfalls war; danach sagte sie, sie müsse jetzt gehen, sonst komme sie zu spät zum Abendessen. Ich erklärte ihr, was durchaus stimmte, daß sie noch viel Zeit habe, doch sie widersprach und sagte, sie müsse zumindest hinauf, um sich um ihre Mutter zu kümmern; sie fürchte, dieser sei unwohl.

»Im Gegenteil, es ist ihr bestimmt seit langer Zeit nie so gut gegangen – das versichere ich Ihnen«, erklärte ich. »Sie hat erkannt, daß sie mir vertrauen kann, und das hat ihr gutgetan.« Miss Marden hatte sich wieder in ihren Sessel zurückfallen lassen. Ich stand vor ihr, und sie sah mich ohne ein Lächeln an; sie hatte einen unbestimmten Kummer in den schönen Augen; nicht so, als ob ich ihr geradezu weh täte, doch zumindest so, als sei sie nicht länger geneigt, das, was zwischen ihrer Mutter und mir vorgefallen war (was auch immer das gewesen sein mochte; zumindest sei es schwierig gewesen, es in dem Augenblick, da es passierte, ernst zu nehmen), zu behandeln, als wäre es ein Scherz. Ich jedoch konnte mit aller Freundlichkeit und aller Aufrichtigkeit auf ihre Frage eingehen, denn ich wiegte mich wirklich in dem Bewußtsein, daß die arme Dame einen Teil ihrer Bürde auf mich abgewälzt hatte und entsprechend erleichtert und beruhigt war. »Ich bin sicher, sie hat heute nachmittag gut geschlafen, wie seit Jahren nicht mehr«, fuhr ich fort. »Fragen Sie sie nur!«

Charlotte stand abermals auf. »Sie erweisen sich als sehr hilfreich.«

»Sie haben noch eine gute Viertelstunde«, sagte ich. »Habe ich nicht das Recht, ein wenig so zu Ihnen zu sprechen, unter vier Augen, da mir doch Ihre Mutter Ihre Hand versprochen hat?«

»Und hat *Ihre* Mutter mir die *Ihre* versprochen? Ich bin ihr sehr verbunden, aber ich möchte die Hand nicht. Ich finde, unsere Hände gehören nicht unseren Müttern – sie gehören nun mal uns selber«, sagte die junge Dame lachend.

»Setzen Sie sich, setzen Sie sich und lassen Sie mich Ihnen erklären«, bat ich sie eindringlich.

Ich stand immer noch vor ihr, wollte unbedingt wissen, ob sie mir diesen Gefallen nicht tun wolle. Sie zögerte einen Moment, blickte unbestimmt hierhin und dorthin, als stehe sie unter einem leicht schmerzlichen Zwang. In der leeren Halle war es ganz still – wir hörten das laute Ticken der großen Uhr. Dann ließ sie sich langsam niedersinken, und ich zog einen Stuhl heran. Dabei wandte ich meinen Blick wieder dem Feuer im Kamin zu, und mit dieser Bewegung gewahrte ich bestürzt, daß wir nicht allein waren. So sonderbar es auch sein mag, statt größer zu werden, fiel meine

Bestürzung im nächsten Augenblick von mir ab, denn die Person vorm Kamin war Sir Edmund Orme. Er stand genauso da, wie ich ihn im Indien-Zimmer gesehen hatte, sah mich mit jener ausdruckslosen Aufmerksamkeit an, deren Strenge aus seiner überwältigenden Vornehmheit herrührte. Inzwischen wußte ich so viel mehr über ihn, daß ich eine Regung des Wiedererkennens unterdrücken mußte; sonst hätte ich verraten, daß ich über seine Anwesenheit im Bilde sei. Und als ich mir dessen bewußt war und auch keinen Zweifel mehr hegte, daß es andauern würde, verließ mich das Gefühl, daß wir – Charlotte und ich – nicht allein waren; mir wurde im Gegenteil mit aller Eindringlichkeit deutlich, daß ich auf eine intensivere Weise mit Miss Marden allein war als je zuvor. Sie sah offenkundig nichts, auf das sie ihren Blick hätte richten können, und ich tat alles und hätte damit ums Haar auch Erfolg gehabt, ihr zu verhehlen, daß ich in dieser Beziehung in einer anderen Lage war. Ich sage ›ums Haar‹, weil sie mich einen Moment nicht aus den Augen ließ – ausgerechnet in dem Augenblick, da ich nicht weitersprach –, und zwar auf eine Weise, die mich fürchten ließ, daß sie noch einmal wie bereits im Indien-Zimmer sagen würde: ›Was um alles in der Welt haben Sie denn bloß?‹

Was mit mir los war, erklärte ich ihr eilends, denn angesichts ihrer rührenden Ahnungslosigkeit überwältigte mich das Wissen darum geradezu. Es ging zu Herzen, wie sie sich angesichts dieses außerordentlichen Wunderbaren verhielt. Was dieses Wunderbare alles zu bedeuten hätte, ob Gefahr oder Kummer, Beseligung oder Verderben, war eine Frage von minderer Bedeutung; ich sah nichts weiter, als daß sie in all ihrer Unschuld und all ihrem Liebreiz nahe an etwas war, was sie wohl als entsetzlich empfunden hätte, und daß dieses Entsetzliche für ihre Augen verschleiert war, jedoch jeden Augenblick offenbar werden konnte. Ich für mein Teil hatte jetzt nichts mehr dagegen, wie ich feststellte, doch nichts war wahrscheinlicher, als daß sie sehr wohl etwas dagegen haben würde, und das sich, sofern nicht als kurios und interessant, ganz einfach als grauenhaft für sie erweisen könnte. Wenn ich, wie ich hinterher erkannte, für mein Teil nichts dagegen hatte, so deswegen, weil ich so sehr von dem Gedanken beseelt war, *sie zu beschützen*. Das Herz klopfte mir bei dieser Vorstellung sofort bis zum Hals herauf; ich beschloß, alles zu tun, was in meiner Macht stand, damit sie von alledem nichts merkte. Was ich in dieser Hinsicht tun könnte, würde mir wohl für immer unklar geblieben sein, wäre mir nicht bei alledem deutlicher als alles andere auf der Welt klargeworden, daß ich sie liebte. Sie zu retten, hieß, sie zu lieben, und sie zu lieben, bedeutete, ihr jetzt und auf der Stelle zu sagen, daß ich es tat. Sir Edmund Orme hinderte mich nicht daran, zumal er uns nach einem Augenblick den Rücken zuwandte und diskret ins Feuer blickte. Als noch ein kurzer Augenblick vergangen war, legte er den Kopf auf einen Arm, den er gegen den Kamin gelehnt hatte, und bot dabei das Schauspiel zunehmender Niedergeschlagenheit – er glich einem Wesen, bei dem die Erschöpfung stärker war als die Vorsicht. Charlotte Marden erschrak über das, was ich gesagt hatte, und sprang auf, um zu entfliehen; aber sie war nicht gekränkt – dazu war meine Zärtlichkeit zu offenkundig. Sie ging, nur leise abwehrende Worte ausstoßend, hin und her, und ich war so sehr damit beschäftigt, auch noch dem kleinsten Vorteil auf die Spur zu kommen, den zu erlangen mir vielleicht gelungen war, daß ich nicht merkte, auf welche Weise Sir Edmund Orme verschwand. Mir ging plötzlich nur auf, daß er nicht mehr da war. Doch damit änderte sich nichts – seine Anwesenheit hatte mir so wenig ausgemacht; ich erinnere mich bloß, daß plötzlich etwas Unerbittliches in dem langsamen, süßen und traurigen Kopfschütteln, mit dem Miss Marden mich bedachte, mir tief in die Seele fuhr.

»Ich verlange keine Antwort in diesem Augenblick«, sagte ich. »Mir geht es nur darum, daß Sie sicher sind – daß Sie wissen, wieviel davon abhängt.«
»Ach, ich möchte Ihnen die Antwort nicht geben – weder jetzt noch irgendwann!« entgegnete sie. »Dieses Thema ist mir zuwider, bitte, ich wünschte, man könnte mich in Ruhe lassen.« Und dann, als ob ich in diesem ununterdrückbaren und ungekünstelten Aufschrei bedrängter Schönheit etwas Verletzendes hätte finden können, fügte sie rasch, unbestimmt und freundlich im Hinausgehen hinzu: »Danke, danke – haben Sie vielen, vielen Dank.«
Beim Dinner kam ich mir noch großmütig vor, als ich mich – um ihretwillen – darüber freute, daß ich auf derselben Seite des Tisches einen Platz zugewiesen bekam, wo sie mich nicht sehen konnte. Ihre Mutter saß mir fast gegenüber, und kurz nachdem wir Platz genommen hatten, schaute Mrs. Marden mir lange und tief in die Augen und drückte damit unsere sonderbare Gemeinsamkeit aus.
Selbstverständlich bedeutete dieser Blick: ›Sie hat es mir erzählt‹, aber er bedeutete auch noch anderes. Auf jeden Fall wußte ich, was der Blick, mit dem ich dem ihren begegnete, ihr zu verstehen gab: ›Ich habe ihn wiedergesehen – Ich habe ihn wieder gesehen!‹ Und das hinderte Mrs. Marden nicht daran, ihre Nachbarn mit der ihr eigenen betonten Zuvorkommenheit zu behandeln. Nach dem Essen, als die Herren sich im Salon zu den Damen gesellten und ich beherzt auf sie zuging, um ihr zu sagen, daß ich gern unter vier Augen mit ihr gesprochen hätte, sagte sie sogleich mit leiser Stimme und auf ihren Fächer schauend, den sie immer wieder aufschlug und zusammenfaltete: »Er ist hier – er ist hier.«
»Hier?« Ich sah mich im Salon um, war jedoch enttäuscht.
»Sehen Sie doch zu *ihr* hinüber«, sagte Mrs. Marden mit einem Anflug von Strenge. In der Tat weilte Charlotte nicht im Hauptsalon, sondern in dem angrenzenden Zimmer, in

welches dieses überging und das Morgen-Zimmer genannt wurde. Ich machte ein paar Schritte und sah sie durch die Schiebetür aufrecht in der Mitte des Raums stehen, wie sie sich mit drei Herren unterhielt, die mir praktisch alle den Rücken kehrten. Einen Moment schien meine Suche vergeblich; dann erkannte ich, daß einer der Herren – der mittlere – Sir Edmund Orme war. Diesmal war es wirklich erstaunlich, daß die anderen ihn nicht wahrnahmen. Charlotte schien ihn direkt anzublicken, ja, das Wort an *ihn* zu richten. Dann bemerkte sie mich und wandte sofort die Augen ab. Ich kehrte mit dem unangenehmen Gefühl zu ihrer Mutter zurück, die junge Dame könnte das Gefühl haben, ich beobachtete *sie,* was ja nicht den Tatsachen entsprach. Mrs. Marden hatte ein etwas abseits stehendes kleines Sofa gefunden, und ich setzte mich neben sie. Ich hatte einiges auf dem Herzen, Dinge, die ich sie hatte fragen wollen, so daß ich wünschte, wir wären wieder im Indien-Zimmer. Schließlich ging mir jedoch auf, daß uns wirklich niemand störte. Wir verkehrten jetzt so unmittelbar und so vollkommen miteinander und mit stummen wechselseitigen Bekundungen dessen, was wir sagen wollten, daß jede Umgebung ausgereicht hätte.

»O ja, er ist da«, sagte ich, »und etwa Viertel nach sieben war er in der Halle.«

»Ich habe es im selben Augenblick gewußt, und ich war so froh darüber.«

»So froh?«

»Daß es diesmal Ihre Sache war und nicht meine. Für mich bedeutet das ein gewisses Ausruhen.«

»Haben Sie den ganzen Nachmittag über geschlafen?« fragte ich.

»Wie schon seit Monaten nicht mehr. Aber woher wußten Sie das?«

»Vermutlich genauso, wie *Sie* wußten, daß er unten in der

Halle war. Es ist uns offenbar von jetzt an bestimmt, Dinge zu wissen – wo es den anderen betrifft.«

»Wo es *ihn* betrifft«, verbesserte mich Mrs. Marden. »Es ist wirklich wunderbar, wie Sie es nehmen«, fügte sie mit einem langgedehnten, leichten Seufzer hinzu.

»Ich nehme es wie ein Mann, der Ihre Tochter liebt.«

»Selbstverständlich – selbstverständlich.« So heftig ich auch glaubte, Charlotte zu begehren, ich konnte nicht umhin, ein wenig über den Ton zu lachen, in dem sie diese Worte aussprach; und das veranlaßte meine Gefährtin sogleich hinzuzufügen: »Sonst hätten Sie ihn nicht gesehen.«

»Aber alle anderen, die sie lieben, scheinen ihn nicht zu sehen; sonst müßten es Dutzende tun.«

»Sie lieben sie eben nicht so wie Sie.«

»Ich kann natürlich nur für mich selbst sprechen; und vorm Essen habe ich eine Gelegenheit gefunden, das zu tun.«

»Das hat sie mir sofort erzählt.«

»Habe ich denn irgendwelche Hoffnung – eine Chance?«

»Das ist es, was *ich* ersehne – worum ich bete.«

»Ach, wie soll ich Ihnen nur danken?« murmelte ich.

»Ich glaube, es wird vorübergehen – wenn sie Sie liebt«, fuhr Mrs. Marden fort.

»Es wird vorübergehen?«

»Wir werden ihn nie wiedersehen.«

»Ach, wenn sie mich nur liebt, ist es mir egal, wie oft ich ihn sehe!«

»Sie nehmen es wirklich besser, als ich es könnte«, sagte meine Gefährtin. »Sie haben das Glück, ahnungslos zu sein – nicht zu verstehen.«

»Ich verstehe wirklich nicht. Was, um alles auf der Welt, will er?«

»Er will, daß ich leide.«

Sie wandte mir das verzagte Gesicht zu, und zum erstenmal erkannte ich, wie vollkommen Sir Edmund Orme das ge-

lungen war, wenn es sein Ziel gewesen war. »Um dessentwillen, was ich ihm angetan habe.«
»Was haben Sie ihm denn angetan?«
Einen Moment sah sie mich an. »Ich habe ihn getötet.«
Da ich ihn vor noch nicht fünf Minuten nur fünfzig Schritt von mir entfernt hatte stehen sehen, schrak ich bei diesen Worten zusammen. »Jawohl, ich bringe Sie dazu, zusammenzufahren; seien Sie auf der Hut. Er ist immer noch da; und trotzdem habe ich ihn getötet. Ich habe ihm das Herz gebrochen – er hielt mich für eine ganz schlechte Frau. Wir hatten heiraten sollen, doch ich habe die Beziehung gelöst – im allerletzten Augenblick. Ich lernte jemand kennen, den ich lieber mochte als ihn; es gab keinen anderen Grund für mich, nur diesen. Und es ging mir auch nicht um Vermögen, um Geld oder Stellung oder so etwas Ähnliches. All *diese* Dinge hatte er. Ich habe mich nur ganz einfach in Captain Marden verliebt. Als ich ihn kennenlernte, spürte ich, daß ich keinen anderen heiraten konnte, nur ihn. Ich liebte Edmund Orme nicht – meine Mutter, meine ältere Schwester hatten das alles arrangiert. Aber *er* liebte *mich*. Ich sagte ihm, daß er mir nichts bedeute – daß ich es nicht könnte, nicht tun würde. Ich erschütterte ihn in den Grundfesten – und er nahm irgend etwas, irgendein furchtbares Mittel oder einen Trank, der sich als tödlich erwies. Es war schrecklich, es war entsetzlich, man fand ihn – er starb unter entsetzlichen Qualen. Ich heiratete Captain Marden, doch das hat keine fünf Jahre gedauert. Ich war glücklich, vollkommen glücklich; die Zeit heilt alle Wunden. Doch als mein Mann starb, fing ich an, ihn zu sehen.«
Ich hatte aufmerksam zugehört, war mir jedoch nicht ganz sicher. »Ihren Mann zu sehen?«
»Gott sei Dank nie auf *diese* Weise. *Ihn* zu sehen, zusammen mit Chartie – immer zusammen mit Chartie. Beim erstenmal wäre ich fast gestorben – das war vor ungefähr sie-

ben Jahren, um die Zeit, da sie in die Gesellschaft eingeführt wurde. Nie, wenn ich allein bin – immer nur, wenn sie dabei ist. Manchmal monatelang nicht, dann eine ganze Woche lang Tag für Tag. Ich habe alles versucht, um den Bann zu brechen – Ärzte, eine Änderung der Lebensgewohnheiten, andere Länder. Ich habe Gott auf den Knien angefleht. An jenem Tag in Brighton, als wir Sie auf der *Parade Marine* trafen und Sie glaubten, ich wäre krank, war es seit unendlich langer Zeit wieder das erstemal. Und dann an dem Abend, da ich meine Teetasse fallen ließ und meinen Tee über Sie schüttete, und an dem Tag, da Sie zusammen mit Charlotte vor unserer Tür standen und ich Sie vom Fenster aus sah – jedesmal war er dabei.«

»Ich verstehe, ich verstehe.« Ich war gebannter, als ich zu sagen vermochte. »Es ist eine Erscheinung wie jede andere.«

»Wie jede andere? Haben Sie schon andere gehabt?«

»Nein, ich meine, wie jene Dinge, von denen man gehört hat. Es ist wahnsinnig interessant, selbst einem Fall zu begegnen.«

»Nennen Sie mich einen Fall?!« fragte Mrs. Marden herrlich empört.

»Ich meine mich selbst damit. Damit meine ich mich selbst.«

»Ach, Sie sind der Richtige!« rief sie. »Es war richtig von mir, Ihnen zu vertrauen.«

»Ich bin Ihnen von ganzem Herzen dankbar, daß Sie das getan haben; aber was hat Sie dazu gebracht?«

»Ich hatte gründlich nachgedacht und mir alles zurechtgelegt – dazu hatte ich in diesen furchtbaren Jahren Zeit genug, in denen er mich durch meine Tochter bestrafte.«

»Doch wohl kaum«, hielt ich dem entgegen, »wo sie doch keine Ahnung davon hatte.«

»Das ist es ja gerade, was ich immer gefürchtet habe: daß sie es eines Tages erfahren würde, von einem Mal zum anderen. Ich wage nicht, mir auszumalen, was für eine Wirkung das auf sie haben könnte.«

»Sie wird es nicht erfahren, sie wird es nicht erfahren!« erklärte ich so laut, daß ein paar Leute sich schon umsahen. Mrs. Marden hieß mich aufstehen, und an diesem Abend redete ich nicht mehr mit ihr. Am nächsten Morgen erklärte ich ihr, ich müsse Tranton verlassen – es sei weder angenehm noch zeuge es von Takt, wenn man als abgewiesener Freier bleibe. Sie geriet zwar ein wenig aus dem Gleichgewicht, doch sie akzeptierte meine Gründe und gab mir mit ihren trauervollen Augen nur zu verstehen: ›Sie lassen mich also mit meiner Bürde allein?‹ Selbstverständlich galt es zwischen uns als ausgemacht, daß es in den nächsten Wochen keinerlei Sinn hätte, ›die arme Charlotte zu bedrängen‹; diesen Ausdruck benutzte sie, um mit eigentümlich weiblichem und mütterlichem Wankelmut auf eine Haltung meinerseits anzuspielen, die ihr am Herzen lag. Ich war entschlossen, den heroisch Rücksichtsvollen zu spielen, doch wollte mir scheinen, daß gerade dieses Zartgefühl und dieser Takt mir ein Recht dazu gaben, vor meiner Abfahrt noch ein Wort zu Miss Marden zu sagen. Ich bat sie nach dem Frühstück, ein wenig mit mir auf der Terrasse auf und ab zu gehen, und als sie zögerte und mich abweisend anblickte, erklärte ich ihr, ich wolle ihr nur eine Frage stellen und ihr Lebewohl sagen – ich verließe Tranton *ihretwegen.*

Sie ging mit mir hinaus, und langsam schlenderten wir drei- oder viermal ums Haus herum. Nichts ist schöner als diese luftige Terrasse, von welcher jeder Blick weit über das Land hinweggeht und am äußersten Rand die See aufschimmert. Möglich, daß wir, als wir an den Fenstern vorübergingen, unseren Freunden im Haus auffielen, die sich bestimmt in sarkastischen Mutmaßungen ergingen, warum ich so vielsagend überstürzt abreiste. Doch das war mir gleichgültig; ich fragte mich eigentlich nur, ob sie diesmal nicht doch Sir Edmund Orme ausmachen würden, der sich bei einem unserer Rundgänge angeschlossen hatte und langsam auf der anderen Seite meiner Gefährtin einherschritt. Aus welchem übernatürlichen Stoff er gemacht war, vermochte ich nicht zu sagen; ich habe mir in dieser Beziehung keinerlei Theorie zurechtgelegt (das überließ ich anderen), genausowenig wie über diesen oder jenen meiner sterblichen Mitmenschen, denen ich in meinem Leben nahegekommen bin. Er war eine genauso eindeutige, individuelle und unumstößliche Tatsache wie nur jeder andere von diesen. Vor allem aber war er eine nicht minder achtbare und feinfühlige Tatsache; so daß ich nicht im Traum auf den Gedanken gekommen wäre, mir ihm gegenüber, da er vorbildlich schwieg, etwa herauszunehmen, ihn zu berühren oder auch nur anzusprechen, ebenso wie ich nie im Leben daran gedacht hätte, irgendeinen anderen gesellschaftlichen *faux pas* ihm gegenüber zu begehen. Er verhielt sich, wie ich später noch deutlicher erkennen sollte, vollkommen so, wie es sich in seiner Stellung schickte – er war stets der Gelegenheit entsprechend gekleidet und gab sich in Haltung und Aussehen entsprechend. Er sah sonderbar aus, wer wollte das bestreiten, und dennoch sah er irgendwie immer *richtig* aus. Sehr bald kam ich dazu, eine Vorstellung von etwas Schönem mit dieser seiner Gegenwart zu verbinden, die nie erwähnt werden durfte, die Vorstellung von der Schönheit einer alten Geschichte, in der es um Liebe und um Schmerz ging. Was ich am Schluß spürte, war, daß er an meiner Seite war, daß er über meine Interessen wachte und dafür sorgte, daß mein Herz nicht gebrochen wurde. Ach, er hatte es ernst genommen, sein eigenes Ungemach – das hatte er in seiner Zeit ganz gewiß bewiesen. Wenn die arme Mrs. Marden, wie sie mir gesagt hatte, alles durchdacht und sich zurechtgelegt hatte, so hatte auch ich den Fall der scharfsinnigsten Analyse unterworfen, deren mein Kopf fähig war. Es handelte sich um einen Fall von ausgleichender Gerechtigkeit. Die Mutter mußte für die Leiden, die sie zugefügt hatte, mit Leiden bezahlen, und da die

Neigung, einem Freier den Laufpaß zu geben, auf die Tochter übergegangen sein konnte, mußte man über die Tochter wachen, damit man sie leiden lassen konnte, sollte sie ein ähnliches Unrecht begehen. Schließlich konnte sie ihrer Mutter im Charakter genauso ähneln, wie sie es schon äußerlich tat. An dem Tag, da sie sich versündigte, würden ihr mit anderen Worten unversehens und mitleidlos die Augen für das ›unheimlich gegenwärtige‹ Wesen aufgetan werden, das sie dann in ihre Vorstellungen von der Welt einer jungen Dame würde einzuarbeiten haben. Ich hatte keine große Angst um sie, weil ich nicht glaubte, daß sie bis zu dem Maße kokett sein konnte, das man grausam nennen konnte. Wir würden noch viel zu überwinden haben, bis ich mich, endlich, in einer Lage befand, da ich geopfert werden konnte. Sie konnte mich nicht in den Grundfesten erschüttern, ehe sie sich nicht ein bißchen mehr aus mir machte. Ob ich sie um mehr bitten würde, war etwas anderes, und die Frage, die ich ihr an diesem Vormittag auf der Terrasse stellte, war, ob ich im Laufe des Winters weiterhin das Haus von Mrs. Marden aufsuchen dürfe. Ich versprach, nicht zu oft zu kommen und drei Monate lang nicht auf die Frage zurückzukommen, die ich tags zuvor gestellt hatte. Sie erwiderte, ich könnte tun, wie mir beliebe, und damit gingen wir auseinander.

Ich hielt das Gelöbnis, das ich ihr gegeben hatte; drei Monate hindurch hütete ich meine Zunge. Von mir gänzlich unerwartet, gab es in dieser Zeit Monate, da ich sie für fähig hielt, mit einem Mann zu spielen. Mir lag so viel daran, sie mir gewogen zu machen, daß ich mich größten Feingefühls befleißigte, mir alles mögliche einfallen ließ, herrlich aufmerksam war und mich mit größter Geduld sehr diplomatisch verhielt. Manchmal dachte ich, ich hätte mir meine Belohnung verdient, und brachte sie soweit, daß sie sagte: »Hm, hm, Sie sind der Beste von allen – jetzt dürfen Sie zu mir sprechen.« Doch dann war sie in ihrer Schönheit unversehens wieder so verschlossen wie nie, und an gewissen Tagen leuchtete es so spöttisch in ihren Augen auf, als wollte sie damit sagen: ›Wenn Sie nicht aufpassen, nehme ich Sie tatsächlich, bloß damit ich Sie um so fester an die Kandare nehmen kann.‹ Mrs. Marden war insofern eine große Hilfe für mich, als sie schlicht an mich glaubte, und diesen Glauben an mich schätzte ich um so mehr, als er selbst dann noch anhielt, als das Wunder, das für mich erwirkt worden war, plötzlich eine Unterbrechung erlebte. Nach unserem Besuch in Tranton ließ Sir Edmund Orme uns eine Zeitlang in Ruhe, und ich gestehe, daß das für mich eine erste Enttäuschung war. Ich kam mir weniger schicksalhaft bestimmt, weniger mit Charlotte verbunden vor. »Ach, weinen Sie nicht, ehe Sie nicht alles geschafft haben«, sagte ihre Mutter; »auch mich hat er manchmal bis zu einem halben Jahr in Ruhe gelassen. Doch dann, wenn man es am allerwenigsten erwartet, ist er plötzlich wieder da – er weiß, was er will.« Für sie waren diese Wochen glücklich; dennoch besaß sie die Klugheit, mit ihrer Tochter nicht über mich zu reden. Sie war so freundlich, mir zu versichern, daß ich genau den richtigen Weg einschlüge, daß ich den Eindruck machte, jene Geborgenheit zu geben, der Frauen auf die Dauer nicht widerstehen könnten. Sie habe das selbst in Fällen erlebt, wo der Mann einen Narren aus sich gemacht hätte, weil er sich allzu siegesgewiß gab – oder in jeder Hinsicht ein Narr gewesen sei. Was sie selbst betreffe, so finde sie, es sei eine gute Zeit für sie – eine Art Nachsommer für die Seele. Es gehe ihr besser als seit Jahren, und das verdanke sie mir. Das Gefühl der Heimsuchung sei nicht mehr so drückend – sie werde nicht mehr jedesmal von Angst geschüttelt, wenn sie um die Ecke sehe.

Dieser Winter war ein Wunder an Milde, und wir saßen oft draußen in der Sonne. Ich ging mit Charlotte auf und ab, und Mrs. Marden – manchmal auf einer Bank, manchmal im

Strandkorb – wartete auf uns und lächelte uns zu, wenn wir vorübergingen. Ich hielt stets nach einem Zeichen in ihrem Gesicht Ausschau (›Er ist bei Ihnen. Er ist bei Ihnen.‹ Sie würde ihn schließlich vor mir sehen!) – doch nichts geschah; die Jahreszeit hatte uns auch eine Art Milde des Geistes beschert. Gegen Ende April war die Luft dermaßen junihaft, daß ich, als ich meine beiden Freunde bei irgendeiner Geselligkeit in Brighton traf – es handelte sich um eine Soiree von Musikliebhabern –, Miss Marden einfach auf einen Balkon hinausziehen mußte, auf den einer der Räume hinausging. Die Nacht war nahe, es war sehr dunkel, und die Sterne schimmerten nur schwach, und unten unter uns, am Fuße des Steilufers hörten wir das regelmäßige Rauschen des Meeres. Dem lauschten wir eine Weile, und vermischt damit, von innen kommend, hörten wir den Klang einer Violine, die von einem Klavier begleitet wurde – eine Darbietung, die wir als Vorwand genommen hatten, um hinauszugehen.

»Mögen Sie mich jetzt ein wenig mehr?« fragte ich sie unvermittelt nach etwa einer Minute. »Würden Sie mich noch einmal anhören?«

Kaum hatte ich das ausgesprochen, legte sie mir hastig und mit einer gewissen Heftigkeit die Hand auf den Arm. »Pst! – Ist da nicht jemand?« Sie spähte hinaus in die Dunkelheit am äußersten Rand des Balkons. Dieser ging über die ganze Breite des Hauses, und die schönsten Brightoner Häuser sind sehr breit. Auf uns selbst fiel durch die offene Tür hinter uns ein wenig Licht, doch war bei den anderen Fenstern der Vorhang zugezogen, so daß die Dunkelheit nicht vermindert wurde und ich nur sehr schwach die Umrisse eines Herrn erkennen konnte, der dort stand und zu uns herüberschaute. Er trug einen Abendanzug, als wäre er ein Gast; ich sah den unbestimmten weißen Schimmer seiner Hemdbrust und das bleiche Oval seines Gesichts – es konnte also durchaus ein Gast gewesen sein, der vor uns hinausgetreten war, um etwas frische Luft zu schnappen. Miss Marden hielt ihn zuerst auch für einen solchen – doch dann bemerkte sie offenbar, selbst wenn es nur wenige Sekunden dauerte, daß die Intensität, mit der er herüberstarrte, höchst ungewöhnlich war. Was sie sonst noch sah, vermochte ich nicht zu erkennen; ich selbst war viel zu sehr mit meinem eigenen Eindruck beschäftigt, als daß ich mehr tun konnte als zu spüren, wie ihr Unbehagen auf mich übersprang. Der Eindruck, den das Ganze auf mich machte, war außerordentlich heftig – Entsetzen packte mich; denn was konnte das sonst anderes bedeuten, als daß Charlotte Marden jetzt am Ende doch *sah*? Ich hörte, wie sie den Atem anhielt, ein leises »Ah!« ausstieß und rasch zurückkehrte ins Haus. Erst danach ging mir auf, daß sich meiner ein ganz neues Gefühl bemächtigt hatte – mein Entsetzen ging in Zorn über, und dieser Zorn wiederum ließ mich mit weit ausgreifenden Schritten und vorwurfsvoll gestikulierend die ganze Länge des Balkons entlangstürmen. Der Fall vereinfachte sich für mich; ich sah nichts anderes als eine in Angst versetzte junge Frau, die ich liebte. Ich eilte dorthin, um sie zu beschützen, doch dann mußte ich erkennen, daß da niemand war, dem ich mich hätte stellen können. Entweder war alles eine Sinnestäuschung gewesen, oder Sir Edmund Orme war verschwunden.

Ich folgte Miss Marden sogleich, doch als ich wieder in den Salon eintrat, gab es dort Anzeichen von Verwirrung. Eine Dame war in Ohnmacht gefallen, das Musikstück abgebrochen worden; Stühle wurden gerückt, alles drängte nach vorn. Bei der Dame handelte es sich nicht, wie ich befürchtet hatte, um Charlotte, sondern um Mrs. Marden, die von einem Augenblick auf den anderen Unwohlsein ergriffen hatte. Ich erinnere mich noch an die Erleichterung, die ich empfand, als ich das erfuhr; denn wäre es Charlotte gewesen, welche es getroffen hatte, wäre das höchst schmerzlich für mich gewesen, wohingegen das Unwohlsein ihrer Mutter nur etwas war, was ihre Erregung in bestimmte Bahnen leitete. Selbstverständlich war die ganze Angelegenheit etwas, worum sich die Gastgeber und die Damen kümmerten, und es war mir unmöglich, meinen Freunden beizustehen oder sie zu ihrem Wagen zu geleiten. Mrs. Marden kam wieder zu sich und bestand darauf, nach Hause zu fahren, worauf ich mich voller Unbehagen entfernte.

Am nächsten Morgen sprach ich bei ihnen vor, um mich nach Mrs. Mardens Befinden zu erkundigen, und erfuhr, daß es ihr besser ging, doch als ich fragte, ob Mrs. Marden mich empfangen würde, ließ man mir von oben bestellen, das sei unmöglich. Es blieb mir nichts anderes übrig, als den ganzen Tag über klopfenden Herzens durch die Gegend zu streifen. Doch gegen Abend wurde mir eine bleistiftgeschriebene Nachricht überbracht: ›Bitte, kommen Sie! Mutter wünscht Sie zu sehen.‹ Fünf Minuten später klopfte ich an ihre Tür und wurde in den Salon gebeten. Mrs. Marden lag auf dem Sofa, und als ich sie sah, erkannte ich, daß der Schatten des Todes über ihrem Gesicht lag. Als erstes sagte sie jedoch, es gehe ihr besser, wesentlich besser sogar; ihr armes altes Herz habe wieder Sperenzchen gemacht, doch jetzt habe es sich wieder beruhigt. Sie reichte mir die Hand. Ich beugte mich darüber und blickte ihr dabei tief in die Augen, so daß ich darin lesen konnte, was sie nicht aussprach: ›In Wirklichkeit bin ich schwer krank, doch tun Sie bitte, bitte so, als nähmen Sie das, was ich sage, als das, was es ist, und als nichts anderes.‹

Charlotte stand neben ihr; sie sah jetzt nicht mehr angstvoll aus, sondern nur sehr, sehr betroffen und wich meinem Blick aus. »Sie hat es *mir* erzählt – und ich habe es *ihr* erzählt!« fuhr die Mutter fort.

»Sie hat es Ihnen erzählt?« Ich starrte von einer zur anderen und fragte mich, ob Mrs. Marden damit sagen wollte, daß ihre Tochter ihr von dem Vorkommnis auf dem Balkon berichtet habe.

»Daß Sie sie noch einmal angesprochen hätten – daß Sie in ihrer Treue bewunderungswürdig sind.«

Freude durchfuhr mich; diese Worte bewiesen, daß die Erinnerung an diese Begebenheit das wichtigste für Charlotte gewesen war – und daß Charlotte den Wunsch gehabt hatte, das zu sagen, was am geeignetsten war, ihre Mutter zu besänftigen, und nicht das, was geeignet gewesen wäre, sie aufzuregen. Dennoch war ich selbst jetzt sicher, so sicher, als ob Mrs. Marden es mir wirklich gesagt hätte, daß sie wisse und es in demselben Augenblick gewußt habe, da ihre Tochter gesehen hatte. »Ich habe gesprochen – ja, ich habe gesprochen, doch sie hat mir keine Antwort gegeben«, sagte ich.

»Das wird sie jetzt tun, nicht wahr, Chartie? Ich möchte es so sehr, ich möchte es!« murmelte die arme Dame unsäglich sehnsuchtsvoll.

»Sie sind sehr gut zu mir«, sagte Charlotte ernst und lieb zu mir und blickte dabei starr auf den Boden. In diesem Augenblick war etwas anders an ihr, anders als alles, was ich in der Vergangenheit an ihr wahrgenommen hatte. Sie hatte etwas erkannt, spürte so etwas wie Zwang. Ich sah, daß sie zitterte.

»Ach, wenn Sie mich Ihnen nur beweisen ließen, *wie* gut ich sein kann!« rief ich aus und streckte die Hände nach ihr aus. Noch während ich diese Worte aussprach, wußte ich unversehens, daß etwas geschehen war. Etwas hatte auf der anderen Seite des Bettes Gestalt angenommen, und diese Gestalt neigte sich über Mrs. Marden. Ich legte alle Inbrunst, deren ich fähig war, in das stumme Stoßgebet, daß Charlotte sie nicht sehen und ich es fertigbringen möchte, mir nichts anmerken zu lassen. Der Impuls, einen Blick auf Mrs. Marden zu werfen, war sogar noch stärker als die unwillkürliche Regung, Sir Edmund Orme anzusehen; doch ich brachte es sogar fertig, diesem zu widerstehen, und Mrs. Marden verhielt sich vollkommen still. Charlotte erhob sich, um mir die Hand zu reichen, und als sie diesen unwiderruflichen Schritt tat, sah sie. Mit weit aufgerissenen Augen stieß sie einen Schrei des Entsetzens aus, und zugleich drang ein anderer Laut, eine Art Wehklagen der Verdammten, an mein Ohr. Doch ich war bereits auf Charlotte zugesprungen, um sie zu schützen und ihr das Gesicht zu verhüllen. Sie hatte sich mir in die Arme geworfen. Dort hielt ich sie einen Augenblick, neigte mich über sie, war ganz Hingabe an sie, spürte jeden ihrer Schluchzer zusammen mit den meinen und wußte sie nicht zu unterscheiden; dann, unvermittelt und ungerührt, erkannte ich, daß wir allein waren. Sie machte sich frei. Die Gestalt neben dem Sofa war verschwunden; doch Mrs. Marden lag mit geschlossenen Augen da, und das Schweigen, das von ihr ausging, stürzte uns in neuerliches, anderes Entsetzen. Bei Charlotte drückte sich dieses Entsetzen in dem Aufschrei »Mutter! Mutter!« aus, mit dem sie sich über sie warf. Ich fiel neben ihr auf die Knie. Mrs. Marden war dahingegangen.

War der Laut, den ich hörte, als Chartie aufschrie – der andere, der noch tragischere Schrei, meine ich – der Verzweiflungsschrei der armen Dame, als der Tod sie ereilte, oder das (wie bei einem wütenden Sturm) vernehmliche Aufseufzen des vom Bösen befreiten und beschwichtigten Geistes? Möglicherweise trifft letzteres zu, denn das war gnädigerweise das letzte, was wir von Sir Edmund Orme wahrnahmen.

Das Privatleben

Private Life (1892)

Wir redeten von London, und das angesichts eines gewaltigen, starrenden urzeitlichen Gletschers. Ort und Zeit gehörten zu jenen Eindrücken, die einen in der Schweiz ein wenig mit den modernen Demütigungen versöhnen, die mit dem Reisen verbunden sind – dem wahllosen In-ein-Abteil-gesteckt-Werden, dem allgemeinen Mangel an feiner Lebensart, dem Bahnhof und dem Hotel, der herdenhaften Geduld, dem Kampf um ein bißchen Aufmerksamkeit, der Tatsache, daß man nichts weiter ist als eine Nummer. Das Hochtal war rosig überhaucht vom Glühen der Alpenrose, und die kühle Luft war frisch, als wäre die Welt noch jung. Auf dem noch nicht weggeschmolzenen Schnee lag ein Hauch von nachmittäglicher Sonnenröte, und das einträchtige Gebimmel der Rinder, die freilich unsichtbar blieben, drang zusammen mit sonnengewärmtem Duft von Acker und Erde zu uns herauf. Das Gasthaus mit den breiten Balkons vor dem Giebel stand auf der höchsten Höhe des lieblichsten Passes im Oberland, und seit einer Woche hatten wir Gesellschaft und gutes Wetter gehabt. Das wurde allgemein als großes Glück gewertet, denn das eine hätte für das andere entschädigen müssen, hätte das eine oder das andere sich als schlecht erwiesen.

Das Wetter hätte zweifellos für die Gesellschaft entschädigt; doch mußten wir es in dieser Beziehung gar nicht bemühen, denn ein glücklicher Zufall wollte es, daß wir die *crème de la crème* hatten: Lord und Lady Mellifont, Clare Vawdrey, den – nach Ansicht vieler – bedeutendsten Vertreter unserer glorreichen Literatur, und Blanche Adney, die – nach Ansicht aller – größte unserer Schauspielerinnen. Ich erwähne diese zuerst, weil es sich um genau jene Leute handelte, um die ganz London sich damals riß. In London mußte man sie sechs Wochen im voraus ›buchen‹, doch in unserem Falle hatten wir sie bekommen, ohne daß große Umstände hatten gemacht werden müssen, ja, war ein jeder um der anderen willen hergekommen. Ein allgemeiner Stimmungsumschwung hatte uns in den letzten Augusttagen zusammengebracht, und wir betrachteten es als einen Glücksfall, daß wir das unter dem Schutz des Barometers auch bleiben konnten. Wenn die goldenen Tage erst einmal vorüber wären – wozu es bestimmt früh genug kam –, würden wir uns verschiedene Seiten des Passes hinunter verlieren und hinter den Gipfeln der uns umgebenden Berge verschwinden. Wir hatten alle etwas Gemeinsames, wir alle waren Gegenstand der gleichen, wenn auch unterschiedlich sich äußernden Aufmerksamkeit der Öffentlichkeit. In London trafen wir uns häufig, wenn auch nicht regelmäßig; und wir alle gehorchten mehr oder weniger den Gesetzen und der Sprache, den Traditionen und den Losungen desselben enggeknüpften Gesellschaftsgefüges. Ich glaube, wir alle, selbst die Damen, ›taten‹ etwas, obwohl wir, wenn die Sprache darauf kam, alle durch die Bank so taten, als täten wir es nicht. Über so etwas spricht man in London nicht, und so gehörte es zu unseren harmlosen Vergnügungen, hier anders zu sein als daheim. Es mußte irgendeine Möglichkeit geben, den Unterschied zum Ausdruck zu bringen, zumal wir alle meinten, daß dies hier unser aller Jahresurlaub sei. Auf jeden Fall hatten wir das Gefühl, daß die Verhältnisse hier menschlicher seien als in London oder daß zumindest wir selbst es wären. In dieser Hinsicht waren wir sehr freimütig, wir sprachen es sogar aus; genau über dieses Thema unterhielten wir uns, als wir hinüberblickten zu dem glühenden Gletscher und jemand unsere Aufmerksamkeit auf die nun schon länger andauernde Abwesenheit von Lord Mellifont und Mrs. Adney lenkte. Wir saßen auf der Terrasse des Gasthauses mit den Bänken und kleinen Tischen, und diejenigen von uns, denen am meisten daran gelegen war zu beweisen, daß wir an den Busen der Natur zurückgekehrt seien, tranken dieser sonderbaren teutschen Mode entsprechend vorm Essen ihre Tasse Kaffee.

Die Bemerkung über die Abwesenheit unserer beiden Gefährten wurde nicht aufgegriffen, nicht einmal von Lady Mellifont, ja, nicht einmal von dem kleinen Adney, dem beliebten Komponisten; denn die Bemerkung war nur während einer ganz, ganz kurzen Redepause von Clare Vawdrey gefallen. (Der gefeierte Schriftsteller hieß nur auf den Titelseiten ›Clarence‹.) Gerade die Offenbarung, daß wir alle schließlich Menschen seien, war es, worüber er sich im Augenblick ausließ. Er fragte die Anwesenden, ob nicht jeder, wenn er ehrlich wäre, versucht sei, zu jedem anderen hier zu sagen: »Ich hatte ja gar keine Ahnung, daß Sie wirklich so nett sind.« Ich meinerseits fand übrigens, daß *er* es durchaus sei, was möglicherweise sogar noch ein schwacher Ausdruck war, aber sich damit im einzelnen auseinanderzusetzen war viel zu kompliziert; außerdem geht es in meiner Geschichte ja gerade darum. Wir waren ganz allgemein stillschweigend übereingekommen, daß, wenn Vawdrey redete, wir anderen zu schweigen hätten, und das sonderbarerweise nicht, weil er das auch nur im entferntesten erwartete. Das tat er nicht, denn von allen, die gern und viel reden, war er derjenige, der das am wenigsten bewußt tat, der am wenigsten darauf erpicht war und es gleichsam nicht professionell tat. Es war vielmehr die Überzeugung des Gastgebers, der Gastgeberin, die unter uns vorherrschte: es war zwar ihre eigene Idee, aber sie hielten immer Ausschau nach einem Kreis von Zuhörern, wenn der große Romancier bei ihnen zu Abend speiste. Bei der Gelegenheit, von der ich hier spreche, war vermutlich niemand anwesend, mit dem er, daheim in London, noch nie zu Abend gegessen hatte, und wir alle spürten bei ihm die

Macht der Gewohnheit. Er hatte sogar schon zusammen mit mir diniert; und an jenem Abend hatte es mich – genauso wie an diesem Nachmittag in den Alpen – keinerlei Mühe gekostet, den Mund zu halten, dermaßen leidenschaftlich war ich damit beschäftigt, jener Frage nachzusinnen, die mich angesichts seiner stattlichen und kräftigen Gestalt stets in hohem Maße beschäftigte.

Diese Frage war um so quälender, als er selber (dessen bin ich ganz sicher) nie auf den Gedanken gekommen wäre, sie anderen aufzudrängen, genausowenig, wie ihm jemals aufgegangen wäre, daß man ihm sein Leben lang jeden Tag beim Abendessen zuhörte. In den Wochenzeitungen pflegte er als ›subjektiv‹ apostrophiert zu werden, und doch wäre das in Gesellschaft kein vornehmer Herr weniger gewesen als er. Er sprach nie von sich; ja, das war ein Thema, über das er, obwohl es bei ihm im höchstem Maße angemessen gewesen wäre, allem Anschein nach nicht einmal nachdachte. Er hatte seine Tageseinteilung und seine Gewohnheiten, seinen Schneider und seinen Hutmacher, seine Hygiene und seinen besonderen Wein, aber all diese Dinge zusammen ergaben nie so etwas wie eine Einstellung. Gleichwohl stellten sie die einzige Einstellung dar, die er jemals verkörperte, und es fiel ihm leicht, davon zu reden, daß wir im Ausland ›netter‹ seien als daheim. Auf *ihn* traf ein solches Anderssein in gar keiner Weise zu, er war weder hier noch dort noch an irgendeinem Ort auch nur um ein weniges ›netter‹ oder ›weniger‹ nett als sonst. Er unterschied sich von anderen Leuten, niemals jedoch von sich selbst (bis auf jene außerordentliche Weise, auf die ich später zu sprechen kommen werde), und mir fiel an ihm auf, daß er weder Launen hatte noch empfindlich war und auch keinerlei Vorlieben hegte. Er hätte sich stets in derselben Gesellschaft bewegen können, wenn es darum ging, daß er irgend etwas einen Einfluß auf sich einräumte wie etwa Alter, Umstände oder Geschlecht:

er wandte sich auf genau die gleiche Weise an Frauen wie an Männer, plauderte mit allen Menschen ohne Unterschied und versprühte klugen Menschen gegenüber nicht mehr Witz als gegenüber langweiligen. Was mich gelegentlich zur Verzweiflung brachte, war die Art, wie er sich – soweit ich das feststellte – an ein Thema klammerte, egal, was es sei: es gab immerhin einige Themen, die ich persönlich haßte. Niemals hatte ich es erlebt, daß er laut oder freudig erregt oder weitschweifig gewesen wäre, und genausowenig kann ich mich erinnern, daß er jemals ein Paradoxon zum besten gegeben, eine Nuance herausgearbeitet oder mit einem Gedanken gespielt hätte. Daß er es sich in den Kopf gesetzt hatte, sich über unser ›menschlich sein‹ auszulassen, stellte in seiner Konversation durchaus einen ungewöhnlichen Höhenflug dar. Seine Ansichten waren vernünftig, aber nicht bedeutend, und sich über die Tiefe seiner Einsichten Gedanken zu machen, war allzu verwirrend. Ich beneidete ihn um seine prachtvolle Gesundheit.

Vawdrey hatte sich mit stets gleichbleibendem Tempo und seinem durch nichts angekränkelten Gewissen in die Niederungen der Anekdoten hinabbegeben, wo die Geschichten schon von weitem zu erkennen sind wie Windmühlen oder Wegweiser; doch fiel mir nach einer Weile auf, daß Lady Mellifont in Gedanken offenbar woanders weilte. Zufällig saß ich neben ihr. Ich bemerkte, daß ihr Blick ein wenig ängstlich über die niedrigeren Hänge der Berge schweifte. Zuletzt schaute sie auf die Uhr und sagte zu mir: »Wissen Sie, wohin sie gegangen sind?«

»Meinen Sie Mrs. Adney und Lord Mellifont?«

»Lord Mellifont und Mrs. Adney.« Dadurch, wie sie meine Worte in der echogleichen Wiederholung umstellte, schien sie mich – unbewußt, versteht sich – zu verbessern, doch kam mir nicht einmal der Gedanke, daß sie das tun könnte, weil sie eifersüchtig gewesen wäre. Einer derart niedrigen Regung hielt ich sie für unfähig: zunächst einmal, weil ich sie mochte, und zum anderen, weil einem stets bald klarwurde, daß es, in welchem Zusammenhang auch immer, richtig war, Lord Mellifont an erster Stelle zu nennen. Er *kam* an erster Stelle – eindeutig an erster Stelle. Ich sage nicht, daß er der Größte oder Klügste oder Berühmteste gewesen wäre, wohl aber grundsätzlich immer jede Liste anführte und bei Tisch stets am Kopf der Tafel saß. Das allein schon macht eine bedeutende Stellung aus, und für seine Frau war es nur natürlich, ihn immer dort zu sehen. Meinen Worten hätte man entnehmen können, daß es Mrs. Adney gewesen wäre, die ihn mitgenommen hatte; doch für ihn war es unmöglich, daß jemand ihn mitnahm – es war er, der andere mitnahm. Es lag in der Natur der Dinge, daß niemand das besser wußte als Lady Mellifont. Ursprünglich hatte ich ziemlich viel Angst vor ihr gehabt, denn mit ihrem unbeweglichen Schweigen und dem tiefen Schwarz von fast allem, was ihre Person umgab, hatte ich sie für irgendwie hart, ja, sogar für etwas schwermütig gehalten. Ihre Blässe wirkte ein wenig grau und ihr schimmerndes schwarzes Haar metallisch wie die Broschen und Bänder und Kämme, mit denen sie sich unweigerlich schmückte. Sie war ständig in Trauer und trug zahllose Schmuckstücke aus Jet und Onyx, tausend klirrende Ketten und Spangen und Perlen. Ich hatte gehört, wie Mrs. Adney sie Königin der Nacht nannte, und das traf den Nagel so ziemlich auf den Kopf, sofern man davon ausging, daß die Nacht wolkenbedeckt war. Sie hatte ein Geheimnis, und wenn man dem nicht auf die Spur kam, sobald man sie näher kennenlernte, merkte man zumindest, daß sie gütig, unaffektiert und beschränkt und außerdem von gottergebener Schwermut war.

Sie wirkte wie eine Frau, die unter einer schmerzlosen Krankheit litt. Ich sagte ihr, ich hätte ihren Gatten und seine Begleiterin vor etwa einer Stunde die Schlucht hinuntergehen

sehen, und meinte, vielleicht wisse Mr. Adney, was sie vorgehabt hätten.
Vincent Adney, der trotz seiner fünfzig Jahre wie ein braver kleiner Junge wirkte, dem man eingebleut hatte, daß Kinder im Beisein von Erwachsenen nicht sprechen sollen, fügte sich mit bemerkenswerter Unbefangenheit und Takt in die Rolle des Ehemanns einer großen Dame vom Theater. Wenn auch nichts weiter darüber zu sagen war, als daß sie es ihm leichtmachte, so konnte man doch nicht umhin, die Bezauberung und Liebe zu bewundern, mit der er alles als selbstverständlich hinnahm. Es ist schwierig für einen Ehemann, der nicht auf der Bühne oder zumindest beim Theater ist, gute Miene zu einer Frau zu machen, die dort so glänzt; aber Adney tat mehr als nur das – er war in dieser Beziehung bewunderungswürdig und übertraf sich selbst. Er setzte seine Liebe in Musik um; und man erinnert sich gewiß, wie echt seine Musik sein konnte – es sind die einzigen englischen Musikwerke, bei denen ich es erlebt habe, daß sie bei einem Ausländer Interesse weckten. Seine Frau war stets in diesen Klängen lebendig; sie wirkten wie eine freie, großzügige Umsetzung des Eindrucks, den sie hervorrief. Hörte man sie sich an, war es, als schwebte sie lachend und mit wallendem Haar dahin. Er war nur ein kleiner Geiger an ihrem Theater gewesen, der während der Akte immer an seinem Platz saß; aber sie hatte ihn zu etwas Erlesenem und Unerschrockenem und Mißverstandenem gemacht. Bei aller Überlegenheit von ihrer Seite war eine Art Partnerschaft entstanden, und ihr Glück war Teil des Glücks ihrer Freunde. Das einzig Mißliche in Adneys Leben war es, daß er kein Theaterstück für seine Frau schreiben konnte, und die einzige Art, sich in ihre Angelegenheiten einzumischen, bestand darin, daß er die unmöglichsten Leute fragte, ob *sie* es nicht könnten.
Lady Mellifont sah einen Augenblick zu ihm hinüber und

meinte dann zu mir, an ihn würde sie sich dieser Frage wegen lieber nicht wenden, um dann im nächsten Augenblick hinzuzufügen: »Mir wäre es lieber, die Leute merkten nicht, wie nervös ich bin.«

»Sind Sie denn nervös?«

»Das bin ich immer, wenn mein Mann nicht bei mir ist – ob nun für längere oder kürzere Zeit.«

»Haben Sie denn Angst, ihm könnte etwas zugestoßen sein?«

»Ja, immer. Allerdings bin ich daran gewöhnt.«

»Fürchten Sie, er könnte abstürzen – oder sowas Ähnliches?«

»Ich weiß nicht genau, was es ist; es ist allgemein das Gefühl, daß er nie mehr zurückkommt.«

Sie sagte so viel und hielt mit so viel hinterm Berg, daß ich das Gefühl hatte, die einzige Möglichkeit, ihr zu helfen, bestehe darin, sich darüber lustig zu machen. »Er wird Sie doch bestimmt nie im Stich lassen!« sagte ich daher lachend. Sie blickte einen Moment auf den Boden. »Ach, im Grunde bin ich unbesorgt.«

»Was soll einem so tüchtigen Mann schon zustoßen, jemand, der immer genau das Richtige tut wie er und auf alles gefaßt ist«, fuhr ich fort, ihr Mut zuzusprechen.

»Ach, Sie haben ja keine Ahnung, wie sehr er auf alles gefaßt ist!« fuhr sie mit einem eigentümlichen Zittern in der Stimme fort, das ich nur darauf zurückführen konnte, daß sie nervös war. Diese Überlegung wurde noch bestätigt dadurch, daß sie kurz darauf die Stühle wechselte, ohne daß das einen bestimmten Grund gehabt hätte, nicht, um unserer Unterhaltung ein Ende zu setzen, sondern einfach, weil sie unruhig war. Zwar wußte ich nicht, was mit ihr los war, doch war ich schon erleichtert, als ich schließlich Mrs. Adney auf uns zukommen sah. Sie trug einen großen Strauß Feldblumen in der Hand, doch war Lord Mellifont nicht an ihrer Seite. Freilich sah ich sofort, daß sie kein Unglück zu melden hatte. Da ich jedoch wußte, daß es eine Frage gab, die Lady Mellifont gern beantwortet gehabt hätte, jedoch zu stellen nicht wagte, brachte ich augenblicklich die Hoffnung zum Ausdruck, Lord Mellifont sei doch wohl nicht in einem Abgrund zurückgeblieben.

»O nein, er hat mich erst vor wenigen Minuten verlassen. Er ist ins Haus.« Blanche Adney ließ ihre Augen einen Moment auf den meinen ruhen – eine Art der Verständigung, gegen die kein Mann etwas haben konnte. Gesteigert wurde mein Interesse in diesem Fall noch durch etwas ganz Bestimmtes, das ihre Augen mir übermittelten. Für gewöhnlich besagten sie eigentlich nie mehr als: ›Sicher bin ich bezaubernd, das weiß ich, aber machen Sie bitte kein Aufheben davon. Ich möchte nur eine neue Rolle haben – wirklich, wirklich!‹ Diesmal gaben sie mir außerdem vage und doch eindringlich und – das versteht sich von selbst – mit größtem Liebreiz zu verstehen, denn sie tat es nie anders: ›Es ist alles in Ordnung – obwohl etwas vorgefallen ist. Vielleicht erzähle ich es Ihnen später.‹ Sie wandte sich Lady Mellifont zu, und die Mühelosigkeit, mit der sie den Übergang zu schlichter Fröhlichkeit zuwege brachte, verriet, wie meisterlich sie ihren Beruf beherrschte. »Ich habe ihn heil und ganz wieder mitgebracht. Wir haben einen hinreißenden Spaziergang gemacht.«

»Das freut mich sehr«, erwiderte Lady Mellifont mit einem Anflug von Lächeln und fuhr dann beim Aufstehen fort: »Er muß hinaufgegangen sein, um sich zum Abendessen umzukleiden. Es ist doch schon bald soweit, oder?« Sie entfernte sich in Richtung Hotel und verlieh auf diese Weise der feinen Lebensart etwas Schlichtes, wohingegen der Rest von uns bei der Erwähnung des Abendessens auf die Uhr schaute, als könnte man sich dadurch der Verantwortung für etwas so Gewöhnliches entledigen. Der Oberkellner – wie alle Oberkellner ein Mann von Welt – gestattete uns, die Frage, wann und wo wir speisen wollten, selbst zu entscheiden, so daß wir abends im Lichtschein einer einzigen Lampe etwas abseits von den anderen Gästen eine einheitliche und gern gelittene Gruppe bildeten. Es waren jedoch nur die Mellifonts, die sich ›umkleideten‹, von denen man aber auch mit größter Selbstverständlichkeit erwartete, daß sie das taten: *sie* genauso wie an allen anderen Abenden ihres von Förmlichkeiten beherrschten Lebens (sie war keine Frau, die in ihren Gewohnheiten etwas so Unbeständiges wie das jeweils Passende berücksichtigen konnte); *er* hingegen auf der anderen Seite mit einer bemerkenswerten Anpassungsfähigkeit und Sinn für das Angemessene. Er war fast genauso ein Mann von Welt wie der Oberkellner und sprach sogar fast ebenso viele Sprachen; aber er nahm Abstand davon, im Geiste mit Frack und weißer Weste zu liebäugeln, sondern wurde der Gelegenheit auf eine viel subtilere Weise gerecht – durch die Wahl zum Beispiel zwischen schwarzem Samt und blauem Samt und braunem Samt bis hin zu der harmonischen Abstimmung zwischen Krawatte und den feinen Extravaganzen des Hemdes. Er besaß einen Abzug für jede Gelegenheit und eine Moral für jeden Anzug; und all seine Obliegenheiten, Anzüge und seine Moralvorstellung gehörten für eine unendlich große Zahl von Zuschauern zum Lebensgenuß dazu – zumindest zu dem, was die schöneren Seiten dieses Lebens und die Liebe betrifft. Für seine besonderen Freunde freilich waren diese Dinge mehr als nur Kurzweil; sie waren Gesprächsthema, eine Säule der Gesellschaft und darüber hinaus selbstverständlich auch noch Gegenstand ständiger Neugier. Wäre seine Frau vorm Diner nicht dagewesen, würde sie vermutlich Gegenstand der Unterhaltung gewesen sein, um dessentwillen der Rest von uns die Köpfe zusammensteckte.

Clare Vawdrey verfügte über einen großen Schatz von Anekdoten, in denen diese Frage die Hauptrolle spielte; er hatte Lord Mellifont fast von Anfang an gekannt. Eine Besonderheit dieses Edelmannes war es, daß man sich einfach nicht über ihn unterhalten konnte, ohne daß diese Unterhaltung zu einer Anekdote wurde, und was ihn noch weiter auszeichnete, war, daß es offenbar keine Anekdote geben konnte, die ihm im großen und ganzen nicht zur Ehre gereichte. Wäre er zu irgendeinem Zeitpunkt irgendwo eingetreten – die Anwesenden hätten freimütig erklären können: ›Selbstverständlich reden wir über Sie.‹ Soweit man überhaupt von Gewissen sprechen kann, hatte man in London allgemein ein gutes Gewissen. Im übrigen wäre es unmöglich gewesen sich vorzustellen, daß er eine Huldigung anders als huldvoll zur Kenntnis genommen hätte, denn er war stets die Ruhe selbst, wie ein Schauspieler, der sein Stichwort genau kennt. Er hatte nie in seinem Leben einen Souffleur gebraucht – selbst dann nicht, wenn er in Verlegenheit geriet, auch das war oft geprobt. Was mich persönlich betrifft, so hatte ich, wenn die Rede von ihm war, stets den sonderbaren Eindruck, als redeten wir von einem Toten – so sehr genoß man es allseits, sich über ihn zu unterhalten. Sein Ruf war eine Art von vergoldetem Obelisk, gleichsam, als sei er darunter bestattet; Legende und Erinnerungen an ihn hatten sich vor der Zeit verselbständigt.

Dieser Doppelsinn ergab sich, so vermute ich, aus der Tatsache, daß allein der Klang seines Namens und das Air, das er sich gab, sowie die allgemeine Aufmerksamkeit, die er weckte, irgendwie so ungewöhnlich und so hoch gespannt waren. Die Erfahrung zu machen, wie weltmännisch er wirklich war, kam viel später; die Erwartung, die Legende verblaßten angesichts der Wirklichkeit. So erinnere ich mich, daß diese Wirklichkeit an dem Abend, von dem hier die Rede ist, ganz besonders zur Geltung kam. Der stattlichste Mann seiner Generation hätte nicht besser aussehen können als er, und er saß unter uns wie ein sanftmütiger Dirigent, der mittels harmonischer Armbewegungen ein noch nicht richtig aufeinander eingespieltes Orchester beherrscht. Die Gesten, mit denen er den Gang der Unterhaltung bestimmte, waren genauso unwiderstehlich wie unbestimmt; man hatte das Gefühl, als ob man ohne ihn überhaupt keinen rechten Ton hervorgebracht hätte. Das war im wesentlichen alles, was er zu jeder Gelegenheit beitrug – was er vor allem zum öffentlichen englischen Leben beisteuerte. Er durchdrang es, er verlieh ihm Farbe und verschönerte es, und ohne ihn hätte es wohl kaum seinen Niederschlag in der Sprache gefunden. Auf jeden Fall hätte es des Stils entbehrt; denn eben dadurch, daß Lord Mellifont dazugehörte, *hatte* es Stil. Genau darüber war ich mir soeben voller Verwunderung klargeworden, als wir uns in der *salle à manger* des kleinen Schweizer Gasthauses zum unvermeidlichen Kalbsschnitzel niederließen. Verglichen mit seiner Erscheinung (in Klammern muß ich hinzusetzen, daß er nicht oft mit etwas verglichen wurde), gemahnte Clare Vawdreys Konversation an einen Reporter in der Gegenüberstellung zu einem Dichter. Es kam jedoch zu keinem Vergleich – in Lord Mellifonts Takt eingehüllt, war alles gedämpft und schrumpfte in den Ausmaßen. Nur rudimentär war in ihm die Fähigkeit ausgebildet, eine Lösung für ein Problem wie etwa das des Gastgeberspielens zu finden, also Verantwortungen zu übernehmen, die selbstverständlich gewisse Opfer verlangten. Schließlich war er nie in seinem Leben Gast gewesen; er war an jeder Tafel entweder Gastgeber, Hausherr oder Wortführer. Wenn es überhaupt einen Fehler in seiner Art, sich zu geben, gab (und das wage ich nur mit gedämpfter Stimme anzudeuten), dann, daß er ein wenig mehr Lebensart besaß, als jedes Beisammensein – auch noch das komplizierteste – erforderte. Auf jeden Fall machte man sich so seine Gedanken darüber, wie dieser weltgewandte Herr von Adel mit der Situation fertig wurde und wie der eigensinnige Literat die Situation als solche überhaupt nicht wahrnahm (geschweige denn, daß der Teil dieser Situation war), daß er entsprechend manipuliert wurde. Lord Mellifont verströmte ganze Schätze an Takt, wohingegen Clare Vawdrey nicht im Traum darauf kam, daß er es tat.

Vawdrey war derlei Vorsichtsmaßnahmen gegenüber die Arglosigkeit selbst, merkte nicht einmal, als Blanche Adney ihn fragte, ob er schon zu ihrem dritten Akt gekommen sei – eine Frage, in die sie höchst subtil eine ganz bestimmte Nuance einfließen ließ. Sie sonnte sich in der Vorstellung, daß er ein Stück für sie schreiben solle und daß – wenn er sich nur genug Mühe gab – die Hauptrolle darin genau die Rolle sein würde, auf die sie schon seit undenklichen Zeiten gehofft hatte. Sie war vierzig Jahre alt (was kein Geheimnis für jene sein konnte, die sie schon von Anfang an bewundert hatten) und konnte die Hand ausstrecken, um das ersehnteste aller Ziele zu ergreifen. Das verlieh ihrem Wunsch, die große Gelegenheit nicht zu verpassen, eine Art von tragischer Leidenschaft – schließlich war sie die vollendete Komödiantin. Die Jahre waren vorübergegangen, und trotzdem hatte sie es nicht gepackt; keine von den vielen Rollen, die sie gespielt hatte, war die gewesen, von der sie geträumt, und so war jetzt keine Zeit mehr zu verlieren. Das war der Rost auf der Rose, das Leiden hinter dem Lächeln. Das machte sie rührend – verlieh ihrer Traurigkeit womöglich noch größere Süßigkeit als selbst ihrem Lachen. Sie hatte Gestalten des alten englischen Theaters ebenso verkörpert wie solche des neuen französischen, und sie hatte ihre Generation damit verzaubert; was sie jedoch verfolgte, war die Vision einer noch größeren Gelegenheit, die Vorstellung von etwas, was echter war als die Verhältnisse, die um sie herum herrschten. Sie hatte Sheridan satt, und Bowler haßte sie; wonach sie verlangte, das war gleichsam eine feinere Palette. Das schlimme war für mein Gefühl, daß sie ihre moderne Komödie niemals aus diesem großen und gereiften

Romancier herausholen würde; denn der war dazu genauso unfähig wie, sagen wir, zum Einfädeln eines Fadens. Sie verwöhnte ihn, sie redete mit ihm, sie schenkte ihm, woraus sie kein Hehl machte, ihre Liebe; aber sie wiegte sich in Illusionen – sie mußte mit Bowler leben und auch sterben.
Es ist schwierig, sich flüchtig über diese bezaubernde Frau auszulassen, die schön war, ohne Schönheit zu besitzen, und vollkommen, wiewohl es ihr an manchen Dingen gebrach. Restlos überzeugend war sie immer nur auf der Bühne, und in Gesellschaft wirkte sie wie ein Modell, das vom Posierpodest heruntergestiegen ist. Sie war ein wandelndes Gemälde, was für das wenig kunstsinnige gesellschaftliche Bewußtsein ständig Anlaß zum Staunen gab – ein Wunder. Die Leute dachten, sie verriete ihnen gleichsam die Geheimnisse der Malerei, wofür sie ihr Tee und Entspannung schenkten. Dabei verriet sie ihnen gar nichts, trank den Tee aber trotzdem; nichtsdestotrotz kamen sie bei dem Handel besser weg als sie. Vawdrey war wirklich dabei, ein Stück zu schreiben; doch wenn er damit angefangen hatte, weil sie ihm gefiel, ließ er es, meine ich, aus demselben Grunde auch schleifen. Insgeheim spürte er das furchtbare Dilemma – wußte er ganz genau, daß das fertige Stück aus seiner Feder kein wirkliches Leben zu erwarten hatte. Gleichzeitig konnte nichts angenehmer sein, als eine solche Frage mit Blanche Adney offenzuhalten, und so fügte er dem Stücke von Zeit zu Zeit etwas sehr Gutes hinzu. Wenn er Mrs. Adney betrog, dann nur, weil sie in ihrer Verzweiflung einfach betrogen werden wollte. Auf ihre Frage nach ihrem dritten Akt entgegnete er, gerade vorm Abendessen habe er eine prachtvolle Passage geschrieben.
»Vorm Abendessen?« sagte ich. »Aber, *cher grand maître,* vorm Essen haben wir Ihnen hier auf der Terrasse doch gebannt gelauscht.«
Meine Worte sollten ein Witz sein, weil ich davon ausging,

daß er die seinen so gemeint hatte; doch zum erstenmal, soweit ich mich erinnern kann, bemerkte ich auf seinem Gesicht eine gewisse Verwirrung. Er sah mich eindringlich an und warf dann ruckartig den Kopf hoch – ähnlich wie ein Pferd, das durch einen Druck der Trense zum Stehen gebracht werden soll. »Ach, noch davor«, erwiderte er, und das klang durchaus glaubhaft.

»Davor haben Sie zusammen mit mir Billard gespielt«, meinte Lord Mellifont.

»Dann muß es gestern gewesen sein«, sagte Vawdrey.

Aber er saß in der Klemme. »Heute morgen haben Sie mir gesagt, gestern hätten Sie nichts getan«, wandte die Schauspielerin ein.

»Ich glaube, ich weiß einfach nicht, wann ich was mache.« Vawdrey schaute blicklos auf eine Schüssel, die ihm angeboten wurde, und nahm sich nichts.

»Hauptsache, *wir* wissen es.« Lord Mellifont lächelte.

»Ich glaube, Sie haben keine einzige Zeile geschrieben«, sagte Blanche Adney.

»Ich glaube, ich könnte Ihnen die Szene hersagen.« Vawdrey nahm sich von den *haricots verts*.

»O bitte – tun Sie das, tun Sie das!« riefen zwei von uns.

»Nach dem Abendessen, im Salon; es wird uns ein ganz besonderes Vergnügen sein«, erklärte Lord Mellifont.

»Ich weiß nicht recht – nun gut, ich will es versuchen«, fuhr Vawdrey fort.

»Ach, Sie sind phantastisch!« rief die Schauspielerin aus, die sich in Amerikanismen übte und sich sogar dazu herabgelassen hatte, eine amerikanische Komödie zu spielen.

»Allerdings nur unter einer Bedingung«, sagte Vawdrey.

»Sie müssen Ihren Mann dazu bringen, daß er spielt.«

»Spielt, während Sie vorlesen! Niemals!«

»Dazu ist meine Eitelkeit viel zu groß«, sagte Adney.

Lord Mellifont verstand es, ihn auszuzeichnen: »Sie müssen

die Ouvertüre spielen, ehe der Vorhang hochgeht. Das ist ein besonders köstlicher Augenblick.«

»Ich werde nicht vorlesen – einfach nur sprechen«, sagte Vawdrey.

»Warum lassen Sie mich nicht hinaufgehen und Ihr Manuskript holen?« schlug die Schauspielerin vor.

Vawdrey erwiderte, um das Manuskript gehe es nicht; doch eine Stunde später im Salon wünschten wir alle, er hätte es. Erwartungsvoll und noch ganz unter dem Einfluß von Adneys Violinspiel saßen wir da. Seine Frau, im Vordergrund auf einer Ottomane, war ganz Ungeduld und Profil, und Lord Mellifont auf dem Sessel – es war immer *der* Sessel, nämlich der von Lord Mellifont – gab unserer dankbaren kleinen Gruppe das Gefühl, als nähmen wir an einem Kongreß für Gesellschaftswissenschaften oder an einer Preisverleihung teil. Statt anzufangen, begann unser zahmer Löwe unversehens beim Brüllen gleichsam falsch zu singen – er hatte schlichtweg jedes Wort vergessen. Es tue ihm zwar außerordentlich leid, doch die Zeilen wollten ihm partout nicht wieder einfallen; er schäme sich zu Tode, aber sein Gedächtnis sei wie ein leeres Blatt. Dabei machte er keineswegs auch nur im geringsten den Eindruck, als schämte er sich – Vawdrey hatte in seinem ganzen Leben noch nie so ausgesehen, als schämte er sich; er war nur ungerührt und auf lustige Weise natürlich. Er bekannte, daß er nie geglaubt habe, sich jemals so zu blamieren; trotzdem hatten wir das Gefühl, dieses Bekenntnis wäre kein Hindernis, den Zwischenfall später einmal zu seinen lustigsten Erinnerungen zu zählen. Nur *wir* waren die Blamierten, als ob er uns mit voller Absicht einen Streich gespielt hätte. Hier bot sich für Lord Mellifont eine geradezu ideale Möglichkeit, sein Gefühl für Takt voll walten zu lassen – und so regnete dieser denn auch wie Balsam auf uns hernieder; er erklärte uns auf seine charmante, kunstsinnige Weise, wie *er* es anläßlich eines wirklich großen Augenblicks einmal fertiggebracht habe, gewisse gähnende Lücken zu überbrücken (er hatte einen *débit* – in England gebe es nichts, womit man das auch nur annähernd ausdrücken könne – wie die Schauspieler der *Comédie Française*), und zwar, als er bei einem hochwichtigen Ereignis zusammengebrochen sei, ausgerechnet, als er vor einer gewaltigen Menge eine Ansprache habe halten müssen; als er dort feststellte, seine Unterlagen vergessen zu haben, habe er auf der schrecklichen Rednertribüne, im Blickpunkt aller, vergeblich in Taschen, die gar nichts dafür konnten, nach seinen Notizen für die Rede herumgefummelt, ohne die er nicht habe auskommen können. Die Pointe seiner Geschichte freilich war feinsinniger als Vawdreys spaßige Bemerkungen; denn er deutete mit wenigen leichten Handbewegungen an, was für eine brillante Leistung er dann hingelegt habe, mit welcher er nicht nur die peinliche Situation überwunden habe, sondern sich, wie er uns zu erraten überließ, zu etwas aufschwang, von dem man damals nicht sagen konnte, es sei geeignet gewesen, dem Abbruch zu tun, was die Öffentlichkeit seinen guten Ruf zu nennen beliebte.

»Spiel – spiel!« rief Blanche Adney, stupste ihren Mann und erinnerte daran, daß ein *contretemps* auf der Bühne stets mit Musik vertuscht wird. Adney warf sich auf seine Geige, und ich sagte zu Clare Vawdrey, sein Mißgeschick lasse sich ja leicht bereinigen; er brauche ja bloß sein Manuskript herunterholen zu lassen. Wenn er so gut sein wolle, mir zu sagen, wo es liege, würde ich sofort hinaufgehen und es ihm holen. Woraufhin er erwiderte: »Mein Lieber, ich fürchte, es *gibt* gar kein Manuskript.«

»Dann haben Sie also gar nichts geschrieben?«

»Ich werde es morgen schreiben.«

»Ach, Sie halten uns zum besten«, sagte ich und wußte nicht, was ich von alledem halten sollte.

Vawdrey zögerte einen Augenblick: »Wenn etwas vorhanden ist, werden Sie es auf meinem Schreibtisch finden.«
In diesem Moment wandte jemand anders sich an ihn, und Lady Mellifont bemerkte vernehmlich, gleichsam, als wollte sie uns unserer mangelnden Rücksichtnahme wegen sanft rügen, Mr. Adney spiele etwas ausgesprochen Hübsches. Mir war schon vorher aufgefallen, daß sie Musik außerordentlich zugetan schien; immer wenn sie jemand beim Vorspielen zuhörte, schien sie stumm-verzückt dazusitzen. Vawdreys Aufmerksamkeit wurde abgelenkt, doch fand ich nicht, daß die Worte, die er gerade hatte fallen lassen, eine regelrechte Erlaubnis darstellten, in sein Zimmer hinaufzugehen. Außerdem wollte ich Blanche Adney etwas sagen; ich mußte sie etwas fragen. Um das zu bewerkstelligen, mußte ich freilich eine günstige Gelegenheit abwarten, denn ihres Mannes wegen bewahrten wir eine Zeitlang Schweigen, wonach dann eine allgemeine Unterhaltung einsetzte. Zwar waren wir es gewohnt, früh zu Bett zu gehen, doch war der Abend noch nicht ganz vorüber. Ehe er ganz um war, fand ich eine Gelegenheit, der Schauspielerin zu berichten, der Schriftsteller Vawdrey habe mir gestattet, mir das Manuskript zu holen. Bei allem, was mir heilig sei, beschwor sie mich, es auf der Stelle herbeizuschaffen und es ihr zu geben; und da die Hartnäckigkeit, mit der sie darauf bestand, mir bewies, daß ich mit meinem Einwand, es sei für ihn zu spät, um noch vorzulesen, unrecht hatte; außerdem war der Zauber gebrochen – den anderen würde es gleichgültig sein. Für *sie* war es noch nicht zu spät anzufangen; deshalb solle ich mich jetzt unverzüglich der kostbaren Seiten bemächtigen. Ich erklärte ihr, ich würde ihr ihren Wunsch zwar gleich erfüllen, doch zunächst einmal solle sie meine Neugier befriedigen und mir sagen, was vor dem Abendessen geschehen sei, als sie mit Lord Mellifont in den Bergen gewesen sei.
»Woher wollen Sie wissen, *daß* etwas geschehen ist?«

»Ich habe Ihnen das angesehen, als Sie zurückkamen.«
»Und da behauptet man, ich sei *Schau*spielerin!« rief Mrs. Adney.
»Und als was bezeichnet man mich?« fragte ich.
»Sie sind ein Erforscher der Herzen – jemand, der heimlich auf der Lauer liegt.«
»Ich wünschte, Sie würden einem solchen Beobachter gestatten, ein Stück für Sie zu schreiben.«
»Die Leute interessieren sich aber nicht für das, was Sie schreiben; Sie würden auf der Jagd nach dem Glück nur Schiffbruch erleiden.«
»Nun, ich sehe jedenfalls Stücke, wohin ich auch blicke«, erklärte ich. »Die Luft heute abend ist voll davon.«
»Die Luft? Vielen Dank für nichts. Ich wünschte nur, meine Schreibtischschubladen wären es.«
»Hat er Sie auf dem Gletscher geliebt?« fuhr ich fort.
Sie starrte mich an; dann brach sie in ihr ekstatisch-perlendes Lachen aus. »Lord Mellifont, der Ärmste? Was für ein komischer Ort! Das wäre wirklich der richtige Ort für *unsere* Liebe!«
»Ist er in eine Spalte gefallen?« fuhr ich fort.
Blanche Adney sah mich genauso an, wie sie es vor wenigen Augenblicken getan hatte, als sie, die Hände voller Blumen, vorm Essen heraufgekommen war.
»Keine Ahnung, in was er gefallen ist. Ich werde es Ihnen morgen sagen.«
»Dann ist er also runtergekommen?«
»Vielleicht ist er raufgegangen.« Sie lachte. »Es ist wirklich merkwürdig.«
»Um so mehr Grund, es mir heute abend zu erzählen.«
»Ich muß drüber nachdenken; ich muß dahinterkommen.«
»Ach, wenn Sie gern Rätsel raten – hier ist noch eines für Sie«, sagte ich. »Was ist mit dem großen Meister los?«
»Was für einem Meister?«

»Dem großen Meister jeder Form von Verstellung! Vawdrey hat keine Zeile geschrieben!«
»Gehen Sie, holen Sie seine Papiere, und wir werden wissen, was ist.«
»Ich möchte ihn aber nicht bloßstellen«, sagte ich.
»Warum nicht – wenn ich Lord Mellifont bloßstelle?«
»Ach, dafür würde ich alles tun«, gab ich zu. »Aber warum sollte Vawdrey nur etwas Falsches behauptet haben? Ich finde das schon sehr sonderbar.«
»Ja, es ist sehr sonderbar«, wiederholte Blanche Adney mit einem sinnenden Ausdruck auf dem Gesicht und den Blick auf Lord Mellifont gerichtet. Dann, als sie sich erhob, fügte sie noch hinzu: »Gehen Sie und sehen Sie in seinem Zimmer nach.«
»In Lord Mellifonts?«
Rasch drehte sie sich zu mir um. »*Das* wäre eine Möglichkeit.«
»Eine Möglichkeit, um was zu tun?«
»Es herauszufinden – es herauszufinden!« Das kam lustig und aufgeregt, doch unvermittelt hielt sie inne. »Wir reden Unsinn«, sagte sie.
»Wir bringen die Dinge durcheinander, aber trotzdem hat mir Ihre Idee gefallen. Bringen Sie Lady Mellifont dazu, daß sie es Ihnen erlaubt.«
»Ach, sie hat doch schon nachgesehen!« murmelte Mrs. Adney mit einem außerordentlich eigentümlichen dramatischen Ausdruck. Dann, nach einer Bewegung ihrer schönen, erhobenen Hand, als gälte es, eine phantastische Vision zu verscheuchen, rief sie gebieterisch: »Bringen Sie mir die Szene – bringen Sie mir die Szene!«
»Ich hole Sie«, antwortete ich, »aber sagen Sie nicht noch einmal, ich könnte kein Stück schreiben.«
Sie ließ mich stehen, doch wurde ich in der Ausführung meines Auftrags behindert durch das Auftauchen einer Dame,

die ein Büchlein mit den Geburtstagen angelegt hatte – man hatte uns damit ein paar Abende hindurch belästigt – und mir die Ehre antat, mich um meine Unterschrift zu bitten. Da sie alle anderen auch gebeten hatte, konnte sie mich unmöglich auslassen. Für gewöhnlich weiß ich zwar durchaus, wie ich heiße, doch dauert es immer eine Weile, bis ich mich an mein Geburtsdatum erinnere; und selbst wenn es mir dann einfällt, bin ich mir nie ganz sicher. So schwankte ich zwischen zwei Tagen, und ich sagte zu der Dame, wenn sie nichts dagegen habe, würde ich gern an beiden unterschreiben. Daraufhin meinte sie, ich sei doch gewiß nur einmal geboren; woraufhin ich ihr erklärte, selbstverständlich sei ich ein zweitesmal geboren worden an dem Tag, da ich ihre Bekanntschaft gemacht hätte. Diesen schwachen Geistesblitz erwähne ich nur, um zu beweisen, daß das Ganze – das obligate Betrachten der anderen Unterschriften inbegriffen – schon ein paar Minuten dauerte. Die Dame entfernte sich mit ihrem Büchlein; da erst wurde mir bewußt, daß die Gesellschaft sich aufgelöst hatte. Ich war allein in dem kleinen Salon, den man uns für unsere Zwecke zur Verfügung gestellt hatte. Meine erste Regung war Enttäuschung; wenn Vawdrey bereits zu Bett gegangen war, wollte ich ihn nicht stören. Doch als ich zögernd dastand, merkte ich plötzlich, daß Vawdrey nicht schlafen gegangen war. Ein Fenster stand offen, und der Klang von Stimmen drang zu mir herein: Blanche stand mit ihrem Dramatiker auf der Terrasse; die beiden unterhielten sich über die Sterne. Ich trat ans Fenster, um einen Blick hinauszuwerfen – der gestirnte Alpenhimmel war eine Pracht. Meine Freunde waren zusammen hinausgegangen; die Schauspielerin hatte einen Mantel umgeworfen; sie sah genauso aus, wie ich sie zwischen den Kulissen des Theaters hatte stehen sehen. Eine Weile verfielen sie in Schweigen, dann drang das Rauschen eines Wildbachs in der Nachbarschaft an mein Ohr. Ich wandte mich wieder dem Zimmer zu, und in seinem stillen Lampenlicht kam mir ein Gedanke. Unsere Gefährten waren auseinandergegangen – für ländliche Verhältnisse war es bereits spät –, und so würden wir drei das ganze Haus für uns allein haben. Clare Vawdrey hatte seine Szene geschrieben – sie war großartig; und wenn er sie uns hier und zu dieser Stunde vorlas – das würde keiner von uns je vergessen. Ich würde sein Manuskript herunterholen und den beiden damit entgegentreten, wenn sie wieder hereinkamen.

Mit diesem Vorsatz verließ ich den Salon. Ich war bereits einmal in Vawdreys Zimmer gewesen und wußte, daß es im zweiten Stock lag, die letzte an einem langen Korridor gelegene Tür. Eine Minute später lag meine Hand auf der Klinke; ich machte selbstverständlich auf, ohne vorher anzuklopfen. Genauso natürlich erschien es mir, daß das Zimmer in der Abwesenheit seines Bewohners im Dunkeln lag; und das um so mehr, als das Ende des Korridors um diese Stunde nicht erleuchtet war und die Dunkelheit sich nicht sofort aufhellte, als ich die Tür aufmachte. Ich war mir zu Anfang nur bewußt, daß ich mich nicht geirrt hatte und daß die Fenstervorhänge nicht zugezogen waren, ich daher einer Reihe von sternenerhellten Vierecken gegenüberstand. Dieses schwache Licht reichte jedoch nicht aus, mich in die Lage zu versetzen, das zu suchen, was zu finden ich gekommen war, und so hatte ich die Finger bereits um die Streichhölzer in der Tasche geschlossen, die ich immer bei mir trage, um mir meine Zigaretten anzünden zu können. Plötzlich fuhr ich zusammen, zog die Hand erschrocken heraus und stieß einen leisen Ruf, eine Entschuldigung hervor. Ich war in das falsche Zimmer geraten; ein Blick von etwa drei Sekunden zeigte mir, daß an einem Tisch in der Nähe des Fensters eine Gestalt saß – eine Gestalt, die ich zuerst für ein über einen Stuhl geworfenes Reiseplaid gehalten hatte. Mit dem Gefühl, ein Eindringling zu sein, zog ich mich zurück; doch während ich das tat, ging mir – schneller als ich es auszudrücken vermag – zunächst auf, daß ich mich *doch* in Vawdreys Zimmer befand, und sodann – einzigartige Empfindung –, daß es Vawdrey selber war, der dort vor mir saß. Als ich auf der Schwelle innehielt, befiel mich ein momentanes Gefühl der Verblüffung, doch noch ehe ich mir dessen recht bewußt wurde, hatte ich schon ausgerufen: »Hallo, sind Sie das, Vawdrey?«

Er wandte weder den Kopf, noch antwortete er mir, doch fand meine Frage sogleich tatsächlich eine Antwort, denn auf der anderen Seite des Korridors wurde eine Tür aufgemacht. Ein Diener war mit einer Kerze in der Hand aus dem gegenüberliegenden Zimmer herausgetreten, und in dieser vorüberhuschenden Beleuchtung erkannte ich endgültig den Mann, von dem ich vor wenigen Minuten noch angenommen hatte, daß ich ihn, soweit ich wußte, unten im Gespräch mit Mrs. Adney zurückgelassen hatte. Er kehrte mir halb den Rücken zu und neigte sich in Schreibhaltung über die Tischplatte, doch war ich mir bewußt, daß ich, was seine Identität betrifft, keineswegs in einem Irrtum befangen war. »Ich bitte um Verzeihung – ich dachte, Sie wären unten«, sagte ich, und da die Gestalt durch nichts erkennen ließ, mich gehört zu haben, fügte ich noch hinzu: »Wenn Sie zu tun haben, möchte ich Sie nicht stören.« Damit ging ich rückwärts hinaus und schloß die Tür – ich nehme an, daß ich weniger als eine Minute in seinem Zimmer gewesen war. Irgendwie hatte ich das Gefühl, etwas höchst Unwirkliches zu erleben, und dieses Gefühl wurde im nächsten Augenblick noch verstärkt. Die Hand immer noch auf der Türklinke, stand ich da; was mich durchdrang, war die merkwürdigste Empfindung, die ich je in meinem Leben gehabt hatte. Vawdrey saß an seinem Schreibtisch und schrieb, für ihn eine höchst angemessene und natürliche Beschäftigung; aber warum schrieb er im Dunkeln und warum hatte er mir nicht geantwortet? Ein paar Sekunden lauschte ich auf irgendeinen Laut, der von einer Bewegung verursacht sein könnte, um zu sehen, ob er aus seiner Versenkung zurückkehren würde – denn in etwas versenkt zu sein, stand einem großen Schriftsteller gut an – und ausrief: ›Ach, mein Lieber, sind Sie es?‹ Ich vernahm jedoch nichts weiter als Stille, spürte nur das sternenerhellte Dämmer im Zimmer samt der unerwarteten Gegenwart, die sie umschloß. Langsam wandte ich mich ab, kehrte nach unten zurück und kam völlig verwirrt dort an. Die Lampe im Salon brannte immer noch, doch der Raum selbst war leer. Ich ging zum Haupteingang des Gasthofs und trat ins Freie hinaus. Auch die Terrasse war leer. Blanche Adney und der Herr, der bei ihr gewesen war, waren anscheinend hineingegangen. Etwa fünf Minuten hing ich noch herum, dann ging ich zu Bett.

Ich schlief schlecht, denn ich war aufgeregt. Als ich noch einmal über diese sonderbaren Ereignisse nachdachte (und man wird bald sehen, daß sie in der Tat sonderbar waren), sah ich mich selbst vielleicht erregter, als ich es in Wirklichkeit war; denn Dinge, die ganz kraß aus der Norm herausfallen, sind zuerst längst nicht so groß wie später, wenn wir lange über sie nachgedacht haben. Es dauert seine Zeit, bis alle Erklärungen erschöpft sind. Ich war von unbestimmter Nervosität erfüllt, denn ich war in höchstem Maße erschrocken; doch gab es nichts, was sich nicht durch eine Frage an Blanche Adney aufklären ließ; gleich am Morgen würde ich sie danach fragen, wer denn auf der Terrasse bei ihr gewesen sei. Merkwürdigerweise hatte ich, als der Morgen graute – und er graute bewunderungswürdig schön herauf – weniger das Bedürfnis, meine Neugier in dieser Hinsicht zu befriedigen, als vielmehr den Schatten meiner Verwirrung abzuschütteln. Ich erkannte, daß der Tag herrlich zu werden versprach, und so wandelte mich die Lust an, ihn genauso, wie ich es oft in meiner Jugend getan, mit einer einsamen Bergwanderung zu verbringen. Folglich zog ich mich früh an, trank nur einen Kaffee zum Frühstück, steckte eine große Semmel in die Tasche und eine kleine Flasche in die andere und machte mich mit einem kräftigen Stecken in der Hand auf den Weg in die Höhe. Das, was ich eigentlich berichten möchte, hat mit den schönen Stunden, die ich dort oben verbrachte, im Grunde nichts zu tun – das waren Stunden, die man nie wieder vergißt. Wenn ich die eine Hälfte der Zeit über Hänge und Bergflanken dahinwanderte, so lag ich die andere Hälfte auf grasigen Matten, hatte die Mütze über die Augen gezogen (um durch einen kleinen Spalt in die Endlosigkeit des Himmels hineinzublicken), horchte in der strahlenden Stille auf das Gesumm der Bergbienen und fand, daß die meisten Dinge versanken und klein wurden. Clare Vawdrey wurde klein, Blanche Adney löste sich in Nebel auf, Lord Mellifont wurde alt, und ehe der Tag vorüber war, hatte ich vergessen, daß ich jemals irritiert gewesen war. Als ich am späten Nachmittag den Rückweg zum Gasthaus antrat, wollte ich nichts sehnlicher als herausfinden, ob nicht das Abendessen schon fertig sei. An diesem Abend kleidete ich mich durchaus um, und als ich wieder vorzeigbar war, saßen alle bereits bei Tisch.

Als ich Platz genommen hatte, stellte sich mein kleines Problem wieder ein; ich war neugierig, ob Vawdrey mich nicht zumindest ein bißchen sonderbar ansehen würde. Der jedoch würdigte mich überhaupt keines Blicks; was mir die Möglichkeit gab, mich sowohl in Geduld zu fassen, als mich auch zu fragen, warum ich eigentlich zögerte, ihn über den Tisch hinweg einfach zu fragen. Ich zögerte jedoch in der Tat, und als ich mir dessen bewußt wurde, stellte sich auch ein wenig wieder jene Erregung ein, die ich im Laufe des Tages hinter und unter mir gelassen hatte. Allerdings schämte ich mich meiner Hemmungen nicht; was mich bewegte, war nur so etwas wie Besonnenheit. Irgendwie spürte ich, daß eine Frage in aller Öffentlichkeit unfair gewesen wäre. Gewiß, da war Lord Mellifont, der mit all seinen vollendeten Manieren gewiß sämtliche Folgen gemildert hätte; doch glaube ich, war ich mir irgendwie klar darüber, daß seine Lordschaft mit ausgerechnet diesen Elementen nicht recht vertraut war. Kaum, daß wir uns erhoben, näherte ich mich deshalb Mrs. Adney und fragte sie, ob sie an diesem bezaubernden Abend nicht einen kleinen Spaziergang mit mir machen wolle.

»Sie sind heute doch stundenlang unterwegs gewesen; sollten Sie sich nicht lieber ausruhen?« erwiderte sie.

»Ich würde noch weitere hundert Meilen marschieren, um Sie zu bewegen, mir eine bestimmte Sache zu erzählen.«

Einen Moment sah sie mich an, und zwar mit jenem sonderbaren Ausdruck, den ich in Clare Vawdreys Augen gesucht, aber nicht gefunden hatte. »Meinen Sie, was aus Lord Mellifont geworden ist?«

»Aus Lord Mellifont?« Da ich mir über etwas ganz anderes den Kopf zerbrach, wußte ich nicht sogleich, was sie meinte.

»Wo bleibt denn Ihr Gedächtnis, Sie Schussel? Wir haben doch erst gestern abend darüber geredet.«

»Ach, ja«, rief ich, als es mir wieder einfiel, »wir haben ja soviel, worüber wir reden müssen.« Ich zog sie auf die Terrasse hinaus, und wir waren noch keine drei Schritte gegangen, da fragte ich sie bereits: »Wer war gestern abend hier zusammen mit Ihnen auf der Terrasse?«

»Gestern abend?« wiederholte sie, genauso weit von diesem entfernt, wie zuvor ich es von dem anderen gewesen war.

»Um zehn – kurz, nachdem unsere Gesellschaft auseinandergegangen war. Sie gingen mit einem Herrn hier heraus; Sie unterhielten sich über die Sterne.«

Sie starrte mich einen Moment an und bedachte mich dann mit ihrem Lachen. »Sind Sie eifersüchtig auf den armen Vawdrey?«

»Dann war er es also?«

»Selbstverständlich war er es.«
»Und wie lange blieb er?«
»Es hat Sie aber schlimm gepackt! Er blieb etwa eine Viertelstunde – vielleicht sogar etwas länger. Wir sind ein ganzes Stück gegangen; er redete von seinem Stück. Das ist alles, das war der einzige Zauber, den ich ausgeübt habe.«
»Und was tat Vawdrey hinterher?«
»Ich habe nicht die geringste Ahnung. Ich habe ihn allein gelassen und bin zu Bett gegangen.«
»Um welche Zeit sind Sie zu Bett gegangen?«
»Wann denn *Sie*? Ich weiß zufällig, daß ich mich um fünf vor halb elf von Mr. Vawdrey verabschiedet habe«, sagte Mrs. Adney. »Ich bin nämlich noch einmal zurück in den Salon, um ein Buch mitzunehmen, und da habe ich einen Blick auf die Uhr geworfen.«
»Mit anderen Worten haben Sie und Vawdrey sich eindeutig von fünf nach zehn bis zu der von Ihnen genannten Uhrzeit hier aufgehalten?«
»Ich weiß nicht, wie eindeutig wir waren, aber auf jeden Fall waren wir sehr ausgelassen. *Où voulez-vous en venir?*« fragte Blanche Adney.
»Einfach auf folgendes, meine Teuerste: daß Ihr Begleiter zu dem von Ihnen angegebenen Zeitpunkt, da er auf die von Ihnen angegebene Weise beschäftigt war, gleichzeitig dabei war, oben in seinem Zimmer etwas Literarisches zu schreiben.«
Bei diesen Worten blieb sie stehen, und ihre Augen bekamen im Dunkeln etwas Ausdrucksvolles. Sie wollte wissen, ob ich etwa an der Wahrheit ihrer Angaben zweifele; woraufhin ich ihr entgegnete, im Gegenteil, ich bestätigte sie – denn dadurch werde der Fall erst so interessant. Dem hielt sie entgegen, das würde erst dann der Fall sein, wenn sie das gleiche auch in bezug auf meine Wahrhaftigkeit sagen könne; doch das zu tun, konnte ich sie mühelos bewegen, nach-

dem ich ihr umständlich meine Suche des Manuskripts dargelegt hatte – jenes Manuskripts, welches ihr zu jenem Zeitpunkt aus einem Grunde, den ich jetzt begreifen konnte, ganz und gar aus dem Sinn gekommen war.

»Das habe ich bei dem, was er erzählte, völlig vergessen – ich hatte sogar vergessen, daß ich Sie danach geschickt hatte. Er entschädigte mich für sein Fiasko im Salon: er sprach mir die Szene vor«, sagte meine Gefährtin. Sie war, um mir zuzuhören, auf eine Bank gesunken, und während wir da saßen, nahm sie mich kurz ins Kreuzverhör. Dann brach sie in ein herzerfrischendes Lachen aus: »Ach, wie exzentrisch doch so ein Genie ist!«

»Ja, in der Tat! Sie scheinen noch unfaßlicher zu sein, als man ohnehin annimmt.«

»Ach, die Mysterien der Größe!«

»Man sollte alles über sie wissen, doch sie warten immer wieder mit neuen Überraschungen auf.«

»Sind Sie absolut sicher, daß es wirklich Mr. Vawdrey war?« fragte meine Gefährtin.

»Wenn er es nicht gewesen ist – wer, um alles auf der Welt, dann? Wenn ein Fremder, der genauso aussah wie er, um diese späte Abendstunde *im Dunkeln* an seinem Schreibtisch gesessen haben soll« – davon ließ ich mich nicht abbringen –, »würde das praktisch genauso ans Wunderbare grenzen wie das, was ich behaupte.«

»Ja, warum im Dunkeln?« sann Mrs. Adney.

»Katzen können im Dunkeln sehen«, sagte ich.

Zaghaft lächelte sie mich an. »Sah es wie eine Katze aus?«

»Nein, meine Teuerste, aber ich will Ihnen sagen, wie es aussah – es sah wie der Verfasser von Vawdreys bewunderungswürdigen Werken aus. Es sah unendlich viel mehr danach aus als unser Freund selbst«, erklärte ich.

»Meinen Sie, es war jemand, den er hat, um sie für ihn zu schreiben?«

»Jawohl – während er draußen ist und Sie enttäuscht.«
»Mich enttäuscht?« murmelte Mrs. Adney ohne Arg.
»*Mich* enttäuscht. – Jeden enttäuscht, der in ihm nach dem Genie sucht, welches die von ihnen so heißgeliebten und hochverehrten Seiten geschaffen hat. Wo ist dieses Genie in seiner Unterhaltung zu finden?«
»Ach, gestern abend war er fabelhaft«, sagte die Schauspielerin.
»Er ist immer so fabelhaft wie ihr morgendliches Bad oder ein Beefsteak oder die Bahnverbindung nach Brighton. Aber nie außergewöhnlich!«
»Ich verstehe, was Sie meinen.«
Ich hätte sie umarmen können – und tat es vielleicht auch.
»Deshalb ist es ja ein solches Vergnügen, sich mit Ihnen zu unterhalten. Ich habe mir oft den Kopf darüber zerbrochen – jetzt weiß ich es. Es gibt zwei!«
»Was für eine entzückende Idee!«
»Der eine geht aus, der andere bleibt daheim. Der eine ist ein Genie, der andere ein Bourgeois, und nur der Bourgeois ist es, den wir persönlich kennen. Der macht Konversation, kommt herum, ist schrecklich beliebt, flirtet mit Ihnen ...«
»Während *Sie* in den Genuß des Vorrechts kommen, das Genie zu erblicken«, fiel Mrs. Adney mir ins Wort. »Vielen Dank für den feinen Unterschied.«
Ich legte ihr die Hand auf den Arm. »Sehen Sie sich ihn doch selbst an! Versuchen Sie es, stellen Sie es auf die Probe, gehen Sie in sein Zimmer!«
»In sein Zimmer gehen? Das wäre unschicklich!« erklärte sie in ihrem besten Komödiantinnenton.
»Bei einer solchen Nachforschung ist alles erlaubt. Wenn Sie ihn sehen, ist damit alles geklärt.«
»Wie bezaubernd – es klären!« Sie dachte einen Moment nach, dann sprang sie plötzlich auf. »Sie meinen, *jetzt*?«
»Wann immer es Ihnen beliebt.«

»Aber angenommen, ich finde den falschen?« sagte Blanche Adney, und das wirkte wunderbar.

»Den falschen? Wen nennen Sie dann den richtigen?«

»Für eine Dame den falschen zum Aussuchen. Angenommen, ich würde nicht – das Genie finden?«

»Ach, um den anderen kümmere ich mich«, erwiderte ich. Dann – ich hatte mich zufällig umgeblickt – fügte ich noch hinzu: »Passen Sie auf – da kommt Lord Mellifont.«

»Ich wünschte, Sie würden sich um *den* kümmern«, murmelte meine Gesprächspartnerin.

»Was ist denn los mit ihm?«

»Das wollte ich Ihnen ja gerade erzählen.«

»Erzählen Sie! Er kommt doch nicht.«

Blanche Adney schaute einen Moment hinüber. Lord Mellifont, der offenbar aus dem Gasthaus herausgetreten war, um gedankenvoll eine Zigarre zu rauchen, blieb in einiger Entfernung von uns stehen und genoß die Wunder des Ausblicks, die selbst im Abenddämmer noch zu erkennen waren. Wir schlenderten langsam in einer anderen Richtung davon, und zuletzt sagte sie: »Meine Idee ist fast genauso komisch wie Ihre.«

»Ich würde meine nicht komisch nennen – sie ist wunderschön!«

»Nichts ist so wunderschön wie das Komische«, erklärte Mrs. Adney.

»Sie sehen das mit den Augen einer Schauspielerin. Trotzdem: ich bin ganz Ohr.« Meine Neugier war in der Tat wieder wach geworden.

»Nun denn, mein lieber Freund: wenn es Clare Vawdrey zweimal gibt (und ich muß sagen, in seinem Falle stimmt es: je mehr von ihm, desto besser), so hat seine Lordschaft sich eher über das Gegenteil zu beklagen: er ist nicht einmal ganz.«

Wir blieben gleichzeitig stehen.

»Ich verstehe nicht.«
»Glauben Sie, etwa ich? Nur gefällt mir nun mal die Vorstellung, daß, wenn es Mr. Vawdrey zweimal gibt, es Lord Mellifont alles in allem nicht mal *einmal* gibt.«
Ich dachte einen Augenblick nach, dann lachte ich. »Ich glaube, ich verstehe, was Sie meinen.«
»Und das ist es, was es zu einem solchen Vergnügen macht, mit *Ihnen* zusammen zu sein. Haben Sie ihn jemals allein gesehen?«
Ich versuchte, mich zu erinnern. »Oh ja; er hat mich einmal besucht.«
»Ah, dann war er also doch nicht allein.«
»Und ich habe ihn meinerseits besucht – in seinem Arbeitszimmer.«
»Hat er gewußt, daß Sie da waren?«
»Selbstverständlich. Man hatte mich ja gemeldet.«
Wie eine bezaubernde Verschwörerin sah Blanche Adney mich von der Seite an. »Sie sollten sich nicht melden lassen.« Damit ging sie weiter.
Atemlos kam ich hinter ihr her. »Meinen Sie, man müßte ihn überraschen, ohne daß er davon weiß?«
»Es müßte unverhofft geschehen. Sie müßten in sein Zimmer gehen – das ist es, was Sie tun sollten.«
Angesichts der Aussichten, die sich aus unserem kleinen Geheimnis ergaben, pochte mir das Herz; gleichzeitig aber – was – was wohl verzeihlich ist – war ich auch ein wenig durcheinander. »Wenn ich weiß, daß er nicht da ist.«
»Wenn Sie wissen, daß er es ist.«
»Und was werde ich zu sehen bekommen?«
»Sie werden nichts zu sehen bekommen!« rief Mrs. Adney, als wir wieder umkehrten.
Wir hatten das Ende der Terrasse erreicht, und als wir kehrtgemacht hatten, standen wir Aug in Auge Lord Mellifont gegenüber, der inzwischen weitergegangen war und uns, ohne

taktlos zu sein, eingeholt hatte. Ihn in diesem Augenblick zu sehen, war aufschlußreich; man sah unversehens eine alte Tradition, die sich mit dem allgemeinen Eindruck verband, den man sich von seiner Persönlichkeit machte. Wie er dastand, uns anlächelte und uns in der durchsichtigen Nacht zuwinkte (er präsentierte das Panorama wie einen Kandidaten für ein öffentliches Amt, ›unterstütze‹ nichts Geringeres als die Alpen), und wie er im feinen Duft seiner Zigarre und aller anderen Feinheiten und Wohlgerüche vor uns aufragte und auf seinem schönen Haupt irgendwie mehr Vollkommenheiten aufgehäuft schienen, als man dort je zuvor erblickt hatte, erschien er mir seinem ganzen Wesen nach, durch und durch und unübersehbar als eine Persönlichkeit des öffentlichen Lebens, so daß ich blitzhaft die Antwort auf Blanche Adneys Rätsel in ihm las. Er war durch und durch öffentliches Leben und besaß keinerlei entsprechendes Privatleben, genauso wie Clare Vawdrey ausschließlich Privatleben war und kein entsprechendes öffentliches Leben besaß. Ich hatte die Geschichte meiner Freundin bis jetzt nur halb gehört, doch als wir uns zu Lord Mellifont gesellten (er war uns gefolgt; er mochte Mrs. Adney; doch nahm man von ihm immer an, daß er Gesellschaft eher akzeptierte, als daß er sie gesucht hätte) und eine halbe Stunde lang des großzügig ausgestreuten Reichtums seiner Konversation teilhaftig wurden, spürte ich mit einer diebischen Freude, für die ich mich nicht schämte, daß wir ihm gleichsam auf die Schliche gekommen waren. Mich belustigte dieser Blick hinter den Vorhang, welchen die Schauspielerin mir unversehens gewährt hatte, noch mehr als meine eigene Entdeckung; und wenn ich mich genausowenig schämte, dieses ihr Geheimnis mit ihr zu teilen wie zuvor das meinige mit ihr geteilt zu haben (wenn auch meines von den beiden Geheimnissen das, was die Persönlichkeit betrifft, um die es dabei ging, großartigere war), so deshalb, weil mein Gewinn dabei nicht auf irgendwelcher Herzlosigkeit beruhte, sondern im Gegenteil auf außerordentlichem Zartgefühl und echtem Verständnis. Oh, bei mir war er sicher, ja, ich kam mir darüber hinaus sogar reich und erleuchtet vor, als ob ich plötzlich das Universum in die Tasche gesteckt hätte. Ich hatte gelernt, was ein glanzvoller Anschein hier und jetzt bedeuten konnte. Zweifellos wäre es zuviel gesagt gewesen, wenn ich behauptete, etwas Ähnliches hätte ich bei seiner Lordschaft stets vermutet; zumindest ist jedoch unbestreitbar (wenn das auch herablassend klingt), daß ich mir, was meine Nachsicht ihm gegenüber betrifft, immer einer gewissen Zurückhaltung bewußt gewesen war. Insgeheim hatte ich ihn wegen seines vollendeten Auftretens immer bemitleidet, hatte mich gefragt, was für ein leeres Gesicht eine solche Maske wohl verdecken sollte, was eigentlich von ihm blieb in jenen unerbittlichen Stunden, da der Mann mit sich oder – noch ernsthafter – mit jenem gesteigerten Selbst, seiner angetrauten Frau, allein war. Wie war er zu Hause, und was trieb er, wenn er allein war? Da war etwas an Lady Mellifont, was diese Nachforschungen sinnvoll erscheinen ließ – etwas, was vermuten ließ, daß er selbst ihr gegenüber immer noch die Persönlichkeit des öffentlichen Lebens war und sie von ähnlichen Fragen geplagt wurde. Sie war mit ihnen nie ins reine gekommen; wir – Blanche Adney und ich – mehr als sie; nur würden wir es ihr um alles in der Welt nicht sagen, und aller Wahrscheinlichkeit nach würde sie uns auch nicht dafür danken, wenn wir es täten. Sie zog die relative Grandeur der Ungewißheit vor. Sie war mit ihm nicht vertraut, folglich konnte sie es nicht sagen; und zusammen mit ihr war er nicht allein, folglich konnte er es ihr nicht zeigen. Er repräsentierte seiner Frau gegenüber den Helden und war es für seine Diener, worauf man nun bei ihm hinauswollte, war zu erfahren, was wirklich aus ihm wurde, wenn kein Auge ihn sehen konnte. Offenbar ruhte er; doch welche Form der Ruhe vermochte eine solche Fülle der Gegenwärtigkeit wiederherzustellen? Lady Mellifont war zu stolz, um ihm heimlich auf die Schliche kommen zu wollen, und da sie niemals durchs Schlüsselloch gespäht hatte, hatte sie zwar ihre Würde bewahrt, ihre Neugierde jedoch war ungestillt geblieben.

Vielleicht habe ich mir nur eingebildet, daß Blanche Adney unseren Gefährten herauslockte, vielleicht war es aber auch nur so, daß die Ironie unserer Beziehung zu ihm mich in einem solchen Augenblick nicht instand setzte, ihn in aller Deutlichkeit vor mir zu sehen; auf jeden Fall war er mir nie als in krasserem Gegensatz zu dem erschienen, was er gewesen wäre, hätten wir ihm nicht ein Spiegelbild seines Image geboten. Zwar waren wir nur zu zweit, und doch war er nie mehr ›Öffentlichkeit‹ gewesen. Seine vollendeten Manieren waren nie vollendeter gewesen, sein bemerkenswerter Takt nie bemerkenswerter. Ich hatte das unausgesprochene Gefühl, all das müßte in den Morgenzeitungen stehen, in einem Leitartikel; gleichzeitig war ich aber insgeheim auch von dem belustigenden Gefühl durchdrungen, etwas zu wissen, was nie sein würde und nie sein konnte, obgleich jede etwas mutigere Zeitung ein Vermögen dafür geboten hätte. Freilich muß ich hinzufügen, daß ich, selbst wenn ich es genoß – das Ganze war sehr sinnlich, gleichsam wie ein Gericht, das einem auf einem Teller serviert wird –, ich dennoch darauf brannte, wieder mit Mrs. Adney allein zu sein, die mir eine Geschichte schuldig war. Das erwies sich an diesem Abend als unmöglich, denn einige von den anderen waren herausgekommen, um zu sehen, was uns denn so fesselte; und dann erbat Lord Mellifont von unserem Violinspieler ein wenig Musik, der sein Instrument hervorholte und uns auf unserer Echo-Plattform und Aug und in Auge mit den Geistern der Berge göttlich vorspielte. Noch ehe das Konzert vorüber war, vermißte ich unsere Schauspielerin, und als ich ins Salonfenster hineinspähte, sah ich sie mit Vawdrey befaßt, der dabei war, ihr aus einem Manuskript vorzulesen. Offenbar war die große Szene doch fertiggestellt worden, und anscheinend stellte sie sich in dem neuen Licht, in dem Blanche den Autor sehen konnte, nur um so interessanter dar. Ich hielt es für angebracht, sie nicht zu stören, und ging zu Bett, ohne sie noch einmal gesprochen zu haben. Am nächsten Morgen hielt ich schon früh nach ihr Ausschau, und da der Tag schön zu werden versprach, schlug ich ihr vor, einen Spaziergang in die Berge zu machen; dabei erinnerte ich sie an das heilige Versprechen, das sie mir gegeben habe. Sie erkannte diese Verpflichtung an und schenkte mir die Freude ihrer Begleitung; doch wir waren noch keine zehn Schritt den Paß hinaufgegangen, da entfuhr es ihr mit nicht geringem Ungestüm: »Mein lieber Freund, Sie haben ja keine Ahnung, wie mich das beschäftigt. Ich kann an überhaupt nichts anderes mehr denken.«

»Als an Ihre Theorie in bezug auf Lord Mellifont?«

»Ach, was soll Lord Mellifont! Ich spreche von *Ihrer* über Mr. Vawdrey, der die bei weitem interessantere Persönlichkeit von den beiden ist. Mich fasziniert die Vorstellung von seinem – wie würden Sie es nennen?«

»Seiner auswechselbaren Identität?«

»Seinem anderen Ich; das spricht sich leichter.«

»Dann schließen Sie sich der Theorie an, oder?«

»Mich ihr anzuschließen? Ich schwelge geradezu darin! Gestern abend ist sie mir außerordentlich lebhaft vor Augen geführt worden.«

»Während er Ihnen dort vorlas?«

»Jawohl, als ich ihm zuhörte, ihn beobachtete. Das machte alles soviel einfacher, erklärte alles.«

»Das ist ja wirklich das Schöne daran. Ist die Szene sehr gut geworden?«

»Großartig. Und er liest so wunderschön vor!«

»Fast genauso schön, wie der andere schreibt!« Ich lachte.

Das veranlaßte meine Gefährtin, einen Moment innezuhalten und mir die Hand auf den Arm zu legen. »Sie fassen den Eindruck, den ich hatte, genau in Worte. Ich hatte das Gefühl, als läse er mir das Werk eines anderen vor.«
»Welch ein Dienst, den man einem anderen leistet!«
»Einem so ganz anderen Menschen!« erklärte Mrs. Adney.
Während wir weitergingen, unterhielten wir uns über diesen Unterschied, welchen Reichtum er darstellte, was für einen Lebensquell, diese Verdoppelung eines Menschen.
»Damit sollte er doppelt solange leben wie andere Menschen«, bemerkte ich.
»Wer von den beiden denn?«
»Nun ja, beide; denn schließlich sind sie Teilhaber ein und derselben Firma, und einer könnte ohne den anderen keine Geschäfte mehr machen. Und nur zu überleben – das wäre grauenhaft für beide.«
Blanche Adney schwieg eine Weile; dann entfuhr es ihr: »Ich weiß nicht – ich wünschte, er *würde* überleben.«
»Dürfte ich mich – was mich betrifft – erkundigen, welcher?«
»Wenn Sie das nicht erraten, sag' ich's Ihnen auch nicht.«
»Ich kenne das Frauenherz. Es zieht immer den anderen vor.«
Abermals hielt sie inne und blickte sich um. »Hier, wo mein Mann nicht in der Nähe ist, kann ich's Ihnen ja sagen. Ich liebe ihn.«
»Unglückliche Frau, er kennt ja keine Leidenschaften«, antwortete ich.
»Genau das ist ja der Grund, warum ich ihn anbete. Weiß eine Frau, die das durchgemacht hat, was ich durchgemacht habe, nicht, daß die Leidenschaften der anderen unerträglich sind? Eine Schauspielerin, das arme Wesen, darf sich aus keiner anderen Liebe etwas machen als aus der, die ganz auf *ihrer* Seite ist; sie kann es sich nicht leisten, daß man sie entschädigt. Meine Ehe ist der beste Beweis dafür; eine Ehe

macht alles kaputt. Wissen Sie, woran ich gestern abend gedacht habe, während Mr. Vawdrey mir all diese wunderschönen Passagen vortrug? Es packte mich das wahnsinnige Verlangen, den Autor kennenzulernen.« Und hochdramatisch, gleichsam, als wollte sie ihre Scham damit verbergen, ging Blanche Adney weiter.

»Das schaffen wir schon noch«, entgegnete ich. »Ich selbst möchte auch noch mal einen Blick auf ihn werfen. Doch bis dahin vergessen Sie bitte nicht, daß ich über achtundvierzig Stunden hindurch auf den Beweis gewartet habe, der das außerordentlich eindringliche und plausible Bild von Lord Mellifonts Privatleben bestätigt, das Sie entworfen haben.«

»Ach, Lord Mellifont interessiert mich nicht.«

»Gestern aber wohl«, sagte ich.

»Ja, schon, aber das war, ehe ich mich verliebt habe. Sie mit Ihrer Geschichte haben sein Bild in mir ausgelöscht.«

»Sie bringen es noch so weit, daß ich bedauere, es Ihnen erzählt zu haben. Kommen Sie schon«, beschwor ich sie, »wenn Sie mir nicht verraten, wie Sie auf diese Idee gekommen sind, muß ich doch glauben, Sie hätten sie einfach erfunden.«

»Lassen Sie mich überlegen, während wir dieses grüne Tal entlangwandern.«

Wir standen am Eingang einer bezaubernden gewundenen Schlucht, die zum Teil von einem Bach ausgefüllt war, der so rasch dahinfloß, daß er ganz glatt schien. Wir stiegen hinunter, und der weiche Fußpfad neben dem glasklaren Gewässer verlockte uns, weiter und weiter zu gehen; bis wir unversehens, während ich darauf wartete, daß es meiner Gefährtin wieder einfiel, an einer Biegung der Schlucht Lady Mellifont auf uns zukommen sahen. Sie ging allein im Schatten ihres Sonnenschirms dahin, ließ ihre zobelbesetzte Schleppe über den Boden schleifen; und auf diese Art und Weise bot sie auf den vielfach gewundenen Pfaden eine durchaus erlesene Erscheinung. Für gewöhnlich nahm sie einen Kammerdiener mit, der auf den Landstraßen hinter ihr herging und dessen Livree den Bergbewohnern fremd war. Sie errötete, als sie uns erblickte, als müßte sie sich für irgend etwas rechtfertigen; sie stieß ein vages Lachen aus und sagte, sie sei herausgekommen, um zeitig einen kleinen Spaziergang zu machen. Wir standen eine Weile beieinander, tauschten Platitüden aus, und dann erwähnte sie, sie habe gedacht, sie werde vielleicht ihren Mann finden.

»Ist er denn in dieser Gegend?« erkundigte ich mich.

»Das dachte ich. Er ist vor etwa einer Stunde hinausgegangen, um zu malen.«

»Haben Sie nach ihm gesucht?« fragte Mrs. Adney.

»Ein wenig; nicht sehr«, sagte Lady Mellifont.

Jede der beiden Frauen sah, wie mir schien, die andere mit einiger Eindringlichkeit an.

»Wenn Sie wollen, suchen wir für Sie nach ihm«, sagte Mrs. Adney.

»Ach, es ist nicht wichtig. Ich wollte nur zu ihm gehen.«

»Er wird sein Bild nicht malen, wenn Sie das nicht tun«, deutete meine Gefährtin an.

»Vielleicht tut er es, wenn *Sie* es tun«, meinte Lady Mellifont.

»Ach, er taucht schon wieder auf«, warf ich ein.

»Das tut er mit Sicherheit, wenn er weiß, daß wir hier sind«, erwiderte Blanche Adney.

„Wollen Sie warten, während wir suchen?« fragte ich Lady Mellifont.

Sie wiederholte, das habe keinen Sinn; woraufhin Mrs. Adney fortfuhr: »Wir werden uns zu unserem eigenen Vergnügen um diese Sache kümmern.«

»Ich wünsche Ihnen eine angenehme Suche«, sagte Lady Mellifont und war bereits im Gehen, als ich sie fragte, ob wir ihrem Gatten sagen sollten, daß sie ihm gefolgt sei. Sie zögerte einen Moment; dann würgte sie auf merkwürdige

Weise heraus: »Ich glaube, lieber nicht.« Damit verabschiedete sie sich von uns und glitt ein wenig steif die Schlucht hinunter.

Meine Begleiterin und ich beobachteten, wie sie sich entfernte, und tauschten einen Blick, während sich von den Lippen der Schauspielerin perlend so etwas wie ein leises Lachen löste. »Es sieht aus, als ob sie sich den Weg durch das Unterholz von Mellifont bahnte.«

»Sie ahnt es, wissen Sie«, entgegnete ich.

»Und sie möchte nicht, daß er es weiß. Es wird kein Bild geben.«

»Es sei denn, wir holten ihn ein«, fügte ich noch hinzu. »In dem Falle werden wir ihn dabei überraschen, wie er gerade dabei ist, es zu malen, und zwar in der anmutigsten Haltung. Das Merkwürdige ist, daß dieses Bild fabelhaft sein wird.«

»Lassen wir ihn in Ruhe – dann muß er ohne Bild nach Hause kommen.«

»Dann würde er lieber überhaupt nicht heimkommen. Ach, er findet schon ein Publikum.«

»Vielleicht malt er für die Kühe«, meinte Blanche Adney; und gerade, als ich im Begriff stand, ihr wegen ihrer Respektlosigkeit Vorhaltungen zu machen, fuhr sie fort: »Genau das habe ich nämlich festgestellt.«

»Wovon sprechen Sie?«

»Von dem Zwischenfall vorgestern.«

»Ah, dann erzählen Sie's doch endlich!«

»Weiter war da nichts – nur, daß es mir genauso erging wie Lady Mellifont: Ich konnte ihn nicht finden.«

»Hatten Sie ihn verloren?«

»Er hatte *mich* verloren – so scheint es gewesen zu sein. Er dachte, ich wäre verschwunden.«

»Aber Sie haben ihn gefunden, denn schließlich sind Sie ja mit ihm zurückgekommen.«

»Er war es, der *mich* fand. Genau das muß wieder geschehen.

Er ist von dem Augenblick an da, wo er weiß, daß jemand anderes da ist.«

»Ich begreife zwar seine Pausen – aber«, sagte ich nach kurzem Nachdenken, »ich komme nicht hinter das Gesetz, das bestimmt.«

»Ah, das ist zwar sehr subtil, aber mir ist es in dem Augenblick aufgegangen. Ich hatte mich gerade auf den Rückweg gemacht. Ich war müde und hatte darauf bestanden, daß er mich allein zurückgehen ließ. Wir hatten ein paar seltene Blumen gefunden – die ich mit heimbrachte –, und er war es gewesen, der sie fast alle entdeckt hatte. Das amüsierte ihn sehr, und ich wußte, daß er noch mehr holen wollte; aber ich war müde und ließ ihn allein. Er ließ mich ziehen – wo wäre sonst sein Takt geblieben? –, und ich war zu dumm, zu begreifen, daß von dem Augenblick an, da ich fort war, er keine Blume mehr würde pflücken können. Ich machte mich auf den Heimweg, doch nach drei Minuten merkte ich, daß ich sein Taschenmesser mitgenommen hatte – er hatte es mir geliehen, um einen Zweig zurechtzuschneiden –, und ich wußte, daß er es brauchen würde. Also ging ich ein paar Schritte zurück, um ihn zu rufen, doch ehe ich den Mund aufmachte, sah ich mich suchend nach ihm um. Was dann geschah, können Sie sich nicht vorstellen, ohne die Stelle vor sich zu haben.«

»Sie müssen mich unbedingt hinbringen«, sagte ich.

»Vielleicht begegnet uns dort ein Wunder. Es handelt sich um eine Stelle, an der man sich überhaupt nicht verbergen kann – ein großer sanfter Hang, ohne Unterbrechung oder Bäume. Unter mir lagen die paar Felsbrocken, zwischen denen ich selbst verschwunden war, die ich aber beim Zurückgehen gleich wieder hinter mir hatte.«

»Dann muß er Sie gesehen haben.«

»Er war vollkommen verschwunden – aus irgendeinem Grunde, den er wohl am besten kennt. Vielleicht war er für einen Augenblick müde geworden – er wird schließlich älter, wissen Sie, und so wird wohl bei dem Gefühl, plötzlich wieder allein zu sein, die Reaktion entsprechend groß gewesen sein, die Auflösung entsprechend vollständig. Aber wie dem auch sei, die Bühne war leer wie Ihre Hand.«

»Hätte er denn irgendwo sonst sein können?«

»In der kurzen Zeit hätte er nirgends hinkönnen – er konnte nur dort sein, wo ich ihn zurückgelassen hatte. Trotzdem war die Stelle völlig leer – genauso leer wie dieser Talabschnitt vor uns. Er war verschwunden – er hatte aufgehört zu sein. Aber sobald meine Stimme ertönte (ich rief seinen Namen), erhob er sich plötzlich vor mir wie der Ball der aufgehenden Sonne.«

»Und wo ging diese Sonne auf?«

»Genau dort, wo sie aufgehen sollte – genau dort, wo er hätte sein müssen und wo ich ihn hätte sehen müssen, wäre er wie andere Menschen.«

Ich hatte gebannt zugehört, hielt es jedoch für meine Pflicht, auf Einwände zu sinnen.

»Wieviel Zeit war vergangen zwischen dem Moment, da Ihnen seine Abwesenheit aufging, und dem Augenblick, da Sie nach ihm riefen?«

»Ach, nur ein Moment. Ich kann nicht behaupten, daß es lange gedauert hätte.«

»Aber immerhin so lange, daß Sie sich ganz sicher waren?« fragte ich.

»Ganz sicher, daß er nicht dasein würde?«

»Ja, und daß Sie sich nicht irrten, daß Ihre Augen Ihnen nicht irgendeinen Streich gespielt hatten.«

»Getäuscht haben könnte ich mich selbstverständlich, aber ich glaube es nicht. Jedenfalls ist das gerade der Grund, warum ich möchte, daß Sie in seinem Zimmer nachsehen.« Ich überlegte einen Moment. »Wie kann ich das tun, wo doch sogar seine Frau das nicht wagt?«

»Sie *möchte* aber; schlagen Sie es ihr vor. Es dauert bestimmt nicht lange, sie zu überreden. Sie ahnt etwas.«
Ich überlegte noch einmal. »Hatten Sie das Gefühl, daß *er* es wußte?«
»Daß ich ihn vermißt hatte? Es kam mir so vor, aber er glaubte, er wäre schnell genug gewesen.«
»Haben Sie ihn auf sein Verschwinden hin angesprochen?«
»Um Gottes willen – *y pensez-vous*? Dazu kam mir die Sache viel zu merkwürdig vor.«
»Richtig. Und wie sah er aus?«
In dem Versuch, darüber nachzudenken und sich das Wunder wieder zu vergegenwärtigen, schaute Blanche Adney wie abwesend das Tal hinauf. Plötzlich rief sie: »Genauso, wie er jetzt aussieht!«, und ich sah Lord Mellifont mit seinem Skizzenblock vor uns stehen. Mir fiel auf, daß er, als wir schließlich bei ihm waren, weder argwöhnisch noch völlig nichtssagend aussah; er stand ganz einfach da, wie er es immer und überall tat: wie die Hauptfigur von allem. Selbstverständlich hatte er kein Bild vorzuweisen, doch hätte nichts die Vorstellung, die wir uns augenblicklich von ihm machten, besser abrunden können als die Art, wie er sich in Positur setzte, als wir uns ihm näherten. Er hatte sich diesen Aussichtspunkt gewählt; mit einer Bewegung der pinselhaltenden Hand nahm er Besitz von ihm. Er lehnte sich gegen einen Felsbrocken; sein wunderschöner kleiner Tuschkasten ruhte auf einem natürlichen Tischchen neben ihm, einem kleinen glatten Felsen, der bewies, mit welcher Selbstverständlichkeit sogar die Natur sich bemühte, ihm zu Diensten zu sein. Er malte beim Reden und redete beim Aquarellieren; und wenn das Bild eine ebenso große Buntheit aufwies wie seine Rede, würde seine Rede einem jeden Album zur Ehre gereicht haben. Wir warteten, bis er mit seiner Darbietung fertig war, und es schien wirklich so, als wären die wachen Silhouetten der Gipfel interessiert daran, daß er Erfolg hatte.

Sie färbten sich schwarz wie Scherenschnitte und standen scharf konturiert vor einem blassen, graublauen Himmel, von dem freilich nichts zu befürchten stand, bis Lord Mellifont mit seinem Bild fertig war. Blanche Adney und ich unterhielten uns stumm; ich vermochte die Sprache ihrer Augen zu lesen: ›Ach, wenn *wir* es doch auch so gut verständen wie er! Er füllt eine Bühne auf eine Art, da können wir einfach nicht mithalten!‹ Es wäre uns genauso unmöglich gewesen, ihn zu verlassen wie ein Theater vor dem Ende eines Stücks; doch als es dann soweit war, kehrten wir zusammen mit ihm um und gingen zum Gasthaus zurück, vor dessen Tür seine Lordschaft nach einem neuerlichen Blick auf das frisch gemalte Blatt dieses vom Block abriß und es mit ein paar wohlgewählten Worten Mrs. Adney überreichte. Dann betrat er das Haus; und einen Augenblick später, als wir von dort, wo wir standen, hochschauten, sahen wir ihn oben am Fenster seines Wohnzimmers (er hatte die besten Zimmer) nach dem Wetter Ausschau halten.

»Nach alledem wird er sich ausruhen müssen«, sagte Blanche und ließ die Augen auf das Aquarell herniedersinken.

»Ja, das wird er wahrhaftig!« Mit diesen Worten hob ich meine Augen zum Fenster hinauf: Lord Mellifont war verschwunden. »Er ist bereits wieder aufgesogen worden.«

»Wieder aufgesogen?« Ich merkte, daß die Schauspielerin an etwas anderes dachte.

»Von der Unendlichkeit der Dinge. Er hat wieder seinen Sprung gemacht; da haben wir einen *entr'acte.*«

»Der dürfte ziemlich lange dauern.« Mrs. Adney blickte auf der Terrasse hin und her, und in diesem Augenblick trat der Oberkellner aus der Tür. Plötzlich wandte sie sich mit folgender Frage an ihn: »Haben Sie Mr. Vawdrey vor kurzem gesehen?«

Der Mann kam sofort näher.

»Er hat das Haus vor fünf Minuten verlassen – um einen

Spaziergang zu machen, wie ich annehme. Er ist zum Paß hinuntergegangen – mit einem Buch in der Hand.«
Ich betrachtete die unheilverkündenden Wolken. »Er hätte besser einen Regenschirm mitgenommen.«
Der Kellner lächelte. »Ich habe ihm geraten, einen mitzunehmen.«
»Vielen Dank«, sagte Mrs. Adney, und der Oberkellner zog sich zurück. Dann fuhr sie unvermittelt fort: »Würden Sie mir einen Gefallen tun?«
»Gern, sofern Sie auch mir einen tun. Lassen Sie mich sehen, ob das Bild signiert ist.«
Sie warf einen Blick auf die Skizze, ehe sie sie mir reichte. »So unwahrscheinlich es ist – aber die Unterschrift fehlt.«
»Das sollte sie aber nicht – damit das Bild seinen ganzen Wert erhält. Darf ich es eine Weile behalten?«
»Ja, wenn Sie tun, um was ich Sie bitte. Nehmen Sie einen Schirm und gehen Sie hinter Mr. Vawdrey her.«
»Um ihn Mrs. Adney zu bringen?«
»Um ihn fernzuhalten – so lange wie möglich.«
»Ich werde ihn solange fernhalten, wie es nicht regnet.«
»Ach, lassen Sie doch den Regen!« rief meine Gefährtin aus.
»Möchten Sie gern, daß wir bis auf die Haut durchnäßt werden?«
»Es würde mir nicht soviel ausmachen!« Mit einem eigentümlichen Glitzern in den Augen fügte sie hinzu: »Ich werde es versuchen.«
»Versuchen?«
»Den echten zu sehen. Ach, falls ich an ihn rankomme«, entfuhr es ihr dann leidenschaftlich.
»Versuchen Sie's, versuchen Sie's!« sagte ich. »Ich werde unseren Freund den ganzen Tag von hier fernhalten.«
»Falls ich an den herankomme, der es macht« – mit glänzenden Augen hielt sie inne –, »falls ich mit ihm klarkomme, werde ich meine Rolle bekommen.«

»Ich werde Vawdrey für immer von hier fernhalten!« rief ich hinter ihr her, als sie rasch ins Haus trat.
Ihre Unerschrockenheit war ansteckend, und im Schimmer der Erregung stand ich da. Ich blickte auf Lord Mellifonts Aquarellskizze und von dort zu dem Unwetter, das sich zusammenbraute; dann wandte ich den Blick nochmals hinauf zu den Fenstern seiner Lordschaft und schaute auf die Uhr. Vawdrey war mir nur um so kurze Zeit voraus, daß ich ihn bestimmt einholte – selbst dann, wenn ich zu Lord Mellifonts Wohnzimmer hinaufging (wo wir alle gastfreundlich empfangen worden waren) und ihm als Bote die Bitte vortrug, Mrs. Adney ersuche ihn, der Skizze die Weihe seiner Unterschrift teilhaftig werden zu lassen. Als ich den Blick noch einmal auf diesem Kunstwerk ruhen ließ, fand ich, daß auf diesem in der Tat etwas fehle: und was konnte das anderes sein als eine so hochadelige Signatur? Es war meine Pflicht, unverzüglich dafür zu sorgen, daß dieser Mangel behoben wurde, und dieser Überzeugung folgend, trat ich augenblicklich wieder ins Gasthaus. Ich stieg zu Lord Mellifonts Gemächern hinauf und erreichte die Tür zu seinem Salon. Hier jedoch begegnete ich einer Schwierigkeit, mit der ich in meinen hochfliegenden Gedanken nicht gerechnet hatte. Klopfte ich, würde ich alles kaputtmachen; aber war ich bereit, mich einfach über dieses Gebot der Höflichkeit hinwegzusetzen? Diese Frage stellte ich mir, und sie brachte mich in Verlegenheit; ich drehte mein kleines Bild immer wieder in der Hand um, doch gab es mir nicht die Antwort, die ich mir erhoffte. Was ich hören wollte, war: ›Mach die Tür ganz, ganz behutsam auf, lautlos und doch schnell; dann wirst du sehen, was du sehen willst.‹ Schon hatte ich die Hand auf der Klinke liegen, als mir bewußt wurde (so hellwach war ich also), daß genau in der Art, wie ich es eben gedacht – ganz, ganz behutsam, lautlos und doch schnell –, auf der gegenüberliegenden Seite des Flurs eine Tür sich bewegte.

Im gleichen Augenblick ertappte ich mich dabei, wie ich ziemlich verdattert Lady Mellifont mit einem Lächeln bedachte, welche, als sie meiner ansichtig geworden war, auf der Schwelle ihres Zimmer innehielt. Eine Zeitlang tauschten wir, während wir dastanden, ein paar Gedanken aus, die um so bemerkenswerter waren, als sie unausgesprochen blieben. Wir hatten einander dabei ertappt, wie wir gezaudert hatten, und wir hatten Verständnis füreinander; doch als ich zu ihr hinüberging (so daß wir über die Breite des Flurs vom Salon getrennt waren), formten ihre Lippen die nahezu lautlose, aber doch inständige Bitte: »Nicht!« Ich las in ihren wissenden Augen alles, was dieses Wort ausdrückte: das Eingeständnis ihrer eigenen Neugier und die Angst vor den Folgen, welche die meine zu zeitigen imstande wäre! *»Nicht!«* wiederholte sie, als ich vor ihr stand. Von dem Moment an, da mein Experiment sich in ihren Augen gleichsam wie ein gewalttätiger Akt ausnahm, war ich bereit, Abstand davon zu nehmen; gleichwohl glaubte ich, in ihrem angstvollen Gesicht noch etwas weit Tiefergehendes zu entdecken: die Möglichkeit, enttäuscht zu werden, falls ich nachgab. Es war, als ob sie gesagt hätte: ›Ich lasse Sie es tun, wenn Sie die Verantwortung übernehmen. Jawohl, mit jemand anderem würde ich ihn gern überraschen. Aber es wäre entsetzlich für ihn, wenn er dächte, daß ich es gewesen sei.‹

»Wir haben Lord Mellifont schnell gefunden«, bemerkte ich in Anspielung auf unser Treffen mit ihr eine Stunde zuvor, »und er war so liebenswürdig, Mrs. Adney dieses bezaubernde Aquarell zu schenken; sie hat mich gebeten, hinaufzugehen und ihn zu bitten, die fehlende Unterschrift darunterzusetzen.«

Lady Mellifont nahm mir das Aquarell ab, und ich erriet, welch ein Kampf sich in ihr abspielte, während sie es betrachtete. Eine Zeitlang bewahrte sie Schweigen; dann spürte ich, daß alle Feinfühligkeit und alle Würde, all ihre alte Schüchternheit und Ergebenheit sich gegen die Gelegenheit sträubten, die sich ihr bot. Sie wandte sich von mir ab und kehrte mit dem Aquarell zurück in ihr Zimmer. Ein paar Minuten blieb sie fort, und als sie dann wiederkam, konnte ich sehen, daß sie die Versuchung besiegt hatte; daß sie mit einer Art von neuerlich aufwallendem Entsetzen davor zurückgeschreckt war. Sie hatte das Bild in ihr Zimmer gelegt. »Wenn Sie so freundlich sein wollen, das Bild hierzulassen, werde ich Sorge tragen, daß Mrs. Adneys Bitte entsprochen wird«, sagte sie außerordentlich höflich und liebenswürdig, doch auf eine Weise, die unserem stummen Zwiegespräch ein Ende bereitete.

Mit einer vielleicht etwas gekünstelten Begeisterung stimmte ich zu und bemerkte dann – um uns das Auseinandergehen zu erleichtern –, daß das Wetter sich wohl ändern werde.

»In dem Fall werden wir gehen – und zwar sogleich«, sagte Lady Mellifont. Mich belustigte der Eifer, mit dem sie das sagte; sie schien sich damit heimlich in Sicherheit zu flüchten – mitsamt ihrem bedrohten Geheimnis. Um so überraschter war ich daher, als sie in dem Augenblick, da ich mich zum Gehen wandte, die Hand ausstreckte und nach der meinen griff. Sie hatte zwar den Vorwand, mir Lebewohl zu sagen, doch als ich ihr in diesem Sinne die Hand drückte, spürte ich, daß die Geste etwas ganz anderes ausdrückte: »Ich danke Ihnen für die Hilfe, die Sie mir hätten angedeihen lassen, aber es ist besser so, wie es ist. Wenn ich es erführe – wer würde mir dann helfen?« Als ich auf mein Zimmer ging, um meinen Schirm zu holen, sagte ich mir: ›Sie ist sich sicher, aber sie möchte nicht die Probe aufs Exempel machen.‹

Eine Viertelstunde später hatte ich Clare Vawdrey in der Schlucht eingeholt, und kurz danach hielten wir Ausschau nach einer Zuflucht. Der Sturm hatte sich nicht nur voll zusammengebraut, sondern war auch noch außerordentlich schnell losgebrochen. Wir liefen hastig einen Hügel hinauf zu einer leeren Hütte, einem rohen Unterstand, der kaum mehr war als ein Verschlag für die Rinder. Immerhin bot sie einen annehmbaren Schutz und wies auch noch Risse in den Wänden auf, durch die wir das großartige Schauspiel verfolgen konnten, das der Sturm bot. Diese Unterhaltung dauerte eine Stunde – eine Stunde, die für mich in meiner Erinnerung voll von Widersprüchen scheint. Während der Blitz mit dem Donner spielte und der Regen auf unsere Schirme prasselte, sagte ich mir, Clare Vawdrey sei eine Enttäuschung. Ich weiß nicht genau zu sagen, wie ich mir einen Autor vorstellte, welcher der Gewalt der Elemente ausgesetzt ist; ich weiß nicht, welche bestimmte Haltung mein Gefährte – Byrons Manfred gleich – meiner Meinung nach hätte annehmen sollen, doch irgendwie will mir scheinen, hatte ich doch nicht von ihm erwartet, daß er mich in einer solchen Situation mit (mir bereits bekannten) Geschichten über die berühmte Lady Ringrose erfreute. Um diese Dame drehte sich während dieser ungewöhnlich aufregenden Szene Vawdreys ganze Unterhaltung, wenn er auch, ehe noch alles ganz vorbei war, bereits ausholte, um von Mr. Chafer zu berichten, dem kaum weniger berüchtigten Rezensenten. Es brach mir das Herz, einen Mann wie Vawdrey von Kritikern sprechen zu hören. Die Blitze warfen ein unerbittlich klares Licht auf die mir seit Jahren vertraute Wahrheit, welche die letzten ein oder zwei Tage mir ohnehin deutlich vor Augen geführt hatten – die verwirrende Gewißheit nämlich, daß dieses bewundenrungswürdige Genie, was die persönlichen Beziehungen betrifft, meinte, es brauche nicht sein Bestes zu geben. So ging es in der Gesellschaft nun einmal zu, darüber kann kein Zweifel herrschen, doch verriet diese Unterscheidung einen Hochmut, der einen Bewunderer einfach verbittern mußte. Die Welt war gewöhnlich und dumm, und ein Mensch in seinem eigentlichen Wesen würde einen Narren aus sich machen, wenn er um ihretwillen aus sich herausginge, wo es

doch genausogut über einen Stellvertreter sich zum Essen einladen lassen und plaudern konnte. Trotzdem sank mir das Herz, als ich meinen Gefährten sich dieser ökumenischen Haltung befleißigen sah. Ich weiß nicht genau, was ich wollte; vermutlich wollte ich, daß er um meinetwillen eine Ausnahme machte. Fast glaubte ich, er würde es tun, hätte er nur gewußt, wie sehr ich seine Begabung verehrte. Nur hatte ich es nie fertiggebracht, ihm dies begreiflich zu machen, und so war er erbarmungslos unnachgiebig in der Anwendung seines Prinzips. Auf jeden Fall war ich mehr denn je überzeugt, daß sein Schreibtischsessel daheim zu dieser Stunde nicht leer war; die Manfred-Haltung war da, die Reaktionsblitze waren da. Ich konnte Mrs. Adney nur darum beneiden, daß sie sie aller Wahrscheinlichkeit nach genoß.
Der Himmel klärte sich zuletzt wieder auf, und der Regen ließ so weit nach, um uns zu erlauben, unser Asyl zu verlassen und zum Gasthof zurückzukehren, wo wir bei unserer Ankunft feststellten, daß unser zu langes Ausbleiben einige Aufregung verursacht hatte. Offenbar hatte man angenommen, daß die Entfesselung der Elemente uns in Gefahr gebracht hatte. Ein paar von unseren Freunden standen an der Tür und schienen sogar ein wenig enttäuscht, als sich herausstellte, daß nichts weiter geschehen war, als daß wir bis auf die Haut durchnäßt waren. Clare Vawdrey war aus irgendeinem Grunde durchgeregneter als ich und begab sich sogleich auf sein Zimmer. Blanche Adney befand sich unter denjenigen, die sich versammelt hatten, um Ausschau nach uns zu halten, doch als Clare Vawdrey auf sie zukam, wich sie grußlos vor ihm zurück; mit einer Bewegung, in der ich fast so etwas wie Entfremdung las, wandte sie ihm den Rükken zu und ging rasch hinüber in den Salon. Durchnäßt wie ich war, folgte ich ihr; woraufhin sie augenblicklich herumfuhr und mich ansah. Als erstes fiel mir auf, daß ich sie nie schöner gesehen hatte. Auf ihrem Gesicht lag der Schimmer

der Erleuchtung, und mit dem raschzüngigsten Geflüster, welches gleichzeitig der lauteste Schrei war, den ich je vernommen hatte, verkündete sie mir: »Ich hab' meine *Rolle*!«

»Sie sind in sein Zimmer gegangen – hatte ich recht?«

»Recht?« wiederholte Blanche Adney. »Ach, mein Lieber Freund!« flüsterte sie.

»Er war also da – Sie haben ihn gesehen?«

»Er hat mich gesehen. Es war die bedeutsamste Stunde meines Lebens.«

»Es muß die bedeutsamste Stunde *seines* Lebens gewesen sein, wenn Sie in diesem Augenblick auch nur halb so schön waren wie jetzt.«

»Er ist fabelhaft!« fuhr sie fort, als ob sie mich nicht hörte. »Es *ist* wirklich er, der schreibt!« Ich lauschte, unendlich beeindruckt, und sie fügte hinzu: »Wir verstehen einander.«

»Blitzhaft?«

»Ach, ich habe in dem Augenblick keine Blitze wahrgenommen.«

»Wie lange waren Sie bei ihm?« fragte ich voller Bewunderung.

»Lange genug, um ihm zu sagen, daß ich ihn verehre!«

»Ach, das ist etwas, was ich ihm nie habe aussprechen können!« rief ich bedauernd aus.

»Ich werde meine Rolle bekommen – ich werde meine Rolle bekommen!« fuhr sie mit triumphierender Gleichgültigkeit mir gegenüber fort; und dann wirbelte sie mit der Ausgelassenheit eines jungen Mädchens im Zimmer herum und hielt nur inne, um zu sagen: »Gehen Sie und ziehen Sie sich um!«

»Lord Mellifont wird Ihnen das Bild signieren«, sagte ich.

»Ach, wie egal ist mir Mellifonts Signatur! Er ist viel netter als Mr. Vawdrey«, fuhr sie wie beiläufig fort.

»Lord Mellifont?« gab ich vor zu fragen.

»Zum Teufel mit Lord Mellifont!«

Und damit rauschte Blanche Adney stolz und gehobener Stimmung an mir vorüber durch die offene Tür. Nur einen Schritt davon entfernt, stieß sie auf ihren Mann; woraufhin sie sich ihm mit einem bezaubernd hervorgestoßenen: »Wir reden gerade von dir, Liebling!« in die Arme warf und ihn küßte.

Ich ging in mein Zimmer und zog mich um, blieb aber bis zum Abend dort. Die Gewalt des Sturms war über uns hinweggegangen, und aus dem Regen war Nieseln geworden. Als ich zum Abendessen hinunterging, stellte ich fest, daß der Wetterwechsel unsere Gesellschaft schon auseinandergetrieben hatte. Die Mellifonts waren in einem Vierspänner davongefahren, andere waren ihrem Beispiel gefolgt, und ein paar Wagen waren für den nächsten Morgen bestellt. Blanche Adney gehörte zu denen, die morgen abreisen wollten, und unter dem Vorwand, noch Vorbereitungen treffen zu müssen, verließ sie uns unmittelbar nach dem Essen. Clare Vawdrey fragte mich, was denn mit ihr los sei – offenbar habe sie plötzlich etwas gegen ihn. Ich weiß nicht mehr, was für eine Antwort ich darauf gab, doch tat ich mein Bestes, ihn damit zu trösten, daß ich am nächsten Tag zusammen mit ihm fahren würde. Mrs. Adney war verschwunden, als wir zum Frühstück hinunterkamen; doch sie begruben ihren Streit in London, denn er schrieb sein Stück zu Ende, das sie zur Aufführung brachte. Ich muß hinzufügen, daß sie trotzdem immer noch auf ihre große Rolle wartet. Ich habe eine wunderschöne für sie im Kopf, doch mich besucht sie nicht, um mich in dieser Hinsicht zu inspirieren. Lady Mellifont hat jedesmal, wenn wir uns sehen, ein freundliches Wort für mich, doch das tröstet mich nicht.

Owen Wingrave

Owen Wingrave (1892)

1.

»Bei meiner Ehre, Sie müssen von Sinnen sein!« rief Spencer Coyle, als der junge Mann mit weißem Gesicht schwer atmend dastand und wiederholte: »Wirklich, ich bin fest entschlossen!«, und: »Ich versichere Ihnen, ich habe es mir gründlich überlegt.« Sie waren beide blaß, nur lächelte Owen Wingrave sein Gegenüber auf eine Weise an, die diesen erboste, auch wenn er immer noch feinerer Unterscheidungen fähig war und durchaus erkannte, daß Owens verzerrtes Gesicht (es wirkte wie ein abweisender Seitenblick) die Folge einer außerordentlich großen und verständlichen Nervosität war.

»Es war bestimmt ein Fehler, solange mitgemacht zu haben; aber das ist genau der Grund, warum ich meine, daß ich nicht weitermachen darf«, erklärte der arme Owen, wartete mechanisch, ja, demütig fast (er wollte nicht auftrumpfen, und es gab auch wahrhaftig nichts, womit er hätte auftrumpfen können), und wandte seine trocken schimmernden Augen durch das Fenster den empfindungslosen gegenüberliegenden Häusern zu.

»Ich kann gar nicht sagen, wie entsetzt ich bin. Sie machen mich ganz krank«, fuhr Mr. Coyle fort und sah aus, als verstünde er die Welt nicht mehr.

»Es tut mir leid. Gerade die Angst vor der Wirkung, die das auf Sie haben müßte, hat mich davon abgehalten, schon früher den Mund aufzumachen.«

»Sie hätten schon vor drei Monaten zu mir kommen müssen! Sie können doch nicht von einem Tag auf den anderen den Verstand verloren haben.«

Eine Zeitlang sagte der junge Mann gar nichts. Dann erklärte er unter leichtem Zittern: »Sie sind sehr wütend auf mich, und das habe ich erwartet. Ich bin Ihnen außerordentlich dankbar für alles, was Sie für mich getan haben. Ich tue alles, was Sie wollen, um Ihnen das zu vergelten – nur das eine kann ich nicht. Alle anderen hier werden es mich selbstverständlich spüren lassen. Darauf bin ich gefaßt – ich bin auf alles gefaßt. Deshalb hat es ja gerade so lange gedauert: bis ich sicher war, daß ich auf alles gefaßt war. Ich glaube, es ist Ihr Zorn, was mich am meisten trifft und was ich am meisten bedauere. Aber mit der Zeit werden Sie darüber hinwegkommen.«

»Und *Sie* werden wohl noch schneller darüber hinwegkommen, nehme ich an!« rief Spencer Coyle ironisch. Er war genauso erregt wie sein junger Freund, und offensichtlich waren sie beide nicht in der Verfassung, ein Treffen weiter in die Länge zu ziehen, bei dem sie beide Blut ließen. Mr. Coyle war von Beruf ›Einpauker‹; er bereitete junge Leute für die Laufbahn in der Armee vor, nahm jeweils nur drei oder vier von ihnen auf und ließ ihnen jenes unwiderstehliche Stimulans zuteil werden, das zu besitzen sowohl sein Geheimnis als auch sein Glück war. Er führte kein großes Etablissement; vor sich selbst würde er gesagt haben, schließlich handele er nicht *en gros*. Weder sein System, seine Gesundheit noch sein Temperament wären mit einer größeren Zahl von Schülern fertig geworden; folglich wählte er sorgfältig aus, nahm genau Maß und wies mehr Anwärter ab, als er aufnehmen konnte. Er war auf seinem Gebiet ein Künstler, gab sich nur mit ausgesuchtem Material ab und war imstande, nahezu leidenschaftliche Opfer für die ihm anvertrauten einzelnen zu bringen. Was ihm gefiel, waren feurige junge Männer (es gab andere Fähigkeiten, für die er unempfänglich war), und auf Owen Wingrave hielt er ganz besonders große Stücke. Die leichte Auffassungsgabe dieses jungen Mannes faszinierte ihn. Für gewöhnlich leisteten die jungen Männer, die durch seine Hände gegangen waren,

Wunderbares, und er hätte sehr viele an die Armee weitergeben können. Er war von genau der gleichen Statur wie der große Napoleon, und es war ein gewisses genialisches Blitzen in seinen hellblauen Augen: man hatte von ihm behauptet, er sähe aus wie ein Pianist. Der Ton, in dem sein Lieblingsschüler sich jetzt an ihn wandte, drückte in der Tat unabsichtlich eine höhere Einsicht aus, die ihn irritierte. Bis jetzt hatte er noch nicht unter der hohen Meinung gelitten, die Owen Wingrave von sich selbst hatte und welche durchaus gerechtfertigt schien; heute hingegen empfand er sie als unerträglich. Er schnitt die Unterhaltung einfach ab, weigerte sich entschieden, ihre Beziehung als beendet zu betrachten, und erklärte seinem Schüler, er solle doch lieber wegfahren (sagen wir nach Eastbourne; die See werde ihn schon wieder zur Vernunft bringen) und ein paar Tage ausspannen, um wieder auf die Beine zu kommen und wieder Vernunft anzunehmen. Er könne sich diese Zeit durchaus leisten, denn schließlich sei er den anderen weit voraus; als Spencer Coyle einfiel, wie weit voraus, hätte er ihn ohrfeigen mögen. Der großgewachsene, athletische junge Mann war niemand, bei dem man mit derlei Strafmaßnahmen etwas hätte ausrichten können; doch war sein hübsches Gesicht so unglücklich sanft, zeigten sich darin gleichermaßen Reue wie Eigensinn, was bewies, daß er, wäre damit nur etwas gewonnen gewesen, seinem Lehrer beide Wangen hingehalten hätte. Er tat durchaus nicht so, als ob ihn eine höhere Einsicht leite; er stellte sie nur als seine eigene hin. Schließlich war es seine eigene Karriere, um die es hier ging. Er konnte sich nicht weigern, es mit Eastbourne zumindest zu versuchen oder zumindest den Mund zu halten, wenngleich sein Benehmen durchblicken ließ, daß, wenn er es täte, es nur geschähe, um Mr. Coyle eine Möglichkeit zu geben, sich zu erholen. Er fühle sich in keiner Weise überarbeitet, doch sei nichts natürlicher, als daß Mr. Coyle es bei dem gewaltigen

Druck, der von ihnen ausgehe, wäre. Für Mr. Coyle könne es nur von Vorteil sein, wenn sein Schüler sich ein paar Tage freinähme. Mr. Coyle begriff, was er meinte, beherrschte sich jedoch; er verlangte, und das war durchaus berechtigt, daß sie für drei Tage einen Waffenstillstand schlössen. Dazu erklärte Owen Wingrave sich ohne weiteres bereit, obwohl ihm das sichtlich wider den Strich ging, gleichsam als leiste er damit falschen Illusionen Vorschub; doch ehe sie sich trennten, meinte der berühmte Lehrer: »Wie auch immer, ich finde, ich müßte mit jemandem sprechen. Haben Sie nicht gesagt, Ihre Tante sei nach London gekommen?«

»O ja; sie ist in der Baker Street. Gehen Sie zu Ihr und sprechen Sie mit ihr«, sagte der Junge tröstend.

Mr. Coyle blickte ihn einen Moment an. »Haben Sie ihr diese Torheit schon beigebracht?«

»Noch nicht – ich habe mit keinem Menschen darüber gesprochen. Ich hielt es für richtig, zuerst mit Ihnen zu reden.«

»Ach, was Sie so ›für richtig‹ halten!« rief Spencer Coyle, außer sich über die Wertmaßstäbe seines jungen Freundes. Dann setzte er hinzu, er werde Miss Wingrave wahrscheinlich einen Besuch abstatten; wonach der verzagte Jüngling das Haus verließ.

Allerdings fuhr Owen Wingrave nicht sofort nach Eastbourne, sondern lenkte die Schritte nur in Richtung Kensington Gardens, von denen Mr. Coyles beneidenswerte Villa (er lebte auf großem Fuße und führte ein großes Haus) nicht weit entfernt war. Der berühmte Lehrer nahm seine Zöglinge ›in Kost und Logis‹, und Owen hatte dem Butler gesagt, er werde zum Abendessen wieder dasein. Der Frühlingstag war warm für sein junges Blut, und er trug ein Buch in der Tasche, das er, nachdem er den Park betreten und sich nach einem kurzen Gang auf einen Stuhl gesetzt hatte, mit einem gedehnten, leisen Seufzer herausnahm, der die Erfüllung einer hinausgeschobenen Freude verkündete. Er streckte die langen Beine aus und fing an zu lesen; es war ein Band Goethegedichte. Tagelang hatte Owen sich in einem Zustand höchster Erregung befunden, und jetzt, nachdem die Würfel gefallen waren, war die Erleichterung entsprechend; typisch für ihn war nur, daß die Erlösung die Form geistigen Vergnügens annahm. Wenn er alle Aussichten auf eine großartige Karriere in den Wind geschlagen hatte, dann nicht, um müßig die Bond Street entlangzuschlendern oder seine Gleichgültigkeit am Fenster eines Clubs zur Schau zu stellen. Auf jeden Fall hatte er nach wenigen Augenblicken alles vergessen – den ungeheuren Druck, Mr. Coyles Enttäuschung, ja, selbst seine respektgebietende Tante in der Baker Street. Hätten diese ihn hier sehen können, so würden sie sicher eine gewisse Entschuldigung für ihre Erbitterung gefunden haben. Kein Zweifel, daß er verstockt war; bewies denn nicht schon die Tatsache, welchem Zeitvertreib er sich hingab, wie weit er es ausgerechnet im Deutschen gebracht hatte?

»Was zum Teufel ist denn in ihn gefahren – wissen *Sie* das?« fragte am Nachmittag Spencer Coyle den jungen Lechmere, der es noch nie erlebt hatte, daß der Leiter des Instituts sich einer so rüden Sprache befleißigt und seinen Schülern damit ein schlechtes Beispiel gegeben hätte. Der junge Lechmere war nicht nur Wingraves Mitschüler, sondern galt als sein Vertrauter, ja, als sein bester Freund, und hatte Mr. Coyle unbewußt geholfen, das Versprechen großer Gaben durch den Kontrast besonders deutlich zu erkennen. Er war klein und gedrungen und im ganzen nicht sonderlich begabt, und Mr. Coyle, dem nicht besonders viel daran lag, an ihn zu glauben, hatte ihn nie weniger aufregend gefunden als in diesem Augenblick, da er ihn aus einem Gesicht heraus anstarrte, dem man nie entnehmen konnte, ob er etwas begriffen hatte oder nicht. Der junge Lechmere verbarg derlei Leistungen gleichsam, als wären sie jugendliche Unbesonnenheiten. Auf jeden Fall konnte er sich offensichtlich nicht denken, warum mit seinem Studiengefährten mehr los sein sollte als sonst auch; folglich war Mr. Coyle gezwungen, weiter auszuholen.

»Er weigert sich weiterzumachen. Er schmeißt den ganzen Kram hin.«

Das erste, was dem jungen Lechmere in diesem Falle auffiel, war die Frische, welche die Ausdrucksweise des Leiters wie eine vergessene Mundart durch die ganze Angelegenheit bekommen hatte.

»Er will nicht nach Sandhurst?«

»Er will nirgendwohin. Er gibt die ganze Offizierskarriere auf. Er hat was gegen den Beruf des Offiziers ganz allgemein«, sagte Mr. Coyle in einem Ton, daß dem jungen Lechmere fast der Atem stockte.

»Aber Offizier zu sein ist doch der Beruf seiner gesamten Familie gewesen!«

»Ihr Beruf? Ihre *Religion* ist es gewesen! Kennen Sie Miss Wingrave?«

»Aber ja! Ist sie nicht schrecklich?« stieß der junge Lechmere arglos aus.

Sein Lehrer zauderte.

»Sie ist eine furchtgebietende Dame, wenn es das ist, was Sie meinen, und das sehr zu Recht, denn irgendwie repräsentiert die gute Dame, die nie geheiratet hat, Macht, Tradition und Heldentum der britischen Armee. Sie repräsentiert im weitesten Sinne den Anstand, für den der englische Name steht. Zwar kann man sich vermutlich darauf verlassen, daß seine Familie ihn zur Räson bringt, doch sollte jeder Einfluß mobilisiert werden. Ich wüßte gern, wie groß der Ihre ist. Können *Sie* in dieser Angelegenheit etwas bei ihm ausrichten?«

»Ich kann ja ein paar Runden mit ihm ausfechten«, sagte der junge Lechmere nachdenklich. »Aber er weiß schrecklich viel. Er hat die ausgefallensten Ideen.«

»Dann hat er Sie in ein paar von ihnen eingeweiht – hat er Sie ins Vertrauen gezogen?«

»Ich habe ihn wahnsinnig schimpfen hören«, sagte der aufrichtige junge Mann lächelnd. »Er hat mir gesagt, er verachtet es.«

»Was verachtet er denn nur? Ich komme da nicht mit.«

Der logischste von Mr. Coyles Schützlingen überlegte einen Augenblick, gleichsam als sei er sich einer Verantwortung bewußt.

»Nun, ich glaube, das ruhmvolle Soldatendasein. Er behauptet, wir sähen das völlig falsch.«

»Wie kommt er dazu, *Ihnen* solche Dinge zu sagen! Das verdirbt die athenische Jugend. Das heißt Aufruhr säen!«

»Ach, mir macht das nichts!« erklärte der junge Lechmere. »Und er hat mir nie gesagt, daß er alles hinschmeißen will. Ich habe immer gedacht, er bleibt bei der Stange – ganz einfach, weil er muß. Er kann auf jeder Seite argumentieren – wie Sie wollen. Wirklich ein Jammer – ich bin sicher, ihm hätte eine große Karriere offengestanden.«

»Sagen Sie ihm das; beknien Sie ihn; ringen Sie mit ihm – um der Liebe Gottes willen!«

»Ich werde tun, was ich kann – ich werde ihm sagen, es ist eine regelrechte Schande.«

»Jawohl, das ist der richtige Ton, den Sie ihm gegenüber anschlagen sollten – führen Sie ihm vor Augen, was für eine Schande es ist!«

Der junge Mann bedachte Mr. Coyle mit einem Blick, als ginge sein Verständnis noch weiter. »Ich bin überzeugt, er würde nie etwas Unehrenhaftes tun.«

»Hm – jedenfalls würde es einen schlechten Eindruck machen. Man muß ihn dazu bringen, daß er *das* begreift, immer in dieselbe Kerbe hauen. Ihm die Augen dafür öffnen, wie seine Kameraden das sehen – seine Waffengefährten.«

»Und ich hatte gehofft, das würden wir wirklich einmal werden!« sinnierte der junge Lechmere romantisch und beflügelt von dem Auftrag, der ihm erteilt worden war. »Er ist ein verdammt guter Mann!«

»Das wird aber kein Mensch mehr denken, wenn er kneift!« sagte Spencer Coyle.

»Das zu sagen dürften Sie sich *mir* gegenüber nicht herausnehmen!« fügte sein Schüler errötend hinzu.

Mr. Coyle zögerte einen Augenblick. Er wurde sich bewußt, in welchem Ton er zuletzt gesprochen hatte, und ihm ging auf, daß, so widersinnig es auch war, dieser junge Mann zwar der geborene Soldat war, ihn aber wegen seiner anderen Fähigkeiten niemals Begeisterung packen würde, mit einer Ausnahme vielleicht, wenn es um jenes brave Mädchen ging, mit dem er eines Tages – sehr bald schon – ganz gewiß ohne jede größere Gemütsaufwallung verbunden werden würde. »Mögen Sie ihn besonders gern – glauben Sie an ihn?«

Der junge Lechmere hatte in letzter Zeit furchtbare Fragen beantworten müssen; doch einer so sonderbaren Befragung wie dieser war er noch nie ausgesetzt gewesen. »An ihn glauben? Und ob!«

»Dann *retten* Sie ihn!«

Der arme Junge wußte nicht, wo ihm der Kopf stand; er hatte das Gefühl, als ob ihm durch die Eindringlichkeit, mit der ihm dies nahegelegt wurde, gleichzeitig zu verstehen gegeben wurde, daß mehr an der ganzen Angelegenheit sei, als es oberflächlich den Anschein habe; und er spürte zweifellos, daß er selbst in eine außerordentlich vertrackte Situation hineingeriet, als er nach einem weiteren Augenblick, die Hände in den Taschen, voller Hoffnung, jedoch nicht angeberisch entgegnete: »Ich bin überzeugt, ich kann ihn davon abbringen.«

2.

Ehe er mit dem jungen Lechmere gesprochen hatte, hatte Mr. Coyle beschlossen, sich telegraphisch mit ein paar Fragen an Miss Wingrave zu wenden. Die Rückantwort war bezahlt, und als sie ihm umgehend in die Hand gedrückt wurde, bedeutete das das Ende der Unterhaltung, welcher wir soeben beigewohnt haben. Mr. Coyle fuhr sofort in die Baker Street, wo die Dame, wie sie gekabelt hatte, ihn erwartete, und fünf Minuten, nachdem er dort angelangt war und Owen Wingraves bemerkenswerter Tante gegenübersaß, wiederholte er etliche Male mit einer Betrübnis, in welche sich Zorn mischte, und mit der Unfehlbarkeit seiner Erfahrung: »Dabei ist er so aufgeweckt – ein so heller Kopf!« Er hatte erklärt, er betrachte es als eine besondere Ehre, einem solchen jungen Mann zu helfen, die Hürden der Aufnahmeprüfung zu nehmen.

»Selbstverständlich ist er aufgeweckt – was sollte er sonst sein? Wir haben meines Wissens bis jetzt nur einen einzigen Idioten in der Familie gehabt!« erklärte Jane Wingrave und spielte damit auf etwas an, was Mr. Coyle durchaus verstand; gleichzeitig wurde ihm ein weiterer Grund klar, warum die guten Leute in Paramore enttäuscht, wenn nicht gar gedemütigt sein würden; außerdem wurde ihm damit aber auch ein Beispiel für die bewußte Bärbeißigkeit zuteil, wie sie ihm bereits bei früherer Gelegenheit bei seiner Gesprächspartnerin aufgefallen war. Der arme Philip Wingrave, ältester Sohn ihres verstorbenen Bruders, war buchstäblich schwachsinnig und von der Bildfläche verbannt gewesen; geistesgestört, nicht vorzeigbar und unheilbar, hatte man ihn in ein privates Heim gesteckt, und er war für die Freunde der Familie nichts weiter als eine traurige Legende, von der man nur hinter vorgehaltener Hand sprach. Alle Hoffnungen des Hauses, des malerischen Paramore, nunmehr seit langer Zeit das recht schwermütige Heim des alten Sir Philip (dessen Gebrechen ihn zwangen, bis zu seinem Ende dort zu bleiben), wurden daher auf das Haupt des Zweitgeborenen gehäuft, welchen die Natur – gleichsam als wollte sie ihre frühere Stümperei wiedergutmachen – nicht nur äußerlich auffallend gut ausgestattet, sondern auch innerlich mit erstaunlichen Geistesgaben beschenkt hatte. Diese beiden waren die einzigen Kinder des ältesten Sohnes des alten Mannes gewesen, der, wie so viele seiner Vorfahren, sein tapferes junges Leben im Dienste seines Vaterlandes geopfert hatte. Owen Wingrave der Ältere hatte seinen Todeshieb im Handgemenge von einem afghanischen Säbel erhalten; der Hieb war furchtbar über seinen Schädel herniedergekommen. Seine Frau, damals in Indien, stand kurz vor der Geburt ihres dritten Kindes; und als dieses Ereignis sich vollzog – in Dunkelheit und unter Schmerzen –, kam das Baby tot zur Welt, und die Mutter hauchte unter dem doppelten Kummer ihr Leben aus. Der zweite der kleinen Knaben in England, der bei seinem Großvater in Paramore aufwuchs, erwarb sich dort die besondere Zuneigung seiner einzigen und unverheirateten Tante, und an jenem aufschlußreichen Sonntag, den Spencer Coyle nach einer dringlichen Einladung und nachdem er sich einverstanden erklärt hatte, Owen durch die Prüfung zu bringen, unter diesem Dache verbrachte, hatte der gefeierte Lehrer einen lebhaften Eindruck von dem Einfluß bekommen, den Miss Wingrave auszunutzen beabsichtigte. Wahrhaftig, das Bild von diesem kurzen Besuch sollte dem wachsamen kleinen Mann als sehr merkwürdig in Erinnerung bleiben – das Bild von einem verarmten, aus dem Anfang des siebzehnten Jahrhunderts stammenden Hause, armselig und bemerkenswert ›unheimlich‹, gleichzeitig jedoch immer noch voll von Charakter und Heiterkeit als Hintergrund für die vornehme Gestalt des friedfertigen alten Soldaten. Sir Philip Wingrave, eher ein Überbleibsel als eine Berühmtheit, war ein kleiner, brauner, sich betont aufrecht haltender Achtziger mit feurigen Augen und artigen Umgangsformen. Er gefiel sich darin, die nunmehr recht reduzierten *honneurs* zu machen, doch selbst wenn er mit zitternder Hand einem Gast, der das weit von sich wies, eine Kerze fürs Schlafzimmer anzündete, war es unmöglich, nicht zu spüren, daß er unter der Oberfläche ein erbarmungsloser alter Krieger war. Wer Phantasie besaß, konnte sich sehr wohl ausmalen, was er in seinen reifen Mannesjahren im Fernen Osten alles erlebt hatte – Episoden, in denen seine tadellosen Umgangsformen ihn nur um so schrecklicher erscheinen lassen mußten.

Mr. Coyle erinnerte sich auch noch an zwei andere Gestalten – eine verblühte und harmlose Mrs. Julian, die als Offizierswitwe und besondere Freundin von Miss Wingrave dort häufig zu Besuch weilte, so daß sie im Grunde zur Familie gehörte, und ein bemerkenswert kluges achtzehnjähriges Mädchen, die Tochter dieser Dame, welche einem weiterdenkenden Besucher bereits für andere Beziehungen auserkoren schien. Sie war Owen gegenüber sehr keck, und im Verlauf eines langen Spaziergangs, den er mit dem jungen Mann gemacht hatte und bei dem nach ausgiebiger Unterhaltung herausgekommen war, daß die hohe Meinung, die Mr. Coyle von ihm hatte, in höchstem Maße gerechtfertigt schien (denn Owen plauderte ganz unbefangen und zuversichtlich), hatte er erfahren, daß Mrs. Julian die Schwester eines äußerst galanten Captain Hume-Walker von der Artillerie sei, der während des indischen Aufstands gefallen war und zwischen dem und Miss Wingrave früher (es handelte sich um das einzige bekannte Zugeständnis, das diese Dame jemals gemacht hatte) eine zarte Beziehung bestand, die dann freilich ein tragisches Ende genommen hatte. Die beiden waren verlobt gewesen, doch hatte Miss Wingrave ihrer natürlichen Eifersucht nachgegeben – hatte mit ihm gebrochen und ihn seinem, wie man weiß: schrecklichen,

Schicksal überlassen. Das leidenschaftliche Gefühl, ihm unrecht getan zu haben, eine unerbittliche lebenslange Reue hatte daraufhin Besitz von ihr ergriffen, und als seine arme Schwester, die gleichfalls mit einem Militär verheiratet gewesen war, durch einen womöglich noch schlimmeren Schlag praktisch mittellos zurückblieb, hatte sie sich einer langen wohltätigen Sühne anheimgegeben. Sie hatte Trost darin gefunden, Mrs. Julian zu bewegen, die meiste Zeit über in Paramore zu leben, wo sie zu einer unbezahlten, gleichwohl jedoch nicht von Kritik verschonten Haushälterin geworden war, und Spencer Coyle mutmaßte, daß ein Teil dieses Trostes darin bestand, daß sie nach Belieben auf ihr herumtrampeln konnte. Der Eindruck von Jane Wingrave war nicht der schwächste, den er an jenem an Eindrücken reichen Sonntag gewonnen hatte – denn bisweilen erschien ihm dieser Tag von ganz bestimmten Verlusten angehaucht, dem Gefühl von Trauer und Erinnerung, nie erwähnten Namen, eines weit, weit entfernten Klagegesangs von Witwen und dem Widerhall von Schlachten und schlimmen Nachrichten. All das war sehr soldatisch, und Mr. Coyle überlief es geradezu eiskalt bei dem Gedanken an den Beruf, zu dem die Tür aufzustoßen er ahnungslosen jungen Männern half. Miss Wingrave wäre überdies imstande gewesen, ein ohnehin schon schlechtes Gewissen noch mehr zu beschweren – ein so kaltes und durchsichtig gutes Gewissen blickte ihn aus ihren harten, schönen Augen an und schwang in ihrer volltönenden, tiefen Stimme mit.

Sie war eine große, vornehme Person, eckig, aber nicht linkisch, hatte eine große Stirn und eine Fülle schwarzen Haares, das so frisiert war, wie eine Frau es tut, die ihr Haupt insgeheim vielleicht als ›vornehm‹ betrachtet, und nun unregelmäßige weiße Strähnen aufwies. Wenn sie für Spencer Coyle gleichsam den guten Geist einer Familie von Militärs darstellte, so nicht, weil sie etwa den Schritt eines Grenadiers oder den Wortschatz einer Marketenderin gehabt hätte; es war einfach so, daß die Vorliebe für alles Militärische in der allgemeinen Tatsache lebendig war, auf welche alle ihre Handlungen, alles war sie sagte oder zum Ausdruck brachte, ständig und unverblümt hinwies – daß die Familie ihr über alles ging. Wenn sie selbst etwas ›Militärisches‹ hatte, dann deshalb, weil sie aus einer alten Offiziersfamilie stammte und sie um nichts auf der Welt etwas anderes hätte sein mögen als das, was die Wingraves von jeher gewesen waren. Sie war fast gewöhnlich, was den Stolz auf ihre Vorfahren betraf, und wenn jemand versucht gewesen wäre, sich mit ihr anzulegen, dann hätte ihre Maßlosigkeit in dieser Beziehung durchaus manchen Vorwand dazu geliefert. Diese Versuchung war jedoch nicht verlockend für Spencer Coyle; für ihn war sie ein ausgeprägter Charakter, der sich in Farben und Stimme ausdrückte, war ein Schauspiel, und er freute sich darüber, daß sie eine Kraft darstellte, die auf seiner Seite stand. Er wünschte, ihr Neffe hätte mehr von ihrer Ausschließlichkeit, statt fast wie mit einem Fluch mit der Neigung begabt zu sein, alle Dinge in ihren Relationen zu sehen. Er überlegte, warum sie wohl, wenn sie nach London kam, jedesmal unweigerlich in der Baker Street abstieg. Er hatte die Baker Street noch nie als eine Straße nennen gehört, in der man wohnte – er verband damit nur die Vorstellung von billigen Warenhäusern und Photographen. Er ahnte in ihr eine starre Gleichgültigkeit gegenüber allem, was nicht zu der Leidenschaft ihres Lebens gehörte. Für sie war nichts wirklich wichtig als das, und sie wäre imstande gewesen, selbst in Whitechapel Wohnung zu nehmen, wenn das in ihre Taktik gepaßt haben würde. Sie hatte ihren Besucher in einem großen kalten, verblichenen Raum empfangen, der mit wackeligen Sitzgelegenheiten ausgestattet und mit Alabastervasen und Wachsblumen geschmückt war. Der einzige kleine persönliche Komfort, der ihr etwas zu bedeuten schien, war ein dicker Katalog der *Army and Navy Stores,* welcher auf einem gewaltigen, verschossenen blauen Tischtuch ruhte. Ihre reine Stirn – sie nahm sich aus wie eine Porzellantafel, auf der man Adressen notierte und kleine Rechnungen aufstellte – hatte sich gerötet, als der Erzieher ihres Neffen ihr die unerhörte Neuigkeit berichtete, doch erkannte er, daß sie glücklicherweise mehr von Zorn erfüllt schien als von Angst. Es mangelte ihr grundsätzlich und in jeder Beziehung zu sehr an Phantasie, als daß so etwas wie Angst sie hätte packen können; überdies hatte die gesunde Gewohnheit, sich allem und jedem zu stellen, sie gelehrt, daß sie bei derlei Gelegenheiten eine Größe darstellte, mit der man rechnen mußte. Mr. Coyle erkannte, daß ihre Angst im Augenblick einzig darin bestehen konnte, ihren Neffen nicht davon abzuhalten, sich lächerlich zu machen, und daß ihr ein solcher Gedanke unter gar keinen Umständen je in den Sinn gekommen wäre. Praktisch machte ihr nicht einmal das Moment der Überraschung zu schaffen; für sie gab es nicht so etwas wie Vergeblichkeit und subtile Empfindungen. Wenn Owen sich für eine Stunde zum Narren gemacht hatte, so erregte das ihren Zorn; so wie sie auch irritiert gewesen wäre, wenn sie erfahren hätte, daß er Schulden gemacht oder sich in ein Mädchen unter seinem Stand verliebt haben würde. Bei allem Verdruß blieb ihr die rettende Tatsache, daß kein Mensch *sie* zum Narren halten konnte.

»Ich weiß nicht, wann ich jemals ein solches Interesse an einem jungen Mann genommen hätte – ich glaube, das ist nie passiert, seit ich sie betreue«, erklärte Mr. Coyle. »Ich mag ihn, ich glaube an ihn – es war ein Vergnügen zu sehen, wie er sich machte.«

»Oh, ich weiß, wie sie sich machen!« Miss Wingrave warf ihren Kopf temperamentvoll zurück, wie man es an ihr kannte, gleichsam als ob alle Generationen sporenklirrend und säbelrasselnd vor ihrem geistigen Auge vorübergezogen wären. Spencer Coyle begriff, daß sie damit andeuten wollte, kein Mensch brauche ihr zu sagen, wie ein Wingrave sich ›mache‹; ja, bei dem, was sie dann sagte, spürte er sogar, daß er sich in ihren Augen mit dem beunruhigenden Bericht über seine Verblüffung, mit seiner halbherzigen Beschwerde über seinen Schüler der Schwäche schuldig machte. »Wenn Sie ihn mögen«, rief sie aus, »dann bringen Sie ihn doch um Gottes willen zum Schweigen!«

Mr. Coyle schickte sich an, ihr zu erklären, das sei nicht so leicht, wie sie es sich offenbar vorstelle, doch merkte er, daß sie kaum etwas von dem verstand, was er sagte. Je mehr er darauf hinwies, daß der Junge eine gewisse geistige Unabhängigkeit besitze, desto mehr schien ihr das ein schlüssiger Beweis dafür, daß ihr Neffe ein echter Wingrave und folglich der geborene Soldat sei. Erst als er erwähnte, Owen habe vom Beruf des Offiziers als etwas gesprochen, was ›unter seiner Würde‹ sei, ›über dem er stehe‹, war das anscheinend geeignet, ihr die Verzwicktheit des Problems in einem so hellen Licht darzustellen, daß Miss Wingrave nach einem Augenblick wie benommener Nachdenklichkeit ausrief: »Dann schicken Sie ihn unverzüglich zu mir!«

»Genau darum wollte ich Sie bitten. Nur hatte ich Sie darauf vorbereiten wollen, damit Sie auf das Schlimmste gefaßt sind. Ich wollte Ihnen begreiflich machen, daß ich ihn als zu allem entschlossen betrachte, und Ihnen zu bedenken geben, daß auch die überzeugendsten Argumente – vor allem, wenn Sie etwas außerordentlich Handfestes ins Feld führen könnten – nicht zu stark sein können.«

»Ich denke, ich habe ein sehr überzeugendes Argument«, sagte Miss Wingrave und sah ihren Besucher eindringlich an. Er hatte nicht die mindeste Ahnung, worum es sich dabei handeln könnte, bat sie jedoch, es unverzüglich zu benutzen. Er versprach, der junge Mann werde noch am selben Abend zu ihr in die Baker Street kommen, erwähnte jedoch auch, er habe ihm bereits nahegelegt, sofort für ein paar Tage nach Eastbourne zu fahren. Was Jane Wingrave dazu brachte, sich verwundert zu erkundigen, was *dieses* kostspielige Heilmittel denn Gutes bewirken könne, und, als Mr. Coyle entgegnet hatte: »Eine kleine Ruhepause, ein bißchen Abwechslung, etwas Erleichterung für die überreizten Nerven«, dem entschieden entgegenzuhalten: »Ach, packen Sie ihn nicht in Watte – er kostet uns einen Haufen Geld! Ich werde mit ihm reden und ihn mitnehmen nach Paramore; und wenn ich ihn wieder zurechtgebogen habe, schicke ich ihn Ihnen wieder zurück.«

Spencer Coyle begrüßte dieses Versprechen zunächst flüchtig mit Zufriedenheit, doch als er Miss Wingrave verlassen hatte, ging ihm auf, daß er sich im Grunde eine neue Sorge aufgeladen hatte – eine Unruhe, die ihn innerlich aufstöhnend zu sich sagen ließ: ›Ach, im Grunde ist sie eben doch ein Grenadier, und sie wird keine Behutsamkeit kennen. Ich weiß nicht, worum es sich bei ihren überzeugenden Argumenten handelt; nur fürchte ich, daß sie sich töricht verhält und alles nur noch schlimmer macht. Der alte Herr in Paramore wäre besser – *der* kennt so was wie Takt und Feingefühl, wenn auch er kein erloschener Vulkan ist. Owen wird ihn vermutlich dazu bringen, daß er sich maßlos aufregt. Kurz gesagt, die Schwierigkeit besteht eigentlich darin, daß der Junge der Beste von ihnen ist.‹

Daß der Junge wirklich der Beste war, bekam Spencer Coyle an diesem Abend beim Dinner erneut bestätigt. Der junge Wingrave (der, wie er erfreut feststellte, noch nicht ans Meer gereist war) erschien wie gewöhnlich zur Mahlzeit und sah, wie nicht anders zu erwarten, ein wenig verlegen, doch für Bayswater nicht zu auffällig aus. Er redete durchaus natürlich mit Mrs. Coyle, die ihn von Anfang an für den schönsten jungen Mann gehalten hatte, der ihnen jemals anvertraut worden war; so daß derjenige, dem am unbehaglichsten zumute war, der junge Lechmere war, der, gleichsam aus unendlichem Feingefühl heraus, größte Mühe hatte, den Augen seines fehlgeleiteten Kameraden auszuweichen. Spencer Coyle hingegen zahlte den Preis für sein zutiefst aufgewühltes Inneres; er konnte ohne weiteres sehen, daß an diesem jungen Mann alles mögliche war, wofür man in Paramore niemals Verständnis haben würde. Er lehnte sich sogar schon gegen die Vorstellung auf, daß man ihm zusetzte – fing an, darüber nachzudenken, daß er schließlich ein Recht auf seine Gedanken hatte –, erinnerte sich daran, daß Owen aus zu feinem Stoff gemacht war, als daß man fairerweise roh mit ihm umspringen könnte. Auf diese Weise war der begeisterte kleine Lehrer mit dem launischen Gespür und den verzwickten Sympathien im allgemeinen dazu verdammt, sich mit seinem Mißvergnügen und seiner Begeisterung nicht in Ruhe zu wiegen. Seine Liebe zu wirklicher Wahrheit ließ es nicht zu, daß er das tat. Er erwähnte dem jungen Wingrave gegenüber nach dem Essen, es sei angezeigt, einen Besuch in der Baker Street zu machen, und der junge Mann, der seiner Meinung nach ›komisch‹ aussah – das heißt, daß er wieder so übertrieben siegesgewiß lächelte wie bei der Unterredung am Morgen –, fuhr hin, um sich dieser schweren Feuerprobe zu stellen. Spencer Coyle entging es nicht, daß er sich fürchtete – er hatte offensichtlich Angst vor seiner Tante; doch irgendwie konnte er darin kein Zeichen von Verzagtheit sehen. Er selbst hätte zweifellos vor Angst geschlottert, dessen war er sich sicher, würde er an der Stelle des armen Jungen gestanden haben, und zu sehen, wie sein Schüler trotz seiner Ängste beherzt auf die feindliche Batterie zumarschierte, erschien ihm wie eine Bestätigung für seine Überzeugung, daß Owen eben doch das Zeug zu einem richtigen Soldaten hatte. So mancher schneidige junge Mann wäre vor dieser ganz besonderen Gefahr zweifellos zurückgeschreckt.

»Er hat wirklich eigensinnige Ideen!« entfuhr es dem jungen Lechmere seinem Erzieher gegenüber, nachdem sein Kamerad das Haus verlassen hatte. Er war offensichtlich durcheinander und erregt – mußte seinen Gefühlen zunächst einmal freien Lauf lassen. Denn vorm Essen war er, wie Mr. Coyle es von ihm verlangt hatte, gleich zu seinem Freund gegangen und hatte aus ihm herausbekommen, daß seine Skrupel sich auf der überwältigenden Überzeugung gründeten, daß der Krieg eine Dummheit sei – ›krasse Barbarei‹, wie er sich ausgedrückt hatte. Was er zutiefst beklage, sei, daß die Menschen nichts Klügeres erfunden hätten als Kriegführen; er sei entschlossen zu beweisen – und zwar auf die einzige Weise, die ihm offenstand –, daß *er* nicht ein solcher Esel sei.

»Und er findet, alle großen Generale hätten erschossen gehört, besonders Napoleon, denn der sei der größte, ein Verbrecher, ein Ungeheuer, für das es in der Sprache keinen angemessenen Ausdruck gebe«, schloß sich Mr. Coyle dem Gesagten an und vervollständigte damit das Bild, das der junge Lechmere gezeichnet hatte. »Er hat, wie ich sehe, Ihnen gegenüber die gleichen Perlen der Weisheit ausgestreut wie mir gegenüber. Was ich wissen möchte, ist, was *Sie* gesagt haben.«

»Ich habe gesagt das sei Blödsinn!« Der junge Lechmere sagte das mit großem Nachdruck und war baß erstaunt, als Mr. Coyle ob dieses gerechten Urteils in ein, wie ihm schien, völlig unangemessenes Gelächter ausbrach, um dann nach einem Augenblick fortzufahren: »Das ist alles höchst merkwürdig – ich muß schon sagen, es hat was für sich. Aber es ist ein Jammer.«

»Genau das, sagte er, habe er auch gefunden, als die ganze Sache sich ihm in diesem Lichte darzustellen begann. Vor vier oder fünf Jahren, als er eine Unmenge über all diese Großen und ihre Feldzüge las – Hannibal und Julius Caesar,

Marlborough, Friedrich der Große und Napoleon. Er hat wirklich wahnsinnig viel gelesen, und er behauptet, das habe ihm die Augen geöffnet. Eine Woge von Abscheu habe ihn erfaßt, sagte er. Er sprach vom ›unermeßlichen Kriegselend‹ und fragte mich, warum die Völker ihre Regierungen nicht einfach davongejagt hätten, jene Herrscher, die was für Kriege übrig hatten. Den armen alten Napoleon haßt er mehr als jeden anderen.«

»Nun, der arme alte Napoleon war ja wirklich ein Untier. Er war ein grauenhafter Rohling«, erklärte Mr. Coyle unerwartet. »Aber ich nehme an, das haben Sie nicht zugegeben.«

»Ach, ich glaube schon, daß er abscheulich war, und ich bin sehr froh, daß wir ihn aufs Kreuz gelegt haben. Aber worauf ich Wingrave hingewiesen habe, war, daß sein eigenes Verhalten zu allem möglichen Gerede Anlaß geben würde.« Der junge Lechmere zögerte einen Moment, fügte dann jedoch noch hinzu: »Ich habe ihm gesagt, er müsse sich auf das Schlimmste gefaßt machen.«

»Selbstverständlich hat er Sie gefragt, was Sie mit ›das Schlimmste‹ meinten, oder?« sagte Spencer Coyle.

»Jawohl, das hat er mich gefragt, und wissen Sie, was ich gesagt habe? Ich habe ihm gesagt, die Leute würden behaupten, alle seine Skrupel und Bedenken und seine Welle von Abscheu seien nur ein Vorwand. Darauf fragte er mich: ›Ein Vorwand für was?‹«

»Ah, damit hatte er Sie ganz schön in die Enge getrieben!« rief Mr. Coyle mit einem kleinen Lachen, aus dem sein Schüler nicht so recht schlau wurde.

»Kein bißchen – ich hab's ihm gesagt.«

»Und was haben Sie ihm gesagt?«

Abermals zögerte der junge Mann und blickte seinen Lehrer mit wissenden Augen an.

»Nun, das, worüber wir vor ein paar Stunden gesprochen

haben. Daß er den Anschein erwecken würde, nicht« – der aufrechte junge Mann zauderte einen Moment; dann brachte er es heraus – »zum Offizier geboren zu sein, wissen Sie nicht mehr? Aber wissen Sie, was er dazu sagte?« fuhr der junge Lechmere fort.

»Zum Teufel, von wegen nicht zum Offizier geboren zu sein!« entgegnete Mr. Coyle sofort.

Der junge Lechmere starrte ihn an. Mr. Coyles Ton machte ihn unsicher; er wußte nicht, ob dieser Satz auf Wingrave gemünzt war oder auf das, was er selbst gesagt hatte, doch rief er aus: »Aber genau das waren seine Worte!«

»Das ist ihm egal«, sagte Mr. Coyle.

»Vielleicht doch nicht. Aber es ist doch nicht fair, uns, seine Kameraden, zu verunglimpfen. Ich sagte ihm, Offizier zu sein, sei der schönste Beruf der Welt, und daß es nichts Glänzenderes gäbe als Schneid und Heldentum.«

»Ah, damit hatten *Sie* ihn in der Ecke!«

»Ich habe ihm gesagt, es sei unwürdig, so abfällig über einen Mut erfordernden, großartigen Beruf zu urteilen. Ich habe ihm gesagt, es gäbe nichts Besseres als einen Soldaten, der seine Pflicht tut.«

»Das ist im wesentlichen der Soldat, der Sie sein werden, mein Freund.« Der junge Lechmere errötete; er war sich nicht ganz sicher (und diese Gefahr kam für ihn natürlich unerwartet), ob er in diesem Augenblick nicht vornehmlich zur Belustigung seines Lehrers da war. Doch gewann er teilweise seine Sicherheit zurück durch die Art, wie sein Freund ihm die Hand auf die Schulter legte und jovial fortfuhr: »Machen Sie weiter so! Vielleicht können wir doch etwas ausrichten. Ich bin Ihnen zu großem Dank verpflichtet.« Ein anderer Zweifel hingegen wurde nicht beschwichtigt – ein Zweifel, der ihn dazu führte, ehe das Thema ganz fallengelassen wurde, vor Mr. Coyle auszurufen: »Es ist ihm wirklich egal! Und es ist doch zu sonderbar, daß dem so ist!«

»Richtig! Aber vergessen Sie nicht, was Sie heute nachmittag gesagt haben – ich meine, daß Sie niemandem raten, *Ihnen* etwas zu unterstellen.«

»Ich glaube, den, der sich das herausnähme, würde ich zu Boden schlagen!« erklärte der junge Lechmere. Sein Lehrer war aufgestanden; die Unterhaltung hatte stattgefunden, als Mr. Coyle sich nach dem Abendessen zurückgezogen hatte und der Leiter des Etablissements seinem Schüler dem Bedacht entsprechend, mit dem er vorging, ein Glas ausgezeichneten Rotwein vorgesetzt hatte. Der Schüler, der sich gleichfalls erhoben hatte, verweilte noch einen Moment, und zwar nicht um eines ›zweiten Glases‹ willen, wie er es genannt haben würde, sondern um sich mit ungewohnter Sorgfalt seinen Anflug von Bart abzuwischen. Sein Gegenüber erkannte, daß er noch etwas auf dem Herzen hatte, wozu er noch einen letzten Anlauf brauchte, und wartete darauf, daß er etwas sagte, während er bereits die Hand auf der Türklinke hatte. Dann fiel Spencer Coyle, als der junge Lechmere auf ihn zuging, eine ungewohnte Eindringlichkeit in dessen rundem und harmlosem Gesicht auf. Der Junge war nervös, bemühte sich jedoch, wie ein Mann von Welt aufzutreten. »Selbstverständlich bleibt das unter uns«, stotterte er, »und ich würde keinem Menschen gegenüber, der nicht einen so großen Anteil an dem armen Wingrave nimmt wie Sie, ein Sterbenswörtchen davon verlauten lassen. Aber meinen Sie, er hat Bammel?«

Mr. Coyle sah ihn einen Moment so durchdringend an, daß er es sichtlich mit der Angst bekam, was er da angerichtet hätte.

»Bammel? Bammel vor was?«

»Nun, vor dem, worüber wir sprechen – vorm Soldatsein.«

Der junge Lechmere schluckte ein wenig und fügte dann mit einer in Spencer Coyles Augen geradezu rührenden Naivität hinzu: »Vor den Gefahren, wissen Sie.«

»Meinen Sie, er hat Angst um seine Haut?«
Die Augen des jungen Lechmere weiteten sich flehentlich, und was sein Lehrer in seinem rosigen Gesicht las – er vermeinte sogar, eine Träne darin zu erblicken –, war die Angst vor eine Enttäuschung, die genauso groß war, wie seine Treue und seine Bewunderung groß gewesen waren.
»Hat er – hat er *Angst*?« wiederholte der aufrichtige junge Mann mit erwartungsvoll zitternder Stimme.
»Aber nein! Das nicht!« sagte Spencer Coyle und wandte ihm den Rücken zu.
Der junge Lechmere kam sich ein wenig vor den Kopf gestoßen und sogar ein wenig beschämt vor; trotzdem war ihm leichter ums Herz.

3.

Nach weniger denn einer Woche erhielt Spencer Coyle ein Billett von Miss Wingrave, die London umgehend mit ihrem Neffen verlassen hatte. Sie schlug ihm vor, für den nächsten Sonntag nach Paramore zu kommen – Owen sei schon ein sehr schwerer Brocken. An Ort und Stelle, in diesem Haus, das angefüllt sei mit Vorbildern und Erinnerungen, wozu noch ihr armer guter Vater komme, der ›schrecklich aufgebracht‹ sei, würde es vielleicht die Mühe lohnen, sich zu einem letzten Aufgebot zusammenzutun. Zwischen den Zeilen las Mr. Coyle, daß man in Paramore inzwischen weite Strecken zurückgelegt habe, seit Miss Wingrave in der Baker Street geglaubt hatte, seine, Spencer Coyles, Verzweiflung als oberflächlich abtun zu können. Sie war keine Frau, die sich in Andeutungen erging, ging jedoch so weit, ihn um sein Kommen zu ersuchen, um einer leidgeprüften Familie einen ganz bestimmten Liebesdienst zu erweisen; außerdem schrieb sie, es würde sie alle sehr freuen, wenn Mrs. Coyle, für welche sie eine eigene Einladung beifüge, mitkäme. Des weiteren erklärte sie, Mr. Coyles Einverständnis vorausgesetzt, schreibe sie gleichzeitig an den jungen Lechmere. Sie glaube, ein so netter, mannhafter Junge könne ihrem unseligen Neffen guttun. Der berühmte Lehrer beschloß, die Gelegenheit beim Schopfe zu packen; mittlerweile war er auch nicht mehr wütend, sondern eher beklommen. Während er die Antwort an Miss Wingrave verfaßte, ertappte er sich dabei, wie er lächelte bei der Überlegung, daß er seinen jungen Freund im Grunde nicht angreifen, sondern verteidigen würde. Zu seiner Frau, die eine hübsche, frische, bedächtige Frau war – jemand, der viel besonnener war als er –, sagte er, sie tue gut daran, Miss Wingraves Einladung ernst zu nehmen: Paramore sei ein so außerordentlich reizvolles altes englisches Herrenhaus. Die letzte Anspielung war eher liebevoll-sarkastisch gemeint – hatte er doch die gute Dame bereits mehr als einmal beschuldigt, in Owen Wingrave verliebt zu sein. Daraus machte sie kein Hehl, ja, sie sonnte sich geradezu in ihrer Leidenschaft; was beweist, daß dieses Thema unter ihnen sehr freimütig behandelt wurde. Sie ging auf den Scherz ein, indem sie die Einladung freudig begrüßte und annahm. Der junge Lechmere war entzückt, das gleiche zu tun; sein Lehrer hatte sich, gutmütig, wie er war, zu der Ansicht durchgerungen, eine kleine Abwechslung werde ihm für den Endspurt neue Kraft geben.

Was Spencer Coyle am meisten auffiel, nachdem er ein paar Stunden in dem schönen alten Haus geweilt hatte, war die Tatsache, daß die Bewohner von Paramore sich mit ihren Problemen wirklich schwertaten. Dieser sehr kurze zweite Besuch, der am Samstagabend begann, sollte eine der merkwürdigsten Episoden seines Lebens bedeuten. Sobald er mit seiner Frau allein war – sie hatten sich zurückgezogen, um sich fürs Abendessen umzukleiden –, machten sich beide gegenseitig überschwenglich, ja, fast erschrocken auf die bedrückende Atmosphäre aufmerksam, in die das ganze Anwesen getaucht war. Das Haus mit seiner alten grauen Front, die in zwei Flügeln nach vorn gezogen war, um so die drei Seiten eines gepflasterten Hofes zu bilden, war bewunderungswürdig, doch Mrs. Coyle erklärte rundheraus, hätte sie im voraus gewußt, was für einen Eindruck das alles auf sie machen würde, sie hätte keinen Fuß hineingesetzt. Sie bezeichnete es als ›unheimlich‹ und warf ihrem Mann vor, er habe sie nicht richtig gewarnt. Einiges hatte er ihr zwar erzählt, doch als sie sich geradezu fieberhaft umzog, hatte sie ihm zahllose Fragen zu stellen. So habe er ihr ja kein Wort von dem Mädchen gesagt, dieser erstaunlichen Miss Julian – das heißt, was er ihr nicht gesagt habe, sei, daß diese junge Dame – offen gestanden doch nichts weiter als eine Abhängige – *de facto* und durch die Art, wie sie sich gab, die wichtigste Person im Hause sei. Mrs. Coyle war drauf und dran zu erklären, daß sie es hasse, wie Miss Julian sich verhielt. Vor allem aber habe ihr Mann ihr nicht gesagt, daß sie ihren jungen Schützling hier um fünf Jahre gealtert vorfinden würden.

»Das hätte ich nie für möglich gehalten«, sagte Mr. Coyle, »und auch nicht, daß die Art der Krise hier so deutlich spürbar sein würde. Zwar habe ich Miss Wingrave neulich angeraten, ernstlich Druck auf ihren Neffen auszuüben, und sie hat mich auch beim Wort genommen. Sie haben ihm den Nachschub abgeschnitten – sie versuchen, ihn auszuhungern. Aber das hatte ich nicht gemeint – allerdings muß ich heute sagen, daß ich selbst nicht genau weiß, was ich eigentlich gemeint habe. Owen spürt den Druck zwar, aber er will nicht nachgeben.« Das merkwürdige war, daß der geistig so bewegliche Erzieher jetzt, wo er hier war, innerlich noch mehr das Gefühl hatte, von einer Welle der Reaktion erfaßt worden zu sein. Wenn er hier war, dann deshalb, weil er auf der Seite des armen Owen stand. Sein eigener Eindruck und seine Befürchtungen hatten sich hier an Ort und Stelle außerordentlich verstärkt. Die Standhaftigkeit, die der Junge aufbrachte, war etwas, was anfing, ihn für sich einzunehmen. Als seine Frau bei diesem Gespräch unter vier Augen die Maske fallen ließ und sich geradezu überschwenglich lobend über die Haltung ausließ, die sein Schüler einnahm (er sei viel zu gut, um so etwas Schreckliches wie Soldat zu werden, und es zeuge von seiner edlen Gesinnung, wenn er für seine Überzeugungen bereit sei zu leiden – ob er denn nicht aufrecht dastehe wie ein junger Held und geradezu so bleich wie ein christlicher Märtyrer?), drückte die gute Dame damit nur jenes Mitgefühl aus, welches er sich unter dem Vorwand, in seinem jungen Freund so etwas wie eine seltene Ausnahme zu sehen, bereits in der eigenen Seele eingestanden hatte.

Denn vor etwa einer halben Stunde, nachdem sie in der braunen Halle des Hauses rasch ihren Tee getrunken hatten, hatte sein junger Freund ihm vorgeschlagen, vor dem Umkleiden noch einen kleinen Spaziergang zu machen, und hatte, als sie gemeinsam bis ans Ende der Terrasse gelangt waren, flehentlich die Hand auf seinen Arm gelegt, sich also eine Vertraulichkeit gestattet, wie sie zwischen Schüler und Lehrer ungewöhnlich war und die darauf abzielte, ihm zu verstehen zu geben, daß er schon erraten habe, von wem er erwarten dürfe, noch am freundlichsten behandelt zu werden. Spencer Coyle seinerseits hatte auch etwas erraten, und so war er nicht allzu überrascht, als er hörte, daß der Junge ihm ein besonderes Geständnis zu machen habe. Bei ihrer Ankunft hatte er das Gefühl gehabt, daß jedem einzelnen der Bewohner von Paramore daran gelegen sei, sich als erster seiner zu bemächtigen, und er wußte, daß Jane Wingrave in diesem Augenblick durch eine der altersblind gewordenen Scheiben spähte (am Haus war so wenig getan worden, daß die dicken und nicht besonders klaren Scheiben dreihundert Jahre alt

waren!), um herauszufinden, ob ihr Neffe den Eindruck mache, als vergifte er den Geist ihres Besuchers. Mr. Coyle verlor daher keine Zeit, den jungen Mann daran zu erinnern (und betont dabei zu lachen, als er es tat), daß er nicht nach Paramore heruntergekommen sei, um sich einwickeln zu lassen. Er sei vielmehr hier, um von Angesicht zu Angesicht einen letzten Appell an ihn zu richten – und er hoffe, das nicht völlig vergeblich zu tun. Owen lächelte betrübt und fragte ihn, ob er denn meine, daß er so aussehe wie jemand, der bereit sei, sich geschlagen zu geben.
»Ich finde, Sie sehen seltsam aus – ich finde, Sie machen einen leidenden Eindruck«, sagte Spencer Coyle mit großer Aufrichtigkeit. Am Rand der Terrasse blieben sie stehen.
»Ich habe sehr standhaft sein müssen, und das hat mich ganz schön mitgenommen.«
»Ach, mein lieber Junge, ich wünschte, Sie stellten Ihre große Kraft – die Sie offenbar besitzen – in den Dienst einer besseren Sache.«
Owen Wingrave sah lächelnd auf seinen kleinen Lehrer hinab. »Das glaube ich nicht!« Und dann, um zu erklären, warum, setzte er noch hinzu: »Möchten Sie denn nicht, wenn Sie die Liebenswürdigkeit besitzen, gut von meinem Charakter zu denken, daß ich das *Äußerste* an Kraft aufbiete – und zwar in jeder Beziehung? Nun, dies ist es jedenfalls, wo ich die meiste Kraft aufbringe.« Owen Wingrave fuhr fort zu berichten, er habe ein paar furchtbare Stunden mit seinem Großvater hinter sich, der ihn auf eine Weise verdächtige, daß einem die Haare zu Berge stünden. Zwar habe er, Owen, nicht erwartet, daß sie glücklich darüber wären, nicht im geringsten, doch habe er keine Ahnung gehabt, daß sie einen solchen Krach deshalb machen würden. Seine Tante sei anders, aber nicht weniger verletzend. Ach, sie hätten ihm zu verstehen gegeben, daß sie sich seiner schämten; sie beschuldigten ihn, vor aller Welt Schande über ihren Namen

zu bringen. Er sei der einzige, der jemals gekniffen habe – der erste seit dreihundert Jahren. Jeder habe gewußt, daß er Offizier werden sollte, und jetzt werde alle Welt erfahren, daß er ein junger Heuchler sei, der plötzlich vorgebe, Skrupel zu haben. Und über diese Skrupel redeten sie, wie man nicht einmal über einen Kannibalengötzen reden würde. Sein Großvater habe ihn auf die wüsteste Weise beschimpft. »Er nannte mich – er nannte mich einen ...« Hier fing der junge Mann an zu stottern, und die Stimme versagte ihm. Er sah so abgehärmt aus, wie es nur möglich war für einen jungen Mann, der sich einer so blendenden Gesundheit erfreute.

»Ich kann mir schon denken, was«, sagte Spencer Coyle und lachte nervös auf.

Gleichsam als verfolgten sie die in weiter Ferne liegenden Konsequenzen seines Verhaltens, waren Owen Wingraves Augen eine Weile ins Weite gerichtet. Dann begegneten sie denen seines Gegenübers und schauten diesem eine Weile tief in die Augen, als wollte er diese ausloten. »Es ist nicht wahr! Nein, das ist es nicht! *Das* ist es nicht!«

»Das nehme ich auch nicht an. Aber was schlagen Sie denn statt dessen vor?«

»Statt wessen?«

»Statt der dummen Lösung eines Krieges. Wenn Sie die ausschließen, müßten Sie doch zumindest einen Ersatz vorschlagen.«

»Das ist Sache derer, die dafür verantwortlich sind, der Regierung und des Kabinetts«, sagte Owen Wingrave. »*Die* werden in diesem bestimmten Fall über kurz oder lang zu einer anderen Lösung kommen, wenn man ihnen begreiflich macht, man würde sie aufknüpfen, wenn sie keine fänden. Man sollte das zum Kapitalverbrechen erklären – das wird den Ministern schon auf die Sprünge helfen!« Es kam ein Leuchten in seine Augen, als er das sagte, und er machte einen zuversichtlichen und glücklichen Eindruck. Mr. Coyle stieß einen Seufzer verwirrter Resignation aus – womit er es hier zu tun hatte, das war Besessenheit. Einen Moment bildete er sich ein, Owen werde ihn fragen, ob er ihn denn nicht auch für einen Feigling halte; dann jedoch stellte er erleichtert fest, daß dieser ihm das entweder nicht zutraute oder daß es ihm gegen den Strich ging, ihn mit dieser Frage auf die Probe zu stellen. Spencer Coyle wollte sich zuversichtlich zeigen, doch irgendwie hatte er dann das Gefühl, daß seinem Schüler Mut zu machen, nicht zu verzweifeln ein allzu plumpes Kompliment sei – das wäre ja geradezu, als versicherte er ihm, er zweifle nicht an seiner Ehrlichkeit. Schließlich wurde diese Entscheidung dadurch erspart, daß Owen fortfuhr: »Mein Großvater kann mich zwar nicht enterben, aber ich habe nichts weiter als Paramore, das, wie Sie wissen, nur ein kleiner Besitz ist und bei dem immer geringer werdenden Pachtzins überhaupt nichts mehr abwirft. Er besitzt einiges Geld – nicht viel, aber so, wie die Dinge liegen, versagt er mir jede Unterstützung. Meine Tante tut das gleiche – sie hat mich wissen lassen, was sie zu tun gedenkt. Ursprünglich hat sie mir ihre Einnahmen von sechshundert Pfund im Jahr hinterlassen wollen. Das war alles geregelt; aber jetzt steht fest, daß ich keinen Penny bekomme, wenn ich nicht Offizier werde. Um ehrlich zu sein, muß ich zugeben, daß ich von seiten meiner Mutter noch dreihundert Pfund im Jahr habe. Und es ist die reine Wahrheit, wenn ich Ihnen sage, daß mir der Verlust des Geldes nichts, aber auch gar nichts ausmacht.« Der Junge stieß einen unterdrückten langgedehnten Seufzer aus wie ein waidwundes Tier; dann fügte er noch hinzu: »*Das* ist es nicht, was mich quält.«

»Was gedenken Sie denn zu tun?« fragte Spencer Coyle.

»Das weiß ich nicht; vielleicht nichts. Nichts Bedeutendes jedenfalls. Nur etwas Friedliches.«

Owen setzte ein mattes Lächeln auf, als sei er trotz all seines Kummers noch imstande zu begreifen, wie lachhaft sich eine solche Erklärung aus dem Mund eines Wingrave ausnehmen müsse; was sein Lehrer jedoch darin las, der mit dem Gefühl zu ihm aufblickte, schließlich sei Owen nicht umsonst ein Wingrave und beweise trotz allem und bei allem Beschuß so etwas wie soldatische Standhaftigkeit, war, daß eine auf diese Weise zum Ausdruck gebrachte Haltung – für seine Familie das Allerletzte und Allerschimpflichste – seinen Großvater und seine Tante zur Verzweiflung getrieben haben mußte. ›Vielleicht nichts‹ – wo er doch eine große Tradition hätte fortführen können! Nein, schwach war er nicht; und er war interessant. Trotzdem gab es einen Gesichtspunkt, unter dem er eine Provokation war. »Was ist es denn dann, was Sie bekümmert?« wollte Spencer Coyle wissen.

»Ach, das Haus – seine Atmosphäre, all das, was es ausstrahlt. Es gibt merkwürdige Stimmen darin, die mich leise zu bedrängen scheinen – mir entsetzliche Dinge sagen, wenn ich vorübergehe. Ich meine, ganz allgemein das Wissen darum und die Verantwortung für das, was ich tue. Selbstverständlich ist es mir nicht leichtgefallen – alles andere als das! Ich versichere Ihnen, daß mir das durchaus keinen Spaß macht.« Mit einem Feuer in den Augen, das verriet, wie sehr er sich danach sehnte, daß ihm Gerechtigkeit widerfuhr, senkte Owen noch einmal den Blick in die Augen des kleinen Erziehers; dann fuhr er fort: »Ich habe all die alten Geister aufgeschreckt. Selbst die Ahnenbilder an der Wand blicken mich finster an. Da ist eines von meinem Urgroßvater (demjenigen, von dem es diese unerhörte Geschichte gibt, die Sie ja kennen – der alte Bursche, der auf dem zweiten Treppenabsatz hängt), das sich geradezu auf seiner Leinwand bewegt – einfach ein bißchen die Brust hebt –, wenn ich nur in die Nähe komme. Ich muß die Treppen rauf und runter – und das ist schon sehr unangenehm! Es ist das, was meine Tante den Familienkreis nennt. All das ist hier verkörpert, bildet eine Art von unzerstörbarer Gegenwärtigkeit, erstreckt sich bis weit in die Vergangenheit hinein, und als ich neulich hierher mit ihr zurückkam, sagte sie mir, ich würde ja wohl nicht die Stirn haben, inmitten dieses Kreises zu stehen und solche unmöglichen Dinge zu sagen. Dabei *mußte* ich sie meinem Großvater sagen; aber jetzt, wo ich es getan habe, scheint es mir, ist die Frage erledigt. Ich möchte fortgehen – es ist mir gleichgültig, ob ich je wiederkomme oder nicht.«

»Ach, Sie sind ein echter Soldat – Sie müssen es ausfechten!« Mr. Coyle lachte.

Der junge Mann schien angesichts solch leichtfertigen Tons enttäuscht, doch als sie kehrtmachten und zurückgingen in die Richtung, aus der sie gekommen waren, stahl sich auch ihm nach einer Weile ein Lächeln auf die Lippen, und er erwiderte: »Oh ja, wir sind belastet – alle.«

Schweigend legten sie einen Teil des Wegs zurück, der zum alten Säulengang führte; dort blieb Spencer Coyle, nachdem er sich vergewissert hatte, daß sie noch weit genug vom Haus entfernt waren, um nicht gehört zu werden, stehen und stellte ihm unversehens die Frage: »Was sagt denn Miss Julian?«

»Miss Julian?« Owen war sichtlich errötet.

»Ich bin sicher, *sie* hat bestimmt nicht mit ihrer Meinung hinterm Berg gehalten.«

»Ach, sie vertritt die Meinung des Familienkreises, denn natürlich gehört sie dazu. Aber dann hat sie auch noch ihre eigene.«

»Ihre eigene Meinung?«

»Ihre eigene Familie.«

»Meinen Sie ihre Mutter – diese leidgeprüfte Dame?«

»Eigentlich meine ich mehr ihren Vater, der auf dem Schlachtfeld gefallen ist. Und ihren Großvater und *dessen* Vater und ihre Onkel und Großonkel – sie sind alle auf dem Schlachtfeld gefallen.«

»Genügte es denn nicht – so viele Menschenleben zu opfern? Warum sollte sie *Sie* opfern?«

»Ach, mich *haßt* sie!« erklärte Owen, als sie ihren Weg wiederaufnahmen.

»Ach, der Haß, den schöne junge Frauen für hübsche junge Männer hegen!« rief Spencer Coyle aus.

Er glaubte es nicht, seine Frau hingegen sehr wohl, wie sich unmißverständlich herausstellte, als er ihr, wie berichtet, im Laufe ihrer Unterhaltung beim Umkleiden von diesem Gespräch erzählte. Mrs. Coyle hatte bereits herausgefunden, daß nichts niederträchtiger war als die Art, mit der Miss Julian während der halben Stunde gezeigt hatte, die sie alle unten in der Halle verbracht hatten, wie sie mit dem in Ungnade Gefallenen umsprang. Nach Ansicht dieser Dame hatte man keine Augen im Kopf, wenn man nicht erkannte, daß sie bereits auf empörende Weise dem jungen Lechmere verliebte Augen mache. Es sei ein Jammer, daß sie diesen dummen Burschen mitgebracht hätten: er sei im Augenblick unten bei ihr in der Halle. Spencer Coyle sah das anders: er meinte, man müsse da feinere Unterscheidungen machen. Die Stellung, welche besagte junge Dame im Hause einnehme, wäre unerklärlich, es sei denn, sie beruhe darauf, daß sie bereits für Miss Wingraves Neffen ins Auge gefaßt sei. Als Nichte von Miss Wingraves eigenem unglücklichen Verlobten sei sie schon zu einem frühen Zeitpunkt von dieser Dame auserwählt worden, durch eine Vereinigung mit Owen jenen tragischen Wortbruch zu überbrücken, der ihre Altvorderen auseinandergebracht habe; und wenn man dem entgegenhalten wollte, eine junge Frau mit ein bißchen Mut könne sich unmöglich damit abfinden, daß ihre Pflicht ihr keine andere Möglichkeit lasse als ja und amen dazu zu sagen, so war Owens verständnisvoller Freund rasch mit dem Argument bei der Hand, eine junge Person in Miss Julians Stellung könne einfach keine solche Närrin sein, sich eine so großartige Chance zu verbauen. Sie kenne Paramore und fühle sich sicher; folglich könne sie sich den Spaß erlauben, so zu tun, als stehe ihr doch eine andere Möglichkeit offen. All das sei nichts als harmlose Koketterie. Sie besitze einen eigenartigen Charme, und es sei töricht, so zu tun, als wäre der Erbe des Hauses für ein achtzehnjähriges Mädchen nicht gut genug, und sei es noch so klug. Mrs. Coyle erinnerte ihren Mann daran, daß der arme junge Mann in diesem Augenblick eben *nicht* zum Haus gehöre: dieses Problem sei ja eine jener Fragen gewesen, mit denen die beiden Männer sich herumgeschlagen hätten, nachdem sie ihren Spaziergang auf der Terrasse wiederaufgenommen hatten. Spencer Coyle erzählte seiner Frau, Owen habe Angst vor dem Porträt seines Ururgroßvaters. Und da es ihr nicht aufgefallen sei, werde er, Spencer, es ihr auf dem Weg nach unten zeigen.

»Warum denn vor seinem Ururgroßvater mehr als vor irgendeinem von den anderen?«

»Oh, weil er der furchteinflößendste von allen ist. Er ist derjenige, der manchmal erscheint.«

»Wo erscheint?«

Mrs. Coyle war mit einem Ruck herumgefahren.

»In dem Zimmer, in dem man ihn tot auffand – das Weiße Zimmer haben sie es immer genannt.«

»Willst du damit sagen, hier in diesem Haus geht ein *Geist* um?« entfuhr es Mrs. Coyle beinahe kreischend. »Und du hast mich hierhergebracht, ohne mir das zu sagen?«

»Habe ich es denn nicht schon nach meinem ersten Besuch erwähnt?«

»Mit keinem Wort. Du hast immer nur von Miss Wingrave erzählt.«

»Ach, ich war doch ganz erfüllt von der Geschichte – du hast das bloß vergessen.«
»Dann hättest du mich daran erinnern müssen.«
»Wenn es mir eingefallen wäre, hätte ich den Mund gehalten, denn dann wärest du ja nicht mitgekommen.«
»Ich wünschte wahrhaftig, ich hätte es nicht getan!« rief Mrs. Coyle. »Was ist das denn für eine Geschichte?«
»Ach, die Geschichte einer Gewalttat, die sich hier vor langer, langer Zeit zugetragen hat. Ich glaube, es war noch unter der Regierung von George I. Colonel Wingrave, einer ihrer Vorfahren, erschlug in einer Aufwallung von Leidenschaft eines seiner Kinder, einen heranwachsenden Burschen; er versetzte ihm einen Schlag auf den Kopf, an dem der unglückliche Junge starb. Damals hat man die Sache vertuscht – man schützte irgendeine andere Ursache vor. Der Junge wurde in einem der Zimmer auf der anderen Seite des Hauses aufgebahrt und, obwohl sonderbare Gerüchte umliefen, in aller Eile begraben. Am nächsten Morgen, als die Bewohner des Hauses sich versammelten, fehlte Colonel Wingrave; man suchte vergebens nach ihm, bis zuletzt jemand einfiel, vielleicht wäre er in jenem Zimmer, aus dem heraus sein Kind zu Grabe getragen worden war. Der Suchende klopfte, erhielt aber keine Antwort – dann machte er die Tür auf. Colonel Wingrave lag tot auf dem Boden, vollständig bekleidet, als ob er getaumelt und auf den Rücken gefallen wäre, ohne Wunde, ohne ein Mal, ohne irgendein Anzeichen in seiner äußeren Erscheinung, daß es einen Kampf gegeben oder daß er gelitten hätte. Er war ein kräftiger, gesunder Mann gewesen – die Katastrophe schien durch nichts gerechtfertigt. Man nimmt an, daß er am Abend vorm Schlafengehen in das Zimmer gegangen ist, vielleicht in einem Anfall von Reue oder wie gebannt von dem grauenhaften Geschehen. Erst danach kam die Wahrheit mit dem Jungen heraus. Aber es hat nie wieder jemand in diesem Zimmer geschlafen.«

Mrs. Coyle war blaß geworden.
»Das will ich aber auch meinen! Gott sei Dank, daß sie *uns* nicht dort untergebracht haben.«
»Wir sind ziemlich weit davon entfernt; aber ich habe einen Blick in dieses Schreckenszimmer geworfen.«
»Soll das etwa heißen, du bist *drin* gewesen?«
»Nur wenige Augenblicke. Sie sind sogar stolz darauf, und mein junger Freund zeigte es mir, als ich das erstemal hier war.«
Mrs. Coyle starrte ihn an. »Und wie sieht es aus?«
»Wie ein unbewohntes, altmodisches Schlafzimmer, ziemlich groß, mit den Möbeln ›der Zeit‹ darin. Es ist vom Fußboden bis zur Decke mit Holz getäfelt, und die Paneele sind offenbar vor sehr, sehr langer Zeit einmal weiß gestrichen worden. Allerdings ist die Farbe im Laufe der Zeit nachgedunkelt, und es gibt drei oder vier merkwürdige kleine alte ›Farbproben‹ unter Glas darin.«
Mrs. Coyle schaute sich erschauernd um. »Bin ich aber froh, daß hier keine ›Farbproben‹ sind! So etwas Gruseliges habe ich noch nie gehört! Komm runter zum Essen.«
Als sie die Treppe hinuntergingen, zeigte ihr Mann ihr das Porträt von Colonel Wingrave – eine für den Ort und die Zeit recht lebendige Darstellung eines Gentleman mit hartem, schönem Gesicht und rotem Rock und Perücke. Mrs. Coyle erklärte, sein Nachkomme, Sir Philip, sähe ihm auf wunderbare Weise ähnlich; und ihr Gatte konnte sich lebhaft vorstellen, wenn er das auch für sich behielt, daß, wenn man den Mut aufbrachte, nachts durch die alten Korridore von Paramore zu streifen, man dabei einer Gestalt begegnen könne, die gleich ihm unerbittlich Hand in Hand mit der Gestalt eines hochaufgeschossenen Knaben einherwandelte. Während er mit seiner Frau den Weg zum Wohnzimmer fortsetzte, wünschte er plötzlich, er hätte mehr darauf gedrängt, daß sein Schüler nach Eastbourne fuhr. Allerdings

schien der Abend dazu angetan, alle wunderlichen Vorahnungen zu zerstreuen, denn die Düsternis des Familienkreises, wie Spencer Coyle ihn sich vorgestellt hatte, wurde gemildert durch ein paar Leute ›aus der Nachbarschaft‹, welche man eingeladen hatte. Die Gesellschaft an der Dinnertafel bestand aus zwei lustigen Paaren – eines davon der Pfarrer und seine Frau – sowie einem schweigsamen jungen Mann, der zum Angeln heruntergekommen war. Das war für Mr. Coyle geradezu eine Erleichterung, denn er hatte sich schon gefragt, was man denn eigentlich von ihm erwarte und warum er wohl ein solcher Esel gewesen sei, herzukommen, und der jetzt meinte, daß man sich zumindest für die nächsten paar Stunden nicht mit dem Problem beschäftigen müsse. Wie schon zuvor, hatte er genug damit zu tun, die verschiedenen Symptome zu deuten, welche die gesellschaftliche Szene um ihn herum zum Ausdruck brachten. Wenn nicht alles täuschte, würde er morgen einen ziemlich aufregenden und wenig angenehmen Tag erleben; er ahnte bereits im voraus die Schwierigkeiten des langen, nach ländlichen Gepflogenheiten verbrachten Sonntags und vermeinte bereits so etwas wie einen Vorgeschmack auf die Vorstellungen der nüchternen Jane Wingrave zu spüren, die erst bei der Unterhaltung mühevoll eine nach der anderen zum Vorschein kommen würden. Gewiß würden sie und ihr Vater ihm zu verstehen geben, daß sie, was das Unmögliche betraf, ganz allein auf ihn angewiesen seien; falls sie aber auch noch versuchen sollten, ihn für eine engstirnige Vorgehensweise einzuspannen, ließ es sich möglicherweise nicht mehr umgehen, ihnen reinen Wein einzuschenken – was nicht unbedingt ein Fehler zu sein brauchte. Im Augenblick verfolgte der alte Mann offenbar den Plan, seine Freunde spüren zu lassen, daß es ihnen gutgehe. Die Anwesenheit des großen Londoner Erziehers war Ausdruck des unumstößlichen Glaubens daran, wie das bevorstehende Examen aus-

gehen würde. Zu Spencer Coyles Überraschung hatte man Owen offensichtlich das Versprechen abgenommen, nichts zu tun, was den Anschein von Harmonie stören könnte. Er ließ alle Anspielungen auf seine harte Arbeit unwidersprochen, hielt, was seine persönlichen Angelegenheiten betraf, den Mund und plauderte liebenswürdig mit den Damen, als wäre es keineswegs ›abgeschnitten‹. Als Spencer Coyle ein- oder zweimal über den Tisch hinweg zu ihm hinüberblickte und seinen Augen begegnete, erkannte er darin eine nicht in Worte zu fassende Leidenschaftlichkeit, gleichzeitig in seinem lachenden Gesicht etwas Rührendes, aus dem er nicht so recht schlau wurde: man konnte nicht umhin, Mitleid für ein Lämmchen zu empfinden, das so offensichtlich ausersehen war, geopfert zu werden. ›Hängt ihn – welch ein Jammer, daß er ein so guter Kämpfer ist!‹ sprach er seufzend bei sich, und daß es diesen Worten an Logik gebrach, wäre nur eine oberflächliche Feststellung gewesen.
Dieser Gedanke hätte ihn jedoch länger gefangengenommen, wäre nicht ein so großer Teil seiner Aufmerksamkeit Kate Julian gewidmet gewesen, die ihm jetzt, da er sie direkt vor sich hatte, als eine bemerkenswerte, möglicherweise sogar als eine faszinierende junge Frau erschien. Ihre Faszination beruhte nicht auf besonderer Schönheit; denn wenn sie mit ihren Mandelaugen, ihrem prachtvollen Haar und ihrer alles andere als schüchternen und originellen Art auch durchaus hübsch war – er kannte manchen rosigeren Teint und Züge, die ihm besser gefielen; diese Faszination beruhte vielmehr auf dem seltsamen, von ihr vermittelten Eindruck, genau jene Art von Mensch zu sein, die man in ihrer Stellung und aufgrund ganz allgemeiner Gebote, etwa der Klugheit und vielleicht auch des Anstands, bei ihr gerade nicht erwartet hätte. Sie war, was man gewöhnlich eine Abhängige nannte – jemand, der arm war, den man begönnerte und duldete; aber etwas in ihrem Aussehen und in ihrer Art, sich

zu geben, deutete darauf hin, daß sie, wenn sie schon eine untergeordnete Stellung einnahm, gleichsam um das wettzumachen, über Vorsicht und Untertänigkeit erhaben war. Nicht, daß sie aggressiv gewesen wäre, dazu war sie zu gelassen; es war vielmehr so, als ob sie, da sie weder etwas zu gewinnen noch zu verlieren hatte, sich leisten könne zu tun, was sie wollte. Spencer Coyle vermeinte zu spüren, daß mehr an ihr daran war, als sie selbst wahrhaben wollte; was immer es war, Spencer Coyle hatte jedenfalls noch nie eine junge Frau erlebt, die weniger darauf bedacht gewesen wäre, auf der richtigen Seite zu stehen. Er konnte nicht umhin, sich zu fragen, wie wohl Jane Wingrave und eine Mitbewohnerin wie diese friedlich miteinander auskamen; doch solche Fragen waren selbstverständlich ein weites Feld. Vielleicht spielte Kate Julian sich ihrer Gönnerin gegenüber sogar als die eigentliche Herrin auf. Bei seinem ersten Besuch in Paramore hatte er den Eindruck gewonnen, daß das Mädchen, sofern Sir Philip auf ihrer Seite stand, mit dem Rücken zur Wand kämpfen könne. Sie erheiterte Sir Philip; sie bezauberte ihn; er mochte offensichtlich Menschen, die keine Angst hatten; zwischen ihm und seiner Tochter herrschte überdies kein Zweifel, wer der Ranghöhere war. Miss Wingrave nahm viele Dinge als selbstverständlich hin – vor allem die Strenge der Zucht und das Schicksal von Besiegten und Gefangenen.

Doch welch merkwürdige Beziehung mochte sich zwischen ihrem klugen Jungen und dieser originellen Gefährtin seiner Kindheit entsponnen haben? Eine gleichgültige wohl kaum; doch konnte sie, da es sich um glückliche, schöne junge Menschen handelte, auch nicht gerade von Abneigung geprägt sein. Sie waren zwar nicht *Paul et Virginie,* aber sie mußten ihren gemeinsamen Sommer und ihre Idylle erlebt haben; für ein reizendes Mädchen gab es keinen Grund, einen so reizenden Burschen nicht zu mögen, es sei denn, er mochte

sie nicht, und kein reizender Bursche konnte einer solchen Nähe widerstanden haben. Mr. Coyle erinnerte sich in der Tat, von Mrs. Julian gehört zu haben, daß die beiden nicht immer zusammen gewesen seien; schließlich sei ihre Tochter im Internat und auch Owen nicht immer daheim gewesen; außerdem waren da ihre Besuche bei den paar wenigen Freunden gewesen, welche die Freundlichkeit besessen hatten, sie von Zeit zu Zeit ›zu nehmen‹; des weiteren ihre Aufenthalte in London – die zuwege zu bringen so schwierig seien, wiewohl man das mit Gottes Hilfe immer wieder geschafft habe – um der ›Gelegenheiten‹ willen, die sich dort böten, um Zeichnen und Singen zu lernen, insbesondere zu zeichnen oder vielmehr zu malen, mit Ölfarben, womit sie glänzenden Erfolg gehabt habe. Die gute Dame hatte aber auch erwähnt, daß die jungen Leute wie Bruder und Schwester seien, und damit wiesen sie denn doch eine gewisse Parallele zu Paul und Virginie auf.
Mrs. Coyle hatte recht gehabt, und es ließ sich nicht leugnen, daß Virginia ihr Möglichstes tat, um dem jungen Lechmere die Zeit auf angenehme Art zu vertreiben. Es herrschte keine so angeregte Unterhaltung, daß es Mr. Coyle Mühe gekostet hätte, über diese Dinge nachzusinnen, denn vor allem dank der anderen Gäste kamen keine ungewöhnlichen Themen auf; man neigte vielmehr dazu, Anekdoten zu wiederholen und von Pachtzins zu reden – Themen, die so nahe beieinanderlagen wie unruhige Tiere, die sich aneinanderdrängten. Deutlich wurde ihm bewußt, wie sehr seinen Gastgebern daran gelegen war, daß der Abend vorüberging, als wäre nichts geschehen; was ihm wiederum verriet, wie groß ihr heimlicher Groll sein mußte. Noch vor dem Ende des Essens stellte er fest, daß er seines anderen Schülers wegen unruhig wurde. Der junge Lechmere hatte, seitdem er begonnen hatte, für die Aufnahmeprüfung zu pauken, alle Erwartungen erfüllt; doch das vermochte seinen Lehrer nicht

davon abzuhalten festzustellen, daß er in Augenblicken der Entspannung so unschuldig war wie ein neugeborenes Kind. Mr. Coyle hatte gedacht, die Freuden von Paramore würden ihm Anreiz für neues Streben sein, und das Verhalten des jungen Mannes bewies, wie recht er mit seiner Vorhersage gehabt hatte.
Der Anreiz wurde unmißverständlich verabreicht; er hatte sich in der Form einer Enthüllung eingestellt.
Das strahlende Gesicht des jungen Lechmere verkündete mit einer Freimütigkeit, die fast etwas Mitleidheischendes hatte oder zumindest die Bitte enthielt, ihn nicht lächerlich zu finden, daß ihm jemand wie Miss Julian noch nie begegnet war.

4.

Nach dem Abendessen ergab sich für die junge Dame Gelegenheit, sich Spencer Coyle zu nähern. Lächelnd stand sie einen Moment vor ihm und öffnete und schloß ihren Fächer; dann hob sie ihre eigenartigen Augen und sagte unvermittelt: »Ich weiß, weshalb Sie gekommen sind, aber es hat keinen Zweck.«
»Ich bin gekommen, mich ein bißchen um *Sie* zu kümmern. Hat das auch keinen Zweck?«
»Sehr liebenswürdig. Aber um mich geht es im Augenblick nicht. Sie werden bei Owen nichts ausrichten.«
Spencer Coyle zögerte einen Augenblick.
»Und was werden Sie bei seinem jungen Freund ausrichten?«
Sie starrte ihn an und blickte sich dann um.
»Mr. Lechmere? Ach, der Ärmste! Wir haben über Owen gesprochen. Er bewundert ihn so.«
»Das tue ich auch. Vielleicht sollte ich Ihnen das sagen.«
»Das tun wir alle. Deshalb sind wir ja gerade alle so verzweifelt!«

»Dann möchten Sie persönlich also, daß er Offizier wird?« erkundigte sich Spencer Coyle.
»Es ist mein Herzenswunsch! Ich liebe die Armee und habe meinen alten Spielkameraden furchtbar gern«, erklärte Miss Julian.
Mr. Coyle erinnerte sich, von dem jungen Mann selbst etwas anderes gehört zu haben, hielt es jedoch für richtiger, nicht weiter in das Mädchen zu dringen.
»Es ist eigentlich unvorstellbar, daß Ihr alter Spielkamerad nicht auch Sie sehr gern haben sollte. Deshalb muß ihm daran gelegen sein, Ihnen zu gefallen; ich begreife eigentlich nicht, warum Sie beide sich da nicht einigen können.«
»Mir zu gefallen!« rief Miss Julian aus. »Leider muß ich sagen, daß ich davon nichts merke. Er hält mich für ein freches Ding! Ich habe ihm gesagt, was ich von *ihm* halte, und er haßt mich einfach.«
»Aber Sie sind doch so hochherzig! Sie haben mir gerade eben gesagt, Sie bewunderten ihn!«
»Seine Begabung, seine Möglichkeiten, jawohl; sogar sein Aussehen, wenn Sie gestatten, daß ich so etwas sage. Aber sein augenblickliches Verhalten kann ich unmöglich bewundern.«
»Haben Sie sich mit ihm darüber ausgesprochen?« fragte Spencer Coyle.
»Aber ja, ich habe es gewagt, ganz offen mit ihm zu reden – der Anlaß schien das zu entschuldigen. Was ich ihm gesagt habe, kann ihm unmöglich gefallen haben.«
»Was haben Sie denn gesagt?«
Miss Julian überlegte eine Weile und öffnete und schloß wieder ihren Fächer.
»Nun, daß sich ein solches Verhalten für einen Gentleman nicht ziemt.«
Nachdem sie gesprochen hatte, begegneten ihre Augen denen Spencer Coyles, der darauf in rätselhafte Tiefen blickte.

»Liegt Ihnen denn so sehr daran, ihn in den Tod zu schikken?«
»Wie sonderbar, daß ausgerechnet Sie so etwas sagen!« hielt sie ihm lachend entgegen. »Ich begreife Ihren Beruf nicht; ich dachte, der wäre, junge Leute zu Soldaten auszubilden!«
»Sie sollten meinen kleinen Scherz richtig verstehen! Aber was Owen Wingrave betrifft, so bedarf es da keiner ›Ausbildung‹«, fügte Mr. Coyle hinzu. »Für meine Begriffe« – der kleine Erzieher hielt einen Augenblick inne, als gehe ihm erst in diesem Augenblick richtig auf, was dieses Paradoxon bedeutete –, »für meine Begriffe ist er – im höchsten Sinne – ein Kämpfer!«
»Ach, soll er das doch beweisen!« rief das Mädchen aus und wandte sich ab.
Spencer Coyle ließ sie gehen; die Art und Weise, wie sie gesprochen hatte, verdroß ihn, ja, erboste ihn sogar ein wenig. Offenbar hatte es eine heftige Auseinandersetzung zwischen den jungen Leuten gegeben, und als er darüber nachdachte, daß ihn das im Grunde nichts angehe, machte ihn das womöglich noch ärgerlicher. Er weilte immerhin in einem Haus von Militärs, und sie war zumindest ein Mädchen, dessen Ideal von Männlichkeit (junge Mädchen hatten zweifellos immer ein Männlichkeitsideal) im Typ des Kriegers in Uniform verkörpert war. Das war eine Vorliebe wie jede andere; doch selbst nach einer Viertelstunde, als er dem jungen Lechmere begegnete, der diesen Typus ja durchaus verkörperte, war Spencer Coyle immer noch so durcheinander, daß er an den unschuldigen jungen Burschen mit einer gewissen magisterhaften Trockenheit ansprach. »Sie sollten nicht noch so spät auf sein. Deshalb habe ich Sie nicht mit nach hier genommen.« Die Essensgäste waren dabei, sich zu verabschieden, und die Kerzen für die Schlafgemächer standen unmißverständlich aufgereiht flackernd bereit. Der junge Lechmere war jedoch verständlicherweise viel zu angeregt,

als daß er für einen solchen Wink empfänglich gewesen wäre; er war in Gedanken mit etwas beschäftigt, was ihm fast so etwas wie ein Grinsen entlockte.
»Ich würde liebend gern zu Bett gehen. Wissen Sie, daß es hier ein schrecklich komisches Zimmer gibt?«
»Man hat Sie doch gewiß nicht *darin* untergebracht?«
»Aber nein! Darin hat seit einer Ewigkeit kein Mensch mehr die Nacht verbracht. Aber genau das würde ich gern tun – das müßte wahnsinnig aufregend sein.«
»Und haben Sie versucht, Miss Julian darum zu bitten?«
»Ach, *die* hat darüber nicht zu befinden, sagt sie. Aber sie glaubt daran und behauptet, kein Mann würde das wagen!«
»Kein Mann *sollte* das! Ein Mann in Ihrer kritischen Situation vor allem sollte nachts ruhig schlafen!« sagte Spencer Coyle.
Der junge Lechmere stieß einen enttäuschten, aber einsichtigen Seufzer aus.
»Ach, schon gut. Aber darf ich denn wenigstens noch auf eine Zigarette zu Wingrave hinauf? Ich hab' noch keine geraucht.«
»Solange es bei einer bleibt!«
Er spürte eine Hand auf seiner Schulter, und als er sich umdrehte, tropfte seine Frau Kerzenwachs auf seinen Rock. Die Damen begaben sich zur Ruhe; es war die Stunde, in der Sir Philip gewohnt war, zu Bett zu gehen; doch Mrs. Coyle gestand ihrem Mann, nach den schaurigen Dingen, die er ihr erzählt habe, weigere sie sich einfach, auch nur für einen Augenblick irgendwo im Haus allein zu bleiben. Er versprach ihr, gleich nachzukommen, und nach etwas altfränkischem Händeschütteln entfernten die Damen sich mit raschelnden Röcken. Die Form wurde in Paramore so mutig gewahrt, als gäbe es in dem alten Haus im Augenblick keinen Kummer. Die einzige, bei welcher Spencer Coyle auffiel, daß sie sich dieser Sitte ihm gegenüber nicht anschloß,

war Kate Julian. Sie würdigte ihn weder eines Wortes noch eines Blicks, doch sah er, daß sie Owen Wingrave streng ansah. Ihre schüchterne und mitleidige Mutter war anscheinend der einzige Mensch, der diesen jungen Mann mit einem leichten Kopfnicken bedachte. Miss Wingrave wies die drei Damen – eine kleine Prozession von flackernden Kerzen – die breite Eichentreppe hinauf und an dem Bildnis ihres vom Schicksal geschlagenen Ahnherrn vorüber. Sir Philips Kammerdiener erschien und bot dem alten Herrn den Arm, und dieser kehrte dem armen Owen einen kerzengeraden Rükken zu, als dieser eine vage Bewegung machte, ihm diesen Dienst zu erweisen. Später erfuhr Spencer Coyle, ehe Owen sich jede Gunst verscherzt hätte, sei es, wenn er daheim war, stets sein Vorrecht gewesen, seinen Großvater feierlich zur Ruhe zu geleiten. Jetzt hatte Sir Philip seine Gewohnheiten voller Verachtung geändert. Seine Gemächer lagen im Erdgeschoß, und mit Hilfe des Kammerdieners schlurfte er steif dorthin, nachdem er zuvor seinem verantwortungsvollsten Gast einen Moment bedeutsam jenes intensive Aufleuchten – gleich dem von Glut, in der gestochert wurde – hatte zuteil werden lassen, das seine Augen in so krassem Widerpruch zu seinem sonst so milden Wesen erscheinen ließ. Dieses Aufleuchten schien Spencer Coyle zu bedeuten: ›Morgen kann der junge Bösewicht etwas erleben!‹ Man hätte meinen können, der junge Bösewicht, der sich mittlerweile ans andere Ende der Halle begeben hatte, müßte wenigstens einen Scheck gefälscht haben. Mr. Coyle beobachtete ihn einen Augenblick, sah, wie er sich nervös auf einen Stuhl fallen ließ und dann voller Unruhe wieder aufstand. Die gleiche Bewegung brachte ihn zurück an die Stelle, an der sein Lehrer stand und dem jungen Lechmere noch eine letzte Ermahnung zuteil werden ließ.

»Ich gehe jetzt schlafen, aber mir liegt ganz besonders daran, daß Sie sich an das halten, was ich Ihnen vorhin gesagt habe. Rauchen Sie noch eine Zigarette mit Ihrem Freund hier, und dann gehen Sie bitte auf Ihr Zimmer. Sie bekommen es mit mir zu tun, falls ich höre, daß Sie während der Nacht noch etwas angestellt haben!« Der junge Lechmere, der – die Hände in den Taschen – die Augen senkte, schwieg – er spielte nur mit der Fußspitze an der Ecke eines Teppichs herum; so daß Spencer Coyle, mit solch schweigender Zustimmung nicht recht zufrieden, schließlich zu Owen weiterging: »Ich muß Sie bitten, diesen überempfindlichen Burschen nicht lange aufzuhalten – sondern ihn vielmehr zu Bett zu bringen und seine Tür hinter ihm abzuschließen.« Als Owen ihn einen Moment anstarrte, weil er den Grund für diese Bitte offensichtlich nicht begriff, fügte er noch hinzu: »Lechmere beweist eine krankhafte Neugierde wegen einer Ihrer Familienlegenden – eines Ihrer historischen Zimmer. Ersticken Sie die im Keim.«

»Ach, die Legende ist nicht schlecht – aber das Zimmer ist, fürchte ich, eine ziemliche Enttäuschung!« Owen lachte.

»Du weißt doch, daß *du* das selbst nicht glaubst«, rief der junge Lechmere aus.

»Und ich glaube das auch nicht«, erklärte Mr. Coyle, als er merkte, daß Owen rote Flecken im Gesicht bekam.

»Er würde es nicht wagen, selbst eine Nacht darin zuzubringen«, fuhr der junge Lechmere fort.

»Ich weiß, wer dir das gesagt hat«, erklärte Owen und zündete sich auf Verlegenheit verratende Weise an einer Kerze eine Zigarette an, ohne einem der beiden anderen eine anzubieten.

»Na und, wenn sie das nun wirklich getan hat?« fragte der seinerseits rot angelaufene jüngere der beiden. »Willst du die übrigens alle allein für dich behalten?« fügte er noch spaßhaft hinzu und fingerte in dem Zigarettenkästchen herum.

Owen Wingrave rauchte nur ruhig; dann rief er aus: »Ja –

und wenn sie es schon getan hat! Aber sie weiß es nicht!« fügte er dann noch hinzu.

»Weiß was nicht?«

»Überhaupt nichts weiß sie! – Ich werde ihn zu Bett bringen!« fuhr Owen für Mr. Coyle bestimmt fröhlich fort, der sah, daß seine Anwesenheit jetzt, da ein gewisser Ton zwischen den beiden angeschlagen worden war, die jungen Männer mit Unbehagen erfüllte. Zwar reizte ihn seine Neugier, doch herrschte zwischen den Freunden jene Diskretion, deren selbst sich zu befleißigen er immer vorgab; eine Diskretion, die ihn, ehe er nach oben ging, freilich nicht daran hinderte, ihnen zu empfehlen, keine Esel zu sein.

Oben an der Treppe stieß er zu seiner Verwunderung auf Miss Julian, die offenbar im Begriff stand, noch einmal hinunterzugehen. Weder hatte sie angefangen, sich auszuziehen, noch brachte es sie offenbar in Verlegenheit, ihn zu sehen. Nichtsdestotrotz ließ sie, und das stand ein wenig im Widerspruch zu der Entschiedenheit, mit der sie ihn zehn Minuten zuvor behandelt hatte, als wäre er Luft, die Worte fallen: »Ich gehe nach unten, weil ich etwas suchen muß. Ich habe ein Schmuckstück verloren.«

»Ein Schmuckstück?«

»Einen recht wertvollen Türkis, aus meinem Medaillon. Es ist das einzige Schmuckstück, welches zu besitzen ich die Ehre habe ...« Damit ging sie hinunter.

»Soll ich mitkommen und Ihnen suchen helfen?« fragte Spencer Coyle.

Ein paar Stufen unter ihm blieb das Mädchen stehen und blickte aus ihren Mandelaugen zu ihm hinauf.

»Höre ich nicht Stimmen unten in der Halle?«

»Unsere bemerkenswerten jungen Männer sind noch unten.«

»Dann werden die mir helfen.« Damit stieg Kate Julian weiter die Treppe hinunter.

Spencer Coyle war versucht, ihr zu folgen, entsann sich dann jedoch seines gebotenen Taktes und ging zu seiner Frau in ihrem Zimmer. Allerdings zögerte er das Ins-Bett-Gehen noch hinaus; zwar begab er sich in sein Ankleidezimmer, brachte es jedoch nicht einmal fertig, seinen Rock auszuziehen. Eine halbe Stunde lang tat er so, als wäre er in einen Roman vertieft; wonach er still, oder vielleicht sollte ich sagen erregt, auf den Korridor hinaustrat. Diesen ging er entlang, bis er vor die Tür jenes Zimmers kam, von dem er wußte, daß es dem jungen Lechmere zugewiesen war; er war ein wenig beruhigt, als er sah, daß die Tür geschlossen war. Vor einer halben Stunde hatte sie noch offengestanden; er konnte also davon ausgehen, daß der verwirrte Junge ins Bett gegangen war. Eben das hatte er genau wissen wollen, und da er das getan hatte, stand er im Begriff, sich wieder zurückzuziehen. Im selben Augenblick hörte er jedoch einen Laut in dem Zimmer – wer sich drin aufhielt, machte sich irgendwie am Fenster zu schaffen, was ihm bewies, daß er anklopfen durfte, ohne seinen Zögling aufzuwecken. Der junge Lechmere kam in der Tat in Hose und Hemd an die Tür und ließ seinen Besucher mit einiger Überraschung eintreten. Nachdem die Tür geschlossen war, sagte Spencer Coyle: »Ich möchte Ihnen das Leben nicht schwermachen, aber mein Gewissen hat mir keine Ruhe gelassen; ich mußte mich einfach vergewissern, daß Sie sich keiner unnötigen Aufregung ausgesetzt haben.«

»Ach, Aufregung hat es genug gegeben«, sagte der scharfsinnige Junge. »Miss Julian ist noch einmal heruntergekommen.«

»Um nach einem Türkis zu suchen?«

»Das hat sie gesagt.«

»Und hat sie ihn gefunden?«

»Das weiß ich nicht. Ich bin raufgegangen. Ich habe sie beim armen Wingrave zurückgelassen.«

»Daran haben Sie recht getan«, sagte Spencer Coyle.

»Ich weiß nicht recht«, sagte der junge Lechmere voller Unbehagen. »Als ich ging, stritten sie sich.«
»Worüber denn?«
»Ich verstehe das nicht. Sie sind ein komisches Paar.«
Spencer Coyle zögerte. Er hatte seine Grundsätze, Bedenken und Skrupel, doch was ihn im Augenblick beherrschte, war Neugier, oder vielmehr, um dieser Regung Gerechtigkeit widerfahren zu lassen, ein Mitleid, das diese Skrupel beiseite fegte.
»Hatten Sie den Eindruck, daß *sie* ihm die Hölle heiß macht?« gestattete er sich zu fragen.
»Das kann man wohl sagen! Besonders, als sie ihm sagte, er lügt.«
»Was meinen Sie damit?«
»Naja, in meinem *Beisein*! Da habe ich sie einfach allein lassen müssen. Ich hatte dummerweise das Thema des Spukzimmers wieder aufs Tapet gebracht und gesagt, wie leid es mir tue, daß ich Ihnen versprechen mußte, nicht mein Glück darin zu versuchen.«
»Es gehört sich einfach nicht, sich in anderer Leute Häuser von seiner Neugier derart hinreißen zu lassen – derlei Freiheiten kann man sich nicht herausnehmen, verstehen Sie?« warf Mr. Coyle ein.
»Hab' ich ja auch nicht getan – da sehen Sie mal, wie brav ich bin. Ich möchte nicht mal in die *Nähe* dieses Zimmers kommen!« erklärte der junge Lechmere vertrauensvoll. »Miss Julian hat zu mir gesagt: ›Oh, daß *Sie* das wagen würden, weiß ich, aber . . .‹, und damit wandte sie sich lachend an den armen Owen, ›das ist wohl mehr, als man von einem Gentleman erwarten kann, der sich zu einer so sonderbaren Haltung durchgerungen hat.‹ Mir war daraufhin klar, daß sie schon mal über dies Thema gesprochen haben mußten – sie muß ihn damit aufgezogen oder gereizt haben. Vielleicht war's auch bloß dummes Gerede, aber daß er die Offiziers-

laufbahn aufgeben will, hat vermutlich dazu geführt, daß die Frage nach seinem Schneid auftauchte.«

»Und was hat Owen gesagt?«

»Zuerst nichts; schließlich sagte er aber ganz ruhig: ›Ich habe die ganze letzte Nacht in dem vermaledeiten Zimmer verbracht.‹ Wir haben ihn beide angestarrt und aufgeschrien, und ich fragte ihn, was er dort gesehen habe ... Er sagte, er habe nichts gesehen, und Miss Julian sagte, da müsse er sich schon was Besseres einfallen lassen. – ›Ich habe es mir nicht ausgedacht – es ist eine schlichte Tatsache‹, sagte er; woraufhin sie ihn verhöhnte und wissen wollte, warum er es ihr dann, wenn er es wirklich getan hätte, nicht schon am Morgen gesagt hätte, denn schließlich habe er gewußt, für was sie ihn halte. ›Das weiß ich zwar, aber es ist mir egal‹, sagte Wingrave. Das machte sie wütend, und sie fragte ihn, ob es ihm denn auch egal sei, wenn sie ihm sage, sie glaube, daß er uns zu betrügen versuche.«

»Ach, diese Unvernunft!« entfuhr es Spencer Coyle.

»Sie ist ein ganz ungewöhnliches Mädchen – ich weiß nicht, was sie eigentlich vorhat!«

»Ungewöhnlich, wahrhaftig – sich zu nachtschlafender Zeit mit leichtsinnigen jungen Männern zu kabbeln!«

Der junge Lechmere sann einen Augenblick nach. »Ich meine, weil ich glaube, daß sie ihn mag!«

Spencer Coyle war von dieser unerwarteten, scharfsinnigen Beobachtung derart verblüfft, daß ihm entfuhr: »Und glauben Sie, *er* mag sie auch?« Sein Gegenüber antwortete jedoch nur mit einem verwirrten Aufseufzen und einem klagenden: »Ich weiß es nicht – ich geb's auf! Ich bin sicher, er hat etwas *getan* oder gehört!« fügte er dann hinzu.

»In dem lächerlichen Zimmer? Wieso sind Sie sich dessen so sicher?«

»Ich weiß es nicht – er macht den Eindruck, als sei es der Fall. Er benimmt sich so, als ob er es getan hätte.«

»Warum sollte er es dann nicht verraten?«
Der junge Lechmere überlegte einen Moment.
»Vielleicht ist es zu grausig!«
Spencer Coyle lachte auf. »Sind Sie da nicht froh, daß *Sie* nicht da drin sind?«
»Das kann man wohl sagen!«
»Legen Sie sich schlafen, Sie Kindskopf, Sie!« sagte Spencer Coyle und stieß nochmals ein Lachen aus. »Aber ehe Sie das tun, sagen Sie mir doch, was er gesagt hat, als sie ihm vorwarf, er versuche, sie zu betrügen.«
»›Dann bring mich selbst hin und schließ mich darin ein!‹«
»Und *hat* sie ihn hingebracht?«
»Das weiß ich nicht – ich bin raufgegangen.«
Spencer Coyle tauschte einen langen Blick mit seinem Zögling.
»Ich glaube, sie sind nicht mehr in der Halle. Wo ist Owens Zimmer?«
»Ich habe nicht die geringste Ahnung.«
Mr. Coyle war verblüfft; er wußte es genausowenig, konnte aber schließlich nicht gut herumgehen und alle Türen ausprobieren. Er sagte dem jungen Lechmere daher, er solle jetzt schlafen gehen, und trat auf den Korridor hinaus. Er fragte sich, ob er wohl den Weg zu dem Zimmer finden würde, das Owen ihm einmal gezeigt hatte, und dabei fiel ihm ein Stein vom Herzen, als ihm aufging, daß bei ihm genauso wie bei den anderen ein alter Name an die Tür gepinselt worden war. Aber die Korridore in Paramore gingen in viele Richtungen; überdies waren gewiß einige von der Dienerschaft noch wach, und er wollte nicht den Eindruck erwecken, als streiche er durch das Haus. So kehrte er zurück in seine eigenen Gemächer, wo Mrs. Coyle bald feststellte, daß seine Unfähigkeit, Ruhe zu finden, sich immer noch nicht gegeben hatte. Da sie ihrerseits fand, in dem alten Haus ein gesteigertes Gefühl von etwas ›Gruseligem‹

zu haben, verbrachten sie den ersten Teil der Nacht im Gespräch, und ein Großteil ihrer wachen Stunden verging mit dem Bericht, den ihr Mann ihr von seiner Unterhaltung mit dem jungen Lechmere erstattete; danach tauschten sie noch lange ihre Meinungen darüber aus. Gegen zwei Uhr wurde Mrs. Coyle wegen ihres verfolgten jungen Freundes dermaßen nervös und fürchtete so sehr, das böse Mädchen könnte sich seine Aufforderung zunutze gemacht haben, ihn wirklich auf die Probe zu stellen, daß sie ihren Mann bat, hinauszugehen und nachzusehen, gleichgültig, wie sehr das sein eigenes Gleichgewicht störe oder nicht. Doch Spencer Coyle hatte sich, als die Stille der Nacht sich über sie senkte, widerwillig und zitternd damit abgefunden, daß Owen einverstanden gewesen war, sich einer so schaurigen Prüfung zu unterziehen – einer Prüfung, die für eine erregte Einbildungskraft um so überwältigender und einschlagender sein mußte, als der arme Junge ja aus der Erfahrung der vorigen Nacht wissen mußte, was für eine Überwindung ihn das Ganze kosten würde. »Ich hoffe, er ist tatsächlich dort«, sagte er zu seiner Frau, »denn damit setzt er sie alle ins Unrecht!« Jedenfalls vermochte er es nicht über sich zu bringen, ein Haus zu erkunden, das er so wenig kannte. Aber es war nicht konsequent – er machte keinerlei Anstalten, ins Bett zu gehen. Mit seinem Nachtlicht und seinem Roman saß er im Ankleidezimmer und wartete darauf, daß ihm das Kinn auf die Brust fiel und er einnickte. Zuletzt drehte Mrs. Coyle sich jedoch um und hörte auf zu reden, und so schlief schließlich auch er auf seinem Sessel sitzend ein. Wie lange er wirklich geschlafen hatte, konnte er hinterher nur mutmaßen; woran er sich als erstes erinnerte, war, daß er verwirrt hochfuhr und das Gefühl hatte, einen grauenerregenden Laut im Ohr zu haben. Er kam rasch zu sich, wobei ihm zweifellos half, daß aus dem Zimmer seiner Frau bestätigend ein Entsetzensschrei erscholl. Doch er kümmerte sich nicht um seine

Frau, sondern war bereits auf den Korridor hinausgesprungen. Dort wiederholte sich der Schrei – das ›Hilfe! Hilfe!‹ einer entsetzensgeschüttelten Frau. Er kam aus einem anderen Teil des Hauses, doch war klar, woher. Spencer Coyle eilte vorwärts, hatte den Laut sich öffnender Türen sowie den Klang entsetzter Stimmen im Ohr und den Dämmer des frühen Morgens in den Augen. Als der Korridor um eine Ecke ging, stieß er auf die weiße Gestalt eines Mädchens, dem auf einer Bank offenbar die Sinne schwanden, und schlagartig wurde ihm im Weitereilen klar, daß Kate Julian, welcher in ihrem Stolz das Gewissen für das, was sie angerichtet, zu spät geschlagen hatte, gekommen war, das Opfer ihrer Verhöhnung zu befreien und, überwältigt von der Katastrophe, die sie herbeigeführt hatte, entsetzt zurückgefahren war – jener Katastrophe, die sich ihm voller Grauen gleich darauf an der Schwelle einer offenen Tür darbot. Gekleidet, wie er ihn zuletzt gesehen hatte, lag Owen Wingrave auf derselben Stelle, an der man seinen Ururgroßvater aufgefunden hatte. Er sah aus wie ein junger Krieger auf dem Schlachtfeld.

Der Altar der Toten

The Altar of the Dead (1895)

1.

Er hatte eine schreckliche Abneigung, der arme Stransom, gegen dürre Gedenktage, und noch weniger hatte er für sie übrig, wenn sie so taten, als käme ihnen Bedeutung zu. Das Feiern war ihm genau so zuwider wie das absichtliche Verschweigen; und nur eine einzige Gedenkfeier gewann Geltung in seinem Leben. Er hatte Mary Antrims Todestag alljährlich auf seine Art begangen und im Gedächtnis festgehalten. Vielleicht würde man es besser bezeichnen, wenn man sagen würde: der Gedenktag hatte ihn festgehalten; denn er bemächtigte sich seiner mit einer nachdrücklichen Gründlichkeit, die alles andere Tun ausschloß. Er faßte Jahr um Jahr nach ihm mit einer Hand, deren Griff die Zeit wohl sänftigte, aber niemals löste. Stransom erwachte zur Feier dieses Gedenkens alljährlich ebenso bewußt, wie er zum Erlebnis seines Hochzeitsmorgens erwacht sein würde. Und doch hatte das Fest von jeher nur allzuwenig hochzeitlichen Glanz gehabt: denn dem Mädchen, das Stransoms Gattin hätte werden sollen, war keine hochzeitliche Umarmung beschieden gewesen. Es war, als sie den Tag der Hochzeit festgesetzt hatten, an einem tückischen Fieber gestorben, und so hatte er, noch ehe er recht davon kosten konnte, ein ihm zugewandtes Gefühl verloren, das zu verheißen schien, es wolle sein Leben füllen bis zum Rand.

Dennoch hätte man nicht sagen dürfen, daß sein Leben dieser segnenden Kraft nun wirklich ganz beraubt werden konnte: es war noch immer beherrscht und gelenkt durch eine unumschränkte und gegenwärtige Macht, wenn sie auch von einem blassen Schatten ausging. In Stransoms Leben gab es keine große Zahl von Leidenschaften, und so war in allen den Jahren kein Gefühl in ihm stärker geworden als dieses eine: daß ihm ein Raub angetan war. Er hatte nicht Priester noch Altar gebraucht, um durch Mary Antrims Tod auf immer zum Witwer zu werden. Vielerlei hatte er getan in der Welt, ja, er hatte eigentlich alles Erdenkliche getan – nur eines nicht: er hatte niemals, niemals vergessen. Er hatte versucht, sein Leben mit allem anderen zu füllen, das nur irgend darin Raum finden konnte, aber es war ihm nicht gelungen, mehr daraus zu machen als ein Haus, dessen Herrin für immer fort ist. Nie indessen war sie so ganz und gar fort wie an jenem immer wiederkehrenden Dezembertage, dem er beharrlich eine besondere Bedeutung verlieh. Er hatte keine feststehende Gewohnheit für diese Feier; seine Nerven besorgten das alles ganz allein. Sie trieben ihn ohne Erbarmen hinaus, und das Ziel seiner Pilgerfahrt lag fern. Mary Antrims Grab war in einer Vorstadt Londons, die damals noch ein Stück lebendiger Natur gewesen war, nun aber unter seinen Augen alle Frische verlor, Jahr um Jahr, Zug um Zug. Doch nahmen seine Augen diese Stätte niemals weniger wahr als in den Augenblicken, da er dort stand. Sie blickten auf ein anderes Bild, sie waren geöffnet für ein anderes Licht. War es eine glaubhafte Zukunft? War es eine unglaubhafte Vergangenheit? Wie immer die Antwort lautete – es war ein schrankenloses Entrinnen aus der Gegenwart.

Nun ist zu sagen, daß es für George Stransom zwar keine anderen Gedenktage, aber doch andere Erinnerungen gab; und als er fünfundfünfzig Jahre alt geworden war, hatten diese Erinnerungen sich zu großer Zahl gehäuft. Er war durch sein Leben noch von anderen Geistern geleitet als nur von Mary Antrims Geist. Die Zahl derer, die er verlor, war vielleicht nicht größer, als sie es im Dasein anderer Menschen ist, aber sie wog schwerer für ihn; er hatte den Tod nicht aus größerer Nähe gesehen als die anderen, aber er hatte ihn, auf seine Weise, tiefer gespürt. Es war ihm allmählich und unmerklich zur Gewohnheit geworden, seine Toten zu zählen; schon früh im Leben hatte er erkannt, daß wir die Pflicht haben, irgend etwas für sie zu tun: sie sind, dachte er, in ihrer einfacher, aber auch eindringlicher gewordenen Wesenheit, im Wissen um ihr Fortsein und in ihrer beredten Geduld so unabweislich da, als wäre ihnen weiter nichts als die Sprache geraubt. Wenn all ihre Sichtbarkeit erlischt, all ihre Hörbarkeit verstummt, so könnte man meinen, daß sie ihr Fegefeuer noch ganz und gar auf Erden durchleiden müssen: sie fordern so wenig, die armen Geschöpfe, daß sie noch weniger erlangen, als sie fordern; und sie sterben immer wieder, sterben jeden Tag aufs neue an der harten Achtlosigkeit des Lebens. Für sie gibt es keinen überall gültigen Weihedienst, keine nur ihnen vorbehaltene Stätte, keine Ehrung, keine Zuflucht, keine Sicherheit. Sogar Menschen, an denen nichts von Großherzigkeit zu spüren ist, sorgen für die Lebenden; kein Mensch aber, und würde er auch als noch so hochherzig gerühmt, tut etwas für die Toten. So hatte sich in George Stransom mit den Jahren der Entschluß geformt, daß wenigstens er etwas tun wollte – für seine eigenen Toten. Und er wollte das große Liebeswerk so verrichten, daß nichts daran zu tadeln war. Jeder Mensch, so sagte er sich, hat ja seine eigenen Toten, und jeder Mensch kann die Kraft für dieses Liebeswerk aus den reichen Hilfsquellen der Seele schöpfen.

Unzweifelhaft war es Mary Antrims Stimme, die am beredtesten für die Toten sprach; jedenfalls erkannte er mit den Jahren immer deutlicher, daß zwischen ihm und jenen benachteiligten und so ganz von uns abhängigen Geschöpfen (in seinen Gedanken nannte er sie stets ›die anderen‹) eine ständige Verbindung geknüpft war. Er wußte die Zeit für sie zu erübrigen; er schuf einen festen Plan für sein Liebeswerk. Wie es zugegangen war, hätte er wahrscheinlich nicht zu sagen vermocht – aber es ergab sich, daß im Raum seiner

Seele ein Altar errichtet war, wie ihn schließlich wohl jeder von uns erbauen kann: ein mit ewig brennenden Kerzen geschmückter und jenem heimlichen Weihedienst gewidmeter Altar. Stransom hatte sich von jeher, mit einiger Verlegenheit, gefragt, ob er wohl eine Religion besitze; wenn er sie besaß, so war es, das wußte er ganz genau und mit nicht geringer Zufriedenheit, jedenfalls nicht die Religion, die er nach Ansicht mancher ihm bekannten Leute hätte haben müssen. Allmählich aber rückte er der Antwort auf diese Frage näher; es wurde ihm nämlich klar, daß die Religion, die sein Erleben seit frühester Zeit Tropfen um Tropfen in ihm gesammelt hatte, ganz einfach der Totenkult war. Er entsprach seiner Neigung, er sättigte seinen Geist und beschäftigte seinen Drang nach Frömmigkeit. Er paßte so recht zu seiner Vorliebe für erhabene Weihehandlungen, für ein feierliches und glanzvolles Ritual; denn kein Heiligenschrein konnte schöner geschmückt, kein Gottesdienst herrlicher sein als der Kult, dem seine Liebe galt. Für ihn war es um diese Dinge so bestellt, daß sie jedem zugänglich waren, dessen Herz danach verlangte. Auch die Ärmsten der Armen können, so sagte er sich, solche Tempel im Bezirk der Seele erbauen – können sie mit strahlendem Kerzenglanz und dem Duft von Weihrauch füllen, mit schimmernden Bildern und Blumen. Wollte man es mit landläufiger Redensart ausdrücken: Die Kosten für ihre Unterhaltung werden ganz und gar vom gebefreudigen Herzen getragen.

2.

Es fügte sich, daß er diesmal am Vorabend seines Gedenktages eine Erregung durchlebte, die mit jenem Bezirk des Gefühls in gewisser Verbindung stand. Als er nach einem arbeitsreichen Tage heimging, fand er sich in der London

Street durch die auffällige Wirkung eines Schaufensters festgehalten, dessen Licht wie ein feiles Grinsen in die trübe braune Nebelluft eindrang und vor dem mehrere Leute stehengeblieben waren. Es war die Auslage eines Juweliers, und das Blitzen der Diamanten und Saphire kam Stransom wie ein hohes und frohes Auflachen vor: sie lachten vor lauter Lust, weil sie wußten, wieviel mehr sie ›wert‹ waren als die meisten der lumpigen Fußgänger, die von der anderen Seite der Scheibe hereinstarrten. Stransom verweilte lange genug, um, in einem Wachtraum, eine Perlenschnur um Mary Antrims weißen Hals zu legen; dann wurde er noch einen weiteren Augenblick festgehalten – durch eine Stimme, die er kannte. Neben ihm stand eine mummelnde alte Frau, und dann kam ein Herr mit einer Dame am Arm. Und von ihm, von Paul Creston, kam die bekannte Stimme: er sprach mit der Dame über irgendeinen kostbaren Schmuck in der Auslage. Im gleichen Augenblick, da Stransom ihn erkannte, ging die alte Frau weiter; in der Sekunde aber, die ihm Gelegenheit zur Begrüßung bot, durchzuckte ihn ein so seltsames Gefühl, daß er, der schon die Hand auf den Arm des Freundes legen wollte, mitten in der Bewegung innehielt. Nur für diese eine Sekunde; doch der kurze Zeitraum genügte, um eine entsetzte Frage aufblitzen zu lassen: Aber Mrs. Creston ist doch tot?! Die scheinbar widersinnige Frage sprang ihn an, als er hörte, wie Paul Creston einen Augenblick die Stimme dämpfte (das war unverkennbar der Ton, wie Eheleute miteinander sprechen), als er sah, wie die beiden sich aneinanderlehnten. Creston trat einen Schritt vor, um einen anderen Gegenstand im Schaufenster zu betrachten, kam näher, stutzte, erkannte Stransom und rief seinen Namen – und die erste Wirkung von alledem war nur, daß Stransom stand und starrte; er starrte über die vergangenen Monate hinweg auf das andere Gesicht, auf das so ganz andere Gesicht, das sein Gedächtnis noch als Erinnerung an den armen Paul Creston bewahrte: die unkenntliche, verzerrte Maske des Schmerzes, über das offene Grab geneigt, vor dem sie damals miteinander standen. Jetzt aber trauerte er, der damals so gänzlich Gebeugte, nicht mehr; er löste seinen Arm aus dem seiner Begleiterin, um die Hand des älteren Freundes zu ergreifen. Er errötete, aber er lächelte auch (es war deutlich zu sehen im hellen Licht des Ladens), als Stransom vor der Dame mit abwartender Gebärde den Hut zog. Stransom hatte gerade noch Zeit, festzustellen, daß sie hübsch war, bevor er sich entsetzt einer noch unfaßlicheren Tatsache gegenübersah. »Erlaube, mein lieber Junge, daß ich dich mit meiner Frau bekannt mache.« Creston hatte es mit Erröten und Stottern herausgebracht, aber schon nach einer halben Minute, so geschwind also, wie es die geglätteten Umgangsformen heutiger Gesellschaft fordern, war es für Stransom nur noch die Erinnerung an einen Schreck. Sie standen beisammen und lachten und redeten; Stransom hatte mit einer raschen Bewegung den Schreck aus dem Wege befördert, um sich später ganz für sich damit auseinanderzusetzen. Er hatte das Gefühl, daß er Gesichter schnitt, er meinte zu hören, daß seine Stimme den üblichen Ton übertrieb, aber er stellte auch fest, daß er keinen Augenblick seine Selbstbeherrschung verlor. Was bedeutete ihm diese neue Frau, die dafür engagiert war, die Rolle der Mrs. Creston zu spielen? Mrs. Creston war seinem Empfinden in stärkerem Maße lebendig gewesen als jede andere Frau – *eine* ausgenommen. Die Dame hier aber hatte ein Gesicht, das so ins Öffentliche strahlte wie das Schaufenster des Juweliers, und die beglückte Offenherzigkeit, mit der sie ihre abscheuliche Rolle zur Schau trug, ließ sich nur durch unmäßige Unbescheidenheit erklären. Daß Stransom die Rolle als Mrs. Creston, die sie nun spielen durfte, abscheulich finden mußte, darüber und über die Gründe dafür konnte der Freund nach Stransoms Überzeugung nicht im unklaren sein. Das glückliche Paar war gerade aus Amerika angekommen, aber Stransom hätte auch ohne diese Kenntnis die Herkunft der Dame richtig erraten. Der Eindruck törichten Gebarens, den ihres Gatten planlos schwatzende Herzlichkeit vergeblich bemänteln wollte, wurde dadurch irgendwie noch verstärkt. Stransom entsann sich jetzt: er hatte gehört, daß der arme Creston in der Zeit des ersten Schmerzes über seinen Verlust nach drüben gereist war, um das zu suchen, was man unter solchen betrüblichen Umständen eine ›kleine Ablenkung‹ nennt. Er hatte die kleine Ablenkung tatsächlich gefunden; er hatte sich die kleine Ablenkung mitgebracht; sie stand da, die kleine Ablenkung, und er zeigte seine langen Vorderzähne und vermochte allen Bemühungen zum Trotz nicht anders auszusehen als ein schuldbewußter Esel. Sie wollten in den Laden gehen, sagte Mrs. Creston, und sie bat, Mr. Stransom möchte doch mitkommen und aussuchen helfen. Er dankte für die Aufforderung, sah auf die Uhr und schützte eine Verabredung vor, zu der er ohnehin schon zu spät käme; so verabschiedeten sie sich, und sie quiekte in den Nebel hinein: »Sie müssen mich aber besuchen! Bald, hören Sie?« Creston war taktvoll genug, in die Einladung nicht einzustimmen, und Stransom hoffte, daß es ihm irgendwie an die Nerven ging, sie ihren Satz so in alle Winde schreien zu hören.

Er war, als er weiterging, durchaus entschlossen, ihr nie im Leben wieder in die Nähe zu kommen. Sie war möglichenfalls ein menschliches Wesen, aber Creston hätte sie nicht ohne Vorsichtsmaßregeln zeigen dürfen; er hätte sie sogar überhaupt nicht zeigen dürfen. Er hätte Vorsichtsmaßregeln treffen müssen wie ein Falschmünzer oder ein Mörder, und die Leute daheim hätten nie auch nur ein Wort von Auslieferung geredet. Das war eine Frau für den Auslandsdienst oder zum ausschließlichen Gebrauch auf Auslandsreisen;

ein Mann von Rücksicht und Takt hätte ihr die Beleidigung des Verglichenwerdens erspart. Dies war die erste heftige Aufwallung, in der bei George Stransom die Begegnung nachwirkte; aber als er abends einsam saß – es gab besondere Stunden, die er stets einsam verbrachte –, fiel die zornige Härte von ihm ab, und was blieb, war nur Mitleid. Er – ja, er konnte einen Abend in Gemeinschaft mit Kate Creston verbringen; der Mann, dem sie alles geschenkt hatte, konnte es nicht. Er hatte sie zwanzig Jahre lang gekannt, und sie war die einzige Frau, um derentwillen er vielleicht hätte untreu werden können. Sie schien aus lauter Klugheit und Mitempfinden und Anmut geschaffen; nichts konnte behaglicher sein als ihr Haus, nichts fester als ihre Freundschaft. Ohne jähe Schwankungen hatte er sie geliebt; alle hatten sie so geliebt: sie ordnete und regelte die Leidenschaften rings um sich her wie der Mond die Gezeiten. Sie war auch, natürlich, viel zu gut für ihren Mann gewesen; aber ein solcher Gedanke war Creston nie in den Kopf gekommen, und das Bewundernswerteste an ihr war die zarte und erlesene Kunst, mit der sie alle anderen an einer solchen Entdeckung zu hindern versuchte (Creston selbst daran zu hindern war nicht schwer). Da stand nun der Mann, dem sie ihr Leben geschenkt hatte und für den sie es hingab – denn sie starb, als sie einem Kinde ihrer Gemeinschaft das Leben geben wollte; und zum Lohn für dieses Hinnehmen ihres Schicksals hatte er sie, noch ehe das Gras auf ihrem Grabe grünte, so gänzlich aus seinem Dasein gelöscht wie einen Dienstboten, den man durch einen anderen ersetzt. Diese Leichtfertigkeit, diese Schamlosigkeit war so ungeheuerlich, daß sie Stransom die Tränen in die Augen trieb; und er hatte in der Stimmung dieses Abends das trotzige Gefühl, als habe nur er allein in einer rohen und rücksichtslosen Welt das Recht, den Kopf aufrecht zu tragen. Als er nach dem Essen seine Zigarre rauchte, hielt er ein Buch auf den

Knien, aber er hatte keinen Blick für die aufgeschlagene Seite: ihm war es, als hätten seine Augen in der wimmelnden Leere der Welt Kate Crestons Augen getroffen, um in ihre stumme Traurigkeit zu blicken. Ihm also hatte ihr vom rechten Empfinden gelenkter Geist sich zugewandt, da sie wußte, daß er ihrer gedenken würde. Eine lange Weile sann er darüber nach, wie seltsam es doch war, daß die geschlossenen Augen einer Toten noch so lebendig waren – daß sie sich wieder auftun konnten, hier, in einem stillen, lampenhellen Zimmer, lange nach ihrem letzten Blick. Aber sie hatten einen Blick, der weiterlebte, und es stand damit nicht anders als mit manchen Versen großer Dichter, die man wieder und wieder hört.

Zur Seite Stransoms lag die Zeitung – das Ding, das jeden Nachmittag kam und nach Ansicht der Dienstboten erwünscht war; er hatte sie entfaltet, aber wieder fallen lassen, ohne etwas von dem Inhalt in sich aufzunehmen. Bevor er zu Bett ging, griff er noch einmal danach, und diesmal fiel sein Blick auf die Überschrift einer Notiz – sechs Worte, die ihn tief erschreckten. Er stand vorm Kamin und sah starr darauf nieder; sie meldeten, daß ›Sir Acton Hague, Komtur des Bath-Ordens‹, gestorben sei – der Mann, der vor zehn Jahren Stransoms vertrautester Freund gewesen war und diesen höchsten Rang nach seiner Entthronung recht eigentlich für immer leer zurückließ. Stransom hatte ihn nach ihrem Bruch wohl noch wiedergesehen, war ihm aber nun seit Jahren nicht mehr begegnet. Er stand vorm Kamin und fühlte sich erkalten, als er las, was für ein Ende Hague genommen hatte. Er war erst vor kurzem zum Gouverneur der Westward Islands ernannt worden und dort, in der ehrenverbrämten Freudlosigkeit dieser Verbannung, an einer Krankheit gestorben, die vom Biß einer Giftschlange herrührte. Die Zeitung drängte seine Laufbahn auf ein Dutzend Zeilen zusammen, und George Stransom spürte beim Durchlesen nichts, was einem wärmeren Gefühl gleichkam; höchstens eine Erleichterung darüber, daß sein Zerwürfnis mit Acton Hague nicht erwähnt war, denn damit hatte sich, dank ihrer gemeinsamen Arbeit in weithin wichtigen Angelegenheiten, die Öffentlichkeit damals zufällig und mit einer für Stransom höchst widerwärtigen Ausgiebigkeit beschäftigt. Ja, öffentlich war das Unrecht gewesen, das Stransom nach seiner Meinung erdulden mußte; öffentlich die Beleidigung, die er fassungslos hinnahm: von dem einzigen Manne, dem er je nahegestanden hatte; von dem Freunde, den er während seiner Universitätsjahre beinahe angebetet hatte und dem er später leidenschaftlich die Treue bewahrte; so öffentlich, daß er niemals mit einer Menschenseele darüber sprach, so öffentlich, daß er sie vollkommen übersah. Für ihn brachte sie nur die eine Wandlung hervor, daß damit nun auch ihre Freundschaft gänzlich zu Ende war. Mit dem Schlag, den sein Gefühl empfing, hatte er sich ganz allein abzufinden und tat es; die Handlungsweise Acton Hagues aber lag offen vor aller Augen. Heute nun kam es George Stransom vor, als wäre das alles nur zu dem Zwecke geschehen, daß er nun ›So so, Hague‹ sagen und ganz genau ermessen durfte, wie sehr er einem Stein ähnlich werden konnte. Kalt – jäh und auf furchtbare Art erkaltet, ging er zu Bett.

3.

Als er am anderen Nachmittag in der großen grauen Vorstadt war, spürte er, daß der weite Weg ihn ermüdet hatte. Allein auf dem Friedhof mit seinem erschütternden Eindruck hatte er eine ganze Stunde am Grabe gestanden. Nun, auf dem Rückwege, schlugen seine Füße aus eigenem Willen einen Weg ein, der ihn in falscher Richtung führte, und es war eine Einöde, in die sich kein beutehungriger Droschkenkutscher auf seiner Rundfahrt verirrte. Stransom blieb an einer Straßenecke stehen und ermaß das Bild in seiner ganzen Düsterkeit; und er nahm durch das geballte Dämmerlicht wahr, daß er sich in einem jener Londoner Straßenviertel befand, die nachts weniger trostlos sind als am Tage; denn bei Nacht schenkt ihnen der Staat die Segnung des Lichtes. Am Tage haben sie gar nichts, aber bei Nacht haben sie immerhin die Laternen; und George Stransom war in einer Stimmung, die ihn geneigt machte, Laternen um ihres bloßen Vorhandenseins willen tröstlich zu finden. Nicht daß sie ihm hier etwas hätten zeigen können – aber sie konnten mit hellem Glanze brennen; das war es. Zu seiner Überraschung zeigten sie ihm indessen nach einer Weile doch etwas: das Bogenrund eines hohen Portals, davor ein paar breit und niedrig ansteigende Stufen; sie führten in einen dämmrigen Vorraum: und in dem Augenblick, da er vorüberging, hob sich ein Vorhang und gab ihm den Blick in einen weiten, düsteren Schacht frei, an dessen Ende Kerzen schimmerten. Er blieb stehen und sah hinauf; nun erkannte er: es war eine Kirche. Rasch kam ihm der Gedanke, daß er sich hier wohl, da er müde war, ausruhen könne; worauf er alsbald seinerseits den ledernen Vorhang hob und eintrat. Es war ein Gotteshaus des alten Glaubens, und offenbar war soeben ein Gottesdienst gewesen – vielleicht eine Totenfeier; der Hochaltar erstrahlte noch von Kerzen. Das war ein Schauspiel, wie Stransom es immer mit Freude sah, und er ließ sich auf einen Sitz fallen und fühlte sich erlöst. Stärker denn je zuvor empfand er, wie gut es doch ist, daß es Kirchen gibt.

Die Kirche war leer, und die anderen Altäre waren dunkel; ein Küster schlurfte umher, eine alte Frau hustete; Stransom aber schien es, als wehte ihm Gastlichkeit aus der dikken, duftschweren Luft entgegen. Lag das nur im Geruch des Weihrauchs, oder strömte es aus einer weitergreifenden

Absicht? Ganz gleich – er hatte jedenfalls die große graue Vorstadt verlassen und war dem warmen Herzen nähergerückt. Sobald er das spürte, kam er sich nicht mehr wie ein Eindringling vor; er gewann schließlich sogar ein Gefühl der Verbundenheit mit der einzigen Betenden, die er in seiner Nähe wahrnahm und von der er nur den Rücken sah: der düsteren Erscheinung einer Frau in ungetrösteter Trauer, nicht weit von ihm kniend in tiefes Gebet versunken. Wie gern hätte auch er sich so ganz untersinken lassen bis zum Grunde, wie gern wäre auch er so reglos, so ganz hingegeben an verzückte Demut gewesen! Nach einer kurzen Weile wechselte er den Sitz; es schien ihm fast unzart, sie so bewußt zu betrachten. In der Folge aber verlor er sich ganz, ließ er sich hinaustragen auf das Meer des Lichtes. Wären solche Augenblicke häufiger in seinem Leben gewesen, so wäre ihm auch das große, in Myriaden von Gotteshäusern aufgestellte Urbild des unnahbaren Altars, den er in seinem Herzen errichtet hatte, inniger vertraut gewesen. Dieser Altar hatte im Anfang wohl eine entfernte Ähnlichkeit mit dem kirchlichen Prunk gehabt, am Ende aber war das Echo deutlicher geworden als der Ton. Doch nun dröhnte ihm der Ursprungston ins Ohr, das Urbild strahlte ihm entgegen mit allen seinen Feuern und mit einem Glanz, dessen geheimnisvoller Schimmer tausend Bedeutungen bergen konnte. So wurde ihm die Erscheinung, indessen er dort saß, zu seinem eigenen Altar und jede sternenhafte Kerze zu seinem eigenen Weihgeschenk. Er zählte sie, benannte sie, ordnete sie – es war der stumme Namensaufruf seiner Toten. Sie vereinten sich zu einem gewaltigen, alles erfüllenden Glanz – einem Glanz, vor dem die schlichte Kapelle seiner Gedanken so armselig dunkel erschien und so ganz verblaßte, daß er sich fragte, ob er nicht vielleicht den wahren Trost erst durch eine verwirklichende Handlung, einen sichtbaren Totendienst finden würde. Der Gedanke ergriff Besitz von ihm, durchrieselte ihn ganz mit geheimem Erschauern, während, in einiger Entfernung von ihm, die schwarzgekleidete Dame in demütiger Versunkenheit verharrte; schließlich trieb ihn ein Plan mit jäher Erregung empor. Er wanderte leise durch die Schiffe der Kirche und verweilte in den verschiedenen Nischen, deren jede einer besonderen Andacht geweiht war – mit einer Ausnahme. Vor dieser leeren Nische, die lichtlos war und niemandem diente, stand er am längsten: so lange, wie seine Phantasie brauchte, um sie freigebig schenkend reich zu schmücken. Er wollte sie keinem anderen Kirchenbrauch entreißen und mit nichts Irdischem entweihen; er wollte sie ganz einfach nur nehmen, wie man sie ihm etwa überließ, und sie zu einem Meisterstück an Pracht machen, zu einem flammenden Berg. Und da sie das ganze Jahr hindurch fromm gepflegt und vom heiligen Raum der Kirche umhegt sein würde, so konnte er dann zu jeder Zeit darin seine Andacht halten. Er wußte, daß es Schwierigkeiten gab, aber er sah sie von Anfang an nur als überwundene Schwierigkeiten. Selbst für jemanden, der so wenig Beziehungen zur Kirche hatte wie er, würde sich das alles durch Verhandlungen regeln lassen. Er sah alles schon vor sich; sah, wie licht die Stätte ihm werden würde in den Pausen zwischen der täglichen Plackerei und in der Dämmerung der Nachmittage; wie so ganz voll tröstlicher Gewißheit zu allen Zeiten, besonders aber, wenn ihn die Fremdheit der gleichgültigen Welt bedrückte. Bevor er ging, kam er noch einmal der Stelle näher, wo er zuerst gesessen hatte, und auf dem Wege begegnete er der Dame, die ihr Gebet beendet hatte und nun zur Türe wollte. Sie ging rasch an ihm vorüber, und nur ganz flüchtig sah er ihr bleiches Gesicht und ihre abwesenden, beinahe blicklosen Augen. Bei dieser kurzen Begegnung schien ihm ihr Gesicht hübsch und von Kummer welk.

Dies war der Ursprung eines Kultes, den er zwar öffentlich

übte, dessen Geheimnis er aber dennoch gewißlich wahrte und den einzurichten er schließlich Mittel und Wege fand. Es dauerte freilich lange Zeit, es dauerte ein ganzes Jahr, und Bemühung wie Ergebnis wären für jeden, der darum gewußt hätte, ein anschauliches Zeugnis für seinen redlichen Ernst gewesen. Aber es wußte eben niemand darum – niemand mit Ausnahme der milden geistlichen Herren, deren Bekanntschaft er alsbald gesucht hatte, deren Einwendungen er sacht, aber nachdrücklich bezwang, deren neugieriges Mitgefühl er kunstvoll und umsichtig zu wecken wußte und die als Gegenleistung für die gewährten Ausnahmen ihrerseits Zugeständnisse haben wollten. Stransom war am Anfang seiner Erkundigungen natürlich an den Bischof verwiesen worden, und der Bischof war bezaubernd menschlich, der Bischof war beinahe erheitert. Jedenfalls aber war ein Erfolg in Sicht von dem Augenblick an, wo Stransoms freimütige Großzügigkeit die zuständigen Herren zur gleichen Haltung veranlaßte. Es wurde vereinbart, daß er den Altar und den geweihten Raum, der ihn im Halbkreis umschloß und der als heilig eine herkömmliche Verehrung genoß, in reichem Schmuck unterhalten solle; alles, was Stransom sich vorbehielt, war die Zahl seiner Kerzen und die ungehinderte Freude an seinem Vorhaben. Und als er diese Absicht vollkommen verwirklicht hatte, war die Freude daran noch größer, als er je zu hoffen gewagt hatte. Es machte ihm Freude, an diese Verwirklichung zu denken, wenn er fern von ihrem Anblick weilte, es machte ihm Freude, sich wieder und immer wieder davon zu überzeugen, daß sie sichtbar und greifbar geworden war. Gewiß war er räumlich zumeist so weit davon entfernt, daß der Besuch in der Kirche dadurch, ob er wollte oder nicht, so etwas wie die geduldig ertragene Mühsal einer Wallfahrt forderte; aber er erkannte schließlich, daß die dafür aufgewandte Zeit seine sonstigen Pflichten nicht um ihr Recht betrog, sondern es ihnen um so

mehr zuteil werden ließ. Selbst ein überbürdetes Leben ist unter Umständen leichter zu tragen, wenn wir noch eine weitere Notwendigkeit hinzutun.
Um wieviel leichter, davon hatten wahrscheinlich alle diejenigen niemals eine Ahnung, die ganz einfach nur wußten, daß er zuweilen für Stunden verschwand und die eine gemeine Deutung für das, was sie seine ›Abstecher‹ nannten, bereit hatten. Diese ›Abstecher‹ aber führten ihn in Tiefen, wo es stiller war als auf dem tiefsten Meeresgrunde, und nach einem oder zwei Jahren waren sie unter seinen Gewohnheiten die geworden, von denen er am schwersten hätte lassen können. Nun besaßen seine Toten wirklich etwas, was ihr unantastbares Eigentum war; und ihm tat der Gedanke wohl, daß sie zuzeiten vielleicht sich in die Toten anderer Menschen verwandeln konnten und daß vielleicht die Toten anderer unter dem Schutz, den er geschaffen hatte, ihr Gedenkopfer empfingen. Wer immer auf dem Teppich, den er hatte legen lassen, das Knie beugte, der handelte, so schien es ihm, im Sinne seiner eigenen Absicht. Jede seiner Kerzen trug für ihn einen Namen, und von Zeit zu Zeit wurde eine neue Kerze angezündet. Das war es, was er als Grundbedingung ausgemacht hatte: daß für sie alle immer reichlich Raum sein sollte. Wer vorüberging oder verweilte, sah weiter nichts als einen Altar, der plötzlich zu lebendigem Gebrauch erweckt und nun der prächtigste von allen war; und einen stillen, älteren Herrn, der oftmals, wie von dem Glanz gebannt, erschüttert oder in tiefer Versunkenheit davorsaß. Die tiefste Befriedigung für diesen geheimnisvollen und unvermutet auftauchenden Wallfahrer bestand darin, daß ihm hier die Jahre seines Lebens, die Bündnisse, die Neigungen, die Kämpfe, die Waffenstreckungen und – sofern er welche erfochten hatte – die Siege zu einer beglaubigenden Urkunde jener abenteuerlichen Reise wurden, auf der Beginn und Ende menschlicher Beziehungen die bezeichneten Mei-

lensteine sind. Im allgemeinen hatte er für die Vergangenheit, soweit sie seine eigene Geschichte betraf, wenig Neigung; zu anderen Zeiten und an anderer Stätte erschien sie ihm immer so, daß sie einen kläglichen Anblick bot und nicht wiedergutzumachen war; hier in der Kirche aber nahm er sie hin, mit etwas von jenem bejahenden Frohgefühl, mit dem wir uns in einen Schmerz schicken, der der Behandlung zu weichen beginnt. Es kommt ein Augenblick, wo die Krankheit ›Leben‹ der Behandlung durch die Zeit zu weichen beginnt; und unzweifelhaft geschah es in solchen Stunden, daß diese Wahrheit ihm am stärksten zum Bewußtsein kam. Für ihn war hier der Tag vermerkt, an dem er zum ersten Male dem Tode begegnet war, und jede der folgenden Begegnungen war durch eine Kerzenflamme sichtbar bezeichnet.

Die Flammen drängten sich nun zu dichter Zahl, denn Stransom war in jenen dunklen Engpaß unseres irdischen Abstiegs gelangt, wo uns täglich ein Mensch stirbt. Erst gestern war es gewesen, daß Kate Creston ihr weißes Feuer erstrahlen ließ; schon aber glänzten jüngere Sterne auf den Spitzen der Kerzen. Mancherlei Leute, an deren Schicksal er nur mäßigen Anteil nahm, waren ihm nähergerückt, wenn sie sich zu dieser Schar gesellten. Er überzählte sie, Haupt bei Haupt, bis er sich vorkam wie der Hirt einer wirr gedrängten Herde: und wie ein Hirt erfaßte er mit seinem Blick die unmerklichen Unterschiede. Er kannte jede seiner Kerzen, unterschied sie sogar an der Farbe ihrer Flammen, und er hätte sie auch dann noch zu unterscheiden gewußt, wenn man ihnen allen die Plätze vertauscht hätte. Für die Phantasie anderer mochten sie eine andere Deutung haben – wenn es eben nur *etwas* war, was zuvor der irdischen Wirrnis entzogen werden mußte: das war alles, was er verlangte; aber er bewahrte sich ein ungemein deutliches Gefühl für die eigene Note einer jeden von ihnen und die unverkennbare

Art, wie sie beim Zusammenklang mitwirkte. Es gab Stunden, da er sich fast bei dem Wunsche ertappte, daß der oder jener von seinen Freunden sterben möchte, damit er mit ihm auf dem hier gefundenen Wege eine reinere und tiefer beglückende Verbindung knüpfen könne, als sie nun einmal im Leben möglich ist. Bei denjenigen unter ihnen, von denen er durch die langen Bogenlinien der Erdkugel getrennt war, konnte eine solche Verbindung ja nur ein Fortschritt sein: sie waren ihm dadurch mit einem Schlage nahegerückt. Natürlich gab es Lücken in diesen Verknüpfungen, denn Stransom wußte wohl, daß er bei alledem immer nur nach seiner eigenen Anschauung handelte und daß nicht jede Gestalt, die vor seinen Augen ins große Dunkel hinüberging, Anspruch hatte auf ein Gedenkzeichen. Wohl hatte der Tod eine seltsam heiligende Kraft, aber bei manchen Menschen war es mehr in solchem Sinne gehandelt, wenn man sie vergaß, als wenn man sich ihrer erinnerte. Die größte Lücke auf der schimmernden Seite der Erinnerung war das Andenken an Acton Hague, das zu tilgen Stransom hartnäckig bemüht war. Für Acton Hague konnte auf keinem seiner Altäre jemals eine Flamme emporsteigen.

4.

Alljährlich besuchte er an seinem Gedenktage auf dem Heimweg vom Friedhof die Kirche, wie damals, als der Einfall ihm kam. Zufällig stellte er, als ein Jahr vergangen war, gerade bei dieser Gelegenheit fest, daß noch ein anderer Wallfahrer seinen Altar mindestens ebenso häufig besuchte wie er selbst. Die anderen frommen Gäste, hier wie im übrigen Raum der Kirche, kamen und gingen, und zuweilen, wenn er sie verschwinden sah, hatte er das unbestimmte oder halbbewußte Gefühl, daß er ihnen schon einmal begegnet sei; diesen nie fehlenden Gast aber traf er jedesmal, wenn er kam, und sah ihn immer noch verweilen, wenn er ging. Bei der ersten Begegnung war er überrascht, wie schnell sich für ihn mit dieser Gestalt ein deutlicher Begriff verband: es war die Dame, die er vor zwei Jahren an seinem Gedenktage in so tiefer Versunkenheit sah und deren tragisches Antlitz damals wie eine flüchtige Vision an ihm vorüberschwebte. Wenn er bedachte, wieviel Zeit inzwischen vergangen war, so schien es ihm verwunderlich, daß er noch eine so deutliche Erinnerung an sie bewahrte. Sie selbst sah ihn natürlich ohne ein Zeichen von Aufmerksamkeit, wenigstens zuerst; aber es kam eine Zeit, da ihr Verhalten vor dem Altar verriet, daß sie in ihm einen Besucher zu vermuten begann, der in gleicher Absicht kam wie sie selbst. Sie benutzte seinen Altar für ihre eigene Absicht; und da er immer tief empfand, wie traurig und einsam sie aussah, so durfte er wohl hoffen, daß sie es um ihrer eigenen Toten willen tat. Für ihn gab es Zeiten, da er nicht kam, da er seinen Altar vernachlässigte, da er zu anderen Zusammenkünften und Pflichten ging; im Lauf der Monate aber entdeckte er, daß sie jedesmal da war, wenn er kam, und schließlich empfand er Freude bei dem Gedanken, daß er ihr vielleicht fast die gleiche Befriedigung geschenkt hatte, die ihm selbst beschieden war.

Aber zuweilen hätte er darüber, weil sie so oft Seite an Seite Andacht hielten, gern Gewißheit gehabt: so sicher schien sich die Aussicht zu eröffnen, daß sie hier über dem gleichen frommen Werk mitsammen altern würden. Sie war jünger als er, aber sie sah aus, als wären ihre Toten zumindest so zahlreich wie seine Kerzen. Ihr Gesicht war farblos, sie bewegte sich lautlos, sie schien makellos, und sie war vermögenslos – wenigstens hatte er bei sich beschlossen, daß sie es sein mußte. Da sie immer schwarzgekleidet ging, so mußte eine ganze Kette von Verlusten sie betroffen haben. Aber schließlich ist ja ein Mensch, den so viele Verluste treffen können, nicht arm; er ist sogar reich zu nennen, wenn er so viel zu verlieren hat. Doch brachte das Aussehen dieser ganz ihrer Trauer zugewandten und für die Umwelt gleichgültigen Frau, an der jede Haltung von einer ungewollten Anmut war, ihn zu der Überzeugung, daß sie Kümmernisse von mehr als nur einer Art durchlitten hatte.

Er liebte die Musik sehr, hatte aber nur wenig Zeit, sich daran zu freuen; manchmal freilich, wenn der Samstagnachmittag die Alltagsgeräusche hatte verstummen lassen, entsann er sich, daß die Musik glorreiche Erlebnisse zu verschenken hat. Auch fanden sich Freunde, die ihn daran erinnerten und an deren Seite er dann zu seiner Überraschung ganze Konzertabende verbrachte. Als er an einem solchen Konzertabend in Saint James's Hall eben seinen Platz eingenommen hatte, entdeckte er, daß die Dame, der er so oft in der Kirche begegnet war, neben ihm saß und daß sie offenbar allein war – wie zufällig an diesem Abend auch er. Sie war zuerst so in die Beschäftigung mit dem Spielzettel versunken, daß sie ihn nicht bemerkte; aber als sie ihn schließlich ansah, nutzte er die Gelegenheit, um sie anzureden: er begrüßte sie mit der Bemerkung, daß ihm zumute sei, als kenne er sie bereits. Sie lächelte, als sie antwortete: »O ja, auch ich erkenne Sie wieder« – aber trotz ihrer langen Bekanntschaft war es das erste Mal, daß er sie lächeln sah. Und dieses Lächeln vertiefte sein Bekanntsein mit ihr in einem einzigen Augenblick mehr, als alle früheren Begegnungen es getan hatten. Mir war noch gar nicht aufgegangen, wie hübsch sie ist, sagte er zu sich selbst. Später, als er im Hansom durch die Straßen rollte (er wollte auswärts speisen), fügte er hinzu: mir war noch gar nicht aufgegangen, daß sie so anziehend ist. Am anderen Morgen kam ihm mitten in der Arbeit ganz plötzlich und ohne ersichtlichen Zusammenhang der Gedanke, daß sein Eindruck von ihr

(der Beginn lag nun schon weit zurück) einem vielgewundenen Flusse vergleichbar sei, der endlich das Meer erreicht hat.
Der Gedanke an das, was sich nun zwischen ihnen begeben hatte, drang wahrhaftig den ganzen Tag als leise Verwirrung in seine Arbeit ein. Es war ja nicht viel, aber es hatte doch die Dinge verwandelt. Sie hatten gemeinsam der Musik Beethovens und Schumanns gelauscht; sie hatten sich in den Pausen unterhalten; schließlich, als sie nebeneinander zur Tür gingen, hatte er sie gefragt, ob er ihr beim Nachhausekommen behilflich sein dürfe. Sie hatte dankend verneint, hatte ihren Regenschirm aufgespannt und war in der Menge verschwunden, ohne auch nur mit einem Wort anzudeuten, daß sie einander wieder begegnen würden; er war zurückgeblieben und hatte Muße, sich klarzumachen, daß in ihrem Gespräch auch nicht ein Wort über den Schauplatz ihrer sonstigen Begegnungen gefallen war. Diese Unterlassung kam ihm im einen Augenblick ganz natürlich und im nächsten ebenso unnatürlich vor. Sie hätte ihm das Recht, sie anzureden, durchaus nicht einzuräumen brauchen; hätte sie es ihm aber bestritten, so würde er sie für eine ungebildete Frau gehalten haben. Seltsam: da war nichts, was sie einander wirklich nahegebracht hatte; und doch hatte er mit Recht voraussetzen dürfen, daß sie in gewissem Sinne alte Freunde waren – und doch lag gerade in der Feststellung dessen, was nicht war, irgendwie mehr, als sich mit Worten sagen ließ. Freilich war sein Erfolg durch ihr rasches Entrinnen abgegrenzt worden, so daß in ihm der unsinnige Wunsch keimte, sein Glück auf eine bessere Probe zu stellen. Und da die Aussicht auf einen zweiten hilfreichen Zufall sehr gering erschien, so konnte diese Probe wohl nur eine erneute Begegnung in der Kirche sein. Wäre es nach seinem Wunsch gegangen, so würde er schon am anderen Nachmittag wieder zur Kirche gegangen sein, nur von der

neugierigen Erwartung getrieben, ihr vielleicht wieder zu begegnen. Aber es ging eben nicht nach seinem eigenen Wunsch: das entdeckte er im letzten Augenblick, als er von sich aus bereits zum Gehen entschlossen war. Die Kraft, die ihn fernhielt, zeigte ihm deutlich, wie wenig seine Toten es ihm je gestatteten, seinem Selbst zu leben. Allein um ihretwillen ging er in die Kirche; für ihn gab es auf der Welt keinen anderen Grund.

Die Gewalt dieses jähen Rückschlages hielt ihn zehn Tage lang fern: ihm war die Vorstellung verhaßt, daß sich mit dem Besuch seiner Weihestätte irgendein anderer Gedanke verbinden könnte oder daß er vielleicht das neugierige Verlangen auch nur würde ahnen lassen, das ihm fast zum Anlaß seines Besuches geworden war. Eigentlich war es lächerlich, ein solches Gespinst von Wirrnis um eine so einfache Sache wie diesen Weihedienst zu weben, der sich doch leicht hätte täglich oder gar stündlich verrichten lassen; aber das Gespinst wob sich ganz von selbst. Er war traurig, er war enttäuscht: ihm war zumute, als wäre ein langewährender Glückszauber gebrochen, als hätte er einen langvertrauten sicheren Besitz verloren. Schließlich aber fragte er sich doch, ob diese Furcht vor einer Unklarheit der Beweggründe ihn nun für immer fernhalten müsse. Und nach einer Pause, die nicht länger oder kürzer war als sonst, kam er wieder in die Kirche, in der klaren Überzeugung, daß er es kaum überhaupt bemerken würde, ob die Dame aus dem Konzert anwesend oder abwesend sei. Doch hinderte diese Gleichgültigkeit ihn nicht daran, mit einem einzigen Blick festzustellen, daß sie zum ersten Male seit ihrer ersten Begegnung nicht anwesend war. Er ließ ihr, übrigens ohne Gewissensbisse, Zeit, noch zu kommen – aber sie kam nicht; und als er nach erfolglosem Warten wegging, spürte er ein sehr irdisches Bedauern, das er sich gar nicht verhehlte. Wenn ihr Fernbleiben das Gespinst noch verworrener

machte, so lag die Schuld durchaus bei ihr. Nach dem Verstreichen eines weiteren Jahres war es in der Tat sehr verworren; nun aber war es so weit, daß er sich daraus nicht mehr das mindeste machte, und es war, fand er, nur sein so sehr empfindliches Gewissen, dem er damals diese inneren Kämpfe verdankte. Dreimal in drei Monaten war er zur Kirche gegangen, ohne sie zu treffen, aber es hätte nach seinem Empfinden dessen nicht bedurft, um ihm zu beweisen, daß die Unsicherheit von ihm abgefallen war. Doch war es wunderlicherweise nicht Gleichgültigkeit, sondern ein überempfindliches Zartgefühl, das ihn daran hinderte, den Sakristan (der sie nach der Beschreibung natürlich sogleich wiedererkannt hätte) zu fragen, ob sie zu anderen Zeiten dagewesen sei. Sein Zartgefühl hatte ihn überhaupt daran gehindert, irgendwelche auf sie bezügliche Fragen zu stellen, und eben diese Eigenschaft war es auch, die ihm damals in dem Konzert die Freiheit ließ, sich ihr mit geziemender Artigkeit zuzuwenden.
Diese vorteilhafte Überlegenheit kam ihm nun abermals zustatten; denn sie ermöglichte ihm, als er die Fremde bei einem vierten Versuch endlich traf, den durchaus unerschütterlichen Entschluß, beim Fortgehen auf sie zu warten. Er ging auf sie zu, sobald sie auf die Straße hinaustrat, und bat um die Erlaubnis, sie ein Stück Weges zu begleiten. Da sie gelassen zustimmte, ging er mit ihr bis zu einem in der Nähe gelegenen Hause, in dem sie, wie sie sagte, zu tun hatte: doch wohnte sie, wie sie von selbst hinzufügte, nicht darin. Nein, sie wohnte in einem Armeleutegäßchen, bei einer alten Tante, für die es, wie sich herausstellte, nichts weiter im Leben gab als Arbeitstrott und langweilige Pflichten. Sie war, diese trauernde Nichte, über die erste Jugend hinaus, und von ihrer entschwundenen Jugendfrische war, fand Stransom, ein unbestimmbares Etwas zurückgeblieben, das auf tragische Opferung hinzudeuten schien. Alles, was sie ihm erzählte, ent-

hielt aber keinerlei Hinweis darauf, wer sie eigentlich war. Sie konnte eine geschiedene Herzogin sein – sie konnte aber auch ein altes Mädchen sein, das Harfenunterricht gab.

5.

Es wurde ihnen schließlich zur Gewohnheit, bei fast jedem Zusammentreffen miteinander fortzugehen; doch trafen sie sich noch auf lange Zeit hinaus immer nur in der Kirche. Er konnte sie nicht zu einem Besuch in seinem Hause einladen, und da ihre Wohnung wohl nicht dazu angetan war, Besuch zu empfangen, so lud auch sie ihren Freund niemals ein. Es erwies sich, daß ihre Kenntnis Londons nicht geringer war als die seine, doch durchstreiften sie in dem unausgesprochenen Empfinden, daß diese gemeinsamen Wege ganz ihre eigene Angelegenheit bleiben mußten, immer nur die Gegenden, die auf dem Stadtplan der guten Gesellschaft nicht verzeichnet sind. Auf dem Heimweg verabschiedete sie ihn immer an der gleichen Straßenecke. Sie betrachtete mit ihm, um einen Vorwand zum Verweilen zu haben, die ärmlichen Auslagen in vorstädtischen Schaufenstern; und er fand bei ihr ein beglückendes Verständnis für jedes seiner Worte. Sehr, sehr lange wußte er noch nicht einmal ihren Namen, und ebensowenig sprach sie jemals den seinen aus; aber nicht ihre Namen waren es, um die es ihnen ging, sondern nur ihr vollkommenes Einvernehmen und ihr gemeinsames Verlangen nach solchen Stunden.

Dadurch wurde ihr ganzes Verhältnis zueinander so unpersönlich, daß es für sie die Regeln und Ansprüche, wie sie gemeinhin für einen Freundschaftsbund gelten, nicht gab. Aus den Dingen, die man sonst nach landläufiger Auffassung im Umgang wichtig zu nehmen hat, machten sie sich nichts; ja, eines Tages – wer den Gedanken zuerst ausgesprochen hatte, wußte weder sie noch er zu sagen – kam ihnen sogar die Erkenntnis, daß sie sich gegenseitig nichts auseinander machten. Dieser Gedanke gab ihnen erst die volle Vertrautheit; sie offenbarten ihn mit einer Einmütigkeit, die ihrem Vertrauen zueinander einen ganz neuen Antrieb gab. Wenn eine gleichgestimmte Auffassung über Dinge, die vom Persönlichen ganz losgelöst waren, nicht eine Gewißheit aufrichtete – wo sollte man dann überhaupt noch Gewißheit suchen? Es geschah nicht mit geläufiger Zunge und nicht oft, nicht ohne besonderen Anlaß und nicht ohne die Erregung, die sie immer spürten, wenn in ernsthaftem Gespräch an ein Geheimnis ihres Kults gerührt wurde: aber es geschah doch, wenn irgendwie die gleichsam erwärmte Stimmung dafür geschaffen schien, daß sie fast – ganz, ganz nahe waren sie daran – die Namen ihrer Toten ausgesprochen hätten. Und das empfanden sie so, als wären sie nahe daran, ihre innersten Gedanken zu offenbaren. Das Wort ›sie‹ besaß Ausdruckskraft genug; es begrenzte die Erwähnung, es hatte eine Haltung voll Würde, und wer den Ton vernahm, mit dem es im Gespräch der beiden aufklang, der hätte meinen können, ein Paar aus altheidnischer Zeit redete mit schuldiger Ehrfurcht über seine Hausgötter. Wie es gekommen war, daß einer des anderen so gewiß wurde, hätten sie nicht zu sagen vermocht; Stransom wenigstens hätte darauf keine Antwort gewußt. Wenn es überhaupt je für den einen zweifelhaft gewesen war, weshalb der andere kam, so hatte sich die Gewißheit auf schöne Art ganz von selbst eingestellt. Jeder Glaube indessen will werben und sich ausbreiten, und es war ebenso natürlich wie schön, daß der Gedanke, es sei eine Gefolgschaft gewonnen, sie sogleich mit Freuden erfüllte. Und wenn die Gefolgschaft für jeden von ihnen auch nur aus einem einzigen Menschen bestand, so hatte sich schließlich doch erwiesen, daß es mehr nicht brauchte. Sie stand natürlich viel tiefer in seiner Schuld als er in der ihren, denn er verdankte ihr nur einen Gefährten eines Kults, sie aber verdankte ihm einen herrlichen Tempel. Einmal sprach sie es aus, daß sie ihn wegen der großen Zahl seiner Toten bemitleide (sie hatte seine Kerzen fast ebenso oft gezählt wie er selbst); und er fragte sich verwundert, wie groß denn wohl die Zahl der ihren sein mochte. Schon früher hatte er mit Erstaunen das zeitliche Zusammentreffen ihrer Verluste festgestellt, besonders dann, wenn sich von Zeit zu Zeit die Zahl der Kerzen um eine vermehrte. Eines Tages ergab es der Zufall, daß er diese Verwunderung aussprach, und ihre Antwort klang, als wäre sie überrascht, daß er den wahren Sachverhalt noch nicht erfaßt hatte: »Ach, wissen Sie: je mehr es sind, um so lieber ist es mir; zu groß kann die Zahl überhaupt gar nicht werden. Ich möchte Hunderte und Aberhunderte – ja, ich möchte Tausende haben. Einen ganzen Berg aus lauter Licht möchte ich haben.«

Da nun sah er natürlich die Wahrheit wie vom Blitze erhellt. »Da sind also – Sie haben also nur *einen* Toten?«

Ihre Antwort kam zögernd wie nie zuvor in ihrem Gespräch. »Nur einen«, sagte sie und errötete dabei, als wüßte er nun ihr gehütetes Geheimnis. Er aber hatte wahrhaftig das Gefühl, als wüßte er jetzt weniger denn zuvor: so schwierig war es für ihn, sich in ein Leben hineinzudenken, in dem ein einziges Erlebnis alle anderen so klein erscheinen ließ. In seinem eigenen Leben hatte es rund um den leeren Raum in der Mitte eine gedrängte Fülle von Erlebnissen gegeben. Hinterher kam es ihm vor, als bereue sie ihr Geständnis, obwohl sie im Augenblick, da sie es aussprach, trotz aller Verwirrung sichtlich stolz war. Ihm wäre, setzte sie ihm auseinander, der größere, der teurere Besitz geschenkt. Jeder würde sein Schicksal erwählt haben, wenn es eine Freiheit der Wahl gäbe; und sie könne, versicherte sie, manchen Widerklang, wie er durch die Stille seiner Seele tönte, deutlich mithören. Aber er wußte, daß sie das nicht konnte: die eigene

Beziehung zu allem, was man geliebt oder gehaßt hat, unterscheidet sich allzu deutlich von solchen Beziehungen anderer. Doch hinderte das nicht, daß ihre Beziehung ebenso dauerte wie ihr frommes Werk. Sie war für ihn ein Wesensteil dieses Werkes, aber sie kam niemals darüber hinaus, auch als ihre Bekanntschaft zu solcher Vertrautheit gereift war, daß sie gelegentlich den gemeinsamen Besuch eines Konzerts oder einer Ausstellung verabredeten. Es änderte sich nichts – nur das Ausmaß seines Totenkults, der alles andere überwuchs. Ein Freund nach dem anderen entglitt ihm, bis die Zahl der Sinnbilder auf seinem Altar größer war als die Zahl der Freundeshäuser, die ihm noch offenstanden. Sie war in stärkerem Sinne als alle anderen der Freund, der ihm blieb; dabei kannte sie keiner von diesen anderen. Eines Tages, als sie wieder einmal entdeckte, was sie einen ›neuen Stern‹ nannten, meinte sie, nun endlich wäre die Kapelle voll.
»O nein«, antwortete Stransom. »Daran fehlt noch viel. Meine Kapelle wird nicht eher voll sein, als bis eine Kerze darin angezündet wird, neben der alle anderen verblassen. Und diese Kerze wird die größte von allen sein.« Ihr Blick verweilte auf ihm mit sachter Verwunderung. »Was für eine Kerze meinen Sie?« »Meine eigene, liebe Freundin.«
Nach langer Zeit erst hatte er erfahren, daß sie von ihrer Feder lebte und unter einem Decknamen, den sie ihm niemals verriet, für Magazine schrieb, die er niemals zu Gesicht bekam. Sie wußte nur zu gut, was er nicht lesen und was sie nicht schreiben konnte, und ihre Bemühungen, seine Anteilnahme von ihrer Schriftstellerei fernzuhalten, hatten einen Erfolg, der sehr zu ihrem guten Einvernehmen beitrug. Ihr in der Verborgenheit betriebenes Gewerbe machte ihm die Sache leicht und angenehm; er konnte mit einem Gefühl der Befriedigung seine Gedanken darauf verweilen lassen: auf der Würde und dem Stolz ihres in der Abgeschlossenheit ge-

führten Lebens, auf ihrer gering entlohnten Kunst und ihrem unzugänglichen kleinen Heim. Da lebt sie, dachte er, mit der verbrauchten alten Frau im verlorenen Dämmer ihrer Vorstadtwelt und taucht nur für mich an die Oberfläche, fern von alledem. Sie war in der Tat die Priesterin seines Altars, und immer, wenn er ins Ausland reiste, vertraute er ihn ihrer Obhut an. Sie bewies ihm wieder einmal, daß der religiöse Geist in der Frau stärker lebt als im Manne; seine eigene Treue kam ihm blaß und kraftlos vor, wenn er sie mit der ihren verglich. Oft sagte er, wie sehr ihn der Gedanke freute, daß sie noch so viel Lebenszeit vor sich hatte, da ihm selbst nur noch so wenig blieb: so froh machte ihn der Gedanke, daß sie das Heiligtum betreuen würde, wenn er einmal abberufen war. Er hatte sich dafür einen großen Plan ausgedacht, den er ihr natürlich mitteilte: er wollte in seinem Testament eine Geldsumme aussetzen, die für die ungeschmälerte Erhaltung des Altars bestimmt war. Mit der Verwaltung dieses Geldes wollte er sie betreuen, und wenn das Herz sie dazu trieb, so mochte sie auch für ihn eine Kerze anzünden.
»Wer aber zündet einmal auch für mich eine an?« fragte sie nach diesem Gespräch ernsthaft.

6.

Sie trug zwar immer Trauerkleidung; am Tage seiner Rückkehr von einer Reise, die ihn länger als alle bisherigen ferngehalten hatte, sagte ihm indessen ihr Aussehen auf den ersten Blick, daß sie einen Verlust erlitten hatte. Er traf sie, als sie eben die Kirche verließ, so daß er seinen eigenen Besuch verschieben wollte und sich sogleich erbot, umzukehren und sie zu begleiten. Sie überlegte einen Augenblick, dann sagte sie: »Nein, gehen Sie jetzt hinein, aber besuchen

Sie mich in einer Stunde in meiner Wohnung.« Er kannte den Anblick der schmalen Straße, in der sie wohnte: einer Sackgasse, traurig wie eine leere Tasche, mit Paaren armseliger Häuschen, die, durch eine Mittelwand voneinander getrennt und doch unlöslich verbunden, aussahen wie Ehepaare, die sich nicht vertragen können. Sooft er bis zum Eingang der Straße gekommen war – er hatte sie nie betreten. Die Tante seiner Freundin war gestorben – das hatte er sogleich vermutet; auch begriff er, daß sich damit vieles änderte. Aber als sie ihm zum ersten Male ihre Hausnummer nannte und ihn dann verließ, entdeckte er, daß diese plötzliche Großzügigkeit ihn nicht wenig erregte. Sie war ja keiner von den Menschen, mit denen man rasch vorankommt; Monate und aber Monate hatte er gebraucht, um ihren Namen, Jahre und aber Jahre, um ihre Wohnung zu erfahren. Wenn sie ihm nun bei diesem Wiedersehen um so vieles älter erschienen war: wie mochte er dann wohl erst ihr erscheinen? Sie war jetzt in den Lebensabschnitt gelangt, den er schon seit langem erreicht hatte: wo bei der Wiederbegegnung nach einer Trennung das Gesicht des Freundes uns wie ein Zifferblatt die Stunde ansagt, die wir zu vergessen suchten. Er hätte nicht zu sagen vermocht, was er erwartete, als er nach der verabredeten Frist um die Straßenecke bog, an der er seit Jahren jedesmal haltgemacht hatte; schon die Tatsache, daß er diesmal nicht haltmachte, war Grund genug zur Erregung. Jedenfalls war es ein Ereignis; und in der ganzen langen Zeit ihrer Bekanntschaft hatte es niemals ein Ereignis gegeben. Dies Empfinden verstärkte sich noch in ihm, als sie ihn fünf Minuten später inmitten der verschossenen Eleganz ihres kleinen Empfangszimmers begrüßte und er aus dem Zittern ihrer Stimme entnahm, von welchem Maß ihr das Erlebnis schien. Sonderbarerweise war ihm zumute, als wäre er aus irgendeinem besonderen Grunde gekommen: während es doch in ihrer Beziehung nichts Besonderes gab, wenn man davon absah, daß sie sich in ihrer großen Aufgabe eins wußten; dies Bewußtsein war ihnen natürlich seit langem herrlicher Besitz geworden. Freilich – als sie gesagt hatte: »Von jetzt ab – ja, also von jetzt ab können Sie immer zu mir kommen!«, da war ihm zumute gewesen, als wäre damit das Erlebnis, um dessentwillen er nun hier war, schon Vergangenheit geworden. Er fragte sie, ob der Tod ihrer Tante die Ursache dieser Wandlung sei; sie antwortete: »Meine Tante wußte gar nicht, daß wir uns kennen. Sie sollte es auch nicht wissen.« Die schöne Klarheit ihres Freimuts – ihre verblaßte Schönheit war wie die Dämmerung eines Sommertages – reinigte ihre Worte von allem Anschein des Betruges. Unter anderen Umständen hätten sie ihn vielleicht sehr getroffen, da sie eine tiefe Unaufrichtigkeit aufdeckten; doch hatte er immer das Gefühl gehabt, daß ihr Handeln lauteren Gedanken entsprang. Er empfand, indessen er sich im Zimmer umsah, die verblichene Tante als durchaus gegenwärtig: sie lebte fort in den Wahrzeichen kleinbürgerlicher Behaglichkeit, in perlbesticktem Samt und geripptem Wolldamast; und so tief sonst, wie wir wissen, seine Ehrfurcht vor den Toten war – er mußte feststellen, daß er den Tod dieser Dame nicht mit ungemischtem Gefühl zu beklagen vermochte. Immerhin – wenn sie auch nicht auf der langen Liste seiner Toten stand, so stand sie doch auf der kurzen Liste der Freundin; und er sprach alsbald den Gedanken aus, daß sie nun an der Stätte ihres gemeinsamen Weihedienstes ein zweites Andenken zu ehren habe.

»Ein zweites, ja. Sie meinte es sehr gut mit mir. Sehen Sie, das ist die Veränderung, die ich spüre.«

Es gab für ihn, bevor er Anstalten zum Aufbruch traf, über vielerlei nachzusinnen, und er meinte zu wissen, daß diese Veränderung doch wohl sehr groß sein und nicht nur in der ihm gewährten Erlaubnis zu Besuchen bestehen werde. Der Gedanke bedrückte ihn, denn sie waren doch gerade auf die

Art, wie es bisher zwischen ihnen stand, glücklich gewesen. Doch gelang es ihm immerhin, durch umsichtiges Fragen zu erfahren, daß sie sich nun nicht mehr so sehr einschränken müsse, da ihr das kleine Vermögen der Tante zufiel und sie künftig die Summe, von der sie bisher zu zweien leben mußten, für sich allein verbrauchen konnte. Darüber freute sich Stransom, da es für ihn ja völlig unmöglich gewesen war, ihr Geschenke anzubieten – und ebenso unmöglich, sich mit dieser Beschränkung abzufinden. Er fand es unsagbar häßlich, so neben ihr hergehen zu müssen: selbst alles im Überfluß zu haben und davon nichts auf sie überströmen zu lassen – denn schon der Versuch dazu mußte unabwendbar einen Mißton geben. Und doch schien es ihm, als wäre durch diese glückliche Veränderung ihrer Verhältnisse die Einsamkeit ihrer Zukunft nur noch deutlicher vorgezeichnet. Es bedeutete für sie nichts anderes, als daß sie nun mehr und immer mehr für ihren kleinen Weihedienst leben konnte – und das zu einer Zeit, wo ihm selbst durch seine Müdigkeit mahnend angekündigt wurde, daß er, der diesen Kult begründet hatte, vielleicht bald scheiden müsse. Als sie eine Weile in dem verblaßten Empfangszimmer gesessen hatten, stand sie auf: »Dies ist nicht mein Zimmer; kommen Sie, wir wollen in meines gehen.« Und nun brauchten sie nur den schmalen Flur zu kreuzen, um – er spürte es deutlich – eine ganz andere Luft zu atmen. Sobald sie die Tür des ›zweiten Zimmers‹ (so nannte sie es) geschlossen hatte, wußte er, daß er sie nun erst wirklich ganz kannte. Der Raum atmete Leben, der Raum hatte Ausdruck; die Andenken mancherlei Art, mit denen die dunkelroten Wände geschmückt waren, redeten eine deutlich vernehmbare Sprache. Es waren schlichte Dinge – Lichtbilder und Tuschzeichnungen, beschriebene Blätter, die eingerahmt, Blumengespenster, die fromm aufbewahrt waren; aber schon der erste Blick zeigte ihm, daß alles dies einen gemeinsamen Sinn barg. Hier hatte sie gelebt und gearbeitet, und er wußte bereits aus ihrem Munde, daß alles unverändert bleiben sollte. Er las aus den Dingen um sie her die Beziehung zu ihrem Leben ab – die äußere Beziehung zu Stätten und Zeiten; schon nach einer Minute aber bemerkte er, daß sich darunter ein kleines Herrenbildnis befand. Aus der Ferne und ohne seine Augengläser hatte er davon zunächst nur einen Eindruck, der eine unbestimmte Neugier in ihm weckte. Sogleich aber zwang diese Regung ihn zum Nähertreten, und im nächsten Augenblick starrte er das Bild in fassungsloser Bestürzung an, mit dem Gefühl, daß er einen Ausruf des Schreckens ausgestoßen hatte. Auch wußte er, daß er sehr bleich war, als er sich umwandte und – es klang wie ein Ächzen – hervorstieß: »Acton Hague!«

Sie war nicht minder erstaunt als er. »Sie haben ihn gekannt?« »Er war mein Jugendfreund – in allen meinen jungen Jahren war er mein Freund. Und Sie – auch Sie haben ihn gekannt?«

Das Blut stieg ihr in die Wangen, und eine kurze Weile vermochte sie nicht zu antworten; ihr Blick umfaßte jeden Gegenstand im Zimmer, und in ihrer Stimme klang etwas wie bitterer Spott, als sie die Frage widertönen ließ: »Ob ich ihn gekannt habe –?!«

Und indessen sich der Raum um ihn zu heben schien wie eine Schiffskabine, begriff Stransom, daß jeder Gegenstand Acton Hagues Namen rief, daß dieses Zimmer ein Museum zu seinem Gedenken war, daß alle ihre Jahre ihm, nur ihm gehört hatten, daß sie den von ihm errichteten Altar in leidenschaftlicher Hingabe diesem und nur diesem Dienst geweiht hatte. Nur um Acton Hagues willen hatte sie täglich vor seinem Altar gekniet. Freilich – was brauchte es da noch eine geweihte Kerze, wenn der ganze Schmuck des Altars ihn und nur ihn verkörperte? Die Enthüllung traf Stransom wie ein Hieb ins Gesicht – mit solcher Gewalt, daß er sich aufs Sofa fallen ließ und sitzen blieb, reglos, stumm. Er hatte sogleich gefühlt, daß unter der Gewalt des Stoßes, der ihn traf, auch sie erbebte; aber als sie sich neben ihn setzte und die Hand auf seinen Arm legte, wußte er auch fast im gleichen Augenblick, daß sie wohl nicht in dem Maße mit ihm fühlte, wie sie es vielleicht selbst gewünscht hätte.

7.

Zwei Dinge waren es, die er in diesem Augenblick feststellte: einmal, daß sie in all der langen Zeit nichts von seiner engen Freundschaft mit Acton Hague und von ihrem großen Zerwürfnis erfahren hatte; sodann, daß sie – wie seltsam war das doch! – trotz dieser Unwissenheit sogleich eine Erklärung für seine Fassungslosigkeit bereit hatte. »Aber das ist doch erstaunlich«, rief er aus, »daß wir davon beide nichts ahnten!«

Darauf antwortete sie mit einem blassen Lächeln, das Stransom noch seltsamer dünkte als die Enthüllung selbst. »Ich habe nie von ihm gesprochen, mit keinem Wort.«

Abermals tat er einen Rundblick durchs Zimmer. »Ja, aber warum nicht – wenn Ihr Leben so ganz von ihm erfüllt war?«

»Könnte ich die Frage nicht mit demselben Recht zurückgeben? War denn Ihr Leben nicht ebenso stark von ihm erfüllt?«

»Meines wie das Leben eines jeden Menschen, dem das wundervolle Erlebnis beschieden war, ihn zu kennen. – Ich aber«, fügte Stransom nach einer kurzen Pause hinzu, »habe niemals von ihm gesprochen, weil er mir – vor langen Jahren – ein unvergeßbares Unrecht angetan hat.« Darauf blieb sie stumm, äußerte kein Wort des Widerspruchs; und dieses Schweigen in einem Raume, in dem Acton Hague ganz und gar gegenwärtig war, hatte fast etwas Beklemmendes. Sie nahm seine Worte also hin; und er wandte sich ihr abermals zu, um zu sehen, auf welche Art sie sie hinnahm. Und er sah aufsteigende Tränen und fühlte eine Hand, die sich mit liebevoller Anmut der Gebärde ausstreckte und die seine umschloß. Nie hatte er Wundervolleres erlebt als dies: wie sie inmitten dieses kleinen Raumes, der so ganz der Erinnerung und Verehrung geweiht war, mit ihrer schönen Sanftmut durch ihre Handbewegung zugab, daß ihr von Acton Hagues Hand jedes Unrecht glaubhaft schien. Eine Uhr tickte in die Stille hinein – wahrscheinlich hatte Acton Hague sie ihr geschenkt –, und sie hielt seine Hand mit einer Sanftheit der Gebärde: fast so, als wollte sie damit die Verantwortung übernehmen für den damaligen wie für den heutigen Schmerz. So saßen sie eine Minute lang; dann sagte Stransom heftig: »Mein Gott, was muß er erst Ihnen angetan haben!«

Hier ließ sie seine Hand los, stand auf, ging durch das Zimmer, rückte ein Bild gerade, das er vorhin beim Betrachten ein wenig verschoben hatte; wandte sich dann nach ihm um und sagte – sie hatte nun ihre blasse Fröhlichkeit zurückgewonnen: »Ich habe ihm vergeben!«

»Ich weiß, was Sie getan haben«, sagte Stransom. »Ich weiß, was Sie getan haben, Jahre hindurch.« Einen Augenblick sahen sie einander an, und ihre Augen, geschärft durch die lange Gemeinsamkeit ihres Dienstes, drangen hinab bis zum tiefsten Grund. Diese Spanne Zeit bedeutete, so empfand Stransom, für die Frau ein ungeheures, ein ganz unverhülltes Bekenntnis; und auch sie begriff anscheinend sogleich, daß er es so auffassen mußte, denn sie wurde rot und wechselte abermals den Platz. Stransom stand auf. »Wie müssen Sie ihn geliebt haben!« sagte er laut.

»Frauen sind anders als Männer. Sie vermögen zu lieben, selbst wo sie haben leiden müssen.«

»Frauen sind wundervolle Geschöpfe«, sagte Stransom. »Aber glauben Sie mir: auch ich habe ihm vergeben.«
»Hätte ich geahnt, daß es sich so seltsam fügen würde – ich hätte Sie nicht in dieses Zimmer geführt.«
»– so daß wir dann in dieser Unkenntnis verblieben wären – bis zuletzt?«
»Zuletzt? Was meinen Sie damit?« fragte sie, immer noch lächelnd. Er hatte die Kraft, ihr Lächeln zu erwidern. »Das werden Sie sehen – wenn es soweit ist.«
Sie sann seinen Worten nach. »Vielleicht ist es besser so; und doch – so, wie wir miteinander standen, war es gut.«
Nun stellte er die Frage, die ihn beschäftigte. »Ist es – ich meine: hat er niemals von mir gesprochen?«
Sie wurde noch nachdenklicher und antwortete nicht; und er sagte sich selbst, welche Antwort ihm darauf gebühre: wie oft hatte denn er von ihrem schicksalhaften Freunde gesprochen? Plötzlich leuchtete ihr Gesicht in einem Lächeln auf, und ein erregender Gedanke drängte sie zu der raschen Frage: »Auch Sie haben ihm doch vergeben?«
»Wenn ich es nicht getan hätte – wie könnte ich dann hier verweilen?«
Sie zuckte sichtlich zusammen, als hätte die unbeabsichtigte Bitterkeit der Frage sie mit scharfem Hieb getroffen; trotzdem fragte sie in atemloser Spannung: »Dann ist also unter den Kerzen auf Ihrem Altar –«
»Auf meinem Altar gibt es für Acton Hague keine Kerze. Nie.«
Sie sah ihn starr an, in furchtbarer Enttäuschung. »Er ist aber doch einer von Ihren Toten?!«
»Er gehört der ganzen Welt – das können Sie meinethalben sagen; und er gehört Ihnen. Zu meinen Toten zählt nur, wer im Tode mir gehörte – wie ich ihm. Dann ist er im Tode mein, weil er im Leben mein war.«
»Aber er hat Ihnen doch im Leben angehört, wenn Sie ihn

auch für eine Weile verloren hatten. Wenn Sie ihm vergeben haben, sind Sie zu ihm zurückgekehrt. Die Menschen, die wir einmal geliebt haben –«

»– können uns am tiefsten weh tun«, fiel Stransom ihr ins Wort.

»Oh, dann ist es nicht wahr – Sie haben ihm ja nicht vergeben!« sagte sie in einem Ton leidenschaftlicher Klage, der ihn erschreckte.

Er sah sie an wie noch nie zuvor.

»Was hat er Ihnen angetan?«

»Alles.«

Dann reichte sie ihm jäh die Hand zum Abschied.

Er fühlte sich erkalten, wie an jenem Abend, da er die Nachricht vom Tode Acton Hagues las. »Soll das heißen, daß wir uns nicht mehr sehen werden?«

»Nicht mehr wie bisher – nicht dort.«

Entsetzt vernahm er das mit leidenschaftlichem Ausdruck gesprochene Wort des Verzichts: das war, als schnappte eine Fessel klirrend ins Schloß.

»Aber was hat sich denn geändert – für Sie?«

Sie zögerte und kämpfte mit einem Schmerz, der ihr zum erstenmal, seit er sie kannte, eine herbe und strenge Schönheit lieh.

»Wenn Sie bisher nicht verstanden haben – wie können Sie da jetzt verstehen?«

»Ich begriff bisher nur deshalb nicht, weil ich nicht wußte. Nun, da ich aber weiß, erkenne ich erst den Menschen recht, der mir seit Jahren Gefährte war«, sagte Stransom sehr sacht.

Ihr Blick wurde weicher und freundlicher, da sie sein Zartgefühl zu würdigen wußte.

»Wie könnte ich aber von Ihnen verlangen, daß Sie diese Gemeinschaft fortsetzen sollen, da nun doch dieses Wissen zwischen uns steht?«

Stransom begann: »Ich habe meinen Altar mit seiner vielfältigen Bedeutung errichtet –«; sie aber unterbrach ihn sogleich.

»Ja, Sie haben Ihren Altar errichtet, und ich fand ihn in all seinem Glanz für mich bereit, als ich ihn am nötigsten brauchte. Vom ersten Tage an wußte ich, daß er den Toten geweiht war, und ich bin Ihnen, wie Sie wissen, immer dankbar dafür gewesen, daß ich vor ihm beten durfte. Schon vor langer Zeit habe ich Ihnen gesagt, daß die Zahl meiner Toten nicht groß ist. Bei Ihnen ist es anders – aber alles, was sie für Ihre Toten getan haben, war für meinen Weihedienst nicht zu groß! Für jeden von ihnen hatten Sie eine große Kerze angezündet – ich nahm sie alle und weihte sie einem einzigen Gedenken!«

»Wir wurden eben von verschiedener Absicht geleitet«, antwortete er. »Das habe ich, wie Sie richtig sagen, durchaus gewußt, und ich sehe nicht ein, weshalb Ihre Absicht Sie nicht auch fernerhin führen soll.«

»Ja, ich weiß, Sie sind hochherzig; deshalb können Sie sich in die Vorstellung anderer hineindenken. Aber der Zauber ist gebrochen.«

Das kam nun dem armen Stransom, obschon er sich dagegen wehrte, auch so vor, und ihm war zumute, als blickte er in graue Leere. Doch vermochte er nichts weiter zu sagen als: »Ich hoffe doch, Sie versuchen es noch einmal, bevor Sie verzichten.«

»Wenn ich gewußt hätte, daß Sie ihn kannten – ja, überhaupt nur kannten, so hätte ich keinen Augenblick gezweifelt, daß er auf Ihrem Altar eine Kerze hat«, antwortete sie sogleich. »Jetzt habe ich entdecken müssen, daß es für ihn nie eine gab; das ist es, was sich, wie Sie sagen, geändert hat. Dadurch wird alles, was ich tat –«, sie dachte einen Augenblick nach, als suchte sie den rechten Ausdruck; dann sagte sie einfach: »– ganz falsch.«

»Kommen Sie noch ein einziges Mal«, sagte er bittend.
»Werden Sie ihm eine Kerze geben?« fragte sie.
Er zögerte, aber nicht aus Unklarheit über sein Gefühl, sondern weil er den schroffen Klang der Antwort fürchtete.
»Ich kann es nicht«, sagte er schließlich.
»Dann leben Sie wohl.« Und wieder streckte sie ihm die Hand hin.
So war er also entlassen; auch empfand er, daß er erst einmal wieder zu sich selbst kommen mußte, da ja nun alles, was er noch hatte vor sich liegen sehen, erschüttert war; und das konnte er nur im Alleinsein. Und doch zögerte er noch – zögerte, um zu sehen, ob ihr nicht eine Wendung für einen Ausgleich, ein Vorschlag für einen minder harten Weg einfallen würde. Aber er begegnete nur dem Blick ihrer großen traurigen Augen und las darin das tiefe Mitleid, das sie auch für ihn empfand. So sagte er denn: »Da darf ich Sie aber doch wenigstens hier aufsuchen?«
»O ja, kommen Sie, wann Sie wollen. Aber ich glaube, damit ist uns nicht geholfen.«
Er sah sich noch einmal im Zimmer um und fühlte sich auch seinerseits ganz und gar nicht sicher, daß ihnen damit geholfen wäre. Auch merkte er, daß es ihn tief getroffen hatte und daß ihn Kälte durchdrang; dieses Frösteln war wie ein Fieberschauer, so daß er sich sehr zusammennehmen mußte, um sein Erzittern nicht zu zeigen. Seine Antwort klang traurig: »Dann muß ich's eben meinerseits versuchen – wenn Sie es nicht versuchen können.« Sie begleitete ihn in den Flur hinaus und zur Haustür, und hier stellte er ihr die Frage, auf die er am allerwenigsten selbst die Antwort finden konnte: »Warum haben Sie mir früher nie erlaubt, hierherzukommen?«
»Weil meine Tante Sie gesehen hätte, und dann hätte ich ihr erzählen müssen, wie wir uns kennengelernt haben.«
»Und – warum wehrten Sie sich dagegen?«

»Weil es weitere Erklärungen nach sich gezogen hätte; diese Gefahr war auf jeden Fall damit verbunden.«

»Aber sie wußte doch wohl, daß Sie täglich zur Kirche gingen«, wandte Stransom ein.

»Gewiß, aber sie wußte nicht den Grund.«

»Dann hat sie also von mir nie auch nur ein Wort gehört?«

»Sie halten mich gewiß für verlogen. Aber ich brauchte nicht zu lügen.«

Er stand auf der untersten Treppenstufe vor der Haustür, und sie hatte die Tür hinter ihm schon halb geschlossen. So sah er ihr Gesicht wie von einem Rahmen umfaßt. Ein letztes Mal noch wiederholte er die eindringliche Frage: »Was hat er Ihnen angetan?« »Sie hätten es erfahren – meine Tante würde es Ihnen gesagt haben. Das befürchtete ich – und deshalb schwieg ich!« Sie machte die Tür zu, und so sah er sich ausgeschlossen.

8.

Acton Hague hatte sie mit grausamer Rücksichtslosigkeit verlassen – unzweifelhaft: so war es gewesen. Stransom grübelte einsam der Sache nach (er hatte ja Zeit); er suchte alle Tatsachen und Beobachtungen wie die Steinchen eines Mosaiks zusammen und fügte aus hundert winzigen Zügen das Bild, bis er es deutlich vor sich sah. Sie hatte Hague erst kennengelernt, als seine Beziehungen zu Stransom schon völlig zu Ende waren, ja: offenbar geraume Zeit danach; und es war klar, daß sie über sein bisheriges Leben nur das erfahren hatte, was zu erzählen er für gut befand. Es gab Strecken darin, die durchaus begreiflich erscheinen ließen, daß er sie selbst in Augenblicken zärtlichsten Mitteilungsdranges nicht preisgab. Viele Tatsachen aus einem Leben, das sich so wie seines vor aller Augen abspielte, waren natürlich aller Welt

bekannt; sie aber hatte abseits von aller Welt und Öffentlichkeit gelebt, und vor ihrem Blick lag nur jene Zeit völlig deutlich, die dem Heraufdämmern ihrer eigenen Tragödie folgte. Ein Mann an ihrer Stelle hätte sich über die Vergangenheit Klarheit verschafft – hätte sogar in alten Zeitungen nachgeforscht. Es erschien ja seltsam genug, daß in der langen Zeit ihrer Gemeinschaft mit Acton Hague nicht irgendein Ereignis, irgendein Zufall ihrem Blick ein Merkmal des Verrats enthüllt haben sollte; aber es war wohl müßig, darüber zu grübeln: das Ereignis war in der Tat eingetreten – nur war ihr Vertrauen ganz einfach noch stärker gewesen. Sie hatte hingenommen, was Hague ihr gab, und von seinen sonstigen Beziehungen hatte sie nicht einmal eine Ahnung; das war nur ein neuer Beweis dafür, wie sehr Hague es verstanden hatte, ihr Wesen nach seinem Willen zu formen. Darin war er Meister; Stransom hatte die allertriftigsten Gründe, ihm ein solches Formungswerk zuzutrauen.
Eine Zeitlang vermochte Stransom nur dieses Bild zu sehen – alles andere war dadurch verdeckt; und immer wieder verschlug es ihm den Atem, wenn er daran dachte, daß diese Frau, mit der ihn seit Jahren eine so schöne Gemeinsamkeit verband, von Acton Hague – ja, gerade von Acton Hague in gewissem Maße die Prägung ihres Wesens empfangen hatte. So wie sie da vor ihm saß, trug sie, unaustilgbar, die Spur seiner formenden Hand. Für Stransom blieb sie, wie sie war: gütig und untadelhaft; dennoch vermochte er sich nicht von dem Gefühl freizumachen, daß er – man hätte sagen können: betrogen worden war. Sie hatte eine ungeheure Täuschung an ihm begangen, wenn sie es auch ebensowenig gewußt hatte wie er. Diese ganze gemeinsam verbrachte Zeit erschien ihm jetzt fratzenhaft verzerrt und schauerlich vergeudet. Dies wenigstens waren in der ersten Zeit seine Gedanken: später fand er sich immer mehr in einen Zwiespalt gerissen und schließlich tiefer verwirrt denn je. Er suchte aus

Phantasie, Erinnerung, tüftelnder Zusammenstückung von Wissen und Vermutung die Wahrheit zu ermitteln, die sie ihm versagt hatte: mit dem Ergebnis, daß er die Farben ihres Bildes nun noch mehr mit ihrem Schicksal gesättigt sah denn zuvor. So fremd sie ihm jetzt geworden war – sie schien ihm reiner und feiner als er selbst: um so reiner und feiner, je tiefer vielleicht, ja, je tiefer sicherlich das Unrecht war, das sie erlitten hatte. Tiefer als das ihm widerfahrene: denn das Unrecht, das eine Frau erleidet, ist immer tiefer, und er konnte sich sehr wohl vorstellen, daß die geringste Last, die ihr aufgebürdet worden war, schwerer wog als die schwerste Last, die ihm überhaupt zufallen konnte. Aber es schien ihm sicher, daß diesem seltenen Geschöpf keineswegs die leichteste Last aufgebürdet worden war. Und mit Grauen dachte er an ein solches Maß von Unterwerfung – von müder Hinnahme des Schicksals. Ja, es mußten starke Hände gewesen sein, die ihr die Form gegeben hatten, da sie erlittenes Unrecht so zum entrückten Gedenken hatte läutern können. Der Kerl, so sagte er sich, brauchte bloß zu sterben – und alles Häßliche an ihm war weggespült wie von einem reißenden Wasser. Es war vergeblich, nachzugrübeln, was eigentlich geschehen sein mochte; aber nichts konnte klarer sein als die Tatsache, daß sie schließlich sich selbst die Schuld daran gegeben hatte. Sie fand für alles, was er getan hatte, eine Entschuldigung, ja, sie betete die Wunden an, die er ihr schlug. Die Flutwoge der Leidenschaft, die er sich zunutze gemacht hatte, strömte nach der Ebbe brausend zurück: und nun würde sich die Flut ihrer Liebe nie mehr verlaufen, und sie war unauslotbar tief. Stransom war aufrichtig der Meinung, auch er habe Acton Hague verziehen; aber wie weit war er noch von dem Wunder entfernt, das sie vollbracht hatte! Seine Vergebung war Schweigen; die ihre war nur ungeformter Laut. Das Licht, das er nach ihrem Willen auf seinem Altar hätte anzünden sollen, hätte sein Schweigen mit grellem Aufklang zerrissen; für sie aber waren alle Kerzen in der Kirche immer noch allzu große Stille.

Sie hatte recht behalten: es machte einen Unterschied; sie hatte die Wahrheit gesprochen: es war alles anders geworden. Stransom machte bald die Entdeckung, daß er eine höchst wunderliche, aber auch höchst deutliche Eifersucht empfand. Bei ihm war es Ebbe geworden, nicht Flut; wenn er Acton Hague ›vergeben‹ hatte, so war das nicht anders, als wollte man ein Uhrwerk mit gesprungener Feder in Bewegung setzen. Sie brauchte nur ein sichtbares Zeichen seiner Verzeihung zu verlangen, ein Zeichen, das ihrem toten Geliebten gleiches Recht mit den anderen Toten verlieh – gleich erschien ihm ein solches Zugeständnis als ein zu freigebiges Geschenk. Es war ihm nie in den Sinn gekommen, daß er hart sei; aber eine überspannte Forderung konnte ihn leicht dazu machen. Er umkreiste die Forderung, die ihm hier gestellt worden war, in immer weiterem Abstand – aber je länger er sie betrachtete, um so weniger annehmbar erschien sie ihm. Zugleich gab er sich über die Wirkung seiner Weigerung nicht der geringsten Täuschung hin; er war sich durchaus darüber klar, daß sie zum Bruch führen würde. Er hielt sich eine Woche lang fern, aber als er sie dann schließlich doch wieder besuchte, sah er seine Überzeugung grausam bestätigt. In der Zwischenzeit war er auch der Kirche ferngeblieben, und er hätte ohne die Versicherung aus ihrem eigenen Munde gewußt, daß auch sie sie nicht betreten hatte. Ja, die Wandlung war klar und vollständig: ihr Leben war aus der Richtung geworfen. Und seines nicht minder: denn ihm war zumute, als wären alle die Flammen auf seinem Altar plötzlich ausgelöscht. Ihn überkam eine große Gleichgültigkeit, die allein schon durch ihr Gewicht ein drükkender Schmerz war; und was seine Andacht ihm bedeutet hatte, das erkannte er so recht erst in dem Augenblick, als sie jäh stockte wie der Gang einer zu Boden gefallenen Uhr.

Ebensowenig hatte er erkannt, mit einem wie großen Vertrauen er auf jenen letzten Dienst gezählt hatte, der ihm nun versagt bleiben mußte; die Täuschung traf tödlich, da mit diesem Verlust die ganze Zukunft ins Wanken geriet.
Diese Tage ihres Fernbleibens bewiesen ihm, wie stark sie war; um so mehr, als ihm niemals in den Sinn kam, daß sie rachsüchtig oder auch nur nachtragend sei. Nicht im Groll hatte sie ihn verlassen; sie hatte sich ganz einfach in die harte Wirklichkeit und in die grausame Folgerichtigkeit des Lebens gefügt. Diese Erkenntnis kam ihm, als er wieder mit ihr in dem Zimmer saß, in dem das Gerede der verstorbenen Tante nachklang wie der Ton einer zersprungenen Klaviersaite. Sie mühte sich, ihn vergessen zu machen, wie sehr sie einander entfremdet waren; aber gerade hier, wo das Verlorene sich so deutlich, so greifbar darbot, konnte er sie nicht ohne Trauer betrachten. Er hatte von ihr so sehr viel mehr empfangen als sie von ihm. Er versuchte es abermals mit Überredung: sie könne den Altar nun ganz für sich allein haben; aber sie schüttelte den Kopf, mit bittender Traurigkeit: er möge keine Worte mehr an das Unmögliche, das für immer Ausgelöschte verschwenden. Ob er denn nicht einsehen könne, daß der Altardienst in der von ihm geschaffenen Form für sie und für das, was ihre Sehnsucht suche, eine geradezu ausgeklügelte Ausschließung bedeute? Sie bereue nichts von dem, was geschehen war: es sei recht und gut gewesen, solange sie die Wahrheit nicht wußte; nun aber wisse sie nur zuviel, und da ihnen die Augen geöffnet seien, bleibe ihnen alsbald keine andere Wahl als Entsagung. Unzweifelhaft habe die Gemeinschaft, die ihnen so lange beschieden war, ihnen Glückes genug geschenkt. Sie sagte das alles freundlich, dankbar, entsagungsvoll; aber damit drückte sich nur eine tiefe Unbeirrbarkeit aus. Er begriff, daß er die Schwelle des zweiten Zimmers niemals mehr überschreiten würde, und wie sehr schon allein dies ihn hier zum Fremd-

ling machen und seinen Besuchen eine bewußte Förmlichkeit geben mußte. Es wäre ihm zuwider gewesen, wenn er abermals in diese Quelle der Erinnerungen hätte tauchen müssen; die Tatsache aber, daß man es ihm überhaupt verwehrte, gefiel ihm genausowenig.
Nach dem dritten oder vierten Besuch fiel ihn die Erkenntnis an: es war ihm zwar schließlich gelungen, in ihr Haus zu kommen, aber er hatte damit nur das bittere Ergebnis erzielt, daß aus Vertrautheit Entfremdung wurde. Er hatte sie besser gekannt, hatte sie freier und herzlicher geschätzt, als sie einfach miteinander durch die Straßen wanderten oder in der Kirche knieten. Jetzt wahrten sie nur noch den Schein; vordem waren sie in einem großen Sinne aufrichtig gewesen. Sie versuchten ihre Spaziergänge wiederaufzunehmen, aber es blieb eine lahme Nachahmung des Verlorenen, denn Beginn oder Ende gerade dieser Gänge war vom ersten Tage an mit ihren Besuchen in der Kirche verknüpft gewesen. Sie waren entweder von dort aus losgewandert oder am Ende des Weges zur Rast eingekehrt. Übrigens begannen auch Stransoms Kräfte zu versagen; er konnte nicht mehr so wandern wie einst. Durch jenen Verzicht wurde allem anderen der Sinn genommen; er hatte ihr Leben auf furchtbare Art beraubt. Stransom war, mit eintöniger Wiederholung, offenherzig: er machte kein Geheimnis aus seinem inneren Widerstand und kein Hehl aus seinen Kümmernissen. Jede ihrer Antworten auf solche Klagen lief auf dasselbe hinaus: nämlich auf die in Andeutungen enthaltene Aufforderung, er möge, wenn er schon von Kümmernissen rede, doch einmal bedenken, wieviel Trost sie in den ihrigen zu finden vermochte. So war es; er aber konnte nicht einmal aus dem Klagen Trost schöpfen, denn jede Anspielung auf den trennenden Zwischenfall bewirkte nur, daß sie den Urheber des Unheils deutlicher gegenwärtig machte. Acton Hague stand zwischen ihnen, das war das Entscheidende;

und er stand um so stärker zwischen ihnen, je näher sie beisammen waren. Stransom hatte wohl den Wunsch, dieses Gespenst zu bannen; gleichzeitig aber sehnte er sich – und das war für ihn selbst ein sehr seltsames Gefühl – nach einer Möglichkeit, den Wunsch der Freundin zu erfüllen, auf eine Art, die zum Ausdruck brachte, daß er sich mit Acton Hague abgefunden hätte. Er war durch das, was er wußte, im Tiefsten verstört; noch ärger aber quälte ihn das Bewußtsein, daß er in Wahrheit gar nichts wußte. Es wäre, darüber war er sich vollkommen klar, eine unverzeihliche Niedrigkeit gewesen, den Jugendfreund zu schmähen oder jetzt die Geschichte ihres Zerwürfnisses zu erzählen; dennoch war ihm das Bewußtsein unerträglich, daß ihre tiefe Zurückhaltung ihm überhaupt keinen Zugang ließ und in der Wirkung einer Großherzigkeit gleichkam, neben der sogar seine eigene gering erschien.
Er griff sich selber mit Beschuldigungen und Vorwürfen an; er fragte sich, ob er denn eigentlich in sie verliebt sei, weil er sich über ihre früheren Erlebnisse so sehr den Kopf zerbrach. Er hatte sich nie auch nur für eine Sekunde zugegeben, daß er sie liebte; deshalb hätte nichts ihn stärker überraschen können als die Entdeckung, daß er eifersüchtig war. Welches andere Gefühl als Eifersucht aber konnte denn in einem Manne das schmerzhaft bohrende und kampflustige Verlangen erwecken, Einzelheiten gerade über das zu erfahren, was ihm weh tun mußte? Übrigens war er sich völlig darüber klar, daß er diese von dem einzigen Menschen, der sie jetzt noch geben konnte, niemals erfahren würde. Sie duldete es, daß er sie mit seinen traurigen Blicken bedrängte; zur Antwort lächelte sie in zartem Erbarmen: nie aber kam auch nur wie ein Hauch das Wort über ihre Lippen, das ihr Geheimnis preisgab, nie das Wort, das so klang, als wolle es ihm das tatsächliche Recht auf Bitterkeit bestreiten. Sie sagte nichts, sie enthielt sich allen Urteils: sie nahm alles willig hin – nur nicht den Gedanken an eine Rückkehr zu

den alten Sinnbildern. Stransom ahnte, daß diese auch für sie eine lebendig erfüllte eigene Bedeutung gehabt hatten: sie hatten bestimmte Stunden oder bestimmte Merkmale dargestellt – bestimmte Glieder einer Kette. Er hatte, nach seiner Meinung, eine Erklärung für die Schwierigkeit seiner Lage gefunden: sie bestand in der Art, wie sein treuloser Freund entschuldigt werden sollte; die schuf das Hindernis; daß die Entschuldigung gerade von ihr kam – eben das war der Fehler daran. Für die Stimme einer ganz persönlichen Großmut wäre er, dessen war er sicher, nicht taub gewesen; er hätte sich vor dem Urteil eines Verteidigers gebeugt, der nur aus sachlichem Gerechtigkeitsgefühl sprach, der von seiner Weigerung wußte, ohne Hague selbst gekannt zu haben, und der dann aus eigener Vorstellungskraft gesagt hätte: ›Bewahren Sie die besten – und nur die besten Erinnerungen an ihn; bemitleiden Sie ihn; lassen Sie ihn nicht im Stich.‹ Jetzt aber für Hagues Andenken zu sorgen, in dem Augenblick, wo er eine neue von ihm begangene Schändlichkeit entdeckt hatte – das hieße nicht ihn bemitleiden, sondern ihn verherrlichen. Je mehr Stransom nachdachte, um so klarer wurde es ihm: wie immer ihr Verhältnis zu Hague gewesen sein mochte – es konnte von seiner Seite nur ein mehr oder minder kunstvoll durchgeführter Betrug gewesen sein. Wann war es in dieses Leben gekommen, das doch vor aller Augen lag? Wenn er es mit der Offenheit redlicher Absicht behandelte – warum hatte man dann nie davon vernommen? Stransom wußte genug über seine anderen Beziehungen, seine Verpflichtungen und Heimlichkeiten, ganz zu schweigen von seinem Wesen, um zu wissen, daß da eine Niedertracht begangen worden war. Auf irgendeine Art war diese Frau mit kaltem Blut geopfert worden. Und das war der erste, das der letzte Grund, weshalb es bei seinem Beschluß bleiben mußte. Für Acton Hague gab es auf dem Altar keinen Raum, nie und nimmer.

9.

Dies aber war keine Lösung; besonders dann nicht mehr, als er noch einmal mit ihr über alles gesprochen hatte, was sie nach seinem Plan für ihn tun sollte – später einmal, nach dem Ende. Er hatte auch früher schon davon gesprochen, und sie hatte ihm darauf mit einem Freimut geantwortet, der nur gedämpft wurde durch ein höfliches Widerstreben, bei der Erörterung seines Todes zu verweilen – ein Widerstreben, das ihn rührte. Dann aber hatte sie die Aufgabe tatsächlich übernommen und es zugelassen, daß sein Vertrauen auf ihr Versprechen in ihr die endliche Hüterin seines Altars erblickte; auf das gemeinsam Erlebte berief er sich nun, als er sie bat, sie möchte ihn in seinem Alter nicht verlassen. Sie war ganz schimmernde Kühle; sie hörte ihm zu mit all der gewohnten Nachsicht, die doch nur ein erneutes Bestehen auf ihren Bedingungen bedeutete; ihre Verzeihung heischende Abwehr war noch behutsamer als sonst, denn es war ein Mitleid darin, das ihm bewies: auch sie fühlte, daß er verlassen war. Aber ihre Bedingungen blieben die gleichen, und sie wurden dadurch, daß sie sie nicht aussprach, kaum minder vernehmlich; dennoch war er sicher, daß sie insgeheim einen noch größeren Verlust empfand als er, da ihr die Befriedigung genommen war, die das ihrer Obhut anvertraute fromme Werk ihr bereitet haben würde. Beide schmerzte der Verlust einer reichen Zukunft; ihr Schmerz aber war der größere, denn schließlich wäre diese Zukunft ja ausschließlich ihr Eigentum gewesen: und gerade daran, daß sie diesen Verlust hinnahm, konnte Stransom erst ganz ermessen, wie sehr ihr der Gedanke an Acton Hague über jeden anderen Gedanken ging. Er hatte Humor genug, um einigermaßen grimmig zu lachen, als er sich fragte: ›Warum zum Teufel mag sie ihn so viel lieber als mich?‹ – da doch die Gründe in Wahrheit so leicht zu finden waren.

Aber selbst seine Fähigkeit zur seelischen Zergliederung nahm die erregte Bitterkeit nicht von ihm, und diese Bitterkeit war, wie sich herausstellte, vielleicht das größte Unheil, das ihn je betroffen hatte. Noch nie hatte ein Erlebnis so sehr den Wunsch in ihm erweckt, daß es ein Ende haben möge mit ihm. Gewiß war er zu dieser Zeit in das Alter gelangt, wo das Verzichten beginnt; aber er hatte doch bisher nicht eindringlich gefühlt, daß für ihn die Zeit gekommen war, da es allem zu entsagen galt. Als sechs Monate vergangen waren, hatte er, wenn man es recht betrachtete, auf diese Freundschaft, die so reizvoll und trostreich gewesen war, verzichtet. Dieser Verlust trug ein zwiefaches Antlitz, und er hatte Stransom bei seinem letzten Versuch, sich die Freundin zu erhalten, gerade das Antlitz zugekehrt, dessen Anblick er am wenigsten ertragen konnte: den Verlust nämlich, den er ihr antat; das andere war der Verlust, den er selbst erlitt. Wenn er einsam war, so sagte er murmelnd die Bedingung vor sich hin, der sie niemals Worte verlieh: »Eine einzige noch, nur eine – eine einzige.« Es ging bergab mit ihm, da gab es keinen Zweifel; er fühlte es oft, wenn er sich dabei ertappte, daß er über seine Arbeit hinweg ins Leere starrte und diesen sinnlosen Satz murmelte. Übrigens waren seine Schwäche und seine Anfälligkeit schon Beweis genug dafür. Aus seiner Bitterkeit wurde Trübsinn, aus dem Trübsinn die Überzeugung, daß er ein unrettbar kranker Mann war. Auch hatte er seinen Altar verloren: in seinen Träumen sah er seine Kapelle als große düstere Höhle. Alle Kerzen waren erloschen – alle seine Toten waren zum zweitenmal gestorben. Er vermochte zuerst nicht recht zu begreifen, wieso die verlorene Freundin die Macht gehabt haben sollte, sie auszulöschen, da sie doch weder für sie noch durch sie zum Leben erweckt worden waren. Dann aber erkannte er, daß dieses Leben recht eigentlich nur in seiner eigenen Seele erweckt worden war und daß sie nun in der Luft dieser Seele nicht mehr zu atmen vermochten. Gewiß, die Kerzen brannten, äußerlich betrachtet, weiter, aber sie hatten alle miteinander den Glanz verloren. Die Kirche war ein leerer Raum geworden; seine, ihre, ihrer beider lebendige Anwesenheit war das unerläßliche Mittel gewesen. Sobald etwas nicht stimmte, war alles verdorben; ihr Schweigen hatte die Melodie zerstört.

Dann, nach drei Monaten, fühlte er sich so einsam, daß er wieder zur Kirche ging; denn er dachte, da seine Toten ihm jahrelang die besten Gefährten gewesen waren, so würden sie es vielleicht nicht zulassen, daß er sie aufgab – würden es nicht zulassen, ohne noch einmal etwas für ihn zu tun. Da standen sie, wie er sie verlassen hatte, schlank und leuchtend, die gedrängte strahlende Schar, die ihm manchmal schon, wenn ihn die Laune ankam, kleine Dinge mit großen zu vergleichen, vorgekommen war wie eine Gruppe von Kursfeuern, die den Ozean des Lebens säumten. Nachdem er eine Weile so gesessen hatte, fühlte er – und es war ein Trost für ihn –, daß ihre Kraft noch nicht erloschen war. Er wurde jetzt immer rascher müde und machte alle Wege im Wagen; sein Herzschlag war matt geworden und gab seinem Körper nichts von der Kraft, die seine Phantasie seiner Seele verlieh. Trotzdem kam er wieder, kam mehrmals wieder und tat es schließlich ein halbes Jahr lang, mit einem neuen Eifer, in den sich ein wenig Ungeduld mischte. Im Winter hatte die Luft in der Kirche alle Wärme verloren, und er hätte sich nicht der Kälte aussetzen dürfen, aber wenn er im Glanz seines Altars saß, dann war es ihm fast, als wärme ihn Sonne. Er saß und sann, wie sehr wohl das Leben der abwesenden Freundin durch seine Schuld verarmt sein mochte, und was sie mit den Stunden anfing, die sie nun nicht mehr hier verbrachte. Es gab andere Kirchen, es gab andere Altäre, es gab andere Kerzen; auf irgendeine Art würde sie gewiß noch ihr frommes Werk üben; es schien ihm sicher, daß er ihr den

Gedenkbrauch nicht gänzlich geraubt hatte. So suchte er vor sich selbst Beweis zu führen, aber er hatte keine Befriedigung davon; denn er wußte wohl, daß sie zur Stillung ihrer Sehnsucht keinen anderen Altar finden würde, der so sehr einem ›Berg aus lauter Licht‹ glich, wie sie es damals genannt hatte. Indessen dieses Gleichnis immer stärker und lebendiger wieder vor ihm aufwuchs und er sich seiner frommen Gewohnheit immer regelmäßiger widmete, empfand er bei dem Gedanken an das Dunkel, in dem sie nun leben mußte, immer mehr eine quälende Reue; denn nie waren ihm seine Gedenkbräuche so wirklich gewesen wie in diesen Wochen, nie hatten die auf seinem Altar Versammelten ihm so vernehmlich geantwortet, ja ihn gerufen. Er löste ganz sich auf in dem großen Glanz, der mehr und mehr zu dem wurde, was er sich vom ersten Tage an davon ersehnt hatte – überwältigend wie das Phantasiebild eines Kindes, das vom Himmel träumt. Er wanderte auf Feldern von lauter Licht; er schritt inmitten der hohen Kerzen von Reihe zu Reihe, von Feuer zu Feuer, von einem Namen zum anderen, von weißen eindringlichen Leuchten eines klaren Sinnbilds zum anderen, von Seele zu Seele, wie sie hier geborgen waren. Dieses ruhige Bewußtsein, den Seelen seiner Toten Zuflucht geboten zu haben, war es, woran sein tiefer und seltsamer Drang Freude fand. Das war keine nebelhafte theologische Vorstellung von Errettung, war nicht eine Guttat aus einer von Zufällen abhängigen Welt; seine Toten waren hier besser geborgen, als Glauben oder Werke es wirken konnten, waren gerettet für die Welt der Wärme, aus der sie der Tod vertrieben hatte, für die Gegenwart, für die Dauer, für die Gewißheit des Wohnens im menschlichen Gedenken.

Als dies geschah, hatte er alle seine Freunde überlebt; die letzte aufgereckte Flamme war drei Jahre alt, und er hatte niemanden mehr, der hinzukommen konnte. Wieder und immer wieder rief er die Liste seiner Toten auf, und sie schien ihm endgültig und vollständig. Wo konnte er da noch einen neuen Namen einfügen, wo sollte er – wenn es schon sonst keinen Einwand dagegen gab – seinen Platz in der Reihe finden? Er überlegte (mit einem Mangel an Ehrlichkeit, dessen er sich durchaus bewußt war), daß es schwierig sein würde, diesen Platz zu bestimmen. Im übrigen: wenn er seiner kleinen Schar Blick in Blick gegenübersaß, endlos Geschichten aus der Erinnerung ablas, die leeren Hülsen betastete und sein Spiel mit dem Schweigen trieb – so wurde es ihm mehr und mehr klar, daß er niemals einen Fremden aufgenommen hatte. Gewiß, oft hatte ihn starkes Mitleid bewegt, oft hatte er Nachsicht geübt – in manchen Fällen sogar unendlich viel; aber was war sein frommes Gedenken denn überhaupt gewesen, wenn es nicht im Grunde ein Gefühl der Achtung war? Dennoch wunderte er sich über seine eigene Unnachgiebigkeit, und als das Ende des Winters herankam, nahm die Verantwortung, die er damit auf sich lud, die erste Stelle unter allen seinen Gedanken ein. Der Kehrreim war ihnen nun schon etwas Altvertrautes geworden – die Bitte: ›Eine noch; nur eine einzige.‹ Darüber kam ein Tag, da er aus lauter Erschöpfung zu dem Zugeständnis bereit war: wenn das Ebenmaß der Anordnung noch eine einzige verlangte, so wollte er sie aufstellen – nur um des Ebenmaßes willen. Ebenmaß war Harmonie, und die Sehnsucht nach Harmonie ließ ihn nicht mehr los. Harmonie ist natürlich alles, sagte er sich. Er nahm in der Phantasie die ganze Anordnung auseinander, fügte sie zu anderen Reihen zusammen, gelangte zu neuen Nebeneinander- und Gegenüberstellungen. Er rückte bald diese, bald jene Kerze an einen anderen Platz, veränderte die Zwischenräume, tilgte eine Entstellung, die etwa durch eine Lücke entstanden war. Er fand feingesponnene und verwickelte Beziehungen heraus, ein ganzes Netz herüber- und hinüberlaufender Fäden;

und in manchen Augenblicken spürte er ein deutliches Gefühl der Leere, wie sie nun die Freundin empfinden mußte, die in der Verbannung wanderte oder einsam in dem Zimmer saß, wo er sie vor dem Bilde Acton Hagues gesehen hatte. Auf diese Art gelangte er schließlich zu einer Gesamtauffassung, zu einem Idealbild, das deutlich den Platz für ›noch eine einzige Kerze‹ offenließ. ›Nur eine einzige noch, um die Zahl zu runden – nur eine, nur eine einzige noch!‹ summte es unablässig in seinem Kopfe. Der Gedanke hatte eine seltsam verwirrende Kraft, denn er fühlte, daß der Tag nahe war, da er selber einer von den ›anderen‹ sein würde. Was würden ihm die ›anderen‹ dann sein können? – denn sie waren ihm doch bisher nur deshalb so viel gewesen, weil er noch lebte. Ja: was würde ihm, wenn er tot war, sein Altar noch sein? – da ihm dann doch der Lebenstraum, um dessentwillen er ihn unterhalten hatte, zerronnen war? Wie konnte man da noch von Harmonie reden, wenn alle seine Lichter ausgelöscht werden sollten? Was er sich erhofft hatte, war eine Einrichtung von Dauer. Gewiß, er konnte ihr unter irgendeinem anderen Vorgeben dauernden Bestand sichern, aber ihr besonderer Sinn würde eben zerstört sein. Denn diese Sinngebung hätte mit dem Leben jenes einzigen Menschen fortbestehen sollen, der sie verstand.

Im März wurde er krank und lag zwei Wochen lang zu Bett; als er sich ein wenig wieder zu erholen begann, erfuhr er, daß zweierlei sich inzwischen ereignet hatte: eine Dame, deren Namen die Dienerschaft nicht zu sagen wußte (sie nannte ihn nicht), war dreimal dagewesen, um sich nach ihm zu erkundigen; sodann hatte er (so erzählte man ihm) eines Tages, als er schlief und sein Bewußtsein offenbar auf die Wanderschaft gegangen war, wieder und immer wieder gemurmelt: »Eine noch – nur ein einzige noch.« Er stand auf, sobald er sich kräftig genug fühlte – noch bevor sein Arzt es ihm erlaubt hatte –, und fuhr zu der Dame, die sich nach ihm erkundigt hatte. Sie war nicht daheim; dadurch aber gewann er die Möglichkeit, zur Kirche zu fahren, bevor seine Kraft ihn etwa wieder verließ. Er ging allein; denn er hatte die Begleitung seines Dieners oder einer Pflegerin abgelehnt, mit jener Entschiedenheit, die ihm die glückliche Gabe verlieh, wirksam und endgültig abzulehnen. Er wußte nun ganz genau, was sich die guten Leute dachten; sie hatten seine heimliche Beziehung entdeckt, den Magnet, der ihn so viele Jahre hindurch angezogen hatte, und sie wußten zweifellos seinen sonderbaren Worten, von denen sie ihm berichtet hatten, eine Deutung auf die bei ihnen übliche Weise zu geben. Die Dame ohne Namen war die heimliche Beziehung – nichts hätte diese Tatsache deutlicher beweisen können als seine unziemliche Eile, wieder mit ihr zusammenzutreffen. Er fiel vor seinem Altar auf die Knie und ließ den Kopf auf die Hände sinken. Seine Schwäche, die Müdigkeit eines ganzen Lebens überwältigten ihn. Ihm war zumute, als wäre er gekommen, um die große Unterwerfung zu vollziehen. Zuerst fragte er sich, wie er wieder von hier fortkommen sollte; dann, indessen ihm der Glaube an seine Kraft dazu entschwand, verließ ihn allmählich sogar der Wille zum Fortgehen. Sein Wunsch war der gleiche gewesen, der ihn immer hergeführt hatte: sich zu verlieren. Noch immer dehnten sich die Felder aus lauter Licht, auf denen er wandern konnte; nur würde er diesmal von der Wanderschaft niemals wiederkehren. Er hatte sich seinen Toten geweiht, und es war gut so: diesmal würden seine Toten ihn nicht mehr loslassen. Er konnte sich nicht erheben; ihm war, als würde er sich nie wieder erheben können; alles, was er tun konnte, war: sein Antlitz aufwärts wenden und den Blick auf seine Kerzen heften. Sie sahen ungewöhnlich, sahen seltsam herrlich aus: die eine aber, die ihn immer am stärksten anzog, strahlte in unvergleichlichem Glanz. Sie war die führende Stimme im Chor, das glühende Herz inmitten all des

Glanzes, und nun schien es ihm, als breite sie sich aus, als entfalte sie große flammende Schwingen. Der ganze Altar flammte – flammte, daß es ihn wirr und blind machte; die Quelle dieses mächtigen Glanzes aber brannte heller als alle anderen, verdichtete sich zur Gestalt, und die Gestalt war Menschenschönheit und Menschengüte, war Mary Antrims fernes, fernes Antlitz. Sie lächelte ihm zu aus der Glorie des Himmels – sie brachte die Glorie mit sich herab, um auch ihn darin aufzunehmen. Er beugte das Haupt in Ergebung, und im selben Augenblick ging eine neue Woge über ihn hinweg. Wurde Freude, im beschleunigten Blutschlag, zum Schmerz? Vielleicht war es das: jedenfalls fühlte er inmitten all seiner Freude, wie sein in den Händen geborgenes Gesicht heiß wurde, als würde ihm ein Wissen zuteil, das ihn mit der Kraft eines Vorwurfs traf. Und plötzlich verglich er diese Entzückung mit der Seligkeit, die er einem anderen Menschen verweigert hatte. Dieses Atmen im Bezirk unsterblicher Leidenschaft war ja alles, was jener andere verlangte; und bei Mary Antrims Wiederkehr öffnete sich sein Herz mit dem Aufpochen der Reue für die Wiederkehr Acton Hagues. Es war, als hätte Stransom gelesen, was ihre Augen ihm sagen wollten.

Nach einer kurzen Weile blickte er um sich, in einer jähen Verzweiflung, da ihm zumute war, als wolle die Quelle des Lebens versiegen. Die Kirche war leer gewesen – er war allein; aber er hatte das Gefühl, daß noch etwas geschehen, daß er noch eine letzte Bitte tun müsse. Dieser Gedanke gab ihm die Kraft, sich aufzuraffen; er kam auf die Füße, mit einer Bewegung, die fast eine Wendung war, und stützte sich auf die Rücklehne einer Bank. Hinter ihm war eine kniende Gestalt, eine Gestalt, die er kannte: eine Frau in tiefem Schwarz, gebeugt in Trauer oder im Gebet. Er hatte sie an manchem anderen Tage gesehen – zum ersten Mal bei seinem ersten Besuch in der Kirche; nun sah er sie wieder, und er blickte sie an – er schwankte ein wenig dabei –, bis sie zu empfinden schien, daß er sie bemerkt hatte. Sie hob den Kopf und begegnete seinen Augen. Die Gefährtin seines langen Weihedienstes war zurückgekehrt. Einen Augenblick lang las er Staunen und Bestürzung in ihrem Gesicht; er sah, daß er sie erschreckt hatte. Dann erhob sie sich rasch und kam mit ausgestreckten Händen auf ihn zu.

»Sie sind also doch gekommen? Gott hat Sie gesendet«, sagte er leise und lächelte beglückt.

»Sie sind sehr krank – Sie hätten nicht hierherkommen dürfen«, antwortete sie dringlich und angstvoll.

»Gott hat auch mich hergesendet, glaube ich. Als ich kam, war ich krank, aber Ihr Anblick wirkt Wunder.« Er hielt ihre beiden Hände, und Festigkeit und Kraft strömten ihm zu. »Ich habe Ihnen etwas zu sagen.«

»Sagen Sie nichts!« bat sie liebevoll. »Lassen Sie lieber mich sprechen. Heute nachmittag ist ein Wunder, das holdeste aller Wunder, geschehen: die Kluft, die uns trennt, war verschwunden. Ich war unterwegs, ich wanderte allein durch die Straßen, ich grübelte – und ganz plötzlich, hier in der Nähe der Kirche, wandelte sich etwas in meinem Herzen. Das ist meine Beichte – nun haben Sie sie gehört. Wiederzukommen, jetzt, sogleich wiederzukommen – der Gedanke gab mir Flügel. Mir war, als sähe ich mit einem Male einen Weg – als würde nun alles möglich. Ich kann ja finden, was Sie selbst hier suchen und finden: ist das nicht genug? Da bin ich nun. Ich bin nicht um meinetwillen da – das ist vorbei. Aber ich bin um Ihretwillen da.« Und atemlos, unendlich erleichtert durch ihr leises, hastiges Geständnis, sah sie den Altar – ihrer beider Altar – an, und in ihren Augen spiegelte sich all sein hehrer Glanz.

»Meine Toten aber sind um Ihretwillen hier«, sagte Stransom, »und sie sind heute abend so nah und gegenwärtig wie noch nie; sie sprechen zu Ihnen – sehen Sie es denn nicht? –

in einem leidenschaftlichen Aufflammen von lauter Licht; sie singen wie ein Chor von Engeln. Hören Sie nicht, was sie Ihnen verkünden? Sie bringen Ihnen die Erfüllung Ihrer Bitte – ja, Ihrer Bitte.«

»Reden Sie nicht mehr davon – denken Sie nicht mehr daran; vergessen Sie es!« Sie sprach leise und flehentlich, und während sich die Bestürzung in ihren Augen vertiefte, machte sie eine ihrer Hände frei und legte den Arm um seine Schulter, um ihn besser stützen und zu einem Sitz geleiten zu können.

Er überließ sich ihr, er ruhte an ihrer Schulter aus; er ließ sich auf die Bank sinken, und sie kniete neben ihm nieder, den Arm um ihn gelegt. So saß er einen Augenblick still und blickte mit weit offenen Augen zu seinem Altar empor. »Es ist noch eine Lücke in der Reihe, sagen sie; die Zahl ist noch nicht vollständig, sagen sie. Nur eine noch«, sprach er leise weiter – »das war es doch, was Sie von mir wollten, nicht wahr? Ja, eine noch, nur eine einzige noch.«

»Nein, keine mehr – keine mehr!« Ihre Stimme klang wie ein unterdrücktes Wimmern, als hätte jäh ein neuer Schrekken sie gepackt.

»Doch, eine noch«, wiederholte er ruhig, »nur eine einzige.« Sein Kopf sank auf ihre Schulter; sie fühlte, daß er in seiner Schwäche ohnmächtig geworden war. Aber wie sie so mit ihm allein war in der dämmrigen Kirche, fiel eine große Angst sie an vor dem, was noch geschehen mochte; denn sein Antlitz trug die Weiße des Todes.

Die Daumenschraube

The Turn of the Screw (1898)

Die Geschichte hatte uns am Kamin einigermaßen in Atem gehalten; doch abgesehen von der naheliegenden Bemerkung, sie sei wirklich gruselig, wie es sich für eine merkwürdige, an einem Weihnachtstag in einem alten Haus erzählte Geschichte gehöre, erinnere ich mich an keinen weiteren Kommentar dazu, bis jemand beiläufig bemerkte, dies sei der einzige ihm bekannte Fall, wo eine solche Heimsuchung ein Kind befallen habe. Es handelte sich, das sollte ich vielleicht noch erwähnen, um eine Erscheinung in genau einem solchen alten Haus wie dem, in dem wir bei dieser Gelegenheit zusammengekommen waren – eine wahrhaft grauenhafte Erscheinung, die einem kleinen Jungen widerfahren war, der zusammen mit seiner Mutter in einem Zimmer geschlafen und diese entsetzensgeschüttelt geweckt hatte; und zwar sie nicht geweckt hatte, damit sie seine Angst beschwichtige und ihn so weit beruhige, daß er wieder schlafen könne, sondern damit sie – ehe sie dazu überhaupt Gelegenheit hatte – dem gleichen Anblick ausgesetzt sei, der ihm die Haare hatte zu Berge stehen lassen. Diese Bemerkung entlockte Douglas – nicht sofort, sondern erst später am Abend – jene Worte, auf deren interessante Konsequenzen ich hier hinweisen möchte. Jemand anders erzählte eine nicht sonderlich aufregende Geschichte, der Douglas, wie mir auffiel, nicht folgte. Dem entnahm ich, daß er selbst wohl etwas vorzubringen habe und daß wir darauf nur zu warten brauchten. Wir warteten in der Tat bis zum übernächsten Abend; allerdings sprach er noch am selben Abend, ehe wir auseinandergingen, von dem, was ihm auf der Seele lag.
»Ich will gern zugeben: was Griffins Gespenst betrifft oder was es sonst gewesen sein mag – dadurch, daß es zuerst dem

kleinen Jungen in so zartem Alter erschien, bekommt die Geschichte durchaus etwas Besonderes. Aber es ist nicht der einzige Fall dieser Art, den ich kenne und bei dem es um ein Kind geht. Wenn *ein* Kind schon ein Element ist, durch das die Daumenschraube noch mehr angezogen und man noch mehr auf die Folter gespannt wird – was würdet ihr dann zu *zwei* Kindern sagen ...?«

»Was anderes«, ließ sich jemand vernehmen, »als daß die Daumenschraube doppelt angezogen wird! Und daß wir die Geschichte hören möchten.«

Ich sehe Douglas noch vorm Feuer stehen; er hatte sich erhoben und dem Kamin den Rücken zugewandt. Die Hände in den Taschen, sah er auf den hernieder, der gesprochen hatte. »Kein Mensch außer mir hat sie bis jetzt jemals zu hören bekommen. Dazu ist sie einfach zu haarsträubend.«

Was natürlich zur Folge hatte, daß mehrere meinten, das mache die Sache über die Maßen spannend, und unser Freund bereitete seinen Triumph stumm und gekonnt dadurch vor, daß er die Augen über die Anwesenden schweifen ließ, ehe er fortfuhr: »Sie übersteigt alles! Ich wüßte nicht, was es mit ihr aufnehmen könnte.«

»In bezug auf schieres Entsetzen?« erinnere ich mich, gefragt zu haben. Er schien zu sagen, so einfach sei die Sache nicht; er wisse wirklich nicht, wie er es beschreiben solle. Er fuhr sich mit der Hand über die Augen und verzog das Gesicht zu einer kleinen, schmerzlichen Grimasse. »In bezug auf Grauen – auf Grauenhaftigkeit!«

»Ach, wie köstlich!« rief eine der Frauen.

Er nahm keine Notiz von ihr; er blickte vielmehr mich an, doch so, als ob er nicht eigentlich mich sähe, sondern das, wovon er gesprochen hatte. »Ganz allgemein in bezug auf Unheimlichkeit, Widerwärtigkeit, Schrecken und Schmerz.«

»Nun«, sagte ich, »dann setzen Sie sich doch einfach hin und fangen Sie an!«

Er wandte sich dem Feuer zu, versetzte einem Scheit einen kleinen Tritt und beobachtete es eine Weile. Dann sah er wieder uns an. »Ich kann nicht einfach loserzählen. Dazu muß ich erst Nachricht nach London schicken« – was ein einmütiges Gestöhn und viele Vorwürfe zur Folge hatte; daraufhin erklärte er auf seine gedankenverlorene Art: »Die Geschichte ist schriftlich aufgezeichnet worden. Sie liegt in einer verschlossenen Schublade – ist seit Jahren nicht herausgenommen worden. Ich könnte meinem Diener schreiben und den Schlüssel beifügen; dann könnte er das Paket so, wie er es vorfindet, schicken.« Das schien besonders für mich bestimmt – gleichsam als bitte er mich inständig, ihm zu helfen, nicht zu zögern. Was er da durchbrochen hatte, war eine dicke Eisschicht, die sich im Laufe vieler Winter gebildet hatte; offenbar hatte er seine Gründe dafür gehabt, solange zu schweigen. Die anderen waren dagegen, daß die Sache noch hinausgeschoben wurde; was mich jedoch besonders bezauberte, das waren die Skrupel, die ihn anscheinend plagten. Ich beschwor ihn, mit der ersten Post zu schreiben und uns zu versprechen, uns die Geschichte so bald als möglich zu Gehör zu bringen; dann fragte ich ihn noch, ob er besagte Geschichte etwa selbst erlebt habe. Die Antwort darauf kam ungesäumt: »O nein, Gott sei Dank nicht!«

»Und gehört die Aufzeichnung Ihnen? Haben Sie sie selbst aufgeschrieben?«

»Nur den Eindruck davon. Den habe ich allerdings *hier* bewahrt« – damit klopfte er sich leicht ans Herz – »und nie verloren.«

»Dann ist Ihr Manuskript also ...«

»... mit alter verblaßter Tinte und ausnehmend schöner Schrift geschrieben.« Abermals zögerte er. »Der einer Frau. Sie ist seit zwanzig Jahren tot und hat mir die Blätter, um die es hier geht, vor ihrem Tod geschickt.« Jetzt waren alle ganz Ohr, und selbstverständlich konnte einer sich nicht enthalten, eine anzügliche Bemerkung zu machen oder zumindest in der Richtung etwas anzudeuten. Wenn die Anspielung ihm auch kein Lächeln entlockte, sie erboste ihn auch nicht. »Sie war eine wirklich bezaubernde Frau, nur zehn Jahre älter als ich: Sie war die Gouvernante meiner Schwester«, sagte er ruhig. »Sie war die angenehmste Frau, die ich je in dieser Position kennengelernt habe; sie hätte sich jeder Stellung würdig erwiesen. Das ist lange her, und die Geschichte noch länger. Ich war am Trinity College und lernte sie kennen, als ich im zweiten Sommer nach Hause kam. Ich war damals viel daheim – es war ein besonders schöner Sommer. Wenn sie frei hatte, machten wir Spaziergänge oder unterhielten uns im Garten, wobei ich sie furchtbar klug und reizend fand. O ja, lächeln Sie nur: sie gefiel mir ausnehmend gut, und ich wiege mich bis auf den heutigen Tag in dem schönen Glauben, daß auch sie mich mochte. Wäre das nicht der Fall gewesen, sie hätte es mir nicht erzählt. Sie hatte es nie einer Menschenseele anvertraut. Nicht, daß sie das nur gesagt hätte – ich wußte es. Ich war dessen ganz sicher. Das sah ich. Aber Sie werden sich selbst ein Urteil bilden, wenn sie die Geschichte hören.«

»Weil die Sache so grauenhaft war?«

Er sah mich weiterhin unverwandt an.

»Sie werden sich leicht ein Urteil darüber bilden«, wiederholte er: »*Sie* ganz bestimmt!«

Daraufhin sah auch ich ihn eindringlich an.

»Ich verstehe, sie war verliebt.«

Zum erstenmal lachte er. »Sie merken wirklich alles. Ja, sie war verliebt – oder vielmehr: war verliebt gewesen. Das kam dabei heraus – sie konnte die Geschichte unmöglich erzählen, ohne daß das dabei herausgekommen wäre. Ich begriff das, und sie begriff, daß ich es begriff; und doch hat keiner von uns darüber gesprochen. Ich erinnere mich ganz genau, wann und wo das war – am Rand des Rasens, im Schatten der gro-

ßen Buchen, an einem langen, heißen Sommernachmittag. Alles andere als der Hintergrund für eine Szene, bei der einem ein Schauder überläuft; aber ach ...« Er ging vom Kamin weg und ließ sich wieder in seinen Sessel fallen.
»Glauben Sie, Sie haben das Päckchen Donnerstag früh?« fragte ich.
»Vermutlich erst mit der zweiten Post.«
»Gut, dann nach dem Abendessen ...«
»Sie werden alle hier auf mich warten?« Abermals blickte er sich in der Runde um. »Reist denn keiner ab?« Fast klang so etwas wie Hoffnung durch.
»Alle bleiben!«
»*Ich* – *ich* auch«, riefen die Damen, deren Abreise eigentlich schon festgestanden hatte. Mrs. Griffin jedoch wollte noch ein wenig mehr wissen. »In wen war sie denn verliebt?«
»Das geht aus der Geschichte hervor«, übernahm ich es zu antworten.
»Ach, ich brenne darauf, sie zu hören.«
»Aus der Geschichte geht das eben *nicht* hervor«, sagte Douglas; »jedenfalls nicht auf direkte, plumpe Weise.«
»Wie schade! Ich begreife immer nur dann.«
»Wollen *Sie* es uns denn nicht verraten, Douglas?« fragte jemand.
Er sprang wieder auf. »Ja, morgen. Jetzt muß ich zu Bett. Gute Nacht!« Damit ergriff er rasch eine Kerze und ließ uns leicht verdutzt zurück. Von unserem Ende der großen braunen Halle aus hörten wir seine Tritte auf der Treppe; und Mrs. Griffin meinte: »Nun, wenn ich auch nicht weiß, in wen sie verliebt war – in wen *er* es war, weiß ich.«
»Sie war zehn Jahre älter«, gab ihr Mann zu bedenken.
»*Raison de plus* – in dem Alter! Aber ich finde das ganz reizend von ihm – daß er solange geschwiegen hat.«
»Vierzig Jahre lang!« sagte Griffin.
»Und jetzt kommt es endlich zu diesem Ausbruch!«

»Der Ausbruch«, sagte ich, »wird den Donnerstagabend zu einem ganz großen Ereignis machen«, womit sich alle dermaßen einverstanden erklärten, daß wir mit dieser Aussicht überhaupt kein Interesse mehr für irgend etwas anderes aufbringen konnten. Die letzte Geschichte, mag sie noch so unvollkommen gewesen sein und nur den Reigen für mehrere dieser Art eröffnet haben, war erzählt worden; der Anfang gleichsam eines Fortsetzungsromans; wir schüttelten uns die Hand, ›bewachsstockten uns‹, wie jemand es ausdrückte, und gingen zu Bett.

Am nächsten Tag erfuhr ich, daß mit der ersten Post ein Brief mit dem Schlüssel an seine Londoner Adresse abgegangen war; aber obwohl – oder vielleicht gerade weil – alle davon wußten, ließen wir ihn bis nach dem Dinner in Ruhe, das heißt, bis zu jener Abendstunde, die vielleicht am besten im Einklang mit jenen Erregungen stand, auf die alle unsere Hoffnungen gerichtet waren. Dann freilich wurde er so mitteilsam, wie wir es uns nur wünschen konnten, und enthüllte auch einen einleuchtenden Grund, warum er es war. Wieder erfuhren wir diese Dinge von ihm vorm Kamin in der Halle, wo wir bereits am Abend zuvor nicht schlecht gestaunt hatten. Es stellte sich nämlich heraus, daß die Erzählung, welche vorzulesen er uns versprochen hatte, zum besseren Verständnis vorweg doch ein paar Worte der Erklärung verlangte. Ich möchte hier, um das ein für allemal klarzustellen, unmißverständlich sagen, daß es diese Erzählung ist, von der ich viel später eine Abschrift hergestellt habe, die ich im folgenden wiederzugeben gedenke. Der arme Douglas vertraute mir das Manuskript vor seinem Tode – als dieser abzusehen war – an, jene Blätter, die ihn am dritten der oben angegebenen Tage erreichten und welche er am Abend des vierten Tages am gleichen Ort unserem atemlos lauschenden Kreis äußerst eindrucksvoll vorzulesen begann. Die bereits in Abreise begriffenen Damen, die erklärt hatten, sie wollten bleiben, blieben Gott sei Dank selbstverständlich nicht; sie fuhren, da die Vorbereitungen nun einmal getroffen worden waren, ab, auch wenn ihre Neugierde, wie sie sagten, aufgrund des wenigen, das er uns bereits erzählt hatte, bis zum äußersten gereizt war. Doch das trug nur dazu bei, die kleine Zuhörerschar zusammenzuschweißen und noch erlesener zu machen, wie sie gemeinsam gebannt um den Kamin herum saß und lauschte.

Die erste seiner Erklärungen lief darauf hinaus, daß die Niederschrift die Geschichte zu einem Zeitpunkt aufgreife, da sie in gewisser Hinsicht längst begonnen hatte. Was man wissen mußte, war, daß seine alte Freundin, die jüngste einer ganzen Schar von Töchtern eines armen Landpfarrers, mit zwanzig, vor Aufregung zitternd, zum erstenmal wegen einer Stellung als Hauslehrerin nach London gekommen war, um sich persönlich auf eine Anzeige hin vorzustellen, nachdem sie zuvor bereits kurz mit dem Inserenten korrespondiert hatte. Dieser erwies sich, als sie vorsprach, um sich in einem Haus in der Harley Street begutachten zu lassen, das sie weitläufig und sehr eindrucksvoll fand – dieser mögliche künftige Arbeitgeber also erwies sich als ein gebildeter Junggeselle in den besten Jahren, als eine Gestalt, wie sie einem schrecklich verwirrten und verängstigten Mädchen aus einem Pfarrhaus aus Hampshire noch nie begegnet war, höchstens im Traum oder in alten Romanen. Es ist nicht schwer, sich ihn vorzustellen; glücklicherweise stirbt der Typ nie aus. Er sah blendend aus, war alles andere als schüchtern, war freundlich, ungezwungen, fröhlich und nett. Er machte – wie konnte es anders sein – einen glänzenden, außerordentlich ritterlichen Eindruck, doch was sie am meisten für ihn einnahm und ihr den Mut verlieh, den sie später bewies, war, daß er das Ganze als etwas hinstellte, womit er ihr einen Gefallen erweisen wolle, als eine Verpflichtung, die er ihr liebend gern abtreten würde. Sie hielt ihn für reich, aber gefährlich verschwenderisch – erlebte ihn als ausgesucht elegant und von fabelhaftem Aussehen, kostspieligen Neigungen und bezaubernd im Umgang mit Frauen. Er bewohnte für sich allein ein großes Stadthaus, das angefüllt war mit Schätzen, die er von seinen Reisen, und mit den Trophäen, die er von der Jagd mit heimgebracht hatte; von ihr freilich verlangte er, daß sie sich sofort auf seinen Landsitz begeben möge, ein altes Anwesen der Familie in Essex.

Er war – durch den Tod ihrer Eltern in Indien – Vormund eines kleinen Neffen und einer kleinen Nichte geworden, der Kinder seines jüngeren Bruders, welcher die Offizierslaufbahn eingeschlagen und den er vor zwei Jahren verloren hatte. Für einen Mann in seiner Lage – also für einen alleinstehenden Mann ohne rechte Erfahrungen auf diesem Gebiet und ohne eine Spur von Geduld – seien diese Kinder, und das aufgrund eines höchst merkwürdigen Schicksalsschlags, eine rechte Last. Das Ganze sei schon eine große Sorge, und man habe auch – was wohl ganz und gar seine Schuld sei – eine Reihe von großen Fehlern gemacht, doch täten die armen Kleinen ihm enorm leid, und er habe alles getan, was in seinen Kräften stehe; habe sie vor allem in jenem anderen Haus untergebracht, denn selbstverständlich sei das Land der geeignete Aufenthalt für sie, und habe sie dort von Anfang an der Obhut der besten Leute anvertraut, die er habe finden können, habe sich sogar von seinen eigenen Dienern getrennt, damit diese sich um sie kümmerten, und fahre selbst so oft hin, wie es ihm möglich sei, um nachzusehen, wie es ihnen gehe. Das schlimme sei nur, daß die Kinder praktisch keine anderen Verwandten hätten und seine eigenen Geschäfte seine ganze Zeit in Anspruch nähmen. Er habe ihnen Bly ganz und gar überlassen, das sei gesund und sicher, und zum Vorstand ihres kleinen Haushalts – allerdings nur über die Dienstboten – habe er eine ausgezeichnete Frau bestellt, Mrs. Grose, die seiner Besucherin –

dessen sei er sicher – gewiß gefallen werde und die früher Zofe bei seiner Mutter gewesen sei. Jetzt führe sie den Haushalt dort, beaufsichtige aber gleichzeitig auch das kleine Mädchen, das sie, selbst kinderlos, glücklicherweise innig liebe. Personal stehe reichlich zur Verfügung, doch würde die junge Dame, welche als Erzieherin hinginge, selbstverständlich die Oberaufsicht über alles haben. In den Ferien müsse sie sich freilich auch um den kleinen Jungen kümmern, der ein Internat besuche – eigentlich viel zu jung für so was, aber was bleibe einem anderes übrig? –, der aber, da die Ferien bald begännen, jetzt jeden Tag zurückerwartet werde. Anfangs sei eine junge Dame für die beiden Kinder dagewesen; leider hätten sie sie jedoch verloren. Sie hätte sich sehr bei den beiden bewährt – sei übrigens eine höchst anständige Person gewesen –, hätte den beiden bis zu ihrem Tode ausgesprochen gutgetan; und eben das sei das Unangenehme dabei gewesen, daß es für den kleinen Miles eigentlich keine andere Möglichkeit gegeben habe, als ihn in ein Internat zu geben. Mrs. Grose habe seither, was die Umgangsformen und so weiter betreffe, für Flora getan, was sie könne; außerdem seien da noch eine Köchin, ein Hausmädchen, eine Frau für die Milchkammer, ein altes Pony, ein alter Reitknecht und ein alter Gärtner – durch die Bank alle gleichermaßen sehr respektabel.

Soweit war Douglas mit seinem Bild gekommen, als jemand eine Frage stellte: »Und woran ist die frühere Erzieherin gestorben – an einem Übermaß an Wohlanständigkeit?«

Die Antwort unseres Freundes kam unverzüglich. »Das wird schon noch herauskommen. Ich möchte nicht vorgreifen.«

»Verzeihung – aber ich dachte, genau das täten Sie.«

»Wäre ich ihre Nachfolgerin gewesen«, gab ich zu bedenken, »hätte ich gern gewußt, ob es die Stellung als solche war, die dazu führte . . .«

». . . daß ihr Leben notwendigerweise in Gefahr geriet?«

vervollständigte Douglas meine Überlegung. »Sie wollte es in der Tat wissen, und es wurde ihr auch gesagt. Was sie erfuhr, werden Sie morgen hören. Aber was Wunder, daß ihr ein wenig unbehaglich zumute war bei diesen Aussichten. Sie war jung, unerfahren und nervös: was sie auf sich zukommen sah, waren sehr ernsthafte Aufgaben, wenig Gesellschaft und eine wirklich große Einsamkeit. Sie zögerte – bat sich ein paar Tage Bedenkzeit aus, um sich auch noch mit anderen zu beraten. Aber das Gehalt, das man ihr bot, übertraf bei weitem ihre bescheidenen Vorstellungen, und so ließ sie bei einem zweiten Gespräch alle Bedenken fallen und nahm an.«

Hier machte Douglas eine Pause, die mich bewegte, der Gesellschaft zuliebe einzuwerfen: »Und die Moral von der Geschicht' war selbstverständlich, daß sie den Verführungen des so überaus eleganten jungen Mannes erlag.«

Er stand auf, trat, wie am Abend zuvor, an den Kamin, spielte mit der Fußspitze an einem brennenden Scheit herum, und kehrte uns für eine Weile den Rücken zu. »Sie hat ihn nur zweimal gesehen.«

»Aber das ist doch gerade das Schöne an ihrer Leidenschaft.«

Woraufhin Douglas sich zu meiner Verwunderung mir zuwandte. »Ja, das war wirklich das Schöne daran. Es hatte auch andere gegeben«, fuhr er fort, »die seinem Glanz nicht erlegen waren. Er legte ihr alle seine Schwierigkeiten in aller Offenheit dar – daß die Bedingungen etliche Bewerberinnen davon abgehalten hatten zuzusagen. Sie hatten irgendwie einfach Angst gehabt. Es klang alles nicht gerade verlockend – eher befremdlich; und das besonders wegen der Hauptbedingung, die er stellte ...«

»Die worin bestand ...?«

»Daß sie ihn niemals behelligen sollte – wirklich nie: sie sollte sich weder mit Bitten noch mit Beschwerden an ihn wenden; sollte mit allen Problemen allein fertig werden, alle Gelder von seinem Anwalt erhalten, die Aufgabe voll und ganz übernehmen und ihn in Ruhe lassen. Sie versprach, das zu tun – und erwähnte mir gegenüber, daß sie sich, als er, erleichtert und entzückt, einen Augenblick ihre Hand ergriff und ihr für ihr Opfer dankte, schon belohnt fühlte.«

»Aber war das alles an Belohnung?« wollte eine der Damen wissen.

»Sie sollte ihn nie wiedersehen.«

»Ach!« entfuhr es der Dame, und das war, da unser Freund uns augenblicklich wieder verließ, das einzige Wort von Gewicht, welches bis zum nächsten Abend zu diesem Thema fiel, als er, in der Ecke, neben dem Kamin und auf dem besten Sessel, den verschossenen roten Einband eines schmalen, altmodischen und mit Goldschnitt versehenen Albums aufschlug. Alles in allem dauerte es wahrhaftig länger als nur einen Abend, doch an diesem ersten Abend, an dem er dann vorlas, wandte sich besagte Dame noch einmal mit einer weiteren Frage an ihn: »Wie lautet Ihr Titel?«

»Ich habe keinen.«

»Oh, aber ich weiß da einen«, sagte ich. Doch Douglas beachtete mich nicht und hatte bereits angefangen, mit auffallend klarer Stimme vorzulesen; es war, als wollte er unseren Ohren damit vermitteln, mit welch ausgesucht schöner Hand die Verfasserin geschrieben hatte.

1.

In meiner Erinnerung ist der Anfang ein ständiger Wechsel von Himmelhochjauchzend und Zutodebetrübt, ein ewiges Schwanken zwischen den richtigen und den falschen Regungen. Nachdem ich mich in London dazu durchgerungen hatte, seinem Wunsch zu entsprechen, erlebte ich jedenfalls eine Reihe von sehr schlimmen Tagen – ertappte mich wieder bei Zweifeln, hatte das sichere Gefühl, doch einen Fehler begangen zu haben. In diesem Zustand verbrachte ich die langen Stunden in der ruckenden und schwankenden Postkutsche, die mich zu jener Haltestelle brachte, wo ich von einem Wagen aus Bly abgeholt werden sollte. Das, so sagte man mir, war veranlaßt worden, und so stellte ich gegen Ende dieses Juninachmittags fest, daß ein geräumiger und bequemer Einspänner auf mich wartete. Als ich um diese Stunde eines bezaubernden Tages durch eine Landschaft fuhr, welcher die sommerliche Süße einen Hauch von freundlichem Willkommen zu verleihen schien, lebte mein Mut wieder auf, und als wir in die Zufahrtsallee einbogen, verspürte ich eine Erleichterung, die wohl nur bewies, wie sehr verzagt ich gewesen war. Wahrscheinlich hatte ich wohl insgeheim befürchtet, es würde etwas trostlos Schwermütiges auf mich zukommen, so daß das, was ich dann tatsächlich erblickte, eine angenehme Überraschung war. Als ausgesprochen schöner Eindruck steht mir die breite, klar angelegte Fassade mit den offenstehenden Fenstern und den frischen Vorhängen ebenso in Erinnerung wie die Hausmädchen, die dort heraussahen; ich erinnere mich an die Rasenflächen und die leuchtenden Blumen, an das Knirschen der Wagenräder auf dem Kies und die dichtgedrängten Baumkronen, über denen im goldenen Himmel die Krähen kreisten und krächzende Töne ausstießen. Das hatte etwas Imposantes, war etwas ganz anderes als mein eigenes, im Gegensatz dazu recht kümmerliches Elternhaus, und gleich darauf erschien an der Tür auch noch mit einem kleinen Mädchen an der Hand eine artige Person, die mich mit einem Knicks begrüßte, als wäre ich die Herrin des Hauses oder eine vornehme Besucherin. Ich hatte in der Harley Street den Eindruck gewonnen, daß es sich um ein wesentlich kleineres Anwesen handelte, und das führte mich, wie ich mich entsinne, dazu, in dem Herrn von Bly noch mehr einen Gentleman zu sehen

als zuvor, und es weckte in mir die Erwartung, daß das, was ich hier an Schönem genießen sollte, alles übersteigen könnte, was er mir versprochen hatte.
Zu einem Abgleiten ins Zutodebetrübt kam es erst wieder am nächsten Morgen; denn nachdem ich die jüngere meiner beiden Schutzbefohlenen kennengelernt hatte, waren die folgenden Stunden für mich wirklich ein Himmelhochjauchzen. Das kleine Mädchen, das Mrs. Grose begleitete, erschien mir vom ersten Augenblick an als ein so bezauberndes Geschöpf, daß es mir als ein großes Glück vorkam, mit ihr zu tun zu haben. Sie war das schönste Kind, das ich je gesehen hatte, und hinterher fragte ich mich, warum mein Arbeitgeber mir nicht mehr von ihm erzählt haben mochte. In dieser Nacht bekam ich nicht viel Schlaf – dazu war ich viel zu aufgeregt; und auch das wunderte mich, wie ich mich erinnere; die Verwunderung hielt an und verstärkte noch das Gefühl, mit größter Unvoreingenommenheit behandelt zu werden. Mein großes, eindrucksvolles Zimmer, eines der schönsten im ganzen Haus, das, wie es mir fast erscheinen wollte, ausladende Prunkbett, die reich fallenden gemusterten Vorhänge, die mannshohen Spiegel, in denen ich mich zum erstenmal in meinem Leben von Kopf bis Fuß betrachten konnte – all das erschien mir, genauso wie der außerordentliche Charme meiner kleinen Schutzbefohlenen, als eine unverhoffte Dreingabe. Gleichfalls als unverhofftes Geschenk wollte es mir vom ersten Augenblick an erscheinen, daß ich wohl gut mit Mrs. Grose auskommen würde; ich fürchte, über die Beziehung zwischen ihr und mir hatte ich mir in der Eisenbahn durchaus bedrückende Gedanken gemacht. Das einzige, was mich zu diesem frühen Zeitpunkt hätte stutzig machen können, war der Umstand, daß sie so ausgesprochen froh war, mich zu sehen. Binnen einer halben Stunde merkte ich, daß sie – diese untersetzte, schlichte, adrette und gesunde Frau – dermaßen froh darüber war, daß sie sich offensichtlich Mühe

geben mußte, es sich nicht allzusehr anmerken zu lassen. Selbst damals bereits wunderte ich mich ein wenig, warum sie wohl den Wunsch haben mochte, das nicht zu zeigen; hätte ich weiter darüber nachgedacht, ja, hätte so etwas wie Argwohn in mir gesteckt, so würde mich das selbstverständlich durchaus beunruhigt haben.
Freilich war es ein Trost, daß in Verbindung mit etwas so Beseligendem wie der strahlenden Erscheinung meines kleinen Mädchens Beunruhigung erst gar nicht aufkommen konnte; der Anblick ihrer engelhaften Schönheit ist vermutlich mehr als alles andere für die Rastlosigkeit verantwortlich, die mich ergriffen hatte und die mich vor Tag mehrere Male aufstehen und durch mein Zimmer gehen ließ, um alles und jedes wirklich in mich aufzunehmen; von meinem offenen Fenster aus den Morgen schwach heraufdämmern zu sehen, jene Teile des Hauses zu betrachten, von denen ich noch etwas sehen konnte, und, während im Hellerwerden die ersten Vögel anfingen zu zwitschern, zu horchen, ob nicht möglicherweise der eine oder andere weniger natürliche, nicht von außen, sondern aus dem Hausinneren kommende Laut wiederkam, den zu hören ich vermeint hatte. Einen Augenblick hatte ich nämlich geglaubt, den schwachen und fernen Schrei eines Kindes zu vernehmen; ein andermal war es so weit gekommen, daß ich fast bewußt zusammenschrak, gleichsam als wären da leichte Schritte draußen auf dem Korridor. Diese Einbildungen waren jedoch nicht so ausgeprägt gewesen, als daß ich sie nicht leicht hätte abschütteln können, und erst im Licht oder vielleicht sollte ich besser sagen: in der Düsternis späterer Vorkommnisse fallen sie mir jetzt wieder ein. Die kleine Flora zu beobachten, ihr etwas beizubringen und sie zu ›bilden‹ – was bedeutete das anderes als ein glückliches und nützliches Leben? Wir hatten uns unten darauf geeinigt, daß sie nach dieser allerersten Nacht selbstverständlich bei mir schlafen sollte, und ihr weißes Bettchen

war zu diesem Zweck bereits in meinem Zimmer aufgestellt worden. Ich hatte es übernommen, mich ihrer voll und ganz anzunehmen, und da wir überlegt hatten, daß ich ihr ja unvermeidlicherweise noch fremd und sie von einer natürlichen Schüchternheit sein würde, sollte sie dieses eine Mal noch bei Mrs. Grose bleiben. Trotz dieser Schüchternheit – das Kind selbst hatte, und das war schon äußerst merkwürdig, freimütig und beherzt darüber gesprochen; es hatte, ohne das geringste Zeichen von irgendwelchem Unbehagen oder Verlegenheit, ja, mit der tiefgehenden und süßen Heiterkeit der Christuskinder Raffaels zugelassen, daß wir darüber sprachen, das Für und Wider abwogen, fraglos davon ausgingen, daß das Kind schüchtern sei und uns davon bestimmen ließen – trotz dieser Schüchternheit war ich zuversichtlich, daß sie mich bald liebgewinnen würde. Es gehörte zu den Dingen, um derentwillen ich Mrs. Grose selbst mochte – jene Freude, die sie, wie ich spürte, wegen meiner Bewunderung und Verwunderung empfand, als ich beim Schein vier langer Kerzen beim Abendessen saß, das Kind auf einem hohen Stuhl und angetan mit einer Kittelschürze vor mir hatte und es mich über Brot und Milch hinweg strahlend ansah. Selbstverständlich gab es Dinge, über die wir uns in Floras Beisein nur durch übertriebene und erstaunte Blicke sowie mittels dunkler und umständlicher Anspielungen verständigen konnten.

»Und der kleine Junge – sieht er auch so aus wie sie? Ist er auch so ungewöhnlich?«

Man darf einem Kind nicht schmeicheln. »Ach, und ob er ungewöhnlich ist, Miss! Wenn Sie schon auf Flora so große Stücke geben!« – so stand sie da, mit einem Teller in der Hand, und strahlte unsere kleine Tischgenossin an, die mit ihren hinreißend klaren Augen, welche nichts enthielten, was uns hätte Einhalt gebieten können, von der einen zur anderen sah.

»Ja und – wenn ich das wirklich tue ...?«
»Dann werden Sie von dem kleinen Herrn ganz hingerissen sein!«
»Nun, das ist es doch gerade, weswegen ich hergekommen bin – um mich hinreißen zu lassen. Nur fürchte ich«, erinnere ich mich, der Regung nachgegeben zu haben, noch etwas hinzuzufügen, »daß ich mich ziemlich leicht hinreißen lasse. Ich war ja auch schon in London hingerissen.«
Noch heute sehe ich Mrs. Groses breites Gesicht vor mir, wie sie das aufnahm. »In der Harley Street?«
»Ja, in der Harley Street.«
»Nun, Miss, Sie sind nicht die erste – und Sie werden nicht die letzte sein.«
»Ach, wie käme ich dazu, mir einzubilden, die einzige zu sein!« Ich konnte darüber lachen. »Auf jeden Fall wird mein anderer Schüler, wenn ich es recht verstanden habe, morgen zurück sein?«
»Morgen noch nicht – am Freitag, Miss. Er kommt, genauso wie Sie, per Postkutsche, unter der Obhut des Postillions, und derselbe Einspänner wird ihn erwarten.«
Woraufhin ich augenblicklich wissen wollte, ob es nicht richtig, aber auch angenehm und ein Gebot der Höflichkeit sei, wenn ich ihn bei seiner Ankunft mit dem öffentlichen Verkehrsmittel zusammen mit seiner kleinen Schwester abholte; eine Überlegung, der Mrs. Grose so von Herzen zustimmte, daß ich in ihrer Art schon so etwas wie ein tröstliches Versprechen sah, in dem ich mich Gott sei Dank nie täuschen sollte – daß wir nämlich in jeder Frage immer ganz einer Meinung sein würden. O ja, sie war froh, daß ich da war!
Was ich am nächsten Tag empfand, kann, meine ich, wohl kaum als eine Reaktion auf das Hochgefühl meiner Ankunft bezeichnet werden; es war höchstens eine leichte Bedrükkung, die mich angesichts des großen Ausmaßes meiner neuen Umgebung befiel, als ich herumging, überall hinaufblickte

und alles in mich aufnahm. Das Anwesen hatte gewissermaßen eine Größe und eine Fülle, auf die ich einfach nicht gefaßt gewesen war und in deren Gegenwart mich aufs neue einerseits so etwas wie Angst beschlich, die mich aber andererseits auch ein bißchen mit Stolz erfüllte. Der Beginn des eigentlichen Unterrichts wurde unter diesen Umständen selbstverständlich noch etwas hinausgeschoben; ich fand, meine allererste Pflicht sei es, dem Kind so behutsam als irgend möglich Gelegenheit zu geben, mich kennenzulernen. Ich verbrachte den Tag mit ihm im Freien und richtete es, worüber Flora sich sehr freute, so ein, daß sie und nur sie es sein sollte, die mir das Anwesen zeigte. Und das tat sie, Schritt für Schritt und Zimmer für Zimmer und Geheimnis für Geheimnis unter lustigem und köstlichem kindlichem Geplauder über all diese Dinge, was zur Folge hatte, daß wir binnen einer halben Stunde dicke Freunde wurden. So jung sie auch war, sie verblüffte mich den ganzen Rundgang über mit ihrer Zuversicht und der Beherztheit, mit der sie mir den Weg wies, in leeren Gemächern, auf düsteren Gängen, ausgetretenen Treppen, die mich innehalten ließen, und selbst ganz oben auf einem alten, mit Pechnasen bewehrten viereckigen Turm, in einer Höhe, die mich schwindlig machte, mit ihrem morgendlichen Geträller, ihrer Bereitschaft, mir viel mehr zu erzählen, als sie mich fragte – sie sang all das hinaus und lockte mich dabei immer weiter. Ich habe Bly seit dem Tag, da ich es verließ, nicht wiedergesehen, und vermutlich würde es meinen älteren und wissenden Augen heute wesentlich kleiner und weniger großartig erscheinen. Doch als meine kleine Führerin mit ihrem goldenen Haar und ihrem blauen Kleid vor mir her um die Ecken tanzte und die Korridore entlanghüpfte, bot sich meinen Augen das Bild eines romantischen Schlosses, das bewohnt war von einer rosigen Elfe, ein Anwesen, welches, gleichsam um eine junge Phantasie ganz zu fesseln, alle Farben aus Geschichten- und Märchenbüchern entlieh. War Bly nicht wirklich ein Buch mit Geschichten darin, über dem ich ins Dösen und Träumen geraten war? Nein; es war ein großes, häßliches, uraltes und doch bequemes Haus, welches die Anlage eines noch älteren Bauwerks erkennen ließ, das man teils umgebaut und teils bewohnbar gemacht hatte und in dem ich mir fast genauso verloren vorkam wie eine Handvoll Passagiere auf einem großen, ankerlos treibenden Schiff. Nur, so sonderbar es war – ich war es, die am Steuer stand!

2.

Das kam mir so recht zu Bewußtsein, als ich zwei Tage später hinfuhr, um – wie Mrs. Grose sagte – den kleinen Herrn abzuholen; und zwar um so deutlicher, als ein Zwischenfall, zu dem es am zweiten Abend kam, mich außerordentlich verstört hatte. Der erste Tag war, wie ich schon berichtet hatte, im großen und ganzen verheißungsvoll verlaufen; allerdings hatte ich erleben müssen, daß mich an seinem Ende doch tiefe Besorgnis erfüllte. Im Postbeutel – er kam an diesem Abend sehr spät – lag ein Brief für mich, der allerdings nur ein paar wenige Worte von meinem Arbeitgeber, ansonsten aber einen zweiten, an ihn adressierten Brief enthielt, dessen Siegel noch nicht erbrochen worden war. ›Dieser Brief stammt, wie ich wohl erkenne, vom Leiter des Internats, und dieser Herr langweilt mich zu Tode. Lesen sie ihn, bitte; befassen Sie sich damit, nur – bitte! – verschonen Sie mich. Kein Wort an mich. Ich stehe im Begriff abzureisen.‹ Es kostete mich große Überwindung, das Siegel zu erbrechen – und es dauerte ziemlich lange, bis ich mich dazu überwand; immerhin trug ich die ungeöffnete Botschaft hinauf in mein Zimmer und machte sie erst kurz vorm Zubettgehen auf. Hätte ich das doch nur nicht getan; denn dieser Brief verschaffte mir eine zweite schlaflose Nacht. Da ich mich mit niemand darüber aussprechen und beraten konnte, packte mich Verzweiflung – was schließlich so schlimm wurde, daß ich beschloß, mich jedenfalls Mrs. Grose anzuvertrauen.

»Was hat das zu bedeuten? Das Kind wird vom Internat verwiesen.« Sie bedachte mich mit einem Blick, der mir sofort auffiel; dann schien sie sich eines Besseren zu besinnen und setzte ein anderes Gesicht auf. »Aber werden sie denn nicht alle . . .?«

»Nach Hause geschickt – schon. Aber doch nur für die Ferien. Miles darf aber niemals wieder zurück.«

Unter meinem forschenden Blick geriet sie sichtlich in Verlegenheit und errötete. »Sie wollen ihn nicht wieder nehmen?«

»Sie lehnen das unter allen Umständen ab.«

Auf diese Worte hin hob sie die Augen, die sie zuvor abgewandt hatte; ich sah, wie sie sich mit mitfühlenden Tränen füllten. »Was hat er denn getan?«

Ich zauderte; doch dann hielt ich es für das beste, ihr einfach den Brief zu reichen – woraufhin sie ihn jedoch nicht nahm, sondern die Hände hinter dem Rücken versteckte. Traurig schüttelte sie den Kopf. »Das ist nichts für mich, Miss.«

Meine Ratgeberin konnte nicht lesen! Als ich begriff, was für einen *faux pas* ich begangen hatte, wand ich mich innerlich vor Verlegenheit, was ich jedoch so gut wie möglich zu vertuschen suchte; ich faltete den Brief also noch einmal auseinander und las ihn ihr vor; dabei stockte ich, legte ihn wieder zusammen und steckte ihn in die Tasche. »Ist er denn wirklich *schlecht*?«

Die Tränen standen ihr noch in den Augen. »Behaupten die Herren das?«

»Sie lassen sich nicht auf Einzelheiten ein, sondern drücken nur ihr Bedauern aus – sie könnten ihn unmöglich behalten. Das kann doch nur eines bedeuten.« Aufgewühlt und wie

vor den Kopf geschlagen, hörte Mrs. Grose zu und vermied es, mich zu fragen, was es denn wirklich zu bedeuten habe; so daß ich schließlich, um das Ganze einigermaßen einleuchtend zu machen und in dem Bewußtsein, daß ich keine andere Hilfe von ihr erwarten konnte als ihr bloßes Dasein, fortfuhr: »Daß er eine Gefahr für die anderen darstellt.«
Woraufhin sie sich mit dem raschen Stimmungsumschwung, wie er bei einfachen Leuten vorkommt, empörte: »Mr. Miles – eine Gefahr? *Er?*«
Diese Worte zeugten von einem solchen Ausmaß guten Glaubens, daß ich wegen meiner eigenen absurden Befürchtungen – ich hatte das Kind ja noch nicht einmal gesehen – erschrak und, um meiner Freundin entgegenzukommen, in sarkastischem Ton und augenblicklich erklärte: »Für seine armen kleinen unschuldigen Kameraden.«
»Es ist wirklich zu schrecklich«, rief Mrs. Grose, »solche gemeinen Dinge zu behaupten! Er ist schließlich noch nicht einmal zehn!«
»Ja, ja; es wäre doch unglaublich.«
Für dieses Bekenntnis war sie offensichtlich dankbar. »Sehen Sie sich ihn erst einmal an, Miss, und *dann* urteilen Sie!«
Von diesem Augenblick erfüllte mich eine neuerliche Ungeduld, ihn zu sehen; womit eine Neugierde begann, die sich in den nächsten Stunden regelrecht zu etwas Schmerzlichem steigern sollte. Mrs. Grose war sich, wie ich sehr wohl erkannte, durchaus im klaren darüber, was sie in mir angerichtet hatte, stieß daher in dieselbe Richtung weiter vor und erklärte mit Nachdruck: »Genausogut könnten Sie das von der kleinen Dame meinen! Gott segne sie!«, um gleich darauf hinzuzufügen: »*Sehen* Sie sie doch!«
Ich drehte mich um und erblickte an der offenen Tür Flora, die ich zehn Minuten zuvor mit einem Blatt weißen Papiers, einem Bleistift und einer Vorlage ›schöner runder Os‹ im Unterrichtsraum zurückgelassen hatte. Auf ihre Weise brach-

te sie unangenehmen Pflichten gegenüber eine erstaunliche Unbefangenheit zum Ausdruck und sah mich jetzt mit großen strahlenden Kinderaugen an, als wollte sie mir zu verstehen geben, ihr Erscheinen hier sei nur die Folge der Zuneigung, die sie zu meiner Person gefaßt hatte, so daß sie einfach nicht anders gekonnt habe, als mir zu folgen. Das reichte, um mir mit aller Macht vor Augen zu führen, was Mrs. Grose meinte; ich schloß meine Schülerin in die Arme und bedeckte sie mit Küssen, unter welche sich das Schluchzen mischte, mit dem ich ihr innerlich Abbitte tat.

Trotzdem suchte ich für den Rest des Tages weiter nach Gelegenheiten, an meine Kollegin heranzutreten, zumal ich mir gegen Abend einbildete, daß sie mir offenbar aus dem Weg ging. Wie ich mich erinnere, holte ich sie an der Treppe ein; gemeinsam stiegen wir hinunter, und unten blieb ich stehen und legte ihr eine Hand auf den Arm. »Darf ich dem, was Sie heute nachmittag gesagt haben, entnehmen, daß *Sie* ihn bis jetzt noch nie als einen schlechten Jungen erlebt haben?«

Sie warf den Kopf zurück; offensichtlich hatte sie sich mittlerweile – und zwar durchaus ehrlich – zu einer ganz bestimmten Haltung durchgerungen. »Oh, noch nie – *das* würde ich nicht behaupten.«

Wieder wurde ich aufgeregt und bekam Herzklopfen. »Dann *haben* Sie es also erlebt, daß er ...?«

»Jawohl, Miss, Gott sei Dank!«

Nach neuerlichem Überlegen ließ ich das gelten. »Sie meinen, ein Junge, der nie schlecht ist ...«

»Ist für mich kein richtiger Junge.«

Ich verstärkte den Druck meiner Hand. »Sie finden, Jungen müßten auch mal ungezogen sein können?« Und dann, um ihrer Antwort zuvorzukommen, sagte ich überstürzt: »Das finde ich zwar auch, aber es darf doch gewiß nie so weit gehen, daß andere angesteckt werden ...«

»Angesteckt?« Sie wußte offensichtlich nicht, was gemeint

war, woraufhin ich es ihr erklärte: »Daß er andere verdirbt.« Mit großen Augen sah sie mich an, versuchte, das zu verstehen; doch hatte es bei ihr nur ein sonderbares, kurzes Auflachen zur Folge. »Haben Sie Angst, er könnte *Sie* verderben?« Sie stellte diese Frage mit so viel mutigem Humor, daß ich – und das klang zweifellos ein wenig dumm –, um ihr in nichts nachzustehen, aus Angst, mich lächerlich zu machen, einlenkte und meinerseits auflachte.

Doch am nächsten Tag, als die Stunde meiner Abfahrt herankam, fing ich sie an einer anderen Stelle ab. »Wer war eigentlich die Dame, die vor mir hier war?«

»Die letzte Erzieherin? Die war auch jung und hübsch – fast genauso jung und hübsch wie Sie, Miss.«

»Ach, dann hat ihre Jugend und ihre Schönheit ihr hoffentlich geholfen«, erinnere ich mich, leicht dahingesagt zu haben. »Offenbar gefällt es ihm doch, wenn wir jung und hübsch sind.«

»O ja, das tut es, Miss«, stimmte Mrs. Grose zu. »Das hat ihm noch bei jeder gefallen!« Sie hatte das kaum ausgesprochen, als sie offenbar meinte, sich wieder fassen zu müssen. »Ich meine, so war *er* – der junge Herr.«

Das verblüffte mich.

»Aber von wem haben Sie denn vorher gesprochen?«

Sie sah mich an, begriff offenbar nicht, errötete aber gleichwohl. Wieso – von *ihm*.«

»Dem jungen Herrn?«

»Von wem denn sonst?«

Es kam so offensichtlich niemand sonst in Frage, daß ich im nächsten Augenblick meinen ersten Eindruck vergessen hatte, daß ihr zufällig mehr herausgerutscht war, als sie hatte sagen wollen, und fragte daher nur nach dem, was ich hatte wissen wollen. »Ist *ihr* denn an dem Jungen irgend etwas aufgefallen . . .?«

»Was nicht recht gewesen wäre? Das hat sie mir nie gesagt.«

Ich hatte Skrupel, doch überwand ich sie. »Hat sie es genau genommen? Sehr genau?«
Mrs. Grose schien sich betont um Gewissenhaftigkeit zu bemühen. »In manchen Dingen – ja.«
»Aber nicht in allen?«
Wieder dachte sie nach. »Hm, Miss – sie ist tot. Ich möchte nichts in die Welt setzen . . .«
»Ich verstehe Ihre Gefühle durchaus«, beeilte ich mich zu sagen; dennoch hielt ich es nach einigem Überlegen und nach diesem Zugeständnis nicht für unangebracht, weiterzufragen: »Ist sie hier gestorben?«
»Nein – sie ist fort.«
Ich weiß nicht, was es war, aber irgendwas an der Kürze dieser Antwort empfand ich als nicht ganz eindeutig. »Ist fort, um zu sterben?« Mrs. Grose sah unverwandt zum Fenster hinaus, doch ich fand, eigentlich hätte ich ein Recht darauf zu erfahren, was von jungen Menschen, die auf Bly eine Stellung annahmen, erwartet wurde. »Soll das heißen, sie ist krank geworden und nach Hause gefahren?«
»Hier im Hause nicht, jedenfalls nicht daß ich wüßte. Sie ist nach Ablauf des Schuljahres heimgefahren, um, wie sie sagte, einen kurzen Urlaub zu nehmen, auf den sie nach der langen Zeit, die sie aufgewendet hatte, ganz gewiß ein Anrecht hatte. Wir hatten damals eine junge Frau – ein Kindermädchen, das im Haus geblieben war, ein braves und kluges Mädchen. Aber unsere junge Dame kam nie wieder, und genau um die Zeit, da ich sie zurückerwartete, hörte ich dann von dem Herrn, sie sei tot.«
Ich erwog das von allen Seiten. »Aber woran ist sie denn gestorben?«
»Das hat er mir nie erzählt. Aber bitte, Miss«, sagte Mrs. Grose, »ich muß jetzt an die Arbeit.«

3.

Daß sie mir so den Rücken kehrte, richtete sich glücklicherweise nicht gegen meine berechtigten Besorgnisse und vermochte dem Wachsen unserer gegenseitigen Wertschätzung keinen Einhalt zu gebieten. Nachdem ich den kleinen Miles heimgebracht hatte, begegneten wir uns mit noch größerer Vertraulichkeit auf dem Boden meiner Betroffenheit, ja, meiner Gemütsverfassung ganz allgemein: ich war damals geneigt, es als ungeheuerlich zu bezeichnen, einfach den Stab über solch ein Kind zu brechen, das ich mittlerweile kennengelernt hatte! Ich hatte mich bei seiner Ankunft etwas verspätet, und als ich ihn an der Tür des Gasthofes, an dem die Postkutsche ihn abgesetzt hatte, ernst und gedankenverloren nach mir Ausschau halten sah, war mir, als ob ich ihn augenblicklich innerlich wie äußerlich im Glanz der gleichen wunderbaren Frische und ganz entschieden im Duft der gleichen Reinheit sähe, in dem ich vom ersten Augenblick an auch seine kleine Schwester gesehen hatte. Er war unglaublich schön! Mrs. Grose hatte völlig recht gehabt: in seiner Gegenwart war alles andere wie weggefegt, und was blieb, war einzig eine Art zärtlicher Leidenschaft für ihn. Etwas Göttliches, wie ich es im selben Maße noch nie an einem Kinde erlebt hatte, ließ mich ihn auf der Stelle ins Herz schließen – dies unbeschreibliche Etwas, das er ausstrahlte – nichts anderes auf der Welt zu kennen als Liebe. Unmöglich, einen schlechten Ruf mit mehr Liebreiz und mehr Unschuld zu tragen, und als ich schließlich in Bly mit ihm angelangt war, verwirrte mich der schreckliche Brief, den ich in meinem Zimmer in einer Schublade weggeschlossen hatte, nur noch – das heißt, soweit ich nicht ausgesprochen empört über ihn war. Sobald ich Gelegenheit fand, unter vier Augen ein Wort mit Mrs. Grose zu sprechen, erklärte ich ihr, der Brief sei grotesk.

Sie verstand mich sofort.
»Sie meinen, der grausame Vorwurf ...?«
»Er ist nicht im geringsten haltbar! Sehen Sie ihn doch nur *an*!«
Sie lächelte darüber, daß ich tat, als hätte ich allein seinen Charme entdeckt. »Sie können versichert sein, Miss, ich tue nichts anderes! Was werden Sie also sagen?« fügte sie unmittelbar darauf hinzu.
»Als Antwort auf den Brief?« Mein Entschluß war mittlerweile gefaßt. »Nichts. Gar nichts.«
»Und seinem Onkel?«
Mit Entschiedenheit erklärte ich: »Nichts.«
»Und dem Jungen selbst?«
Ich war wunderbar. »Nichts.«
Umständlich wischte sie sich mit ihrer Schürze den Mund. »Dann werde ich Ihnen zur Seite stehen. Wir werden es durchfechten.«
»Wir werden es durchfechten!« erklärte ich echogleich voller Begeisterung und reichte ihr die Hand, gleichsam, als gälte es, das zu besiegeln.
Einen Augenblick hielt sie die meine fest in der ihren, um dann mit der anderen wieder die Schürze aufzuraffen und zu sagen: »Würden Sie es mir verargen, Miss, wenn ich mir erlaubte ...«
»Mich zu küssen? Nein.« Ich schloß die gute Seele in die Arme und fühlte mich, nachdem wir uns umarmt hatten, noch mehr gestärkt und entrüstet.
Das galt jedenfalls für die nächste Zeit: eine dermaßen erfüllte Zeit, daß sie mir, wenn ich daran denke, wie sie vorüberging, nur um so deutlicher zum Bewußtsein bringt, welcher Kunstgriffe ich mich heute bedienen muß, um sie einigermaßen deutlich zu beschreiben. Worauf ich mit Staunen zurückblicke, das ist die Situation, mit der ich mich abfand. Ich hatte mir vorgenommen, die Sache gemeinsam mit meiner

Gefährtin durchzufechten, und stand offenbar unter einem Zauber, durch den mir das Ausmaß sowie die weitreichenden und schwerwiegenden Zusammenhänge eines solchen Unterfangens einfach nicht klarwurden. Ich ließ mich tragen von einer Woge der Betörung und des Mitleids. Ich hielt es in meiner Arglosigkeit für ganz einfach, mit einem Jungen zurechtzukommen, dessen Vorbereitung auf das Leben noch ganz und gar am Anfang stand. Ich kann mich heute nicht einmal mehr erinnern, was ich ihm für das Ende seiner Ferien und für den Fortgang seiner Studien vorschlagen wollte. Selbstverständlich gingen wir alle davon aus, daß er diesen bezaubernden Sommer über von mir unterrichtet werden würde; heute freilich will es mir scheinen, als sei wochenlang ich es gewesen, die lernte. Jedenfalls lernte ich etwas – zumindest zuerst –, was man mir für mein kleines, bescheidenes Leben keinesfalls beigebracht hatte; ich lernte, heiter zu sein, ja sogar Heiterkeit zu verbreiten und nicht an das Morgen zu denken. In gewisser Weise war es das erstemal, daß ich so etwas wie Raum und Luft und Freiheit kennenlernte, die ganze Musik des Sommers und das Geheimnis der Natur. Außerdem wurde mir Beachtung zuteil – und beachtet zu werden, war süß. Ach, es war eine Falle – keine mir bewußt gestellte, wohl aber eine tiefe –, in die ich mit meiner Phantasie, meinem Zartgefühl und vielleicht auch mit meiner Eitelkeit hineinlief – mit allem, was an mir besonders empfänglich war. Am besten läßt es sich wohl so ausdrücken, daß ich nicht auf der Hut war. Sie bereiteten mir so wenige Schwierigkeiten, waren von einer so außerordentlichen Sanftmütigkeit. Immer wieder dachte ich – doch auch das eigentlich völlig losgelöst von allem – darüber nach, wie die rauhe Zukunft (denn jede Zukunft war rauh) mit ihnen umspringen und ihnen weh tun mochte. Sie standen in der Blüte ihrer Gesundheit und ihres unbeschwerten Glücks; und doch – gleichsam als wären zwei kleine

Granden meiner Obhut anvertraut, zwei Prinzen von Geblüt, für welche sich alles, damit es auch ja seinen richtigen Gang nahm, in einem abgesteckten und behüteten Rahmen abspielen mußte – konnte ich mir in meiner Phantasie den Bereich, in dem ihr späteres Leben verlaufen würde, einzig als eine romantische, wahrhaft königliche Erweiterung des Gartens und des Parks vorstellen. Selbstverständlich könnte es sein, daß vor allem das, was dann so jäh hereinbrach, der Zeit vorher den Zauber der Stille verleiht – jene Lautlosigkeit, in der sich etwas sammelt oder duckt. Die Veränderung kam denn auch so unverhofft wie der Sprung eines Raubtiers.

In den ersten Wochen waren die Tage lang; oft schenkten sie mir – und das war das allerschönste an ihnen – das, was ich *meine* Stunde zu nennen pflegte, jene Stunde, die mir selbst, wenn Tee- und Zubettgehzeit für meine Zöglinge gekommen waren und ehe ich mich gleichfalls zur Ruhe begab, eine kleine Ruhepause gewährte, in der ich ganz allein war. Sosehr ich meine Gefährten auch mochte, diese Stunde war mir am Tag das allerliebste; ganz besonders dann, wenn ich, nachdem das Licht geschwunden war – oder vielmehr sollte ich wohl sagen, wenn der Tag noch verweilte und unter rotübergossenem Himmel aus den alten Bäumen die letzten Vogelrufe erklangen –, einen Rundgang durch die Parkanlagen unternahm und, fast mit so etwas wie Besitzerstolz, was mich ebensosehr amüsierte wie es mir schmeichelte, Schönheit und Adel des ganzen Anwesens in mich aufnahm. Es war eine reine Freude, welche Ruhe und welches Gefühl, das Rechte zu tun, mich in diesen Augenblicken erfüllte; vielleicht aber auch besonders dann, wenn ich darüber nachdachte, daß ich durch meinen Takt, meine Besonnenheit und ganz allgemein durch mein Wohlverhalten – falls er überhaupt je daran dachte – dem Manne Freude bereitete, dessen Drängen ich nachgegeben hatte. Ich tat ja genau das, was er sich von mir erhofft und um was er mich ausdrücklich gebeten hatte, und daß ich das wirklich tun konnte, erwies sich für mich als eine noch größere Freude, als ich erwartet hatte. Ich bildete mir, kurz gesagt, ein, eine bemerkenswerte junge Frau zu sein, und wiegte mich in dem tröstlichen Glauben, das Wissen darum werde schon noch weitere Kreise ziehen. Nun, ich mußte schon bemerkenswert sein, wollte ich den bemerkenswerten Dingen die Stirn bieten, auf welche bald die ersten Anzeichen hinwiesen.

Es kam wie aus heiterem Himmel, eines Nachmittags, mitten während ›meiner Stunde‹; die Kinder waren ins Bett gesteckt worden, und ich war hinausgegangen, um meinen kleinen Spaziergang zu machen. Einer jener Gedanken, denen ich auf diesen Streifzügen, wie ich heute niederzuschreiben nicht im geringsten zaudere, nachhing, war, daß es wie eine bezaubernde Geschichte bezaubernd sein müsse, wenn ich plötzlich jemandem begegnen würde. Jemand würde dort an der Wegbiegung auftauchen, würde vor mir stehen und mir lächelnd Anerkennung zollen. Mehr verlangte ich nicht – wollte nur, daß der Betreffende *wußte*; und die einzige Möglichkeit, um sicherzugehen, daß er das auch wirklich tat, bestand darin, es von seinem freundlichen, schönen Gesicht abzulesen. Und das stand mir genau vor Augen – das Gesicht, meine ich –, als ich – beim erstenmal – am Ende eines langen Junitages aus einer der Boskette heraustrat, das ganze Haus vor mir hatte und plötzlich stehenblieb. Was mich auf der Stelle innehalten ließ – und zwar mit einem Schock, wie ich ihn mir nie und nimmer hätte vorstellen können –, war das Gefühl, daß aus meinen Träumereien blitzartig Wirklichkeit geworden sei. Er stand da! – nur oben in der Höhe, auf der anderen Seite des Rasens, ganz hoch oben auf dem Turm, auf welchen die kleine Flora mich an jenem ersten Morgen geführt hatte. Bei diesem Turm handelte es sich um einen von zwei Türmen – wuchtige, nicht zueinander passende, zinnenbewehrte Bauten –, die aus irgendeinem mir unerfindlichen Grunde und obwohl ich kaum einen Unterschied zwischen ihnen sah, als der ›alte‹ und der ›neue‹ Turm bezeichnet wurden. Sie ragten an gegenüberliegenden Flügeln des Hauses auf und stellten wahrscheinlich architektonische Unsinnigkeiten dar, was bis zu einem gewissen Grade nur dadurch gemildert wurde, daß sie weder ganz für sich allein standen, noch sich allzu anmaßend in die Höhe reckten und in ihrer ganzen lebkuchenhaften Altertümlichkeit aus einer Zeit romantischer Erneuerung stammten, die ihrerseits bereits wieder einer altehrwürdigen Vergangenheit angehörte. Ich bewunderte sie und wob meine Phantasien um sie, denn wir alle profitierten in gewisser Weise ein wenig von der Herrlichkeit ihrer eigentlichen Zinnen, zumal dann, wenn sie verschwommen im Abenddämmer aufragten; die Gestalt freilich, die ich im Geiste so oft beschworen hatte, schien mir in solcher Höhe fehl am Platz. Diese Gestalt, so erinnere ich mich, die da im klaren Zwielicht stand, veranlaßte mich, zweimal vor Erregung zu keuchen, was genaugenommen die Reaktion auf die erste und gleich darauf auf die zweite meiner Überraschungen war. Bei der zweiten handelte es sich um die schockartige Erkenntnis, daß die erste Überraschung auf einem Irrtum beruhte: Der Mann, der mir da vor Augen stand, war nicht die Person, von der ich vorschnell angenommen hatte, daß sie es sei. Dadurch verwirrte sich für mich die ganze Erscheinung, daß ich mich selbst heute, nach all den Jahren, die seither vergangen sind, außerstande sehe, ein zutreffendes Bild von ihr zu geben. Ein unbekannter Mann an einem einsamen Ort – davor darf eine streng behütet aufgewachsene junge Frau sich schon fürchten; und die Gestalt, die da vor mir stand – davon überzeugte ich mich nach ein paar weiteren Augenblicken –, glich genausowenig jemandem, den ich kannte, wie sie dem Bilde dessen ähnelte, der eben noch vor meinem geistigen Auge gestanden hatte. Ich hatte sie weder in der Harley Street gesehen noch sonst irgendwo. Das Anwesen hatte überdies auf die merkwürdigste Weise der Welt von einem Augenblick zum anderen allein aufgrund seiner Erscheinung etwas Abgeschiedenes bekommen. Dieses Gefühl jedenfalls stellt sich jetzt, während ich dies mit einem Bedacht feststelle, wie ich es noch nie zuvor getan habe, mit aller Macht wieder ein – das gleiche Gefühl, wie es mich damals erfüllte. Es war, während ich in mich aufnahm, was ich in mich aufnahm, als ob alles andere um mich herum vom Tod erfaßt wäre. Wieder habe ich, während ich dies niederschreibe, jene tiefe Grabesstille im Ohr, in der alle Abendgeräusche verstummten. Die Krähen am goldenen Himmel hörten auf zu krächzen, und die freundliche Stunde verlor während dieses Augenblicks ihre Stimme. Sonst freilich blieb die Natur, wie sie war – höchstens, daß sich jene Veränderung an ihr vollzog, deren ich mit eigentümlich geschärften Sinnen gewahr wurde. Der Himmel war immer noch goldüberhaucht, die Luft klar wie zuvor, und der Mann, der mich über die Zinnen hinweg ansah, war so deutlich zu sehen wie ein Bild in einem Rahmen. Genauso stellte ich mir blitzschnell jeden Mann vor, der er hätte sein können und doch nicht war. Wir standen einander über die Entfernung hinweg durchaus lange genug gegenüber, daß ich mich eindringlich fragen konnte, wer er denn sein mochte, und mich – eine Folge meiner Unfähigkeit, es zu sagen – deshalb ein Erstaunen erfüllte, das sich in den wenigen Augenblicken nur noch steigern sollte.

Die große Frage oder eine der Fragen, das weiß ich, die man sich bei gewissen Vorgängen hinterher stellt, ist die Frage, wie lange das Ganze gedauert haben mag. Nun, diese Sache, mit der ich es zu tun hatte – man mag darüber denken, wie man will –, dauerte so lange, wie ich brauchte, um einem Dutzend Möglichkeiten nachzusinnen, von denen, soweit ich sehen konnte, keine einzige befriedigte – der Möglichkeit nämlich, daß eine Person im Hause sein könnte, von der ich nichts wußte – und vor allem: wie lange ging das schon? Es dauerte so lange, wie ich brauchte, um mich mit der Überlegung herumzuschlagen, daß mein Amt verlange, eine solche Unwissenheit und vor allem eine solche Person dürfe es nicht geben. Es dauerte jedenfalls, solange dieser Besucher mich – und wie ich mich entsinne, hatte die Tatsache, daß er keinen Hut trug, etwas von einer gewissen wilden Ungebundenheit – von seinem Standort aus im schwindenden Licht genauso fragend und eindringlich ansah wie ich seines unverhofften Auftauchens wegen ihn. Um einander etwas zuzurufen, waren wir zu weit voneinander entfernt, doch gab es einen Augenblick, da bei kürzerer Entfernung ein Anruf, der die Grabesstille durchbrochen hätte, genau die richtige Reaktion darauf gewesen wäre, daß wir uns gegenseitig so unverwandt anstarrten. Er stand – das fiel mir auf – in einer der vom Haus abgewandten Ecken besonders aufrecht da und stützte sich mit beiden Händen auf die Brüstung. Folglich sah ich ihn genauso deutlich vor mir wie die Buchstaben, die ich jetzt auf dies Blatt Papier schreibe; dann jedoch wechselte er nach einer Weile den Standort, gleichsam, als wollte er seinem Auftreten noch etwas hinzufügen, und ging, wobei er mich die ganze Zeit über eindringlich ansah, langsam zur entgegengesetzten Ecke der Plattform hinüber. Jawohl, ich hatte deutlich das Gefühl, daß er mich während dieser wenigen Schritte nicht einen Moment aus den Augen ließ, und ich sehe noch heute, wie seine Hand beim Gehen von einer Zinne zur nächsten schwang. Er blieb in der anderen Ecke stehen, verweilte dort jedoch nicht ganz so lange, ließ aber deutlich erkennbar die Augen selbst dann noch auf mir ruhen, als er sich abwandte. Er wandte sich ab; mehr weiß ich nicht.

4.

Nicht, daß ich bei dieser Gelegenheit nicht mehr erwartet hätte; denn ich stand wie angewurzelt da, so tief erschüttert war ich. Gab es ein ›Geheimnis‹ auf Bly – schauerliche Vorgänge wie auf Schloß Udolpho oder einen Wahnsinnigen, einen Verwandten, von dem nie gesprochen und der hier unvermutet in Gefangenschaft gehalten wurde? Ich kann nicht sagen, wie lange ich mich mit diesen Fragen herumquälte oder wie lange ich, während Neugierde und Furcht bei mir wirr durcheinandergingen, auf der Stelle stehenblieb, wo ich diese Begegnung gehabt hatte; ich weiß nur noch, daß sich, als ich das Haus endlich wieder betrat, die Dunkelheit ganz herabgesenkt hatte. Zweifellos hatte die Erregung mich in der Zwischenzeit nicht losgelassen und mich vorwärts getrieben, denn ich mußte, während ich das Haus immer wieder umkreiste, mindestens drei Meilen zurückgelegt haben; später sollte ich jedoch noch von so unendlich viel mehr überwältigt werden, daß dieser Schrecken, der ja nur ein erster Anfang war, mir vergleichsweise harmlos vorkam, wie ein leichtes Frösteln. Das Einzigartige und ganz und gar Besondere an der ganzen Sache – einzigartig und besonders freilich wie alles andere auch – war dann, was mir unten in der Halle aufging, als ich Mrs. Grose begegnete. Dieses Bild stellt sich mit dem allgemeinen Fluß der Gedanken wieder bei mir ein – der Eindruck, den ich bei meiner Rückkehr von dem weiträumigen, weißgetäfelten und hell im Lampenlicht daliegenden Raum mit den Porträts und dem roten Teppich sowie von dem gutmütigen, verwunderten Gesicht meiner Freundin gewann, die mir sofort sagte, sie habe mich schon vermißt. Mir wurde, als ich sie vor mir hatte, allein durch die schlichte Herzlichkeit und die Erleichterung, die sie bei meinem Erscheinen offenbar empfand, sofort klar, daß sie von dem ganzen Zwischenfall, von dem ich ihr hatte berichten wollen, nichts, aber auch gar nichts wußte. Ich hatte nicht von vornherein erwartet, daß der Anblick ihres tröstlichen Gesichts mich aufrichten würde, und irgendwie ging mir, als ich mich dabei ertappte, daß ich zögerte, davon auch nur zu sprechen, erst richtig auf, wie bedeutsam mir die ganze Sache zu sein schien. Kaum etwas anderes an der ganzen Angelegenheit erscheint mir sonderbarer als der Umstand, daß meine eigentliche Angst gleichzeitig mit der spontanen Regung in mir durchbrach, meine Freundin, wenn ich das so sagen darf, damit zu verschonen. Folglich vollzog sich in der freundlichen Halle und während sie ihren Blick auf mich gerichtet hielt, aus einem Grunde, den ich damals noch nicht beim Namen hätte nennen können, innerlich eine Veränderung mit mir – ich gab daher vage einen Grund für mein spätes Heimkommen an und begab mich unter dem Vorwand, die Nacht sei schön, doch vom schweren Tau hätte ich nasse Füße bekommen, so bald als irgend möglich auf mein Zimmer.

Dort sah für mich alles ganz, ganz anders aus; dort sollte mir die Geschichte noch viele Tage hindurch außerordentlich merkwürdig erscheinen. Immer wieder gab es, jeden Tag aufs neue, Stunden – oder zumindest Augenblicke, die ich sogar meinen Pflichten abknapste –, da ich mich einschließen mußte, um nachzudenken. Noch ging es nicht so sehr darum, daß ich nervöser gewesen wäre, als ich mir hätte erlauben können, sondern ich hatte vielmehr ausgesprochen Angst davor, ich könnte es werden; denn die Wahrheit, mit der ich zurechtkommen mußte, war schlicht und einfach die Tatsache, daß ich mir den Fremden, mit dem ich es auf so unerklärliche, gleichwohl aber auch, wie mir schien, außerordentlich persönliche Weise zu tun gehabt hatte, durch nichts auf der Welt erklären konnte. Es bedurfte nur wenig Zeit herauszufinden, daß ich, auch ohne überdeutlich zu werden und ohne Aufmerksamkeit erregende Bemerkungen, jeder häuslichen Schwierigkeit auf die Spur kommen konnte. Der Schock, den ich

erlitten hatte, mußte alle meine Sinne geschärft haben; nach Ablauf von drei Tagen und nachdem ich nur ein bißchen genauer beobachtet hatte, war ich überzeugt, daß die Dienstboten mir keinen Streich gespielt hatten und ich nicht das Opfer irgendeines Schabernacks geworden war. Was immer es war, wovon ich wußte – meine Umgebung ahnte nichts davon. Um mich herum wußte niemand etwas. Eigentlich gab es nur eine vernünftige Erklärung: jemand mußte sich auf sehr ungehörige Weise eine Freiheit herausgenommen haben. Um mir das immer wieder zu sagen, schlüpfte ich etliche Male in mein Zimmer und drehte den Schlüssel hinter mir um. Wir waren allesamt Opfer eines unbefugten Eindringens geworden; irgendein skrupelloser Reisender, der sich für alte Häuser interessierte, mußte sich unbemerkt eingeschlichen, die Aussicht von der besten Stelle aus genossen und sich dann genauso wieder hinausgestohlen haben, wie er hereingekommen war. Wenn er mich so dreist und eindringlich angestarrt hatte, war das offensichtlich gleichfalls seiner Taktlosigkeit zuzuschreiben. Das Gute war nur, daß wir den Mann gewiß nicht mehr zu Gesicht bekommen würden.
Doch selbst dies war, wie ich gestehe, längst nicht so wichtig, als daß mir nicht aufgegangen wäre, daß außer meiner bezaubernden Arbeit mir eigentlich nichts etwas bedeutete. Und meine bezaubernde Arbeit, das war einfach mein Leben mit Miles und Flora, das mir immer dann am schönsten erschien, wenn ich das Gefühl hatte, gäbe es irgendwelche Schwierigkeiten, so brauchte ich mich nur hineinzustürzen und ganz darin aufzugehen. Meine kleinen Schützlinge waren ein ständiger Quell der Freude für mich, was mich immer wieder dazu brachte, stets von neuem insgeheim den Kopf darüber zu schütteln, wie unbegründet die Angst doch sei, die ich ursprünglich gehabt, und wie unberechtigt die Abscheu, die ich anfänglich wohl vor der grauen Prosa meiner Aufgabe gehegt hatte. Wie es sich herausstellte, gab

es keine graue Prosa und auch kein langes Einpauken; wie sollte mir also eine Arbeit, die ihre Schönheit täglich neu enthüllte, nicht bezaubernd vorkommen? Sie war erfüllt mit dem ganzen romantischen Zauber des Kinderzimmers und der Poesie des Klassenraums; was nicht bedeuten soll, daß wir uns nur mit Poesie und mit Romanen beschäftigt hätten; nur gelingt es mir nicht recht, die Art von Anteilnahme zum Ausdruck zu bringen, welche meine kleinen Gefährten mir abnötigten. Wie kann ich diese anders beschreiben als dadurch, daß ich sage, statt mich ganz und gar an sie zu gewöhnen – und das ist schon etwas Wunderbares für eine Erzieherin; ich rufe die ganze Schwesternschaft der Erzieherinnen zu Zeuginnen auf –, machte ich ständig neue Entdeckungen. In *einer* Richtung freilich hörten die Entdeckungen völlig auf: tiefes Dunkel bedeckte weiterhin den Bereich von Miles' Betragen im Internat. Es war mir, wie ich schon erwähnt habe, von vornherein vergönnt gewesen, mich mit diesem Geheimnis abzufinden, ohne ein schlechtes Gewissen zu haben. Vielleicht käme es der Wahrheit sogar noch näher, wenn ich sagte, daß er selbst es gelüftet hatte, freilich ohne ein Wort darüber zu verlieren. Durch sein Wesen hatte er bewiesen, wie lächerlich der ganze Vorwurf war. Meine Schlußfolgerungen, die ich daraus zog, blühten auf mit dem echten Rosenblütenschimmer seiner Unschuld: er war viel zu fein und viel zu anständig für die kleine, widerwärtige und unanständige Internatswelt, und dafür hatte er seinen Preis bezahlt. Ich konnte nicht umhin zu erwägen, daß derlei Unterschiede und soviel überlegene Qualität bei der Mehrheit – zu der ohne weiteres auch beschränkte und grobschlächtige Internatsleiter gehören konnten – unweigerlich Rachsucht provozieren.

Beide Kinder waren von einer Sanftheit (das war ihr einziger Fehler, machte Miles jedoch nie zu einem Weichling), die sie – wie soll ich es ausdrücken? – geradezu unpersönlich und ganz gewiß völlig unbestrafbar machte. Sie waren wie die unschuldigen Kindlein der Legende, denen man – zumindest moralisch – nichts vorwerfen konnte, wofür man sie hätte bestrafen müssen! Ich entsinne mich, daß ich ganz besonders bei Miles das Gefühl hatte, er habe gleichsam keine Vorgeschichte. Davon erwarten wir bei einem kleinen Kind immerhin ein ganz kleines bißchen, doch hatte dieser wunderschöne kleine Junge etwas außerordentlich Feinfühliges, gleichwohl jedoch unbeschwert Glückliches, das mir mehr als bei jedem anderen Kind seines Alters, das ich kannte, das Gefühl vermittelte, hier werde jeden Tag ein neuer Anfang gemacht. Er hatte nie auch nur eine einzige Sekunde gelitten. Für mich war das der klare Gegenbeweis dafür, daß er seine Strafe ›abbekommen‹ hatte; und das wiederum würde ich mitbekommen haben – es hätte irgendwo eine Spur zurücklassen müssen, die mir aufgefallen wäre. Ich entdeckte jedoch nichts, und folglich war er ein Engel. Er sprach nie vom Internat und erwähnte auch nie einen Kameraden oder einen Lehrer; ich meinerseits war viel zu sehr von Abscheu erfüllt, als daß ich von mir aus davon angefangen hätte. Selbstverständlich stand ich ganz in seinem Bann, und das Allerschönste daran war, daß ich mir, selbst damals, darüber völlig im klaren war. Ich gab mich diesem Zauberbann vielmehr ganz hin; er war das rechte Gegenmittel für jeden Schmerz, und ich litt unter mehr Schmerzen als nur einem. In jenen Tagen erhielt ich beunruhigende Briefe von daheim, wo die Dinge durchaus nicht zum besten standen. Doch ich hatte meine Kinder – was spielte da sonst auf der Welt noch eine Rolle? Das war die Frage, die ich mir vorlegte, wenn ich mich auf mein Zimmer zurückzog – was freilich nur noch sehr selten vorkam. Ich war wie geblendet von ihrem Liebreiz.

An einem Sonntag – ich will fortfahren – regnete es mit aller Macht stundenlang, so daß von Kirchgang nicht die Rede sein konnte; was zur Folge hatte, daß ich, als der Tag sich neigte, mit Mrs. Grose übereingekommen war, falls das Wetter gegen Abend besser würde, wir gemeinsam den Abendgottesdienst besuchen wollten. Glücklicherweise hörte es tatsächlich auf zu regnen, und ich bereitete mich auf den kleinen Fußmarsch vor, der – durch den Park und die feste Straße hinunter, die zum Dorf führte – etwa zwanzig Minuten dauern sollte. Als ich hinunterging, um mich unten in der Halle mit meiner Kollegin zu treffen, fiel mir ein Paar Handschuhe ein, an denen ein paar Nadelstiche hatten gemacht werden müssen, was ich – und das mag für die Zuschauer nicht sonderlich erbaulich gewesen sein – auch getan hatte, während ich mit den Kindern beim Tee zusammengesessen hatte, der sonntags ausnahmsweise in dem kalten, sauberen, Erwachsenen-Speisezimmer genannten Tempel aus Mahagoni und Messing serviert wurde. Ich hatte die Handschuhe dort liegenlassen, und jetzt ging ich hin, um sie zu holen. Es war ein ziemlich grauer Tag, doch das Nachmittagslicht war noch nicht geschwunden und ermöglichte es mir, als ich über die Schwelle trat, nicht nur auf einem Sessel neben dem breiten, jetzt geschlossenen Fenster die Sachen zu erkennen, um derentwillen ich gekommen war, sondern auch noch einer Gestalt ansichtig zu werden, die draußen vorm Fenster stand und hereinspähte. Ein Schritt in den Raum hinein hatte genügt; die Erscheinung war augenblicklich da; es war alles da. Die Gestalt, die da hereinspähte, war dieselbe, die mir schon einmal erschienen war. So erschien er hier ein zweitesmal – ich würde sagen, nicht gerade mit noch größerer Deutlichkeit, denn das wäre unmöglich gewesen, dafür aber diesmal aus einer Nähe, die durchaus einen Schritt vorwärts in unserer Beziehung bedeutete, mich jedoch, als die Gestalt so vor mir stand, dazu brachte, daß mir der Atem stockte und es mich eiskalt überlief. Es war derselbe – es war derselbe Mann, und ich sah ihn diesmal genauso, wie ich ihn das erstemal gesehen hatte, von der Taille aufwärts, denn das Fen-

ster reichte, obwohl das Speisezimmer im Erdgeschoß lag, nicht bis zum Boden der Terrasse hinunter, auf welcher er stand. Er hatte das Gesicht ganz nahe an der Scheibe; gleichwohl war die Wirkung dieses besseren Anblicks merkwürdigerweise nur die, daß sie mir bewies, wie intensiv der erste gewesen war. Er blieb nur wenige Sekunden – lange genug jedenfalls, um mich davon zu überzeugen, daß er seinerseits mich gleichfalls gesehen und erkannt hatte; mir war freilich, als ob sein Anblick mir seit Jahren vertraut wäre und ich ihn schon immer gekannt hätte. Diesmal allerdings geschah etwas, was beim erstenmal nicht geschehen war; zwar starrte er mir durch die Scheibe hindurch und über den Raum hinweg genauso eindringlich und hart ins Gesicht wie ich ihm, wandte den Blick dann jedoch für einen Augenblick ab, währenddem ich ihn weiter beobachten konnte, so daß ich sah, wie er nacheinander verschiedene andere Dinge ins Auge faßte. Auf der Stelle ging mir – und das war ein zusätzlicher Schock – mit Gewißheit auf, daß er nicht um meinetwillen hierhergekommen war. Er war um eines anderen willen da.
Diese blitzhafte Erkenntnis – denn es handelte sich um eine Erkenntnis unter Schrecken – übte auf mich eine ganz außerordentliche Wirkung aus und ließ mich, während ich dastand, plötzlich vor lauter Pflichtbewußtsein und Mut erzittern. Ich sage Mut, weil ich ohne Zweifel schon ziemlich am Ende meiner Kraft war. Ich sprang also zur Tür hinaus, erreichte die Haustür, war gleich darauf draußen auf der Auffahrt, lief in Windeseile die Terrasse entlang, bog um die Ecke und hatte alles vor mir. Doch, was ich vor mir hatte, war nichts mehr – mein Besucher war verschwunden. Ich blieb stehen, wäre fast zu Boden gesunken, ein solcher Stein fiel mir vom Herzen; gleichwohl nahm ich alles in mich auf – ich gab ihm Zeit wiederzuerscheinen. Ich sage: Zeit – doch wie lange mag es wirklich gedauert haben? Heute kann ich dazu, wie lange das Ganze jeweils gedauert hat, nichts mehr

sagen. Im Hinblick auf diese Dinge muß mich jegliches Gefühl für Zeit verlassen haben; sie können unmöglich wirklich so lange gedauert haben, wie es mir hinterher erscheinen wollte. Die Terrasse und das ganze Anwesen, der Rasen und der Garten dahinter sowie alles, was ich vom Park sehen konnte, war leer, gähnend leer. Gewiß gab es Gebüsche und große Bäume, doch erinnere ich mich an die klare Gewißheit, mit der ich spürte, daß nichts davon ihn verbarg. Er war entweder da, oder er war nicht da: nicht da, wenn ich ihn nicht sah. Ich machte mir das klar, und dann trat ich, statt den Weg zurückzugehen, den ich gekommen war, einer plötzlichen Regung folgend, an das Fenster heran. Undeutlich war ich mir bewußt, daß ich mich genau dorthin stellen müßte, wo er gestanden hatte. Ich tat das, drückte mein Gesicht dicht an die Scheibe heran und spähte, genauso wie er es getan, in den Raum hinein. Gleichsam, als wollte sie mir in diesem Augenblick genau zeigen, wie weit er das Zimmer hatte überblicken können, trat – genauso, wie ich es eben getan hatte – Mrs. Grose von der Halle aus herein. Damit bekam ich recht genau vorgeführt, was vorher *ich* erlebt hatte. Sie erblickte mich, wie ich denjenigen erblickt, der mich so erschreckt hatte, blieb genauso angewurzelt stehen, wie zuvor ich, und bekam genauso einen Schock, wie er vorher mir versetzt worden war. Sie wurde kreidebleich, so daß ich mich fragte, ob ich wohl auch so bleich geworden sei wie sie. Kurz, sie starrte mich an, zog sich genauso zurück wie ich, und ich wußte, daß sie danach hinausgeeilt war und gleich um die Ecke herum auf mich zukommen und wir beide aufeinanderstoßen würden. Ich blieb stehen, wo ich stand, und während ich wartete, schoß mir mehr als nur ein Gedanke durch den Kopf. Freilich werde ich nur einem davon hier Raum geben. Ich überlegte, wieso *sie* eigentlich Angst haben sollte.

5.

Ach, ich sollte es von ihr erfahren, sobald sie um die Ecke und wieder in mein Blickfeld kam. »Um Himmels willen, was ist los . . .?« Sie war rot im Gesicht und außer Atem. Ich sagte nichts, bis sie ganz nahe herangekommen war.

»Mit mir?« Ich muß ein schönes Gesicht gemacht haben. »Sieht man mir das an?«

»Sie sind weiß wie ein Leintuch! Sie sehen furchtbar aus!«

Ich überlegte; unter diesen Umständen brauchte ich keinerlei Rücksicht mehr zu nehmen. Das Bedürfnis, Mrs. Grose zu schonen, war mir ohne das geringste Rascheln wie ein Cape lautlos von den Schultern geglitten, und wenn ich dennoch einen Moment zauderte, dann nicht, weil ich mit etwas hinterm Berg hielt. Ich streckte ihr die Hand entgegen, und sie nahm sie; eine Weile hielt ich sie fest; es tat mir wohl, ihre Nähe zu spüren. Das leise Aufwallen der Verwunderung in ihr hatte etwas Tröstliches für mich. »Sie sind selbstverständlich gekommen, um mit mir in die Kirche zu gehen. Aber ich kann nicht.«

»Ist etwas passiert?«

»Ja. Und Sie müssen es erfahren. Habe ich seltsam ausgesehen?«

»Hinter dem Fenster? Grauenhaft!«

»Nun«, sagte ich, »mir ist ein schöner Schrecken in die Glieder gefahren.« Mrs. Groses Gesicht verriet, daß sie keinerlei Lust verspürte, sich ihrerseits erschrecken zu lassen, gleichzeitig jedoch auch, daß sie nur allzugut wußte, wo sie im Verhältnis zu mir hingehörte, und daß es ihre Pflicht sei, jede größere Unannehmlichkeit mit mir zu teilen. Ach, *diese* mit ihr zu teilen, konnte ich ihr nicht ersparen, und dazu war ich entschlossen! »Was Sie gerade vom Eßzimmer aus gesehen haben, war die unmittelbare Folge davon. Was *ich* wenige Minuten zuvor gesehen habe, war viel schlimmer.«

Ihr Griff verstärkte sich.
»Was war denn?«
»Da stand ein merkwürdiger Mann. Der hereinschaute!«
»Was für ein merkwürdiger Mann?«
»Ich habe nicht die leiseste Ahnung.«
Vergeblich ließ Mrs. Grose den Blick in die Runde schweifen. »Aber wo ist er denn hin?«
»Das weiß ich noch weniger.«
»Haben Sie ihn schon mal gesehen?«
»Ja – einmal. Oben auf dem alten Turm.«
Sie konnte mich nur noch eindringlicher ansehen.
»Wollen Sie damit sagen, ein Fremder?«
»Und ob ich das sagen will!«
»Und davon haben Sie mir nichts erzählt?«
»Nein – ich hatte meine Gründe dafür. Aber jetzt, wo Sie es erraten haben ...«
Mrs. Groses weit aufgerissene Augen ließen erkennen, daß sie diese Unterstellung weit von sich wies.
»Oh, ich habe nichts erraten«, sagte sie einfach. »Wie sollte ich – wo Sie selbst es nicht mal wissen?«
»Ich habe wirklich nicht die geringste Ahnung.«
»Und Sie haben ihn nirgendwo sonst gesehen? Nur auf dem Turm?«
»Und hier – gerade eben.«
Abermals blickte Mrs. Grose um sich.
»Was hat er denn auf dem Turm gemacht?«
»Nur dagestanden und auf mich herabgeblickt.«
Sie dachte einen Moment nach. »Ein Gentleman?«
Ich stellte fest, daß ich nicht eine Sekunde nachzudenken brauchte. »Nein.« Ihr Blick verriet noch größere Verständnislosigkeit. »Nein.«
»Dann also niemand von hier? Keiner aus dem Dorf?«
»Nein – keiner. Ich habe es Ihnen zwar nicht erzählt, aber ich bin der Sache nachgegangen.«

Sie stieß einen leisen Seufzer aus, als falle ihr ein Stein vom Herzen; was mir sonderbarerweise ausgesprochen wohltat. Nur führte uns das nicht weiter. »Aber wenn er kein Gentleman war...«

»Was er dann ist? Ein Graus!«

»Ein Graus?«

»Er ist... Gott steh mir bei, wenn ich weiß, was er ist.«

Und noch einmal sah Mrs. Grose in die Runde; sie richtete den Blick in die dämmerige Ferne, riß sich dann jedoch zusammen und wandte sich, was nicht vorauszusehen gewesen war, wieder mir zu und sagte: »Es wird Zeit, daß wir in die Kirche kommen.«

»Ach, ich bin nicht in der Stimmung für die Kirche.«

»Würde Ihnen das denn nicht guttun?«

»*Ihnen* jedenfalls nicht«, sagte ich und wies mit dem Kopf in Richtung Haus.

»Den Kindern?«

»Ich kann sie jetzt nicht allein lassen.«

»Sie haben Angst...?«

Mutig sprach ich es aus: »Ja, vor *ihm*!«

Auf dieses Bekenntnis hin zeigte Mrs. Groses breitflächiges Gesicht zum erstenmal so etwas wie ein tieferes Erkennen. Ich meinerseits erkannte, wie ihr allmählich etwas dämmerte, auf das ich selbst sie gebracht hatte, wiewohl ich selbst es erst dunkel ahnte. Ich entsinne mich, augenblicklich daran gedacht zu haben, daß dies etwas sei, was ich von ihr erfahren könne; und spürte, daß dies eng mit dem Wunsch zusammenhing, den sie gleich darauf äußerte, nämlich mehr zu erfahren. »Wann war das denn – oben auf dem Turm?«

»Etwa Mitte des Monats. Um die gleiche Tageszeit.«

»Also kurz vorm Dunkelwerden«, sagte Mrs. Grose.

»O nein, viel früher. Ich habe ihn gesehen, wie ich Sie jetzt sehe.«

»Wie ist er aber reingekommen?«

»Und wie heraus?« Ich lachte. »Ihn das zu fragen, hatte ich leider keine Gelegenheit. Aber verstehen Sie, heute abend«, fuhr ich fort, »hat er keine Gelegenheit gehabt hineinzukommen.«

»Dann riskiert er nur heimlich ein Auge?«

»Hoffentlich bleibt es dabei!« Mittlerweile hatte sie meine Hand losgelassen und wandte sich ein wenig zur Seite. Ich wartete einen Augenblick, doch dann überwand ich mich und sagte: »Gehen Sie in die Kirche. Auf Wiedersehen! Ich muß aufpassen!«

Langsam wandte sie sich wieder mir zu. »Haben Sie Angst um sie?«

Lange senkten sich unsere Blicke ineinander. »Sie etwa nicht?«

Statt zu antworten, trat sie näher ans Fenster und rückte ihr Gesicht eine Weile nahe an die Fensterscheibe heran. »Jetzt sehen Sie, was er sehen konnte«, fuhr ich unterdessen fort.

Sie regte sich nicht. »Wie lange war er denn hier?«

»Bis ich herauskam. Ich bin herausgekommen, um zu erfahren, wer er ist.«

Endlich drehte Mrs. Grose sich wieder um, und jetzt verriet ihr Gesicht noch mehr. »*Ich* hätte es *nicht* fertiggebracht herauszukommen.«

»Ich eigentlich auch nicht.« Ich lachte. »Aber dann habe ich es doch getan. Ich kenne schließlich meine Pflicht.«

»Das tue ich aber auch«, hielt sie dem entgegen, um dann noch hinzuzufügen: »Wie ist er denn?«

»Ich wollte Ihnen das unbedingt erzählen. Aber – er ist wie niemand sonst.«

»Wie niemand sonst?« kam es echogleich von ihr.

»Er trägt keinen Hut.« Als ich dann von ihrem Gesicht ablas, daß sie voller Entsetzen bereits die Umrisse eines Bildes vor sich auftauchen sah, malte ich es mit raschen Pinselstrichen weiter. »Er hat brandrotes, feingekräuseltes Haar, ein langgezogenes, bleiches Gesicht mit klaren, guten Zügen und eigenartigen kleinen Koteletten, die genauso rot sind wie sein Haar. Die Augenbrauen wirken irgendwie dunkler; sie sind auf sehr eigenwillige Art gewölbt und sehen aus, als ob sie viel bewegt werden. Sein Blick ist stechend, sonderbar – schrecklich; genau sagen kann ich jedoch nur, daß seine Augen ziemlich klein sind und er etwas merkwürdig Starres im Blick hat. Er hat einen breiten Mund und dünne Lippen, und bis auf die kleinen Koteletten ist er glatt rasiert. Irgendwie habe ich das Gefühl, ich hätte einen Schauspieler vor mir.«

»Einen Schauspieler!« Es war unmöglich, weniger wie ein Schauspieler auszusehen als Mrs. Grose zumindest in diesem Augenblick.

»Ich habe zwar noch nie einen gesehen, aber so stelle ich sie mir vor. Er ist groß, energisch, hält sich betont aufrecht«, fuhr ich fort, »aber ein Gentleman – nein, das auf keinen Fall –, ein Gentleman ist er nicht.«

Das Gesicht meiner Gefährtin war, während ich sprach, womöglich noch blasser geworden; ihre Augen weiteten sich noch mehr, und der gütige Mund stand offen. »Ein Gentleman?« brachte sie mühsam, verwirrt und wie vor den Kopf geschlagen heraus. »*Der* und ein Gentleman?«

»Dann kennen Sie ihn also?«

Offensichtlich mußte sie an sich halten und sich beherrschen. »Aber gut aussehen tut er, oder?«

Ich sah eine Möglichkeit, ihr zu helfen. »Ausgesprochen.«

»Und angezogen ...?«

»Mit den Kleidern von jemand anders. Sie sind zwar elegant, aber es sind nicht seine.«

Ein atemloses, zustimmendes Stöhnen entrang sich ihrer Brust. »Sie gehören dem Herrn.«

Hier mußte ich nachfassen.

»Dann kennen Sie ihn also doch?«

Sie zauderte, doch das dauerte nur eine Sekunde. »Quint!« rief sie.

»Quint?«
»Peter Quint – sein Diener, sein Kammerdiener, wenn er hier war!«
»Wenn der Herr hier war?«
Immer noch mit offenem Mund, doch ohne mir auszuweichen, fügte sie jetzt Stück um Stück zusammen. »Seinen Hut hat er nie getragen, wohl aber – nun, es fehlten ein paar Westen! Sie waren beide hier – voriges Jahr. Dann fuhr der Herr wieder weg, und Quint blieb allein zurück.«
Ich verstand sie, stockte jedoch einen Moment. »Allein?«
»Allein mit *uns.*« Dann, als müsse sie sich Luft machen, fügte sie noch hinzu: »In alleiniger Verantwortung.«
»Und was ist aus ihm geworden?«
Sie zögerte so lange, daß mir alles noch geheimnisvoller vorkam. »Dann ist er auch dahingegangen«, brachte sie zuletzt heraus.
»Dahingegangen, wohin?«
Woraufhin sich etwas höchst Sonderbares auf ihrem Gesicht abspielte. »Das weiß der liebe Himmel! Er ist gestorben!«
»Gestorben?« kreischte ich förmlich.
Sie schien sich innerlich zu wappnen, sich gleichsam breitbeinig hinzustellen, um es fertigzubringen, das Unglaubliche in Worte zu fassen: »Ja, Mr. Quint ist tot.«

6.

Selbstverständlich bedurfte es mehr als nur dieses Gesprächs, damit wir uns gemeinsam darüber klarwurden, womit wir von nun an würden leben müssen, so gut es ging – mit meiner beängstigenden Neigung. Eindrücke jener Art zu empfangen, wie sie mir auf so dramatische Weise vermittelt worden waren, sowie dem Wissen um diese Dinge, denen meine Freundin sich von nun an nicht mehr verschließen konnte –

einem Wissen, das sie einerseits verblüffte, andererseits ihr Mitleid erregte. Wir waren an diesem Abend, nach dieser Enthüllung, die mich für eine ganze Stunde völlig niederschmetterte – wir waren an diesem Abend beide nicht in die Kirche gegangen, sondern gaben uns ganz unseren Tränen und Beteuerungen, flehentlichen Bitten und Versprechungen hin, denn zu diesen Gefühlsaufwallungen kam es, als wir uns unter wechselseitigen Aufforderungen und Schwüren gemeinsam in den Unterrichtsraum zurückgezogen, wo wir uns einschlossen, um uns endlich einmal alles von der Seele reden zu können. Das Ergebnis dieser freimütigen Aussprache war, daß wir unsere Lage rückhaltlos allen Beiwerks entkleideten und bis auf die Grundstrukturen zurückführten. Mrs. Grose selbst hatte nichts gesehen, nicht den Schatten eines Schattens, und niemand im Haus außer der Erzieherin konnte für das Wort der Erzieherin eintreten; dennoch glaubte sie mir und meinem Bericht aufs Wort, ohne im geringsten an meinem Verstand zu zweifeln, und zum Schluß brachte sie mir aufgrund dieses Vertrauens ein unendlich ehrfurchtsvolles Zartgefühl entgegen, was nur der Beweis dafür war, daß sie sehr wohl Verständnis für mein mehr als fragwürdiges Privileg aufbrachte, und allein der Gedanke daran will mir immer noch als köstlichstes Unterpfand schlichter menschlicher Güte erscheinen.

Wir einigten uns dementsprechend an diesem Abend darauf, alles gemeinsam tragen zu wollen; wobei ich mir nicht einmal sicher war, daß sie, obwohl sie bisher verschont geblieben war, diejenige war, welche die leichtere Bürde zu tragen hatte. Ich wußte in diesem Augenblick genauso, wie ich es auch später wußte, wozu ich imstande sein würde, wenn es darum ging, meine Schüler zu beschützen und zu behüten; dagegen brauchte ich ziemlich lange, ehe ich mir ganz sicher war, was meine redliche Gefährtin bereit war beizusteuern, um ein derartig drückendes Abkommen einzuhalten. Ich war schon eine recht eigensinnige Gesellschaft – mindestens so eigensinnig wie die Gesellschaft, mit der *ich* es zu tun hatte; doch wenn ich den Spuren dessen nachgehe, was wir durchmachten, begreife ich, wieviel gemeinsamen Boden wir in dem Gedanken fanden, der allein – wenn wir Glück hatten – uns Standhaftigkeit verleihen konnte. Es war dieser Gedanke, gleichsam der zweite Schritt, der mich sozusagen aus der innersten Kammer meiner Angst herausführte. Im Hof konnte ich jedenfalls Luft bekommen, und dort konnte auch Mrs. Grose zu mir stoßen. Ich sehe in diesem Augenblick ganz klar, auf welche besondere Art mich Kraft erfüllte, ehe wir uns trennten, um uns zur Ruhe zu begeben. Wir hatten das, was ich gesehen hatte, in allen Einzelheiten immer wieder von allen Seiten beleuchtet.

»Sie sagen, er suchte nach jemand anders – jemand, der nicht Sie waren?«

»Er suchte nach dem kleinen Miles.« Mit beängstigender Klarheit sah ich das ganz deutlich. »Nach *dem* hat er gesucht.«

»Aber woher wissen Sie das?«

»Ich weiß es, ich weiß es, ich weiß es!« Ich wurde immer erregter. »Und *Sie* wissen es auch ganz genau, meine Liebe.«

Sie stritt das nicht ab, und ich spürte, daß sie mir das nicht einmal ausdrücklich zu bestätigen brauchte. Jedenfalls hob sie nach einer Weile von neuem an: »Und was ist, wenn *er* ihn sieht?«

»Der kleine Miles? Genau das will er ja!«

Wieder malte sich eine schreckliche Angst auf ihrem Gesicht: »Das Kind?«

»Um Himmels willen, nein. Der Mann. Er will ihnen erscheinen.« Daß er es wirklich darauf anlegen könnte, war eine ungeheuerliche Vorstellung; trotzdem gelang es mir, mich ihr nicht völlig auszuliefern, was ich, während wir noch im Unterrichtsraum verweilten, praktisch durchaus bewies.

Ich war felsenfest davon überzeugt, daß ich wiedersehen würde, was ich bereits gesehen hatte, doch irgend etwas in mir sagte mir, daß, wenn ich selbst mich beherzt allein als Opfer dieser Erfahrung anbot, indem ich all das hinnahm, ja, es geradezu herbeiführte und überwand, ich gleichsam als eine Art Sühneopfer diente und damit meinen Gefährten die Seelenruhe erhielt. Zumal für die Kinder würde ich mich auf diese Weise einsetzen und sie dadurch retten. Ich erinnere mich an eines der letzten Dinge, die ich an diesem Abend zu Mrs. Grose sagte.

»Mir fällt auf, daß meine Schützlinge noch nie von ihm gesprochen haben ...«

Durchdringend sah sie mich an, während ich sinnend stehenblieb. »Daß er hier gewesen ist und von der Zeit, da sie mit ihm zusammen waren?«

»Die Zeit, in der sie mit ihm zusammen waren, seinen Namen, sein Hiersein, seine Geschichte – mit keinem Wort.«

»Ach, das kleine Fräulein erinnert sich nicht daran. Sie hat nie davon gehört oder erfahren.«

»Von den Umständen seines Todes?« Angestrengt dachte ich nach. »Vielleicht nicht. Aber Miles müßte sich doch daran erinnern – Miles bestimmt.«

»Ach, stellen Sie ihn nicht auf die Probe!« entfuhr es Mrs. Grose.

Jetzt sah ich meinerseits sie durchdringend an. »Keine Angst.« Ich dachte weiter nach. »Aber seltsam ist es schon.«

»Daß er nie von ihm gesprochen hat?«

»Nicht einmal andeutungsweise. Und Sie wollen mir weismachen, sie seien ›dicke Freunde‹ gewesen?«

»Oh, *er* war das nicht!« erklärte Mrs. Grose mit Nachdruck. »Das wollte einzig und allein Quint. Mit ihm spielen, meine ich – ihn verwöhnen.« Sie schwieg einen Augenblick, um dann hinzuzufügen: »Quint hat sich viel zuviel herausgenommen.«

Was mich, die ich gerade eben sein Gesicht gesehen hatte – *so ein* Gesicht! – plötzlich ganz krank machte vor Ekel. »Zuviel herausgenommen *meinem* Jungen gegenüber?«

»Allen gegenüber.«

Im ersten Moment unterließ ich es, weiter darüber nachzudenken, wer damit gemeint sein könnte, und meinte nur, das könne auf etliche Mitglieder des Haushalts zutreffen, auf das halbe Dutzend Hausmädchen und Diener, die noch zu unserer kleinen *ménage* gehörten. Freilich konnte man, was unsere Befürchtungen betraf, von Glück sagen, daß keinerlei peinliche Gerüchte entstanden und – soweit man sich erinnern konnte – keine Unruhe unter den Küchenjungen mit dem friedlichen alten Anwesen in Zusammenhang gebracht worden war. Bly hatte weder einen schlechten Namen noch einen üblen Ruf, und Mrs. Grose war offensichtlich nur daran gelegen, sich an mich zu klammern und schweigend zittern zu können. Ich stellte sie, und das war wirklich das allerletzte, sogar auf die Probe. Dazu kam es, als sie um Mitternacht die Hand auf die Türklinke des Unterrichtsraums legte, um sich zurückzuziehen. »Ich darf also dem, was Sie gesagt haben – und das ist von großer Wichtigkeit – entnehmen, daß er eindeutig und zugegebenermaßen schlecht war?«

»Oh, zugegeben hat er es nie! *Ich* wußte es – aber der Herr nicht.«

»Und Sie haben es ihm nie gesagt?«

»Ach, er hatte für Klatsch und Tratsch nichts übrig – und haßte Klagen. Wenn so etwas kam, war er immer sehr kurz angebunden, und wenn *er* mit den Leuten, die hier waren, einverstanden war . . .«

»Wollte er nicht weiter behelligt werden?« Das entsprach ganz dem Eindruck, den ich von ihm gewonnen hatte: dieser Gentleman war allen Schwierigkeiten und Unannehmlichkeiten abhold, und nahm es möglicherweise, wo es seinen

eigenen Umgang betraf, nicht besonders genau. Aber wie dem auch sei, ich jedenfalls ließ meiner Gesprächspartnerin ihre eigene Haltung nicht so ohne weiteres durchgehen.
»Sie können sicher sein – *ich* hätte es getan.«
Sie spürte den Vorwurf, der in diesen Worten lag. »Ich gebe zu, es war nicht richtig von mir. Aber ich hatte doch solche Angst.«
»Angst vor was?«
»Vor dem, wozu dieser Mensch imstande war. Quint war so gerissen – war so verschlagen.«
Diese Aussage machte mich betroffener, als ich mir vielleicht anmerken ließ. »Vor etwas anderem hatten Sie keine Angst? Nicht vor seinem Einfluß ...«
»Vor seinem Einfluß?« wiederholte sie, das Gesicht, als ich nicht weitersprach, erwartungsvoll und schmerzlich verzerrt.
»Auf das Leben der unschuldigen Kleinen. Sie waren schließlich Ihrer Obhut anvertraut.«
»Nein, meiner nicht!« erklärte sie augenblicklich mit Nachdruck, aber auch bekümmert. »Der Herr vertraute ihm und brachte ihn hier unter, weil es ihm, wie es hieß, gesundheitlich schlechtging und die Landluft ihm guttun sollte. Deshalb hatte er hier das Sagen. Ja« – sie rieb es mir unter die Nase – »sogar was *sie* betraf.«
»Was *sie* betraf – dieses Scheusal?« Ich mußte mich zusammenreißen, um nicht empört aufzuheulen. »Und das haben Sie mitansehen können?«
»Nein, das konnte ich ja gerade *nicht* – kann es immer noch nicht!«
Und damit brach die arme Frau in Tränen aus.
Vom nächsten Tag an sollten die Kinder, wie ich schon gesagt habe, strengstens beaufsichtigt werden; und trotzdem – wie oft und mit welcher Leidenschaft redeten wir uns die ganze nächste Woche über immer wieder über dieses Thema die Köpfe heiß! So ausgiebig wir uns an besagtem Sonntag-

abend auch darüber ausgesprochen hatten, mich ließ besonders in den nächsten Stunden – denn man kann sich ja ausmalen, ob ich schlief oder nicht – der Schatten von etwas nicht los, was sie mir nicht gesagt hatte. Ich selbst hatte nichts verschwiegen, und doch war da etwas, womit Mrs. Grose hintangehalten hatte. Am nächsten Morgen war ich überdies sicher, daß das nicht ein Mangel an Freimut war, sondern daran lag, daß auf allen Seiten Furcht herrschte. In der Rückschau will es mir heute sogar scheinen, daß ich, als die Morgensonne schon hoch am Himmel stand, in alle Tatsachen, die vor mir ausgebreitet worden waren, bereits fast sämtliche Bedeutungen hineingelesen hatte, die sie im Lichte der späteren, noch grausameren Vorkommnisse gewannen. Was diese Tatsachen mir von allem vermittelten, war ein erschrekkendes Bild von dem, wie er gewesen war, als er noch unter den Lebenden geweilt – der Tote konnte noch eine Weile warten! – und Monate hintereinander hier auf Bly verbracht hatte, was alles in allem doch eine beträchtliche Zeit umspannte. Ein Ende war dieser schlimmen Zeit erst gesetzt worden, als Peter Quint in der Dämmerung eines Wintermorgens von einem Arbeiter, der früh zur Arbeit ging, auf der Straße vom Dorf her mausetot aufgefunden worden war. Das Unglück hatte – zumindest oberflächlich – durch eine sichtbare Kopfverletzung seine Erklärung gefunden, zu der es nach Verlassen des Gasthofs auf einem steilen vereisten Abhang – einem Weg, den er eigentlich gar nicht hätte nehmen müssen – durch ein verhängnisvolles Ausrutschen und Hinschlagen sehr wohl hätte kommen können – und, wie die letzte Untersuchung ergeben hatte, auch tatsächlich gekommen war. Der vereiste Abhang, der im Dunkel der Nacht falsch eingeschlagene Weg und der Alkohol erklärten vieles – nach Abschluß der Untersuchung und nicht enden wollenden Redereien zuletzt alles; freilich hatte es Dinge in seinem Leben gegeben – merkwürdige Phasen und Gefahren, heimliche Ausschweifungen, mehr Laster als vermutet –, die noch vieles mehr erklärt hätten.

Ich weiß kaum, wie ich meine Geschichte so in Worte fassen soll, daß sie ein glaubwürdiges Bild von meiner Gemütsverfassung geben; in jenen Tagen war ich jedenfalls durchaus in der Lage, jenen hochherzigen Heldenmut zu genießen, den die Lage mir abverlangte. Jetzt ging mir auf, welch bewunderungswürdige und schwierige Aufgabe mir übertragen worden war; und wie herrlich, wenn ich beweisen konnte – und man das an der richtigen Stelle auch anerkannte! –, daß ich Erfolg hatte, wo manch andere junge Frau gescheitert wäre! Es bedeutete mir eine große Hilfe – ich gestehe, daß ich mir damit in der Rückschau fast selbst Beifall klatsche! –, daß ich meine Aufgabe mit solcher Entschlossenheit und solcher Schlichtheit begriff. Ich war dazu da, die am härtesten vom Schicksal betroffenen und liebenswürdigsten kleinen Geschöpfe zu beschützen und zu verteidigen; der Appell, der aufgrund ihrer Hilflosigkeit an mich gerichtet wurde, war unversehens nur allzu deutlich geworden und ein ständiger Schmerz für mein eigenes hingebungsvolles Herz. Im Grunde waren wir ja zusammen wie auf einer Insel und vereint in der Gefahr, die uns umgab. Außer mir hatten sie niemand, und ich – nun ja, ich hatte *sie*. Kurz, es war eine wunderbare Chance. Diese sah ich in einem überaus sinnreichen Bild verkörpert. Ich war ein Schutzschirm – ich sollte mich vor sie stellen. Je mehr ich sah, desto weniger würden sie sehen. Gespannt und mit angehaltenem Atem begann ich sie zu beobachten, mit einer unterdrückten Erregung, die – hätte sie allzulange angehalten – ohne weiteres zu so etwas wie Wahnsinn hätte führen können. Was mich davor bewahrte, war, wie ich es heute sehe, daß die ganze Geschichte zuletzt in etwas völlig anderes umschlug. Es blieb nicht allein bei der Spannung – sie wurde verdrängt von grauenhaften Beweisen. Ja, ich sage: Beweisen – von dem Augenblick an, da ich die Sache wirklich in die Hand nahm.

Dieser Augenblick fällt in eine Nachmittagsstunde, die ich zufällig mit meinem jüngeren Schützling allein in den Parkanlagen verbrachte. Wir hatten Miles im Haus zurückgelassen, wo er auf dem roten Kissen eines Erkersitzes saß; er hatte ein Buch zu Ende lesen wollen, und ich hatte mit Freuden einem solchen Vorhaben zugestimmt, das so lobenswert war für einen jungen Mann, dessen einziger Fehler darin bestand, gelegentlich unter allzu großer Sprunghaftigkeit zu leiden. Seine Schwester dagegen war sehr erpicht darauf gewesen, mit hinauszukommen, und so ging ich eine halbe Stunde mit ihr im Schatten spazieren, denn die Sonne stand hoch, und der Tag war außergewöhnlich heiß. Mir war an ihrem Beispiel erneut aufgegangen, daß sie es, genauso wie ihr Bruder – darin waren beide Kinder bezaubernd –, fertigbrachte, mich allein zu lassen, ohne sich geradezu abzusondern, und bei mir zu sein, ohne mich zu bedrängen. Sie waren nie aufdringlich, allerdings auch nie völlig gleichgültig. Ich achtete im Grunde nur darauf, daß sie auch ohne mich gut spielten; ihre Spiele waren Stücke, auf die sie sich mit Bedacht vorzubereiten schienen und zu denen ich als bewundernde Zuschauerin durchaus dazugehörte. Ich ging in einer Welt umher, die sie sich selbst ausgedacht hatten – sie hatten nicht den geringsten Anlaß, etwa auf meine Welt zurückzugreifen; so daß meine Zeit nur insofern in Anspruch genommen wurde, als ich für sie irgendeine besondere Person oder Sache zu sein hatte, je nachdem, wie das Spiel es gerade erforderte, und das war dank meiner überlegenen und in ihren Augen hohen Stellung eine außerordentlich vornehme Sinekure. Heute erinnere ich mich nicht mehr daran, was ich bei dieser Gelegenheit darstellte; ich weiß nur noch, daß ich etwas sehr Bedeutendes und sehr Stilles sein sollte und Flora mit großem Eifer ihre Rolle spielte. Wir standen am Rande des Teichs, und da wir in der letzten Zeit mit der Geographie angefangen hatten, war der Teich das Asowsche Meer.

In dieser Situation bemerkte ich plötzlich, daß wir auf dem gegenüberliegenden Ufer des Asowschen Meeres einen interessierten Zuschauer hatten. Wie sich dieses Wissen in mir verdichtete, gehört zu den merkwürdigsten Dingen überhaupt – war äußerst merkwürdig, sage ich, ausgenommen jene noch viel merkwürdigere Sache, in die sie unversehens überging. Ich hatte mich mit einer Handarbeit niedergelassen – denn ich stellte irgend jemand dar, der sitzen durfte –, hatte mich, wie gesagt, auf der alten Steinbank niedergelassen, die den Teich überschaute, und in dieser Haltung wurde es nach und nach für mich zur Gewißheit, daß, wenn ich sie auch nicht eigentlich sah, in einiger Entfernung noch eine dritte Person anwesend war. Die alten Bäume, das dichte Gebüsch warfen einen breiten, angenehmen Schatten, doch war gleichwohl alles vom Glast der heißen, stillen Stunde übergossen. Es gab nichts, bis auf meine von einem Augenblick zum anderen sich bildende Gewißheit, was ich wohl unmittelbar vor mir und auf der anderen Seite des Sees sehen würde, wenn ich jetzt die Augen hob. Diese hatte ich bis dahin fest auf meine Stickerei geheftet, und ich spüre noch heute, wie verkrampft mich die Anstrengung machte, mich nicht zu bewegen, bis ich mich so weit in der Gewalt hatte, mich entscheiden zu können, was zu tun sei. Es war etwas Fremdes in meinem Gesichtsfeld – eine Gestalt, deren Recht dazusein ich augenblicklich und leidenschaftlich in Frage stellte. Ich entsinne mich noch, daß ich sämtliche Möglichkeiten durchging und mir klarmachte, daß zum Beispiel nichts natürlicher wäre, als wenn einer von den Bediensteten auftauchte oder sogar ein Bote, der Briefträger oder ein Laufjunge vom Laden aus dem Dorf. Diese Überlegungen berührten meine tatsächliche Gewißheit ebensowenig wie, meinem Gefühl nach – und das immer noch, während ich *nicht* hinblickte –, Wesen und Haltung unseres Besuchers. Nichts schien natürlicher, als daß diese Dinge genau das waren, was sie nicht waren.

Um was es sich bei dieser Erscheinung wirklich handelte, wollte ich mich vergewissern, sobald auf der kleinen Uhr meines Mutes die richtige Stunde schlug; bis es soweit war, richtete ich meine Augen mit einer Anstrengung, die schon groß genug war, auf die kleine Flora, welche in diesem Moment etwa zehn Schritt von mir entfernt war. Bei der entsetzlichen Frage, die mich quälte, ob auch sie ihn sähe, blieb mir für einen Augenblick das Herz stehen; mit angehaltenem Atem wartete ich darauf, was für ein Schrei aus ihrem Mund oder welches überraschende harmlose Zeichen von Interesse oder Erschrecken mir das verraten würde. Ich wartete, doch nichts dergleichen geschah; denn zunächst einmal beschlich mich – und ich gestehe, das ist unheimlicher als alles, was ich sonst zu berichten habe – das Gefühl, daß von einem Augenblick auf den anderen alle Laute, die bisher von ihr gekommen waren, erstorben waren; dann ging mir auf, daß sie – auch das von einem Augenblick zum anderen – beim Spielen dem Wasser den Rücken zugekehrt hatte. In dieser Haltung sah ich sie, als ich sie schließlich ansah – mit der unbeirrbaren Gewißheit ansah, daß man uns beide immer noch eindringlich beobachtete. Sie hatte ein flaches Stück Holz aufgehoben, das zufällig ein kleines Loch aufwies, welches sie offensichtlich auf den Gedanken gebracht hatte, ein Stück von einem dürren Zweig hineinzustecken, das als Mast dienen konnte und aus dem Ganzen ein Schiffchen machte. Dieses kurze Stück Zweig versuchte sie, während ich sie beobachtete, deutlich erkennbar mit viel Eifer in dem Stück Holz zu befestigen. Meine dunkle Ahnung dessen, was sie im Begriff stand zu tun, verlieh mir die Kraft, lange genug hinzuschauen, so daß ich nach ein paar Sekunden das Gefühl hatte, noch Schlimmerem gewachsen zu sein. Ich wechselte also noch mal die Blickrichtung – und sah, was ich sehen mußte.

7.

Sobald ich konnte, ging ich danach zu Mrs. Grose; wie ich jedoch die Zwischenzeit überstand, dafür vermag ich keine vernünftige Erklärung zu geben. Wohl aber höre ich mich, als ich mich ihr geradezu in die Arme warf, aufschreiend sagen: »Sie wissen Bescheid – es ist zu ungeheuerlich, sie wissen es, sie wissen es.«

»Und was, um alles auf der Welt?...« Ich spürte ihre Ungläubigkeit geradezu körperlich, während sie mich umfaßt hielt.

»Ach, alles, was *wir* wissen... und weiß der liebe Himmel, was sonst noch!« Dann, als sie mich freigab, erklärte ich es ihr, machte ich es mir vielleicht sogar jetzt selber erst im ganzen Ausmaß klar. »Vor zwei Stunden, im Garten« – ich brachte die Worte kaum heraus – »Flora hat sie *gesehen*!«

Mrs. Grose reagierte darauf wie auf einen Schlag in die Magengrube. »Hat sie Ihnen das gesagt?« fragte sie keuchend.

»Mit keinem Wort – das ist ja gerade das Entsetzliche. Sie hat es für sich behalten! Ein achtjähriges Kind, *dieses* Kind!« Ich war immer noch wie vor den Kopf geschlagen, vermochte es nicht in Worte zu fassen.

Mrs. Grose blieb selbstverständlich nichts anderes übrig, als mich ihrerseits offenen Mundes noch fassungsloser anzustarren als ich sie. »Aber woher wollen Sie es denn wissen?«

»Ich war dabei – habe es mit eigenen Augen gesehen; habe gesehen, daß sie alles durchaus wahrnahm.«

»Meinen Sie, *ihn* wahrnahm?«

»Nein – *sie*.« Ich war mir, während ich sprach, bewußt, daß sich Ungeheuerliches auf meinem Gesicht malte, erkannte ich doch, wie sich Grauen in den Zügen meiner Gefährtin spiegelte. »Eine andere Gestalt diesmal – aber unmißverständlich genauso furchtbar und böse: eine Frau ganz in Schwarz, totenbleich und grausig – genau mit der gleichen

Ausstrahlung und genauso einem Gesicht! –, auf der anderen Seite des Teichs. Ich war mit dem Kind dort – eine Stunde lang war alles ganz ruhig; und plötzlich kam sie.«
»Kam wie – von wo?«
»Von wo sie herkommen! Sie tauchte unversehens auf und stand da – nur nicht so nahe.«
»Und kam auch nicht näher?«
»Oh, was die Wirkung angeht und das, was ich dabei empfand, hätte sie so nahe vor mir stehen können wie *Sie* jetzt.«
Einer sonderbaren Regung nachgebend, wich meine Freundin einen Schritt zurück. »War sie jemand, den Sie noch nie gesehen hatten?«
»Ja. Das Kind aber wohl. Und *Sie* auch!« Und dann, um ihr zu zeigen, wie gründlich ich alles durchdacht hatte: »Meine Vorgängerin – diejenige, die gestorben ist.«
»Miss Jessel?«
»Miss Jessel. Sie glauben mir nicht?« bedrängte ich sie.
In ihrer Not wand sie sich hin und her. »Wieso sind Sie so sicher?«
In meinem überreizten Zustand bewirkte das bei mir ein Aufblitzen von Ungeduld. »Dann fragen Sie doch Flora – *die* ist sich ganz sicher.« Doch kaum hatte ich das gesagt, fing ich mich wieder. »Nein, um Gottes willen, tun Sie das *nicht*! Sie sagt bestimmt, sie sei es nicht – sie wird lügen.« So verstört war Mrs. Grose nun auch wieder nicht, um nicht unwillkürlich dagegen aufzubegehren. »Oh, wie *können* Sie nur!«
»Weil es für mich keinen Zweifel gibt. Flora will nicht, daß ich es erfahre.«
»Aber doch nur, um Sie zu schonen!«
»Nein, nein – da sind Abgründe, Abgründe! Je mehr ich darüber nachdenke, desto bedeutungsvoller wird es für mich, und je mehr ich darin sehe, desto größer wird meine Angst. Ich weiß nicht, was ich *nicht* darin sehe – was ich *nicht* fürchte.«

Mrs. Grose versuchte, mir zu folgen.
»Sie meinen, Sie haben Angst, Sie sehen sie wieder?«
»O nein – was würde das schon ausmachen – jetzt!« Dann erklärte ich es ihr. »Davor, daß ich sie *nicht* sehe.«
Aber auf dem Gesicht meiner Gefährtin malte sich nur Nichtbegreifen. »Ich verstehe nicht.«
»Aber es geht doch darum, daß das Kind einfach weitermachen könnte – ja, daß das Kind das ganz bestimmt tun wird –, ohne daß ich davon weiß.«
Angesichts dieser Möglichkeit brach Mrs. Grose einen Augenblick ganz zusammen, um sich dann jedoch wieder zusammenzureißen, so als ginge ihr auf, was es bedeuten würde, wenn wir auch nur einen Fußbreit nachgäben. »Oh, oh ... wir müssen einen klaren Kopf behalten. Schließlich, wenn es ihr nichts ausmacht ...!« Sie versuchte es sogar mit einer Art Galgenhumor. »Vielleicht gefällt ihr das.«
»Ihr gefallen ... solche Dinge? Einem so kleinen Kind?«
»Ist es nicht einfach ein Beweis dafür, wie unschuldig sie ist?« wollte meine Freundin mutig wissen.
Für einen Augenblick hätte sie mich fast überzeugt. »Ach, daran müssen wir uns klammern – wir müssen uns daran klammern! Wenn es nicht ein Beweis für das ist, was Sie sagen, dann ist es ein Beweis für ... Gott allein weiß, wofür. Dafür, daß diese Frau das Grauen des Grauens ist!«
Worauf Mrs. Grose die Augen einen Moment senkte – um sie dann wieder zu heben. »Sagen Sie mir, wieso Sie es wissen«, sagte sie.
»Sie geben also zu, daß sie ein Grauen war«, rief ich.
»Sagen Sie mir, wieso Sie es wissen?« wiederholte meine Freundin nur.
»Es weiß? Weil ich sie gesehen habe. An der Art, wie sie blickte.«
»*Sie* anblickte – meinen Sie das? So verworfen?«
»Ach du liebe Güte, nein – damit wäre ich schon fertig ge-

worden. Sie hat mich keines einzigen Blickes gewürdigt. Sie hatte nur Augen für das Kind.«

Mrs. Grose versuchte, sich das vorzustellen. »Sie hat sie also angestarrt?«

»Mit wirklich furchtbaren Augen.«

Sie ihrerseits starrte jetzt in die meinen, als ob die ihnen ähneln könnten. »Sie meinen also, voller Abscheu?«

»Der Himmel stehe uns bei! Nein, viel schlimmer.«

»Schlimmer als Abscheu?« Was sie *davon* halten sollte, wußte sie nun wirklich nicht.

»Mit einer Entschlossenheit – unbeschreiblich! Mit einer geradezu wilden Entschlossenheit!«

Alle Farbe wich ihr aus dem Gesicht. »Entschlossenheit?«

»Sich ihrer zu bemächtigen.« Mrs. Grose – deren Blick dem meinen gerade eben noch standhielt – erschauerte und trat ans Fenster; und während sie dort stand und hinausschaute, schloß ich das, was ich zu sagen hatte, mit den Worten ab: »Und das *weiß* Flora.«

Nach einer Weile drehte sie sich um. »Die Person trug Schwarz, sagen Sie?«

»Trauer – fast schäbig. Allerdings – jawohl – sie war außergewöhnlich schön.« Jetzt erkannte ich, was ich dem Opfer meiner vertraulichen Mitteilungen zugemutet hatte; es war ihr anzusehen, daß sie hin und her überlegte. »O ja, sehr, sehr schön«, sagte ich mit Nachdruck. »Ganz ungewöhnlich schön. Aber verworfen.«

Langsam wandte sie sich mir wieder zu. »Miss Jessel – *war* verworfen.« Nochmals nahm sie meine Hand in ihre beiden Hände und hielt sie fest, gleichsam als wollte sie mich davor bewahren, daß ihre Enthüllung mich noch mehr in Schrecken versetzte. »Sie waren beide verworfen«, sagte sie schließlich.

So setzten wir beide uns gemeinsam eine Weile stumm damit auseinander; und für mich war es durchaus hilfreich, jetzt alles so klar vor mir zu sehen. »Ich weiß es sehr wohl zu schätzen«, sagte ich, »daß Sie bisher geschwiegen haben; jetzt ist es aber wirklich an der Zeit, daß Sie mir reinen Wein einschenken und mir *alles* sagen.« Sie schien dem zuzustimmen, vorläufig jedoch immer noch schweigend; und als ich das erkannte, fuhr ich fort: »Ich muß es jetzt einfach erfahren. Woran ist sie gestorben? Kommen Sie – es war etwas zwischen den beiden.«

»Etwas? – Alles.«

»Trotz des Unterschiedes ...?«

»Ach, ihres Standes, ihrer Stellung ...« Klagend kam es von ihren Lippen: »*Sie* war von Stande.«

Ich dachte darüber nach; sah sie wieder vor mir. »Ja, sie war von Stande.«

»Und er so schrecklich tief unter ihr«, sagte Mrs. Grose.

Ich fand, daß ich ihr gegenüber, die selbst dem Dienstbotenstand angehörte, nicht allzusehr darauf herumreiten sollte; nichts jedoch brauchte mich davon abzuhalten, mich mit dem Grad der Erniedrigung, wie meine Freundin ihn einschätzte, einverstanden zu erklären. Sie hatte in dieser Beziehung offenbar eine bestimmte Einstellung, auf die ich mich nun meinerseits einstellte; was mir um so leichter fiel, als ich jetzt – nach eigenem Augenschein, gleichsam – mir ein klares und vollständiges Bild von dem toten, durchtriebenen und gutaussehenden Kammerdiener machen konnte; er war offenbar schamlos und unverschämt, selbstsicher, verwöhnt und verderbt gewesen. »Der Kerl war ein Windhund und ein Weiberheld.«

Mrs. Grose schien zu überlegen, als ob es vielleicht doch angebracht sei, die Sache etwas nuancierter zu sehen. »Ich habe so einen wie ihn noch nie erlebt. Er hat gemacht, was er wollte.«

»Mit *ihr?*«

»Mit allen.«

Jetzt sah es aus, als wäre Miss Jessel in den Augen meiner Freundin wiedererstanden. Zumindest vermeinte ich die beschworene Person für einen Moment in ihren Augen genauso klar und deutlich zu erkennen wie vorhin am Teich. So erklärte ich sehr entschieden: »Es muß aber auch ihr Spaß gemacht haben.«
Mrs. Groses Gesicht bedeutete mir, daß ich recht hatte, doch gleichzeitig sagte sie: »Arme Frau – sie hat dafür bezahlt.«
»Dann wissen Sie also, woran sie gestorben ist?« fragte ich.
»Nein – ich habe keine Ahnung. Ich wollte es einfach nicht erfahren, war froh, es nicht zu wissen, und gleichzeitig dem Himmel dankbar, daß ich heil aus der Sache raus war.«
»Trotzdem hatten Sie aber so Ihre Ahnung ...?«
»Warum sie wirklich fortging? Aber ja – was das betrifft ... Sie hätte nicht bleiben können. Stellen Sie sich vor, es wäre hier geschehen – eine Erzieherin! Und später dachte ich dann darüber nach – und tue das immer noch. Und was ich mir vorstelle, ist grauenhaft.«
»Aber nicht so grauenhaft wie das, was *ich* mir vorstelle.« Woraufhin ich ihr – und dessen war ich mir nur allzu bewußt – das Bild einer kläglich Gescheiterten geboten haben muß. Das brachte wieder ihr ganzes Mitgefühl für mich zum Tragen, und unter diesem neuerlichen Aufwallen ihrer Güte konnte ich einfach nicht mehr. Ich brach in Tränen aus, wie neulich sie bei mir in Tränen ausgebrochen war; sie zog mich an ihren mütterlichen Busen, und mein ganzer Jammer floß über. »Ich schaffe es nicht!« schluchzte ich voller Verzweiflung. »Ich schaffe es nicht, sie zu behüten. Es ist ja viel schlimmer, als ich es mir jemals hätte träumen lassen – sie sind verloren!«

8.

Was ich zu Mrs. Grose gesagt hatte, stimmte nur zu sehr; alles, was ich vor ihr ausgebreitet hatte, wies Abgründe und Möglichkeiten auf, die auszuloten mir einfach die Entschlossenheit fehlte, so daß wir, als wir uns, immer noch ganz fassungslos, wiedersahen, uns beide völlig darüber einig waren, uns allzu ausschweifende Phantasien einfach nicht leisten zu dürfen. Vor allem galt es, nicht den Verstand zu verlieren – so schwer uns das angesichts unserer ungeheuerlichen Erlebnisse auch fiel. Als alle anderen im Hause schliefen, setzten wir uns in meinem Zimmer nochmals zusammen, um miteinander zu reden, wobei sie völlig mit mir einigging und keinerlei Zweifel darüber aufkommen ließ, daß ich das, was ich gesehen hatte, auch wirklich gesehen hätte. Ich merkte, daß ich sie, wenn ich sie ganz unter der Gewalt dieses Eindrucks halten wollte, jetzt nur zu fragen brauchte, wieso ich, wenn ich das alles nur ›erfunden‹ hätte, in der Lage gewesen wäre, von jeder der mir erschienenen Personen eine äußerst zutreffende Beschreibung abzugeben, die bis in die letzte Einzelheit hinein ihre besonderen Merkmale enthalten hatte – jene Dinge, die, als ich sie aufzählte, sie instand gesetzt hätten, diese Personen sogleich beim Namen zu nennen. Selbstverständlich wäre ihr – wer wollte ihr das verdenken! – nichts lieber gewesen, als wenn wir die ganze Sache auf sich hätten beruhen lassen können; nur mußte ich ihr leider versichern, mir persönlich liege jetzt leidenschaftlich daran, nach Mitteln und Wegen zu suchen, davon loszukommen. Wir trafen uns aber in der gemeinsamen Überzeugung, aller Wahrscheinlichkeit nach würde ich mich, falls sich diese Vorkommnisse wiederholten – und daß sie sich wiederholen würden, das war für uns beide selbstverständlich –, an das Gefahrvolle meiner Lage gewöhnen; freilich machte ich ihr mit aller Deutlichkeit klar, daß mir die Angst um mich persönlich bis jetzt noch am allerwenigsten zu schaffen mache. Was so unerträglich sei, das wäre mein neu erwachter Verdacht; doch selbst diese Schwierigkeiten schienen zu so später Stunde ein wenig behoben.

Nachdem ich sie nach meinem ersten Ausbruch verlassen hatte, war ich selbstverständlich wieder zu meinen Schützlingen zurückgekehrt; denn das geeignete Heilmittel gegen den Schrecken, der mir in die Glieder gefahren war, schien mir einzig und allein in meiner Fähigkeit zu liegen, mich von dem Zauber gefangennehmen zu lassen, der von ihnen ausging und von dem ich bereits festgestellt hatte, daß ich ihn kultivieren konnte und er mich bis jetzt auch noch nie im Stich gelassen hatte. Ich hatte mich mit anderen Worten einfach wieder ganz und gar Floras Gesellschaft anvertraut, und dabei war mir bewußt geworden – ein geradezu wollüstiges Gefühl –, daß sie ihre kleine lindernde Hand genau auf jene Stelle legen konnte, die mich so schmerzte. Mit bezaubernd fragenden Augen hatte sie mich angeblickt und mir auf den Kopf zugesagt, ich hätte geweint. Ich war davon ausgegangen, daß es mir gelungen sei, die verräterischen Spuren der Tränen wegzuwischen; doch wollte mir – zunächst jedenfalls – schier das Herz zerspringen vor Freude darüber, daß sie nicht ganz verschwunden waren. In die Tiefen dieser blauen Kinderaugen zu blicken und den bezaubernden Ausdruck darin als Zeichen frühreifer Verschlagenheit zu deuten, das hieß, sich des Zynismus schuldig zu machen, und so zog ich es selbstverständlich vor, meine Tränen und – soweit das möglich war – meine Erregung einfach zu leugnen. Doch der Wunsch, einfach zu leugnen, genügte nicht; immerhin konnte ich Mrs. Grose gegenüber beteuern, daß – wie ich es jetzt in den Stunden nach Mitternacht immer und immer wieder tat –, wenn die Luft von ihren Stimmen erfüllt sei, wenn ich sie ans Herz drückte und ihre duftenden kleinen Gesichter an meiner Wange spürte, alles andere wegfiel und nichts mehr zählte als ihre Unfähigkeit, Böses zu tun, und ihre Schönheit. Es war ein Jammer, daß ich, um damit ein für allemal fertig zu werden, in gleicher Weise auch die Anzeichen von Abgebrühtheit wieder aufzählen mußte, die nachmittags am Teich dazu geführt hatten, daß ich mich mit meiner Selbstbeherrschung selbst übertroffen hatte. Ein Jammer auch, daß ich mich gezwungen sah, mich nochmals zu fragen, ob meine Gewißheit denn wirklich berechtigt gewesen sei, und wiederholen mußte, es sei mir wie Schuppen von den Augen gefallen, daß der unfaßliche Verkehr oder Gedankenaustausch, bei dem ich sie ertappt hatte, offenbar auf beiden Seiten eine alte Gewohnheit war. Ein Jammer wirklich, daß ich mit zitternder Stimme abermals die Gründe vorbringen mußte, warum ich in meiner Sinnesverwirrung nicht im geringsten daran gezweifelt hätte, daß mein kleiner Schützling unsere Besucherin genauso deutlich gesehen hatte wie ich jetzt Mrs. Grose, daß sie mich hatte glauben machen wollen, sie nähme von alledem nichts wahr, gleichzeitig aber, ohne sich das im geringsten anmerken zu lassen, zu der Vermutung gekommen war, ich täte das sehr wohl. Und es war ein Jammer, daß ich noch einmal ihr Ungeheuerliches verratendes Spiel beschreiben mußte, mit dem sie versucht hatte, meine Aufmerksamkeit abzulenken – dieses spürbare Sich-Steigern ihrer Bewegungen, der Anschein vermehrter Hingabe an dieses Spiel, ihr Gesinge, ihr unsinniges Geplapper und die Aufforderung, mit ihr herumzutollen.

Doch hätte ich mit dieser neuerlichen Aufzählung nicht versucht zu beweisen, daß nichts an alledem sei, wären mir die zwei oder drei recht unscheinbaren Dinge entgangen, die dennoch geeignet waren, mich zu trösten. So wäre ich zum Beispiel nicht dazu gekommen, meiner Freundin zu beteuern, ich sei sicher – und das sei nur gut so –, *ich* hätte mir nichts anmerken lassen. Auch wäre ich dann in meiner Verzweiflung und unter Druck – ich weiß kaum, wie ich es nennen soll – nicht gezwungen gewesen, meine Freundin beschwörend um weitere Aufklärung des Ganzen zu bitten, indem ich ihr praktisch keinen anderen Ausweg mehr ließ. Unter Druck hatte sie mir Stück für Stück eine ganze Menge erzählt, doch bisweilen streifte mich ein kleines Ausweichen ihrerseits wie der schaurige Flügel einer Fledermaus; und ich erinnere mich, daß mir bei dieser Gelegenheit – wobei es mir hilfreich erschien, daß alles im Haus sonst schlief und wir beide uns ganz auf die Gefahr und unser gemeinsames Aufbleiben konzentrierten – klarwurde, wie wichtig es mir schien, den Vorhang mit einem letzten Ruck vollständig beiseite zu reißen. »Ich kann so etwas Furchtbares einfach nicht glauben«, erinnere ich mich gesagt zu haben, »nein, lassen Sie mich ein für allemal klarstellen, daß ich das nicht tue, meine Liebe. Aber wenn ich es doch täte, wissen Sie – da ist noch eine Sache, die ich gern klargestellt hätte; ach, bitte keine Ausflüchte, ich kann Ihnen das wirklich nicht ersparen. Woran dachten Sie, als Sie in Ihrer Verzweiflung – hinsichtlich des Briefes vom Internat, ehe Miles zurückkam – sagten, als ich in Sie drang, Sie behaupteten nicht, er sei buchstäblich *nie* ›schlecht‹ gewesen? In den Wochen, in denen ich ihn nun kennengelernt und sehr aufmerksam beobachtet habe, ist er es buchstäblich ›nie‹ gewesen; er war ein Muster an unwandelbarer, bezaubernder und liebenswerter Güte, Sie hätten das gleiche daher uneingeschränkt genauso von ihm behaupten können, hätte es da nicht irgendwo eine Ausnahme gegeben. Was war das für eine Ausnahme und auf welche persönliche Beobachtung Ihrerseits haben Sie angespielt?«

Ich nahm sie unbarmherzig ins Gebet, aber etwas auf die leichte Schulter zu nehmen, war nicht unsere Art, und auf jeden Fall bekam ich meine Antwort, ehe der Morgen graute und uns zwang auseinanderzugehen. Woran meine Freundin gedacht hatte, erwies sich als außerordentlich aufschlußreich. Es handelte sich um nichts Geringeres als den Umstand, daß Quint und Miles über eine Reihe von Monaten hinweg unzertrennlich gewesen waren. Es war in der Tat dieser Umstand, der sie veranlaßt hatte, die Schicklichkeit eines so vertrauten Umgangs zu kritisieren, anzudeuten, wie unpassend diese Beziehung sei, und sogar so weit zu gehen, Miss Jessel freimütig daraufhin anzusprechen. Miss Jessel hatte ihr jedoch auf sehr merkwürdige Art bedeutet, sie solle sich um ihre eigenen Angelegenheiten kümmern, woraufhin die gute Mrs. Grose sich direkt an den kleinen Miles gewandt hatte. Als ich nicht nachgab, erklärte sie, sie habe zu dem jungen Herrn gesagt, er solle doch bitte nicht vergessen, welchem Stand er angehöre.

Woraufhin ich selbstverständlich erst recht nachfaßte. »Sie erinnerten ihn daran, daß Quint nur ein einfacher Dienstbote sei?«

»Und ob ich ihm das gesagt habe! Und seine Antwort darauf war auf jeden Fall schlecht.«

»Und zum zweiten?« Ich wartete. »Hat er Quint hinterbracht, was Sie zu ihm gesagt hatten?«

»Nein, das nicht. Genau so etwas würde er eben nie tun!« Ihr war offenbar immer noch daran gelegen, mir das sehr deutlich unter die Nase zu reiben. »Zumindest war ich überzeugt«, fuhr sie fort, »daß er das nicht tat. Aber er leugnete gewisse Umstände.«

»Was für Umstände?«

»Daß sein Verhältnis zu Quint so gewesen war, als wäre Quint sein Erzieher – und zwar ein hochbedeutender – und Miss Jessel nur die Erzieherin der kleinen Dame. Daß er mit dem Burschen losgezogen war, meine ich, und stundenlang mit ihm zusammen war.«

»Also machte er in dieser Hinsicht Ausflüchte – erklärte, das stimme nicht?«

Ihre Zustimmung war deutlich genug, mich zu veranlassen,

nach einer Weile hinzuzufügen: »Ich verstehe. Er hat Sie angelogen.«
»Oh ...«, entfuhr es Mrs. Grose leise, als wollte sie mir bedeuten, das sei nicht von Belang, was sie dann mit einer weiteren Bemerkung noch untermauerte: »Verstehen Sie, schließlich hatte Miss Jessel nichts dagegen. Sie verbot es ihm ja nicht.«
Ich überlegte. »Hat er sich Ihnen gegenüber damit gerechtfertigt?«
Woraufhin sie abermals die Stimme senkte. »Nein, er hat das nie erwähnt.«
»Hat sie in Verbindung mit Quint nie erwähnt?«
Sie wurde sichtlich verlegen, begriff also, worauf ich hinauswollte.
»Nun, er ließ sich nichts anmerken. Er leugnete es«, wiederholte sie, »er leugnete es.«
Herrgott, wie ich ihr zusetzte! »So daß sie merkten, was zwischen den beiden Unseligen war?«
»Ich weiß es nicht, ich weiß es nicht!« stöhnte die arme Frau.
»*Doch*, Sie wissen es, meine Gute!« entgegnete ich. »Nur trauen Sie sich einfach nicht, es sich einzugestehen, und so lassen Sie aus Schüchternheit, Bescheidenheit und Zartgefühl nicht den Eindruck hochkommen, mit dem Sie sich in der Vergangenheit, ohne meine Hilfe, schweigend herumschlagen mußten und der Sie vor allem krank gemacht hat. Der Junge hatte etwas an sich, was Ihnen«, fuhr ich fort, »den Gedanken aufzwang, daß er die Beziehung zwischen den beiden deckte und verheimlichte.«
»Oh, er konnte schließlich nicht verhindern ...«
»Daß Sie der Wahrheit auf die Spur kamen? Das glaube ich gern! Aber Himmel«, erklärte ich bei neuerlichem Nachdenken leidenschaftlich, »das beweist doch nur, was, bis zu einem gewissen Grade, aus ihm zu machen ihnen gelungen ist!«

»Ach, nichts, was nicht längst wieder in Ordnung ist«, erklärte Mrs. Grose betreten.
»Jetzt begreife ich, warum Sie ein so komisches Gesicht gemacht haben«, setzte ich unnachgiebig fort, »als ich den Brief erwähnte, den ich vom Internat bekommen hatte.«
»Ich bezweifle, daß ich ein komischeres Gesicht gemacht habe als Sie jetzt!« versetzte sie mit einer gewissen Heftigkeit.
»Und wenn er damals so schlecht war, wie es uns erscheint – wie kommt es dann, daß er jetzt so ein Engel ist?«
»Allerdings – und vor allem, weil er doch auch im Internat noch ein solcher Unhold war! Wieso, wieso, wieso! Nun«, sagte ich in meiner Qual, »Sie müssen mich das noch einmal fragen, aber in den nächsten Tagen werde ich Ihnen keine Antwort darauf geben können. Nur irgendwann müssen Sie mich das noch einmal fragen«, rief ich laut und in einer Weise, daß meine Freundin mich erschrocken ansah. »Es gibt Dinge, mit denen ich mich im Augenblick einfach nicht beschäftigen darf!« Vorerst wandte ich mich daher noch einmal dem zu, worauf sie gerade eben noch angespielt hatte – auf die glückliche Fähigkeit des Jungen, gelegentlich einmal über die Stränge zu schlagen. »Wenn Sie ihn einmal darauf hingewiesen haben, daß Quint nur ein Dienstbote sei, so nehme ich an, hat Miles Sie vermutlich seinerseits darauf hingewiesen, daß Sie das auch seien.« Wieder bestätigte sie mir das so angemessen, daß ich fortfuhr: »Und Sie haben ihm das verziehen?«
»Hätten Sie es etwa *nicht* getan?«
»Aber ja doch. Gewiß.« Woraufhin uns in dem allgemeinen tiefen Schweigen ein Laut der sonderbarsten Belustigung entfuhr und ich schließlich meinte: »Auf jeden Fall ist es doch so, daß, während Miles mit dem Mann zusammen war . . .«
»Miss Flora mit der Frau zusammen war. Es kam ihnen allen sehr gelegen.«

Es kam aber auch mir nur allzu gelegen, fand ich; womit ich meine, daß es genau zu jener vernichtenden Vorstellung paßte, der nachzuhängen ich mir mit aller Gewalt versagte. Es war mir jedoch so weit gelungen, diese Vorstellung zu überprüfen, daß ich in diesem Augenblick nicht noch mehr Licht darauf werfen möchte, als ich es bis jetzt getan habe, sondern nur noch erwähnen, was ich zuletzt zu Mrs. Grose gesagt habe. ›Daß er gelogen hat und frech war, das sind, muß ich gestehen, weniger einnehmende Beweise für das Durchbrechen männlichen Verhaltens bei dem kleinen Burschen, als ich mir ursprünglich von Ihnen erhofft hatte. Trotzdem‹, sinnierte ich weiter, ›sie müssen genügen, denn jetzt ist mir klarer als je zuvor, daß ich in meiner Wachsamkeit nicht nachlassen darf.‹
Ich konnte mich gleich darauf des Errötens nicht erwehren, als ich begriff, daß sie ihm weit mehr verziehen hatte, als ich mit meinem eigenen Zartgefühl aus dem herauslas, was sie mir gesagt hatte. Das stellte sich in dem Augenblick heraus, als sie – bereits an der Tür des Unterrichtsraums und im Begriff zu gehen – sagte: »Sie machen ihm doch hoffentlich keinen Vorwurf daraus, daß er . . .«
». . . weiterhin einen Umgang pflegt, den er vor mir verheimlicht? Oh, vergessen Sie bitte nicht, daß ich, bis nicht weitere Beweise vorliegen, keiner Menschenseele einen Vorwurf mache«, um dann, ehe ich sie über einen anderen Korridor in ihr eigenes Zimmer entließ, alles noch einmal mit einem ›Ich warte ab!‹ zusammenzufassen.

9.

Ich wartete und wartete, und als die Tage verstrichen, legte sich auch meine Angst ein wenig. Ja, ein paar wenige Tage, die ich ständig mit meinen Zöglingen zusammen verbrachte und in denen es nicht zu irgendwelchen neuen Zwischenfällen kam, genügten, meine bedrückendsten Phantasien, ja, selbst meine widerwärtigsten Erinnerungen auszulöschen wie mit einem nassen Schwamm. Ich habe erwähnt, daß ich die Fähigkeit besaß, mich ihrer ganz und gar ungewöhnlichen kindlichen Anmut hinzugeben, ja, das sogar kultivierte, und man kann sich wohl denken, daß ich es mir nicht versagte, daraus alle Kraft zu ziehen, die ich konnte. Merkwürdiger, als ich zu sagen vermag, gestaltete sich jedoch mein Bemühen, gegen meine neuen Einsichten anzukämpfen; nur würde sich die Anspannung, unter der ich ganz allgemein stand, noch gesteigert haben, wäre mir mit meinem Bemühen nicht so häufig Erfolg beschieden gewesen. Ich pflegte immer wieder darüber nachzudenken, ob nicht meine kleinen Schützlinge darauf kommen müßten, welch befremdliche Gedanken über sie mir manchmal durch den Kopf gingen; und der Umstand, daß diese Dinge sie in meinen Augen nur um so interessanter machten, war auch nicht gerade angetan, sie in dieser Beziehung im dunkeln zu lassen. Ich zitterte bei der Vorstellung, sie könnten dahinterkommen, daß sie in der Tat immer interessanter für mich wurden. Trieb ich die Dinge, wie ich es in meinen stillen Überlegungen immer wieder tat, auf die Spitze, erwies sich jeder Schatten, der dabei auf ihre Unschuld fiel – und sie waren ja wirklich schuldlos und vom Schicksal verfolgt –, für mich nur als ein Grund mehr, Gefahren auf mich zu nehmen. Es gab Augenblicke, da ich der unwiderstehlichen Regung nachgab, sie einfach auf den Arm zu nehmen und an mich zu drücken. Doch wenn ich das tat, fragte ich mich hinterher: ›Was werden sie davon nur denken? Verrate ich damit nicht zuviel?‹ Leicht hätte es sein können, daß ich mich heftig in Widersprüche verwickelte wegen der Frage, wieviel ich nun verriet oder nicht; in Wahrheit, das spüre ich, konnte ich in den stillen Augenblicken, den Stunden der Sammlung, die ich immer noch fand, feststellen, daß der unmittelbare Zauber meiner kleinen Gefährten mich, selbst überschattet von der Möglichkeit, daß er aufgesetzt und beabsichtigt sei, immer noch einlullte. Wenn mir nämlich der Gedanke kam, daß die Ausbrüche meiner tiefempfundenen Leidenschaft für sie Verdacht erregen könnte, so erinnere ich mich auch, daß ich mich fragte, ob die spürbare Zunahme ihrer eigenen Gunstbezeugungen für mich nicht etwas Befremdliches haben könnte.

Sie liebten mich in dieser Zeit auf überschwengliche und geradezu übernatürliche Weise; was, wie ich bei näherem Nachdenken sehr wohl erkannte, nichts anderes zu sein brauchte als die anmutige Reaktion von Kindern, um die man beständig bemüht war und die man von Herzen liebte. Die Huldigung an meine Person, die ich darin sah und mit der sie mich so überreich bedachten, wirkte, das muß ich gestehen, auf meine Nerven selbstverständlich nicht weniger beruhigend, da es mir erschien, ich könnte sie buchstäblich nie dabei ertappen, daß sie es vorsätzlich taten. Nie hatten sie sich, glaube ich, mehr um ihre arme Beschützerin bemüht; ich meine, versucht, sie abzulenken, sie zu unterhalten und sie zu überraschen – und das, obwohl ihre Leistungen im Unterricht immer besser wurden, was mich natürlich noch am meisten erfreute; indem sie mir lange Passagen aus Geschichten vorlasen, Scharaden für mich aufführten, als historische Gestalten oder als Tiere verkleidet unversehens auf mich zusprangen, mich vor allem aber mit den kleinen ›Stücken‹ überraschten, die sie auswendig lernten und endlos hersagen konnten. Selbst wenn ich mich jetzt lange darüber ausließe

– nie könnte ich all das aufzählen, was ich ihnen neben kritischen Bemerkungen zu all den vielen Aufgaben, die ich ihnen in diesen Tagen auftrug, noch zumutete, damit sie sich nur nicht langweilten. Sie hatten beide von Anfang an eine große Aufnahmefähigkeit bewiesen, eine ganz allgemeine glückliche Begabung, die nun, da wieder Anforderungen an sie gestellt wurden, unerhörte Aufschwünge nahm. Sie erledigten ihre kleinen Aufgaben, als ob sie nichts lieber täten als das, und vollführten mühelos und aus reiner überschäumender Freude daran wahre kleine Wunder an Gedächtnisleistungen. Sie sprangen nicht nur als Tiger oder Römer verkleidet vor mich hin, sondern auch als Gestalten aus Shakespeare, als Sternkundige und Seefahrer. Das war um so erstaunlicher, als es offenbar viel mit einer Tatsache zu tun hatte, für die ich bis zum heutigen Tag noch keine Erklärung gefunden habe: nämlich der Tatsache, daß ich mich, was die Frage eines anderen Internats für Miles betrifft, einer ganz und gar unnatürlichen Zurückhaltung befleißigte. Woran ich mich erinnere, ist, daß ich von Herzen froh darüber war, die Frage nicht anschneiden zu müssen, und das wiederum muß daran gelegen haben, daß ich das Gefühl hatte, stets aufs neue von seiner Gescheitheit überrascht zu werden. Er war für eine schlichte Erzieherin, eine Pfarrerstochter, viel zu klug, als daß sie all dies hätte kaputtmachen können; und der merkwürdigste, wenn nicht leuchtendste Faden, der in dem Gedankengespinst aufschimmerte, von dem ich gesprochen habe, war der Eindruck, den ich hätte gewinnen können, wenn ich es gewagt hätte, dem auf den Grund zu kommen, daß er unter einem ganz bestimmten Einfluß stand, der als unerhörter Ansporn auf seinen jungen Verstand wirkte.

Aber wenn es einem bei einem solchen Jungen auch leichtfiel, den Gedanken an ein neues Internat immer weiter hinauszuschieben, drängte sich doch mindestens ebensosehr der

Gedanke auf, daß es im Grunde nicht zu fassen war, wieso ein solcher Junge von einem Schulmeister einfach ›rausgeworfen‹ worden sein sollte. Man möge mir gestatten, noch hinzuzufügen, daß ich in ihrer Gesellschaft – und ich setzte alles daran, sie möglichst nie allein zu lassen – nie weit kam, wenn ich eine ganz bestimmte Spur verfolgen wollte. Wir lebten in einer Wolke aus Musik, Liebe, Erfolgen und kleinen Theateraufführungen. Der Sinn für die Musik war zwar bei beiden Kindern ganz besonders ausgeprägt, doch Miles übertraf sogar seine kleine Schwester noch, wenn es darum ging, etwas aufzunehmen und wiederzugeben. Der Klang des Schulzimmerklaviers unterbrach selbst die erschreckendsten Hirngespinste; und wenn auch das nichts half, setzten die beiden sich still in eine Ecke, um zu beratschlagen, wonach stets einer von beiden frohgemut hinausging, um verkleidet als irgendeine neue Gestalt wieder hereinzukommen. Ich hatte selbst Brüder gehabt, und für mich war es keine Offenbarung, als sich zeigte, daß kleine Mädchen geradezu sklavische Bewunderer von kleinen Jungen sein konnten. Was jedoch alles bisher Erlebte übertraf, war der Umstand, daß ich es hier mit einem kleinen Jungen zu tun hatte, der für das geringere Alter, das geringere Geschlecht und die geringere Intelligenz so unendlich viel Rücksicht aufbrachte. Sie waren auf überwältigende Weise ein Herz und eine Seele, und wenn ich sagte, daß sie nie miteinander Streit hatten oder einer sich über den anderen beschwerte, so hieß das die zärtliche Liebe, die sie füreinander hegten, auf sehr plumpe Weise loben. Manchmal freilich, wenn ich selbst in Plumpheit und Grobheit verfiel, stieß ich vielleicht auf die eine oder andere Spur geheimen Einverständnisses untereinander, demzufolge der eine oder die andere mich beschäftigt halten sollte, während die andere oder der andere sich verdrückte. Ich nehme an, jede Diplomatie hat ihre naive Seite; doch wenn meine Zöglinge sich mir gegenüber diplo-

matisch verhielten, dann nie auf gemeine Weise. Das Gemeine sollte nach einer Ruhepause auf einem ganz anderen Gebiet zum Durchbruch kommen.
Ich merke, daß ich zaudere; es nützt jedoch alles nichts, ich muß den Sprung ins kalte Wasser wagen. Wenn ich jetzt mit der Aufzählung dessen fortfahre, was auf Bly alles widerwärtig war, so stellt das nicht nur eine Zumutung an die Gutgläubigkeit dar – was mir allerdings nicht viel ausmacht; sondern lasse ich damit – und das ist etwas ganz anderes – meine eigene Qual wieder aufleben, gehe ich meinen Weg noch einmal bis ans bittere Ende. Es kam nämlich plötzlich ein Zeitpunkt, von dem an – wenn ich heute zurückschaue – die ganze Angelegenheit für mich eine einzige Qual war; aber zumindest bin ich inzwischen an den Kern der Sache herangekommen, und der kürzeste Weg hinaus ist zweifellos der, einfach weiterzugehen. Eines Abends – nichts hatte darauf hingedeutet, und es kam wie aus heiterem Himmel – verspürte ich wieder den eisigen Hauch jenes Eindrucks, den ich am Abend meiner Ankunft gehabt hatte und den ich, da er damals, wie ich erwähnt habe, längst nicht soviel wog, kaum in Erinnerung behalten haben würde, wäre mein Aufenthalt auf Bly hinterher nicht so aufregend gewesen. Ich war nicht zu Bett gegangen, sondern lag im Schimmer zweier Kerzen. Auf Bly gab es ein Zimmer voll mit alten Büchern – Romanen aus dem vergangenen Jahrhundert, von denen gerade noch der schlechte Ruf, nicht jedoch ein einziges Exemplar sich in mein abgeschiedenes Elternhaus verirrt und meine uneingestandene jugendliche Neugierde gereizt hatte. Ich weiß noch heute, daß es sich bei dem Roman, den ich in Händen hatte, um Fieldings *Amelia* handelte; und auch, daß ich hellwach war. Außerdem entsinne ich mich, mir ganz allgemein bewußt gewesen zu sein, wie entsetzlich spät es war, und daß es mir eindeutig widerstrebte, auf die Uhr zu sehen. Und schließlich sehe ich noch, daß der Betthimmel

aus weißem Tüll, welcher der Mode der damaligen Zeit entsprechend das Kopfende von Floras kleiner Ruhestätte umwallte, ihren kindlichen Schlaf – wovon ich mich schon vor geraumer Zeit vergewissert hatte – wie mit einem Schleier der Geborgenheit umhüllte. Ich erinnere mich also kurz gesagt, daß ich, obwohl mein Autor mich durchaus fesselte, mich dabei ertappte, als ich im Begriff stand umzublättern und ein ganzer Zauber von einem Augenblick auf den anderen wie verflogen war, wie ich vom Buch aufblickte und dann zur Tür meines Zimmers hinübersah. Einen Augenblick lang saß ich horchend da und wurde an jenes leise Gefühl an meinem ersten Abend hier erinnert, irgend etwas Unbestimmtes im Hause rege sich; da verspürte ich den sanften Hauch, der vom offenstehenden Fenster herkam und das halb heruntergezogene Rollo ein wenig bewegte. Daraufhin legte ich mit allen Zeichen der Entschlossenheit, die jedem wunderbar vorgekommen sein müßte, der das mit hätte ansehen können, mein Buch beiseite, stand auf, ergriff eine Kerze, ging hinaus, machte vom Korridor aus, den meine Kerze nur schwach erhellte, die Tür lautlos zu und zog sie ins Schloß.

Ich weiß heute weder, was mich bestimmte, noch was mich leitete, doch ging ich, die Kerze hochhaltend, quer durch den Vorraum, bis ich an das große Fenster gelangte, welches den Teil des Treppenhauses beherrschte, wo die Treppe eine große Biegung machte. Als ich soweit gekommen war, wurde ich mir blitzschnell dreier Dinge bewußt. Sie überfielen mich praktisch gleichzeitig, obwohl sie in Wirklichkeit nacheinander in raschester Folge kamen. Meine Kerze erlosch unter einem heftigen Luftzug, doch da der Vorhang vorm Fenster nicht zugezogen war, merkte ich, daß ich sie des gerade eben heraufdämmernden Morgens wegen nicht unbedingt brauchte. Ohne sie sah ich dann im nächsten Augenblick, daß jemand auf der Treppe war. Ich sprach von aufeinanderfolgenden Wahrnehmungen, doch brauchten keine Sekunden zu vergehen, ehe sich alles in mir verkrampfte und ich auf eine dritte Begegnung mit Quint gefaßt war. Die Erscheinung hatte den Treppenabsatz erreicht, befand sich also ganz in unmittelbarer Nähe des Fensters, wo sie bei meinem Anblick unvermittelt stehenblieb und mich genauso anstarrte, wie sie mich vom Turm herab und im Park angestarrt hatte. Er erkannte mich genauso wie ich ihn, und so faßten wir einander im frostigen, schwachen Zwielicht, unter dem leise schimmernden hohen Fenster und dem matten Glanz der eichenen Treppenstufen mit einer Eindringlichkeit ins Auge, bei der keiner dem anderen in etwas nachstand. Er war bei dieser Gelegenheit lebendig, verachtenswert und bedrohlich anwesend. Doch das war nicht das höchste aller Wunder; diese Bezeichnung behalte ich mir für einen ganz anderen Umstand vor – den nämlich, daß wirklich alle Angst von mir abgefallen war und nichts in mir sich dagegen sträubte, ihm entgegenzutreten und meine Kräfte mit ihm zu messen.

Nach diesem so ganz außergewöhnlichen Augenblick hatte ich zwar durchaus wieder große Angst, aber schieres Entsetzen packte mich Gott sei Dank nicht. Und das wußte er ganz genau – denn nachdem der Augenblick vorüber war, war ich mir dessen wunderbar bewußt. Unter einem heftigen Aufwallen von Zuversicht spürte ich, daß, wenn ich ihm jetzt eine Zeitlang nicht nachgab, ich – zumindest vorerst – aufhören konnte, mit ihm zu rechnen; und solange dieser Augenblick währte, war das ganze Treffen genauso menschlich und genauso schaurig wie ein richtiges Gespräch: schaurig einfach deshalb, *weil* es menschlich war, genauso menschlich wie etwa in den frühen Morgenstunden in einem tief schlafenden Haus einem Feind zu begegnen, irgendeinem Abenteurer oder einem Verbrecher. Die Grabesstille, in der sich unsere Blicke auf so geringe Entfernung begegneten, war das einzige, was dieser Begegnung einen Schrecken verlieh, der so groß war, daß er etwas völlig Unnatürliches hatte. Wäre ich an einem solchen Ort und zu solcher Stunde einem Mörder in die Arme gelaufen, wir hätten doch zumindest gesprochen. Irgend etwas hätte sich zwischen uns abgespielt, wie eben im richtigen Leben; und wenn gar nichts passiert wäre, dann hätte einer von uns sich jedenfalls angeschickt, das Feld zu räumen. Der Augenblick zog sich so sehr in die Länge, daß nur noch wenig gefehlt hätte und ich gezweifelt haben würde, ob nicht vielleicht *ich* nicht mehr unter den Lebendigen weilte. Ich kann das, was dann folgte, nicht anders ausdrücken als dadurch, daß schließlich das Schweigen selbst – in gewisser Weise sogar ein Beweis für meine Stärke – es war, das zu jenem Element wurde, in welchem ich die Gestalt verschwinden sah; in dem ich sie eindeutig sich umdrehen sah, gleichsam als hätte der Verruchte, dem sie einst gehört, einen Befehl bekommen; sich umdrehte und – während meine Augen auf dem Rücken dieses Unholds, den kein Buckel mehr hätte entstellen können, ruhte – geradenwegs die Treppe hinunter- und in das Dunkel hineinging, in dem sie sich dann an der nächsten Biegung der Treppe verlor.

10.

Oben an der Treppe blieb ich noch eine Zeitlang stehen, begriff jedoch schließlich, daß mein Besucher wirklich gegangen war; dann kehrte ich in mein Zimmer zurück. Das, was mir dort im Licht der einen Kerze, die ich zurückgelassen hatte, vor allem auffiel, war, daß Floras kleines Bett leer stand; das verschlug mir den Atem, und mich packte wieder der ganze Schrecken, dessen ich mich noch vor fünf Minuten so entschlossen hatte erwehren können. Ich eilte an die Stelle, wo ich Flora zurückgelassen hatte (die kleine seidene Bettdecke sowie das Laken waren ganz zerwühlt) und um die herum die weißen Tüllvorhänge täuschend zugezogen worden waren. Dann jedoch rief der Klang meiner Schritte zu meiner unendlichen Erleichterung ein Antwortgeräusch hervor. Ich bemerkte, daß sich das Rollo vorm Fenster bewegte, das Kind dahinter sich duckte und rosig auf der anderen Seite zum Vorschein kam. Dort stand sie, eingehüllt in ihre ganze Aufrichtigkeit und angetan nur mit einem dünnen Nachthemd, mit ihren rosigen Füßen und ihren goldenen Locken. Sie machte ein sehr vorwurfsvolles Gesicht, und nie zuvor hatte ich so das Gefühl gehabt, daß mir ein zuvor errungener Sieg entglitt, von dem ich eben noch ganz erfüllt gewesen war; denn mir wurde bewußt, daß sie mir Vorwürfe machte: »Wie häßlich von Ihnen, Miss; wo sind Sie nur gewesen?« Statt ihr Vorhaltungen über ihr eigenmächtiges Verlassen des Bettes zu machen, sah ich mich beschuldigt und zu Erklärungen genötigt. Was die Erklärungen betrifft, so fand sie in ihrem Eifer für alles die bezauberndsten und schlichtesten Worte. Sie habe, während sie so dalag, plötzlich gewußt, daß ich fort sei, und war aus dem Bett geklettert, um nachzusehen, wo ich geblieben sei. Ich war vor Freude über ihr Wiederauftauchen auf meinen Stuhl gesunken – denn jetzt, aber wirklich auch erst jetzt, wandelte mich nun doch eine kleine Schwäche an; woraufhin sie direkt auf mich zugetrippelt kam, sich stürmisch auf meinen Schoß setzte, damit ich sie in die Arme schließe, während der Kerzenschein voll auf das vom Schlaf immer noch ein wenig gerötete wunderschöne kleine Gesicht fiel. Ich erinnere mich, einen Moment die Augen zugemacht zu haben, gleichsam wie überwältigt von soviel Schönheit, die aus ihren blauen Augen strahlte. »Du hast aus dem Fenster nach mir gesehen?« sagte ich »Dachtest du denn, ich ginge unten spazieren?«

»Ach, wissen Sie, ich dachte, da wäre irgend jemand« – sie

erbleichte keineswegs, als sie mich bei diesen Worten anlächelte.

Ach, mit welchen Augen ich sie auf diese Worte hin ansah!

»Und hast du irgend jemand gesehen?«

»Oh, *nein*!« erwiderte sie nicht ganz folgerichtig, wie es Kinderart ist, fast vorwurfsvoll, gleichwohl jedoch mit einem bezaubernden Dehnen der Verneinung.

In diesem Augenblick und in dem nervlichen Zustand, in dem ich mich befand, war ich fest davon überzeugt, daß sie log; und wenn ich daraufhin nochmals die Augen schloß, dann nur, weil mich die drei oder vier Möglichkeiten, die sich hier auftaten, blendeten. Eine davon verlockte mich einen Augenblick mit größter Macht, so daß sich, um ihr nicht zu verfallen, meine Hand um den Arm des kleinen Mädchens verkrampfte, was sie über sich ergehen ließ, ohne aufzuschreien oder überhaupt irgendwelche Angst zu zeigen. Warum nicht mit allem herausplatzen und es ein für allemal hinter sich bringen, es ihr offen in das bezaubernde kleine strahlende Gesicht hinein sagen? – ›Du siehst, du siehst, und du weißt es alles ganz genau, weißt aber auch, daß du längst argwöhnst, ich könnte es wissen; warum es mir also nicht einfach offen gestehen, damit wir jedenfalls mit diesem Wissen leben und möglicherweise angesichts dieses merkwürdigen Schicksals, das wir da teilen, dahinterkommen, wo wir stehen und was es zu bedeuten hat?‹ Doch die Verlockung, diese Worte auszusprechen, schwand genauso rasch wieder, wie der Wunsch dazu in mir aufgekeimt war; hätte ich ihr gleich nachgegeben, würde mir das vielleicht vieles erspart haben ... was, wird sich später herausstellen. Doch statt ihr nachzugeben, sprang ich wieder auf, bedachte ihr Bett mit einem fragenden Blick und schlug dann einen nicht sonderlich hilfreichen Mittelweg ein. »Warum hast du die Vorhänge zugezogen – um mich glauben zu machen, daß du noch darinlägst?«

Gleichsam von einem hellen Schimmer umgeben, überlegte Flora; um dann mit ihrem strahlenden Lächeln zu sagen: »Weil ich Ihnen keinen Schrecken einjagen wollte.«

»Aber wenn du doch gedacht hattest, ich wäre hinausgegangen . . .?«

Sie ließ sich nicht im allergeringsten in Verwirrung bringen; sie wandte die Augen der Kerzenflamme zu, als wäre die Frage unerheblich oder hätte mit ihr persönlich soviel zu tun wie die Frage, ob neun mal neun einundachtzig sei. »Aber Sie wissen doch«, entgegnete sie dann durchaus angemessen, »daß Sie hätten zurückkehren und einen Schreck bekommen können.« Und nach einer Weile, als sie wieder im Bett lag, saß ich lange Zeit hindurch da, um ihr die Hand zu halten und ihr zu beweisen, daß ich wirklich wieder da war.

Vielleicht kann man sich vorstellen, wie von diesem Augenblick an meine Nächte aussahen. Wiederholt saß ich wer weiß wie lange auf, nutzte die Augenblicke, da ich mit Sicherheit wußte, daß Flora schlief, um mich hinauszustehlen, lautlos auf dem Korridor entlangzuschleichen und mich sogar bis zu jener Stelle vorzuwagen, wo ich Quint das letztemal begegnet war. Aber ich sollte ihn dort nie wieder treffen; vielleicht sollte ich bei dieser Gelegenheit gleich sagen, daß ich ihm überhaupt niemals wieder im Haus begegnete. Ums Haar hätte ich jedoch ein anderes Erlebnis verpaßt. Denn als ich einmal hinunterblickte, sah ich auf einer der Stufen weiter unten die Gestalt einer Frau sitzen, die mir den Rücken zuwandte; den Oberkörper hatte sie vorgebeugt, den Kopf wie in tiefem Gram in den Händen. Ich war jedoch nur einen Moment dagewesen, als sie verschwand, ohne sich nach mir umzusehen. Nichtsdestotrotz wußte ich genau, was für ein schreckenerregendes Gesicht sie verbarg, und unwillkürlich mußte ich überlegen, ob ich wohl, wäre ich unten statt oben gewesen, zum Hinaufgehen genausoviel Mumm gehabt hätte wie jüngst bei meiner Begegnung mit

Quint. Nun, es sollte noch oft Gelegenheit geben, Mut zu beweisen. In der elften Nacht nach meinem letzten Zusammentreffen mit diesem Herrn – die Nächte waren jetzt alle numeriert – hatte ich ein Erlebnis, das mich durchaus in ähnlichem Maß in Schrecken versetzte wie dieses. Es handelte sich genau um die erste in dieser Reihe von Nächten, da ich, erschöpft vom Wachen, das Gefühl hatte, ich könnte mich, ohne mich der Nachlässigkeit bezichtigen zu müssen, zu gewohnter Stunde schlafen legen. Ich schlief sofort ein, und zwar, wie ich hinterher feststellte, bis etwa gegen ein Uhr; als ich dann jedoch erwachte, setzte ich mich sogleich kerzengerade im Bett auf und war hellwach, als ob jemand mich wachgerüttelt hätte. Ich hatte eine Kerze brennen lassen, die jedoch mittlerweile erloschen war, und ich war augenblicklich überzeugt, daß Flora sie ausgemacht hatte. Woraufhin ich sofort aufstand und zu ihrem Bett hinüberging, das sie, wie ich feststellen mußte, verlassen hatte. Ein Blick zum Fenster verschaffte mir weitere Aufklärung, und als ich ein Zündholz anriß, vervollständigte sich für mich das Bild.

Das Kind war wieder aufgestanden – hatte diesmal den Wachsstock ausgeblasen, war aus irgendeinem Grunde wieder hinter das Rollo geklettert und spähte hinaus in die Nacht. Daß sie diesmal etwas sah – was sie, davon war ich nachgerade überzeugt, voriges Mal nicht getan hatte –, fand ich durch die Tatsache bestätigt, daß sie sich weder durch das Wiederanzünden der Kerze stören ließ, noch dadurch, daß ich eilends versuchte, in meine Pantoffeln zu schlüpfen und den Schlafrock überzuziehen. Verborgen, geschützt und offenbar völlig versunken saß sie auf der Fensterbank – das Fenster ging nach innen auf – und hatte anscheinend alles um sich herum vergessen. Ein großer stiller Mond half ihr, und dieser Umstand bestimmte mich in meinem raschen Entschluß. Sie stand von Angesicht zu Angesicht der Erscheinung gegenüber, die uns am Teich heimgesucht hatte, und konnte

jetzt mit ihr in Beziehung treten, wie sie es zuvor nicht hatte tun können. Ich meinerseits hatte nun dafür zu sorgen, ohne sie zu stören, vom Korridor aus irgendein anderes Fenster zu erreichen. Die Tür erreichte ich, ohne daß sie mich hörte; ich schlüpfte hinaus und lauschte von außen, ob sich drinnen etwas rührte. Während ich dastand, ruhte mein Blick auf der Tür ihres Bruders, dessen Zimmer nur zehn Schritt entfernt war und deren Anblick abermals – unbeschreiblich – jenes Gefühl in mir aufkeimen ließ, das ich vor kurzem als Verlockung bezeichnet habe. Was, wenn ich nun einfach hinging und aus *seinem* Fenster hinaussah? – Was, wenn ich zwar Gefahr lief, daß er in seiner jungenhaften Verwirrung hinter mein Motiv kam, es mir jedoch gelang, durch meinen Mut den Rest des Geheimnisses im Zaum zu halten?
Dieser Gedanke beschäftigte mich so lange, bis ich zur Schwelle seiner Tür gelangte und dort abermals innehielt. Übermenschlich strengte ich mein Gehör an, malte mir voller Schrecken aus, was wohl Schlimmes sein könnte; überlegte, ob sein Bett womöglich gleichfalls leer war und auch er heimlich auf der Lauer lag. So verstrich eine gedankenschwere, stille Minute, an deren Ende der Drang, der Versuchung nachzugeben, in mir nachließ. Miles war ruhig; gab keinen Laut von sich; vielleicht war er unschuldig; was auf dem Spiel stand, war zu schlimm; ich wandte mich zum Gehen. Draußen im Park gab es eine Gestalt – eine Gestalt, die umherschlich, nach etwas Ausschau hielt, jene Besucherin, mit der sich Flora abgab; doch die Gestalt, der es vor allem um meinen Jungen ging, war eine andere. Abermals zögerte ich, doch diesmal aus anderen Gründen und nur wenige Sekunden; dann traf ich meine Wahl. Es gab auf Bly eine Reihe von leerstehenden, unbenutzten Zimmern, und es ging nur darum, das richtige auszusuchen. Und das richtige schien mir gleich darauf das ein Stockwerk tiefer gelegene Zimmer – welches aber immer noch über dem Park

lag – in einer der Bastionen des Hauses, die ich den alten Turm genannt habe. Es handelte sich um einen großen, quadratischen Raum, der einigermaßen prunkvoll als Schlafgemach hergerichtet war, auch wenn die Größe des Raumes es für diesen Zweck so ungeeignet machte, daß es seit Jahren nicht mehr benutzt worden war, obgleich es von Mrs. Grose musterhaft in Ordnung gehalten wurde. Ich hatte es oft bewundert und kannte mich sehr wohl darin aus; ich brauchte, nach Überwindung des ersten frostigen Widerstrebens, das es wegen seines langen Leerstehens in mir weckte, nur durch dieses Zimmer hindurchzugehen und so leise als irgendmöglich einen der Fensterläden aufzumachen. Nachdem ich das Zimmer durchquert hatte, gelang es mir, den Laden vorm Fenster ohne einen Laut beiseite zu drücken, und als ich das Gesicht an die Scheibe legte, konnte ich, da es drinnen dunkler war als draußen, erkennen, daß ich genau in die richtige Richtung blickte. Dann jedoch sah ich noch etwas. Der Mond machte die Nacht außerordentlich durchsichtig und zeigte mir auf dem Rasen eine in dieser Entfernung recht klein wirkende Gestalt, die regungslos, gleichsam wie gebannt, dastand und genau dort hinaufblickte, wo ich erschienen war – das heißt, nicht so sehr zu mir selbst hinschaute, sondern weiter die Höhe, als ob etwas über mir wäre. Ganz offensichtlich befand sich eine andere Person über mir – jemand stand auf dem Turm; doch derjenige, der dort unten auf dem Rasen stand, war keineswegs der, den ich erwartet und dem zu begegnen ich mich so beeilt hatte. Bei dem, der unten auf dem Rasen stand, handelte es sich – und mir wurde ganz elend, als ich das erkannte – um den armen kleinen Miles selbst.

11.

Erst spät am folgenden Tag konnte ich Mrs. Grose sprechen; da ich die Kinder auf keinen Fall unbeaufsichtigt lassen wollte, war es oft schwierig, sie allein zu treffen, und das um so mehr, als wir beide es für außerordentlich wichtig hielten, sowohl bei den Kindern als auch bei den Dienstboten nicht einen Anschein von Aufregung aufkommen zu lassen oder ihnen das Gefühl zu geben, wir hätten Geheimnisse miteinander. Mir selbst gewährte der Anblick ihrer unerschütterlichen Gestalt ein tiefes Gefühl der Sicherheit. Nichts in ihrem frischen Gesicht verriet anderen, was für grauenhafte Dinge ich ihr anvertraute. Sie glaubte mir vollkommen – dessen war ich mir ganz sicher; hätte sie das nicht getan, ich weiß nicht, was ich hätte anfangen sollen, denn allein wäre ich mit der ganzen Angelegenheit nicht fertig geworden. Aber da ihr Gott sei Dank die Neigung abging, sich in Phantastereien zu versteigen, bot sie ein wunderbares Bild der Ruhe und Beständigkeit, und wenn sie in unseren kleinen Schutzbefohlenen nichts sah als ihre Schönheit und ihr liebenswertes Wesen, ihre Unbeschwertheit und ihre Klugheit, konnte sie unmöglich mit den Ursachen dessen in Verbindung stehen, was mich so sehr beunruhigte. Hätten die Kinder auch nur im geringsten verstört oder mitgenommen ausgesehen, würde sie, wenn sie den Ursachen dafür nachgegangen wäre, nicht weniger bekümmert ausgesehen haben als sie; so, wie die Dinge standen, spürte ich, während sie wie gewöhnlich heiteren Gesichts und die vollen weißen Arme vor der Brust verschränkt die Kinder betrachtete, wie sie ihrem Schöpfer dafür dankte, daß, selbst wenn sie zugrunde gerichtet wären, das, was von ihnen geblieben war, immer noch zu etwas taugte. In ihrem Innern wichen hektische Höhenflüge der Phantasie dem gleichmäßigen Glühen eines Kaminfeuers, und mir war bereits aufgegangen, daß sie sich – da die Tage ohne weitere Zwischenfälle vergingen – mit der wachsenden Überzeugung, unsere Kleinen könnten durchaus auf sich selbst aufpassen, immer mehr dem traurigen Fall zuwandte, den diejenige ihr bot, welcher die Erziehung der Kinder anvertraut worden war. Mir schien das eine gesunde Vereinfachung; daß mein Gesicht nach außen hin nichts preisgab, dafür konnte ich bürgen, doch hätte es unter den gegebenen Umständen eine unendliche zusätzliche Belastung dargestellt, wenn ich mir ihres Gesichts wegen hätte Sorgen machen müssen.

Zu der Stunde, von der ich jetzt spreche, hatte sie sich auf mein Drängen hin auf der Terrasse zu mir gesellt, wo trotz der fortgeschrittenen Jahreszeit die Nachmittagssonne immer noch einigermaßen wärmte; wir saßen, wie gesagt, zusammen, während die Kinder in einiger Entfernung von uns, jedoch immer noch in Rufnähe, wie wir es gewünscht hatten, und in einer Stimmung, in der sie am besten zu haben waren, hin und her gingen. Einträchtig schritten sie zu unseren Füßen auf und ab; Miles las laut aus einem Band Erzählungen vor und hatte, um sie ganz in der Nähe zu haben, seiner Schwester den Arm um die Schulter gelegt. Mrs. Grose ließ ihre Augen ausgesprochen wohlgefällig auf ihnen ruhen; dann vernahm ich gleichsam das unterdrückte geistige Knarren, mit dem sie sich bewußt umdrehte, um sich von mir die Kehrseite der Medaille zeigen zu lassen. Ich hatte sie zum Gefäß finsterer Dinge gemacht; doch in der Geduld, die sie unter dem Druck meiner Pein aufbrachte, lag für mich eine sonderbare Anerkennung meiner Überlegenheit – meines Könnens und meiner Stellung. Sie öffnete sich meinen Enthüllungen, wie sie – hätte ich ihr einen Hexentrank verabreichen wollen und ihr den zuversichtlich dargeboten – mir dafür einen großen, blitzblanken Kochtopf hingehalten haben würde. Diese Haltung hatte sie restlos eingenommen, als ich bei meinem Bericht über die Vorkommnisse der letzten Nacht jenen Punkt erreichte, wo es darum ging zu erklären, was Miles, nachdem ich ihn zu so ungewöhnlicher Stunde fast genau dort entdeckt hatte, wo er jetzt war, gesagt hatte; und zwar, nachdem ich ihm, um das Haus nicht aufzuwecken, vom Fenster aus gewunken hatte, statt ihn laut zu rufen. Ich hatte jedoch kaum Zweifel daran gelassen, wie wenig Hoffnung mir blieb, selbst ihrem mitfühlenden Verständnis überzeugend darstellen zu können, wie mir zumute gewesen war, als der Junge für meine Begriffe, nachdem ich ihn ins Haus bekommen hatte, einen weiß Gott glänzenden Einfall hatte, als es darum ging, mir auf meine Aufforderung hin zu erklären, was los gewesen sei. Kaum war ich im hellen Mondenschein auf der Terrasse erschienen, war er schnurstracks auf mich zugekommen; woraufhin ich ihn wortlos bei der Hand nahm und ihn durch die dunkleren Gänge die Treppe hinaufführte, wo Quint so gierig herumgegeistert war, durch den Korridor, wo ich zitternd gelauscht hatte, und ihn in sein verlassenes Zimmer brachte.

Nicht ein Wort war auf diesem Weg zwischen uns gewechselt worden, und ich hatte mir den Kopf darüber zermartert – ach, und *wie* ich ihn mir zermartert hatte! –, ob er in seinem kleinen Gehirn wohl nach einer einleuchtenden und nicht allzu fadenscheinigen Ausrede suche. Diesmal würde sein Einfallsreichtum gewiß auf eine harte Probe gestellt werden, und in mir keimte, als ich darüber nachdachte, in welcher Verlegenheit er sich befinden müsse, ein sonderbares Gefühl des Triumphes auf. Er konnte unmöglich länger den Unschuldigen spielen; womit in drei Teufels Namen, würde er sich jetzt aus der Affäre ziehen? Freilich erfüllte auch mich, während mir diese Frage durch den Kopf ging, dumpf die Sorge, wie ich meinerseits mich aus der Affäre ziehen sollte. Schließlich hatte ich mich bisher noch nie genötigt gesehen, jenen furchtbaren Ton anzuschlagen. Ich erinnere mich in der Tat, während wir in sein kleines Schlafzimmer hineingingen, in dem sein Bett noch unberührt war und das Mondlicht durchs Fenster so hell hereinschien, daß es sich erübrigte, ein Zündholz anzureißen – ich erinnere mich, wie ich plötzlich auf die Bettkante herniedersank, weil mich plötzlich der Gedanke quälte, daß er mich, wie man so schön sagt, in einer Zwickmühle hatte. Er konnte unter Aufbietung all seiner Klugheit mit mir machen, was er wollte, solange ich mich nicht in die verbrecherische Tradition jener Erzieher der Jugend stellte, die Aberglaube und Furcht als Mittel der Erziehung befürworten. Er hatte mich wirklich so weit gebracht, daß ich in der Zwickmühle saß; denn wer würde mich jemals freisprechen und wer seine Zustimmung dazu geben, daß ich ungeschoren davonkam, wenn ich als erste auch nur die leiseste Andeutung eines so fragwürdigen Elements in unsere Beziehung hineinbrachte? Nein, nein; mich Mrs. Grose verständlich machen zu wollen, war ein Ding der Unmöglichkeit; genauso, wie es hoffnungslos war, hier andeuten zu wollen, welche Bewunderung ich ihm während unserer kurzen scharfen Auseinandersetzung im Dunkeln gezollt hatte. Selbstverständlich war ich die Freundlichkeit und die Nachsicht in Person gewesen; noch nie zuvor hatte ich ihm mit solchem Zartgefühl die Hände auf die schmalen Schultern gelegt wie jetzt, da ich ihm, auf dem Bett sitzend, eindringlich ins Gewissen redete. Mir blieb keine andere Möglichkeit; doch zumindest der Form nach versuchte ich es so einzurichten, daß er mir alles von sich aus beichten könne.

»Du mußt es mir jetzt sagen – und zwar nichts als die Wahrheit. Warum bist du hinausgegangen? Und was hast du draußen gemacht?«

Noch jetzt sehe ich sein bezauberndes Lächeln vor mir, sehe ich das Weiß in seinen Augen blitzen und seine kleinen Zähne in der Dunkelheit schimmern. »Aber wenn ich es Ihnen sage – werden Sie es auch verstehen?« Das Herz schlug mir bis zum Hals herauf. Ob er es mir wohl wirklich sagte? Ich brachte keinen Ton über die Lippen, um diese Frage zu bejahen, und war mir bewußt, daß ich es mit verzerrtem Gesicht bei einem kleinen, undeutlichen Kopfnicken bewenden ließ. Er war die Sanftmut selbst, und während ich nickte, stand er da und war mehr denn je der kleine Märchenprinz. Was mich ein wenig stutzig machte, war sein Strahlen. Würde er wirklich so ein strahlendes Gesicht machen, wenn er vorhatte, mir die Wahrheit zu gestehen? »Nun«, erklärte er zuletzt, »einfach, damit Sie es tun.«

»Damit ich was tue?«

»Mich zur Abwechslung mal für schlecht halten.« Nie werde ich den Schmelz und die Unbeschwertheit vergessen, mit denen er das hervorbrachte – und sich obendrein noch vorneigte und mir einen Kuß gab. Damit war praktisch alles aus. Mit Gewalt meine Tränen unterdrückend, schloß ich ihn in die Arme und erwiderte seinen Kuß. Er hatte mir genau die Erklärung gegeben, die es mir am wenigsten gestattete, noch weiter in ihn zu dringen, und ich bestätigte ihm praktisch nur, daß ich mich damit zufrieden gäbe, als ich, nachdem ich meinen Blick durch sein Zimmer hatte schweifen lassen, nichts weiter sagen konnte als: »Dann hast du dich gar nicht erst ausgezogen?«

Sein Strahlen war in der Dunkelheit unübersehbar.

»Nein, überhaupt nicht. Ich bin aufgeblieben und habe gelesen.«

»Und wann bist du hinuntergegangen?«

»Um Mitternacht. Wenn schon schlecht, dann auch wirklich schlecht.«

»Ach so, ach so – das ist reizend von dir. Aber wieso warst du dir denn so sicher, daß ich es auch bemerken würde?«

»Ach, das habe ich mit Flora verabredet.« Wie bereitwillig seine Antwort kam! »Sie sollte Sie beunruhigen – und wenn Sie nachsähen, wonach sie Ausschau hielt, schauten auch Sie hinunter – und sähen mich.«

»Während du dir«, stimmte ich ihm zu, »draußen in der kalten Nachtluft den Tod holen konntest.«
Er strahlte so sehr über den gelungenen Streich, daß er es sich leisten konnte, das leuchtenden Gesichts zuzugeben. »Wie hätte ich es sonst anstellen sollen, wirklich schlecht zu sein?« fragte er. Ich schloß ihn nochmals in die Arme, und damit war unsere Unterhaltung und der ganze Zwischenfall abgeschlossen; ich mußte ihm zugestehen, daß er sehr wohl ein Guthaben an ›Bravsein‹ bei mir hatte, auf das er durchaus zurückgreifen konnte, als er mir diesen kleinen Streich hatte spielen wollen.

12.

Der Eindruck, den ich gewonnen hatte, erwies sich im Licht des Morgens – ich wiederhole es – als für Mrs. Grose nicht ganz so überzeugend, obgleich ich ihn dadurch verstärkte, daß ich noch eine Bemerkung einfließen ließ, die er gemacht hatte, ehe wir auseinandergingen. »Es läßt sich alles in einem halben Dutzend Worten ausdrücken«, sagte ich zu ihr, »Worten, mit denen wirklich alles gesagt ist. ›Bedenken Sie doch, was ich tun *könnte*!‹ Er ließ sie einfach fallen – um mir zu zeigen, wie brav er ist. Er weiß ganz genau, was er tun ›könnte‹. Davon hat er ihnen im Internat einen kleinen Vorgeschmack gegeben.«
»Himmel, ändern Sie aber Ihre Meinung!« rief meine Freundin.
»Ich ändere meine Meinung nicht – ich stelle nur fest. Verlassen Sie sich darauf – die vier treffen sich dauernd. Wenn Sie an einem der letzten Abende mit einem der Kinder zusammen gewesen wären, hätten Sie das ganz eindeutig begriffen. Je mehr ich abgewartet und beobachtet habe, desto mehr wuchs meine Überzeugung, daß, wenn es nichts ande-

res gäbe, es zu beweisen, es ganz gewiß durch das verbissene Schweigen erhärtet würde, das sie alle beide bewahren. Sie haben nie, auch nicht durch das kleinste Wort, das ihnen herausgerutscht wäre, auf einen ihrer alten Freunde angespielt – genauso, wie auch Miles kein einziges Mal davon gesprochen hat, daß man ihn im Internat nicht zurückhaben will. Ja, gewiß, wir können hier sitzen und sie uns ansehen, und sie können uns auch nach Herzenslust etwas vormachen; aber selbst während sie so tun, als wären sie ganz und gar in einer Märchenwelt versunken, sind sie eingetaucht in ihre Geschichte von den Toten, die für sie wieder lebendig geworden sind. Er liest ihr nicht vor«, erklärte ich, »sie reden von *ihnen* – reden über Furchtbares! Ich weiß, das hört sich an, als wäre ich verrückt; ein Wunder übrigens, daß ich es *nicht* bin. *Sie* hätten bei dem, was *ich* gesehen habe, längst den Verstand verloren; mich hingegen hat es nur dazu gebracht, klarzusehen und auch noch andere Dinge in den Griff zu bekommen.«

Meine Klarsichtigkeit muß erschreckend gewirkt haben, doch gaben die bezaubernden Kinder, die das Opfer dieser Klarsichtigkeit waren und jetzt vereint in ihrem Liebreiz vor uns auf und ab gingen, meiner Gefährtin etwas, woran sie sich halten konnte; ich spürte deutlich, wie verkrampft sie sich daran festklammerte, als sie, ohne sich von dem Hauch meiner Leidenschaft beirren zu lassen, weiterhin ihre Augen auf ihnen ruhen ließ. »Welche anderen Dinge haben Sie denn in den Griff bekommen?«

»Nun, eben die, die mich entzückt, mich verzaubert und doch, wie ich jetzt merkwürdigerweise erkenne, im Grunde gequält und verwirrt haben. Ihre geradezu überirdische Schönheit, ihre völlig unnatürliche Güte. Dahinter steckt ein Plan«, fuhr ich fort, »das ist List, eine abgekartete Sache.«

»Bei den lieben Kleinen . . .?«

»Die kaum mehr sind als reizende Babies? Jawohl, so irrsinnig es auch klingt.« Allein die Tatsache, daß ich es hervorbrachte, half mir, dem nachzugehen – ihm nachzuspüren und die einzelnen Teile zusammenzusetzen. »Sie sind nicht gut gewesen – sie sind nur nicht dagewesen. Es ist für uns so leicht gewesen, mit ihnen zusammenzuleben, weil sie schlicht und einfach ihr eigenes Leben führen. Sie gehören nicht mir – gehören nicht uns. Sie gehören ihm und gehören ihr.«

»Quint und dieser Frau?«

»Quint und dieser Frau. Sie wollen zu ihnen.«

Ach, wie die arme Mrs. Grose sie auf diese Worte hin prüfend zu betrachten schien! »Aber weshalb denn?«

»Um der Liebe zum Bösen willen, das dieses saubere Paar in jenen schrecklichen Tagen in sie eingepflanzt hat. Um sie weiterhin mit diesem Bösen zu versorgen, um das Werk der Dämonen fortzuführen – das ist es, was die anderen hierherbringt.«

»Mein Gott!« entfuhr es meiner Freundin leise. Es war zwar ein alltäglicher Ausruf, doch verriet er, daß meine weiteren Beweise sie überzeugten, daß nämlich in böser Zeit – und es hatte in der Tat eine noch bösere gegeben als die jetzt – Schlimmes vorgefallen sein müsse. Für mich hätte es keine bessere Rechtfertigung geben können, als daß sie mir aus der Erfahrung aller möglichen Verruchtheiten heraus, die ich in unseren beiden Bösewichtern vermutete, einfach zustimmte. Offensichtlich ganz unter dem Eindruck der sie bestürmenden Erinnerungen, brach es nach einem Augenblick aus ihr heraus: »Gut – die beiden waren Unholde! Aber was können sie jetzt tun?«

»Tun?« Ich wiederholte das Wort so laut, daß Miles und Flora, die unten vorübergingen, einen Moment stehenblieben und zu uns heraufsahen. »Reicht denn das noch nicht?« begehrte ich in leiserem Ton zu wissen, während die Kinder uns lächelnd zunickten, Kußhändchen zuwarfen und weiter vor uns paradierten. Dieser Darbietung konnten wir uns eine

Weile nicht entziehen; doch dann antwortete ich: »Sie können sie vernichten!« Auf diese Worte hin riß meine Freundin sich nun doch von den beiden Kindern los und wandte sich mir zu; doch als sie mich fragte, tat sie das wortlos, deshalb jedoch nicht weniger deutlich. »Bis jetzt wissen sie noch nicht so recht, wie sie das anstellen sollen – aber sie versuchen es mit allen Mitteln. Man sieht sie bisher gleichsam nur drüben und weiter hinten – an merkwürdigen Stellen und hochgelegenen Orten, oben auf Türmen und auf dem Dach von Häusern, draußen vor Fenstern und auf der anderen Seite von Teichen; aber bei allen Beteiligten steht dahinter ein fester Plan, die Entfernung zu verkürzen und die Hindernisse zu überwinden; wann die Versucher Erfolg haben werden, ist nur eine Frage der Zeit. Sie brauchen doch bloß weiterhin das Gefühl zu verbreiten, überall lauerten Gefahren.«

»Damit die Kinder kommen?«

»Und beim Versuch, es zu tun, zugrunde gehen.« Langsam stand Mrs. Grose auf, woraufhin ich nachdenklich hinzufügte: »Es sei denn, selbstverständlich, wir könnten das verhindern.«

Während sie aufrecht vor mir stand und ich sitzen blieb, sah ich förmlich, wie sie es in Gedanken von allen Seiten betrachtete. »Ihr Onkel muß das verhindern. Er muß sie fortbringen.«

»Und wer bringt ihn dazu, es zu tun?«

Sie hatte den Blick in die Ferne schweifen lassen, doch jetzt sah sie mit einfältiger Miene auf mich herab. »Sie, Miss.«

»Indem ich ihm schreibe, dies Haus sei vergiftet und sein Neffe und seine Nichte wahnsinnig?«

»Aber wenn sie es sind, Miss?«

»Oder *ich* – wollten Sie das sagen? Das wäre ein schöner Bericht, den er da von einer Erzieherin bekäme, die ihre Hauptaufgabe darin sah, ihn nicht zu behelligen.«

Mrs. Grose folgte den Kindern wieder mit den Augen und

dachte dabei nach. »Richtig – Unannehmlichkeiten sind ihm verhaßt. Das war ja gerade der Grund, warum er ...«

»... sich von diesem Unhold solange hat einwickeln lassen? Zweifellos – aber seine Gleichgültigkeit muß auch furchtbar gewesen sein. Da aber wenigstens ich kein Unhold bin, werde ich ihn auch nicht einwickeln.«

Gleichsam, als genüge das als Antwort, nahm meine Freundin nach einer Weile einfach wieder Platz und packte mich am Arm. »Bringen Sie ihn jedenfalls dazu, zu Ihnen zu kommen.«

Ich starrte sie an. »Zu *mir*?« Angst durchfuhr mich, wozu sie womöglich imstande sein würde. »›Ihn‹?«

»Er sollte hier sein – sollte wirklich helfen.«

Rasch erhob ich mich, und ich glaube, ich habe ihr ein merkwürdigeres Gesicht gezeigt als je zuvor. »Sie könnten sich also vorstellen, daß ich ihn um einen Besuch bitte?« Nein, als sie mich ansah, erkannte ich, daß sie sich das nun doch nicht vorstellen konnte. Statt dessen vermochte sie sich sogar vorzustellen – da eben eine Frau im Gesicht einer anderen zu lesen vermag –, was ich selbst auf mich zukommen sah: seinen Spott, seine Belustigung, seine Verachtung darüber, daß ich es nicht ausgehalten und ihn nun doch behelligt hatte, und über all das, was ich in Gang gesetzt hatte, um seine Aufmerksamkeit auf meine nicht beachteten Reize zu lenken. Sie wußte nicht – keiner wußte das! –, wie stolz ich gewesen war, ihm zu dienen und mich strikt an unsere Abmachungen zu halten; und trotzdem, meine ich, begriff sie die Tragweite der Warnung, die ich ihr zukommen ließ. »Falls Sie den Kopf verlieren und sich hinter meinem Rücken meinetwegen an ihn wenden ...«

Jetzt bekam sie es wirklich mit der Angst. »Ja, Miss?«

»Dann würde ich auf der Stelle fortgehen und ihn genauso verlassen wie Sie.«

13.

Mit ihnen zusammen zu sein, das ging noch an; aber sie anzusprechen, das ging fast über meine Kraft und bot, wo man so nahe beieinander war, genauso unüberwindliche Schwierigkeiten wie zuvor. Diese Situation änderte sich einen ganzen Monat nicht, es kam höchstens noch zu neuen Schwierigkeiten und ganz bestimmten Erkenntnissen, vor allem der immer klarer sich herausschälenden Erkenntnis, wie ironischbewußt meine kleinen Schüler sich der ganzen Lage waren. Es lag nicht nur – und dessen war ich mir damals genauso sicher wie heute – an meiner höllischen Einbildung; es ließ sich nachweisen, daß sie sich meiner mißlichen Lage durchaus bewußt waren, und diese sonderbare Beziehung zwischen uns bestimmte in gewisser Weise eine lange Zeit über die Atmosphäre, in der wir uns bewegten. Nicht, daß sie sich über mich lustig gemacht oder etwas Ungehöriges getan hätten – diese Gefahr bestand bei ihnen nicht. Ich meine andererseits aber durchaus, daß das Element des Unausgesprochenen zwischen uns nachgerade alles andere überwog und daß eine solche Vermeidungstaktik einfach nicht ohne geheime Absprachen möglich gewesen wäre. Es war, als ob wir ständig auf Dinge stießen, vor denen wir haltmachen mußten, daß wir plötzlich wieder aus Seitenwegen herausmußten, die sich als Sackgassen erwiesen, als ob wir mit einem Knall, bei dem wir uns erschrocken ansahen – denn wie jeder solche Knall geriet er immer etwas lauter, als man beabsichtigt hatte –, Türen wieder zuwarfen, die wir unbedacht geöffnet hatten. Alle Wege führen nach Rom, und es gab Zeiten, da es uns hätte vorkommen können, als ob jedes Unterrichtsgebiet, mit dem wir uns befaßten, und jedes Thema, über das wir uns unterhielten, verbotenes Gebiet streife. Verbotenes Gebiet war zum Beispiel die Frage nach der Wiederkehr der Toten ganz allgemein – und im besonderen das, was von der Erinnerung an die Freunde, die kleine Kinder verloren hatten, lebendig geblieben sein mochte. Es gab Tage, an denen ich hätte schwören mögen, daß einer dem anderen heimlich einen kleinen Rippenstoß versetzte und sagte: »Sie glaubt, diesmal tut sie's – aber sie bringt es doch nicht fertig.« Es ›tun‹ würde zum Beispiel – und in gewisser Weise endlich einmal – heißen, sie unverblümt auf jene Dame hin anzusprechen, welche die Kinder auf meinen Unterricht vorbereitet hatte. Sie bewiesen einen köstlichen und unstillbaren Appetit auf Phasen meiner eigenen Vergangenheit und wußten bereits alles, was mir je zugestoßen war, hatten in aller Umständlichkeit die Geschichte noch des kleinsten meiner Abenteuer sowie der meiner Geschwister, der Katze und des Hundes daheim genauso zu hören bekommen wie Einzelheiten über meinen eigenwilligen Vater, die Möbel und die Einrichtung unseres Hauses und das Altweibergeschwätz in unserem Dorf. Es gab Dinge genug, über die man plaudern konnte, denn schließlich ergab sich eines aus dem anderen, nur mußte man immer sehr schnell vorangehen und instinktiv wissen, wem oder was man aus dem Weg zu gehen hatte. Sie verstanden sich trefflich darauf, meine Phantasie und meine Erinnerung anzuzapfen, und nichts weckte bei mir – wenn ich hinterher darüber nachdachte – mehr den Verdacht, aus dem Hinterhalt heraus beobachtet zu werden wie diese Plaudereien. Auf jeden Fall war es ausschließlich beim Thema *meines* Lebens, *meiner* Vergangenheit und *meiner* Freunde, wo wir einigermaßen ungezwungen miteinander umgehen konnten; ein Zustand, in dem sie mich, ohne im geringsten zudringlich zu sein, baten, irgendwelche Dinge zum besten zu geben. Ich wurde – ohne jeden mir erkennbaren Zusammenhang mit irgend etwas anderem – aufgefordert, zu wiederholen, was Goody Gosling Kluges von sich gegeben hatte, oder nochmals die schon bekannten Einzelheiten über die Klugheit unseres Pfarrhaus-Ponys zu bestätigen.

In Augenblicken wie diesen und zum Teil auch in anderem Zusammenhang wurde bei der Wendung, die die Dinge jetzt genommen hatten, meine mißliche Lage, wie ich sie genannt habe, immer unerfreulicher. Eigentlich hätte die Tatsache, so sollte man meinen, daß die Tage für mich ohne irgendeine neue Begegnung verstrichen, meine Nerven eher beruhigen sollen. Seit dem leichten Anhauch des Unheimlichen, der mich an jenem zweiten Abend auf dem oberen Treppenabsatz gestreift, als ich unten die Gestalt einer Frau hatte sitzen sehen, hatte ich weder im Haus noch draußen irgend etwas gesehen, was man besser nicht hätte sehen sollen. Wie oft kam ich nicht in der Erwartung, dort mit Quint zusammenzuprallen, um irgendwelche Ecken und erlebte so manche Situation, die auf unheimliche Weise sehr wohl geeignet gewesen wäre, Miss Jessel Gelegenheit zu geben, mir zu erscheinen. Der Sommer hatte seinen Höhepunkt überschritten, der Sommer war vorbei; Herbst war über Bly hereingebrochen und hatte die Hälfte unserer Lichter ausgeblasen. Das Anwesen mit seinem grauen Himmel und den verwelkten Laubgirlanden, seinen kahlen Flächen und dem abgefallenen Laub, das überall verstreut war, gemahnte an ein Theater nach der Aufführung – überall lagen zerknüllte Programmzettel herum. Es gab genau die gleichen Stimmungen, die gleichen Laute oder die gleiche Ruhe, unaussprechliche Eindrücke der Art, die einem alles wieder zum Bewußtsein brachten, mir – lange genug, um es zu begreifen – das gruselige Gefühl vermittelten, mit dem ich an jenem Juniabend draußen das erstemal Quints ansichtig geworden war, als ich, nachdem ich ihn hinterm Fenster erblickt, vergeblich im Gebüsch nach ihm Ausschau gehalten hatte. Ich erkannte die Zeichen, die bösen Vorbedeutungen – erkannte den Augenblick, den Ort. Aber es kam nichts hinzu, alles blieb leer, und so ging ich ungestört weiter; falls man eine junge Frau ungestört nennen will, deren Gespür für diese Dinge auf ganz ungewöhnliche Weise nicht stumpfer geworden, sondern im Gegenteil eher geschärft worden war. Bei meinem Gespräch mit Mrs. Grose über die grauenhafte Szene am Teich mit Flora hatte ich gesagt – und sie damit verblüfft –, daß es mich von nun an eher unglücklich machen würde, wenn ich diese Kraft verlöre, statt sie zu behalten. Damals hatte ich damit zum Ausdruck gebracht, was mir so lebhaft vor Augen gestanden: die Wahrheit nämlich, daß ich, ob die Kinder nun wirklich sahen oder nicht – das heißt, solange das nicht eindeutig feststand –, es sicherheitshalber vorziehen würde, mich dem selbst voll und ganz auszuliefern. Ich war bereit, wenn es sein mußte, das Allerschlimmste zu erfahren. Was ich damals, wenn auch vielleicht nur bruchstückhaft, erkannt hatte, war die entsetzliche Möglichkeit, daß meine Augen vielleicht gerade dort verschlossen sein könnten, wo die ihren am weitesten offenstanden. Nun, wie es schien, waren meine Augen im Moment verschlossen – und Gott dafür nicht zu danken, wäre lästerlich gewesen. Trotz allem hatte die Sache einen Haken; ich würde ihm aus tiefster Seele gedankt haben, wäre ich nicht felsenfest davon überzeugt gewesen, daß meine Zöglinge ein Geheimnis teilten.

Wie soll ich heute die sonderbaren Wege wiedergeben, die mich meine Besessenheit führte? Es gab Zeiten, da wir beisammen waren und in denen ich bereit gewesen wäre zu schwören, daß sie buchstäblich in meiner Gegenwart Besuch hatten, den sie kannten und der ihnen willkommen war, während ich selbst dafür blind war. Hätte nicht irgend etwas mich davon abgehalten – und die Möglichkeit, daß der zugefügte Schaden größer war als der abgewendete, bestand ja durchaus –, wäre ich damals in Frohlocken ausgebrochen. ›Sie sind hier, sie sind hier, ihr kleinen Teufel‹, hätte ich ausgerufen, ›jetzt könnt ihr es nicht mehr leugnen!‹ Die kleinen Teufel aber leugneten es mit womöglich noch größerer Liebenswürdigkeit und Zärtlichkeit, wobei in den kristallklaren Tiefen – genauso wie das Aufblitzen eines Fischleins im Bach – der Hohn darüber aufblitzte, mir gegenüber eben doch im Vorteil zu sein. Der Schock saß tiefer, als ich an dem Abend ahnte, da ich angenommen hatte, entweder Quint oder Miss Jessel unter dem Sternenhimmel stehen zu sehen und statt dessen ausgerechnet den Jungen gesehen hatte, über dessen Schlaf ich zu wachen hatte und der den reizenden, aufwärts gerichteten Blick – den er sogleich mir zugewandt hatte – beibehielt, mit dem von den Zinnen herab die grauenhafte Erscheinung von Quint ihr Spiel getrieben hatte. Wenn es um die Frage der Angst ging, so hatte meine Entdeckung mich bei dieser Gelegenheit mehr in Angst und Schrecken versetzt als bei jeder anderen, und was die Schlüsse, die ich aus allem zog, betrifft, so beruhte das zum großen Teil auf dem nervlichen Zustand, in dem ich mich befand. Diese Schlußfolgerungen setzten mir dermaßen zu, daß ich mich manchmal und in den unpassendsten Augenblicken einschloß, um gleichsam im Selbstgespräch – und das war ebensosehr eine Erleichterung wie eine Qual – Möglichkeiten durchzuspielen, wie es mir gelingen könnte, der Sache auf den Grund zu kommen. In meinem Zimmer eingeschlossen, versuchte ich, erregt hin und her gehend, erst von der einen Seite an die Sache heranzugehen und dann von der anderen, brach aber jedesmal zusammen, wenn es um das ungeheuerliche Unterfangen ging, Namen auszusprechen. Während sie mir auf den Lippen erstarben, sagte ich mir, es trüge nur dazu bei, ihnen eine verruchte Bedeutung zu verleihen, wenn ich dadurch, daß ich sie aussprach, ein so erlesenes instinktives Feingefühl verletzte, wie man es wahrscheinlich noch nie in einem Unterrichtsraum erlebt hatte. Wenn ich mir sagte: ›*Sie* besitzen den Anstand zu schweigen, wohingegen du, der du ihr ganzes Vertrauen genießt, so gemein bist zu reden.‹ Ich wurde puterrot und schlug vor Scham die Hände vors Gesicht. Nach diesen heimlichen Szenen war ich redseliger denn je und hielt meine Zunge nicht im Zaum, bis plötzlich das nunmehr wohlbekannte, peinliche und geradezu greifbare Schweigen einsetzte – ich kann es nicht anders nennen, ein sonderbares, schwindelerregendes Emporgehoben-Werden oder Hineingleiten (ich suche nach Worten!) in eine Stille, einen Stillstand jeglichen Lebens, der nichts zu tun hatte mit dem großen Lärm, den wir vielleicht gerade vollführten –, eine Grabesstille, die ich trotz größter Ausgelassenheit, trotz beschleunigten Rezitierens oder lauteren Klavierspiels einfach nicht überhören konnte. Das waren die Augenblicke, in denen die anderen – die von draußen – da waren. Gewiß, sie waren keine Engel – und doch ›gingen‹ sie, wie es so anschaulich heißt, durch den Raum und brachten mich dazu, solange sie verweilten, vor Angst zu zittern, sie könnten ihren jüngeren Opfern womöglich eine noch teuflischere Nachricht übermitteln oder ihnen ein noch lebhafteres Bild vorgaukeln, als sie es mir zu bieten für richtig befunden hatten.

Wovon man sich fast überhaupt nicht befreien konnte, das war die grausame Vorstellung, daß – mochte ich gesehen haben, was ich wollte – Miles und Flora *noch mehr* sahen – Furchtbares und Unausdenkbares, etwas, was nur aufgrund des Umgangs, den sie früher gepflogen hatten, möglich war. Derlei Dinge hinterließen selbstverständlich für den Augenblick auf der Oberfläche einen eisigen Schauder, den wir laut redend zu verspüren leugneten; darin waren wir mittlerweile alle drei so wunderbar geübt, daß wir jedesmal fast automatisch die gleichen Gebärden vollführten, um das ganze zum Abschluß zu bringen. Erstaunlich war es jedenfalls, wie die Kinder mich unweigerlich mit einem Ungestüm küßten, das an sich nichts weiter zu bedeuten hatte, und niemals versäumten sie es – entweder Miles oder Flora –, jene köstliche Frage zu stellen, die uns schon über so manche Gefahr hinweggeholfen hatte: »Wann, meinen Sie, kommt er? Finden Sie nicht, wir sollten ihm schreiben?« Nichts, so fanden wir, war besser geeignet, uns aus einer Verlegenheit herauszuhelfen, als diese Frage. ›Er‹, das war selbstverständlich der Onkel aus der Harley Street, und wir zehrten von der Vorstellung, die wir immer wieder ausgiebig beschworen, er könne jeden Augenblick eintreffen und sich unserem Kreis anschließen. Weniger Ermunterung in dieser Hinsicht als von ihm konnte man gar nicht erhalten, doch hätten wir nicht auf dieses Thema zurückgreifen können, hätten wir einander um einige der erlesensten Darbietungen gebracht. Er schrieb ihnen nie – das mag selbstsüchtig gewesen sein, doch für mich gehörte es zu dem schmeichelhaften Vertrauen, das er in mich setzte; denn wenn ein Mann einer Frau den höchsten Tribut zollen will, tut er das vermutlich am besten dadurch, daß er mit noch größerer Feierlichkeit als sonst auf den geheiligten Gesetzen seiner Bequemlichkeit besteht. Ich meinerseits glaubte, mein Versprechen, ihn in keiner Weise zu behelligen, auch dadurch zu erfüllen, daß ich meinen kleinen Schutzbefohlenen zu verstehen gab, ihre Briefe an ihn seien nichts weiter als hübsche kleine Stilübungen. Sie waren viel zu schön, als daß man sie hätte abschicken können; daher behielt ich sie und besitze sie bis auf den heutigen Tag. Das jedoch trug nur dazu bei, meine Qual angesichts der Möglichkeit, er könnte jeden Augenblick bei uns auftauchen, noch zu vergrößern. Es war geradezu so, als ob meine Schutzbefohlenen wußten, daß mich das in womöglich noch größere Verlegenheit stürzen würde als alles andere. Überdies will mir in der Rückschau nichts bedeutsamer erscheinen als die Tatsache, daß ich trotz der Spannung, unter der ich stand und trotz ihres Triumphes nie die Geduld mit ihnen verlor. Wie unvergleichlich müssen sie doch in Wahrheit gewesen sein, denke ich heute manchmal, daß ich sie in jenen Tagen nicht haßte! Ob mich aber meine

Verzweiflung – wäre die Erleichterung noch länger hinausgeschoben worden – schließlich doch verraten hätte? Doch was soll diese Frage; denn die Erleichterung stellte sich ein. Ich nenne es Erleichterung, wiewohl es nur die Erleichterung war, die eintritt, wenn etwas, was im Übermaß gespannt ist, plötzlich reißt oder nach einem drückenden schwülen Tag endlich ein Sturm losbricht. Es war zumindest eine Veränderung, und zu der kam es wie aus heiterem Himmel.

14.

Eines Tages gingen wir in die Kirche. Ich hatte Miles neben mir, und vor uns und so nahe, daß wir sie nie aus den Augen verloren, Mrs. Grose die kleine Flora. Es war ein frischer, klarer Tag, der erste seiner Art seit langer Zeit; die Nacht hatte uns einen Hauch von Frost beschert, und in der hellen und klaren Herbstluft klangen die Kirchenglocken fast lustig. Ein sonderbarer Zufall wollte es, daß ich ausgerechnet in diesem Augenblick ganz besonders und dankbar von der Fügsamkeit meiner kleinen Zöglinge angetan war. Warum wurden sie meiner ständigen und unentwegten Gesellschaft eigentlich niemals überdrüssig? Durch irgend etwas war mir aufgegangen, daß ich den Jungen mit meinem Schal geradezu an mich gefesselt hatte, und die Art und Weise, wie ich unsere beiden Gefährtinnen vor uns hergehen ließ, fast den Anschein erweckte, als versuchte ich, irgendwelche Aufsässigkeit zu unterbinden. Ich war wie ein Gefängnisaufseher, der auf Überraschungen und Ausbruchsversuche jederzeit gefaßt ist. Doch all dies – ich meine ihre wunderbare kindliche Unterwerfung – gehörte nun einmal zu den vielen unergründlichen Tatsachen, die ich nicht verstehen konnte. Für den Sonntag vom Schneider seines Onkels ausstaffiert, dem freie Hand gelassen worden war und der nicht nur etwas von hübschen Westen verstand, sondern auch von Miles' selbstbewußtem Auftreten, kamen Miles' ganzes Recht auf Unabhängigkeit, die Rechte seines Geschlechts und seines Standes so ausgeprägt zur Geltung, daß ich, hätte er plötzlich einen Fluchtversuch unternommen, nichts dagegen zu sagen gewußt haben würde. Der sonderbarste aller Zufälle wollte es, daß ich darüber nachsann, wie ich mich ihm gegenüber verhalten sollte, wenn es tatsächlich zu diesem Aufbegehren kam. Ich nenne es Aufbegehren, weil ich heute erkenne, daß mit dem letzten Wort, das er sprach, der Vorhang hochging, der letzte Akt meines furchtbaren Dramas begann und die Katastrophe beschleunigt auf uns zukam. »Hören Sie, meine Liebe«, sagte er in seiner bezaubernden Art, »wann, um alles auf der Welt, soll ich eigentlich zurück ins Internat?«

Liest man den Satz hier niedergeschrieben, klingt er recht harmlos, zumal in seinem hohen, süßen, beiläufigen Tonfall vorgebracht, der für alle, mit denen er sprach, vor allem aber für seine ewige Erzieherin besondere Betonungen enthielt, als ob er ihnen Rosen zuwürfe. Es war etwas, was einen stets stutzen ließ, und diesmal war ich so sehr verdutzt, daß ich stehenblieb, als wäre einer der Bäume des Parks vor uns niedergestürzt. Unversehens war etwas Neues zwischen uns, und er war sich durchaus klar darüber, daß ich mir dessen bewußt war, obwohl er, um mich dazu zu bringen, nicht um einen Deut weniger aufrichtig und reizend auszusehen brauchte als sonst. Ich merkte ihm bereits an, daß er – da ich zunächst nicht wußte, was ich darauf erwidern sollte – den Vorteil erkannt hatte, den er mir gegenüber errungen hatte. Ich brauchte so lange, ehe ich etwas fand, daß er Zeit genug hatte, um nach einer Weile mit seinem vielsagenden, aber undeutbaren Lächeln fortzufahren. »Sie wissen ja, meine Liebe, wenn ein Junge ständig nur mit einer Dame zusammen ist...« Dieses ›meine Liebe‹ führte er mir gegenüber ständig im Mund, und nichts vermöchte besser genau jene Gefühlslage zum Ausdruck zu bringen, an die meine Schüler heranzuführen ich mich bemühte, als diese herzliche und vertraute Anrede. Sie hatte etwas Respektvoll-Ungezwungenes.

Aber ach, wie bewußt mir in diesem Augenblick war, wie sorgfältig ich meine Worte wählen mußte. Ich erinnere mich, daß ich, um Zeit zu gewinnen, lachte, wobei mir war, als spiegelte sich in seinem schönen Gesicht, mit dem er mich beobachtet hatte, wie häßlich und wie sonderbar ich aussah. »Immer mit derselben Dame?« fragte ich nach.

Ihm wich weder die Farbe aus dem Gesicht, noch zuckte er mit den Wimpern. Endlich war die Sache zwischen uns heraus. »Nun ja, selbstverständlich ist sie eine reizende, eine ›vollendete‹ Dame; aber ich bin schließlich ein junger Mann, verstehen Sie? Und das bedeutet – nun ja, daß man sich entwickelt.«

Überaus freundlich blieb ich einen Moment bei ihm stehen. »Ja, du entwickelst dich.« Ach, wie hilflos ich mir vorkam!

Bis auf den heutigen Tag kann ich mich des herzzerreißenden leisen Verdachts nicht erwehren, er wüßte das ganz genau und verstünde es, damit zu spielen. »Und Sie können auch nicht behaupten, daß ich nicht schrecklich brav gewesen bin, nicht wahr?«

Ich legte ihm die Hand auf die Schulter, denn obgleich ich spürte, um wieviel besser es gewesen wäre weiterzugehen – ich konnte es einfach noch nicht. »Nein, das kann ich nicht behaupten, Miles.«

»Bis auf neulich nacht, wissen Sie . . .?«

»Nur in dieser einen Nacht?« Ich konnte ihm dabei nicht in die Augen sehen.

»Nun, als ich hinunterging – nach draußen.«

»Doch, natürlich! Nur weiß ich nicht mehr, warum du es eigentlich getan hast.«

»Das haben Sie vergessen?« Er sagte das mit der Fassungslosigkeit kindlichen Vorwurfs in der Stimme. »Aber damit wollte ich Ihnen doch nur beweisen, daß ich sehr wohl dazu imstande wäre.«
»O ja, du bist dazu imstande.«
»Ich kann es auch wieder tun.«
Ich hatte das Gefühl, vielleicht gelänge es mir doch, nicht ganz den Verstand zu verlieren. »Gewiß. Aber du wirst es nicht tun.«
»Nein, *so was* nicht. Das war gar nichts.«
»Es war gar nichts«, sagte ich. »Aber wir müssen weiter.«
Er hakte mich unter und nahm den Weg an meiner Seite wieder auf. »Also, wann *gehe* ich dann zurück?«
Ich überlegte und setzte die Miene strengen Verantwortungsbewußtseins auf. »Bist du glücklich gewesen im Internat?«
Er dachte nur flüchtig darüber nach. »Ach, ich bin eigentlich überall glücklich.«
»Ja aber«, kam es mit bebender Stimme von mir, »wenn du hier ebenso glücklich bist . . .«
»Schon, aber das ist schließlich nicht alles! Selbstverständlich wissen Sie furchtbar viel . . .«
»Willst du damit andeuten, du wüßtest fast genausoviel?« erkühnte ich mich zu fragen, als er nicht weitersprach.
»Nicht halb soviel, wie ich gern wissen möchte!« gestand er aufrichtig. »Aber das ist es nicht so sehr.«
»Was ist es dann?«
»Nun – ich möchte mehr vom Leben sehen.«
»Ich verstehe, ich verstehe.« Inzwischen konnten wir die Kirche sehen und auch einige Leute, darunter ein paar vom Haushalt von Bly, die auf dem Weg dorthin waren und sich jetzt um die Tür herumdrängten, um uns eintreten zu sehen. Ich beschleunigte meine Schritte; ich wollte dasein, ehe die Frage zwischen uns noch weiter aufgerissen wurde; gierig klammerte ich mich an die Vorstellung, daß er dort eine

ganze Stunde lang würde schweigen müssen; außerdem dachte ich neidvoll an das vergleichsweise Dämmer des Kirchengestühls sowie an den fast geistlichen Beistand des Kissens, auf das ich mich knien konnte. Mir war, als wäre ich in einer Art Wettlauf begriffen, in dem er mich einigermaßen verwirrt zurückzuhalten im Begriff stand, und ich meinte eigentlich, daß er schon vor mir hineingegangen sei, als es – wir hatten in Wirklichkeit noch nicht einmal den Kirchhof erreicht – aus ihm herausbrach: »Ich will zu meinesgleichen!« Woraufhin ich buchstäblich einen gewaltigen Satz vorwärts machte.

»Es gibt nicht viele deinesgleichen, Miles!« Ich lachte. »Es sei denn, vielleicht die kleine Flora.«

»Vergleichen Sie mich im Ernst mit so einem kleinen Mädchen?«

Das traf mich an einer besonders schwachen Stelle. »*Liebst* du denn unsere bezaubernde kleine Flora gar nicht?«

»Wenn ich das nicht täte – und Sie auch; wenn ich das nicht täte ...!« wiederholte er, gleichsam als träte er zurück, um Anlauf zu nehmen und zu springen, den Satz jedoch unbeendet lassend, so daß, nachdem wir durch die Pforte getreten waren, ein Druck seines Arms mir zu verstehen gab, daß ich nicht drum herumkommen würde, nochmals stehenzubleiben. Mrs. Grose und Flora waren bereits in der Kirche verschwunden, die anderen Andächtigen waren ihnen gefolgt, und so standen wir im Augenblick allein mitten unter den wuchtigen alten Grabsteinen. Auf dem Weg, der vom Tor zur Kirche führte, neben einer niedrigen, länglichen flachen Grabplatte waren wir stehengeblieben.

»Ja, wenn du es nicht tätest ...?«

Er schaute, während ich abwartete, über die Gräber hin. »Ach, Sie wissen sehr wohl, was.« Trotzdem machte er keinerlei Anstalten weiterzugehen, und dann sagte er etwas, was mich dazu brachte, einfach auf die Grabplatte niederzu-

sinken, als hätte ich plötzlich das Bedürfnis, mich auszuruhen. »Glaubt mein Onkel dasselbe, was *Sie* glauben?«
Ich blieb betont sitzen. »Woher willst du wissen, was ich glaube?«
»Ja, nun, selbstverständlich weiß ich das nicht; mir ist nämlich aufgefallen, daß Sie mir das nie sagen. Was ich aber meine, ist, *weiß* er es?«
»Weiß was, Miles?«
»Nun, wie ich mich mache?«
Ich begriff sofort, daß ich ihm auf diese Frage keine Antwort geben könne, ohne meinem Brotgeber nicht irgendein Opfer abzuverlangen. Trotzdem wollte es mir scheinen, als ob wir auf Bly alle hinreichend zum Opfer gemacht wurden, das verzeihlich zu machen. »Ich glaube nicht, daß das deinen Onkel sonderlich interessiert.«
Auf diese Worte hin sah Miles mich an und meinte: »Ja, meinen Sie nicht, man könnte ihn dazu bringen, es zu tun?«
»Wie denn?«
»Nun, indem man ihn aufforderte herzukommen.«
»Aber wer bringt ihn dazu, daß er herkommt?«
»*Ich* werde das tun«, erklärte der Junge ganz besonders strahlend und mit Nachdruck. Er bedachte mich mit einem Blick, in dem eben diese Elemente klar enthalten waren, und ging dann festen Schrittes allein in die Kirche.

15.

Von dem Augenblick an, da ich ihm nicht folgte, war alles entschieden. Daß ich vor der ganzen Aufregung die Waffen streckte, war zwar jämmerlich, half mir aber nicht einmal, als ich mir darüber klarwurde, daß ich mich zusammenreißen mußte. Ich hockte auf dem Grabstein und versuchte, mir über die volle Bedeutung dessen klarzuwerden, was mein kleiner Freund gesagt hatte; als mir das in seiner ganzen Tragweite aufgegangen war, hatte ich mir auch, was mein Fernbleiben vom Gottesdienst betrifft, den Vorwand zu eigen gemacht, daß ich mich schämte, meinen Schülern und dem Rest der Gemeinde ein solches Beispiel an Zuspätkommen zu bieten. Vor allem aber sagte ich mir, daß Miles etwas aus mir herausbekommen hatte, vor dem ich Angst hatte; daß der Beweis für die Richtigkeit dieser Vermutung genau in meinem peinlichen Zusammenbruch zu sehen war; und daß Miles sich vermutlich meiner Angst bedienen würde, um mehr Freiheit für sich zu erlangen. Wovor mir bangte, war, daß ich mich mit der unerträglichen Frage nach den Gründen für seinen Rauswurf würde auseinandersetzen müssen, denn im Grunde ging es dabei um nichts anderes als um die entsetzlichen Dinge, die sich dahinter verbargen. Daß sein Onkel herkommen sollte, um diese Probleme mit mir zu behandeln, war eine Lösung, nach der ich mich jetzt eigentlich hätte sehnen sollen; aber der Häßlichkeit und Peinlichkeit des Ganzen ins Auge zu sehen, war mir so unerträglich, daß ich es vorläufig vor mich hinschob und zunächst gewissermaßen von der Hand in den Mund lebte. Der Junge – und das wühlte mich zutiefst auf – war so unendlich im Recht und in der Lage, zu mir zu sagen: ›Entweder Sie klären jetzt gemeinsam mit meinem Vormund, wieso meine Erziehung auf so geheimnisvolle Weise unterbrochen worden ist, oder sie hören auf, von mir zu erwarten, daß ich zusammen mit Ihnen weiterhin ein Leben führe, das für einen Jungen unnatürlich ist.‹ Und was bei dem Jungen, mit dem ich es hier zu tun hatte, so unnatürlich war, das war die Plötzlichkeit, mit der er mir enthüllt hatte, daß hinter allem bewußtes, planvolles Vorgehen stand.

Das war es, was mich eigentlich so überwältigte und mich daran hinderte hineinzugehen. Ich ging um die Kirche herum, zögerte, war mir nicht sicher, was ich tun sollte; ich

überlegte, daß ich mich ihm gegenüber bereits in nicht wiedergutzumachender Weise bloßgestellt hatte; ich konnte unmöglich einfach wieder zum Alltag zurückkehren, und ich schaffte es einfach nicht, mich neben ihn auf die Bank zu setzen, als wäre nichts gewesen. Er würde nur mit noch größerer Selbstverständlichkeit als sonst meinen Arm nehmen und mich zwingen, eine ganze Stunde lang still dazusitzen und mich in engster Berührung mit ihm seinen stummen Kommentaren zu unserer Unterhaltung auszusetzen. Zum allerersten Mal seit seiner Ankunft wollte ich weg von ihm. Als ich unter dem hohen Ostfenster stehenblieb und dem Gang des Gottesdienstes drinnen lauschte, überkam mich eine Regung, die mich, so spürte ich, völlig beherrschen würde, wenn ich ihr jetzt auch nur im geringsten nachgab; ich konnte meinem Leidensweg ohne weiteres dadurch ein Ende bereiten, daß ich einfach abreiste. Das war meine Chance; es war niemand da, der mich zurückhalten würde; ich konnte alles hinwerfen – konnte kehrtmachen und die Flucht ergreifen. Es ging nur darum, nach Hause zu eilen, um dort einige Vorbereitungen zu treffen, denn des Gottesdienstes wegen, dem viele von der Dienerschaft beiwohnten, würde ich das Haus praktisch ganz für mich allein haben. Kurz gesagt, niemand würde mir einen Strick daraus drehen, wenn ich in meiner Verzweiflung einfach Hals über Kopf davonfuhr. Was bedeutete es schon, sich nur bis zum Abendessen zurückzuziehen? Das würde in ein paar Stunden stattfinden, und danach würden meine kleinen Zöglinge – das sah ich ganz deutlich vor mir – nur harmlos verwundert fragen, wieso ich denn nicht zu ihnen heruntergekommen sei.
›Was war denn *los*, Sie garstiges Mädchen, Sie? Warum um alles in der Welt haben Sie uns denn so beunruhigt – und uns auch noch von der Andacht abgelenkt, begreifen Sie das denn nicht? – und uns vor der Kirche auch noch einfach im Stich gelassen?‹ Solchen Fragen konnte ich mich unmöglich

aussetzen, konnte genausowenig ihre falschen, bezaubernden kleinen Augen ertragen, mit denen sie mich das fragen würden; dennoch war es genau dies, dem ich mich würde stellen müssen, und als mir das immer deutlicher klarwurde, gab ich schließlich jeden Widerstand auf und ging.

Was die unmittelbare Gegenwart betraf, kam ich gewissermaßen noch einmal mit blauem Auge davon; ich ließ den Friedhof hinter mir und ging, angestrengt nachdenkend, durch den Park zurück. Heute ist mir so, als wäre ich, als ich schließlich das Haus erreichte, entschlossen gewesen zu fliehen. Die sonntägliche Stille auf dem Heimweg und auch im Haus selbst, in dem ich niemandem begegnete, war ganz dazu angetan, mir das Gefühl zu vermitteln, die Gelegenheit sei günstig. Wenn ich jetzt auf der Stelle abreiste, würde ich ohne eine Szene, ohne ein Wort davonkommen. Allerdings würde ich mich wirklich beeilen müssen, und die Frage nach einem Gefährt mußte auch noch geklärt werden. Von quälenden Gedanken gemartert und angesichts der Schwierigkeiten und Hindernisse, so erinnere ich mich, setzte ich mich dann in der Halle auf die untersten Treppenstufen – ich brach ganz einfach plötzlich zusammen und wurde mir dann voller Entsetzen darüber klar, daß ich an eben jener Stelle saß, wo ich vor einem Monat in der Dunkelheit der Nacht und genauso gramgebeugt wie ich den Geist der schrecklichsten aller Frauen erblickt hatte. Diese Vorstellung brachte mich dazu, mich wieder aufzuraffen und die Treppe bis zum Ende hinaufzusteigen; in meiner Verwirrung lenkte ich meine Schritte auf den Unterrichtsraum, wo noch Dinge lagen, die mir gehörten und die ich würde mitnehmen müssen. Als ich die Tür aufmachte, wurde mir blitzhaft klar, daß mir die Augen abermals aufgetan wurden, und angesichts dessen, was sich diesen Augen darbot, wurde ich augenblicklich wieder zurückgeworfen in den Widerstand.

Im hellen Mittagslicht sah ich an meinem eigenen Pult eine

Person sitzen, die ich ohne meine frühere Erfahrung im ersten Augenblick ohne weiteres für irgendein Hausmädchen gehalten hätte, das daheim geblieben war, um aufzuräumen, und das sich die seltene Gelegenheit zunutze machte, unbeobachtet zu sein, und sich im Unterrichtsraum an das Pult mit meinen Federn, meiner Tinte und Papier setzte, um sich der schwierigen Aufgabe zu widmen, einen Brief an ihren Liebsten zu schreiben. Sie hatte die Ellbogen auf den Tisch gelegt und stützte, offenbar tief bedrückt, schwer den Kopf in die Hände. Doch kaum hatte ich das in mich aufgenommen, wurde mir bewußt, daß ihre Haltung trotz meines Eintretens merkwürdig unverändert blieb. Dann jedoch – allein dadurch, daß sich eine solche Veränderung ihrer Haltung nun doch ankündigte – wurde mir schlagartig und überwältigend klar, um wen es sich handelte. Sie erhob sich, nicht, als ob sie mich gehört hätte, sondern mit einer unbeschreiblichen, unendlich niedergedrückten Gleichgültigkeit und Unbeteiligtheit, und nur wenige Schritte entfernt stand meine verruchte Vorgängerin vor mir. Entehrt und in ihrer ganzen Tragik bot sie sich meinem Blick dar; doch noch während ich sie, schon um nichts wieder zu vergessen, genauer ins Auge faßte, löste sich das furchtbare Bild auf.
In ihrem Trauergewand, das dunkel war wie die Nacht, in ihrer ganzen abgehärmten Schönheit und ihrem unsäglichen Schmerz hatte sie mich lange genug angeblickt, gleichsam, als wollte sie mir zu verstehen geben, ihr Recht, an meinem Pult zu sitzen, sei genauso groß wie meines, an dem ihren zu sitzen. Solange das Ganze andauerte, beschlich mich das wahrhaft schaurige Gefühl, daß im Grunde ich hier der Eindringling sei. In dem Versuch, dagegen heftig Einspruch zu erheben, wandte ich mich denn tatsächlich an sie und rief in einem Ton, der durch die offene Tür, durch den langen Korridor und das ganze leere Haus hallte: »Sie furchtbare, Sie arme Frau!« Sie sah mich an, als hörte sie mich, doch ich

hatte mir mittlerweile durch diesen Ausbruch Erleichterung verschafft und die Atmosphäre gereinigt. Gleich darauf war der Raum von nichts anderem erfüllt als vom Sonnenschein und dem Gefühl, daß ich bleiben müsse.

16.

Ich war so fest davon überzeugt gewesen, bei der Rückkehr meiner Zöglinge würde es zu irgendeinem Auftritt kommen, daß ich erneut ganz aus der Fassung geriet, als sie mein Fehlen beim Gottesdienst mit keinem Wort erwähnten. Statt mir Vorwürfe zu machen oder mich zu trösten, übergingen sie die Tatsache, daß ich sie im Stich gelassen hatte, mit Stillschweigen. Mir blieb vorerst – da auch sie sich in Schweigen hüllte – nichts anderes übrig, als den sonderbaren Ausdruck auf Mrs. Groses Gesicht zu studieren. Das tat ich denn auch, und zwar mit dem Erfolg, daß ich es mir nicht anders erklären konnte, als daß sie ihr Schweigen auf irgendeine Weise erkauft haben müßten; ein Schweigen freilich, das ich zu brechen vorhatte, sobald wir Gelegenheit hätten, allein zusammen zu sein. Diese Gelegenheit ergab sich vorm Tee; ich richtete es so ein, daß ich fünf Minuten mit ihr in ihrem Zimmer allein sein konnte; in diesem sorgsam aufgeräumten und schön eingerichteten Zimmer saß sie im Halbdämmer und im Duft frischgebackenen Brotes ruhig zwar, aber gleichwohl offensichtlich beklommen vorm Kamin. Ich sehe sie noch vor mir, und so sehe ich sie am besten: wie sie auf dem Stuhl mit der geraden Lehne im dämmerigen, blitzblanken Zimmer dasitzt und in die Flammen schaut – ein eindrucksvolles, sauberes Bild der ›Aufgeräumtheit‹, wohlverschlossener Schubladen und einer Ruhe, gegen die kein Kraut gewachsen war.

»O ja, sie haben mich gebeten, nichts zu sagen; und um ihnen einen Gefallen zu tun – solange sie dabeiwaren –, habe ich es ihnen versprochen. Aber was war denn los mit Ihnen?«

»Ich hatte Sie nur hinbringen wollen«, sagte ich. »Dann mußte ich zurück, um mich mit einer Freundin zu treffen.«

Sie verhehlte ihre Überraschung nicht.

»Eine Freundin?«

»Aber ja, ich habe durchaus welche!« Ich lachte. »Aber haben die Kinder Ihnen einen Grund angegeben?«

»Warum ich nicht darauf anspielen sollte, daß Sie uns verlassen hätten? Ja. Sie sagten, das würde Ihnen bestimmt lieber sein. *Ist* es Ihnen lieber?«

Meine Miene mußte ihr Mitgefühl geweckt haben. »Nein, im Gegenteil!« Doch nach einem Augenblick setzte sie hinzu: »Haben Sie gesagt, warum es mir wohl lieber wäre?«

»Nein. Master Miles sagte nur: ›Wir dürfen nichts tun, was sie nicht mag!‹«

»Wenn er das doch nur wirklich täte! Und was hat Flora gesagt?«

»Miss Flora war so lieb. Sie sagte: ›Selbstverständlich – selbstverständlich!‹ – und ich habe das gleiche gesagt.«

Ich dachte einen Augenblick nach. »Auch Sie waren zu lieb – ich höre euch drei geradezu! Trotzdem ist zwischen Miles und mir jetzt alles heraus.«

»Alles heraus?« Meine Gefährtin sah mich fassungslos an. »Aber was denn, Miss?«

»Alles. Es spielt keine Rolle. Ich habe einen Entschluß gefaßt. Ich bin zurückgegangen, meine Liebe«, fuhr ich fort, »um mich mit Miss Jessel auszusprechen.«

Mittlerweile hatte ich es mir angewöhnt, Mrs. Grose erst einmal fest in der Hand zu haben, ehe ich Töne dieser Art anschlug; so daß ich sie selbst jetzt, da sie, von meinen Worten aufgestört, tapfer blinzelte, einigermaßen ruhighalten konnte. »Sich auszusprechen! Soll das heißen, sie hat gesprochen?«

»Darauf lief es hinaus. Bei meiner Rückkehr stieß ich im Unterrichtsraum auf sie.«
»Und was hat sie gesagt?« Noch heute habe ich die Worte der guten Frau im Ohr, spüre ich, wie aufrichtig ihre Bestürzung war.
»Daß sie die Qualen erleidet ...«
In gewisser Weise veranlaßten erst diese Worte, mit denen ich mein Bild abrundete, sie dazu, offenen Mundes dazusitzen. »Wollen Sie damit sagen« – sie stockte – »der Verlorenen?«
»Der Verlorenen und Verdammten. Und darum, um sie zu teilen ...« Jetzt war ich es, die angesichts des Entsetzlichen stockte ...
Doch meine Gefährtin, die nicht ganz soviel Phantasie besaß, ließ nicht locker. »Um sie zu teilen ...?«
»Verlangt sie Flora.« Mrs. Grose hätte, als ich diesen Schlag auf sie herniedersausen ließ, einfach die Flucht vor mir ergreifen können, wäre ich darauf nicht vorbereitet gewesen. Um ihr das zu beweisen, ließ ich sie nun nicht fort. »Doch wie ich Ihnen schon gesagt habe – es spielt keine Rolle.«
»Weil Sie sich zu einem Entschluß durchgerungen haben? Zu was denn?«
»Zu allem.«
»Und was verstehen Sie unter ›allem‹?«
»Nun, ihren Onkel herkommen zu lassen.«
»Ach, Miss, tun Sie das in Gottes Namen, tun Sie das!« stieß meine Freundin hervor.
»Aber ja doch, das werde ich, das werde ich *bestimmt!* Ich sehe ein, das ist der einzige Weg. Was zwischen uns ›heraus‹ ist, wie ich Ihnen gesagt habe, ist, daß Miles glaubt, ich hätte Angst – und bildet sich ein, dadurch gewönne er was –, aber er wird sehen, daß er sich irrt. Ja, ja; sein Onkel soll es hier an Ort und Stelle von mir erfahren (und wenn es sein muß, auch im Beisein des Jungen selbst), daß, wenn man mir

vorwirft, ich hätte nichts unternommen wegen eines Internats ...«

»Ja, Miss ...« Meine Freundin ließ nicht locker.

»Nun, es gibt einen schrecklichen Grund dafür.«

Deren gab es offensichtlich für meine arme Gefährtin inzwischen so viele, daß es verzeihlich ist, wenn sie nicht mehr aus noch ein wußte. »Aber – hm – welcher?«

»Nun, der Brief vom Internat, in dem er war.«

»Sie wollen ihn dem Herrn zeigen?«

»Das hätte ich sofort tun sollen.«

»Oh, nein!« sagte Mrs. Grose mit Entschiedenheit.

»Ich werde ihm klarmachen«, fuhr ich unerbittlich fort, »daß ich nichts unternehmen kann, um die Frage zu klären, warum man ein Kind hinausgeworfen hat ...«

»Aus was für einem Grunde eigentlich, haben wir nie richtig erfahren!« erklärte Mrs. Grose.

»Weil er schlecht ist. Warum sonst ... wo er doch sonst so gescheit, so schön und so vollkommen ist? Ist er dumm? Ist er unordentlich? Kränkelt er? Ist er boshaft? – Er ist hinreißend, folglich kann es nur *das* sein; und das würde ja auch alles erklären. Schließlich«, sagte ich, »ist es die Schuld ihres Onkels. Wenn er solche Menschen hierherkommen ließ ...«

»Im Grunde hat er sie ja überhaupt nicht gekannt. Schuld daran habe ich.« Sie war blaß geworden.

»Nun, Sie sollen nicht darunter leiden«, sagte ich.

»Das sollen vor allem die Kinder nicht«, erklärte sie mit Entschiedenheit.

Ich schwieg eine Weile; wir blickten einander an. »Was soll ich ihm also sagen?«

»Sie brauchen ihm überhaupt nichts zu sagen. *Ich* werde das tun.« Ich erwog, was sie damit meinen könnte. »Denken Sie daran, ihm zu schreiben ...?« Als mir einfiel, daß sie das ja nicht konnte, verbesserte ich mich. »Wie wollen Sie mit ihm in Verbindung treten?«

»Ich sage es dem Verwalter. *Der* schreibt.«
»Ja, wäre es Ihnen denn recht, wenn er unsere Geschichte aufschreibt?«
Meine Frage klang sarkastischer, als ich beabsichtigt hatte, und so brach sie – was nicht vorauszusehen gewesen war – zusammen. Wieder standen ihr die Tränen in den Augen.
»Ach, Miss, *Sie* schreiben.«
»Gut – heute abend«, erklärte ich zuletzt; und damit gingen wir auseinander.

17.

Am Abend brachte ich es sogar fertig, einen Anfang zu machen. Das Wetter war wieder schlechter geworden, es wehte ein heftiger Wind, und ich saß – Flora friedlich schlafend neben mir – unter der Lampe in meinem Zimmer lange vor einem leeren Blatt Papier und lauschte auf das Prasseln des Regens und das Fauchen des Windes. Schließlich ging ich hinaus und nahm mir eine Kerze; ich ging über den Korridor hinüber und horchte eine Zeitlang an Miles' Tür. Worauf ich in meiner endlosen Besessenheit wartete, war ein Laut, der mir verriet, daß er nicht schlief; zuletzt vernahm ich einen, doch keineswegs einen, wie ich ihn erwartet hatte. Mit seiner hellen Stimme rief er: »Herein, wer immer draußen steht ... nur herein!« Welche Fröhlichkeit inmitten all der Düsternis!
Ich trat mit meinem Licht ein und fand ihn hellwach, aber keineswegs beunruhigt in seinem Bett liegen. »Aber, was treiben Sie denn noch?« fragte er anmutig und ohne jede Verlegenheit, was, wie ich meinte, Mrs. Grose, wäre sie dabeigewesen, wohl bewegt hätte, vergeblich nach einem Beweis dafür Ausschau zu halten, daß irgend etwas zwischen uns ›heraus‹ war.

Die Kerze in der Hand, stand ich über ihm. »Woher wußtest du denn, daß ich da war?«
»Aber selbstverständlich habe ich Sie gehört! Glauben Sie etwa, Sie hätten keinen Lärm gemacht? Soviel wie eine Schwadron Kavallerie.« Sein Lachen klang bezaubernd.
»Dann hast du also noch nicht geschlafen?«
»Nein, das kann man nicht sagen. Ich liege wach und denke nach.«
Ich hatte den Leuchter mit der Kerze absichtlich etwas weiter entfernt abgesetzt und dann, als er mir seine freundliche vertraute Hand reichte, auf dem Rand seines Bettes Platz genommen. »Worüber«, fragte ich, »denkst du denn nach?«
»Worüber um alles in der Welt, wenn nicht über *Sie* ?«
»Oh, so stolz ich darauf bin – ich kann darauf verzichten! Mir wäre es lieber, du würdest schlafen.«
»Nun, ich denke aber auch über diese merkwürdige Sache zwischen uns nach.«
Mir fiel auf, wie kühl seine feste kleine Hand war. »Was für eine merkwürdige Sache, Miles?«
»Nun, darüber, wie Sie mich erziehen! Und alles andere.«
Eine Zeitlang hielt ich den Atem an; selbst im Schimmer meines brennenden Wachsstocks war es noch hell genug, um mir zu zeigen, daß er mich aus seinem Kopfkissen heraus anlächelte.
»Und was verstehst du unter ›allem anderen‹?«
»Ach, Sie wissen schon, Sie wissen schon.«
Eine Weile brachte ich kein Wort hervor; dabei fühlte ich, während ich seine Hände hielt und unsere Blicke sich weiterhin begegneten, daß mein Schweigen praktisch die Richtigkeit seines Vorwurfs bestätigte und daß in diesem Augenblick in der ganzen weiten Welt vielleicht nichts so märchenhaft-unwirklich war wie unsere augenblickliche Beziehung. »Selbstverständlich sollst du zurück ins Internat«, sagte ich, »falls das dir Kummer macht. Aber nicht in das, auf dem du bis-

her warst – wir müssen ein anderes finden, ein besseres. Woher sollte ich wissen, daß diese Frage dich quält; du hast mir das schließlich nie gesagt, hast nie davon gesprochen.« Sein klares, aufmerksam lauschendes Gesicht, das in das weiße weiche Kissen gebettet war, ließ ihn im Moment genauso mitleiderregend erscheinen wie einen schwerkranken kleinen Patienten in einem Kinderhospital; und ich hätte in dem Augenblick, da mir diese Ähnlichkeit aufging, alles gegeben, was ich auf Erden besaß, um die Krankenpflegerin oder Barmherzige Schwester zu sein, die ihm hätte helfen können, wieder gesund zu werden. Nun, vielleicht konnte ich aber auch so helfen. »Weißt du eigentlich, daß du noch nie ein Wort über dein Internat zu mir gesagt hast – das alte, meine ich; es nie auch nur mit einem Wort erwähnt hast?«
Er schien nachzudenken und lächelte mich genauso bezaubernd an wie zuvor. Dabei gewann er ganz offensichtlich Zeit; er wartete ab, wartete flehentlich auf einen Fingerzeig. »Wirklich nicht?« Nicht *ich* sollte es sein, die ihm half – sondern dasjenige, dem ich begegnet war!
Etwa an seinem Tonfall und an seinem Gesichtsausdruck versetzte meinem Herzen, als ich diese beiden Worte hörte, einen Stich, wie ich es bisher noch nie erlebt hatte; so unsäglich rührend war es zu sehen, wie sein kleines Gemüt weder aus noch ein wußte und er alle seine kleinen Hilfsmittel aufbot, um unter dem Zauber, der auf ihm lag, die Rolle des Unschuldsengels und des Geradlinigen zu spielen. »Nein, nie – von dem Augenblick an, da du zurückgekommen bist. Du hast mir gegenüber niemals weder einen deiner Lehrer noch deiner Kameraden erwähnt und auch nicht das allergeringste erzählt, was du im Internat eigentlich erlebt hast. Niemals, kleiner Miles – nicht ein einziges Mal – hast du mir auch nur im entferntesten angedeutet, was dort möglicherweise vorgefallen ist. Du kannst dir also vorstellen, wie sehr ich im dunkeln tappe. Bis du heute morgen damit herausgekom-

men bist, hast du seit dem Augenblick, da ich dich kennenlernte, überhaupt kaum irgend etwas aus deinem bisherigen Leben erwähnt. Ich hatte den Eindruck, daß du dich vollkommen mit dem einverstanden fühltest, was im Augenblick war.« Es war schon sehr merkwürdig, wie sehr ich ihn bei aller seiner verborgenen Frühreife (oder wie immer ich die Vergiftung durch einen Einfluß nennen soll, den ich selbst kaum in Worte zu fassen wagte) und trotz der Tatsache, daß man von seinen inneren Schwierigkeiten durchaus ein wenig spürte, doch für so ansprechbar hielt wie einen reiferen Menschen und mich zwang, ihn wie einen geistig Ebenbürtigen zu behandeln. »Ich dachte, du wolltest so weitermachen wie bisher.«

Mich verblüffte, daß sich sein Gesicht auf diese Worte hin mit einer feinen Röte überzog. Auf jeden Fall schüttelte er wie ein ermatteter Rekonvaleszent müde den Kopf. »Nein, das will ich nicht. Das will ich nicht. Ich möchte fort.«

»Gefällt es dir auf Bly nicht mehr?«

»Oh, das nicht. Bly gefällt mir durchaus.«

»Ja, aber dann ...«

»Ach, Sie wissen doch ganz genau, was ein Junge möchte.«

Ich spürte, daß ich das keinesfalls so genau wisse wie Miles, und sann vorerst auf eine Ausflucht. »Du möchtest zu deinem Onkel?«

Abermals bewegte er sein bezauberndes ironisches Gesicht auf dem Kissen hin und her. »Oh, so leicht kommen Sie mir nicht davon.« Ich schwieg eine Weile, und jetzt war, glaube ich, ich es, die errötete. »Mein lieber Junge, ich möchte nicht davonkommen.«

»Das können Sie auch gar nicht – selbst wenn Sie wollten. Sie können es nicht – können es nicht!« Wunderschön war es, wie er mich anstarrte. »Mein Onkel muß herkommen, und Sie beide müssen alles, alles in Ordnung bringen.«

»Wenn wir das tun«, entgegnete ich, wieder einigermaßen

beherzt, »dann kannst du sicher sein, daß du ganz von hier fortkommst.«

»Ach, verstehen Sie denn nicht, daß das genau das ist, worauf ich hinauswill? Sie müssen es ihm sagen – wie Sie alles haben schleifen lassen; Sie werden ihm eine ganze Menge erklären müssen.« Das Frohlocken in der Stimme, mit dem er dies vorbrachte, half mir im Augenblick, ihm noch beherzter entgegenzutreten. »Und wieviel hast *du* ihm zu erklären, Miles? Er wird dich einiges fragen müssen.«

Er überlegte. »Vermutlich. Aber was denn?«

»Das, was du mir nie erzählt hast. Damit er zu einem Entschluß kommen kann, was mit dir geschehen soll. Er kann dich nicht zurückschicken ...«

»Aber ich will ja gar nicht zurück«, fiel er mir ins Wort. »Ich will doch etwas Neues!«

Das sagte er mit bewundernswerter Gelassenheit, mit einer Heiterkeit, an der wahrhaftig nichts auszusetzen war. Zweifellos war es gerade dieser Ton, der mich schmerzlich jene unnatürliche kindliche Tragik erkennen ließ, in die er geraten würde, wenn er nach Ablauf dreier Monate mit seiner ganzen Großsprecherei und mit noch mehr Schande bedeckt zurückkehrte. Mich überwältigte die Vorstellung, daß ich das niemals ertragen könnte, und das brachte mich dazu, vollständig die Fassung zu verlieren. Ich warf mich über ihn und schloß ihn mit dem ganzen Zartgefühl, das meinem Mitleid entsprang, in die Arme. »Lieber kleiner Miles, lieber kleiner Miles ...!« Mein Gesicht war dem seinen ganz nah, und er ließ sich von mir küssen, ließ das nachsichtig und gutmütig über sich ergehen. »Na, alte Dame?«

»Gibt es denn nichts – gar nichts, was du mir erzählen möchtest?« Er wandte den Kopf ein wenig beiseite, blickte zur Wand hinüber und hielt die Hand hoch, um sie zu betrachten, wie man das von kranken Kindern kennt. »Das habe ich Ihnen doch schon gesagt – heute morgen.«

Ach, tat er mir leid! »Bloß, daß ich dich nicht behelligen soll?«
Jetzt wandte er mir die Augen zu, gleichsam als würde er anerkennen, daß ich ihn verstand; dann kam es sehr, sehr leise von ihm: »Daß Sie mich in Ruhe lassen sollen.«
Das Ganze hatte sogar etwas rührend Würdiges, etwas, was mich veranlaßte, ihn loszulassen, gleichwohl jedoch, nachdem ich mich erhoben hatte, noch neben ihm stehenzubleiben. Gott weiß, daß ich ihn nie hatte quälen wollen, und doch spürte ich, daß, wenn ich ihm jetzt auch nur den Rücken kehrte, das bedeuten würde, ihn im Stich zu lassen oder, um der Wahrheit die Ehre zu geben, ihn zu verlieren. »Ich habe gerade angefangen, einen Brief an deinen Onkel zu schreiben«, sagte ich.
»Nun, dann schreiben Sie ihn zu Ende.«
Ich wartete einen Moment. »Was ist denn davor geschehen?«
Abermals blickte er zu mir herauf. »Vor was?«
»Bevor du zurückgekommen bist. Und bevor du fortgingst.«
Er schwieg eine Weile, wich jedoch meinem Blick nicht aus.
»Was geschah?«
Der Klang dieser Worte, in dem ich zum erstenmal ein schwaches Beben des Zugeständnisses und der Verlegenheit herauszuhören vermeinte, brachte mich dazu, mich nochmals neben dem Bett auf die Knie zu werfen und nochmals zu versuchen, mich seiner zu vergewissern. »Lieber kleiner Miles, lieber kleiner Miles, ach, wenn du nur wüßtest, wie gern ich dir helfen würde! Das allein ist es, das ganz allein, und ich würde lieber sterben, als dich zu kränken oder dir unrecht zu tun – ich würde eher sterben, als dir ein Haar zu krümmen. Lieber kleiner Miles« – ach, ich brachte es über mich, es zu sagen, selbst *wenn* ich damit zu weit ging –, »ich möchte nichts weiter, als daß du mir hilfst, dich zu retten!« Doch ich wußte augenblicklich, daß ich wirklich zu weit gegangen war. Die Antwort auf meine inständige Bitte ließ nicht einen Au-

genblick auf sich warten, kam jedoch wie ein kalter Anhauch, eine Bö eisiger Luft, wie eine Erschütterung, die das ganze Haus durchlief, als ob unter der Gewalt des Windes das Fenster eingedrückt worden wäre. Miles stieß einen lauten, hellen Schrei aus, der sich im allgemeinen Krach verlor, trotzdem jedoch – obwohl ich so nahe neben ihm stand – weder als Ausdruck des Frohlockens noch des tiefen Entsetzens auszumachen war. Wieder sprang ich auf und war mir bewußt, daß um mich herum Dunkelheit herrschte. So verharrten wir einen Augenblick, während ich mich umblickte und erkannte, daß die vorgezogenen Vorhänge sich nicht bewegten und das Fenster geschlossen war. »Aber die Kerze ist doch aus!« rief ich.
»Ich bin es gewesen, der sie ausgeblasen hat, meine Liebe«, sagte Miles.

18.

Am nächsten Tag nach dem Unterricht fand Mrs. Grose Gelegenheit, mich ruhig zu fragen: »Haben Sie geschrieben, Miss?«
»Jawohl – ich habe geschrieben«, sagte ich. Was ich jedoch nicht sagte, war, daß der Brief – bis jetzt – versiegelt und mit der Adresse versehen noch in meiner Tasche steckte. Es war immer noch Zeit, bis der Bote ins Dorf hinunterging. Der Vormittag war, was meine Zöglinge betrifft, glanzvoller, ja vorbildlicher denn je verlaufen. Es war wirklich so, als ob sie beide sich vorgenommen hätten, auch noch die kleinsten Reibungen, zu denen es in der letzten Zeit zwischen uns gekommen sein mochte, zu überspielen. Sie lösten die schwindelerregendsten Mathematikaufgaben, übertrafen damit alle meine bescheidenen Fähigkeiten und ergingen sich in bester Laune in allen möglichen geographischen und historischen

Spielereien. Ganz besonders Miles schien erpicht darauf, mir zu beweisen, wie leicht er mich hereinlegen konnte. Dieses Kind lebt in meiner Erinnerung wirklich in einer Welt der Schönheit und des Elends, von der Worte keine Ahnung zu vermitteln vermögen; jede Regung, die er zu erkennen gab, war ganz und gar von seiner eigenen kleinen Persönlichkeit geprägt; nie zuvor war ein so kleines Menschenkind – für das Auge von Nicht-Eingeweihten nichts als Freimut und Freiheit – je ein geistvollerer, ein beispielhafterer kleiner Gentleman gewesen! Stets mußte ich auf der Hut sein, daß ich mich durch mein tieferes Wissen nicht zu staunender Bewunderung hinreißen ließ; mußte meinen nichtssagenden Blick und mein enttäuschtes Aufseufzen unterdrücken, mit denen ich mich mit dem Rätsel herumschlug, was ein solcher kleiner Gentleman wohl verbrochen haben mochte, daß er so hart hatte bestraft werden müssen. Angenommen, das düstere Wunder, um das ich wußte, hatte ihm wirklich Einblick ins Herz des Bösen gewährt: mein ganzes Gerechtigkeitsgefühl sehnte sich nach dem schmerzlichen Beweis, es hätte nie wirklich Böses daraus erwachsen können.

Jedenfalls war er nie mehr der vollendete kleine Gentleman als in dem Augenblick, da er nach dem frühen Mittagessen dieses schrecklichen Tages zu mir kam und fragte, ob es mir nicht Spaß machen würde, wenn er mir eine halbe Stunde lang etwas vorspielte. David, als er vor Saul spielte, hätte nicht mehr Sinn für den richtigen Zeitpunkt beweisen können. Es war wirklich eine bezaubernde Zurschaustellung von Takt, ja von Großmut, und er hätte genausogut unverblümt sagen können: ›Die echten Ritter, von denen wir so gern lesen, treiben ihre Überlegenheit nie zu weit. Ich weiß, was Sie jetzt meinen: Sie meinen, wenn man Sie in Frieden läßt und nicht weiter bedrängt – dann hören Sie auf, sich Sorgen um mich zu machen und mir nachzuspionieren; dann werden Sie mich nicht an eine so kurze Leine legen, werden Sie es mir freistellen, zu kommen und zu gehen, wie ich will. Nun, verstehen Sie – ich ‚komme', aber ‚gehe' nicht! Dafür bleibt uns immer noch viel Zeit. Im Grunde genieße ich ja Ihre Gesellschaft, und ich möchte Ihnen nur beweisen, daß es mir einzig und allein ums Prinzip geht.‹ Man möge sich ausmalen, ob ich dieser Bitte widerstehen konnte oder es nicht fertigbrachte, Hand in Hand mit ihm wieder in den Unterrichtsraum zurückzugehen. Er setzte sich an das alte Klavier und spielte, wie er noch nie zuvor gespielt hatte; und wenn manche meinen, er hätte lieber hinter einem Fußball herlaufen sollen, kann ich nur sagen, daß ich ihnen von Herzen recht gebe. Denn am Ende einer Zeit, in der ich – ganz seinem Charme verfallen – einfach nicht auf die Uhr schaute, fuhr ich plötzlich hoch mit dem sonderbaren Gefühl, buchstäblich auf meinem Posten eingeschlafen zu sein. Es war nach dem Imbiß und am Kamin des Unterrichtsraums, und in Wirklichkeit hatte ich kein bißchen geschlafen; ich hatte nur etwas weit Schlimmeres getan – ich hatte einfach alles um mich herum vergessen. Wo war Flora die ganze Zeit über gewesen? Als ich Miles das fragte, spielte er noch eine Weile weiter, ehe er antwortete, jedoch nur sagen konnte: »Aber meine Liebe, woher soll *ich* das wissen?« – Woraufhin er wieder in ein glückliches Lachen ausbrach, von dem aus er, gleichsam als wäre es die Begleitung zum Klavierspiel, in ein unzusammenhängendes und maßloses Singen überging.

Ich eilte sogleich in mein Zimmer, doch da war seine Schwester nicht; ehe ich wieder nach unten ging, sah ich in etlichen anderen Zimmern nach. Da sie nirgends zu finden war, konnte sie eigentlich nirgendwo anders sein als bei Mrs. Grose, welche ich, von dieser Vorstellung beruhigt, sogleich suchen ging. Ich fand sie dort, wo ich sie auch am Abend zuvor angetroffen hatte, doch zeigte sich auf meine rasche Frage hin in ihrem Gesicht nichts als Angst und Nichtwissen. Sie war davon ausgegangen, daß ich nach dem Essen mit beiden Kindern weggegangen wäre; und zu dieser Annahme war sie durchaus berechtigt, da es das erstemal war, daß ich das kleine Mädchen unbewacht gelassen hatte, ohne irgendwelche besonderen Vorkehrungen getroffen zu haben. Selbstverständlich konnte sie jetzt bei den Hausmädchen sein, so daß wir vorerst ohne besondere Zeichen von Aufregung nach ihr suchen konnten. Das augenblicklich zu tun, verabredeten wir denn auch zwischen uns; doch als wir uns zehn Minuten später – wir hatten getrennt gesucht – wieder unten in der Halle trafen, mußten wir feststellen, daß wir sie trotz allen vorsichtigen Nachfragens und aller Suche nicht aufgespürt hatten. Zunächst standen wir da und tauschten, abgesehen davon, daß wir uns suchend umschauten, Blicke, die stumm verrieten, wie bestürzt und im höchsten Maße beunruhigt wir beide waren; und ich spürte, mit welch hohen Zinsen mir meine Freundin all die Ängste zurückzahlte, die ich ihr von Anfang an verursacht hatte.

»Sie ist bestimmt oben«, sagte sie schließlich, »in einem der Zimmer, in denen Sie nicht nachgesehen haben.«

»Nein; sie ist weg.« Ich war fest davon überzeugt. »Sie ist ins Freie gegangen.«

Mrs. Grose starrte mich ungläubig an.

»Ohne Hut?«

Mein Blick sprach selbstverständlich auch Bände. »Geht diese Frau nicht auch immer ohne Hut aus?«

»Ist sie denn bei *ihr*?«

»Sie ist bei *ihr*!« erklärte ich. »Wir müssen sie finden.«

Ich hatte meiner Freundin die Hand auf den Arm gelegt, doch angesichts der Umstände, die ich eben angedeutet hatte, versäumte sie es, auf den Druck meiner Hand zu antworten. Im Gegenteil; selbst unruhig geworden, ging sie jetzt mit sich zu Rate. »Und wo ist Master Miles?«

»Oh, der ist bei Quint. Sie sind im Unterrichtsraum.«

»Großer Gott, Miss!« Meine Überzeugung – das spürte ich

selbst – und deshalb wohl auch mein Ton waren noch nie so ruhig und so sicher gewesen.
»Die List ist gelungen«, fuhr ich fort; »sie haben ihren Plan mit Erfolg durchgeführt. Die Art und Weise, wie er mich festhielt, während sie weglief, war geradezu göttlich.«
»Göttlich?« kam es echogleich und erschrocken von Mrs. Grose.
»Dann eben teuflisch!« erklärt ich fast begeistert. »Und für sich selbst hat er auch gesorgt. Aber kommen Sie.«
Hilflos hatte sie zu den oberen Stockwerken hinaufgeblickt. »Sie lassen ihn ...?«
»Solange bei Quint? J, das kümmert mich im Moment nicht.«
Wie immer in solchen Augenblicken, bemächtigte sie sich meiner Hand, und auf diese Weise vermochte sie mich auch jetzt noch festzuhalten. Doch nachdem sie sich fassungslos darüber klargeworden war, daß ich offenbar resigniert hatte, fragte sie eifrig: »Wegen Ihres Briefes?«
Statt einer Antwort tastete ich rasch nach dem Brief, zog ihn hervor, hielt ihn hoch, ging dann, nachdem ich mich von ihrer Hand gelöst hatte, hin und legte ihn auf den großen Tisch in der Halle. »Luke wird ihn mitnehmen«, sagte ich, als ich zurückkehrte. Ich erreichte die Haustür und machte sie auf; gleich darauf war ich draußen auf der Treppe.
Meine Gefährtin zauderte noch; der nächtliche Sturm hatte sich gelegt, und der Vormittag war bereits vorüber; aber der Nachmittag war feucht und grau. Ich gelangte auf die Auffahrt, während sie noch unter der Tür stand. »Sie gehen, ohne etwas überzuziehen?«
»Was macht das, wo das Kind doch auch nichts anhat? Wenn ich mich erst anziehe, dauert das zu lange«, rief ich. »Wenn Sie das erst wollen, gehe ich allein. Überzeugen Sie sich doch solange selbst oben.«
»Mit den *beiden*?«
Und damit schloß sich mir die Ärmste endlich an!

19.

Wir gingen direkt zum See hinunter, wie er – und, wie ich finde, zu Recht, auf Bly genannt wurde, auch wenn ich heute meine, daß es eine weniger bedeutende Wasserfläche war, als es meinen Augen, die sonst noch nicht viel von der Welt gesehen hatten, erscheinen mochte. Meine Bekanntschaft mit größeren Gewässern war begrenzt, und der Teich auf Bly hatte mich auf jeden Fall bei den wenigen Gelegenheiten, wo ich mich bereit gefunden hatte, mich unter dem Schutz meiner Zöglinge in dem alten flachen Kahn, der zu diesem Zweck dort vertäut lag, hinauszuwagen, sowohl durch seine Größe als auch durch die Wellen darauf durchaus beeindruckt. Die Anlegestelle lag nur etwa eine halbe Meile vom Haus entfernt, doch war ich zutiefst davon überzeugt, daß Flora, wo immer sie sein mochte, sich nicht in so großer Nähe des Hauses befand. Nie war sie wegen irgendeines kleinen Erlebnisses meiner Aufsicht entschlüpft, und seit dem überwältigenden Abenteuer am Ufer des Teichs, das ich gemeinsam mit ihr bestanden hatte, war mir auf unseren Spaziergängen aufgegangen, wohin es sie vor allem zog. Das ist der Grund, warum ich Mrs. Groses Schritte jetzt in eine bestimmte Richtung lenkte; als sie das merkte, sträubte sie sich dagegen, was mir bewies, daß sie wiederum nicht wußte, was sie davon halten sollte.

»Sie gehen zum Wasser hinunter, Miss ...? Glauben Sie etwa, sie ist im ...?«

»Könnte sein. Obwohl es, glaube ich, nirgends sonderlich tief ist. Was ich jedoch für am wahrscheinlichsten halte, ist, daß sie genau an jener Stelle ist, wo wir neulich erlebt haben, was ich Ihnen erzählt habe.«

»Wo sie so tat, als sähe sie nichts ...?«

»Und das mit einer erstaunlichen Selbstsicherheit! Ich war immer überzeugt, daß sie einmal allein wieder hinwollte.

Und jetzt hat ihr Bruder ihr die Gelegenheit dazu verschafft.«
Mrs. Grose war stehengeblieben. »Glauben Sie wirklich, sie *reden* über sie?« Dem konnte ich mit Überzeugung begegnen »Wenn wir hören könnten, was sie miteinander reden – uns stünden die Haare zu Berge.«
»Und wenn sie wirklich da ist?«
»Ja?«
»Dann auch Miss Jessel?«
»Ohne jeden Zweifel. Sie werden es sehen.«
»Oh, vielen Dank!« rief meine Freundin und machte keinerlei Anstalten weiterzugehen, so daß ich einfach ohne sie weitereilte. Als ich jedoch den Teich erreichte, hatte sie mich fast schon wieder eingeholt, und ich wußte: Was mir, wie sie befürchtete, auch immer zustoßen mochte – meine Gesellschaft bedeutete ihr immer noch die kleinere Gefahr. Sie stieß einen tiefen Seufzer der Erleichterung aus, als wir zuletzt den größten Teil des Wassers überblicken konnten und von dem Kind nichts zu sehen war. Keine Spur von Flora auf dem Uferstreifen, wo mich das, was ich gesehen, am meisten bestürzt hatte; keine Spur auch auf dem gegenüberliegenden Ufer, wo, abgesehen von einer etwa zwanzig Schritt breiten Lücke, dichtes Unterholz sich bis ans Wasser herunterzog. Der Teich zog sich sehr in die Länge und war so schmal, daß man, wenn man die beiden Enden nicht sah, meinen konnte, es handelte sich um einen nicht gerade breiten Fluß. Wir spähten über die leere Wasserfläche hinüber, und dann spürte ich, was die Augen meiner Freundin andeuteten. Ich wußte, was sie meinte, und antwortete mit einem Kopfschütteln.
»Nein, nein, warten Sie! Sie hat den Kahn genommen.«
Meine Freundin sah zu der leeren Anlegestelle hinüber und suchte dann wieder den Teich ab. »Aber wo ist er dann?«
»Daß wir ihn nicht sehen, ist der beste Beweis. Sie hat ihn benutzt, um überzusetzen, und ihn dann versteckt.«

»Ganz allein – dieses Kind?«
»Sie ist nicht allein, und in solchen Augenblicken ist sie auch kein Kind; sie ist eine uralte Frau.« Ich suchte das gesamte Ufer ab, soweit wir es überblicken konnten, während Mrs. Grose sich wieder einmal dem befremdenden Element anvertraute, das ich bot, und sich fügte; dann wies ich darauf hin, daß der Kahn durchaus in jener kleinen Zufluchtsstätte verborgen sein könne, die von einer kleinen Bucht gebildet wurde, ein Einschnitt, der, da das Land hier weiter in den Teich hineinragte und dort außerdem eine Gruppe von Bäumen wuchs, von hier aus nicht einzusehen war.
»Aber wenn das Boot dort ist – wo um alles auf der Welt ist dann *sie*?« fragte meine Gefährtin angstvoll.
»Genau das müssen wir herausfinden.«
Damit ging ich weiter.
»Sollen wir etwa um den ganzen Teich herum?«
»Natürlich – wenn es auch etwas weit ist. Wir brauchen zwar nur zehn Minuten, aber es ist immer noch weit genug, daß das Kind es vorgezogen hat, den Kahn zu nehmen. Sie ist einfach hinübergerudert.«
»Großer Gott!« entfuhr es meiner Freundin abermals; meine Logik war zuviel für sie. Ich zog sie auch jetzt noch hinter mir her, und als wir halb um den Teich herum waren – ein umständliches Vorwärtskommen auf einem unebenen, häufig von Pflanzen überwucherten Pfad –, blieb ich stehen, um sie zu Atem kommen zu lassen. Mit dankbarem Arm stützte ich sie und versicherte ihr, sie könne mir eine große Hilfe sein; woraufhin wir uns erneut auf den Weg machten, so daß wir nach einigen Minuten endlich eine Stelle erreichten, von der aus wir den Kahn dort liegen sahen, wo ich ihn vermutet hatte. Er war mit Absicht soweit wie möglich außer Sichtweite am Pfahl eines Zauns festgemacht worden, der hier bis ans Wasser herunterreichte und Flora offensichtlich auch das Aussteigen erleichtert hatte. Angesichts der vor-

sorglich hochgezogenen, kurzen kräftigen Riemen ging mir erst richtig auf, was für eine erstaunliche Kraftleistung dieses kleine Mädchen hier vollbracht hatte. Doch mittlerweile hatte ich zuviel Wunderbares erlebt, hatte es mir bei noch weit erstaunlicheren Dingen den Atem verschlagen. Der Zaun wies ein Tor auf, durch das wir hindurchgingen und das uns gleich darauf noch weiter ins Freie führte. Dann riefen wir beide wie aus einem Mund: »Da ist sie!«

Flora stand nicht weit von uns entfernt im Gras und lächelte, als ob ihre Vorstellung jetzt beendet sei. Als nächstes aber bückte sie sich, um einen großen, häßlichen verwelkten Farnwedel zu pflücken – als sei sie aus keinem anderen Grunde hier. Ich war sofort sicher, daß sie gerade eben erst aus dem Gestrüpp herausgekommen war. Sie wartete auf uns, kam uns von sich aus aber keinen einzigen Schritt entgegen, und ich war mir der besonderen Feierlichkeit bewußt, mit der wir uns ihr schließlich näherten. Sie lächelte immer weiter, bis wir bei ihr waren, doch geschah das alles unter einem Schweigen, das inzwischen nicht anders als unheilvoll genannt werden konnte. Mrs. Grose war die erste, die den Bann brach; sie sank auf die Knie nieder, zog das Kind an ihre Brust und umschlang lange ihre zarte Gestalt, die keinerlei Widerstand leistete. Solange diese krampfhafte Umarmung andauerte, blieb mir nichts anderes übrig, als hinzuschauen – was ich um so aufmerksamer tat, als ich merkte, daß Flora über die Schulter meiner Gefährtin zu mir herüberlugte. Ihr Gesicht war jetzt ernst, das Flackern in den Augen war geschwunden; doch das verstärkte nur den Stich, den es mir versetzte, als ich Mrs. Grose in diesem Augenblick um die Einfachheit *ihrer* Beziehung zu dem Kind beneidete. Doch wie dem auch sei – die ganze Zeit über spielte sich zwischen uns nichts weiter ab, als daß Flora den Farnwedel wieder zu Boden fallen ließ. Worüber wir uns gleichsam verständigt hatten, war, daß alle Ausreden jetzt nutzlos seien. Als Mrs. Grose schließlich aufstand, ließ sie die Hand des Kindes nicht los, so daß ich die beiden immer noch vor mir hatte. Und die besondere Zurückhaltung, die Wortlosigkeit, mit der wir uns verständigt hatten, wurde noch unterstrichen dadurch, daß Flora mich offen ansah und mir damit unverhohlen zu verstehen gab: ›Lieber sterbe ich, als daß *ich* etwas verrate.‹

Flora war es dann, die – nachdem sie mich ehrlich überrascht von Kopf bis Fuß gemustert hatte – als erste sprach. Sie war verblüfft, uns ohne Kopfbedeckung zu sehen. »Aber wo haben Sie denn Ihre Sachen!«

»Und wo hast du deine, meine Liebe?« hielt ich ihr augenblicklich entgegen. Sie hatte ihre Fröhlichkeit bereits wiedergewonnen und schien zu meinen, das genüge als Antwort durchaus. »Und wo ist Miles?« fuhr sie fort.

Die Tapferkeit, mit der sie das sagte, hatte etwas Rührendes, das mich überwältigte. Diese vier Worte waren wie das Aufblitzen einer Klinge, die gezogen wurde, wie ein Stoß gegen jenen bis zum Rand gefüllten Kelch, den meine Hand viele, viele Wochen hindurch hochgehalten hatte und den ich jetzt, noch ehe ich sprach, mächtig überfließen fühlte. »Das werde ich dir sagen, wenn *du* mir sagst ...«, hörte ich mich sagen, und dann hörte ich, wie meine Stimme zitternd brach.

»Ja, was?«

Die ungeheure Anspannung, unter der Mrs. Grose stand, loderte förmlich auf, doch es war zu spät, und so brachte ich die Frage ganz schlicht heraus: »Wo, mein Herz, ist Miss Jessel?«

20.

Genauso wie auf dem Friedhof mit Miles brach nun alles über uns herein. Gerade weil dieser Name nicht ein einziges Mal zwischen uns ausgesprochen worden war, wirkte der jäh betroffene, gequälte Blick, mit dem das Kind ihn jetzt aufnahm, als wäre durch meinen Bruch des Schweigens eine Fensterscheibe eingeschlagen worden. Dazu kam noch der Schrei, mit dem Mrs. Grose dazwischenfuhr, gleichsam, als wollte sie den Schlag abfangen, den ich ausgeteilt hatte – der Schrei eines verängstigten oder vielmehr eines verwundeten Tieres, dem gleich darauf noch mein eigenes Aufstöhnen folgte.

Ich packte den Arm meiner Gefährtin.

»Da ist sie! Da ist sie!«

Miss Jessel stand vor uns auf dem gegenüberliegenden Ufer, genauso, wie sie das letzte Mal dagestanden hatte, und mich überkam merkwürdigerweise – daran erinnere ich mich ganz genau – zuallererst ein Gefühl der Freude darüber, den Beweis endlich erbracht zu haben. Sie war da, und ich war gerechtfertigt; sie war da, und ich war weder grausam noch verrückt. Sie war da für die völlig verängstigte Mrs. Grose, vor allem aber war sie für Flora da; und kein Augenblick im Laufe dieser ganzen ungeheuerlichen Zeit war vielleicht bedeutsamer als dieser, in dem ich ihr – diesem totenbleichen, unersättlichen Dämon – in dem Bewußtsein, daß sie sie empfangen und verstehen würde, eine Botschaft der Dankbarkeit übermittelte, die ich nicht in Worte fassen konnte. Aufrecht stand sie genau an jener Stelle, die ich gerade eben verlassen hatte, und wenn die Entfernung, die ihr Begehren überwinden mußte, auch noch so groß war – es ging kein Gran von dem Bösen verloren, das sie ausströmte. Der erste Eindruck von der Lebendigkeit dieses Bildes und das erste Aufwallen der Gefühle war eine Sache weniger Sekunden, während der Mrs. Grose wie vom Donner gerührt ihren Blick dorthin richtete, wohin ich zeigte, was mir ein eindeutiges Zeichen dafür war, daß nun endlich auch sie sah, während ich selbst den Blick hastig dem Kind zuwandte. Als mir aufging, *wie* Flora reagierte, bestürzte mich das offengestanden weit mehr, als wenn ich festgestellt haben würde, daß auch sie nur erregt war; denn schieres Entsetzen hatte ich selbstverständlich nicht erwartet. Durch unsere Verfolgung vorbereitet und auf der Hut, mußte sie ja alles unterdrücken, was sie verraten hätte; und so erschütterte mich das, was sich mir auf den ersten Blick verriet, besonders, zumal ich ausgerechnet das nicht erwartet hatte. Zu sehen, wie es in ihrem kleinen, rosigen Gesicht nicht im mindesten zuckte und sie nicht einmal so tat, als ob sie einen Blick auf das Ungeheuerliche würfe, auf das ich mit dem Finger gezeigt hatte, sondern sich statt dessen *mir* mit einem Ausdruck unerbittlichen, stillen Ernstes zuwandte, einem Ausdruck, wie ich ihn noch nie an ihr erlebt hatte und der mich zu durchschauen, anzuklagen und zu verurteilen schien – das war ein Schock, der, ich weiß nicht wie, das kleine Mädchen selbst gleichsam in jene Erscheinung verwandelte, angesichts deren ich jeden Mut verlieren konnte. Mir sank das Herz, selbst wenn meine Überzeugung, daß auch sie sie durchaus sah, nie größer war als in diesem Augenblick, und da ich mich augenblicklich zu verteidigen genötigt sah, berief ich mich leidenschaftlich auf diese Überzeugung: »Da ist sie, du Unselige – da, da, *da,* und du siehst sie genauso deutlich wie mich.« Gerade zuvor hatte ich zu Mrs. Grose gesagt, in solchen Augenblicken sei sie kein Kind, sondern eine uralte Frau, und diese Beschreibung hätte nicht überzeugender bestätigt werden können als durch die Art, wie sich, statt einer Antwort auf all dies, einfach – ohne jedes Zugeständnis, ohne auch nur das geringste zuzugeben – auf ihrer Miene ein immer tieferer, zuletzt ganz ausgesprochener Vorwurf malte. Ich war mittlerweile – falls ich überhaupt alles zusammenbekomme – mehr erschrocken über das, was ich wohl mit Fug ihre Art nennen kann, als über irgend etwas sonst; gleichzeitig wurde ich mir obendrein aber auch noch bewußt, daß auch noch Mrs. Grose da war, mit der ich – und zwar entscheidend – rechnen mußte. Jedenfalls fegte meine ältere Gefährtin gleich darauf alles hinweg – bis auf die Röte in ihrem Gesicht und den lauten, entsetzten Protest, einen Ausbruch höchster Mißbilligung: »Was für eine schreckliche Idee, Miss, so sicher zu sein! Wo, um alles in der Welt, sehen Sie etwas?«

Ich konnte sie nur noch schneller packen, denn selbst während sie noch sprach, stand die unübersehbare grauenhafte Erscheinung deutlich und nicht im mindesten verschwommen da. Sie dauerte nun bereits eine ganze Weile an und blieb auch weiterhin vorhanden, als ich meine Freundin faßte, sie geradezu darauf drängte, sie ihr gleichsam aufnötigte und mit der Hand auf sie zeigte. »Sehen Sie sie denn nicht genauso, wie wir sie sehen? . . . Wollen Sie etwa behaupten, Sie sähen sie nicht? Da – da! Unübersehbar wie ein loderndes Feuer? Sehen Sie doch hin, gute Frau, sehen Sie doch . . .!«

Sie sah genauso hin wie ich und vermittelte mir durch ihr abwehrendes und alles abstreitendes Aufstöhnen, in dem Erbarmen und Erleichterung darüber sich mischten, verschont worden zu sein – vermittelte mir durch all dies das bestimmte Gefühl, das mich selbst in diesem Augenblick bereits anrührte, wenn sie könnte, würde sie mich ja unterstützen. Das hätte ich bitter nötig gehabt; denn unter diesem harten Schlag, der mir bewies, daß ihre Augen in dieser Hinsicht hoffnungslos blind waren, spürte ich, wie meine eigene Stellung unhaltbar wurde, spürte, ja, *sah*, wie meine fahle, bleiche Vorgängerin von dort drüben, wo sie stand, alles tat, um meine Niederlage vollständig zu machen. Mehr noch als das war mir bewußt, womit ich es von nun an zu tun haben würde – nämlich der erstaunlichen Haltung, die unsere kleine Flora eingenommen hatte. Hier nun brachte Mrs. Grose sich augenblicklich und mit größerem Nachdruck ins Spiel und brach – während es mir durch Mark und Bein ging, wie mein persönlicher Triumph in sich zusammenstürzte – atemlos in die Beteuerung aus: »Sie ist nicht da, kleines Fräulein; kein

Mensch ist da – und du hast auch nie etwas gesehen, meine Süße. Wie *kann* die arme Miss Jessel ... – wo doch die arme Miss Jessel tot und begraben ist? *Wir* wissen das, nicht wahr, mein Herz?« – und setzte dem Kind blindlings immer weiter mit beschwörenden Worten zu. »Das beruht alles nur auf einem Irrtum, auf einer Sorge und auf einem Scherz – wir gehen jetzt so schnell wie möglich nach Hause.«
Flora hatte auf diese Worte hin merkwürdig rasch und mit förmlichem Anstand reagiert, und so waren sie wieder, nachdem Mrs. Grose sich erhoben hatte, gleichsam ein Herz und eine Seele, befanden sich dabei freilich in schmerzlichem Widerstand gegen mich vereint. Flora fuhr fort, mich mit vorwurfsvollen Augen anzusehen, und selbst in diesem Moment schon betete ich zu Gott, er möge mir verzeihen, daß ich schon förmlich sähe, wie – während sie sich am Kleid unserer Freundin festklammerte – ihre unvergleichliche kindliche Schönheit unversehens von ihr abfiel – und schließlich nichts mehr davon übrig war. Ich sagte es bereits: sie war ganz abscheulich hart, war gewöhnlich und nahezu häßlich geworden. »Ich weiß nicht, was Sie meinen – ich sehe niemand. Ich sehe nichts. Und *habe* es nie getan. Ich finde Sie gemein! Ich mag Sie nicht!« Und nach diesem Redeschwall, der genausogut aus dem Mund einer frechen kleinen Straßenrange hätte kommen können, klammerte sie sich nur noch fester an Mrs. Grose und verbarg ihr schreckliches kleines Gesicht in deren Rock. Dort nun brach sie in ein geradezu wütendes Wehklagen aus. »Bring mich fort, bring mich fort – oh, bring mich fort von *ihr*!«
»Von *mir*?« keuchte ich.
»Von Ihnen – von Ihnen!« schrie sie.
Selbst Mrs. Grose sah erschrocken zu mir herüber; und mir blieb nichts anderes übrig, als wieder mit jener Gestalt auf dem jenseitigen Ufer in Beziehung zu treten, die dort starr und unbeweglich dastand, gleichsam als lausche sie über die

Entfernung hinweg unseren Stimmen und präsentiere sich nunmehr, da sie nicht mehr meiner Rechtfertigung diente, zu meinem Verderben. Das unselige Kind hatte gesprochen, als ob sie ihre Worte, die wie Dolchstiche waren, von irgendwoher zugeflüstert bekommen hätte, und mir blieb daraufhin in der ganzen Verzweiflung über das, was ich hinnehmen mußte, nichts anderes übrig, als traurig den Kopf über sie zu schütteln. »Hätte ich jemals gezweifelt – aller Zweifel wäre in diesem Augenblick verflogen. Ich habe mit dieser schrecklichen Wahrheit gelebt, und jetzt hat sie mich vollständig in ihren Klauen. Selbstverständlich habe ich dich verloren: ich habe mich eingemischt, und du hast – unter *ihrem* Diktat – gesehen« – und bei diesen Worten sah ich über den Teich hinweg wieder unsere teuflische Zeugin an –, »hast das leichte und unfehlbare Mittel vorgeführt bekommen, wie dem zu begegnen ist. Ich habe mein Bestes getan, aber ich habe dich verloren. Leb wohl!« Mrs. Grose bedachte ich mit einem herrischen, fast panikartigen »Gehen Sie, gehen Sie!«, woraufhin sie in unendlicher Qual, doch ganz im Bann des kleinen Mädchens, gleichwohl trotz ihrer Blindheit sichtbar überzeugt, daß etwas Furchtbares vorgefallen war, daß alles zusammenbrach und uns verschlang, so schnell wie möglich dorthin zurückeilte, wo wir hergekommen waren.

Was als erstes geschah, nachdem ich mich allein gelassen fühlte, weiß ich heute nicht mehr zu sagen. Ich weiß nur noch, daß nach Ablauf etwa einer Viertelstunde, wie ich meine, etwas Übelriechendes, Feuchtes und Rauhes mich bedrängte und mir begreiflich machte, daß ich mich mit dem Gesicht zu Boden geworfen und ganz meinem unbändigen Schmerz überlassen haben mußte. Lange muß ich dort gelegen, geweint und geschluchzt haben, und als ich den Kopf hob, war der Tag schon fast vorüber. Ich raffte mich auf und schaute im Zwielicht auf den grauen Teich und sein leeres, unheimliches Ufer; dann machte ich mich auf den traurigen und mühseligen Heimweg. Als ich die Pforte im Zaun erreichte, war der Kahn zu meiner Verwunderung fort, und wieder mußte ich daran denken, wie außerordentlich und vollkommen Flora Herrin der Lage gewesen war. Aufgrund einer stillschweigenden Übereinkunft – am liebsten würde ich, wenn das Wort nicht so grotesk klänge und einen falschen Ton in das Ganze hereinbrächte, sagen – durch eine glückliche Fügung verbrachte Flora die Nacht bei Mrs. Grose. Wieder zurück im Haus, sah ich keinen von beiden mehr; dafür sah ich aber – eine höchst fragwürdige Entschädigung – um so mehr von Miles. Ich erlebte ihn länger, als das je zuvor der Fall gewesen war. Kein Abend, den ich auf Bly verbracht hatte, war je so unheimlich gewesen wie dieser; gleichwohl – und trotz der Abgründe, die sich in meiner Bestürzung vor mir aufgetan hatten – eignete dem Ganzen jetzt eine ganz eigentümliche süße Trauer, während das, was zuletzt geschehen war, allmählich verblaßte. Als ich das Haus erreichte, hatte ich überhaupt nicht nach dem Jungen gesehen; ich war einfach auf mein Zimmer hinaufgegangen, um mich umzukleiden, und sah mit einem Blick viele greifbare Beweise für Floras Bruch mit mir. Alles, was ihr gehörte, war hinausgetragen worden. Als mir später vorm Kaminfeuer im Unterrichtsraum von demselben Mädchen wie immer der Tee gereicht wurde, leistete ich es mir, mich nach meinem anderen Zögling nicht mit einem Wort zu erkundigen. Er hatte jetzt seine Freiheit – sollte er sie bis zum Ende behalten! Nun, er hatte sie; und sie bestand – zum Teil zumindest – darin, daß er um acht zu mir kam und sich schweigend niederließ. Nachdem das Teegeschirr fortgetragen worden war, hatte ich die Kerzen ausgeblasen und den Sessel näher ans Feuer herangerückt; eine Todeskälte überlief mich, und mir war, als würde ich nie wieder warm werden. So saß ich gedankenverloren da, als er hereinkam. Er blieb einen Moment an der Tür stehen, als wollte er mich betrachten; dann – gleichsam, um meine Gedanken mit mir zu teilen – ging er auf die andere Seite des Kamins und ließ sich in einen Sessel sinken. Still und stumm saßen wir da; er aber hatte, das vermeinte ich zu spüren, einfach das Bedürfnis, bei mir zu sein.

21.

Ehe es in meinem Zimmer neuerlich ganz Tag geworden war, schlug ich die Augen auf und blickte in die von Mrs. Grose, die mit schlechten Nachrichten an mein Bett getreten war. Flora war so fiebrig, daß möglicherweise eine Krankheit im Anzug war; sie hatte eine äußerst unruhige Nacht verbracht, eine aufregende Nacht voller Ängste, die in gar keiner Weise auf ihre frühere Erzieherin zurückzuführen waren, sondern einzig und allein auf ihre jetzige. Sie hatte nicht dagegen aufbegehrt, daß womöglich Miss Jessel wieder auftauchen könnte – sondern auffallend und leidenschaftlich dagegen, daß *ich* es tun könnte. Ich sprang selbstverständlich sofort aus dem Bett und hatte unendlich viel zu fragen; und das um so mehr, als meine Freundin sich gleichsam ein Herz gefaßt hatte, um mir wieder entgegenzutreten. Das spürte ich sofort, nachdem ich sie gefragt hatte, wie sie denn die Aufrichtigkeit des Kindes in bezug auf meine sähe. »Sie besteht also immer noch darauf, Ihnen gegenüber zu leugnen, etwas gesehen zu haben – oder überhaupt jemals etwas gesehen zu haben?«
Die Schwierigkeit, in der meine Besucherin sich befand, war wahrhaft groß. »Ach, Miss, damit kann ich sie jetzt wirklich nicht quälen. Allerdings muß ich sagen, daß das offenbar auch nicht sonderlich nötig ist. Das Ganze hat sie unendlich alt gemacht.«

»Oh, ich sehe sie ja so deutlich vor mir! Was sie vor allem verletzt, wie eine richtige kleine hochgestellte Persönlichkeit erbost und was sie mir übelnimmt, ist, daß ihre Aufrichtigkeit in Frage gestellt wird und damit praktisch auch ihre Ehre. ›Miss Jessel, ja – *die*!‹ Oh, sie ist ›ehrbar‹, und *ob* sie das ist, die Kleine! Der Eindruck, den sie mir gestern vermittelte, war, das kann ich Ihnen versichern, wirklich höchst sonderbar; der ging weit über alles Bisherige hinaus. Da habe ich mich schön in die Nesseln gesetzt. Sie wird nie wieder mit mir sprechen.« So abscheulich und undurchsichtig das auch alles war, eine Zeitlang wußte Mrs. Grose nichts darauf zu erwidern; dann gab sie mir mit größtem Freimut recht, hinter dem, wie ich meinte, mehr stecken mußte. »Ich glaube wirklich, daß Sie es nie wieder tun wird, Miss. Sie bauscht die Geschichte ganz schön auf!«

»Und dieses Aufbauschen« – ich faßte zusammen –, »das beschreibt alles, was im Moment mit ihr los ist.«

Ach, sie bauscht einfach nur auf, las ich im Gesicht meiner Besucherin, sonst ist eigentlich gar nichts. »Sie fragt mich alle Augenblick, ob ich glaubte, Sie würden gleich hereinkommen.«

»Ich verstehe, ich verstehe.« Ich meinerseits war mir nicht nur darüber, sondern auch über vieles andere klargeworden. »Hat sie seit gestern – außer, jede Beziehung zu so etwas Entsetzlichem weit von sich zu weisen – auch nur ein einziges Wort über Miss Jessel zu Ihnen gesagt?«

»Kein einziges, Miss. Und selbstverständlich wissen Sie«, fügte meine Freundin noch hinzu, »daß ich ihr unten am See, sofort und auf der Stelle, glaubte, daß niemand da war.«

»Und ob ich das gemerkt habe. Und selbstverständlich glauben Sie es ihr noch immer.«

»Ich widerspreche ihr nicht. Was bleibt mir anderes übrig?«

»Nichts in der Welt. Sie haben es schließlich mit einer ganz besonders gescheiten kleinen Person zu tun! Sie haben sie –

diese ihre beiden sauberen Freunde, meine ich – noch gescheiter gemacht, als sie von Natur aus schon ist; welch erlesenes Material, mit dem sie da spielten! Flora hat jetzt jedenfalls Grund zu klagen – und sie wird es bis zum Ende ausnutzen.«

»Ja, Miss, aber bis zu *welchem* Ende?«

»Nun, um mich bei ihrem Onkel anzuschwärzen. Sie wird mich ihm gegenüber als das nichtswürdigste aller Wesen hinstellen ...«

Ich zuckte zusammen, als ich sah, wie sich die Szene in Mrs. Groses Gesicht spiegelte; eine Weile machte sie ganz den Eindruck, als sähe sie die beiden förmlich vor sich.

»Ausgerechnet ihm gegenüber, der große Stücke auf Sie gibt!«

»Er hat schon eine merkwürdige Art – das wird mir jetzt klar« – ich lachte –, »das zu beweisen! Doch das spielt keine Rolle. Was Flora will, ist natürlich, mich loszuwerden.«

Mutig gab mir meine Freundin recht. »Damit sie Sie nie wieder auch nur anzusehen braucht.«

»Dann sind Sie also hergekommen«, fragte ich, »um dafür zu sorgen, daß ich möglichst schnell abreise?« Ich ließ ihr keine Zeit zu antworten. »Da weiß ich etwas Besseres – und das ist das Ergebnis meiner Überlegungen. Eigentlich scheint es das beste, wenn ich gehe, und Sonntag war ich ja auch drauf und dran, es wirklich zu tun. Aber es nützt trotzdem nichts. *Sie* sind es, die gehen muß. Sie müssen Flora mitnehmen.«

Woraufhin meine Besucherin hin und her überlegte. »Aber wohin, um alles auf der Welt ...?«

»Fort von hier. Weg von *ihnen*. Ja, und vor allem, weg von *mir*! Direkt zu ihrem Onkel.«

»Nur, damit sie Sie anschwärzt ...?«

»Nein, nicht ›nur‹. Um mich darüber hinaus noch meinem Heilmittel zu überlassen.«

Sie begriff immer noch nicht recht. »Und worin *besteht* Ihr Heilmittel?«

»Zunächst einmal in Ihrer Treue. Und dann in Miles.«

Durchdringend sah sie mich an. »Meinen Sie, er ...?«

»... wendet sich nicht gegen mich, wenn er Gelegenheit dazu hat? Ja, das wage ich immer noch anzunehmen. Auf alle Fälle will ich es versuchen. Reisen Sie mit seiner Schwester so schnell wie möglich ab und lassen Sie mich mit ihm allein.« Ich war selbst erstaunt über den Mut, der mir noch geblieben war, und geriet daher vielleicht um so mehr in Verwirrung, als sie trotzdem zögerte. »Und noch etwas«, fuhr ich fort. »Die beiden dürfen sich vor Floras Abreise keinen Moment sehen!« Doch dann dämmerte mir, daß es dafür trotz Floras sofortiger Absonderung nach ihrer Rückkehr vom Teich vielleicht bereits zu spät war. »Wollen Sie etwa sagen«, fragte ich daher bänglich, »daß sie schon miteinander gesprochen haben?«

Woraufhin ihr das Blut in den Kopf schoß. »Oh, Miss, eine solche Törin bin ich nun doch nicht! Ich mußte sie drei oder viermal allein lassen, aber dann ist jedesmal eines der Mädchen bei ihr geblieben, und im Augenblick ist sie zwar allein, aber ich habe sie eingeschlossen. Und dennoch ... und dennoch!«

Es war ein weites Feld.

»Und dennoch, was?«

»Nun, sind Sie sich des jungen Herrn so sicher?«

»Wirklich sicher bin ich mir nur *Ihrer*. Allerdings habe ich seit gestern abend neue Hoffnung geschöpft. Ich glaube, er will mir etwas eröffnen. Ich glaube, daß er sprechen möchte – der arme kleine Unselige! Gestern abend saß er zwei Stunden lang schweigend am Kamin neben mir, und ich hatte das Gefühl, er war drauf und dran.«

Mrs. Grose blickte starren Gesichts hinaus ins Grau des heraufziehenden Tags. »Und ... hat er es getan?«

»Nein, obwohl ich gewartet und gewartet habe. Ich gestehe, er hat es nicht getan, und, bis wir uns gestern abend zur guten Nacht küßten, unterbrach kein Wort das Schweigen und gab es nicht den kleinsten Hinweis auf den Zustand und die Abwesenheit seiner Schwester. Gleichviel«, fuhr ich fort, »wenn ihr Onkel sie sieht, kann ich unmöglich zulassen, daß er ihren Bruder sieht, ehe ich dem Jungen – und vor allem, weil alles sich so sehr zum Schlechten entwickelt hat – nicht ein wenig mehr Zeit gegeben habe.«

Meine Freundin schien deshalb mehr zu zögern, als ich eigentlich begreifen konnte. »Was verstehen Sie unter mehr Zeit?«

»Nun, ein oder zwei Tage – damit er sein Herz wirklich erleichtern kann. Dann ist er auf *meiner* Seite – und wie wichtig das ist, sehen Sie vermutlich ein. Kommt nichts, habe ich eben versagt, und Sie helfen mir dann dadurch, daß Sie in der Stadt tun, was Sie tun müssen.« So stellte ich es ihr dar, doch sie schien weiterhin so unerklärlich verlegen, daß ich ihr wiederum meine Hilfe anbot. »Es sei denn«, schloß ich, »daß Sie im Grunde *nicht* gehen wollen.«

Endlich sah ich, wie sich ihr Gesicht ein wenig aufhellte; sie streckte mir die Hand hin, als gälte es, ein Versprechen abzulegen. »Ich werde gehen – ich werde gehen. Noch heute morgen.«

Ich wollte besonders gerecht sein. »Falls Sie aber noch abwarten möchten, würde ich Ihnen mein Wort darauf geben, sie nicht zu besuchen.«

»Nein, nein; es liegt am Haus selbst. Sie muß fort von hier.« Mit schweren Augen sah sie mich einen Moment an, dann kam auch der Rest. »Ihre Idee ist richtig, Miss. Ich selbst, Miss . . .«

»Ja?«

»Ich selbst kann nicht hierbleiben.«

Der Blick, mit dem sie mich bedachte, ließ mich sogleich an

die verschiedenen Möglichkeiten denken. »Wollen Sie damit andeuten, seit gestern hätten Sie *gesehen* ...?«
Würdevoll schüttelte sie den Kopf. »Ich habe *gehört* ...«
»Gehört?«
»Von dem Kind – entsetzliche Dinge! Das ist es«, seufzte sie mit tragischer Erleichterung. »Bei meiner Ehre, Miss, sie sagt Dinge ...!« Doch in der Erinnerung daran brach sie zusammen; schluchzend ließ sie sich auf das Sofa fallen und überließ sich, wie ich es schon mehr als einmal bei ihr erlebt hatte, ganz ihrem Kummer. Das jedoch, dem *ich* mich daraufhin überließ, war etwas ganz anderes. »Oh, Gott sei Dank!«
Sie sprang wieder auf und trocknete sich schwer atmend die Tränen. »Gott sei Dank?«
»Wie mich das rechtfertigt!«
»Das tut es, Miss!«
Mehr Nachdruck konnte ich nicht verlangen; dennoch zögerte ich. »Ist es so schrecklich?«
Ich merkte meiner Freundin an, daß sie kaum wußte, wie sie es ausdrücken sollte. »Es ist wirklich schockierend.«
»Und das in bezug auf mich?«
»In bezug auf Sie, Miss ... wenn ich es Ihnen schon nicht ersparen kann. Es übersteigt für eine junge Dame alles; und es ist mir unbegreiflich, wo sie all das nur her hat ...«
»Die häßliche Sprache, die sie für mich hat? Das weiß ich sehr wohl.« Ich brach in ein Lachen aus, das bezeichnend war. Doch ehrlich gesagt machte das meine Freundin nur noch ernster. »Nun, vielleicht kann ich es mir auch denken ... denn einiges davon höre ich nicht zum erstenmal. Trotzdem ist es mir unerträglich«, fuhr die arme Frau fort, während sie gleichzeitig auf das Zifferblatt meiner Uhr auf dem Toilettentisch blickte. »Aber jetzt muß ich zurück.«
Ich ließ sie jedoch noch nicht sogleich fort. »Oh, wenn es Ihnen unerträglich ist ...«
»Wie ich dann bei ihr bleiben kann, meinen Sie? Nun ja,

eben genau deshalb: um sie fortzubringen. Weit fort von hier«, fuhr sie fort, »weit fort von *ihnen.*«

»Sie glauben, sie könnte sich ändern? Sie meinen, sie könnte sich befreien?« Fast überschwenglich packte ich sie. »Dann glauben Sie also trotz allem, was gestern vorgefallen ist...«

»An solche Dinge?« Sie beschrieb alles mit diesem einen schlichten Wort, dem ich angesichts ihres Gesichtsausdrucks nicht weiter auf den Grund zu gehen brauchte. Außerdem bekannte sie sich dazu, wie sie es noch nie zuvor getan. »Ich glaube daran.«

Jawohl, es war eine Freude, und wir standen einträchtig nebeneinander: wenn ich weitermachen konnte und mir dessen hier gewiß war, brauchte es mich nur wenig zu kümmern, was sonst noch geschah. Die Unterstützung, die mir hier angesichts der Katastrophe zuteil wurde, würde der in nichts nachstehen, die ich zu Anfang erfahren hatte, als mein Bedürfnis, mich jemand anzuvertrauen, so groß gewesen war, und wenn meine Freundin für meine Aufrichtigkeit einstand, dann konnte ich für alles andere einstehen. Trotzdem war ich, als wir uns verabschieden wollten, bis zu einem gewissen Grade verlegen. »Eines allerdings – das fällt mir jetzt gerade ein – dürfen wir nicht außer acht lassen. Mein Brief, der alles aufgerührt hat, wird vor Ihnen in London eintreffen.«

Jetzt begriff ich noch mehr, in welchem Maße sie um den heißen Brei herumgegangen war und wie sehr sie das alles mitgenommen hatte. »Ihr Brief wird nicht angekommen sein. Ihr Brief ist niemals abgegangen.«

»Was ist dann damit geschehen?«

»Das mag der liebe Himmel wissen! Master Miles ...«

»Wollen Sie etwa sagen, er hätte ihn an sich genommen?« Mir blieb vor Schreck der Mund offen.

Sie zögerte, doch überwand sie ihr Widerstreben und sagte: »Ich meine, gestern, als ich mit Miss Flora zurückkam, war er nicht mehr dort, wo Sie ihn hingelegt hatten. Später am

Abend hatte ich Gelegenheit, Luke danach zu fragen, der erklärte, er habe ihn weder gesehen noch angerührt.« Wir konnten auf diese Neuigkeit hin nur einen unserer vielsagenden Blicke tauschen, mit denen wir uns gegenseitig ausloteten, und es war Mrs. Grose, die das Senkblei mit einem fast fröhlichen »Begreifen Sie!« herausholte.

»Ja, ich verstehe. Falls Miles ihn genommen hat, hat er ihn vermutlich auch gelesen und danach zerrissen.«

»Und begreifen Sie denn nicht noch etwas anderes?«

Traurig lächelnd sah ich sie einen Moment an. »Mir fällt auf, daß Ihre Augen jetzt mehr sehen als die meinen.«

Daß das in der Tat so war, sollte sich sogleich zeigen.

»Ich begreife jetzt, was er im Internat getan haben muß.« In ihrer schlichten Art unterstrich sie das noch mit einem Kopfnicken, das ihre ganze Enttäuschung verriet. »Er hat gestohlen.« Ich betrachtete das von allen Seiten – versuchte, unparteiisch zu sein. »Nun ja – vielleicht.«

Sie sah aus, als hätte sie nicht erwartet, mich auf diese Eröffnung hin zu gelassen zu finden. »Er hat *Briefe* gestohlen.«

Sie konnte nicht wissen, daß der Grund für meine Ruhe ziemlich oberflächlich war; deshalb legte ich es ihr so gut es ging dar. »Dann kann ich nur hoffen, daß es damals mehr Sinn hatte als diesmal. Was in dem Brief stand, den ich gestern auf den Tisch gelegt habe«, fuhr ich fort, »kann ihm nicht von großem Nutzen gewesen sein. Der Brief enthielt nicht mehr als die Bitte um eine Unterredung; er muß sich schämen, für so wenig so weit gegangen zu sein. Und was ihm gestern abend auf der Seele lag, war wohl das Bedürfnis, ein Geständnis abzulegen.« Im Moment, so schien es mir, war ich Herr der Sache, durchschaute ich es alles. »Fahren Sie, fahren Sie« ... ich war bereits an der Tür, drängte sie hinaus. »Ich bringe ihn schon dazu, alles zu sagen – es zu gestehen. Und wenn er gesteht, ist er gerettet. Und wenn er gerettet ist ...«

»Dann sind Sie es auch?« Auf diese Worte hin gab mir die gute Frau einen Kuß, und ich nahm Abschied von ihr. »Ich werde Sie auch ohne ihn retten«, rief sie im Hinausgehen.

22.

Doch nach ihrer Abfahrt – und ich vermißte sie sofort – geriet ich erst richtig in Bedrängnis. Sofern ich auf das gezählt hatte, was es mir bringen würde, wenn ich mit Miles allein war, so begriff ich zumindest sehr schnell, daß mir dadurch auch bestimmte Grenzen gesetzt wurden. Seit ich auf Bly weilte, war ich noch nicht von so bösen Ahnungen erfüllt gewesen wie in dem Augenblick, da ich hinunterging und erfuhr, daß der Wagen mit Mrs. Grose und Flora bereits zum Tor hinausgerollt war. Jetzt, so sagte ich mir, gab es überhaupt keinen Ausweg mehr für mich, und einen Großteil des Tages, während ich gegen meine Schwäche ankämpfte, machte ich mir immer wieder klar, daß ich wohl sehr übereilt gehandelt hatte. Ich stand mit dem Rücken zur Wand, und es gab kein Entrinnen; was mir um so deutlicher wurde, als ich zum erstenmal auch in den Gesichtern der anderen die Auswirkungen der Krise erkannte. Was geschehen war, versetzte selbstverständlich alle in Erstaunen; denn womit sollte man die Plötzlichkeit der Abreise meiner Freundin erklären? Die Dienstboten wußten allesamt nicht, was sie davon halten sollten, und daß ich ihnen das ansah, belastete meine Nerven so sehr, daß ich zuletzt fand, ich müsse aus der Not eine Tugend und mir das zunutze machen. Kurz, nur dadurch, daß ich beherzt das Ruder packte, gelang es mir, den totalen Schiffbruch abzuwenden, und um mit allem fertig zu werden, behandelte ich alle sehr von oben herab und war sehr kurz angebunden. Gott sei Dank war ich mir bewußt, welches Maß an Verantwortung ich trug, und ich sorgte dafür, daß alle merkten, wie entschlossen ich war, allen meinen Pflichten nachzukommen. Mit diesem Vorsatz ging ich die nächsten paar Stunden durch das ganze Haus, und zweifellos merkte man mir an, daß ich glaubte, jedem Ansturm gewachsen zu sein. Wem immer es auch von Nutzen sein mochte – jedenfalls marschierte ich tapfer durchs Haus, wenn mir auch im Herzen ganz elend zumute war.

Derjenige, dem das noch die geringste Sorge zu sein schien, war, wie sich bis zum Abendessen herausstellte, der kleine Miles selbst. Während ich durchs Haus streifte, ließ er sich nicht blicken, doch wurde gerade dadurch für alle offenbar, daß sich an unserem Verhältnis etwas grundlegend geändert hatte – die Folge davon, daß er mich am Tag zuvor im Interesse von Flora am Klavier so eingewickelt und zum Narren gehalten hatte. Für die Öffentlichkeit freigegeben worden war dieser Wechsel in unserem Verhältnis gleichsam dadurch, daß Flora das Zimmer von Mrs. Grose nicht mehr verlassen hatte und dann abgereist war; und ganz und gar offenkundig wurde dieser Wechsel nun dadurch, daß wir nicht mehr wie sonst im Unterrichtsraum zusammenkamen. Miles war bereits fortgegangen, als ich auf meinem Weg hinunter die Tür zu seinem Zimmer aufstieß, und unten erklärte man mir, er habe bereits in Gegenwart einiger Mädchen zusammen mit Mrs. Grose und seiner Schwester gefrühstückt. Dann sei er, wie er gesagt hatte, hinausgegangen, um einen Ausflug zu machen; nichts, so fand ich, hätte besser zum Ausdruck bringen können, daß ich plötzlich eine ganz andere Aufgabe zu erfüllen hatte; worin diese Aufgabe jedoch von nun an bestehen sollte, mußte noch festgelegt werden; zumindest bedeutete es – und das trifft insbesondere auf mich selbst zu – eine merkwürdige Erleichterung, daß man nicht mehr so zu tun brauchte als ob. Es war eine ganze Menge ans Tageslicht gekommen, und ich wähle wohl keinen allzu starken Ausdruck, wenn ich sage, daß dasjenige, was jetzt am allerdeutlichsten zutage trat, die Tatsache war, daß ich nicht mehr so zu tun brauchte, als könnte ich ihm noch etwas beibringen. Es war ganz deutlich geworden, daß ich ihn durch kleine Kunstgriffe und Tricks, bei denen es hauptsächlich an ihm lag, dafür zu sorgen, daß meine Würde nicht angetastet wurde, darum hatte bitten müssen, mir doch die Mühe zu ersparen, ihm auf dem Boden seiner wahren Fähigkeiten zu begegnen. Auf jeden Fall hatte er jetzt seine Freiheit; die würde von mir nie wieder in Frage gestellt werden; was ich überdies weitgehend dadurch bewiesen hatte, daß ich ihm, als er gestern abend zu mir in den Unterrichtsraum gekommen war, hinsichtlich dessen, was zuvor vorgefallen war, weder Fragen gestellt noch ihm irgendwelche Vorhaltungen gemacht hatte. Dazu war ich von diesem Augenblick an auch viel zu sehr mit meinen eigenen Plänen beschäftigt gewesen. Die Schwierigkeit, dementsprechend zu handeln, wurde mir, als er schließlich eintrat, ganz besonders an seiner wunderbaren kleinen Erscheinung deutlich, auf die durch das, was bisher geschehen war, bis jetzt kein Makel und nicht der geringste Schatten gefallen war.

Um dem Haus gegenüber deutlich zu bekunden, welchen Wert auf einen gepflegten Stil ich legte, hatte ich Anweisung gegeben, daß die Mahlzeiten, die ich gemeinsam mit dem Jungen einnahm, ›unten‹ serviert werden sollten, wie wir es nannten; so daß ich ihn in der bedrückenden Pracht jenes Raums erwartete, vor dessen Fenster mir an jenem ersten angsterfüllten Sonntag durch Mrs. Grose eine erste Ahnung von dem zuteil geworden war, was geringfügig zu nennen wohl kaum etwas genützt hätte. Hier jedenfalls wurde mir erneut bewußt – und gespürt hatte ich das immer und immer wieder –, wie sehr mein Gleichgewicht davon abhing, fest entschlossen und willens zu sein, die Augen vor der Wahrheit zu verschließen, daß das, womit ich es zu tun hatte, abstoßend wider die Natur war. Weiterkommen konnte ich überhaupt nur, wenn ich auf das ›Natürliche‹ vertraute und es mit einbezog und die ungeheuerliche Prüfung, die ich zu bestehen hatte, als etwas betrachtete, was zwar in eine ungewöhnliche und unangenehme Richtung zielte, im Grunde genommen jedoch, um damit fertig zu werden, nur erforderte, die Schraube der normalen menschlichen Tugend noch ein wenig fester anzuziehen. Gleichwohl – nichts verlangte mehr Takt als dieses Unterfangen, von sich aus wirklich alles ›Natürliche‹ mit einzubeziehen. Wie brachte ich es fertig, auch nur ein wenig davon in das Bemühen einfließen zu lassen, jede Anspielung auf das Vorgefallene zu unterdrücken? Andererseits, wie sollte ich auf irgend etwas zu sprechen kommen, ohne neuerlich in dunkle Abgründe zu stürzen? Nun, nach Ablauf einer gewissen Zeit war ich schon auf so etwas wie eine Antwort gekommen, und wie richtig diese Antwort sei, bestätigte sich mir, als mir erneut und überwältigend vor Augen geführt wurde, was denn so ganz besonders an meinem kleinen Gefährten war. Es war, als hätte er selbst jetzt noch – wie früher so oft beim Unterricht – eine Möglichkeit gefunden, mich zartfühlend zu beschwichtigen und es mir leichtzumachen. Lag denn nicht ein Hoffnungsschimmer in der Tatsache, die mir, als wir allein miteinander waren, mit einem besonderen Glanz, den sie bis jetzt noch nie so ganz gehabt hatte, vor Augen geführt wurde? – die Tatsache nämlich, daß es (wobei mir die Gelegenheit zu Hilfe kam, die köstliche Gelegenheit, die sich jetzt ergeben hatte), lächerlich war, bei einem so ungemein begabten Kind auf jene Hilfe zu verzichten, die man vielleicht so strahlender Intelligenz abringen könnte? Wozu war ihm denn seine Intelligenz gegeben worden, wenn nicht dazu, ihn zu retten? Sollte man nicht einen beherzten Zugriff wagen, um auf dem Umweg über seinen Charakter seinen Verstand anzusprechen? Mir war, während wir uns im Speisezimmer Aug in Auge gegenübersaßen, als hätte er mir buchstäblich selbst den Weg dazu gezeigt. Die Hammelkeule war auf dem Tisch, und ich hatte die Dienerschaft hinausgeschickt. Ehe Miles Platz nahm, stand er einen Moment, die Hände in den Taschen, da, betrachtete den Braten und schien im Begriff, irgendeine witzige Bemerkung darüber zu machen. Was er dann jedoch herausbrachte, war: »Sagen Sie, meine Liebe, ist sie denn wirklich so schwer krank?«

»Die kleine Flora? Nicht so krank, als daß sie nicht rasch wieder genesen wird. London bringt sie schon wieder in die Reihe. Bly ist ihr nicht mehr zuträglich. Komm her und iß dein Fleisch.«

Munter gehorchte er mir, trug den Teller sorgsam zurück an seinen Platz und fuhr, nachdem er sich gesetzt hatte, fort: »Ist Bly ihr denn so plötzlich nicht mehr bekommen?«

»So plötzlich, wie du meinst, wohl auch wieder nicht. Man hat das kommen sehen.«

»Aber warum haben Sie sie dann nicht schon vorher weggebracht?«

»Bevor was?«

»Bevor sie zu krank wurde, um zu reisen.«

Ich war mit der Antwort schnell bei der Hand. »Sie ist keinesfalls zu krank, um zu reisen; das hätte sie höchstens werden können, wenn sie hiergeblieben wäre. Es war genau der richtige Augenblick. Die Reise wird helfen, den Einfluß zu vertreiben« – ach, ich war großartig! –, »ihn ganz und gar zunichte machen.«

»Ich verstehe, ich verstehe« – Miles war nicht minder großartig. Er machte sich mit seinen bezaubernden kindlichen Tischmanieren – die mich seit meiner Ankunft der Peinlichkeit enthoben hatten, sie jemals zu monieren – daran, sein Mahl zu verzehren. Aus welchem Grunde immer man ihn aus dem Internat geworfen hatte – daß er sich beim Essen schlecht benommen hätte, konnte es nicht sein. Er aß heute abend genauso tadellos wie immer; höchstens, daß sein Be-

wußtsein womöglich etwas wacher war als sonst; trotzdem war er deutlich befangen. Er bemühte sich ganz offensichtlich, mehr als selbstverständlich hinzunehmen, als ihm ohne Hilfe von außen leichtfiel; er verfiel in friedvolles Schweigen, während er die Situation auf sich wirken ließ. Unsere Mahlzeit dauerte nur wenige Minuten – ich selbst rührte kaum etwas an –, und ich ließ gleich wieder abtragen.
Während das geschah, stand Miles abermals mit den Händen in den kleinen Taschen da und kehrte mir den Rücken zu – stand da und schaute zu dem Fenster hinaus, durch das ich einst erblickt, was mich innerlich so tief aufgewühlt hatte.
Solange das Mädchen da war, wahrten wir beide weiterhin Schweigen, genauso wie – dieser launische Einfall kam mir – ein jungverheiratetes Paar auf der Hochzeitsreise im Gasthof in Gegenwart des Kellners. Er wandte sich erst um, als die Bedienung gegangen war.
»Also – jetzt sind wir allein.«

23.

»Oh, mehr oder weniger.« Ich nehme an, mein Lächeln war ziemlich matt. »Nicht ganz und gar. Aber das würde uns ja auch nicht gefallen«, fuhr ich fort.
»Nein – das nehme ich auch an. Selbstverständlich sind da noch die anderen.«
»Da sind noch die anderen – in der Tat, da sind noch die anderen«, pflichtete ich ihm bei.
»Und trotzdem, selbst wenn sie da sind«, entgegnete er, während er, die Hände immer noch in den Taschen, vor mir stand, »sie zählen kaum, nicht wahr?«
Ich tat mein Bestes, kam mir jedoch sehr häßlich dabei vor. »Das kommt ganz darauf an, was du unter ›kaum‹ verstehst.«

»Ja« – mit aller Bereitschaft, Zugeständnisse zu machen –, »alles kommt darauf an.« Nach diesen Worten wandte er sich jedoch wieder dem Fenster zu, das er schließlich mit tastenden, unruhigen und nachdenklichen Schritten erreichte. Die Stirn gegen die Scheibe gedrückt, blieb er dort eine Weile stehen, ganz hingegeben an die Betrachtung der dummen Büsche, die ich kannte, und der öden Novemberlandschaft. Ich hatte ja immer den Vorwand meiner ›Handarbeit‹, und damit setzte ich mich jetzt aufs Sofa. Indem ich mich jetzt hinter ihr verschanzte, wie ich es so oft in jenen quälenden Augenblicken getan hatte, von denen ich sagte, mir sei in ihnen bewußt geworden, daß die Kinder an etwas hingegeben wären, von dem ich ausgeschlossen war, folgte ich damit einer Gewohnheit, immer auf das Schlimmste gefaßt zu sein. Freilich beschlich mich eine ganz außerordentliche Ahnung, als ich mir darüber klarzuwerden versuchte, was der verlegene Rücken des Jungen eigentlich zu bedeuten habe – und das war die Ahnung, daß ich im Augenblick keineswegs von etwas ausgeschlossen war. Diese Vermutung steigerte sich innerhalb der nächsten paar Minuten zur Gewißheit und schien untrennbar mit dem Gefühl zusammenzuhängen, daß *er* es sei, der ausgeschlossen war. Die Rahmen und Gevierte des großen Fensters bildeten für ihn eine Art Sinnbild des Versagens. Jedenfalls meinte ich, daß ich ihn entweder ein- oder ausgeschlossen sah. Er hielt sich bewundernswert, aber wohl in seiner Haut war ihm nicht; als ich mir das sagte, keimte Hoffnung in mir auf. Hielt er nicht durch die verwunschene Scheibe vergeblich nach etwas Ausschau, was er nicht sehen konnte – und war es in der ganzen Angelegenheit nicht das erstemal, daß ihm das nicht gelang? Das erste, ja, das allererste Mal? Ich hielt das für ein wunderbares Vorzeichen. Es machte ihn unsicher, auch wenn er sich nichts anmerken ließ; er war schon den ganzen Tag über unsicher gewesen und hatte – selbst als er sich auf seine übliche bezaubernde

Weise zu Tisch gesetzt hatte – seine ganze kleine Gewitztheit aufwenden müssen, um das zu vertuschen. Als er sich zuletzt zu mir umdrehte, war es fast so, als habe diese Gewitztheit ihn im Stich gelassen. »Nun, ich denke, ich kann froh sein, daß Bly *mir* zuträglich ist.«

»Du hast in den letzten vierundzwanzig Stunden doch bestimmt mehr von Bly zu sehen bekommen als schon seit langer Zeit nicht mehr. Ich hoffe«, fuhr ich tapfer fort, »es hat dir Spaß gemacht.«

»O ja, ich bin weit herumgekommen – um das ganze Gut herum; viele Meilen weit. Ich habe noch nie eine solche Freiheit genossen.«

Er hatte wirklich eine eigene Art, und ich konnte nur versuchen, mit ihm Schritt zu halten. »Nun, hat es dir gefallen?« Lächelnd stand er da; dann packte er in zwei Worte – »Und Ihnen?« – mehr Scharfblick hinein, als für mich jemals in zwei kurzen Worten gelegen hat. Ehe ich dazu kam, mich damit zu befassen, fuhr er fort, als hätte er etwas Unverschämtes gesagt, das abgeschwächt werden müsse. »Nichts könnte bezaubernder sein als die Art, mit der Sie sich damit abfinden; denn selbstverständlich, wenn wir beide allein sind, dann sind Sie mehr allein als ich. Ich kann nur hoffen«, warf er noch ein, »daß Ihnen das nicht allzuviel ausmacht.«

»Es nur mit dir zu tun zu haben?« fragte ich. »Mein lieber Junge, wie sollte ich etwas dagegen haben? Wenn ich jetzt auch keinerlei Anspruch mehr auf deine Gesellschaft erhebe – du bist mir einfach über den Kopf gewachsen –, so genieße ich sie doch außerordentlich. Aus welchem anderen Grund sollte ich sonst bleiben?«

Er faßte mich schärfer ins Auge als zuvor, und der Ausdruck auf seinem nunmehr ernsteren Gesicht wollte mir schöner erscheinen als alles, was ich je darin gesehen hatte. »Sie bleiben nur *deswegen*?«

»Gewiß. Ich bleibe als deine Freundin und wegen des tiefen

Anteils, den ich an dir nehme – bis für dich etwas gefunden wird, was für dich lohnender ist. Das braucht dich nicht zu überraschen.« Meine Stimme zitterte, ich konnte es nicht unterdrücken. »Erinnerst du dich nicht mehr, als ich in der Sturmnacht an dein Bett kam – wie ich dir da sagte, es gäbe nichts in der Welt, was ich nicht für dich tun würde?«
»Ja, ja.« Jetzt war er es, der sich zusammenreißen mußte, denn er wurde immer nervöser; doch gelang ihm das wesentlich besser als mir, und er lachte, wiewohl ihm bitterernst zumute war, und brachte es fertig, so zu tun, als scherzten wir miteinander. »Ich glaube nur, Sie sagten das, weil Sie wollten, daß ich etwas für *Sie* tue.«
»Jawohl, zum Teufel, um dich zu etwas ganz Bestimmtem zu bewegen«, gab ich zu. »Aber du weißt ja, du hast es nicht getan.«
»O ja«, sagte er übertrieben leichthin, »Sie wollten, daß ich Ihnen etwas erzählte.«
»So ist es. Also, nur heraus damit. Was dir auf der Seele liegt, weißt du?«
»Ach so, dann ist es also *das,* weswegen Sie geblieben sind?« Er sprach mit einer Fröhlichkeit, hinter der ich gleichwohl immer noch ganz, ganz fein einen leidenschaftlichen Groll nachschwingen spürte; ich kann jedoch nicht sagen, welche Wirkung auch noch das geringste Anzeichen von einem Sich-geschlagen-Geben auf mich ausübte. Es war, als ob das, wonach ich mich so sehr gesehnt hatte, jetzt herauskam und mich eigentlich nur erstaunte. »Nun ja – warum es nicht offen gestehen! Genau deswegen.«
Er wartete mit seiner Antwort so lange, daß ich schon annahm, er wolle die Vermutung zurückweisen, von der ich ausging; doch was er schließlich sagte, war: »Sie meinen, jetzt – hier?«
»Ort und Zeit könnten nicht günstiger sein.« Voller Unbehagen sah er sich um, und ich hatte den unwahrscheinlichen

– ach, den sonderbaren – Eindruck, als malte sich in seinem Gesicht das erste Anzeichen einer nahenden Gefahr, das ich jemals bei ihm gesehen hatte. Es war, als hätte er unversehens Angst vor mir – und ich überlegte, daß das vielleicht nicht einmal das schlechteste sei. Doch selbst beim Versuch, mich streng zu zeigen, tat es mir bereits leid, und so hörte ich mich im nächsten Augenblick mit einer schon geradezu grotesken Sanftmut sagen: »Du möchtest also unbedingt wieder hinaus?«

»Schrecklich gern!« Tapfer lächelte er mich an, und dieser Eindruck rührender Tapferkeit wurde dadurch noch verstärkt, daß er errötete – so peinlich war es ihm. Er griff seinen Hut, den er mit hereingebracht hatte, und drehte ihn in der Hand, daß es mir – so kurz vor dem Ziel! – einen widernatürlichen Schrecken einjagte angesichts dessen, was ich zu tun im Begriff stand. Es zu tun – auf welche Weise auch immer – bedeutete, gewaltsam etwas zu erzwingen, denn in was anderem bestand es als darin, einem kleinen hilflosen Geschöpf das Gefühl von Schuld und Schändlichkeit zu oktroyieren – und das ausgerechnet diesem Jungen, der für mich – was die Möglichkeiten menschlichen Umgangs betrifft – geradezu eine Offenbarung gewesen war. War es nicht niederträchtig, ein so erlesenes Geschöpf in Verlegenheit zu stürzen – eine Verlegenheit, durch die man ihn sich nur zum Feind machen konnte? Ich nehme an, ich lese heute eine Klarheit in unsere Situation hinein, die sie damals gar nicht gehabt haben konnte, denn ich sehe in unseren armen Augen bereits den Widerschein einer Ahnung von dem, was Qualvolles auf uns zukommen sollte. So umkreisten wir einander mit Ängsten und mit Zweifeln wie zwei Faustkämpfer, die es nicht wagen, endlich wirklich aufeinander loszugehen. Nur bangte einer für den anderen! Dadurch verlängerte sich die Spannung noch ein wenig, blieben wir etwas länger unversehrt.
»Ich werde Ihnen alles sagen«, sagte Miles ... »Ich meine,

alles, was Sie wollen. Sie bleiben weiterhin bei mir, es wird uns beiden an nichts fehlen, und ich werde es Ihnen sagen, ganz bestimmt. Bloß nicht im Moment.«

»Warum nicht jetzt?«

Daß ich es nicht gut sein ließ, trieb ihn fort von mir, und so stand er nochmals am Fenster, und zwischen uns herrschte ein Schweigen, in dem man eine Stecknadel hätte fallen hören können. Dann stand er wieder mit dem Ausdruck eines Menschen vor mir, auf den draußen jemand wartete, mit dem man offen gestanden rechnen mußte. »Ich muß mit Luke sprechen.«

Bis jetzt hatte ich ihn noch nie dazu gezwungen, sich einer so gewöhnlichen Lüge zu bedienen, und so empfand ich entsprechende Scham. Aber so grauenhaft es war – sein Lügen brachte bei mir die Wahrheit zutage. Gedankenvoll gelang es mir, ein paar Maschen zu stricken. »Nun, dann geh zu Luke; ich werde unterdessen auf das warten, was du mir versprochen hast. Nur, erfülle mir, ehe du gehst, eine sehr viel kleinere Bitte.«

Er sah aus, als hätte er genug gewonnen, mir dieses kleine Zugeständnis machen zu können.

»Eine sehr viel kleinere . . .?«

»Ja, nur einen Bruchteil vom Ganzen. Sag mir« – ach, meine Handarbeit beanspruchte mich so sehr, daß ich es ganz ungezwungen herausbrachte –, »sag mir nur, ob du gestern nachmittag meinen Brief vom Tisch in der Halle weggenommen hast, du weißt ja.«

24.

Die gespannte Aufmerksamkeit, mit der ich darauf wartete zu sehen, wie er dies aufnahm, wurde genau in diesem Augenblick abgelenkt und gleichsam in zwei Teile gespalten – ein Schlag, der mich, nachdem ich aufgesprungen war, zunächst nur wie blind herumtappen ließ, um ihn zu packen, ihn an mich zu reißen und ihn, als ich, um mich zu stützen, gegen das nächstbeste Möbelstück fiel, instinktiv so zu halten, daß er dem Fenster den Rücken zuwandte. Die Erscheinung, mit der ich es an eben genau dieser Stelle schon einmal zu tun gehabt hatte, stand in voller Größe vor uns: Peter Quint war wie die Wache vor einem Gefängnis ins Blickfeld geraten. Was ich als nächstes wahrnahm, war, daß er draußen das Fenster erreicht hatte; dann bot er, ganz dicht an der Scheibe, durch die er hereinspähte, dem Raum abermals das weiße Gesicht der Verdammnis dar. Es gibt nur wenig wieder über das, was in mir vorging, wenn ich sage, daß mein Entschluß augenblicklich feststand; trotzdem glaube ich, daß keine so vom Entsetzen gepackte Frau in derartig kurzer Zeit die Fähigkeit wiedererlangte zu *handeln*. Trotz des schieren Entsetzens, das mir bei dieser Erscheinung in die Glieder gefahren war, wußte ich sofort, wie mein Handeln auszusehen hätte: den Jungen nämlich nicht merken zu lassen, was ich sah und womit ich kämpfte. Die Eingebung – ich wüßte nicht, wie ich sie anders nennen sollte –, das zu tun, beruhte auf dem Wissen, daß ich es aus freien Stücken und überwältigend großartig schaffen würde. Es war wie das Ringen mit einem Dämon um eine menschliche Seele, und als ich mir darüber einigermaßen klargeworden war, erkannte ich, daß der menschlichen Seele – die ich mit zitternden Händen auf Armeslänge von mir hielt – der schöne Tau des Schweißes auf der bezaubernden kindlichen Stirne stand. Sein Gesicht, das dem meinen so nahe war, war so kreideweiß wie das Gesicht, das sich an die Scheibe drückte, und zuletzt löste sich aus ihm ein Laut, nicht leise und auch nicht schwach, sondern wie aus unendlicher Ferne, den ich in mich einsog wie einen wunderbaren Duft.

»Ja – ich habe ihn genommen.«

Auf diese Worte hin zog ich ihn an mich und schloß ihn in die Arme; und während ich ihn an die Brust gedrückt hielt, wo ich in der plötzlichen Fieberhitze des kleinen Körpers das gewaltige Pochen seines kleinen Herzens spürte, ließ ich die Augen nicht vom Fenster und sah, wie die Gestalt dahinter sich bewegte und ihre Stellung veränderte. Ich habe sie mit einem Wachtposten verglichen, doch wie sie sich langsam drehte, hatte sie im Augenblick mehr etwas von einem Raubtier, dem die Beute entronnen ist. Ich fühlte mich in diesem Augenblick von einem solchen Mut beseelt, daß ich, um mir nichts anmerken zu lassen, gleichsam die Flamme dieses Mutes in mir ersticken mußte. Wieder funkelten die Augen der Erscheinung am Fenster; der Schurke ließ den Blick nicht von uns, als wollte er beobachten und abwarten. Nur der zuversichtliche Glaube, daß ich ihm trotzen könne, sowie die Gewißheit, die ich mittlerweile erlangt hatte, daß der Junge nichts davon mitbekam, ließen mich durchhalten.

»Warum hast du ihn genommen?«

»Um zu sehen, was Sie über mich schrieben.«

»Dann hast du ihn also geöffnet?«

»Ich habe ihn geöffnet.«

Meine Augen waren jetzt, da ich ihn wieder ein wenig weiter von mir weghielt, voll auf Miles Gesicht gerichtet, aus dem alle Überlegenheit gewichen war, so daß ich erkannte, wie furchtbar die Verlegenheit in ihm wütete. Das Wunderbare meines Erfolges bestand darin, daß seine Sinne völlig stumpf wurden und jede Verbindung mit etwas anderem ihm ganz und gar unmöglich war: er wußte, daß da etwas war, doch er wußte nicht, was – und noch weniger wußte er,

daß ich es wußte, ja, sogar wußte, *was* es war. Doch was hatte diese ganze ungeheure Anstrengung zu bedeuten, als ich wieder zum Fenster hinüberblickte und feststellte, daß die Luft wieder rein und der Einfluß – durch meinen ganz persönlichen Einsatz – erstickt worden war? Es war nichts mehr da. Ich hatte das Gefühl, daß der Sieg mein sei und ich jetzt *alles* bekommen würde. »Und du hast nichts darin gefunden?« – Ich ließ meiner freudigen Erregung freien Lauf. Unendlich kummervoll und unendlich langsam schüttelte er leicht den Kopf.
»Nichts.«
»Nichts, nichts!« schrie ich fast laut vor Freude.
»Nichts, nichts«, wiederholte er traurig.
Ich gab ihm einen Kuß auf die Stirn; sie war schweißnaß.
»Und was hast du dann damit gemacht?«
»Ich habe ihn verbrannt.«
»Ihn verbrannt?« Jetzt oder nie, galt es. »Ist es das, was du im Internat getan hast?«
Ach, was ich damit aufrührte! »Im Internat?«
»Briefe weggenommen – oder andere Dinge?«
»Andere Dinge?« Er schien jetzt an etwas zu denken, was ganz, ganz fern lag und ihn überhaupt nur unter dem Druck seiner Angst erreichte. Doch es erreichte ihn. »Ob ich *gestohlen* habe?«
Ich spürte, wie ich bis an die Haarwurzeln errötete; gleichzeitig überlegte ich, was wohl ungeheuerlicher sei: einem Gentleman eine solche Frage überhaupt zu stellen, oder zu sehen, wie er sie hinnahm und damit eingestand, wie tief er in der Welt gesunken sei. »War das der Grund, warum du nicht wieder hindurftest?«
Das einzige, was er empfand, war eine traurige kleine Verwunderung. »Haben Sie denn gewußt, daß ich nicht zurückdarf?«
»Ich weiß alles.«

Woraufhin er mich mit einem unendlich langen und sonderbaren Blick bedachte. »Alles?«
»Alles. Daher noch einmal – *hast* du ...?« Aber ich brachte es nicht übers Herz, es noch einmal auszusprechen.
Miles hingegen wohl. Ganz einfach. »Nein. Ich habe nicht gestohlen.«
Mein Gesicht muß ihm gezeigt haben, daß ich ihm aufs Wort glaubte – dennoch schüttelte ich ihn –, freilich war das nur ein Ausdruck reinen Zartgefühls – gleichsam wie um ihn zu fragen, ob er mich denn für nichts und wider nichts zu monatelanger Qual verdammt habe. »Was hast du dann getan?«
Voll unbestimmter Qual ging sein Blick über die ganze Decke der Halle, und zwei-, dreimal zog er den Atem nur unter größter Mühe ein. Er hätte auf dem Grund des Meeres stehen können und zu einem schwachen grünen Zwielicht oben die Augen erhoben haben. »Nun ja – ich habe Sachen gesagt.«
»War das alles?«
»Sie fanden, es reiche.«
»Um dich hinauszuwerfen?«
Nie hatte jemand, den man aus einem Internat ›hinausgeworfen‹ hatte, weniger dazu zu sagen als dieser kleine Mann. Er schien meine Frage abzuwägen – allerdings so, als ob er persönlich gar nichts mit ihr zu tun habe, hilflos fast. »Nun, ich hätte es wohl nicht tun dürfen.«
»Aber zu wem hast du sie denn gesagt?«
Er gab sich offensichtlich Mühe, sich zu erinnern, doch dann gab er es auf – er wußte es nicht mehr. »Ich weiß es nicht.«
Fast lächelte er – so verlassen, so geschlagen kam er sich vor. Ja, das Gefühl der Niederlage war mittlerweile so vollständig, daß ich es dabei hätte belassen sollen. Aber ich war wie verblendet – war wie berauscht von meinem Sieg –, obwohl das, was ihn mir eigentlich hätte näherbringen sollen, bereits die Elemente enthielt, die ihn von mir forttrieben.

»Hast du sie zu allen gesagt?« fragte ich.
»Nein; nur zu ...« Aber er schüttelte nur kurz den Kopf. »Ich weiß nicht mehr, wie sie heißen.«
»Waren es denn so viele?«
»Nein – nur ein paar. Die, die ich mochte.«
Die er mochte? Mir war, als ob ich nicht in lichte Klarheit hinein entschwebte, sondern in eine noch düsterere Dunkelheit, und unversehens überkam mich in meinem Mitleid plötzlich das bestürzende Gefühl, er könnte unschuldig sein. Ich war wie vor den Kopf geschlagen, stürzte ins Bodenlose, denn wenn er wirklich unschuldig war – was war dann *ich*? Wie gelähmt, solange mich diese Frage streifte, ließ ich ihn ein wenig los, und mit einem tiefen Aufseufzen wandte er sich wieder von mir ab; was ich zuließ, denn als er dem leeren Fenster gegenüberstand, hatte ich das Gefühl, daß dort nichts mehr sei, wovon ich ihn fernhalten müsse. »Und haben sie es denn weitergesagt?« fragte ich nach einer Weile.
Er zog sich ein paar Schritt von mir zurück; atmete immer noch schwer und sah wieder so aus, als würde er – freilich jetzt, ohne darüber geradezu erbost zu sein – wider seinen Willen festgehalten. Abermals blickte er, wie vorhin, hinaus in den trübgrauen Tag, als ob von dem, was ihn bislang aufrecht gehalten hatte, nichts mehr übriggeblieben sei. »O ja«, entgegnete er nichtsdestotrotz, »sie müssen es weitergesagt haben. – Denen, die *sie* mochten«, fügte er dann noch hinzu.
Das war irgendwie weniger, als ich erwartet hatte; trotzdem sann ich darüber nach. »Und es sprach sich herum ...?«
»Bis zu den Lehrern? O ja«, sagte er ganz einfach. »Aber ich wußte ja nicht, daß sie es weitersagen würden ...«
»Die Lehrer? Nein, die nicht ... die haben es nie weitergesagt. Deshalb frage ich dich ja gerade.«
Wieder wandte er mir sein schönes kleines fiebergerötetes Gesicht zu. »Ja, es war zu schlimm.«

»Zu schlimm?«
»Was ich wohl manchmal gesagt habe. Um es nach Hause zu schreiben.«
Mir fehlen die Worte, um zum Ausdruck zu bringen, wie zu Herzen gehend der Widerspruch war, der zwischen dem Gesagten klaffte und dem, der es sagte. Ich weiß nur, daß ich mich im nächsten Augenblick in wegwerfendem Ton sagen hörte: »Ach was, Unsinn!« Doch was dann hinterher kam, muß immerhin wieder recht streng geklungen haben. »Was für Sachen *hast* du denn gesagt?«
Meine Strenge galt nur seinem Richter, seinem Henker; gleichwohl brachte sie ihn dazu, sich wieder abzuwenden, und diese Bewegung wiederum veranlaßte *mich,* mich mit einem einzigen Satz und einem ununterdrückbaren Aufschrei auf ihn zu stürzen. Denn wieder, wie um sein Geständnis zunichte zu machen und ihn davon abzuhalten, überhaupt zu antworten, war hinter der Scheibe das abstoßende Gesicht dessen aufgetaucht, dem wir all unseren Kummer zu verdanken hatten: das weiße Gesicht der Verdammnis. Mir wurde übel, und es schwamm mir alles vor Augen, als ich meinen ganzen Sieg wieder in sich zusammenbrechen und mich gezwungen sah, den Kampf wiederaufzunehmen, so daß ich mit meinem gewaltigen Satz nur alles verriet. Ich erkannte, wie er, noch während ich sprach, plötzlich alles erriet, und in dem Bewußtsein, daß er bis jetzt nur erriet und das Fenster für seine Augen immer noch leer war, gab ich mit Macht der Regung nach, seine abgrundtiefe Verzweiflung in einen strahlenden Beweis dafür zu verwandeln, daß er wahrhaft frei sei. »Aufhören! Aufhören! Aufhören!« schrie ich dem entgegen, der mich so unendlich quälte, und preßte gleichzeitig den Jungen an mich.
»Ist sie *hier*?« Schwer atmend erkannte Miles, während seine Augen für dieses bestimmte Phänomen mit Blindheit geschlagen blieben, worauf sich meine Worte bezogen. Und

da mich sein befremdliches ›sie‹ zurücktaumeln ließ, wiederholte ich es schluckend. »Miss Jessel, Miss Jessel!« schleuderte er mir plötzlich wie rasend entgegen.
Ich war wie vor den Kopf geschlagen, als mir aufging, was er meinte – daß es irgend etwas mit dem zu tun habe, was wir Flora angetan hatten; doch das weckte in mir nur den Wunsch, ihm zu zeigen, daß es noch weit schlimmer war. »Es ist nicht Miss Jessel! Aber es steht am Fenster – direkt vor uns! Es ist da – der feige Schrecken, zum allerletzten Mal da!«
Auf diese Worte hin schüttelte er den Kopf wie ein Hund, der eine Fährte verloren hat, und schüttelte ihn nochmals heftig, als ringe er nach Luft und nach Licht; doch dann stürzte er sich wie von Sinnen vor Raserei auf mich und sah sich mit funkelnden Augen vergeblich im Zimmer um, ohne die grausige Erscheinung im geringsten wahrzunehmen, obwohl diese für meine Begriffe den ganzen Raum ausfüllte wie ein giftiger Hauch und groß und überwältigend aufragte. »*Er* denn?«
Ich war so felsenfest entschlossen, ihm meinen letzten Beweis abzuringen, daß ich ihn eiskalt herausforderte: »Wen meinst du denn mit ›er‹?«
»Peter Quint – Teufel!« Wieder ging sein Blick verängstigt flehend durch den ganzen Raum. »*Wo?*«
Ich habe ihn noch heute im Ohr, diesen Klang der endgültigen Preisgabe des Namens und der Huldigung an meine Treue. »Was hat er denn jetzt noch zu bedeuten, mein lieber, lieber Junge – was kann er denn *je* wieder bedeuten?! Du bist *mein*«, schleuderte ich dem Unhold entgegen, »und er hat dich für immer verloren!« Und um ihm mein Werk zu zeigen, sagte ich zu Miles: »Da, *da*!«
Doch er war bereits jäh herumgefahren, hatte hingestarrt, mit weit aufgerissenen Augen – und nichts gesehen als den stillen Tag. Der Verlust, der mich so stolz machte, traf ihn

mit einer Macht, daß er den Schrei eines Tieres ausstieß, das in einen Abgrund stürzt, und der Griff, mit dem ich ihn wieder packte, hätte der sein können, der ihn im Sturz auffing. Ich fing ihn auf, jawohl, ich hielt ihn – wie leidenschaftlich, kann man sich denken; doch nach einer Weile begriff ich, was ich da in den Armen hielt. Wir waren allein mit dem stillen Tag, und sein kleines Herz, dem alles genommen worden war, hatte aufgehört zu schlagen.

Das wirklich einzig Wahre

The Real Right Thing (1900)

1.

Als man sich drei Monate nach dem Tode von Ashton Doyne wegen einer ›Biographie‹, wie es so heißt, an George Withermore wandte, kam dieser Vorschlag direkt von seinem Verleger, der noch weit mehr Doynes Verleger gewesen war; Withermore fand es jedoch nicht erstaunlich, als er bei ihrer nächsten Unterredung hörte, daß von der Witwe jenes Autors ein gewisser Druck bezüglich der baldigen Herausgabe einer Biographie ausgeübt werde. Soviel Withermore wußte, waren Doynes Beziehungen zu seiner Frau ein Kapitel für sich gewesen – wodurch nun auch der Biograph in eine heikle Situation geraten würde; doch schon in den ersten Tagen ihrer Trauer war der Armen die Erkenntnis aufgegangen, was sie verloren, ja, was sie versäumt hatte, und deshalb mußte ein hinreichend eingeweihter Beobachter darauf gefaßt sein, daß sie etwas wiedergutmachen, ja, in einem übertriebenen Maß sich für die Interessen eines berühmten Namens einsetzen wollte. Nun fühlte sich George Withermore zwar eingeweiht; aber er hatte doch nicht erwartet, daß sie ihn als denjenigen erwählen würde, dem sie so bald schon das Material für ein Buch anvertrauen könnte. Dieses Material – Tagebücher, Briefe, Notizen, Aufzeichnungen, Dokumente aller Art – war ihr Eigentum, über das sie allein verfügen konnte, ohne daß an dieses Erbe irgendwelche Bedingungen geknüpft gewesen wären; so konnte sie im Augenblick tun, was sie wollte – vor allem: sie konnte, wenn sie wollte, auch gar nichts tun. Was Doyne getan haben würde, hätte er noch die Zeit gefunden, alles zu ordnen, ließ sich nur ahnen, mutmaßen. Der Tod hatte ihn zu früh und zu plötzlich dahingerafft, und es war ein Jammer, daß die einzigen Wünsche, die er, wie man allgemein wußte, ausgesprochen hatte, Wünsche waren, die sich nicht im geringsten auf diese Hinterlassenschaft bezogen. Sein Lebensfaden war jäh gerissen – ja, so konnte man wohl sagen; und das Ende war zerfasert und mußte geglättet werden. Withermore war sich nur allzu klar darüber, daß er ihm zwar nahegestanden hatte, aber verhältnismäßig wenig über ihn wußte. Er selber war jung – Journalist, Kritiker, ein von der Hand in den Mund lebender Mann, der bis jetzt noch nicht viel vorzuweisen hatte. Seine wenigen Arbeiten waren klein an Umfang, seine Beziehungen unbedeutend und vage. Doyne dagegen hatte lange genug gelebt – und vor allem Talent genug besessen –, um berühmt zu werden, und unter seinen vielen, ebenfalls berühmten Freunden waren mehrere, die seine Frau kannten; an die hätte sie sich deshalb eher wenden können.

So gab die Gunst, die sie unserem jungen Mann gewährt hatte – überdies in einer sehr großzügigen, taktvollen Art, die ihm jede Freiheit einräumte –, diesem das Gefühl, Mrs. Doyne zumindest aufsuchen zu müssen, da es in jedem Fall eine Menge zu besprechen geben würde. Er schrieb ihr sofort, sie nannte ihm ebenso unverzüglich eine bestimmte Stunde, und sie führten ein eingehendes Gespräch. Als er sie verließ, war er in seiner besonderen Meinung von ihr nur noch bestärkt. Sie war eine merkwürdige Frau, die er nie gemocht hatte; aber es war etwas Rührendes in ihrem geschäftigen, ungeschickten Eifer. Sie wollte also das Buch herausbringen, und jener Bekannte aus dem Freundeskreis ihres Mannes, von dem sie glaubte, daß sie am besten mit ihm zurechtkommen würde, sollte sie dabei in jeder Weise unterstützen. Sie hatte Doyne im Leben nie ganz ernst genommen, aber seine Biographie sollte eine erschöpfende Antwort auf alle gegen sie erhobenen Anschuldigungen sein. Zwar hätte sie früher kaum gewußt, wie man solche Bücher zusammenstellte, hatte sich inzwischen jedoch erkundigt und einiges darüber erfahren. Withermore beunruhigte es ein wenig, als er gleich zu Anfang merkte, daß sie besonders auf den Umfang erpicht war. Sie sprach immer nur von ›Bänden‹, aber darüber hatte er seine eigene Meinung.

»Ich habe sofort an Sie gedacht, wie auch er es getan hätte«, sagte sie fast unmittelbar, nachdem sie sich in ihrem Trauerstaat erhoben hatte und auf ihn zugekommen war – mit ihren großen schwarzen Augen, dem dichten schwarzen Haar, den schwarzen Handschuhen und dem großen schwarzen Fächer, eine düster-tragische, hagere, aber eindrucksvolle, wie man gewissermaßen sagen könnte ›elegante‹ Erscheinung. »Sie sind's, den er am meisten liebte – oh, wie sehr!« – und dies hatte schon genügt, Withermore umzustimmen. Dabei machte es wenig aus, daß er sich später eigentlich hätte fragen müssen, ob sie Doyne überhaupt so gut gekannt habe, um dies mit solcher Sicherheit sagen zu können. Seine Antwort hätte dann nämlich gelautet, daß ihr Zeugnis in solch einem Punkt kaum ins Gewicht falle. Doch ohne Rauch kein Feuer; sie wußte zumindest, was sie wollte, und er war nicht der Mensch, dem zu schmeicheln sie ein Interesse haben konnte. So gingen sie ohne Zögern hinauf in das verlassene Arbeitszimmer des berühmten Mannes, von wo man den großen, grünen, für diese vornehme Wohngegend charakteristischen Garten hinter dem Haus überblickte – wie der arme Withermore fand, eine herrliche und anregende Aussicht.

»Hier könnten Sie wunderbar arbeiten«, sagte Mrs. Doyne. »Sie hätten das Zimmer ganz für sich – ich würde Ihnen alles überlassen; vor allem abends ist es hier völlig still, und Sie sind ungestört.«

Wahrhaftig, völlig ungestört, dachte der junge Mann, während er sich umsah – nachdem er übrigens erklärt hatte, daß er gegenwärtig an einer Abendzeitung arbeite und daher für längere Zeit in den Morgenstunden beansprucht sei, somit also nur abends hierherkommen könne. Der Raum war gesättigt von der Gegenwart des toten Freundes; alles hier hatte ihm gehört; alles, was sie berührten, war ein Teil seines Lebens gewesen. Für Withermore war es zuviel auf einmal – zuviel Ehre und auch zuviel Schmerz; die jüngsten Erinnerungen überfielen ihn, sein Herz schlug schneller, seine Augen füllten sich mit Tränen, und die Bürde seiner Freundschaft dünkte ihn schwerer, als er zu tragen vermochte. Angesichts seiner Tränen stieg auch Mrs. Doyne das Wasser in die Augen, und für eine Weile sahen sie einander schweigend an. Es würde ihn nicht gewundert haben, wenn sie ihn jetzt angefleht hätte: ›Helfen Sie mir, das zu empfinden, was ich, wie Sie wohl wissen, empfinden möchte!‹ Und nach geraumer Zeit sagte der eine von ihnen – es spielt dabei keine Rolle, wer – in völliger Übereinstimmung mit dem anderen: »Hier sind wir bei ihm.« Es war jedoch der junge Mann, der, als sie das Zimmer verließen, feststellte, dort sei Doyne bei ihnen.

Withermore kam, sobald er es einrichten konnte, und als er dann in der verzauberten Stille im Schein der Lampe und des Kaminfeuers bei zugezogenen Vorhängen saß, spürte er immer stärker die Gegenwart des anderen. Er kehrte dem schwarzen Londoner November den Rücken, ging durch das große, stille Haus und die mit roten Läufern belegte Treppe hinauf, wo höchstens ein zur Lautlosigkeit erzogenes Mädchen an ihm vorbeihuschte oder er durch eine offene Tür Mrs. Doynes königliche Witwentracht und ihr wohlwollendes tragisches Gesicht erblickte; und dann, durch nichts weiter als eine Berührung der gut schließenden Tür, die angenehm klickend ins Schloß fiel, zog er sich für einige vertraute Stunden mit dem Geist – wie er es nachdrücklich immer genannt hatte – seines Meisters zurück. Er war nicht im geringsten erstaunt, als ihm bereits am ersten Abend klarwurde, daß ihn an der ganzen Sache gerade die Aussicht, der Vorzug und der Luxus dieses Gefühls angezogen hatte. Er mußte sich jetzt eingestehen, daß er an das Buch, für das es doch viel zu bedenken galt, kaum gedacht hatte; seine Zuneigung und Bewunderung – ganz zu schweigen von seinem geschmeichelten Stolz – waren von der Versuchung überwältigt worden, in die ihn Mrs. Doyne geführt hatte. Woher wußte er eigentlich – so konnte er sich fragen –, ob das Buch überhaupt erwünscht war? Welche Vollmacht hatte er je von Ashton Doyne für eine so direkte und intime Annäherung empfangen? Die Kunst der Biographie war etwas Großes, aber es gab nun einmal solche und solche Leben, solche und solche Themen. In seiner Verwirrung fielen ihm überdies Bemerkungen ein, die Doyne über zeitgenössische Kompilationen gemacht hatte – Andeutungen darüber, wie sehr er sich von anderen Helden und Panoramen unterscheide. Er erinnerte sich sogar daran, daß sich sein Freund in solchen Augenblicken zu dem Gedanken bekannt hatte, die ›literarische Laufbahn‹ solle sich – abgesehen vom Fall eines Johnson und Scott, eines Boswell und Lockhart – darauf beschränken, im Werk sichtbar zu werden. Der Künstler sei, was er leiste – sonst nichts. Andererseits: Wie sollte er, George Withermore, der arme Teufel, sich nicht auf die Chance stürzen, den Winter in einer solchen Fülle von Vertraulichkeit zu verbringen? Es war einfach verwirrend – ja, das war's. Es waren nicht die ›Bedingungen‹ des Verlegers – wie man im Verlag sagte, waren diese in Ordnung; vielmehr war es Doyne selbst, seine Gesellschaft, seine Nähe, seine Gegenwart; es war, wie sich herausstellte, die Möglichkeit zu einer innigeren Freundschaft als je im Leben. Wie merkwürdig, daß der Tod im Vergleich dazu weniger Mysteriöses und Geheimnisvolles hatte. Als der junge Mann seinen ersten einsamen Abend in jenem Zimmer verbrachte, vermeinte er, daß sein Meister und er zum erstenmal wirklich beisammen seien.

2.

Mrs. Doyne ließ ihn meistens absichtlich allein, aber manchmal blickte sie doch zu ihm herein, ob er auch alles habe, was er brauche, und dabei fand er Gelegenheit, ihr an Ort und Stelle für die Weitsicht und den Eifer zu danken, mit dem sie ihm den Weg geebnet hatte. Bis zu einem gewissen Grade hatte sie das Material schon selber gesichtet und bereits einige Briefstöße sortiert; gleich zu Anfang hatte sie ihm überdies alle Schlüssel für Schubladen und Schränke anvertraut und ihn hilfreich darüber orientiert, wo er dies und jenes finden werde. Kurz: sie hatte ihm alles überantwortet, und mochte ihr Mann ihr nun vertraut haben oder nicht, so war es doch offensichtlich, daß sie zumindest dem Freund ihres Mannes vertraute. Dennoch gewann Withermore den Eindruck, daß sie, allen Hilfeleistungen zum Trotz, noch nicht zufrieden sei und eine unerklärliche, nicht zu beschwichtigende Unruhe mit ihrem Vertrauen Schritt halte. Trotz all ihrer Rücksichtnahmen war sie doch gleichzeitig immer spürbar *da*: er fühlte mit dem sechsten Sinn, den diese Bekanntschaft in ihm wachgerufen hatte, wie sie in den stillen Stunden auf Treppenabsätzen und hinter Türen lauerte; an dem lautlosen Vorbeifegen ihrer Röcke merkte er, daß sie stets wachte und wartete. Eines Abends, als er wieder am Schreibtisch seines Freundes saß und ganz in dessen Korrespondenz versunken war, fuhr er auf einmal erschrocken herum, weil er das Gefühl hatte, es stehe jemand hinter ihm. Tatsächlich war Mrs. Doyne eingetreten, ohne daß er die Tür gehört hatte, und als er jetzt aufsprang, lächelte sie gequält und meinte: »Ich habe Sie doch hoffentlich nicht erschreckt?«
»Nicht der Rede wert – ich war ganz vertieft. Eine Sekunde«, erklärte er, »hatte ich schon gedacht, er sei es selbst.«
Ihr Blick wurde vor Staunen noch seltsamer. »Ashton?«
»Es ist, als wäre er da«, sagte Withermore.

»Für Sie auch?«
Dies erregte ihn natürlich. »Für Sie etwa ebenfalls?«
Sie schwieg, ohne sich zu rühren, und spähte im Zimmer umher, als wollte sie noch den düstersten Winkel durchdringen. Sie hatte eine ganz eigene Art, den großen schwarzen Fächer, den sie offenbar nie aus der Hand legte, bis zur Nase zu heben und so die untere Hälfte ihres Gesichtes zu verdecken, so daß ihre harten Augen nur noch abgründiger wirkten. »Manchmal.«
»Mir ist es«, fuhr Withermore fort, »als könnte er jeden Augenblick eintreten. Darum bin ich ja eben so erschrocken. Es ist noch gar zu kurze Zeit her, seit er hier war – es war ja erst gestern. Ich sitze in seinem Stuhl, arbeite mit seinen Büchern, seinen Federn, stochere in seinem Kaminfeuer – nicht anders, als hätte man mir ausgerichtet, er werde jeden Augenblick von einem Spaziergang zurück sein, und als wäre ich hier heraufgekommen, um auf ihn zu warten. Es ist herrlich – aber auch unheimlich.«
Mrs. Doyne, mit noch immer erhobenem Fächer, lauschte gespannt. »Beunruhigt es Sie?«
»Nein – im Gegenteil.«
Wieder zauderte sie. »Haben Sie manchmal das Gefühl, als wäre er – nun ja, als wäre er leibhaftig im Zimmer?«
»Ich sagte es ja schon«, erwiderte er lächelnd; »als ich Sie hinter mir hörte, glaubte ich es wirklich. Was wünschen wir schließlich anderes«, fragte er, »als daß er bei uns sei?«
»Ja, Sie erwähnten es bereits beim erstenmal.« Sie blickte ihn zustimmend an. »Er ist bei uns.«
Es klang ein wenig unheimlich, aber Withermore blieb trotzdem gelassen. »Dann müssen wir ihn festhalten. Wir dürfen nur das tun, was ihm recht wäre.«
»Aber natürlich, nur das – nichts anderes. Doch wenn er hier ist...?« Und ihre dunklen, schwermütigen Augen schienen dabei fragend über den Fächer hinwegzublicken.

»Sie meinen, dann könne dies nur beweisen, daß es ihm recht ist und er uns beistehen möchte? Ja gewiß, das muß es beweisen.«

Sie seufzte und sah sich erneut im Zimmer um. »Vergessen Sie nicht«, sagte sie dann, als sie sich zum Gehen wandte, »auch ich möchte nichts weiter als Ihnen beistehen.« Nachdem sie gegangen war, hatte er das sichere Gefühl, daß sie nur hereingekommen sei, um zu sehen, ob es ihm an nichts fehle.

Später mußte er sich eingestehen, daß es ihm immer weniger an etwas fehlte, denn je mehr er sich in seine Arbeit vertiefte, desto überzeugter war er von Doynes persönlicher Gegenwart. Nachdem dieses Phantasiebild erst einmal um ihn zu sein begonnen hatte, begrüßte, unterstützte, ermutigte und hegte er es und wartete immer schon den ganzen Tag darauf, daß es am Abend wiederkehre – und wartete auf das Herannahen der Dämmerung wie zwei Liebende auf die Stunde ihrer Verabredung. Schon die geringsten Vorfälle bestätigten und festigten es, und bereits nach wenigen Wochen betrachtete er es geradezu als die Weihe seines Unterfangens. Lag in ihm nicht die Antwort auf die Frage, was Doyne von ihrer beider Plan gehalten hätte? Also entsprach ihr Plan genau seinen Wünschen, und so konnten sie ohne Skrupel oder Zweifel Schritt für Schritt vorangehen. Immer wieder labte sich Withermore an dieser Gewißheit; manchmal, wenn er zu einem von Doynes Geheimnissen vorstieß, fand er es besonders angenehm, glauben zu dürfen, daß Doyne ihn eingeweiht wissen wolle. Er erfuhr so manches, was er nicht vermutet hatte, zog Vorhänge beiseite, brach Türen auf, löste etliche Rätsel, kurz: kam hinter fast alles, wie sie es nannten. Bei einer scharfen Wegbiegung auf einer seiner tappenden Wanderungen ›hinter die Dinge‹ hatte er plötzlich das Gefühl, seinem Freund von Angesicht zu Angesicht gegenüberzustehen; er hätte im Augenblick kaum sagen

können, ob ihre Begegnung in dem schmalen Gang und in der engen Umklammerung der Vergangenheit oder zur jetzigen Stunde und an diesem Ort stattfinde. War es nun Anno 67? Oder jetzt und hier – ihm gegenüber am Tisch?
Wie dem auch sein mochte: es war ein Glück, daß selbst im ordinärsten Licht, das Veröffentlichungen je verbreiten können, es immer noch eine großartige Tatsache blieb, wie Doyne ›herauskam‹. Ja, er kam einfach wunderbar gut heraus – besser jedenfalls, als ein Jünger wie Withermore es zu hoffen gewagt hätte. Und dennoch: Wie hätte dieser Jünger jemand anderem den Zustand seines eigenen Bewußtseins erklären können? Das war einfach nicht in Worte zu fassen – man konnte es nur fühlen. Es gab zum Beispiel Augenblicke, während er über seine Papiere gebeugt saß, da der Hauch seines toten Gastgebers ebenso deutlich fühlbar auf seinem Haar lag wie vor ihm auf dem Tisch seine eigenen Ellbogen. Es gab Augenblicke, da – hätte er nur aufzublikken vermocht – er auf der anderen Seite des Tisches den Gefährten so leibhaftig gesehen hätte, wie er im abgeschirmten Lampenlicht die Seite sah, an der er gerade schrieb. Daß er in solchen Momenten nicht aufzublicken vermochte, lag allein an ihm, denn die Situation wurde – was nur natürlich war – von zarten, schönen und scheuen Gefühlen beherrscht, von der Furcht, er könnte sich zu plötzlich oder zu rüde nähern. Was aber am eindeutigsten zutage lag, war, daß Doyne weit weniger um seiner selbst als um des an seinem Altar stehenden jungen Priesters willen hier weilte. Er war da, er kam und ging, ja, er hätte zwischen all diesen Büchern und Papieren geradezu ein stiller, diskreter Bibliothekar sein können, der sich seinen Aufgaben widmete, stumme Hilfsdienste leistete und von den Literaten sehr geschätzt wurde.
Auch Withermore kam und ging, nahm immer wieder einen anderen Platz ein und verfolgte bestimmte oder unbestimmte Fragen; und mehr als einmal, wenn er ein Buch aus

dem Schrank nahm und Doynes mit Bleistift gemachte Anmerkungen darin fand und dadurch gefangen und gebannt war, hörte er, wie sich hinter ihm auf dem Tisch die Schriftstücke verschoben und raschelten, fand er nach seiner Rückkehr einen verlegten Brief plötzlich in Sichtweite oder das Dunkel gelichtet, weil sich ein altes Tagebuch eben bei dem gesuchten Datum geöffnet hatte. Wie anders hätte er auch sonst unter fünfzig verschiedenen gerade jene Schachtel oder Schublade finden sollen, die ihm weiterhalf, würde nicht sein geheimnisvoller Gehilfe den Deckel abgehoben oder die Lade halb aufgezogen haben, so, daß sein Blick darauf fallen mußte? – und dies trotz gelegentlicher Pausen und Perioden, während deren man, freilich nur bei genauem Hinsehen, ein wenig abseits und überaufrecht vor dem Feuer eine Gestalt hätte entdecken können, die einen kaum schärfer fixierte als im Leben.

3.

Daß diese aussichtsreiche Beziehung existiert, etliche Wochen hindurch angedauert hatte, ging deutlich genug aus der wachsenden Unruhe hervor, mit der unser junger Mann plötzlich merkte, daß er sie aus irgendwelchen Gründen von einem ganz bestimmten Tag an vermissen mußte. Das Zeichen dafür war, daß ihn jäh das Gefühl überfiel – als ein herrliches, noch nicht veröffentlichtes Blatt, das, wo er auch immer suchen mochte, unauffindbar blieb –, nicht mehr so beschützt und gefördert zu werden wie bisher. Doyne und er waren aus Freude an dieser Arbeit von Anfang an zusammen gewesen, doch schon wenige Tage nach seinem ersten Verdacht hatte sich die Situation seltsam verändert und damit dieses Zusammensein gestört. Grübelnd erkannte er, daß das seit jenem Augenblick so war, da er den Eindruck gewonnen hatte, bei seiner freudigen Suche nach Material nur noch Berge vor sich zu haben, anstatt wie bisher die frohe Gewißheit zu besitzen, auf geradem Wege schnell vorwärtszukommen. Fünf Abende rang er; dann aber – er saß nie mehr ruhig am Tisch, sondern wanderte im Zimmer umher, nahm seine Notizen nur auf, um sie wieder beiseite zu legen, blickte aus dem Fenster, stocherte im Feuer, überließ sich abwegigen Gedanken und lauschte nach Zeichen und Lauten, nicht weil er sie vermutete oder sich einbildete, sondern weil er sie vielmehr erwünschte oder erhoffte – ergab er sich der Erkenntnis, daß er zumindest zunächst einmal im Stich gelassen sei.

Das außerordentliche jedoch war, daß er nicht nur traurig wurde, sondern sich wegen Doynes Abwesenheit im höchsten Maße unbehaglich fühlte. Daß er jetzt nicht da war, empfand Withermore merkwürdiger als vorher seine Anwesenheit – empfand er als so merkwürdig, daß es wider alle Logik an seinen Nerven zerrte. Diese hatten das Unerklärliche wie selbstverständlich hingenommen und ihren überreizten Zustand groteskerweise aufgespart, bis das Normale wiederkehren und das Unnormale sich verflüchtigt haben würde. Sie gerieten jedoch völlig außer Kontrolle, als er eines Abends nach stundenlangem Kampf aus dem Zimmer floh. Zum erstenmal war es ihm einfach unmöglich gewesen zu bleiben. Ziellos, leise keuchend und von Entsetzen geschüttelt, eilte er den Gang hinunter bis zum Treppenabsatz. Da entdeckte er Mrs. Doyne, die zu ihm emporblickte – als hätte sie gewußt, daß er kommen würde; und das seltsamste war – obwohl er nicht bewußt daran gedacht hatte, sich zu ihr zu flüchten, sondern sich durch die Flucht nur befreien wollte –, daß ihr Anblick es ihm als richtig bestätigte, es ihn sogleich als Teil einer übermächtigen, sie beide beherrschenden Zwangsvorstellung empfinden ließ. Es war wundervoll, wie – in der ganz modernen Londoner Halle, umgeben von

Tottenham-Court-Road-Teppichen und elektrischem Licht – zwischen der großen schwarzen Dame und ihm der Gedanke hin- und herschwang, daß er wußte, was sie meinte, wenn sie ihn ansah, als wüßte er es. Geradenwegs ging er hinunter und trat mit ihr in ihr kleines, zu ebener Erde liegendes Zimmer, und als sich die Tür hinter ihnen geschlossen hatte, standen sie sich schweigend, sich sonderbar anblickend gegenüber, Geständnissen ausgesetzt, die allein von diesen wenigen Schritten plötzlich zum Leben erweckt worden waren. Withermore rang nach Atem, als er endlich begriff, warum er seinen Freund verloren hatte. »Er war bei *Ihnen*?«

Damit war es heraus – wenigstens so weit, daß nichts mehr zu erklären blieb und daß, als ein »Was dachten Sie denn?« zwischen ihnen geäußert wurde, es ebensogut der eine wie der andere hätte gesagt haben können. Withermore sah sich in dem kleinen hellen Raum um, in dem sie Abend für Abend ihr Leben zubrachte wie er das seine im Stock darüber. Es war ein hübscher, lauschiger, rosenfarbener Raum; und doch hatte sie darin gespürt, was er gespürt, und gehört, was er gehört hatte. Vor dem tiefroten Hintergrund wirkte sie – phantastisch schwarz, pompös und extravagant – wie ein symbolistischer kolorierter Stich, ein Reklamebild der neuesten Schule. »Sie haben gewußt, daß er mich verlassen hat?« fragte er.

Sie wollte nichts ungeklärt lassen. »Heute abend, ja. Mir ist manches klargeworden.«

»Sie haben schon vorher gewußt, daß er bei mir war?«

Und abermals zauderte sie. »Jedenfalls, daß er nicht bei *mir* war. Aber auf der Treppe –«

»Ja?«

»Da ist er an mir vorbeigegangen. Mehr als einmal. Er war im Haus. Und an Ihrer Tür –«

»Nun?« ermutigte er sie, als sie wiederum stockte.

»Wenn ich dort stehenblieb, spürte ich es manchmal geradezu. Und an Ihrem Gesicht«, setzte sie hinzu, »sah ich, zumindest heute abend, wie es um Sie stand.«
»Und darum sind Sie herausgekommen?«
»Ich dachte mir, daß Sie zu mir kommen würden.«
Daraufhin streckte er ihr die Hand entgegen, und so hielten sie einander für eine Minute des Schweigens fest. Beide sahen sie jetzt keine seltsame Erscheinung mehr – keine, die seltsamer war, als sie einander erschienen. Doch auf einmal war der Raum wie geweiht, und abermals äußerte Withermore seine Besorgnis. »Was ist denn geschehen?«
»Ich möchte nur das wirklich einzig Wahre tun«, gab sie nach einigem Schweigen zurück.
»Und tun wir das nicht?«
»Das frage ich mich. Tun Sie es denn?«
Nun fragte er es sich auch. »Nach meinem besten Wissen und Gewissen jedenfalls. Aber wir müssen nachdenken.«
»Wir müssen nachdenken«, wiederholte sie. Und sie dachten nach – dachten den ganzen restlichen Abend intensiv nach und dachten unabhängig voneinander (Withermore wenigstens konnte für sich selbst antworten) auch während der folgenden Tage nach. Für kurze Zeit unterbrach er seine Besuche und seine Arbeit, versuchte, sich selbst kritisch bei einem Fehler zu ertappen, der jene Störung verursacht haben könnte. Hatte er an einem einschneidenden Punkt einen falschen Weg eingeschlagen, ein falsches Ziel ins Auge gefaßt – oder hatte er zumindest den Eindruck erweckt, daß er dies vorhabe –, hatte er irgendwo wider besseres Wissen etwas entstellt oder unpassenderweise auf etwas beharrt? Schließlich kehrte er mit der Überzeugung zurück, einiges herausgefunden zu haben, das er vielleicht falsch gemacht hatte; danach erlebte er im oberen Stock abermals eine erregende Zeit, der dann ein weiteres Gespräch mit der immer noch verwirrten und erregten Mrs. Doyne folgte.

»Ist er da?«
»Er ist da.«
»Ich wußte es!« entgegnete sie, glühend von unerklärlichem Triumph. Dann, als wollte sie es begründen: »Er ist nie wieder bei mir gewesen.«
»Und auch bei mir nicht – um mir wie sonst zu helfen«, sagte Withermore.
Sie überlegte. »Nicht, um wie sonst zu helfen?«
»Ich verstehe das einfach nicht, ich tappe völlig im dunkeln. Alles, was ich tue, kommt mir falsch vor.«
Für einen Augenblick hüllte sie ihn in ihren übersteigerten Schmerz ein. »Woran merken Sie das?«
»An dem, was geschieht. Es geschehen die merkwürdigsten Dinge. Ich kann es nicht schildern – und Sie würden mir auch kaum glauben.«
»O doch!« rief Mrs. Doyne.
»Nun ja, er mischt sich ein«, versuchte Withermore zu erklären. »Wo immer ich mich hinwende, begegne ich ihm.«
Sie bemühte sich, ihm zu folgen. »Begegnen Sie ihm?«
»Ich stoße auf ihn. Es ist, als erhöbe er sich vor mir.«
Sie blickte ihn groß an. »Wollen Sie etwa sagen, daß Sie ihn sehen?«
»Jedenfalls ist mir, als könnte ich ihn jeden Moment sehen. Ich bin verstört. Ich schrecke zurück.« Und dann fügte er hinzu: »Ich habe Angst.«
»Vor ihm?« fragte Mrs. Doyne.
Er sann nach. »Nein – vor dem, was ich tue.«
»Was tun Sie denn so Schreckliches?«
»Das, um was Sie mich gebeten haben. Ich dringe in sein Leben ein.«
Ihr augenfälliger Ernst wurde von einem neuen Schrecken überschattet.
»Aber ist Ihnen das denn nicht recht?«
»Ist es *ihm* recht? Das ist hier die Frage. Wir entblößen ihn.

Wir präsentieren ihn. Wie nennt man es doch? Wir geben ihn der Welt preis.«
Die arme Mrs. Doyne, deren harte Buße bedroht war, sah ihn einen Augenblick abgründiger denn je an. »Und warum sollten wir das nicht?«
»Weil wir es nicht wissen. Es gibt Naturen, gibt Lebensläufe, die sich uns entziehen. Womöglich ist er dagegen«, sagte Withermore. »Wir haben ihn nie gefragt.«
»Wie hätten wir das gekonnt?« Er schwieg.
»Nun, wir fragen ihn jetzt. Dies wenigstens hat unser Unternehmen bewirkt. Wir haben es ihm überlassen.«
»Wenn er also bei uns war, haben wir seine Antwort gehört.«
Withermore sprach jetzt mit voller Überzeugung. »Er war nicht bei uns – er war gegen uns.«
»Warum haben Sie dann zuerst –«
»– geglaubt, er wolle uns seine Sympathie bezeigen? Weil ich mich in meiner Einfalt geirrt habe. Ich war – wie soll ich's nennen? – so aufgeregt und fasziniert, daß ich einfach nichts zu begreifen vermochte. Jetzt aber begreife ich. Er wollte sich uns lediglich mitteilen. Er streckt die Arme aus dem Dunkel, greift aus seiner geheimnisvollen Welt nach uns, gibt uns verschwommene Zeichen seines Widerwillens.«
»Widerwillens?« entsetzte sich Mrs. Doyne, mit vor den Mund gehaltenem Fächer.
»Vor dem, was wir tun.« Und dann reihte er eins ans andere. »Jetzt verstehe ich auch, daß man zuerst –«
»Was?«
»– einfach fühlen mußte, daß er da war und deshalb keinesfalls gleichgültig sein konnte. Die Freude darüber hat mich in die Irre geführt. Er ist hier, um zu protestieren.«
»Gegen meine Biographie?« jammerte Mrs. Doyne.
»Gegen jede Biographie. Er ist hier, um seine Lebensgeschichte zu retten. Er ist hier, um seine Ruhe zu fordern.«

»So geben Sie die Arbeit also auf?« rief sie schrill.
Er konnte ihr nicht ausweichen. »Er ist gekommen, um zu warnen.«
Einen Augenblick sahen sie einander fest an. »Sie haben Angst!« brachte sie schließlich hervor.
Er war erregt, blieb jedoch hart. »Er ist gekommen, um uns zu verfluchen!«
Damit trennten sie sich, aber nur für wenige Tage; ihre letzten Worte hallten ihm so in den Ohren, daß er – zwischen dem Bedürfnis, ihr zu willfahren, und einem noch zu erklärenden anderen Bedürfnis – den Eindruck gewann, er dürfe noch nicht alles aufs Spiel setzen. Endlich kehrte er zur üblichen Stunde zurück und fand sie am üblichen Platz. »Ja, ich habe Angst«, verkündete er in einem Ton, als hätte er lange darüber nachgedacht und wüßte nun, was dies bedeute. »Aber Sie offenbar nicht.«
Sie zuckte zurück, hielt ihn mit der Antwort hin. »Wovor haben Sie Angst?«
»Daß ich, wenn ich fortfahre, ihn sehen werde.«
»Und dann?«
»Oh, dann«, sagte George Withermore, »dann müßte ich es aufgeben.«
Sie erwog es, mit stolzem und zugleich ernstem Gesicht. »Wissen Sie, ich glaube, wir müssen ein ganz klares Zeichen haben.«
»Ich soll es also noch einmal versuchen?«
»Sie müssen doch verstehen«, drängte sie, »was es für mich bedeuten würde, es aufzugeben.«
»Aber *Sie* brauchten es doch gar nicht aufzugeben«, meinte Withermore.
Anscheinend dachte sie nach, fuhr dann aber sogleich fort: »Es würde bedeuten, daß er von mir –« Verzweifelt hielt sie inne.
»Was?«

»– überhaupt nichts annehmen würde«, sagte die bedauernswerte Mrs. Doyne.

Wieder sah er sie an. »Auch ich habe schon an ein klares Zeichen gedacht. Ich will es noch einmal versuchen.«

Er wollte bereits hinaufgehen, als ihr noch etwas einfiel: »Leider ist heute abend gar nichts bereit – keine Lampe und kein Feuer.«

»Macht nichts«, sagte er unten an der Treppe. »Ich finde mich schon zurecht.«

Darauf antwortete sie, die Tür zu jenem Zimmer werde wohl offen sein, und zog sich dann zurück, um auf ihn zu warten. Aber sie brauchte nicht lange zu warten, wenn sie vielleicht auch, bei offener Tür und mit gespannter Aufmerksamkeit, das Verstreichen der Zeit nicht so empfunden haben mochte wie ihr Gast. Nach einer Weile hörte sie ihn auf der Treppe, und gleich darauf kam er, wenn auch nicht gerade kopflos, sondern eher widerwillig in Schritt und Ton, bleich und fahl an ihre Tür.

»Ich gebe es auf.«

»Sie haben ihn also gesehen?«

»Auf der Schwelle – er bewacht sie.«

»Bewacht sie?« Ihre Augen hinter dem Fächer glühten. »Deutlich?«

»Riesig. Aber verschwommen. Düster. Schrecklich«, sagte der arme George Withermore.

Sie forschte weiter. »Sie sind nicht hineingegangen?«

Der junge Mann wandte sich ab. »Er hat es mir verboten.«

»Sie sagten, ich brauchte nicht«, fuhr sie nach einer Weile fort. »Nun muß ich also doch?«

»Ihn sehen?« fragte George Withermore.

Sie zauderte nur kurz. »Es aufgeben.«

»Sie müssen sich entscheiden.« Er für sein Teil konnte bloß noch aufs Sofa sinken und das Gesicht in den Händen vergraben. Er wußte später nicht mehr zu sagen, wie lange er so gesessen hatte; es genügte die Tatsache, die ihm auf einmal zum Bewußtsein kam: daß er mit den ihr vertrauten Dingen allein war. Gerade als er sich wieder aufgerafft hatte, mit dieser Erkenntnis und der Wahrnehmung, daß die Tür zur Halle offenstand, fand er sich in der Helle und Wärme des rosenfarbenen Raumes erneut ihrer großen, schwarzen, von Parfüm duftenden Erscheinung gegenüber. Er sah auf den ersten Blick, während sie ihn noch größer und tragischer denn je über die Maske ihres Fächers hinweg anschaute, daß sie oben gewesen war; und so standen sie zum letztenmal gemeinsam vor ihrem ungewöhnlichen Problem.

»Sie haben ihn gesehen?« fragte Withermore.

Später folgerte er aus der charakteristischen Art, mit der sie die Augen schloß und sie, als wollte sie ihre Fassung zurückgewinnen, lange und schweigend fest geschlossen hielt, daß außer der sich jeder Darstellung entziehenden Vision von Ashton Doynes Frau auch seine eigene Vision einer Chance zur Flucht gleichkam. Noch ehe sie es sagen konnte, wußte er, daß alles aus war.

»Ich gebe es auf.«

Das Tier im Dschungel

The Beast in the Jungle (1903)

1.

Was im Verlaufe ihrer Begegnung den bestürzenden Ausspruch herausgefordert hatte, ist nicht weiter wichtig: wahrscheinlich waren es lediglich ein paar belanglose Worte – nur so ins Gespräch geworfen, als sie nach der Erneuerung ihrer Bekanntschaft nebeneinander einhergewandelt waren. Vor wenigen Stunden erst hatten ihn seine Freunde in dieses Haus mitgenommen, in dem auch sie wohnte; man hatte die Gäste des anderen Hauses, zu denen er sich zählen durfte und dank denen er sich wie immer in der Menge verlieren konnte, zum Lunch herübergebeten. Nach dem Essen hatten sie sich weithin verstreut, um den eigentlichen Zweck ihres Besuches zu erfüllen; sie wollten sich Weatherend und seine Kostbarkeiten ansehen – seine unvergängliche Eigenart, all seine Bilder und Erbstücke und Kunstschätze, die Ruhm und Ruf dieses Anwesens begründet hatten; da das Haus unzählige große Räume umschloß, konnten die Gäste umherschweifen, wie und wo sie wollten, sich von den größeren Gruppen absondern und sich, sofern sie an derlei Dingen aufrichtig interessiert waren, geheimer Bewunderung und Würdigung hingeben. Man sah sie, einzeln oder in Paaren, sich in entlegenen Ecken, die Hände auf die Knie gestützt, über irgend etwas beugen und anerkennend nicken, als atmeten sie berauscht einen erregenden Duft. Waren sie zu zweit, ließen sie entweder ihre ekstatischen Ausrufe ineinanderklingen oder versanken in Grübeln und Schweigen, so daß John Marcher lauter Posen vor Augen hatte, die auffallend an eine Vorbesichtigung zu einer lebhaft angekündigten Auktion erinnerten, einer Vorbesichtigung, die den Wunsch, etwas zu erwerben, anstachelt oder abschreckt – je nachdem. Dieser Wunsch mußte in Weatherend wahrlich sehr groß sein, und John Marcher wurde angesichts solcher Betrachtungen ebenso beunruhigt durch jene, die zuviel wußten, wie durch jene, die nichts wußten. Die weitläufigen Räume erdrückten ihn mit ihrer Poesie und Geschichte derart, daß er sich ein wenig absondern mußte, um wieder das rechte Verhältnis zu ihnen zu gewinnen – wenn dieser Drang auch in keiner Weise dem Lustgefühl mancher seiner Bekannten glich; ein Gefühl, das den Empfindungen eines Hundes ähnelt, der an einem Schrank schnüffelt. Wie dem auch sei: dieser Drang führte ihn sehr schnell in eine Richtung, die nicht vorauszusehen gewesen war.

Er führte, um es kurz zu machen, im Verlauf des Oktobernachmittags zu einer näheren Bekanntschaft mit May Bartram, deren Gesicht ihn über den langen Tisch hinweg höchst angenehm verwirrt hatte: Ahnung erst, noch keine Erinnerung. Es erschien ihm als Teil von etwas, dessen Beginn ihm entglitten war. Er glaubte sich seiner sicher und begrüßte es vorderhand als eine Fortsetzung, ohne zu wissen, was es fortsetzte: eine Spannung, ein Vergnügen, das um so größer war, als er, wenn auch ohne ein Zeichen ihrerseits, deutlich merkte, daß die junge Frau selbst den Faden keineswegs verloren hatte. Nein, sie hatte ihn nicht verloren, aber sie würde ihn auch nicht aushändigen, ohne, wie er bald spürte, etwas über ihn selbst vorzubringen; und nicht nur dies war ihm klar, sondern auch noch vieles andere, lauter Dinge, die sich recht merkwürdig ausnahmen im Lichte folgender Tatsache: daß er in dem Augenblick, als sie durch einen Zufall einander gegenüberstanden, noch immer die vage Vorstellung hegte, ihr weit zurückliegendes Verhältnis, ganz gleich, wie es geartet gewesen sein mochte, dürfte wohl keinerlei Bedeutung gehabt haben. Wenn es aber keine Bedeutung gehabt hatte, dann war nicht einzusehen, warum sie ihn auf einmal dermaßen beschäftigte; die Antwort darauf konnte lediglich lauten, daß man bei solch einem Leben, wie es hier ein jeder führte, die Dinge nur nehmen konnte, wie sie gerade kamen. Er war, ohne im geringsten sagen zu können, warum, darüber befriedigt, daß diese junge Dame im Hause des Gastgebers offenbar die arme Verwandte darstellte; befriedigt aber auch darüber, daß sie nicht nur kurz zu Besuch hier weilte, sondern gewissermaßen zum Inventar gehörte – mehr oder weniger also ein arbeitendes, Lohn empfangendes Familienmitglied. Denn genoß sie hier nicht, vorübergehend zumindest, einen Schutz, für den sie durch ihre Hilfeleistungen bezahlte, durch kleine Dienste wie etwa jene, Gäste durch das Anwesen zu führen und es zu erklären, mit lästigen Fragen fertig zu werden, über die Daten des Gebäudes, den Stil der Möbel, die Maler der Bilder, die Lieblingsplätze des Gespenstes Auskunft zu geben? Nicht daß sie aussah, als müßte man ihr einen Schilling schenken – niemand konnte weniger danach aussehen als sie! Als sie schließlich auf ihn zukam – zweifellos schön, wenn auch sichtlich älter als damals, da er sie zuletzt gesehen –, mochte dies darauf zurückzuführen sein, daß sie gespürt hatte, wie sehr er sich seit Stunden mit ihr beschäftigte, mehr als mit allen anderen zusammen, und daß er dadurch zu einer Erkenntnis gelangt war, für die die andern zu beschränkt schienen. Er war fest davon überzeugt, daß sie sich hier unter härteren Bedingungen befand als alle übrigen; daß sie sich hier infolge eines Leides befand – irgendeines Leides, das ihr in der Zwischenzeit widerfahren war; und auch sie erinnerte sich an ihn, so wie er sich an sie erinnerte, nur viel deutlicher. Als sie dann ins Gespräch kamen, waren sie allein in jenem Zimmer, das sich durch ein besonders schönes Porträt über dem Kamin auszeichnete und aus dem sich ihre Bekannten entfernt hatten; das Beglückende daran war, daß beide, ohne auch nur ein einziges Wort zu wechseln, es einzurichten wußten, gemeinsam zurückzubleiben. Das Beglükkende lag aber auch in vielem anderen – vor allem darin, daß es in Weatherend kaum einen Ort gab, an dem man nicht ohne weiteres zurückbleiben konnte. Es lag in dem Herbsttag, der verglühend zu den hohen Fenstern hereinblickte; in dem roten Licht, das sich unter dem tiefhängenden, schwermütigen Himmel brach und mit langem Strahlenarm hereingriff und über alte Täfelungen, alte Tapeten, altes Gold, alte Farben fingerte. Besonders aber lag es in der Art, wie sie ihm entgegenkam; so, als wollte er, da sie nun einmal für die weniger Gescheiten da war, lediglich ihre gütige, zu ihren Pflichten gehörende Aufmerksamkeit in Anspruch nehmen – für den Fall, daß er sich entschlossen haben sollte, den Unwissenden zu spielen.

Sobald er ihre Stimme hörte, war die Lücke gefüllt und das fehlende Glied in die Kette eingefügt; und da verlor sie auch die leichte Ironie, die er aus ihrer Haltung herausgelesen hatte: ihre Überlegenheit. Er beeilte sich, um noch vor ihr zur Sache zu kommen. »Ich habe Sie vor vielen Jahren in Rom kennengelernt. Ich erinnere mich genau.« Sie gestand, enttäuscht zu sein – sie sei sicher gewesen, daß er sich nicht mehr erinnere. Um ihr zu beweisen, wie gut er sich erinnerte, beschwor er all die Bilder herauf, die sich sogleich der Reihe nach einstellten. Dieses Wunder bewirkten, ganz zu seinen Diensten bereit, ihr Gesicht und ihre Stimme – wie das Flämmchen eines Laternenanzünders, der eine Allee von Gaslampen nacheinander ansteckt. Wenn auch Marcher diese Beleuchtung bereits märchenhaft fand, so entzückte ihn doch noch viel mehr, daß er, wie sie ihm erklärte, vor lauter Eifer, sich an alles richtig zu erinnern, sich an das meiste falsch erinnert hatte. Es war nicht Rom gewesen, sondern Neapel; es war nicht vor acht Jahren gewesen, sondern vor nahezu zehn. Sie war auch nicht mit ihrem Onkel und ihrer Tante dort gewesen, sondern mit ihrer Mutter und ihrem Bruder; und außerdem war er nicht mit den Pembles, sondern mit den Boyers gereist und bereits mit ihnen von

Rom gekommen – eine Tatsache, auf der sie zu seiner Verwirrung fest beharrte und die sie auch beweisen konnte. Die Boyers hatte sie nämlich gekannt, die Pembles dagegen nicht, wenn sie auch schon von ihnen gehört hatte, und die Leute, mit denen er gereist war, hatten sie schließlich miteinander bekannt gemacht. Und die Geschichte mit dem Gewitter, das mit einer solchen Gewalt getobt hatte, daß sie in einer Höhle Schutz suchen mußten – diese Geschichte hatte sich nicht beim Cäsarenpalast ereignet, sondern in Pompeji, wohin sie wegen einer bedeutsamen Ausgrabung gefahren waren.
Er nahm ihre Verbesserungen hin, genoß ihre Korrekturen, wenn auch alles, wie sie betonte, darauf hinauslief, daß er sich wirklich an nicht das geringste erinnerte. Und er empfand es lediglich als Rückschlag, daß nach der Richtigstellung der Vergangenheit eigentlich nichts mehr zu tun übrigblieb. Doch noch immer standen sie beieinander. Sie vernachlässigte ihr Amt – denn von dem Augenblick an, da er alles wußte, hatte sie keine rechtmäßigen Ansprüche mehr auf ihn –, und beide vernachlässigten das Haus und warteten, ob nicht doch noch ein paar Erinnerungen sie anwehen würden. Es hatte schließlich nur wenige Minuten gedauert, die Erinnerungen wie ein Kartenspiel auf den Tisch zu legen – wobei sich allerdings herausstellte, daß das Kartenspiel leider nicht vollständig war und daß die heraufbeschworene, eingeladene, ermutigte Vergangenheit ihnen einfach nicht mehr zu geben vermochte, als sie besaß. Sie hatte ihnen vor langer Zeit eine Begegnung geschenkt – das Mädchen war damals zwanzig, er fünfundzwanzig; aber, so dachte jeder für sich, war es nicht merkwürdig, daß diese Vergangenheit, da sie doch schon so viel in Bewegung gesetzt, nicht noch ein wenig mehr für sie getan hatte? Sie sahen einander an mit dem Gefühl, eine Gelegenheit verpaßt zu haben; die Gegenwart wäre um so vieles reicher gewesen, wenn sich die Vergangenheit in jenem fernen Land nicht so kläglich und unergie-

big erwiesen hätte. Offenbar waren alles in allem zwischen ihnen nicht mehr als ein Dutzend recht geringfügige Dinge vorgefallen; Trivialitäten der Jugend, Vereinfachungen der Unreife, Dummheiten des Unwissens, zarte Keime womöglich, doch zu tief liegend, um (schien es etwa nicht so?) nach so vielen Jahren noch einmal sprossen zu können. Marcher fand, er hätte ihr damals irgendeinen Dienst erweisen sollen: sie samt ihrem gekenterten Boot aus der Bucht retten oder wenigstens dem *lazzarone* mit *stiletta* ihr Toilettenkästchen entreißen, das ihr in den Straßen Neapels aus der Droschke gestohlen worden war. Ganz hübsch wäre es auch gewesen, wenn er mit Fieber einsam in seinem Hotel gelegen und sie ihn besucht, seinen Angehörigen geschrieben und ihn als Rekonvaleszenten spazierengefahren hätte. Dann besäßen sie jetzt wenigstens etwas, was ihnen im Augenblick so sehr fehlte. Und doch erwies sich der Augenblick zu schön, als daß man ihn hätte zerstören dürfen; daher beschränkten sie sich in den nächsten Minuten darauf, sich hilflos und verwundert zu fragen, warum sie – da sie doch offenbar viele gemeinsame Bekannte hatten – sich erst jetzt wiederbegegnet seien. Natürlich drückten sie es nicht so aus, doch ihr minutenlanges Warten, bis sie sich wieder den andern anschlossen, kam immerhin dem Bekenntnis gleich, daß ihre Wiederbegegnung wenigstens kein Mißerfolg werden sollte. Ihr Bemühen, zu ergründen, warum sie sich nie getroffen hatten, bewies nur, wie wenig sie einander kannten. Es kam sogar der Augenblick, da Marcher einen Stich verspürte. Es war sinnlos, so zu tun, als wäre sie eine alte Freundin; dazu fehlte es einfach an gemeinsamen Erlebnissen. Dabei hätte gerade sie sich so gut für die Rolle einer alten Freundin geeignet. Neue hatte er übergenug; in dem andern Haus war er von solchen geradezu umringt; wäre sie eine neue Freundin gewesen, hätte er sie wahrscheinlich nicht einmal bemerkt. Zu gern hätte er eine Geschichte erfunden, ihr eingeredet, daß zwischen ihnen irgend etwas Romantisches oder Abenteuerliches vorgefallen sei. Er tastete in seiner Phantasie – im Widerspruch zu aller zeitlich begrenzten Erfahrung – nach etwas, was ihm Genüge tun könnte, und dabei sagte er sich: Wenn mir nichts einfällt, beweist dieser Versuch eines Neubeginns nur, was für ein entsetzlicher Stümper ich bin. Sie würden sich trennen, diesmal jedoch ohne eine zweite oder dritte Chance. Sie hätten es versucht und kläglich versagt. Aber gerade da und – wie er sich später klarmachte – genau am kritischen Punkt, als alle Möglichkeiten erschöpft waren, beschloß *sie*, die Sache in die Hand zu nehmen und die Situation zu retten. Sobald sie sprach, merkte er, daß sie bewußt mit dem zurückgehalten hatte, was sie jetzt sagte, und gehofft hatte, es nicht sagen zu müssen – eine Vorsicht, die ihn ungemein rührte, als er nach ein paar weiteren Minuten in der Lage war, sie zu verstehen. Was sie nun hervorbrachte, reinigte die Luft und fügte das verlorene Glied in die Kette ein – jenes Glied, das er so leichtsinnig gewesen war zu verlieren.

»Sie haben mir damals etwas gesagt, was ich nie mehr vergessen konnte und was mich seither oft an Sie erinnerte; es war an jenem entsetzlich heißen Tag, als wir uns nach ein bißchen kühlem Wind sehnten und über die Bucht nach Sorrento fuhren. Ich meine das, was Sie auf der Rückfahrt zu mir gesagt haben, als wir unter der Plane des Bootes saßen und die Kühle genossen. Sie haben es wohl vergessen?«

Er hatte es vergessen und war darob mehr erstaunt als beschämt. Das Wunderbare aber war, daß er in ihren Worten keine plumpe Anspielung auf ein romantisches Geflüster zu sehen brauchte. Die Eitelkeit der Frauen hat erfahrungsgemäß ein gutes Gedächtnis, aber diese Frau hier vor ihm bezichtigte ihn weder eines Kompliments noch eines Irrtums. Bei einer anderen Frau mit einer völlig anderen Wesensart hätte er jetzt fürchten müssen, sie wolle ihn an irgendeinen

albernen ›Antrag‹ erinnern. Als er ihr daher sagen mußte, daß er es vergessen habe, empfand er dies eher als Verlust denn als Gewinn; er ahnte bereits, daß jenes von ihr erwähnte Gespräch recht bedeutungsvoll gewesen sein müßte. »Ich bemühe mich verzweifelt, mich zu erinnern – doch ich muß es aufgeben. Ich erinnere mich aber noch genau an den Tag in Sorrento.«
»Das glaube ich kaum«, meinte May Bartram kurz darauf. »Und ich weiß nicht einmal, ob es mir recht wäre, wenn Sie sich daran erinnerten. Es ist nicht gerade schön, jemand an das zu erinnern, was vor zehn Jahren war. Falls Sie das, was Sie damals waren, überwunden haben – nun, um so besser«, sagte sie lächelnd.
»Aber wenn Sie es nicht überwunden haben, warum dann ich?« fragte er.
»Sie meinen, was ich damals war?«
»Nein, nein, das, was ich war. Ich war natürlich ein junger Narr«, fuhr Marcher fort. »Nur wüßte ich gern von Ihnen, inwiefern ich ein junger Narr war. Das wäre mir – da Sie sich schon einmal erinnern – lieber, als gar nichts zu wissen.«
Sie jedoch zögerte noch immer.
»Aber wenn Sie sich doch völlig verändert haben –?«
»Dann werde ich Ihre Eröffnungen desto leichter ertragen. Außerdem könnte auch das Gegenteil der Fall sein.«
»Mag sein. Wenn dem jedoch so wäre«, setzte sie hinzu, »würden Sie sich bestimmt erinnern. Natürlich nicht daran, daß ich auch nur im entferntesten zu solch einem unfreundlichen Urteil gekommen wäre, wie Sie es soeben formuliert haben. Hätte ich Sie lediglich für einen jungen Narren gehalten«, erklärte sie, »wäre mir dies alles nicht so haftengeblieben. Sie sprachen damals über sich selbst.« Sie wartete, ob es ihm vielleicht einfalle; als er jedoch fragend ihren Blick suchte und kein Zeichen der Erinnerung gab, hielt sie mit nichts mehr zurück. »Ist es je soweit gekommen?«

Und da, während er sie noch immer ansah, ging ihm plötzlich ein Licht auf, und das Blut stieg ihm ins Gesicht. »Wollen Sie etwa sagen, ich hätte Ihnen je erzählt –« Aber dann stockte er, aus Angst, sich womöglich zu irren – und sich nun zu verraten. »Sie haben etwas über sich selbst erzählt, was man unmöglich vergessen kann – vorausgesetzt, daß man sich überhaupt an Sie erinnert. Darum frage ich Sie«, meinte sie lächelnd, »ob das, wovon Sie damals gesprochen haben, je eingetreten ist.«

Nun sah er völlig klar, war bestürzt und tödlich verlegen. Darum also war sie mit ihrer Anspielung so vorsichtig gewesen – als könnte es sich um einen Irrtum handeln. Er brauchte jedoch nur einen Augenblick, um gestehen zu müssen, daß diese Anspielung kein Irrtum gewesen war – wenn auch eine große Überraschung. Nach dem ersten Schock aber war ihm ihre Mitwisserschaft merkwürdigerweise nur angenehm. Sie war also der einzige Mensch auf der Welt, der darum gewußt, all die Jahre darum gewußt hatte, während ihm völlig entglitten war, daß er sein Geheimnis jemandem anvertraut hatte. Kein Wunder, daß sie sich jetzt nicht so begegnen konnten, als wäre nichts geschehen. »Ich glaube«, sagte er schließlich, »ich weiß, was Sie meinen. Das seltsame ist nur, daß ich vergessen konnte, Sie so weit in mein Vertrauen gezogen zu haben.«

»Vielleicht deshalb, weil Sie noch viele andere in Ihr Vertrauen gezogen haben.«

»O nein! Nie auch nur eine Menschenseele.«

»So bin ich also die einzige, die darum weiß?«

»Die einzige auf der ganzen Welt.«

»Aber auch ich habe nie darüber gesprochen«, erwiderte sie schnell. »Ich habe nie, niemals auch nur ein einziges Wort von alldem weitergetragen.« Sie sah ihn offen an, und er mußte ihr glauben. Ihre sich begegnenden Blicke ließen keinen Zweifel aufkommen. »Und ich werde es auch nie tun.«

Sie sprach mit einem solchen fast schon übertriebenen Ernst, daß er von ihrer Seite keinerlei Spott zu befürchten brauchte. In gewisser Hinsicht war dies jetzt ein neues Erlebnis für ihn – wenigstens seit dem Augenblick, da sie daran teilhatte. Wenn sie die Sache nicht ironisch betrachtete, dann zweifellos mitfühlend, und gerade Mitgefühl hatte er in all den Jahren von niemand erfahren. Im Augenblick hätte er es zwar nicht fertiggebracht, sich ihr anzuvertrauen, aber womöglich konnte er dadurch, daß er es seinerzeit getan hatte, außerordentlich viel gewinnen. »Bitte, tun Sie es auch weiterhin nicht. Lassen wir alles, wie es ist.«
»Das kann mir nur recht sein«, sagte sie lachend, »wenn es auch Ihnen recht ist!« Und gleich darauf setzte sie hinzu: »Dann hat sich also Ihre Situation noch nicht geändert?«
Es war unmöglich, es anders aufzufassen, als daß sie aufrichtig daran interessiert war, wenn ihm dies alles auch höchst überraschend kam. So lange hatte er sich vereinsamt gefühlt, und auf einmal war alles anders geworden. Ja, jetzt meinte er sogar, er sei überhaupt nie einsam gewesen – wenigstens nicht mehr seit jenen Stunden auf dem Boot in Sorrento. Die Einsame war vielmehr sie gewesen, so jedenfalls kam es ihm vor, als er sie ansah – war es geworden durch seine grausame Treulosigkeit. Daß er sich ihr damals anvertraut hatte – was war es anderes gewesen als eine Forderung? Eine Forderung, der sie in ihrer Güte entsprochen hatte, ohne daß er, der sich an nichts erinnert und eine Wiederbegegnung versäumt hatte, ihr auch nur gedankt hätte. Diese Forderung hatte anfangs aus nichts weiter bestanden, als daß sie ihn nicht auslachen sollte. Sie hatte es gütigerweise zehn Jahre lang nicht getan, und sie tat es auch jetzt nicht. Er hatte unendlich viel Dank nachzuholen. Allein schon deswegen mußte er wissen, wie er sich seinerzeit ausgedrückt hatte. »Was habe ich Ihnen damals eigentlich –?«
»Über Ihre Gefühle erzählt? Ach, das war ganz einfach. Sie

sagten, Sie hätten seit frühester Jugend im tiefsten Innern das Gefühl, für etwas Ungewöhnliches und Merkwürdiges bestimmt zu sein, für etwas Ungeheuerliches und Schreckliches womöglich, das Ihnen früher oder später widerfahren werde, das Sie vorausahnten und von dem Sie mit Sicherheit glaubten, daß es Sie überwältigen werde.«

»Nennen Sie das ›ganz einfach‹?« fragte John Marcher.

Sie überlegte einen Augenblick. »Vielleicht deshalb, weil ich Sie so gut verstanden habe.«

»Sie verstehen es?« fragte er erregt.

Wieder ruhte ihr gütiger Blick auf ihm. »Sie glauben also immer noch daran?«

»Ach!« rief er hilflos. Dazu war so viel zu sagen.

»Was immer es sein mag«, meinte sie, »es ist also noch nicht eingetroffen?«

Da erst ergab er sich kopfschüttelnd. »Noch nicht. Aber, wissen Sie, es ist nichts, was ich *tun,* in der Welt erreichen könnte und wodurch ich zu Würde und Ehre gelangte. Solch ein Narr bin ich nicht. Doch wahrscheinlich wäre es besser, ich wäre es.«

»Es ist also etwas, was Sie werden erleiden müssen?«

»Jedenfalls etwas, auf das ich warten, dem ich begegnen muß von Angesicht zu Angesicht, dem ich zusehen muß, wie es in mein Leben einbricht, wie es vielleicht all meine Vernunft zerstört, mich auslöscht – vielleicht aber auch nur alles verändert, an den Wurzeln meiner Welt zerrt und mich den Folgen überläßt, wie immer sie auch sein mögen.«

Sie lauschte ihm, und der Glanz in ihren Augen war auch weiterhin frei von jedem Spott. »Ist das, was Sie da beschreiben, nicht vielleicht nur die Erwartung – oder wenigstens die so vielen Menschen vertraute Ahnung der nahen Gefahr –, sich verlieben zu müssen?«

John Marcher überlegte. »Haben Sie mich das schon einmal gefragt?«

»Nein – damals hätte ich dazu gar nicht den Mut gefunden –, aber jetzt kommt es mir so vor.«
»Natürlich«, sagte er nach einer Weile, »kommt es Ihnen so vor. Mir kommt es übrigens auch so vor. Es mag sehr wohl sein, daß mich nichts anderes erwartet als dies. Nur bin ich eben der Meinung«, fuhr er fort, »daß ich es, wenn es an dem wäre, heute bereits wissen müßte.«
»Sie waren also schon einmal verliebt?« Und dann, als er sie immer noch wortlos ansah: »Sie waren verliebt, aber es bedeutete keine Umwälzung für sie, es war nicht das große Erlebnis?«
»Genauso. Es war keineswegs überwältigend.«
»Dann war es keine Liebe«, sagte May Bartram.
»Nun, jedenfalls habe ich es dafür gehalten, habe es für Liebe genommen – bis heute übrigens. Es war angenehm, köstlich und entsetzlich zugleich«, erklärte er. »Aber es war nicht unheimlich. Es war nicht das, was mein großes Erlebnis sein wird.«
»Sie wollen also ein ganz individuelles Erlebnis – etwas, was niemand kennt oder je gekannt hat?«
»Es handelt sich nicht darum, was ich möchte – der Himmel weiß, daß ich am liebsten nichts möchte. Es geht lediglich um die Ahnung, die mich verfolgt, mit der ich Tag für Tag leben muß.«
Er sagte dies so klar und nachdrücklich, daß sich dieser Gedanke nur noch mehr in ihm festigte. Wenn sie sich bisher nicht dafür interessiert hätte, so würde sie es jetzt getan haben.
»Ist es eine Ahnung von drohender Gewalt?«
Offenbar sprach nun auch er gern darüber. »Ich denke an das Kommende eigentlich nie als an etwas Gewaltsames. Ich halte es vielmehr für organisch und vor allem für unverwechselbar. In meinen Gedanken existiert es lediglich als ›das Ereignis‹. Und das Ereignis wird ganz organisch erscheinen.«

»Wie kann es dann unheimlich erscheinen?«
Auch Marcher mußte sich dies fragen. »Das wird es nicht – wenigstens nicht für mich.«
»Für wen dann?«
»Nun«, antwortete er und lächelte endlich, »sagen wir, für Sie.«
»Oh, ich bin also mit dabei?«
»Natürlich sind Sie das – nun Sie einmal davon wissen.«
»Ich verstehe.« Sie erwog es eine Weile. »Aber ich meinte: bei der Katastrophe dabei.«
In diesem Moment wich ihre Leichtigkeit dem Ernst; der lange Blick, den sie tauschten, schien sie aneinanderzufesseln. »Das hängt von Ihnen ab – wenn Sie mit mir zusammen warten.«
»Haben Sie Angst?« fragte sie.
»Sie dürfen mich jetzt nicht verlassen«, bat er sie.
»Haben Sie Angst?« wiederholte sie.
»Halten Sie mich etwa für verrückt?« sprach er weiter, anstatt zu antworten. »Bin ich für Sie nur ein harmloser Irrer?«
»Nein«, sagte May Bartram. »Ich verstehe Sie. Ich glaube Ihnen.«
»Sie haben also das Gefühl, daß sich meine fixe Idee – dieser erbärmliche, alte Spleen – unter Umständen verwirklichen könnte?«
»Sich unter Umständen verwirklichen könnte.«
»Dann werden Sie also mit mir warten?«
Sie zögerte und stellte schließlich zum drittenmal ihre Frage: »Haben Sie Angst?«
»Habe ich das behauptet – damals in Neapel?«
»Nein, davon sagten Sie nichts.«
»Dann weiß ich es selber nicht. Aber ich möchte es gern wissen«, gestand John Marcher. »Sie müssen mir sagen, ob Sie es glauben. Wenn Sie mit mir warten, werden Sie es ja sehen.«

»Also gut.« Sie waren durch den großen Raum auf die Tür zugegangen, und ehe sie hinaustraten, hielten sie noch einmal inne, als wollten sie ihr gegenseitiges Verstehen besiegeln. »Ich werde mit Ihnen warten«, sagte May Bartram.

2.

Die Tatsache, daß sie ›wußte‹ – wußte und ihn dennoch weder neckte noch verriet –, schmiedete binnen kurzer Zeit ein Band zwischen ihnen, das fester und fester wurde, da sich seit dem Nachmittag in Weatherend die Gelegenheit zu einem Wiedersehen immer öfter ergab. Das Ereignis, das diese Gelegenheit herbeiführte, war der Tod einer bejahrten Dame, ihrer Großtante, unter deren Fittichen sie seit dem Tod ihrer Mutter Schutz gefunden hatte und die sich, obwohl sie lediglich die verwitwete Mutter des neuen Hausherrn war, kraft ihrer Persönlichkeit und ihres Temperaments die Schlüsselposition des Anwesens nicht hatte aus der Hand nehmen lassen. Erst der Tod hatte diese Frau entthronen können – ihr Tod, der, abgesehen von mancherlei anderen Veränderungen, einschneidende Folgen für die junge Dame nach sich zog und sie aus ihrer von Marcher schon damals klarsichtig erkannten Abhängigkeit erlöste, einer Abhängigkeit, die sie vielleicht mit traurigem Stolz, aber ohne Gegenwehr ertragen hatte. Marcher war selten zuvor durch einen Gedanken so beruhigt worden wie durch den, daß der Schmerz von Miss Bartram durch die Möglichkeit, ein kleines eigenes Heim in London gründen zu können, weitgehend gelindert sein müsse. Sie hatte nach dem höchst komplizierten Testament ihrer Tante gerade so viel geerbt, daß sie sich diesen Luxus leisten konnte, und als die neuen Regelungen schließlich getroffen wurden, was geraume Zeit in Anspruch nahm, ließ sie ihn wissen, das glückliche Ende sei nun nicht mehr fern. Er hatte sie schon vor dem Todesfall mehrmals wiedergesehen, wenn die alte Dame von ihr zur Stadt begleitet worden war oder wenn er bei jenen Freunden zu Besuch weilte, die Weatherend zu einem der Glanzpunkte ihrer Gastfreundschaft zu machen pflegten. Von diesen Freunden war er erneut dorthin mitgenommen worden und hatte abermals mit Miss Bartram ein ungestörtes Gespräch führen können. Außerdem hatte er sie in London zu überreden vermocht, sich für ein paar Stunden von ihrer Tante freizumachen. Bei diesen Gelegenheiten gingen sie in die Nationalgalerie und das South-Kensington-Museum, wo sie angesichts all der erinnerungsschweren Bilder von Italien sprachen – freilich nur ganz allgemein und ohne diesmal ihre Jugend und Unwissenheit heraufzubeschwören. Jenes Heraufbeschwören an dem ersten Tag in Weatherend hatte seinen Zweck völlig erfüllt, ihnen genügt; schon längst steckten sie, jedenfalls für Marchers Empfinden, nicht mehr in den Quellflüssen ihres Stroms: das kräftig abgestoßene Boot sauste nun mit der Strömung dahin.

Ja, sie glitten wahrhaftig gemeinsam dahin; für unseren Gentleman gab es daran keinen Zweifel, genausowenig wie daran, daß die Ursache dafür der vergrabene Schatz ihres geheimen Wissens war. Er hatte seinen kleinen Hort mit eigenen Händen ausgegraben und ans Licht gehalten – das heißt in Reichweite jener nebelfernen Jugendzeit, die von ihrer beider Diskretion und Vertraulichkeit bestimmt worden war –, diesen Schatz, dessen Versteck er, nachdem er ihn doch selbst verborgen, merkwürdigerweise lange Zeit völlig vergessen gehabt hatte. Das seltene Glück, am selben Fleck wieder gestolpert zu sein, machte ihn jeder anderen Frage gegenüber gleichgültig; zweifellos hätte er dem sonderbaren Vorkommnis seines Gedächtnisschwundes mehr Zeit gewidmet, wenn er sich nicht lieber mit der Süße und Tröstung der Zukunft beschäftigt haben würde, Köstlichkeiten, die durch dieses Vorkommnis, wie er spürte, ihre Frische bewahrt hatten. Nie wäre es ihm in den Sinn gekommen, daß jemand davon ›wissen‹ könnte – allein schon aus dem Grund, daß es ihm nicht lag, darüber zu reden. Überdies wäre es ihm einfach nicht möglich gewesen, weil er ja doch immer nur den Spott einer herzlosen Welt dafür geerntet hätte. Da aber das unergründliche Schicksal ihm trotz alledem den Mund geöffnet hatte, wollte er dies, so gut es ging, als Trost und Gewinn betrachten. Daß überdies genau der richtige Mensch ›wußte‹, milderte das Schreckliche seines Geheimnisses weit stärker, als er es sich in seiner Scheu vorzustellen erlaubt hatte; und May Bartram war genau die richtige, weil – nun, weil sie eben da war. Ihr Wissen allein schon bewies es; wäre sie die falsche gewesen, hätte er es längst gemerkt. Und so kam es, daß er sich geneigt fühlte, sie als Vertraute zu betrachten, alles, was sie ihm entgegenbrachte, aus der Tatsache abzuleiten – allein aus dieser Tatsache –, daß sie sich für sein Schicksal interessierte; abzuleiten aus ihrer Güte, Sympathie, aus ihrem Ernst, ihrer Bereitschaft, ihn nicht komisch zu finden. Kurz: in dem Bewußtsein, daß sie ihm unablässig das Gefühl schenkte, auf eine erstaunliche Weise vorherbestimmt zu sein, bemühte er sich immer wieder, nicht zu vergessen, daß auch sie ein Eigenleben führte, daß auch ihr manches widerfahren könnte, manches, was man in einer Freundschaft nicht übersehen durfte. In diesem Zusammenhang geschah etwas Merkwürdiges mit ihm: ein unerwarteter Wechsel seines Wesens von einem Extrem ins andere.

Er hatte sich, solange niemand davon wußte, für den uninteressantesten Menschen der Welt gehalten und seine schwere Last, seine ständige Furcht, stumm getragen und darüber geschwiegen, ja, er hatte nicht einmal etwas von dieser Last und ihrer Bedeutung für sein Leben ahnen lassen, hatte niemand um eine Gunst gebeten, sondern nur jede gewährt, um die man ihn anging. Er hatte niemand behelligt mit dem lästigen Wissen, daß er ein gejagter Mensch war, wenn er auch manche Augenblicke der Versuchung kannte, in denen er gern von ihnen gehört hätte, sie befänden sich im ›Ungewissen‹. Wenn sie ebenso im Ungewissen lebten wie er – er, der noch keine Stunde seines Lebens in der Gewißheit gelebt hatte –, dann würden sie auch verstehen, was dies bedeutete. Aber es lag nicht bei ihm, sie dazu zu bewegen, und so hörte er ihnen, wie es die Höflichkeit gebot, immer nur zu. Gerade dadurch wirkte sein Auftreten stets untadelig, wenn auch ziemlich farblos; und darum vor allem konnte er sich schmeicheln, in dieser habgierigen Welt ein anständiger, vielleicht ein wenig überfeinerter, jedenfalls aber selbstloser Mensch zu sein. Es darf deshalb gesagt werden, daß er seinen Charakter hinreichend schätzte, um die augenblickliche Bedrohung eben dieses Charakters zu ermessen, und so nahm er sich vor, auf der Hut zu sein. Dennoch war er bereit, wenigstens ein bißchen selbstsüchtig zu sein, denn dazu hatte sich ihm noch nie eine so charmante Gelegenheit geboten. ›Wenigstens ein bißchen‹ war, mit einem Wort, genau das, was Miss Bartram als Äußerstes erlaubte. Er würde niemals auch nur den geringsten Zwang ausüben und sich immer jenen Weg vor Augen halten, den er in seiner Fürsorge um sie, und zwar in der alleredelsten, einzuschlagen hatte. Er würde sämtliche Bedingungen festlegen, unter denen ihrer beider Angelegenheiten, Wünsche und Eigenheiten ihr Verhältnis bestimmen sollten – ein vieldeutiger Begriff, den er sich nicht scheute hier anzuwenden. All dies war natürlich nur ein Zeichen dafür, daß er dieses Verhältnis bereits für selbstverständlich hielt. Daran ließ sich für ihn nichts mehr ändern. Es bestand nun einmal, war zum Leben erwacht durch jene erste, offene Frage, die sich ihm im Herbstlicht von Weatherend gestellt hatte. Die einzig wahre Form, zu der dieses Verhältnis unter den gegebenen Umständen hätte führen müssen, wäre die Heirat gewesen. Aber das Verteufelte daran war, daß gerade die Basis dieses Verhältnisses eine Heirat ausschloß. Seine Überzeugung, seine Ahnung, seine fixe Idee gehörte nicht zu den Vorzügen, die man einer Frau als Lebensgrundlage anbieten konnte; und diese Konsequenz war genau das, was ihn beschäftigte. Irgend etwas wartete auf ihn inmitten der Windungen und Verschlingungen all der Monate und Jahre wie ein Raubtier im Dschungel. Dabei blieb es belanglos, ob dieses lauernde Tier dazu bestimmt war, ihn zu töten oder getötet zu werden. Entscheidend vielmehr war, daß das Tier so oder so losschnellen würde; und daraus ergab sich unumgänglich, daß sich ein rücksichtsvoller Mann nicht von einer Dame zur Tigerjagd begleiten lassen darf. Mit diesem Ergebnis hatte er alle Zukunftspläne begraben.

Anfangs hatten sie, in den gelegentlichen Stunden, die sie miteinander verbrachten, auf diese Möglichkeit überhaupt nicht angespielt; dies bewies eindeutig, wie sehr er klarzustellen wünschte, er erwarte nicht, halte es auch nicht für nötig, daß man dauernd darüber rede. Solch eine Aussicht für die Zukunft war wie ein Höcker auf dem Rücken. Die Ausnahmestellung, in die einen diese Aussicht jede Minute des Tages versetzte, existierte, ob man nun darüber redete oder nicht. Man redete ja sowieso wie ein Buckliger, weil man, wenn schon nichts anderes, so doch immer die Fratze eines Buckligen besaß. Sie blieb an ihm haften, und sie überwachte ihn; und da die Leute im allgemeinen schweigend am besten wachen, war dies charakteristisch für ihre Wächterstunden. Zu gleicher Zeit aber wollte er keinesfalls ernst und feierlich erscheinen; denn seiner Meinung nach zeigte er sich anderen Menschen gegenüber viel zu ernst und feierlich. Und darum wollte er wenigstens zu dem einzigen Menschen, der ›wußte‹, ungezwungen und natürlich sein, mußte er die Anspielung eher machen als zu vermeiden scheinen, sie eher vermeiden als zu machen scheinen und sie auf jeden Fall harmlos, ja fast scherzend abtun – und nicht pedantisch und gewichtig. Solcherlei Überlegungen gingen ihm wohl durch den Kopf, als er Miss Bartram herzlich schrieb, das große Ereignis, das er so lange schlummernd im Schoße der Götter geglaubt habe, sei womöglich nichts weiter als die ihn außerordentlich erfreuende Tatsache, daß sie in London ein Haus erworben habe. Es war die erste Anspielung, die er seitdem darauf gemacht, da er dies bisher nicht nötig gehabt hatte. Nachdem sie ihm das Neueste mitgeteilt, schrieb sie ihm, daß sie diese Bagatelle niemals als Höhepunkt einer so außerordentlichen Vorahnung gelten lassen könne, und dadurch weckte sie in ihm die Frage, ob sie nicht eine weit anspruchsvollere Vorstellung vom Einmaligen habe als er. Und so wurde er im Laufe der Zeit nach und nach gewahr, daß sie sein Leben ständig im Auge behielt und es angesichts dessen, was sie wußte und was unter der Weihe der Jahre zwischen ihnen nie anders genannt wurde als ›die einzige Wahrheit‹, beurteilte und abwog. Dies war schon immer seine Formulierung gewesen, die sie widerspruchslos hinnahm, und so konnte er nach einer gewissen Zeit rückblikkend sagen, es habe keinen Augenblick gegeben, in dem sie nicht völlig in seiner Idee gelebt oder ihre Haltung edler Billigung oder noch edleren Glaubens an ihn geändert habe.

Es stand ihm jederzeit frei, ihr vorzuwerfen, sie halte ihn für einen harmlosen Irren, und auf lange Sicht war dies auch – da es doch vieles erklärte – die für ihn einfachste Definition ihrer Freundschaft. Für sie war er einfach ein bißchen verdreht, aber sie mochte ihn trotzdem gern und war gegenüber der Außenwelt seine gütige, weise Beschützerin, unbelohnt, wenn auch erheitert und mangels anderer Bande nicht über Gebühr beansprucht. Die Außenwelt hielt ihn natürlich für verrückt, aber sie, sie allein wußte, inwiefern und vor allem warum er verrückt war; und gerade dies ermöglichte es ihr, den verhüllenden Schleier in die richtigen Falten zu legen. Sie nahm seine Maskierung hin – da bei ihnen nun einmal nur die Maske in Frage kam –, wie sie alles andere hinnahm; aber sie rechtfertigte mit ihrem niemals irrenden Gespür seine Ahnung, bis zu welchem Punkt er sie hatte überzeugen können. Jedenfalls sprach sie von dem Geheimnis seines Lebens nie anders als von der ›einzigen Wahrheit‹, und es gelang ihr auf geradezu bewundernswürdige Weise, es auch als das Geheimnis ihres Lebens erscheinen zu lassen. Dadurch wiegte er sich ständig in dem Gefühl, sie nehme auf ihn Rücksicht; anders hätte er es nicht nennen mögen. Doch auch er nahm auf sich Rücksicht, obgleich sie in dieser Beziehung eigentlich viel mehr tat als er; der Grund dafür lag vielleicht darin, daß sie von ihrem Standort aus einen besseren Überblick hatte und dadurch seine unglückliche Veranlagung über Entfernungen, denen er kaum gewachsen war, verfolgen konnte. Wenn er auch wußte, was er empfand, so wußte sie doch nicht nur dies, sondern wußte auch, was ihm fehlte; er wußte zwar, daß er tückischerweise so vieles Wichtige nicht tun durfte, sie jedoch vermochte, auch dessen Menge zu bestimmen, vermochte zu verstehen, wieviel er davon, wäre er leichtblütiger gewesen, hätte tun können, und dadurch wiederum konnte sie in ihrer Klugheit beurteilen, wie sehr er zu kurz gekommen war. Vor allem aber war sie in die Geheimnisse seiner verschiedenen Lebensumstände eingeweiht – in die seiner kleinen Regierungskanzlei, seiner Verwaltung des bescheidenen väterlichen Erbes, seiner Bibliothek, seines Gartens auf dem Lande, seiner Londoner Bekannten, deren Einladungen er annahm und erwiderte – und in das Geheimnis ihrer Bindung, die aus beider Verhaltensweise – wenigstens aus allem, was auch nur im geringsten als Verhaltensweise bezeichnet werden konnte – eine einzige Heuchelei machte. Schließlich trug er nur noch eine

Maske konventionellen, albernen Lächelns, aus deren Augenschlitzen ein nicht im entferntesten zu den übrigen Zügen passender Blick funkelte. Doch davon hatte seine abgestumpfte Umwelt nicht einmal nach Jahren etwas bemerkt. Nur May Bartram war es durch eine unbeschreibliche Geschicklichkeit gelungen – gleichzeitig, vielleicht auch abwechselnd –, diesem Blick direkt zu begegnen und ihren eigenen Blick, gleichsam über seine Schulter hinweg, mit seinem Blick durch die Augenschlitze zu vereinen.

Während sie so miteinander älter wurden, wartete sie mit ihm und gewährte, daß diese Bindung auch ihrem Leben Form und Farbe verlieh. In ihrem Innern hatten alle Äußerlichkeiten und auch ihre Absonderung aufgehört zu bestehen, und jegliche Verhaltensweise im konventionellen Sinn war zu einer verzerrten Darstellung ihrer selbst geworden. Es gab nur eine einzige Darstellung ihrer selbst, die echt gewesen wäre; doch diese konnte sie niemand, am wenigsten John Marcher, offenbaren. Genaugenommen legte sie mit ihrer ganzen Haltung Zeugnis ab für etwas, dessen Wahrnehmung jedoch für John Marcher zu den zwangsläufig aus seinem Bewußtsein verbannten Dingen gehörte. Wenn sie überdies, gleich ihm, ihrer einzigen Wahrheit Opfer zu bringen hatte, so konnte nicht daran gezweifelt werden, daß sie der festen Überzeugung war, einen schnelleren und natürlicheren Ausgleich dafür zu erhalten. In dieser ihrer Londoner Zeit gab es Perioden, in denen ihnen ein Fremder, der die beiden zusammen sah, wohl kaum gelauscht hätte; andererseits konnte die einzige Wahrheit jede Sekunde an die Oberfläche dringen, und dann hätte sich der Lauscher über ihre Unterhaltung wahrscheinlich sehr gewundert. Sie hatten schon früh erkannt, daß die Gesellschaft zum Glück nicht gerade hellsichtig war, und der Bereich, über den sie dadurch verfügen durften, war bald zu einem ihrer ständigen Aufenthaltsorte geworden. Dennoch gab es immer wieder Augenblicke, in denen ihre Situation ihnen geradezu neu erschien – und dies war meistens auf eine Äußerung von ihr zurückzuführen. Wenn sich auch ihre Äußerungen wiederholten, so doch nur in größeren Zeitabschnitten.

»Unsere Rettung ist, daß wir völlig dem allgemeinen Erscheinungsbild entsprechen: dem des Mannes und der Frau, deren Freundschaft – wenigstens beinahe – zur täglichen Gewohnheit und daher unentbehrlich geworden ist.« Zu dieser Bemerkung hatte sie häufig Gelegenheit, wenn sie ihr auch zu verschiedenen Zeiten verschiedenen Nachdruck verlieh. Was hier besonders interessieren dürfte, ist die Wendung, die diese Bemerkung nahm, als er eines Nachmittags May Bartram anläßlich ihres Geburtstages besuchte. Dieses Fest fiel auf einen Sonntag, zu einer Jahreszeit dichten Nebels und ständigen Dämmers. Er hatte ihr das übliche Geschenk gebracht, denn er kannte sie nun schon ziemlich lange, wodurch viele traditionelle Gewohnheiten zwischen ihnen entstanden waren. Mit diesem Geburtstagsgeschenk wollte er sich beweisen, daß er nicht gänzlich der Eigensucht verfallen sei. Meist war es nur ein kleines Schmuckstück, aber es war immer schön in seiner Art, und er war stets sorgfältig darauf bedacht, mehr dafür auszugeben, als er sich eigentlich leisten konnte. »Unsere Gewohnheiten sind zumindest Ihre Rettung. Sie unterscheiden Sie nämlich, was das Alltägliche betrifft, in keiner Weise von anderen Männern. Was charakterisiert schließlich den Mann im allgemeinen? Doch die Begabung, endlose Zeit mit törichten Frauen zu verbringen, sie mit ihnen zu verbringen, ohne – ich will nicht gerade sagen, ohne sich zu langweilen, aber wenigstens, ohne ihnen übelzunehmen, daß sie töricht sind, und ohne sich dadurch bis zum Rand des Wahnsinns treiben zu lassen; doch das kommt ja wohl auf dasselbe hinaus. In diesem Fall bin ich nun Ihre törichte Frau, bin ein Teil des täglichen Brotes, um das Sie in der Kirche beten. Und dadurch verwischen Sie

Ihre Spuren nachhaltiger als durch alles andere.« »Und was verwischt die Ihren?« fragte Marcher. »Ich verstehe Sie durchaus, wenn Sie sagen, daß Sie mich, wenigstens was die Umwelt angeht, in mancherlei Hinsicht retten – ich habe es schon immer verstanden. Aber was rettet Sie? Darüber habe ich mir oft Gedanken gemacht.«

Man hatte jetzt den Eindruck, als dächte sie ebenfalls oft darüber nach, wenn auch auf andere Weise. »Sie meinen, was die Umwelt angeht?«

»Nun ja, weil Sie auf mich eingestellt sind – natürlich deshalb, weil ich auf Sie eingestellt bin. Ich meine, weil Sie zu wichtig für mich sind, weil ich mir nur zu bewußt bin, was Sie für mich getan haben. Ich frage mich oft, ob das ganz fair ist. Ich meine fair, daß ich Sie derart beansprucht und an mich gefesselt habe. Manchmal denke ich, Sie können doch kaum zu etwas anderem Zeit gehabt haben.«

»Zu etwas anderem, als gefesselt zu sein?« fragte sie. »Aber will man denn überhaupt etwas anderes? Wenn ich mit Ihnen ›gewartet‹ habe, wie ich Ihnen vor langer Zeit versprach, so ist man ja allein schon durch das Warten aneinandergefesselt.«

»Jaja«, sagte John Marcher, »wären Sie nicht so neugierig gewesen –! Aber haben Sie nicht manchmal das Gefühl, Ihre Neugier sei nicht genügend belohnt worden?«

May Bartram überlegte. »Fragen Sie das etwa, weil Sie finden, die Ihre sei nicht genügend belohnt worden? Ich meine, weil Sie so lange warten müssen?«

Oh, wie gut er sie verstand! »Auf das, was geschehen soll und nie geschieht? Auf das Losschnellen des Raubtiers? Nein, ich stehe noch immer da, wo ich von Anfang an gestanden habe. Hier gibt es nichts zu wählen, keine Änderung zu beschließen. Hier kann es überhaupt keine Änderung geben. Es liegt im Schoß der Götter. Man befindet sich in der Hand des Schicksals – das ist es. In welcher Form sich dieses

Schicksal jedoch auswirken, wie es vorgehen wird, das ist seine eigene Sache.«
»Ja«, erwiderte Miss Bartam, »natürlich kommt das Schicksal auf einen zu, natürlich kommt es auf seine eigene Art. Nur würde doch die Art in Ihrem Fall – ja, irgendwie außergewöhnlich und, wenn man so sagen darf, ganz individuell sein.«
Etwas an dieser Feststellung machte ihn argwöhnisch. »Sie sagen ›würde‹, als wären Ihnen Zweifel gekommen.«
»Aber hören Sie –!« protestierte sie schwach.
»Als glaubten Sie«, fuhr er fort, »daß nichts geschehen wird.«
Sie schüttelte langsam den Kopf. »Weit entfernt davon«, erwiderte sie ziemlich unergründlich.
Er sah sie immer noch an. »Was ist mit Ihnen los?«
»Was mit mir los ist?« sagte sie nach einer Weile. »Ich bin lediglich sicherer denn je, daß meine Neugier, wie Sie es nennen, nur zu gut belohnt werden wird.«
Sie waren ernst geworden; er hatte sich erhoben und war in dem kleinen Salon, in dem er nun Jahr um Jahr sein unvermeidliches Thema zur Sprache gebracht hatte, auf und ab gegangen; in dem er, wie man sagen könnte, ihre vertraute Gemeinschaft in jeder Form genossen hatte und wo ihm jedes Ding nicht weniger vertraut war als all die Dinge bei ihm zu Hause und wo die Teppiche abgenützt waren von seinen Schritten – wie die Schreibtische in alten Rathäusern abgenützt sind durch Generationen von Ratsschreiberellbogen. Hier waren die Generationen seiner Launen am Werk gewesen, und die Wohnung war gleichsam die Chronik seiner mittleren Mannesjahre. Unter dem Eindruck dessen, was seine Freundin soeben gesagt hatte, widmete er all diesen Dingen auf einmal weit mehr Aufmerksamkeit denn je; und dies veranlaßte ihn, nach kurzer Zeit erneut vor ihr stehenzubleiben.

»Haben Sie etwa Angst?«

»Angst?« Als sie das Wort wiederholte, schien es ihm, als wechselte sie die Farbe; und da er hier offenbar auf die Wahrheit gestoßen war, erklärte er vorsichtig: »Sie erinnern sich doch, daß Sie mich genau dasselbe gefragt haben – damals, am ersten Tag in Weatherend.«

»Aber natürlich, und Sie sagten, Sie wüßten es nicht – ich solle selbst sehen. Wir haben seitdem kaum mehr darüber gesprochen, all die Jahre nicht.«

»Allerdings«, bestätigte Marcher, »als wäre die Angelegenheit viel zu delikat, um offen darüber sprechen zu können. Als könnten wir bei näherem Nachforschen dahinterkommen, daß ich wirklich Angst habe. Denn dann«, sagte er, »wüßten wir wohl kaum – oder? –, was tun.«

Darauf wußte sie keine Antwort. »An manchen Tagen habe ich tatsächlich geglaubt, Sie hätten Angst. Aber natürlich«, setzte sie hinzu, »hat es Tage gegeben, da wir alles für möglich hielten.«

»Alles – oh!« Marcher stöhnte leise, erschöpft nach Luft ringend, ob des Phantasiegebildes, das immer vor ihnen stand und sich ihm jetzt unverhüllter darbot denn je. Stets hatte es seine unberechenbaren Augenblicke gehabt, in denen es ihm aus dem Dschungel entgegenstarrte wie die Augen des oft erwähnten Raubtiers; und mochte er an sie auch gewöhnt sein; sie entlockten ihm doch immer noch einen abgrundtiefen Seufzer. Alles, was sie von Anfang bis heute gedacht hatten, überwältigte ihn; die Vergangenheit schien zu bloßer sinnloser Spekulation zusammengeschmolzen zu sein. Genau dies hatte ihm die Wohnung eben noch bezeugt: die Vereinfachung aller Dinge außer dem Argwohn. Dieser verblieb allein dadurch, daß er in der ihn umgebenden Leere zu schweben schien. Selbst Marchers anfängliche Angst – falls es überhaupt Angst gewesen war – hatte sich in dieser Wüste verloren.

»Sie werden aber doch wohl sehen«, meinte er, »daß ich keine Angst habe.«
»Was ich sehe, was ich erkenne, ist, daß Sie eine unerwartete Eigenschaft erworben haben: Sie haben sich an die Gefahr gewöhnt. Sie leben nun schon so lange und eng mit ihr zusammen, daß Sie das Gefühl für sie verloren haben; Sie wissen, daß sie da ist, und doch ist es Ihnen gleichgültig, ja, Sie haben sogar aufgehört, im Dunkeln zu pfeifen. Bedenkt man, um welche Gefahr es geht«, schloß May Bartram, »muß ich schon sagen, daß Ihre Haltung wohl kaum zu übertreffen ist.«
John Marcher lächelte schwach.
»Sie halten sie also für heroisch?«
»Wenn Sie es so nennen wollen – gewiß.«
Genauso wollte er sie auch genannt wissen. »Dann bin ich also ein mutiger Mensch?«
»So jedenfalls zeigen Sie sich mir.«
Er forschte jedoch weiter. »Aber weiß ein mutiger Mensch nicht immer, wovor er Angst hat – oder vielmehr nicht Angst hat? Und ich weiß es doch nicht. Ich erkenne es nicht. Ich kann es nicht bei Namen nennen. Ich weiß nur, daß ich verdammt bin.«
»Ja, aber – wie soll ich sagen? – so unmittelbar verdammt. So persönlich. Das genügt doch wahrhaftig.«
»Genügt also, um Ihnen das Gefühl zu geben – in bezug auf das, was wir das Ende und den Gipfel unseres Wartens nennen könnten –, ich hätte keine Angst?«
»Sie haben keine Angst. Aber nicht dies ist das Ende unseres Wartens«, erwiderte sie. »Ist nicht Ihr Ende. Sie haben noch alles vor sich.«
»Und warum Sie nicht?« fragte er. Er hatte an diesem Tag dauernd das Gefühl gehabt, daß sie etwas vor ihm verberge, und er hatte dieses Gefühl immer noch. Da er diesen Eindruck zum erstenmal hatte, fand er dies doppelt bedeutsam. Die Geschichte wurde ihm um so verdächtiger, als sie nicht

sogleich antwortete, und so bohrte er weiter. »Sie wissen doch etwas, was ich nicht weiß.« Für einen Mann von Mut zitterte seine Stimme bedenklich. »Sie wissen, was geschehen wird.« Ihr Schweigen und ihr Blick kamen einem Geständnis gleich – er war seiner Sache sicher. »Sie wissen es, haben aber Angst, es mir zu sagen. Es ist so grauenvoll, daß Sie fürchten, ich könnte es herausfinden.«
All dies mochte wahr sein, denn jetzt sah sie ihn an, als hätte er – und dies zu ihrer Verwunderung – eine geheimnisvolle Linie überschritten, die sie um sich gezogen hatte. Doch darüber hätte sie sich keine Sorgen zu machen brauchen; es lief nämlich darauf hinaus, daß er es auch nicht brauchte. »Sie werden es nie herausfinden.«

3.

Dennoch war es, wie ich schon sagte, eine bedeutsame Stunde gewesen. Dies ging allein schon aus der Tatsache hervor, daß, selbst nach langer Zeit noch, andere Themen, die sie untereinander besprachen, im Vergleich dazu lediglich den Charakter von Erinnerungen besaßen. Die unmittelbare Wirkung jenes Gesprächs lag darin, daß es gezielte Anspielungen erleichterte, wenn nicht gar zur Reaktion herausforderte – so, als wäre ihrer beider Lieblingsthema durch sein eigenes Gewicht zur Sprache gekommen und Marcher überdies von gelegentlichen Warnungen einer inneren Stimme, nicht egoistisch zu sein, heimgesucht worden. Er hatte seiner Ansicht nach niemals vergessen, wie wichtig es war, nicht egoistisch zu sein, und er glaubte auch, daß es ihm gelungen sei; wenigstens hatte er in dieser Hinsicht nie gesündigt, ohne nicht gleich darauf die Waage nach der andern Seite hinunterzudrücken. Oft machte er, wenn die Saison es erlaubte, seinen Fehler dadurch wieder wett, daß er seine

Freundin in die Oper einlud; es geschah keineswegs selten, daß er, um ihr zu zeigen, er habe auch noch andere geistige Kost für sie bereit, dort bis zu zehnmal im Monat mit ihr erschien. Es kam sogar vor, daß er, wenn er sie bei solchen Gelegenheiten nach Hause begleitete, noch mit ihr hineinging, um, wie er sagte, den Abend abzurunden, und sich, in Betonung dieser Absicht, zu dem frugalen, aber stets liebevoll zusammengestellten kleinen Souper niedersetzte, das ihn dort bereits erwartete. Er tat ihr, wie er fand, dadurch Genüge, daß er nicht immer und ewig nur von sich redete – dadurch zum Beispiel, daß sie sich, sofern sich dies ergab, ans Klavier setzten, das zu spielen sie beide gleichermaßen verstanden, und einige Partien der eben gehörten Oper durchgingen.

Bei einer dieser Gelegenheiten war es, daß er sie daran erinnerte, sie habe die an ihrem Geburtstag von ihm gestellte Frage immer noch nicht beantwortet. »Was rettet Sie?« – rettete sie davor, so meinte er, eben nicht anders zu erscheinen als die gewöhnlichen Sterblichen. Wenn er, wie sie behauptete, den Argusaugen der Gesellschaft entgangen war, weil er im entscheidenden Punkt das getan hatte, was die meisten Männer tun – die richtige Antwort auf das Leben darin zu finden, daß sie irgendeine Bindung mit irgendeiner Frau eingehen, die nicht besser ist als sie selbst –, wie hatte dann sie entkommen können, und wie kam es, daß ihr Verhältnis, von dem man doch annehmen mußte, es sei nicht unbemerkt geblieben, sie anscheinend nicht ins Gerede brachte?

»Ich habe nie behauptet«, sagte May Bartram, »daß es mich nicht ins Gerede gebracht hat.«

»Oh – dann sind Sie aber nicht gerettet.«

»Das war für mich auch nicht entscheidend. Wenn Sie ›Ihre Frau‹ gefunden haben«, sagte sie, »so habe ich ›meinen Mann‹ gefunden.«

»Und Sie meinen, das genügt?«
Es war immer das gleiche: es hätte dazu unendlich viel zu sagen gegeben! »Ich wüßte nicht, warum es mir nicht – menschlich gesehen, und davon sprechen wir doch – genügen sollte, genauso wie Ihnen.«
»Ich verstehe«, gab Marcher zurück. »›Menschlich gesehen‹, weil es Ihnen beweist, daß Sie für etwas leben. Nicht nur für mich und mein Geheimnis.«
May Bartram lächelte. »Ich möchte nicht behaupten, es beweise, daß ich nicht für Sie lebe. Es geht hier um meine vertraute Beziehung zu Ihnen.«
Als er begriff, was sie meinte, lachte er. »Ja, aber wenn ich, wie Sie sagen, in den Augen der Leute ein ganz alltäglicher Mensch bin, sind auch Sie nichts anderes als alltäglich, oder etwa nicht? Sie helfen mir, daß man in mir einen Mann sieht, der sich von keinem anderen unterscheidet. Wenn ich also wirklich einer bin, sind Sie – falls ich Sie recht verstanden habe – nicht kompromittiert. So ist es doch?«
Wieder einmal schwieg sie kurze Zeit, gab dann aber eine unmißverständliche Antwort. »So ist es. Das ist alles, was mich interessiert – Ihnen zu helfen, daß man in Ihnen einen Mann sieht, der sich von keinem anderen unterscheidet.«
Er war darauf bedacht, ihr für dieses Bekenntnis möglichst freundlich zu danken.
»Wie lieb, wie schön von Ihnen! Wie soll ich Ihnen das je vergelten?«
Noch einmal schwieg sie voller Ernst, als gäbe es dafür die verschiedenartigsten Vergeltungen. Dann schließlich entschied sie sich. »Indem Sie bleiben, wie Sie sind.«
Auf dieses ›Bleiben-wie-er-war‹ kamen sie immer wieder zurück, so daß dieser Tag unvermeidlich zu einem weiteren Ausloten ihrer Abgründe führte. Diese Abgründe – überbrückt von einer Konstruktion, die, trotz ihrer Leichtigkeit und ihrer gelegentlichen Schwingungen in der nicht gerade

beständigen Luft, doch recht fest war – verlockten sie immer wieder dazu, ihren Mut dadurch zu beweisen, daß sie mit dem Senkblei die Tiefe ausmaßen. Es hatte sich jetzt ein für allemal dadurch etwas geändert, daß sie bisher offenbar nie das Bedürfnis gekannt hatte, die Last eines aus Hemmung unausgesprochenen Gedankens zurückzuweisen – eine Last, die von ihr zum Abschluß eines ihrer bedeutsamsten Gespräche angedeutet worden war. Er hatte damals begriffen, daß sie etwas ›wußte‹ und daß das, was sie wußte, für ihn schlecht war – so schlecht, daß sie es ihm nicht zu sagen wagte. Als er seinerzeit gemeint hatte, es sei wohl so schlecht, daß sie fürchte, er könne es herausfinden, war ihre Antwort zu doppelsinnig gewesen, um überhört zu werden – und war doch andererseits für den äußerst sensiblen Marcher viel zu schön, um noch einmal aufgenommen zu werden. Er umkreiste diese Frage in einer abwechselnd näheren und weiteren Entfernung, ohne sich dabei von seinem Gefühl beeinflussen zu lassen, May könne doch niemals etwas besser wissen als er. Sie besaß keine Quelle des Wissens, die er nicht ebenfalls besaß, wenn es auch sein konnte, daß sie ein feineres Gespür hatte. Das war es, was die Frauen auszeichnete, wenn sie sich zu etwas hingezogen fühlten; sie erkannten manches bei anderen Menschen, das diese selbst niemals herausgefunden hätten. Ihr Gespür, ihre Empfindsamkeit, ihre Phantasie waren ihnen Führer und Offenbarer, und das Schöne an May Bartram war vornehmlich, daß sie sich ausschließlich seinem Fall widmete. Merkwürdig, er spürte in diesen Tagen eine Furcht, die er nie zuvor gekannt hatte: er könnte sie durch irgendeine Katastrophe verlieren – eine Katastrophe, die aber nicht seine Katastrophe sein würde. Dieses Empfinden rührte einerseits daher, daß sie ihm auf einmal notwendiger erschien als je, andererseits daher, daß ihre Gesundheit zu seiner Überraschung neuerdings recht schwankend war. Es war bezeichnend für seine innere Freiheit, die er bisher erfolgreich gewahrt hatte und auf die sich dieser ganze Bericht bezieht, daß sich die Komplikationen noch nie so wie in der jetzigen Krise um ihn gehäuft hatten: so hoch gehäuft, daß er sich fragen mußte, ob er sich nicht bereits innerhalb Sicht- oder Hörweite, Fassungs- oder Reichweite, innerhalb des unmittelbaren Bezirkes des von ihm erwarteten Ereignisses befinde.

Als der unausweichliche Tag kam, da ihm seine Freundin gestand, sie müsse eine schwere Blutkrankheit befürchten, überfiel ihn der Schatten einer Vorahnung, der Schauer des Entsetzens. Sogleich stellte er sich vor, wie sich ihr Zustand verschlimmerte und zu unheilvollem Ende führte, und zu allem sah er in der über ihr schwebenden Gefahr auch noch eine unmittelbare Bedrohung seiner selbst. Dies riß ihn immerhin ein wenig aus seinem Gleichmut, was ihm nur gelegen kam – bewies es ihm doch, daß er vornehmlich an jenen Verlust dachte, den *sie* dadurch erleiden könnte. Was, wenn sie stürbe, ohne erfahren, ohne gesehen zu haben –? Ihr diese Frage in dem augenblicklichen Anfangsstadium ihrer Befürchtungen laut zu stellen wäre einfach brutal gewesen; aber sie bedrängte ihn doch von Stund an, und allein die Möglichkeit rang ihm tiefes Mitleid ab. Sollte sie überdies durch eine – wie durfte er es nennen? – geheimnisvolle, unabweisbare Erleuchtung etwas ›wissen‹, würde diese die Situation nur verschlimmern, insofern als seine eigene Erwartung, die sie sich von Anfang an zu eigen gemacht hatte, ihr ganzer Lebensinhalt geworden war. Sie hatte gelebt, um zu sehen, was zu sehen sein würde, und es mußte sie unendlich quälen, daß sie dahingehen sollte, ehe sich ihre Vision bestätigt hätte. Wie gesagt: derlei Überlegungen beflügelten seine Großmut; doch je mehr er sich ihnen überließ, desto verstörter wurde er. Die Zeit flog auf eine merkwürdige Weise unaufhaltsam dahin, und das sonderbarste daran war, daß dies – unabhängig von den drohenden Unannehmlichkeiten – fast die einzige Überraschung war, die ihm seine Laufbahn, sofern man sie überhaupt eine Laufbahn nennen konnte, geboten hatte. Sie hütete jetzt das Haus wie nie zuvor; wenn er sie sehen wollte, mußte er sie besuchen – sie konnte sich nirgends mehr mit ihm treffen, obwohl es doch kaum einen Winkel in ihrem guten alten London gab, in dem sie sich nicht irgendwann einmal getroffen hatten; und stets fand er sie nun am Feuer sitzen in dem tiefen, altmodischen Sessel, den sie fast nie mehr zu verlassen vermochte. Als er sie eines Tages nach einer ungewöhnlich langen Pause wieder besuchte, erschrak er darüber, daß sie ihm auf einmal viel älter erschien als bisher; dann jedoch mußte er einsehen, daß dies allein an ihm lag – er hatte es einfach erst jetzt bemerkt. Sie sah älter aus, weil sie nach all den Jahren natürlich alt *war* – wenigstens ziemlich alt –, was selbstverständlich noch weit mehr für ihren Gefährten galt. Wenn sie alt, ziemlich alt war, dann war es John Marcher schon lange, und doch war es ihr und nicht sein Anblick, der ihn davon überzeugte. Hier begannen die Überraschungen: nachdem sie erst einmal eingesetzt hatten, vervielfachten sie sich, überfielen ihn wie ein Sturzbach – als wären sie bisher auf die merkwürdigste Weise zurückgehalten worden, umklammert von dichtem Gestrüpp, um jetzt, an ihrer beider Lebensabend, zu einer Zeit, da für andere Menschen das Unerwartete längst dahin ist, hervorzubrechen.

Zu diesen Überraschungen gehörte, daß er sich tatsächlich bei dem Gedanken ertappt hatte, ob das große Ereignis womöglich nichts weiter sein sollte, als daß er dazu verurteilt war, diese charmante Frau, diese bewundernswerte Freundin sterben zu sehen. Noch nie hatte er sich so rückhaltlos eingestanden, was sie ihm war, wie bei dem Gedanken an solch eine Möglichkeit; dennoch gab es für ihn kaum einen Zweifel, daß das einfache Verlöschen selbst eines so subtilen Zuges in seinem Leben als Antwort auf das lange Rätselraten nur ein verachtenswerter Rückschritt sein konnte. Es müßte, gemessen an seiner bisherigen Haltung, seine Würde herabmindern, wodurch sich seine Existenz als der groteskeste aller Fehlschläge erwiese. Bis heute hatte er keine Minute daran gedacht, seine Existenz als Fehlschlag zu betrachten; denn er hatte ja immer nur auf jenes Ereignis gewartet, das aus ihr einen Erfolg machen sollte. Er hatte auf etwas ganz anderes gewartet, jedenfalls nicht auf so etwas. Der Atem seines guten Glaubens jedoch stockte ihm, als er begriff, wie lange er – oder wenigstens seine Gefährtin – gewartet hatte. Daß man von ihr nun würde sagen müssen, sie habe vergeblich gewartet, dies bedrückte ihn sehr, vor allem, weil er zuerst nicht viel mehr getan hatte, als sich über diese Vorstellung zu amüsieren. Die Situation wurde ernster, je deutlicher der Ernst ihres Zustands zutage trat, und die Verfassung, in die er dadurch geriet – und die er betrachtete, als handelte es sich um eine körperliche Entstellung –, war nur eine weitere seiner Überraschungen. Zu dieser kam noch eine andere: daß er sich zu seiner Verblüffung einer Frage bewußt wurde, die er auch ausgesprochen haben würde, hätte er dazu nur den Mut gehabt. Was bedeutete dies – nämlich *sie* und ihr vergebliches Warten und ihr wahrscheinlicher Tod und die stumme Warnung vor alldem –, was bedeutete dies anderes, als daß es jetzt unabänderlicher- und unbegreiflicherweise zu spät war! Niemals hatte er, in keinem Stadium seiner sonderbaren Ahnung, gewagt, zu einer solchen Kritik auch nur anzusetzen; bis zu diesen letzten Monaten war er seiner Überzeugung gegenüber nie so unehrlich gewesen, um nicht immer wieder zu betonen, daß das, was kommen sollte, Zeit hatte – ob er selber nun glaubte, diese Zeit zu haben, oder nicht. Daß er sie wirklich nicht hatte, wenigstens nicht in nennenswertem Maße, dies wurde ihm im Verlauf der Ereignisse zur Erkenntnis, mit der seine alte Zwangsvorstellung zu rechnen hatte: und daran änderte auch jene ständig wachsende Gewißheit nichts, daß die große Unsicherheit, in deren Schatten er bisher gelebt hatte, ihm jetzt, um sich zu behaupten, fast keinen Raum mehr ließ. Da er seinem Schicksal rechtzeitig begegnen mußte, mußte auch sein Schicksal rechtzeitig handeln, und als ihm klar wurde, daß er nicht mehr jung war – verbraucht und damit kraftlos –, wurde ihm auch noch etwas anderes klar. Alles hing miteinander zusammen; beide – er und die große Unsicherheit – waren Gegenstand ein und desselben unteilbaren Gesetzes. Wenn also die Möglichkeiten verbraucht waren, wenn das Geheimnis der Götter verblaßt, ja vielleicht gänzlich dahingeschwunden war, dann war dies, dies allein, das Versagen. Es wäre kein Versagen gewesen, bankerott, entehrt, angeprangert, aufgehängt zu sein; das Versagen war vielmehr, nichts zu sein. Nur deshalb stellte er keine Fragen, als er sich in dem dunklen Tal dahintastete, in dem sein Weg eine so unvorhergesehene Wendung genommen hatte. Er kümmerte sich nicht darum, welch entsetzliche Katastrophe ihn wohl überfallen, mit welcher Schmach oder sonstigen Grausamkeit er beladen werden könnte – denn schließlich war er noch nicht zu alt zum Leiden –, wenn sie nur zu der Haltung, die er ein Leben lang in ihrer drohenden Gegenwart eingenommen hatte, im richtigen Verhältnis stünde. Er kannte bloß noch den einen Wunsch: er möge nicht um sie ›betrogen‹ werden.

4.

Eines Nachmittags schließlich, im noch jungen Frühling, antwortete sie in der ihr eigenen Art auf das offene Geständnis seiner Befürchtungen. Er hatte sie ziemlich spät aufgesucht, wenn es auch noch nicht Abend war, und so sah er sie in dem lange währenden, reinen Licht der ersten Apriltage, das uns oft trauriger zu stimmen vermag als die trübsten Stunden des Herbstes. Die ganze Woche über war es sehr warm gewesen – der Frühling hatte zeitig eingesetzt –, und May Bartram saß zum erstenmal in diesem Jahr, ohne daß ein Feuer im Kamin brannte, im Zimmer; dies gab, wie Marcher fand, der Szene, deren zarten und bestimmenden Mittelpunkt die Gefährtin bildete, in ihrer untadeligen Ordnung und kühlen, gleichgültig freundlichen Stimmung die Ahnung, daß dieses Zimmer nie wieder ein Feuer sehen würde. May Bartrams Erscheinung – er hätte kaum sagen können warum –, verstärkte diesen Eindruck nur noch.

Wachsbleich, mit zahlreichen und nadelfein gezeichneten Linien im Gesicht, in weichen weißen Hüllen, die durch einen verschossenen grünen Schal auf die seit Jahren zunehmende zarte Blässe abgestimmt waren, kam sie dem Abbild einer gelassenen und empfindsamen, aber unergründlichen Sphinx gleich, deren Kopf, ja ganze Gestalt von Silber überstäubt zu sein schien. Sie war eine Sphinx, doch mit ihrer weißen Blüte und den grünen Blättern hätte sie ebensogut eine Lilie sein können – eine künstliche Lilie allerdings, liebevoll imitiert und stets geschützt von einer Glasglocke: unerreichbar für Staub und Schmutz, wenn auch mehr und mehr mit hängendem Kopf und von feinen Rissen durchzogen. Schon immer hatte man von ihrer Wohnung den Eindruck eines überaus gepflegten Haushalts, des Glanzes und der Vollkommenheit gehabt; jetzt jedoch wirkte sie, als wäre alles verpackt und verschnürt und weggeräumt worden, so daß May Bartram nur noch mit den Händen im Schoß dasitzen konnte. Für Marcher war sie über all dies hinaus, ihr Werk war getan; sie sprach mit ihm wie über einen Abgrund hinweg oder von einer vor ihm erreichten einsamen Insel aus, und dadurch fühlte er sich zu seinem Erstaunen verlassen. Kam es – oder vielmehr: kam es nicht – daher, daß während der langen mit ihm verbrachten Wartezeit die

Antwort auf ihre Frage in May Bartrams Hörweite gelangt war und Gestalt angenommen hatte – und daß ihre Anteilnahme somit erloschen war? Noch vor einigen Monaten hatte er ihr vorgeworfen, sie wisse etwas, was sie vor ihm verberge. Diesen Punkt hatte er seither nie mehr zu erwähnen gewagt, weil er aus unerklärlichen Gründen fürchtete, es könnte eine Unstimmigkeit, ein Mißklang zwischen ihnen entstehen. Dies hatte ihn in letzter Zeit nervös gemacht; und das Seltsame an dieser Nervosität, die er all die Jahre nie gekannt, war, daß sie ihn so lange verschont hatte, als er noch seiner sicher war. Er hatte das Gefühl, es gebe da etwas, was schon bei einem einzigen falschen Wort auf sein Haupt herniederkäme und so wenigstens die unerträgliche Spannung mildern würde. Aber er wollte dieses falsche Wort nicht aussprechen – das hätte alles verdorben. Er wollte, daß jene ihm fehlende Erkenntnis durch ihr eigenes erlauchtes Gewicht auf ihn herunterfalle – sofern sie überhaupt zu fallen vermochte. Wenn sie ihn im Stich lassen wollte, dann war es an ihr, Abschied zu nehmen. Darum also fragte er sie nie mehr direkt danach, was sie wisse; darum aber auch fragte er sie, wobei er sich dem Thema von einer andern Seite näherte, im Laufe seines Besuches: »Was halten Sie für das Schlimmste, das mir noch passieren kann?«

In der Vergangenheit hatte er sie dies oft genug gefragt; in dem seltsamen, unregelmäßigen Rhythmus des gegenseitigen Sichnäherns und Sichzurückziehens hatten sie ihre Gedanken darüber ausgetauscht und dann zusehen müssen, wie diese Gedanken von kühlen Intervallen weggewaschen wurden gleich in den Meeressand gezeichneten Figuren. Es war stets bezeichnend für ihre Gespräche gewesen, daß ihre ältesten Anspielungen nur einen kleinen Anstoß brauchten: sofort waren sie wieder da und klangen in der augenblicklichen Stunde wie neu. So konnte sie auch jetzt seine Frage neu und voller Geduld beantworten. »O ja, ich habe wiederholt darüber nachgedacht, aber ich bin mir nie schlüssig geworden. Ich habe an alle möglichen entsetzlichen Dinge gedacht, und die Wahl ist mir dabei recht schwergefallen – sicherlich ist es Ihnen nicht anders ergangen.«

»Allerdings! Ich habe manchmal das Gefühl, ich hätte kaum je etwas anderes getan. Ich komme mir vor, als hätte ich mein Leben damit verbracht, an nichts anderes als an entsetzliche Dinge zu denken. Von vielen habe ich Ihnen immer wieder erzählt, aber es gab auch manche, von denen ich nichts erzählen konnte.«

»Weil sie zu entsetzlich waren?«

»Zu entsetzlich – wenigstens einige davon.«

Sie blickte ihn kurz an, und da kam ihm der abwegige Gedanke, daß ihre Augen, wenn man direkt in sie hineinblickte, noch immer so schön waren wie in ihrer Jugend, wenn auch schön durch ein merkwürdig kaltes Licht – ein Licht, das die Folge der fahlen, harten Süße dieser Jahreszeit und Stunde zu sein schien, falls es nicht überhaupt ihre Ursache war.

»Und doch«, sagte sie, »gab es auch Entsetzliches, über das wir gesprochen haben.«

Zwar betonte es das Sonderbare dieser Situation, sie – diese Gestalt in diesem Rahmen – von ›Entsetzlichem‹ sprechen zu hören, aber nach wenigen Minuten tat sie etwas noch viel Sonderbares – wenn ihm dies auch in seinem vollen Umfang erst hinterher aufging –, und das kündigte sich bereits jetzt durch ein leichtes Beben an. Daß ihre Augen wieder so stark flackerten wie schon in der Jugend, war jedenfalls ein sicheres Anzeichen dafür. Vorerst jedoch mußte er ihr recht geben. »Gewiß, zuzeiten sind wir ziemlich weit gegangen.«

Er ertappte sich, daß er darüber sprach, als wäre bereits alles vorbei. Er hätte gewünscht, es wäre so; und er sah ganz deutlich, wie die Klärung mehr und mehr von seiner Freundin abhing.

Sie aber mußte lächeln.

»Ach, weit –!«
Es klang seltsam ironisch. »Wollen Sie damit sagen, daß Sie gern noch weitergehen möchten?«
Ihr zartes, gealtertes Gesicht blickte ihn liebevoll an, doch offenbar hatte sie den Faden verloren. »Finden Sie wirklich, daß wir je ›weit gegangen‹ sind?«
»Haben Sie denn das nicht eben gemeint – daß wir den meisten Dingen ins Auge gesehen haben?«
»Auch einander?« Sie lächelte noch immer. »Aber Sie haben recht. Wir haben uns großen Träumen hingegeben, oft auch großen Ängsten – doch es gab stets noch einige, die unausgesprochen blieben.«
»Und dem Schlimmsten – dem haben wir schon gar nicht ins Auge gesehen. Ich könnte es, bestimmt, wenn ich nur wüßte, was Sie sich darunter vorstellen. Mir ist«, erklärte er, »als hätte ich die Kraft verloren, solche Dinge zu begreifen.« Er überlegte, ob er jetzt wohl ebenso leer aussähe, wie seine Worte klangen. »Ich bin verbraucht.«
»Woraus schließen Sie dann«, fragte sie, »daß ich es nicht bin?«
»Weil Sie mir immer wieder das Gegenteil beweisen. Für Sie ist es keine Frage des Begreifens, Erträumens, Vergleichens. Für Sie ist es keine Frage der Wahl mehr.« Endlich kam er darauf zu sprechen. »Sie wissen etwas, was ich nicht weiß. Das haben Sie mich einmal deutlich merken lassen.«
Er spürte sofort, daß er sie damit bis ins Mark getroffen hatte, und sie antwortete sehr energisch: »Ich habe Sie gar nichts merken lassen, mein Lieber.«
Er schüttelte den Kopf. »Sie können es nicht verbergen.«
»Oh, oh!« rief May Bartram ob dem, was sie nicht verbergen konnte. Es war nahezu ein gedämpftes Stöhnen.
»Sie haben es schon vor Monaten zugegeben, als ich sagte, Sie fürchteten sich davor, ich könnte es herausfinden. Sie erwiderten damals, daß ich es nicht herausfinden könne und

werde, und ich muß gestehen, daß Sie recht hatten. Aber Sie hatten an etwas Bestimmtes gedacht, und ich verstehe jetzt, daß es für Sie die einzige von allen Möglichkeiten war und immer noch ist, die Ihnen als die schlimmste erscheint. Eben deshalb«, fuhr er fort, »frage ich Sie. Ich habe heute nur noch Angst vor dem Nichtwissen – vor dem Wissen habe ich keine Angst mehr.« Und dann, als sie nichts darauf antwortete: »Ich bin meiner Sache ganz sicher, einfach weil ich in Ihrem Gesicht lese und aus der Atmosphäre hier und aus all den Dingen um Sie herum spüre, daß Sie es hinter sich haben. Sie sind fertig damit. Sie haben Ihre Erfahrung gemacht. Sie überlassen mich meinem Schicksal.«

Starr und blaß lauschte sie in ihrem Sessel, als sollte eine Entscheidung gefällt werden, und so legte sie allein schon mit ihrer Haltung gewissermaßen ein Bekenntnis ab, wenn auch ihr Geständnis durch ein letztes Zögern unvollkommen blieb. »Ja, es wäre das Schlimmste«, wagte sie schließlich zu gestehen. »Ich meine das, was ich nie gesagt habe.«

Für einige Sekunden benahm ihm dies den Atem. »Noch ungeheuerlicher als all die Ungeheuerlichkeiten, die wir uns ausgedacht haben?«

»Noch ungeheuerlicher. Aber sagt das nicht schon hinreichend die Bezeichnung ›das Schlimmste‹?«

Marcher überlegte. »Gewiß – falls Sie, wie ich, etwas meinen, das allen Schaden und alle nur denkbare Schande einschließt.«

»Das würde es – sofern es geschähe«, sagte May Bartram. »Sie dürfen nicht vergessen, daß wir nur von dem sprechen, was ich mir vorstelle.«

»Von dem, was Sie glauben«, erwiderte Marcher. »Das genügt mir. Ich weiß, daß Sie immer das Richtige glauben. Wenn Sie also etwas wissen und es mir nicht sagen, lassen Sie mich im Stich.«

»Nein, nein!« widersprach sie. »Sehen Sie denn nicht, daß

ich immer noch bei Ihnen bin?« Und als wollte sie ihm dies beweisen, erhob sie sich aus ihrem Sessel – eine Bewegung, die sie in letzter Zeit kaum mehr gewagt hatte – und zeigte ihm ihre zarte und eingehüllte, zerbrechliche und schlanke Gestalt. »Ich habe Sie nicht im Stich gelassen.«
Dies war eine großherzige Geste des Kampfes gegen die Schwäche, und wäre diese körperliche Anstrengung nicht zum Glück so erfolgreich gewesen, dann würde es Marcher mehr Schmerz als Freude bereitet haben. Als sie leicht schwankend vor ihm stand, breitete sich der kühle Zauber ihres Blicks über ihre ganze Gestalt aus, so daß man für Sekunden fast von einer wiedergeschenkten Jugend hätte sprechen können. Daher vermochte er nicht, sie zu bemitleiden, sondern konnte sie nur nehmen, wie sie sich darbot: als immer noch fähig, ihm zu helfen. Und doch mußte er gleichzeitig befürchten, ihr Licht könnte jeden Augenblick verlöschen; darum mußte er sich beeilen. In seinem Kopf drängten sich die Fragen, auf die er so sehnlich eine Antwort begehrte; aber was er schließlich aussprach, schob alles andere beiseite. »Dann sagen Sie mir, ob ich in vollem Bewußtsein leiden werde.«
Sie schüttelte spontan den Kopf. »Niemals!«
Dies bestätigte ihm die Autorität, die er ihr zubilligte, und überdies hatte es eine unerwartete Wirkung. »Nun also, was kann mir Besseres passieren? Und das nennen Sie das Schlimmste?«
»Sie finden es so am besten?« fragte sie.
Offenbar meinte sie etwas ganz Bestimmtes, und deshalb überlegte er wieder angestrengt, wenn auch immer noch in der vagen Hoffnung auf Erleichterung. »Warum nicht – wenn man es doch nicht merkt?« Als sich ihre Blicke über dieser Frage schweigend trafen, lichtete sich das Dunkel, und aus ihrem Gesicht sprach unaufhörlich eine Botschaft für ihn. Als er sie aufzunehmen versuchte, schoß ihm die Röte in die

Stirn, und der Atem stockte ihm ob der Gewalt eines Gedankens, zu dem sogleich alles andere nahtlos paßte. Noch war nichts zu hören als sein erregtes Atmen; schließlich fand er seine Sprache wieder. »Wenn das so ist, daß ich nicht bewußt leide, ist mir alles klar.«

In ihrem Blick jedoch lag Zweifel. »Was ist Ihnen klar?«

»Nun ja, was Sie meinten – was Sie immer gemeint haben.«

Wieder schüttelte sie den Kopf. »Was ich jetzt meine, ist nicht das, was ich immer gemeint habe. Es ist etwas anderes.«

»Etwas Neues?«

Sie zögerte. »Etwas Neues. Nicht das, was Sie denken. Ich sehe Ihnen an, was Sie denken.«

Und so verblaßte seine Erleuchtung; aber immerhin konnte ihre Korrektur ja auch falsch sein. »Sie meinen nicht, daß ich ein Narr bin?« fragte er, schwankend zwischen Schwäche und Verbissenheit. »Nicht, daß alles ein Irrtum war?«

»Ein Irrtum?« wiederholte sie mitleidig. Diese Möglichkeit wäre, wie er sofort erkannte, für sie in der Tat ungeheuerlich gewesen; und da sie ihm die Immunität gegen den Schmerz verbürgt hatte, konnte sie diese Möglichkeit wohl kaum gemeint haben. »O nein«, erklärte sie, »nichts dergleichen. Sie haben sich nicht geirrt.«

Und doch konnte er noch immer nicht umhin, sich zu fragen, ob sie, die sich jetzt in die Enge getrieben fühlte, nur so spreche, um ihm etwas zu ersparen. Er meinte, in einen Abgrund versinken zu müssen, wenn sich sein Schicksal nur als eine Platitüde erwiese. »Sagen Sie mir die Wahrheit? Bin ich wirklich kein größerer Idiot, als ich ertragen kann? Ich habe also nicht in einer vergeblichen Erwartung gelebt, in der betrogensten aller Illusionen? Ich habe nicht bloß darauf gewartet, daß mir die Tür vor der Nase zugeschlagen wird?«

Wieder schüttelte sie den Kopf. »Ganz gleich, was es ist – das ist nicht die Wahrheit. Ganz gleich welche – es *ist* eine

Wirklichkeit. Die Tür ist nicht zu. Die Tür steht offen«, sagte May Bartram.

»Dann wird also etwas kommen?«

Sie schwieg abermals, noch immer die kühlen, gütigen Augen auf ihn gerichtet. »Es ist noch nicht zu spät.« Sie hatte mit schleppenden Schritten den Abstand zwischen ihnen verringert und stand nun dicht vor ihm, stand ganz nahe, eine Minute fast, wie beladen von dem auf ihr lastenden Gewicht des Unausgesprochenen. Ihre Bewegung mochte der feinere Ausdruck dessen sein, was sie zögernd und entschlossen zugleich sagen wollte. Er stand immer noch am Kamin, in dem kein Feuer brannte und dessen einziger Schmuck eine schöne kleine französische Uhr und zwei Figuren aus zartrosa Dresdner Porzellan bildeten; ihre Hand umklammerte den Sims, während sie ihn warten ließ, umklammerte ihn, als suchte sie Halt und Ermutigung. Sie ließ ihn jedoch nur warten; das heißt, er wartete lediglich. Aus ihrer Bewegung und Haltung war mit einem Male klargeworden, und zwar auf das schönste und eindringlichste, daß sie ihm noch mehr zu geben hatte; ihr leidendes Gesicht leuchtete geradezu davon, und in ihren Zügen glitzerte gleißender Silberglanz. Sie konnte sich nicht irren, keinesfalls, denn was er in ihrem Gesicht las, war die Wahrheit, und das Merkwürdige und Widersinnige war, daß sie diese Wahrheit, noch während ihr Gespräch über das Schreckliche nachhallte, als etwas ungewöhnlich Köstliches darbot. Dies verwirrte ihn, und er atmete nur noch dankbarer ob ihrer Enthüllung, und so standen sie schweigend voreinander, ihr Gesicht strahlte ihn an, und er war unter dem fühlbaren Druck ihrer Gegenwart zurückhaltend, aber voller Erwartung. Es endete jedoch damit, daß das, was er erwartete, ausblieb. Statt dessen geschah etwas anderes, was sich vorerst nur dadurch ankündigte, daß sie die Augen schloß. Gleichzeitig durchlief sie ein leichter, kaum merklicher Schauer, und obwohl er sie weiterhin ansah – ja,

nur noch intensiver ansah –, wandte sie sich ab und schleppte sich zu ihrem Sessel. Damit war das, was sie vorgehabt hatte, zu keinem Ende gebracht worden, und doch konnte er an nichts anderes denken.
»Sie können es also nicht sagen?«
Auf dem Weg zum Sessel hatte sie auf einen Klingelknopf neben dem Kamin gedrückt und sank nun aschfahl zurück.
»Ich glaube, ich bin zu krank dazu.«
»Zu krank, um es mir zu sagen?« Beinahe hätte er die ihn überfallende Befürchtung ausgesprochen, sie könnte sterben, ohne ihm alles erklärt zu haben. Er hielt sich noch rechtzeitig zurück, aber sie beantwortete seine Frage, als hätte sie die unausgesprochenen Worte gehört.
»Wissen Sie es jetzt denn immer noch nicht?«
»›Jetzt‹ –?« Sie hatte es gefragt, als wäre auf einmal alles anders geworden. Aber da war bereits das Mädchen auf das Klingelzeichen herbeigeeilt und stand im Zimmer. »Ich weiß gar nichts.« Später mußte er sich eingestehen, daß er wohl eine taktlose Ungeduld verraten hatte, die zeigen sollte, daß er, der völlig verstört war, seine Hände in Unschuld wasche.
»Oh!« sagte May Bartram.
»Haben Sie Schmerzen?« fragte er, als das Mädchen auf sie zuging.
»Nein«, sagte May Bartram.
Das Mädchen, das den Arm um sie gelegt hatte und sie aus dem Zimmer führen wollte, warf ihm einen Blick zu, der dem deutlich widersprach; dennoch äußerte er noch einmal seine Betroffenheit. »Was ist denn geschehen?«
Wieder stand sie, mit Hilfe ihres Mädchens, auf den Beinen, und da er spürte, daß es an der Zeit war, sich zurückzuziehen, griff er nach Hut und Handschuhen und ging zur Tür. Dort jedoch wartete er auf ihre Antwort. »Was geschehen mußte«, sagte sie.

5.

Am nächsten Tag besuchte er sie wieder, aber sie konnte ihn nicht empfangen, und zum erstenmal während ihrer langjährigen Bekanntschaft kehrte er niedergeschlagen und verletzt, wenn nicht gar verärgert um – irgendwie fühlend, daß ein solcher Bruch ihrer Gepflogenheiten nur das nahe Ende ankündigen konnte – und wanderte allein und voller Gedanken dahin: vor allem in jenem Gedanken, den er am wenigsten zu verdrängen vermochte. Sie würde sterben, er würde sie verlieren; sie würde sterben, und damit würde sein Leben enden. Im Park, den er schließlich erreicht hatte, blieb er stehen und starrte zweifelnd vor sich hin. Fern von ihr überfiel ihn erneut die Unsicherheit; in ihrer Gegenwart hatte er ihr geglaubt, doch nun, unter der Last der Einsamkeit, stürzte er sich auf jene Erklärung, die am nächsten lag und noch am ehesten kümmerliche Wärme und am wenigsten qualvolle Kälte für ihn bereithielt: Sie hatte ihn getäuscht, um ihm etwas zu ersparen, hatte ihm etwas eingeredet, was ihm den inneren Frieden schenken sollte. Wie konnte das, was ihm geschehen würde, etwas anderes sein als das, was jetzt geschah? Ihr Sterben, ihr Tod und seine darauf folgende Einsamkeit – das war es doch wohl, was er sich als Tier im Dschungel vorgestellt, das war es, was im Schoße der Götter geruht hatte. Dies hatte sie ihm, als er sie verließ, mit ihren eigenen Worten bestätigt – was konnte sie sonst gemeint haben? Es war nichts Ungeheuerliches, kein seltenes und erlesenes Schicksal, kein Schlag, der einen überwältigte und unsterblich machte – es war nichts als ein ganz alltägliches Schicksal. Aber im Augenblick reichte dem armen Marcher ein alltägliches Schicksal vollauf. Es würde ihm genügen, und selbst wenn es der einzige Lohn für sein endloses Warten bliebe, würde er es mit gebeugtem Stolz hinnehmen. Als es dämmerte, setzte er sich auf eine Bank.

Er war also kein Narr gewesen. Es war etwas geschehen – genau wie sie gesagt hatte. Und ehe er aufstand, kam ihm der Gedanke, daß dieses letzte Ereignis wahrhaftig dem langen Weg entspreche, den er bis hierher hatte gehen müssen. Um sein Warten zu teilen und in Aufopferung ihrer selbst und ihres Lebens war sie Schritt für Schritt bis zum Ende mit ihm gegangen. Dank ihrer Hilfe hatte er gelebt, und es wäre einfach grausam von ihm, sie jetzt im Stich zu lassen, verachtenswert, sie aufzugeben. Was also konnte überwältigender sein?
Er sollte es noch in dieser Woche erfahren; zwar ließ sie ihn noch eine Weile im ungewissen, machte ihn für einige Tage unglücklich und rastlos; denn ständig fragte er nach ihr, mußte aber immer wieder unverrichteterdinge umkehren – bis sie schließlich seine Prüfung beendete, indem sie ihn dort empfing, wo sie ihn von jeher empfangen hatte. Sie war auf eigene Gefahr hin in dieses Zimmer gebracht worden, in dem jedes einzelne Ding deutlich und sinnlos zugleich ihrer beider halbes Leben darstellte, und sie konnte mit ihrem nur allzu sichtbaren Wunsch, seine fixe Idee einzudämmen und ihn von seinen Sorgen zu befreien, bloß noch einen unzulänglichen Dienst leisten. Dies war es offensichtlich, was sie wollte, solange sie noch die Hand ausstrecken konnte – vornehmlich um ihres eigenen Friedens willen. Er war von ihrem Zustand so erschüttert, daß er, als er neben ihrem Sessel saß, geneigt war, alles offenzulassen; sie selbst war es, die ihn, bevor sie ihn verabschiedete, auf das hinlenkte, was sie beim letztenmal gesprochen hatten. Damit bewies sie ihm, daß sie alle ihre Angelegenheiten geordnet zurücklassen wollte. »Sie haben mich neulich nicht verstanden. Sie brauchen nicht mehr zu warten. Es ist bereits geschehen.«
Wie er sie anblickte! »Bestimmt?«
»Bestimmt.«
»Das Ereignis, das Ihrer Ansicht nach geschehen mußte?«
»Das Ereignis, auf das wir seit unserer Jugend gewartet ha-

ben.« Jetzt, da er ihr gegenüberstand, glaubte er ihr wieder; dieser ihrer Behauptung konnte er wenig entgegensetzen.
»Das heißt also, es ist etwas Bestimmtes, Endgültiges vorgefallen, ein Ereignis mit Namen und Datum?«
»Etwas Bestimmtes, Endgültiges – ja. Den Namen weiß ich nicht, aber dafür das Datum um so besser.«
Wieder war er hilflos verwirrt. »Aber sollte es einfach so gekommen sein wie der Dieb in der Nacht – gekommen und an mir vorübergegangen?«
May Bartram lächelte ihr seltsames, schwaches Lächeln. »O nein, es ist nicht an Ihnen vorübergegangen.«
»Aber wenn ich es doch nicht gemerkt habe und es mich nicht berührt hat –?«
»Daß Sie es nicht gemerkt haben« – offenbar mußte sie einen Augenblick überlegen –, »daß Sie es nicht gemerkt haben, ist ja gerade das Merkwürdige des Merkwürdigen, ist ja das Wunder des Wunders.« Sie hatte so leise wie ein krankes Kind gesprochen, und doch klangen ihre letzten Worte prophetisch gleich denen einer Sibylle. Sie wußte, daß sie ›wußte‹, und diese Größe wollte ihm durchaus ebenbürtig erscheinen mit dem Gesetz, das sein Leben regiert hatte. Es war die authentische Stimme des Gesetzes; so hätte von ihren Lippen, wenn sie es verkündet hätte, das Gesetz selbst geklungen. »Es *hat* Sie berührt«, fuhr sie fort. »Es hat seine Aufgabe erfüllt. Es hat sich Ihrer bemächtigt.«
»Und das alles, ohne daß ich es gemerkt habe?«
»Und das alles, ohne daß Sie es gemerkt haben.« Als er sich vorbeugte, lag seine Hand auf der Lehne ihres Sessels, und sie legte ihre Hand matt lächelnd auf die seine. »Es genügt, wenn ich es weiß.«
»Oh!« flüsterte er ratlos – was auch sie in letzter Zeit so oft getan hatte.
»Was ich vor langem einmal gesagt habe, stimmt auch heute noch. Sie werden es nie wissen, und es dürfte das beste sein,

wenn Sie sich damit zufriedengeben. Sie haben es ja gehabt«, sagte May Bartram.
»Was gehabt?«
»Nun ja, das, wofür Sie bestimmt waren. Den Beweis Ihres Schicksals. Es hat sich vollzogen. Ich bin froh«, fügte sie tapfer hinzu, »daß ich noch sehen durfte, was es *nicht* war.«
Er sah sie immer noch an, und in dem Gefühl, daß alles, auch sie, hinter ihm liege, hätte er sie weiter unerbittlich ausgefragt, wenn er nicht der Ansicht gewesen wäre, daß er sie in ihrer Schwäche damit zu sehr belastet haben würde; statt dessen wollte er demütig hinnehmen, was sie ihm gab, es stumm hinnehmen, als wäre es eine Enthüllung. Wenn er jetzt sprach, dann nur aus der Vorahnung, welche Einsamkeit über ihn kommen würde. »Es hätte also schlimmer kommen können – da Sie doch so froh sind, zu wissen, was es *nicht* ist?«
Sie wandte den Blick ab und sah vor sich hin; dann meinte sie: »Sie wissen ja selbst, was wir alles befürchtet haben.«
Er dachte nach. »Es ist also etwas, was wir nie befürchtet haben?«
Langsam kehrte sie sich ihm zu. »Hätten wir uns in all unseren Träumen je träumen lassen, daß wir so nebeneinander sitzen und darüber reden würden?«
Er versuchte, sich zu erinnern, ob sie dies getan hätten; aber es war, als ob sich ihre Träume, ihre zahllosen Träume in einem dichten, kalten Nebel aufgelöst hätten, in dem sich sogar die Gedanken verloren.
»Es wäre doch möglich gewesen, daß wir gar nicht mehr hätten reden können.«
»Wenigstens« – sie tat ihr Bestes für ihn – »nicht auf dieser Seite. Denn jetzt«, erklärte sie, »sind wir ja auf der anderen Seite.«
»Ich finde«, erwiderte der arme Marcher, »für mich sind alle Seiten gleich.« Dann jedoch, als sie korrigierend den Kopf

schüttelte: »Sie meinen, wir hätten vielleicht gar nicht dahin gelangen können –?«
»Dahin, wo wir jetzt sind – ja. Wir sind *hier«*, betonte sie schwach.
»Was haben wir schon davon!« rief er freiheraus.
»Wir haben so viel davon, wie nur möglich ist. Wir haben davon, daß *es* nicht hier ist. *Es* liegt hinter uns«, sagte May Bartram. »Vorher –« Ihre Stimme verklang.
Er erhob sich, um sie nicht zu ermüden, wenn es ihm auch nicht leichtfiel, seine Wißbegier zu dämpfen. Denn schließlich hatte sie ihm nichts anderes gesagt, als daß er nichts begriffen habe – was er auch ohne sie wußte. »Vorher –?« fragte er verständnislos.
»Vorher lag es immer vor uns, verstehen Sie? Und damit war es ständig gegenwärtig.«
»Ach, mich kümmert es nicht, was nun kommt! Außerdem«, setzte Marcher hinzu, »fühlte ich mich wohler, als es noch gegenwärtig war, wohler zumindest, als ich mich ohne es fühlen werde, wenn Sie mir fehlen.«
»Ach, ich –« Sie wehrte mit den blassen Händen ab. »Und mir damit alles fehlt.« Er hatte das entsetzliche Gefühl, das letzte Mal in ihrem Leben vor ihr zu stehen – wenigstens jenseits dieses erwiesenen, bodenlosen Abgrunds. Dieses Bewußtsein erdrückte ihn nahezu, und vermutlich war es diese Last, die aus ihm herauspreßte, was an Protest noch in ihm war. »Ich glaube Ihnen, aber ich möchte nicht behaupten, daß ich Sie verstehe. Für mich ist nichts vergangen; und für mich wird nichts vergehen, ehe ich nicht selber vergehe, was, wie ich von Herzen wünsche, sobald als möglich der Fall sein wird. Aber so sagen Sie mir doch«, setzte er hinzu, »nun ich meinen Kuchen, wie Sie behaupten, bis zum letzten Krümel aufgegessen habe – wie kann die Sache, die ich niemals erlebt habe, jene Sache sein, die zu erleben ich ausersehen war?« Darauf antwortete sie ihm zwar nicht direkt, aber doch

in aller Ruhe. »Sie halten Ihr ›Erleben‹ für selbstverständlich. Sie hatten Ihr Schicksal zu erleiden. Das heißt nicht unbedingt, daß Sie es wissen mußten.«

»Aber ist das Wissen, es nicht gewußt zu haben, nicht Leiden genug?«

Lange blickte sie ihn schweigend an. »Nein – Sie verstehen mich nicht.«

»Ich leide aber«, sagte John Marcher.

»Tun Sie das nicht – bitte nicht!«

»Wie soll ich auch das noch vermeiden?«

»Tun Sie es nicht!« wiederholte May Bartram.

Sie sagte es trotz ihrer Schwäche in einem so sonderbaren Ton, daß er sie einen Augenblick groß ansah – als ob ein ihm bisher verborgen gebliebenes Licht plötzlich seine Sicht erhellte. Dann umschloß ihn abermals das Dunkel, doch der Lichtschimmer hatte sich in ihm bereits zu einem Gedanken geformt. »Weil ich nicht das Recht habe –?«

»Versuchen Sie doch nicht, dahinterzukommen, wenn Sie es nicht müssen«, bat sie ihn barmherzig. »Und Sie müssen wirklich nicht – denn wir durften es nicht.«

»Durften nicht?« Hätte er doch nur geahnt, was sie meinte!

»Nein – das wäre zu viel gewesen.«

»Zu viel?« fragte er, noch immer im Dunkel tappend – wenn sich dieses Dunkel auch im nächsten Augenblick schon lichtete. Ihre Worte, falls sie überhaupt etwas bedeuteten, schienen ihm in diesem Licht – dem Licht ihres leidenden Gesichts – alles zu bedeuten, und die Erkenntnis, was das Wissen für sie gewesen sein mochte, überfiel ihn unversehens und drängte ihn zu der Frage: »Dies also ist an Ihrem Sterben schuld?«

Sie blickte ihn nur an, blickte ihn sehr ernst an, um zu ergründen, was er meine, und sie mochte dabei etwas gesehen oder befürchtet haben, was sie nun rührte. »Ich würde nur zu gern für Sie weiterleben – wenn ich könnte.« Ihre Augen schlos-

sen sich, als versuchte sie es, ganz in sich zurückgezogen, zum letztenmal.
»Aber ich kann nicht!« sagte sie, als sie die Augen wieder aufschlug, um Abschied von ihm zu nehmen.
Es sollte sich nur zu schnell und schmerzhaft erweisen, daß sie es nicht konnte: denn danach vermochte er sie sich nur noch in Tod und Finsternis vorzustellen. Dieses denkwürdige Gespräch war ihr Abschied gewesen; der Zugang zu ihrem streng bewachten Sterbezimmer wurde ihm mehr oder weniger untersagt; er las in den Gesichtern der Ärzte, Schwestern und der paar Verwandten – die zweifellos von der Hoffnung auf das angezogen wurde, was sie ›hinterlassen‹ würde –, wie gering seine sogenannten Rechte waren und wie verdächtig es aussehen mochte, daß ihre Freundschaft ihm nicht mehr Rechte verliehen hatte. Noch die dümmste Cousine vierten Grades besaß mehr – selbst wenn May Bartram im Leben dieser Frau nichts bedeutet hatte. Sein Leben jedoch hatte sie entscheidend mitbestimmt, denn wie sonst hätte sie ihm jetzt so unersetzlich sein können? Welch merkwürdiges Dasein, daß es ihm nun das Fehlen eines rechtmäßigen Anspruches vor Augen hielt. Schließlich konnte diese Frau alles für ihn bedeutet haben, wie sie es ja auch getan hatte, und dennoch mußte er in jeder Beziehung erleben, daß dies niemand zur Kenntnis nahm. Wenn es so schon in den letzten Wochen gewesen war, dann noch augenfälliger bei dem letzten Gang, als auf dem großen grauen Londoner Friedhof das, was an seiner Freundin sterblich und köstlich gewesen war, der Erde übergeben wurde. Obwohl das Trauergeleit nur klein war, nahm man ihn nicht wichtiger, als wären noch Tausende dagewesen. Kurz: er mußte sich von diesem Augenblick an mit der Tatsache vertraut machen, daß ihm das Interesse, das May Bartram an ihm gehabt hatte, jetzt außerordentlich wenig nützte. Er hätte nicht sagen können, was er eigentlich erwartet hatte – jedenfalls

nicht diese zwiefache Vereinsamung. Nicht nur, daß ihr Interesse an ihm erloschen war, man verweigerte ihm auch – aus einem ihm unerklärlichen Grunde – die Ehrung und Würdigung und den Takt, die man sonst einem aufrichtig trauernden Mann zubilligt. Man konnte meinen, er sei in den Augen der Gesellschaft kein Trauernder, es fehle ihm Siegel und Zeichen, und sein Charakter könne keinesfalls bejaht und seine Unzulänglichkeit niemals behoben werden. Im Verlaufe der nächsten Wochen kam es immer wieder vor, daß er am liebsten mit Gewalt Anspruch auf seinen Verlust erhoben hätte, damit dieser wirklich in Frage gestellt worden wäre und er sich zur Erleichterung seiner Seele hätte rechtfertigen können; doch diesen Augenblicken folgten auf dem Fuße solche hilfloser Verwirrung, Augenblicke, in denen er alles mit gutem Gewissen, wenn auch ohne Ergebnis, bedachte und sich fragte, ob er damit nicht schon viel früher hätte beginnen sollen.

Er fragte sich wahrlich noch vieles, und zu dieser eben gestellten Frage gesellte sich noch manche andere. Was hätte er schließlich während ihres Lebens tun können, wodurch sie beide nicht gewissermaßen preisgegeben worden wären? Er hätte nicht verraten können, daß sie mit ihm ›wartete‹, denn damit wäre seine abergläubische Vorstellung von dem wilden Tier bekannt geworden. Und dies verschloß ihm selbst jetzt noch den Mund – nun der Dschungel gelichtet worden war und das wilde Tier sich davongeschlichen hatte. Es klang zu närrisch, gar zu simpel: die Veränderung, die sich für ihn aus dieser Befreiung von der Angst ergab, überraschte ihn. Er hätte diese Auswirkung kaum beschreiben können; am ehesten glich sie dem abrupten Aufhören, der gewaltsamen Unterbrechung einer Musik, deren Wohlklang man an einer bestimmten Stelle gewöhnt war und Aufmerksamkeit geschenkt hatte. Wenn er sich doch nur hätte vorstellen können, er, der in der Vergangenheit den Schleier von seinen

Träumen gehoben hatte (was hatte er schließlich anderes getan, als ihn vor ihr gehoben?), daß er ihn auch jetzt höbe, daß er den Leuten von dem gelichteten Dschungel erzählte und ihnen anvertraute, erst nun fühle er sich sicher, und daß sie ihm dabei nicht nur zuhörten, als ob er ein Ammenmärchen erzählte, sondern daß auch er selbst es für nichts anderes hielte. Kurz und gut: Der arme Marcher schritt durch das niedergetretene Gras, in dem sich kein Leben rührte, kein Atem zu vernehmen war, kein funkelnder Blick aus einem gewähnten Versteck lauerte, und hielt insgeheim nach dem wilden Tier Ausschau, als ob er es tatsächlich vermißte. Er schritt durch ein Dasein, das auf einmal ungewohnt weit geworden war; und da, wo das Unterholz des Lebens dichter stand, verharrte er und fragte sich verschämt, sehnsüchtig und traurig, ob es wohl hier gelauert haben würde; auf alle Fälle hätte es ihn angesprungen. Am unsichersten war sein Glaube an die Wahrheit der ihm gegebenen Zusicherung. Der Wechsel von seinem ehemaligen Lebensgefühl zu seinem jetzigen war absolut und endgültig: was geschehen mußte, war so absolut und endgültig geschehen, daß er für die Zukunft ebensowenig zu bangen wie zu hoffen vermochte; so ausgeschlossen erschien es ihm, daß noch irgend etwas geschehen könne. Er lebte vielmehr ganz in dem Gedanken an seine ungeklärte Vergangenheit, an sein Schicksal, das ihm unerkenntlich vermummt und maskiert begegnet war.

Er beschäftigte sich fast nur noch mit dieser quälenden Vorstellung; er hätte ohne diese Möglichkeit zum Grübeln gar nicht mehr leben mögen. Seine Freundin hatte ihn gebeten, nicht zu grübeln; sie hatte ihm mehr oder weniger untersagt, zu erkennen, und sie hatte ihm sogar die Fähigkeit abgesprochen, ›es‹ zu begreifen: lauter Dinge, die ihm die Ruhe raubten. Es war keineswegs so, wie er um der Gerechtigkeit willen argumentierte, daß er etwas Vergangenes zu wiederholen wünschte; nur hätte er nicht so tief in Schlaf versinken mögen, daß er nachher nicht einmal mehr fähig war, gewaltsam sein verlorenes Bewußtsein wiederzugewinnen. Manchmal vermeinte er, es entweder zurückzugewinnen oder für immer bewußtlos zu bleiben; dieser Gedanke wurde für ihn zum einzigen Motiv, zur einzigen Leidenschaft, mit der verglichen er bisher keine andere gekannt hatte. Das verlorene Bewußtsein wurde für ihn zu dem entlaufenen oder entführten Kind eines untröstlichen Vaters; er jagte ihm überall nach, gleichsam als fragte er an allen Türen und bei der Polizei. In dieser Verfassung ging er auf Reisen; er wollte so lange wie möglich fortbleiben; er spielte mit der Hoffnung, die andere Seite des Globus könnte unmöglich noch weniger enthüllen als diese, vielleicht jedoch mehr. Aber bevor er London verließ, pilgerte er noch einmal zu May Bartrams Grab, wanderte über die endlosen Wege des trostlosen Vorstadtfriedhofes, suchte es im Gewirr der Gräber, und obwohl er nur noch einmal hatte Abschied nehmen wollen, fühlte er sich, als er schließlich davorstand, in Abgründe geschleudert. Eine ganze Stunde stand er davor, unfähig wegzugehen und doch auch unfähig, das Dunkel des Todes zu durchdringen; er starrte auf ihren eingravierten Namen und das Datum, schlug förmlich mit der Stirn gegen das von ihnen behütete Geheimnis, ja hielt sogar wartend den Atem an, als könnten ihm die Steine voll Mitleid eine Erklärung geben. Er kniete jedoch vergeblich auf den Steinen; sie behielten, was sie verbargen; und wenn die Grabplatte sich für ihn zum Gesicht wandelte, dann nur, weil er die beiden Namen darauf als zwei Augen sah, die ihn nicht wiedererkannten. Er schenkte ihnen einen letzten langen Blick, aber kein Licht zeigte sich.

6.

Danach blieb er für ein Jahr im Ausland; er drang bis in das Innere Asiens vor, erlebte Szenen höchster Romantik und tiefster Religiosität; doch überall war ihm gegenwärtig, daß für einen Mann, der erkannt, was er erkannt hatte, die Welt vulgär und sinnlos sein mußte. Wenn er nachdachte, leuchtete der Zustand, in dem er all die Jahre gelebt hatte, ihm wie ein feines, farbiges Licht entgegen, ein Licht, neben dem das Glühen des Ostens grell und gewöhnlich und stechend war. Es wurde ihm die grausame Wahrheit bewußt, daß er – mit allem anderen – auch seine Besonderheit eingebüßt hatte; alles, was er sah, mußte ja gewöhnlich sein, da er so gewöhnlich geworden war, es anzusehen. Er gehörte jetzt einfach dazu – er war Staub im Staub, ohne auch nur den bescheidensten Anhaltspunkt dafür zu besitzen, daß er sich unterschied; und so manches Mal beschwor er vor Göttertempeln und Königsgrüften auf der Suche nach einer würdigen Gedankenverbindung die unauffällige Grabplatte in einer Londoner Vorstadt. Sie war für ihn durch Zeit und Entfernung immer mehr zur einzigen Zeugin einer glorreichen Vergangenheit geworden. Sie war alles, was ihm an Stolz und als Beweis verblieben war, und so verblichen in seinen Gedanken sogar die einstigen Siege der Pharaonen davor. Kein Wunder also, daß er sie bereits am Morgen nach seiner Rückkehr aufsuchte. Er fühlte sich unwiderstehlich hingezogen, genauso wie damals, jetzt jedoch mit einer Zuversicht, die zweifellos die Frucht der vielen dazwischenliegenden Monate war. Er hatte sich wider Willen in seine veränderte Gefühlswelt hineingelebt und war bei seiner Wanderung um die Erde von der Peripherie zur Mitte seiner Wüste vorgedrungen. Er hatte sich an seine Sicherheit gewöhnt und die Vernichtung notgedrungen hingenommen; und nun verglich er sich phantasievoll mit gewissen alten Männern, die er irgendwann einmal kennengelernt hatte und die, stets dürr und verhutzelt, angeblich in ihrer Jugend zwanzig Duelle gefochten oder von zehn Prinzessinnen geliebt worden waren. Jene hatten ihre Umwelt in Erstaunen gesetzt, während er nur sich selbst in Erstaunen setzte; und allein deswegen hatte er es so eilig, das Staunen zu erneuern durch, wie man hätte sagen können, seine Rückkehr in die eigene Gegenwart. Dies hatte seine Schritte beflügelt und jedes Zögern im Keim erstickt. Nur weil er so lange von jenem Teil seines Selbst getrennt gewesen war, den allein er noch schätzte, unternahm er seinen Besuch dort sogleich.

Es ist daher nicht falsch, wenn man sagt, daß er sein Ziel mit einem gewissen Hochgefühl erreichte und mit einem gewissen Vertrauen davorstand. Das Wesen unter der Erde ›wußte‹ von seiner einzigartigen Erfahrung, weshalb dieser Ort hier merkwürdigerweise seine Leere verloren hatte. Er begegnete ihm zärtlich – nicht, wie ehedem, spöttisch; er schien ihn bewußt zu grüßen, wie wir es manchmal nach längerer Abwesenheit an Dingen erleben, die uns einmal nahegestanden haben und die sich nun ebenfalls zu dieser Bindung zu bekennen scheinen. Das Fleckchen Erde, die gravierte Tafel, die gepflegten Blumen kamen ihm vor, als gehörten sie ihm, so daß er in dieser Stunde einem Gutsherrn glich, der wohlgefällig eines seiner Felder besichtigt. Was immer auch geschehen sein mochte – es war geschehen. Er war nicht mit der sinnlosen Frage ›Was nun?‹ zurückgekehrt, jener Frage, die ihn früher beunruhigt hatte und die jetzt hinfällig geworden war. Nun würde er sich nie wieder so weit von diesem Fleckchen Erde entfernen; er würde jeden Monat zu ihm zurückkommen; und wenn es ihm auch zu nichts anderem verhalf, dann wenigstens dazu, daß er den Kopf oben behielt. Es bildete seltsamerweise mit der Zeit eine Quelle des Trostes; und er blieb seinem Vorsatz, regelmäßig wiederzukehren, auch treu, und dieser Gang wurde ihm zur eingefleischten Gewohnheit. Und was noch seltsamer war: In seiner jetzt so vereinfachten Welt schenkte ihm dieser Garten des Todes endlich die paar Fuß Erde, auf denen er im wahrsten Sinne zu leben vermochte. Es war, als könnte er, der nirgendwo und niemandem etwas bedeutete, nicht einmal sich selbst, hier alles sein, und wenn dies auch nicht vor einer Zeugenschar stattfand, sondern nur vor dem einen Zeugen John Marcher, dann doch jedenfalls kraft eines Registers, das er einsehen konnte wie eine aufgeschlagene Seite. Die aufgeschlagene Seite war das Grab seiner Freundin, und hier lagen die Fakten der Vergangenheit, die Wahrheiten seines Lebens, die Erinnerungen, in die er sich verlieren durfte. Er tat dies von Zeit zu Zeit mit solchem Gewinn, daß er Arm in Arm mit seiner Gefährtin, die auf wunderbare Weise sein anderes, sein jüngeres Selbst zu sein schien, durch die vergangenen Jahre zu wandern glaubte, zu wandern – und das war noch wunderbarer – durch eine dritte Gegenwart; in Wahrheit wanderte sie gar nicht, sondern verharrte still und folgte ihm unaufhörlich mit den Augen, wobei ihr Standort sozusagen seinen Orientierungspunkt bildete. Kurz, er vermochte dadurch zu leben, daß er sich nur noch von dem Wissen nährte, einst gelebt zu haben, und daß er von diesem Wissen abhängig war, nicht nur als Stütze, sondern auch als Zeugnis seines Selbst.

Und so war er es monatelang zufrieden, und das Jahr ging zur Neige; zweifellos hätte er auf diese Weise weitergelebt, wäre nicht etwas geschehen, das, oberflächlich gesehen, ganz unerheblich war, ihn jedoch in eine völlig andere Richtung lenkte, und zwar mit einer Gewalt, die bei weitem alle Eindrücke in Ägypten oder Indien übertraf. Es war nichts weiter als ein Zufall, ein Windhauch nur, wenn John Marcher auch fest an seine Erleuchtung glaubte; wäre sie ihm nicht auf diese Weise gekommen, dann eben auf eine andere. Er lebte also für diesen Glauben, da er, wie ich nicht weniger nachdrücklich versichern möchte, für nichts anderes lebte. Es sei ihm daher zum guten Schluß die tröstende Überzeugung gestattet: Was immer auch hatte geschehen oder nicht geschehen mögen – er wäre von selbst zur Erkenntnis gekommen. Das Erlebnis dieses Herbsttages hatte jene Zündschnur angesteckt, die schon vor langer Zeit von seinem Elend gelegt worden war. Bei dem folgenden Feuerschein sah er, daß sein Schmerz bis zu diesem Augenblick nur gedämpft gewesen war. Er war merkwürdig betäubt, dieser Schmerz, aber er pochte noch; und bei der geringsten Berührung begann die Wunde zu bluten. Und diese Berührung war in diesem Fall das Gesicht eines seiner sterblichen Mitbrüder. An einem grauen Nachmittag, als die Blätter schon dicht auf den Friedhofswegen lagen, blickte dieses Gesicht Marcher an, und der Blick durchfuhr ihn wie eine Klinge. Er drang so tief ins Herz, daß Marchers Züge sich verzerrten. Der Mensch, der ihn auf solch stumme Art angriff, war ein Mann, den er, als er sein Ziel erreicht hatte, vor einem in der Nähe gelegenen Grab bemerkte, einem offensichtlich ganz frischen Grab – womit die freimütig zur Schau getragene Trauer des Besuchers erklärt war. Diese Tatsache allein schon verbot jede weitere Neugier, und doch wurde Marcher die ganze Zeit, während er dort verweilte, den Gedanken an seinen Nachbarn nicht los – einen Mann mittleren Alters in Trauerkleidung, der mit gebeugtem Rücken zwischen den unzähligen Grabmälern und Eibenkränzen stand. Marchers Überzeugung, daß hier der einzige Ort sei, an dem er aufleben könne, wurde bei dieser Gelegenheit beträchtlich erschüttert. Er empfand diesen Herbsttag als so bedrückend wie schon lange keinen mehr, und er blieb mit einer ihm selbst fremden Schwermut auf der niedrigen Steinplatte sitzen, die May Bartrams Namen trug. Er blieb sitzen, weil er nicht die Kraft aufbrachte, sich zu rühren – als ob eine Feder in ihm gesprungen, ein bisher gnädig gewährter Zauber für immer gebrochen wäre. Wenn er in diesem Augenblick hätte tun können, wie er wollte, hätte er sich auf dem Grab ausgestreckt, das bereit war, ihn aufzunehmen: der Ort, der seinen letzten Schlaf umfangen sollte. Wofür in aller Welt sollte er jetzt noch wach bleiben? Mit dieser Frage starrte er vor sich hin – und da traf ihn von einem der an ihm vorbeiführenden Friedhofswege wie ein Stich der Blick jenes Gesichts.

Sein Nachbar an dem andern Grab hatte sich zurückgezogen, wie auch er, wenn er die Kraft dazu besessen hätte, es jetzt getan haben würde, und schritt auf dem Wege zum Tor auf ihn zu. Er kam näher und näher, ging aber so langsam, daß sich die beiden Männer – um so mehr, als in seinem Blick ein verzweifeltes Suchen lag – für einige Sekunden genau einander gegenübersahen. Marcher erkannte sofort, daß dieser Mann bis ins Tiefste getroffen war – eine Wahrnehmung von solcher Schärfe, daß nichts von dem Bild sonst haftenblieb: weder die Kleidung noch das Alter noch der mutmaßliche Charakter oder gesellschaftliche Stand; nichts blieb als die grausame Verwüstung der entblößten Züge. Denn er *hatte* sie entblößt – das war es ja gerade; der Vorübergehende war offensichtlich von einem Gefühl bewegt, das entweder um Sympathie bat oder – noch wahrscheinlicher – an einen Leidensgenossen appellierte. Vielleicht hatte er unseren Freund bereits entdeckt, hatte womöglich schon früher einmal die zur Gewohnheit gewordene stille Szene beobachtet, mit der seine eigene Verfassung nur wenig übereinstimmte, und war wohl dadurch gestört worden wie durch einen schrillen Mißton. Vor allem jedoch war sich Marcher bewußt, daß diesem Abbild einer verwundeten Leidenschaft ebenfalls bewußt sein mußte, wie sehr hier etwas die Atmosphäre entheiligte; und zweitens, daß er – aufgestört, erschreckt und erstaunt – ihm doch schon im nächsten Augenblick voller Neid nachsah. Etwas Außerordentliches, wie ihm noch nie widerfahren war – mochte er dies auch schon des öfteren gesagt haben –, ereignete sich nach diesem kurzen, unbestimmten Blick, war eine Folge seines tiefen Eindrucks. Der Fremde ging vorbei, aber der durchdringende Blick seines Grams blieb und ließ unseren Freund mit der Frage zurück, welches Unrecht, welche Verletzung, welche nie geheilte Wunde er wohl ausdrücke. Was hatte dieser Mann besessen, den sein Verlust derart bluten und doch weiterleben ließ?

Jäh wie ein Schlag traf ihn die Erkenntnis: Etwas, was er, John Marcher, nie besessen hatte; der Beweis dafür war gerade John Marchers kümmerliches Ende. Keine Leidenschaft hatte ihn je aufgerührt, denn sie sah, wie er nun wußte, anders aus; er hatte überlebt, hatte gejammert und geschmachtet – wo aber war sein wirklicher Gram gewesen? Das Außerordentliche, von dem ich sprach, war eben die blitzartige Antwort auf diese Frage. Das Bild, das er eben noch vor Augen gehabt hatte, zeigte ihm wie mit Flammenschrift etwas, was er von Anfang an ganz und gar versäumt hatte, und was er versäumt hatte, riß alles in einem Feuerschweif mit sich und ließ sein Herz rasend pochen. Er hatte an einem andern, nicht an sich selbst, erfahren, wie man eine Frau betrauert, die man um ihrer selbst willen geliebt hat: dies war die übermächtige Erkenntnis, die ihm das Gesicht des Fremden geschenkt hatte – jenes Gesicht, das immer noch vor ihm glomm wie eine rauchende Fackel. Diese Erkenntnis war ihm nicht auf den Flügeln der Erfahrung zugeflogen, vielmehr hatte sie ihn mit dem mangelnden Respekt, mit der unverschämten Gleichgültigkeit des Zufalls gestreift, gestoßen, aufgerührt. Jetzt, da ihm dieses Licht aufgegangen war, erhellte es alles bis zum Zenit, und plötzlich sah er vor sich die ganze Leere seines Lebens. Schmerzerfüllt starrte er sie an, holte tief Atem; verzweifelt wandte er sich ab, und während er sich abwandte, sah er das offene

Buch seines Lebens noch viel deutlicher vor sich. Der Name auf der Tafel erregte ihn, wie vorhin schon der vorübergehende Nachbar, und nun schrie ihm dieser Name ins Gesicht, daß *sie* es war, die er versäumt hatte. Dies war der entsetzliche Gedanke, die Antwort auf die Vergangenheit, der Blick in die gefürchtete Klarheit: Er erschauerte und wurde so kalt wie die Grabplatte zu seinen Füßen. Alles stürzte in sich zusammen, gestand, erklärte, überwältigte; und er blieb entsetzt ob der Blindheit, der er sich hingegeben hatte, allein zurück. Das Schicksal, zu dem er ausersehen gewesen, hatte ihn jetzt erst mit aller Macht getroffen – er hatte den Becher bis zur Neige geleert; er war der Mann seiner Zeit gewesen, jener Mann also, dem nichts auf der Welt widerfahren sollte. Dies war der erwartete Schlag, war seine Heimsuchung. Bleich und bestürzt erkannte er es endlich, und eins fügte sich ins andere. Sie hatte es gesehen, während er blind geblieben war, und so half sie ihm in dieser Stunde, die Wahrheit zu begreifen. Es war die nackte, ungeheuerliche Wahrheit, daß während seiner ganzen Wartezeit das Warten sein Schicksal gewesen war. Dies hatte die Gefährtin seiner Wachen in einem begnadeten Augenblick erkannt und ihm die Chance geboten, sein Schicksal zu überlisten. Doch das Schicksal ließ sich nicht überlisten, und an jenem Tag, da sie ihm verkündet hatte, seine Stunde sei gekommen, hatte sie mitansehen müssen, wie er verständnislos auf den Ausweg starrte, den sie ihm bot.

Der Ausweg, die Rettung wäre gewesen, sie zu lieben; dann, dann erst hätte er gelebt. Sie dagegen hatte gelebt – wer konnte jetzt noch sagen, mit welcher Leidenschaft? –, denn sie hatte ihn um seiner selbst willen geliebt; er aber hatte nie an sie gedacht (ach, wie überwältigend ihm das jetzt aufging!) außer im eisigen Egoismus und im Hinblick darauf, daß er sie brauchte. Alles, was sie gesagt hatte, hallte jetzt in ihm wider – die Kette der Zusammenhänge wurde länger und länger. Das Raubtier hatte ihm tatsächlich aufgelauert und war zu seiner Stunde losgeschnellt: im Zwielicht des kühlen April, als sie blaß und krank und erschöpft, aber schön und womöglich noch heilbar, sich von ihrem Sessel erhoben und vor ihm gestanden und ihn hatte raten lassen. Es war losgeschnellt, weil er nichts erraten hatte, und in dem Augenblick, da er gegangen war, hatte sein Schicksal zugeschlagen, wo es zuschlagen mußte. Seine Furcht war gerechtfertigt, sein Ziel erreicht gewesen; er hatte versagt, hatte mit letzter Exaktheit in allem versagt, in dem er nur versagen konnte. Ein Stöhnen entrang sich seinen Lippen, als er sich erinnerte, daß sie ihn gebeten hatte, gar nicht erst zu versuchen, dahinterzukommen. Dieses entsetzliche Erwachen – dies war die Erkenntnis, eine Erkenntnis, unter deren Eishauch seine Tränen zu gefrieren schienen. Dennoch bemühte er sich, diese Erkenntnis zu fixieren und festzuhalten; er behielt sie vor Augen, um den Schmerz stärker fühlen zu können, und endlich, wenn auch verspätet und bitter, verspürte er den wahren Geschmack des Lebens. Aber dann wurde ihm von so viel Bitternis übel, und es war ihm, als sähe er in der enthüllenden, grausamen Vision all das, was sich ereignet hatte. Er sah den Dschungel seines Lebens, sah das lauernde Raubtier; und dann, noch während er es anstarrte, sah er, wie es durch einen Lufthauch aufgestört wurde, sich riesig und böse erhob und zu dem Sprung ansetzte, der ihn vernichten sollte. Sein Blick verdunkelte sich – es war ganz nah; in seiner Halluzination kehrte er sich instinktiv ab und warf sich, um ihm auszuweichen, mit dem Gesicht nach unten über das Grab.

Das glückliche Eck

The Jolly Corner (1908)

1.

»Jeder fragt mich, was ich von allem ›halte‹«, meinte Spencer Brydon, »und ich antworte, so gut ich kann – weiche der Frage aus oder lenke mit irgendeinem Unsinn ab. Es würde ihnen ja auch gar nichts sagen«, erklärte er, »denn selbst wenn es möglich wäre, eine derart alberne Frage über ein solch wichtiges Thema wie aus der Pistole geschossen zu beantworten, bezöge sich alles, was ich von einer Sache ›halte‹, immer nur auf mich selber.« Er sprach mit Miss Staverton, bei der er nun schon seit Monaten jede nur mögliche Gelegenheit zu einer Unterhaltung wahrnahm; diese Gelegenheit, die ihm Stütze, Trost und Beistand war, hatte sich nach seiner so unbegründet verspäteten Rückkehr nach Amerika als die erste aller Überraschungen erwiesen; aber dies war wohl ganz natürlich, wenn man alles so lange und hartnäckig vernachlässigt und den Überraschungen so viel Spielraum zur Vorbereitung gelassen hatte. Er hatte ihnen mehr als dreißig Jahre Zeit gegeben – dreiunddreißig, um genau zu sein; und nun kam es ihm vor, als hätten sie ihre Darbietung dementsprechend vorbereitet. Als er New York den Rücken gekehrt hatte, war er dreiundzwanzig gewesen – heute war er sechsundfünfzig; dies kam noch zu der Tatsache hinzu, daß er, wie schon oft seit seiner Rückkehr, dem Gefühl nachhing, er hätte eigentlich länger leben müssen, als es dem Menschen im allgemeinen verstattet ist. Er hätte ein ganzes Jahrhundert gebraucht, sagte er sich wieder und wieder und sagte es auch zu Alice Staverton – er hätte viel länger fort sein und sich im Geist viel weiter abkehren müssen, als er es schuldhafterweise getan hatte, um all die Unterschiede, das Neue und Ungewohnte, ob es nun besser oder schlechter war, und vornehmlich das Gewaltige, das ihm bei jedem Blick ins Auge fiel, aufzeigen zu können. Das überraschendste jedoch war die Unberechenbarkeit gewesen; er hatte nämlich von einem Jahrzehnt zum andern geglaubt, sich so großzügig und weitschauend wie möglich auf die Faszination der Veränderung einzustellen. Jetzt aber mußte er erkennen, daß er sich auf nichts eingestellt hatte; er vermißte, was er bestimmt zu finden geglaubt hatte, und fand, was er sich nie erträumt hätte. Alle Proportionen und Werte standen auf dem Kopf; die häßlichen Dinge, die er erwartet hatte – all die häßlichen Dinge seiner weit zurückliegenden Jugend, da er gar zu gewaltsam zum Gefühl für das Häßliche erwacht war –, diese unheimlichen Phänomene wirkten auf ihn jetzt eher anziehend; die ›protzigen‹, die modernen, ungeheuerlichen, berühmten Dinge hingegen, jene Dinge, um derentwillen er vor allem – wie Jahr für Jahr viele Tausende von arglosen Neugierigen – herübergekommen war, wurden ihm jetzt eher zur Quelle des Mißvergnügens. Sie glichen lauter abschreckenden, ja abwehrenden Fallen, deren Feder von seinem rastlosen Schritt unaufhörlich gespannt wurde. Zweifellos war diese Schau wirklich sehenswert, aber sie wäre gar zu verwirrend gewesen, hätte nicht eine erfreuliche Tatsache seine Situation gerettet. Er war in Wahrheit überhaupt nicht der Sehenswürdigkeiten wegen herübergekommen; er war vielmehr – und dies nicht unbewußt, sondern durchaus bewußt – in einer Absicht gekommen, mit dem sie nicht das geringste zu tun hatten. Er war (um es hochmütig auszudrücken) gekommen, um nach seinem ›Besitz‹ zu sehen, dem er seit drei Jahrzehnten sich nie mehr als auf viertausend Meilen genähert hatte; oder, um es weniger habsüchtig auszudrücken: er hatte dem Bedürfnis nachgegeben, wieder einmal sein Haus am Glücklichen Eck zu sehen – wie er es zärtlich zu nennen pflegte –, jenes Haus, in dem er das Licht der Welt erblickte, in dem verschiedene Mitglieder seiner Familie gelebt hatten und gestorben waren, in dem er die Ferien seiner in Internaten verbrachten Knabenzeit genossen und die wenigen gesellschaftlichen Blüten seiner öden Jünglingsjahre gepflückt hatte und das – nachdem es ihm so lange fremd gewesen – durch den kurz aufeinanderfolgenden Tod seiner zwei Brüder und das Erlöschen alter Vereinbarungen schließlich ganz in seinen Besitz übergegangen war. Er besaß auch noch ein anderes, nicht ganz so ›gutes‹ Haus – das Glückliche Eck hatte er von jeher weit über alles gestellt und verehrt –, und der Wert dieser beiden Häuser bildete sein Kapital; sein Einkommen bestand nun aus den eingehenden Mieten, die (dank der luxuriösen, ausgezeichneten Bauart dieser Häuser) nie niedrig gewesen waren. Von dem Ertrag dieser reichlichen New Yorker Mieten ließ sich durchaus leben – und dies noch besser, seitdem das zweite Haus, eine bloße Nummer in einer langen Reihe, innerhalb eines Jahres baufällig geworden war und seine Renovierung sich als im höchsten Maße günstig erwiesen hatte.

Diese beiden Häuser bedeuteten tatsächlich Besitz, aber schon seit seiner Ankunft machte er mehr denn je zwischen ihnen einen Unterschied. Das Haus innerhalb der Straße, das ein Stück weiter westlich lag, wurde bereits zu einem großen Mietshaus umgebaut; schon vor einiger Zeit hatte er den zu einem solchen Umbau nötigen Änderungen zugestimmt – und nun die Sache vorwärtsschritt, erstaunte es ihn nicht wenig, sich von heute auf morgen und ohne auch nur die geringste Erfahrung in der Lage zu sehen, mit einer gewissen Intelligenz, ja fast einer gewissen Kompetenz an den Arbeiten teilzunehmen. Er hatte sich in seinem Leben so wenig mit derlei Dingen befaßt und sich so völlig anderen Interessen hingegeben, daß er höchst verwundert war über dieses lebhafte Erwachen seines kaufmännischen Talents und seines Sinns für Konstruktion, über diesen Bezirk seines Geistes, in den er bisher nie eingedrungen war. Diese

Tugenden, die in seiner Umgebung etwas ganz Alltägliches waren, hatten in ihm bisher geschlafen; man kann wohl sagen, sie hatten den Schlaf der Gerechten geschlafen.
In diesen schönen Herbsttagen – der Herbst war wirklich ein Segen in solch einer gräßlichen Stadt – machte er sich, im stillen leicht erregt, unerschrocken an seine ›Arbeit‹; es war ihm dabei einerlei, daß die Leute sagten, dieses Projekt sei ordinär und ein Zeichen von Habgier; stets war er bereit, auf Leitern zu klettern, über Bretter zu balancieren, Material zuzureichen, gescheit dreinzusehen und Fragen zu stellen, Erklärungen zu fordern und sich ernsthaft mit Zahlen ›zu befassen‹.
Es war eine amüsante, ja geradezu charmante Tätigkeit; auch Alice Staverton fand sie amüsant, vielleicht noch mehr als er, wenn auch wohl nicht so charmant. Sie würde dadurch jedoch nicht ihre Lage verbessern, wie er es in so erstaunlichem Maße tat: durch nichts konnte sie, wie er wußte, ihre Lage verbessern, in der sie sich jetzt befand – am Nachmittag ihres Lebens als die feine, schlichte Besitzerin und Bewohnerin des kleinen Hauses am Irving Place, das sich zu erhalten ihr in ihrer New Yorker Karriere unauffällig gelungen war. Er kannte den Weg dorthin jetzt besser als zu irgendeiner andern Adresse unter den unzähligen schrecklichen Nummern, die ihn die ganze Stadt wie die riesige Seite eines Hauptbuches erscheinen ließen: übergroß, exzentrisch, voller Linien und Karos und Zahlen; und wenn ihm dieser Gang zur Gewohnheit, zum Trost geworden war, dann vor allem wegen des Glücks, in dieser weiten Wildnis des Engroshandels, diesem Dschungel des allgemeinen Wohlstands, Erfolgs und der Gewalt, ein stilles Plätzchen gefunden zu haben, wo jedes Ding und jeder Schatten in seiner Zartheit die klare, hohe, geschulte Stimme festhielten und wo die Sparsamkeit wie der Duft über einem Garten schwebte. Seine alte Freundin hatte nur ein Hausmädchen und wischte

selber Staub, putzte die Lampen und polierte das Silber. Sie hielt sich, wo sie nur konnte, dem entsetzlichen modernen Gedränge fern, trat aber aus ihrer Zurückgezogenheit heraus und kämpfte, wenn es um den ›Geist‹ ging – jenen Geist, zu dem sie sich stolz und ein wenig scheu als zu dem einer besseren Zeit bekannte: der Zeit ihrer gemeinsamen, weit zurückliegenden, ja vorsintflutlichen gesellschaftlichen Epoche und Ordnung. Zwar benützte sie, wenn es sein mußte, die Straßenbahnen: diese scheußlichen Kästen, an die sich die Leute klammerten wie in Panik geratene Schiffbrüchige an Rettungsboote; sie hielt erstaunlicherweise allen öffentlichen Püffen und Stößen stand; und doch war sie – mit ihrer schlanken, verwirrend graziösen Erscheinung, die einen zu dem Vergleich herausforderte, sie sehe aus wie eine schöne junge Frau, die durch großes Leid älter wirkt, oder wie eine schöne, zarte ältere Dame, die durch die Gabe der Gleichgültigkeit jünger wirkt, mit ihren einmaligen Erinnerungen und Geschichten, an denen auch er teilhaben konnte – für ihn so etwas wie eine verblaßte gepreßte Blume (eine Seltenheit natürlich) und, da ihm andere Köstlichkeiten fehlten, eine hinreichende Belohnung für seine Anstrengungen. Sie besaßen ein gemeinsames Wissen, ›ihr‹ Wissen (dieses bezeichnende Possessivpronomen lag ständig auf ihren Lippen) von einem Dasein in einem andern Zeitalter, einem Dasein, das bei ihm überdeckt war von der Erfahrung des Mannes und der Freiheit des Wanderers, überdeckt von Vergnügen, Untreue und Lebensphasen, die ihr fremd und undurchsichtig erschienen: kurz, überdeckt von Europa; aber doch nicht völlig verdunkelt, immer noch geschätzt und vorhanden unter dieser zärtlichen Heimsuchung des Geistes, von der *sie* nie abgelenkt worden war.

Eines Tages begleitete sie ihn, weil sie einmal sehen wollte, wie sein ›Apartment-Haus‹ in die Höhe wachse; er half ihr über Abgründe weg, erklärte ihr die Pläne und hatte wäh-

rend ihres Besuches eine kurze, aber lebhafte Debatte mit dem Bauführer der Firma, die den Auftrag übernommen hatte. Er stellte sich energisch auf die ›Hinterbeine‹, weil diesem Menschen ein Fehler in einem Punkt ihrer Vereinbarungen unterlaufen war, und er vertrat seine Ansicht so temperamentvoll, daß sie – die während des Gespräches vor Freude über seinen Triumph charmant errötet war – nachher zu ihm sagte (wenn auch um eine gewisse Ironie bemüht), er habe offensichtlich jahrelang ein beachtliches Talent brachliegen lassen. Wäre er zu Hause geblieben, wäre er zweifellos der Erfinder des Wolkenkratzers geworden. Wäre er zu Hause geblieben, hätte er sein Genie beizeiten entdeckt, hätte ganze Straßen gebaut und ein Vermögen gescheffelt. Diese Worte hallten, während die Wochen vergingen, in ihm wider wie ein helles, silbernes Geläut, das ihm immer wieder zum Bewußtsein brachte, daß eben jene Worte in der merkwürdigsten und tiefsten seiner eigenen, in letzter Zeit gedämpften, ja erstickten Schwingungen verklungen waren.
Dies dämmerte ihm bereits nach den ersten vierzehn Tagen, war seltsam jäh über ihn hereingebrochen: dieses maßlose Staunen; hier begegnete es ihm – in diesem Bild sah er den Fall, zumindest erregte er sich und errötete er nicht wenig dabei –, gleich einem Fremden, einem unerwarteten Bewohner an der Ecke eines dunklen Ganges in einem leeren Haus. Dieser abwegige Vergleich verfolgte ihn geradezu, sofern er ihn nicht durch einen noch einprägsameren ersetzte: daß er eine Tür öffne, hinter der nichts zu finden er überzeugt war, eine Tür in einen verdunkelten und leeren Raum, wo er, innerlich zusammenschreckend, auf ein ihm aufrecht gegenüberstehendes Wesen stoße, das sich mitten in den Raum gestellt habe und ihn durchs Dämmer anstarre. Nach diesem Besuch des im Umbau befindlichen Hauses ging er mit seiner Gefährtin zu dem andern, weit schöneren, das in östlicher Richtung die Ecke einer recht konservativen Avenue

und einer Straße bildete, die nach Westen zu jetzt übel geschändet und entstellt war. Die Avenue erhob, wie Miss Staverton sagte, noch immer einen gewissen Anspruch auf Achtbarkeit; die einstigen Bewohner waren fast alle nicht mehr da, die alten Namen jetzt unbekannt, und nur hier und dort schien eine Reminiszenz ziellos umherzuschweifen wie ein Greis, der noch spät unterwegs ist und dem man am liebsten hilfreich folgen möchte, um ihn sicher nach Hause zu bringen.

Sie traten zusammen ein, unsere Freunde; er schloß selber auf, da, wie er erklärte, niemand hier wohne: aus bestimmten Gründen zog er es vor, das Haus leer stehen und nur eine Frau aus der Nachbarschaft kommen zu lassen, die täglich eine Stunde lüftete und fegte und Staub wischte. Ja, Spencer Brydon hatte seine Gründe, und er wurde sich ihrer immer stärker bewußt; jedesmal, wenn er hier war, überzeugten sie ihn noch mehr, obgleich er sie seiner Begleiterin nicht alle nannte – genausowenig wie er ihr erzählte, daß er oft, ja lächerlich oft hierherkam. Jetzt zeigte er ihr nur, als sie durch die großen unbewohnten Räume schritten, daß hier die absolute Leere herrsche und daß vom Speicher bis zum Keller außer Mrs. Muldoodys Besen nichts weiter zu finden sei, was einen Einbrecher in Versuchung hätte führen können. Mrs. Muldoody war auch gerade da und begleitete die Gäste geschwätzig durchs Haus, führte sie von Zimmer zu Zimmer, stieß die Läden zurück und schob die Fenster hoch – alles, um ihnen, wie sie sagte, zu beweisen, daß hier ›rein nichts‹ zu sehen sei. Es war tatsächlich nicht viel zu sehen in dieser großen, dunklen Muschel, die in ihren Perspektiven, ihrer Raumeinteilung und ihrem Stil eines großzügigeren Zeitalters dennoch eine aufrichtige, flehende Botschaft für ihren Herrn bereithielt, wobei sie ihm vorkam wie ein guter alter Diener, wie ein lebenslänglicher Lehnsmann, der um eine Stellung, wenn nicht gar eine Alterspension bittet. Mrs. Muldoody erwähnte jedoch außerdem, daß sie zwar froh sei, hier ihre mittägliche Runde machen zu dürfen, daß es aber etwas gebe, von dem sie hoffe, es möge ihr nie zugemutet werden. Sollte er aus irgendeinem Grunde von ihr verlangen, nach Dunkelwerden hierherzukommen, dann müßte sie ihm sagen, er möge doch die ›Güte‹ haben, jemand anders darum zu bitten.

Die Tatsache, daß es hier nichts zu sehen gab, widerlegte für die gute Frau keineswegs das, was man sehen *könnte,* und sie sagte freiheraus zu Miß Staverton, man dürfe von keiner Dame erwarten, daß sie ›in den Stunden des Teufels zu einem finsteren Speicher hinaufklettere‹. Gas und elektrisches Licht waren im Haus abgeschaltet. Mrs. Muldoody beschwor ein gespenstisches Bild herauf, wie sie mit glimmendem Span durch die großen, grauen Räume wanderte, die kein Ende nehmen wollten. Miß Staverton lächelte ihr zu und bekannte offen, vor solchem Abenteuer würde zweifellos auch sie zurückschrecken. Spencer Brydon schwieg – wenigstens im Augenblick; die ›Stunden des Teufels‹ in seinem alten Heim waren bereits ein zu ernstes Problem für ihn geworden. Er ›kletterte‹ hier schon seit einiger Zeit herum, und er wußte genau, warum er vor drei Wochen ein Paket Kerzen zuhinterst in eine Schublade des schönen alten, in einer tiefen Eßzimmernische eingebauten Büfetts versteckt hatte. Er lachte zwar über seine Begleiterinnen, wechselte dann aber schnell das Thema: erstens, weil ihn sein Lachen selbst in diesem Moment an das sonderbare Echo, den menschenähnlichen Widerhall (er wußte kaum, wie er es anders nennen sollte) erinnerte, den, wenn er allein hier war, jedes Geräusch in seinem Ohr oder seiner Phantasie weckte; und zweitens, weil er befürchtete, Alice Staverton könne ihn jeden Augenblick in einer plötzlichen Erleuchtung fragen, ob *er* denn manchmal hier herumschleiche. Es gab Erleuchtungen, auf die er jetzt nicht vorbereitet war, aber noch bevor Mrs. Muldoody sie verließ, gelang es ihm, alle weiteren Fragen dadurch zu verhindern, daß er gänzlich andere Themen anschnitt.

Zum Glück gab es genug, was man an einem so hochgeschätzten Ort frei und offen aussprechen konnte; und so folgte eine ganze Kette von Erklärungen, als seine Freundin sehnsüchtig umhergespäht und gerufen hatte: »Aber ich hoffe doch, Sie werden dies hier nicht auch noch abreißen wollen!« In wiedererwachtem Zorn schleuderte er ihr die Antwort entgegen: Genau das verlange man von ihm, genau deswegen belästige man ihn Tag für Tag mit der Hartnäckigkeit von Leuten, die es nicht verstehen könnten, wenn ein Mann Pietät besitze. Er empfinde das Haus so, wie es sei, und mehr, als er in Worten auszudrücken vermöge, voll Bedeutung und als eine wahre Freude. Es gebe doch auch noch andere Werte als Mietzinsen – kurz, kurz ... Hier unterbrach ihn Miss Staverton: »Kurz: Sie wollen Ihren Wolkenkratzer so raffiniert ausbauen, daß Sie von dem Wuchergeld behaglich leben und es sich leisten können, hier noch eine Weile sentimental zu sein.«

In ihrem Lächeln und ihren Worten schwang jene feine Ironie mit, die ihm nie bei ihr entging; es war eine Ironie ohne Bitterkeit, die einfach ihrer starken Phantasie entsprang, eine Ironie ohne jenen billigen Sarkasmus, mit dem die meisten Menschen über die ›Gesellschaft‹ herziehen, womit sie einen Anspruch auf Überlegenheit erheben möchten, obwohl davon bei ihnen wirklich nicht die Rede sein kann. Es beglückte ihn, im selben Augenblick – als er nach kurzem Zögern geantwortet hatte: »Ja, genauso könnte man es ausdrücken!« – sicher zu wissen, daß ihre Phantasie ihm immer noch gerecht wurde. Er erklärte, daß er dieses Haus, selbst wenn ihm das andere nie einen Dollar einbrächte, nach wie vor hochschätzen würde; und er erzählte, während sie umhergingen und wieder stehenblieben, von der Verblüffung, die er damit stets erregte, von der völligen Verwirrung, die er überall schuf.

Er sprach von dem Wert, den er in alles hineinlegte: in das Gesicht der Wände, den Umriß der Räume, den Widerhall der Böden, das Gefühl, wenn man die alten, silberbeschlagenen Knöpfe an den Mahagonitüren berührte, ein Gefühl, als berührte man die Hände von Toten; kurz, in die siebzig Jahre Vergangenheit, die diese Dinge repräsentierten, die Annalen von fast drei Generationen, eingeschlossen die seines Großvaters, die hier geendet, und die feine Asche seiner längst erloschenen Jugend, die in der Luft schwebte wie mikroskopisch kleine Stäubchen. Sie hörte sich alles an; sie war eine Frau, die Antwort gab, aber nicht schwatzte. Und deshalb verbreitete sie auch nicht eine Wolke von Worten; sie konnte ohnedies beipflichten, zustimmen und vor allem ermutigen. Erst ganz zum Schluß ging sie ein wenig weiter als er: »Wer weiß, vielleicht möchten Sie doch noch einmal hier wohnen.« Dies rüttelte ihn auf; daran hatte er noch nicht gedacht, wenigstens nicht so, wie sie es meinte. »Sie glauben, ich könnte mich um des Hauses willen zum Bleiben entschließen?«

»Nun ja, mit solch einem Heim –!« Sie besaß jedoch so viel Taktgefühl, das Thema nicht breitzutreten – und das war einer der zahlreichen Beweise dafür, daß sie nicht sinnloses Zeug plapperte. Im übrigen: Wie konnte ein vernünftiger Mensch auf die Idee kommen, daß jemand den Wunsch habe, in New York zu leben?

»Ja«, sagte er. »Ich hätte natürlich hier wohnen können (dazu wurde mir schon früh Gelegenheit geboten); ich hätte all die Jahre hier verbringen können. Dann wäre alles ganz anders gewesen – ich darf wohl sagen, komisch. Aber das ist eine andere Sache. Im übrigen ist ja gerade das schöne daran – ich meine an meiner Schrulle, meiner Weigerung, ein Geschäft zu machen –, daß mir jeder vernünftige Grund

fehlt. Sie verstehen doch: Wenn ich einen Grund hätte, dann wäre es genau umgekehrt; dann wäre dies unvermeidlich ein Grund, bei dem es um Dollars ginge! Hier gibt es keine anderen Gründe als die der Dollars. Verzichten wir lieber auf alle Gründe – selbst auf das Gespenst eines Grundes.«
Sie standen bereits wieder in der Halle, zum Gehen bereit. Von dort hatte man einen weiten Ausblick durch eine offene Tür in den riesigen, quadratischen Salon mit der geradezu ehrwürdigen Schönheit großer Flächen zwischen den einzelnen Fenstern; schließlich wandte sie den Blick davon ab, und ihre Augen begegneten sich. »Sind Sie sicher, daß auch nicht das Gespenst eines solchen –?«
Er fühlte, wie er erblaßte. Weiter jedoch vermochten sie jetzt nicht vorzudringen. Denn er antwortete, wie er glaubte, leicht grinsend: »Gespenster? Bestimmt wimmelt es hier von Gespenstern. Ich würde mich schämen, wenn es nicht so wäre. Die arme Mrs. Muldoody hat ganz recht, und deshalb habe ich sie ja auch nicht gebeten, mehr zu tun als jeden Tag hereinzusehen.«
Abermals verlor sich Miss Stavertons Blick, und man ahnte, daß ihr manch unausgesprochener Gedanke durch den Kopf ging. Vielleicht sah sie sogar drüben in dem herrlichen Raum irgendeine dunkle Gestalt sich erheben. Schlicht wie die Totenmaske eines schönen Antlitzes mochte diese auf sie wirken, gleich dem bewegten Ausdruck in dem ›starren‹, von Erinnerungen schweren Stuck. Doch was immer sie auch empfand – sie sprach lediglich ein paar unverbindliche Worte: »Nun ja, wenn es möbliert und bewohnt wäre –«
Sie schien damit andeuten zu wollen, daß er, wenn es noch möbliert wäre, der Rückkehr wohl nicht so abgeneigt sein würde. Dann aber ging sie schnell in den Flur, als wollte sie ihre Worte zurücklassen, und gleich darauf hatte er die Haustür geöffnet und stand mit ihr draußen auf der Treppe. Er verschloß die Tür, und während er den Schlüssel in die Ta-

sche steckte, blickten sie umher und betrachteten die plötzlich so harte Realität der Avenue, die ihn an den Zusammenprall der Wüstensonne mit dem einem ägyptischen Grab entsteigenden Touristen erinnerte. Doch noch ehe sie auf die Straße traten, wagte er eine abschließende Antwort: »Für mich ist es bewohnt. Für mich ist es möbliert.« Daraufhin war es für sie ein leichtes, vage und diskret »ja, ja« zu flüstern, wußte sie doch, daß seine Eltern und seine Lieblingsschwester, ganz zu schweigen von den unzähligen anderen Verwandten, hier gelebt und ihren irdischen Lauf vollendet hatten. In solchen Mauern bedeutete dies unauslöschliches Leben.

Wenige Tage danach, als er wieder einmal eine Stunde mit ihr verbrachte, äußerte er seinen Unwillen über die aufdringliche Neugier jener Leute, denen er dauernd begegnete und die alle wissen wollten, wie ihm New York gefalle. Er hatte nicht das geringste erreicht, mit dem er in der Gesellschaft prunken konnte, und was sein ›Von-einer-Sache-Halten‹ betraf (sei es nun bejahend oder ablehnend), war er ausschließlich von einem einzigen Thema in Anspruch genommen. Es sei reiner Egoismus, erklärte er ihr – wenn sie wolle, könne sie es auch eine krankhafte, fixe Idee nennen. Für ihn laufe einfach alles auf die Frage hinaus, was aus ihm geworden wäre, was für ein Leben er geführt und wie er sich ›herausgemacht‹ hätte, würde er es nicht schon gleich zu Beginn aufgegeben haben. Zum ersten Male bekannte er ihr, wie sehr ihn diese absurde Spekulation beschäftige – die ja auch nur beweise, daß er gewohnt sei, egoistisch zu denken –, und erklärte ihr, daß ihn hier sonst ›rein nichts‹ interessiere, daß er sich von der Stadt in keiner anderen Weise angesprochen fühle. »Was wäre wohl dann aus mir geworden, was wäre aus mir geworden? Wie ein Idiot frage ich mich das wieder und wieder – als könnte ich es je ergründen! Ich sehe bloß, was aus vielen anderen geworden ist, denen ich begegnet bin, und es schmerzt mich bis zur Verzweiflung, daß dann auch aus mir etwas geworden wäre. Und doch bekomme ich einfach nicht heraus, *was,* und wenn ich mich darüber in unstillbarer Neugierde zermartere, dann befällt mich immer wieder jenes Gefühl, das mich ein paarmal überkam, als ich aus bestimmten Gründen und nach bestem Ermessen einen wichtigen Brief ungeöffnet verbrannte. Ich fand es schrecklich, es tat mir leid – und nie habe ich erfahren, was in dem Brief stand. Sie werden natürlich sagen, das sei eine Bagatelle –!«

»Ich sage nicht, es sei eine Bagatelle«, unterbrach ihn Miss Staverton ernst.

Sie saß am Feuer, während er rastlos vor ihr auf- und abschritt und sich in diesen Gedanken vertiefte oder durch sein Monokel mit blindem Blick die hübschen alten kleinen Dinge auf ihrem Kaminsims betrachtete. Bei dieser Unterbrechung nun sah er sie für einen Moment scharf an. »Es wäre mir auch gleichgültig, wenn Sie es täten!« sagte er dann jedoch und lachte. »Es ist ja nur ein Beispiel für das, was ich jetzt empfinde: daß ich den mir unnatürlich erscheinenden Weg meiner Jugend nicht weiterverfolgt habe – fast dem Zorn meines Vaters zum Trotz; daß ich ihn ›drüben‹ nicht, von jenem Tage bis heute, unbeirrt und ohne Angst weitergegangen bin; und vor allem, daß ich ihn nicht mochte, nicht liebte, nicht über alles liebte und mir in meiner Maßlosigkeit einbildete, etwas Besonderes zu sein – etwas davon ist wohl schuld an diesem so ganz anderen Verlauf meines Lebens und meiner Entwicklung gewesen. Ich hätte hierbleiben sollen – wenn es möglich gewesen wäre; aber mit dreiundzwanzig war ich zu jung, um *pour deux sous* zu beurteilen, ob es überhaupt möglich wäre. Hätte ich abgewartet, dann hätte ich auch gesehen, daß es möglich war, und wäre ich hiergeblieben, wäre ich vielleicht einer jener Typen geworden, die durch die Lebensbedingungen hartgeschmiedet und tüchtig werden. Nicht, daß ich sie sehr bewundere – aber die

Frage, ob sie Charme besitzen, irgendeinen Charme über die ihnen durch die Umstände aufgezwungene, widerliche Geldleidenschaft hinaus, hat damit nichts zu tun. Es geht lediglich darum, ob ich nicht eine phantastische und doch durchaus mögliche Entwicklung meiner Anlagen versäumt habe. Und dann sage ich mir, daß ich damals vielleicht ein *alter ego* in mir getragen – so wie in der kleinsten Knospe bereits die volle Blüte ruht – und mit ihm jenen Weg eingeschlagen, jenes Klima aufgesucht habe, das diese Blüte ein für allemal vernichtet hat.«

»Sie denken also an die Blüte«, sagte Miss Staverton. »Ich auch, wenn Sie es wissen wollen. Ich denke schon seit Wochen daran. Und ich glaube an die Blüte«, fuhr sie fort. »Ich weiß, sie wäre herrlich und groß und phantastisch geworden.«

»Vor allem phantastisch!« rief ihr Besucher. »Und vermutlich auch häßlich und abstoßend.«

»Das glauben Sie ja selber nicht«, entgegnete sie. »Wenn Sie es glaubten, würden Sie sich keine Gedanken mehr machen. Sie würden es wissen, das würde Ihnen genügen. Was ich jedoch fühle – und auch Sie fühlen –, ist, daß Sie ein einflußreicher Mann geworden wären.«

»Und das hätte Ihnen gefallen?« fragte er.

Sie zauderte kaum. »Warum nicht?«

»Ich verstehe. Als Billionär hätten Sie mich gemocht, ja vorgezogen.«

»Warum hätte ich Sie auch nicht mögen sollen?« fragte sie schlicht. Starr ob ihrer Worte stand er vor ihr. Er saugte alles in sich ein – was schon allein bewies, daß er nicht weiter darauf einging.

»Nun weiß ich wenigstens, was ich bin«, sagte er schließlich. »Die Kehrseite der Medaille liegt klar vor mir. Ich habe kein erbauliches Leben geführt – ja, ich bin überzeugt, viele glauben sogar, es sei nicht einmal anständig gewesen. Ich bin fremde Wege gegangen und habe fremden Göttern gedient. Sie selbst müssen doch wieder und wieder gedacht haben – Sie haben es ja schon mehr oder weniger zugegeben –, daß mein Leben in diesen dreißig Jahren nur selbstsüchtig, frivol und skandalös gewesen sein kann. Und Sie sehen ja, was es aus mir gemacht hat.«

Sie lächelte ihm zu. »Sie sehen, was es aus *mir* gemacht hat.«

»Sie sind doch ein Mensch, den nichts zu ändern vermag. Sie sind dazu geschaffen, das zu sein, was Sie sind, immer und überall. Sie sind von einer Vollkommenheit, an die nichts rühren kann. Und verstehen Sie denn nicht, daß ich, wäre ich nicht ins Exil gegangen, nicht bis heute gewartet hätte –?«

Er verstummte, weil ihn plötzlich eine seltsame Angst überkam.

»Das Wunderbare an allem«, erwiderte sie, »scheint mir zu sein, daß Ihr Exil nichts verdorben hat. Es hat Ihre schließliche Rückkehr nicht verdorben. Diese hat es nicht verdorben. Und es hat auch Ihre Worte nicht verdorben –« Aber nun stockte sie ebenfalls.

Er fragte sich, was sich wohl hinter ihrer verhaltenen Erregung verbergen mochte. »Meinen Sie wirklich – das wäre ja kaum zu glauben –, daß ich heute noch so gut bin wie eh und je?«

»O nein! Weit entfernt davon!« Damit stand sie auf und trat auf ihn zu. »Doch das macht nichts«, sagte sie lächelnd.

»Sie finden also, ich bin gut genug?«

Sie dachte ein wenig nach. »Werden Sie es mir glauben, wenn ich ja sage? Ich meine, wird damit die Frage für Sie erledigt sein?« Und dann, als läse sie in seinem Gesicht, daß er auswich, daß ihm ein, wenn auch absurder, Gedanke gekommen war, den er nicht mehr zu verdrängen vermochte: »Ach, für Sie macht es auch nichts – allerdings aus einem anderen Grund –, Sie kümmern sich doch um nichts anderes als um sich selbst.«

Spencer Brydon dachte darüber nach: Tatsächlich, genau dies maßte er sich an. Er machte jedoch eine wesentliche Einschränkung. »Er ist aber nicht ich. Er ist ein ganz anderer. Und doch, ich möchte ihn einmal sehen«, setzte er hinzu. »Und man kann ihn sehen. Und ich werde ihn sehen.«

Ihre Blicke kreuzten sich, und er erriet aus dem ihren, daß sie den Hintersinn seiner Worte ahnte. Aber keiner von beiden sprach ihn laut aus, und ihr offensichtliches Ahnen, das frei war von jedem schockierten Protest, jedem leichtfertigen Spott, berührte ihn tiefer als alles bisher und umgab seinen unterdrückten, absonderlichen Gedanken unversehens mit einem Element, das der Luft zum Atmen glich. Was sie jedoch schließlich sagte, kam ihm recht unerwartet. »Nun, *ich* habe ihn gesehen.«

»Sie –?«

»Ich habe ihn im Traum gesehen.«

»Ach, im Traum –« Sein Interesse erlosch.

»Aber gleich zweimal hintereinander«, betonte sie. »Ich habe ihn vor mir gesehen wie jetzt Sie.«

»Sie haben denselben Traum –«

»Zweimal hintereinander gehabt«, wiederholte sie. »Genau denselben.«

Dies rührte ihn, ja schmeichelte ihm sogar. »Sie träumen also von mir?«

»Von ihm!« rief sie lächelnd.

Wieder forschten seine Augen in den ihren. »Dann wissen Sie also alles über ihn?« Und als sie nichts darauf erwiderte: »Wie sieht der Kerl denn aus?«

Sie zögerte, und man hätte meinen können, er bedränge sie so sehr, daß sie, die aus nur ihr bekannten Gründen widerstand, sich abwenden mußte. »Ich erzähle es Ihnen ein andermal.«

2.

Von da an lag für ihn das größte Vergnügen, der kultivierteste Reiz, die absurdeste Erregung darin, sich in einer ganz bestimmten Form seiner fixen Idee zu überlassen und sich dem zu widmen, was ihn mehr und mehr sein Recht dünkte. Dafür allein lebte er in diesen Wochen; wenn Mrs. Muldoody von der Szene abgetreten war, fühlte er, wie das Leben für ihn begann: er durchstreifte das riesige Haus vom Speicher bis zum Keller, vergewisserte sich, daß er allein war, genoß den unangefochtenen Besitz und ließ sich, wie er es diskret nannte, gehen. Oft kam er sogar innerhalb von vierundzwanzig Stunden zweimal; vor allem liebte er die aufkommende Dämmerung, das kurze, herbstliche Zwielicht; dies war die Zeit, von der er sich immer wieder am meisten erhoffte. Dann vermochte er, wie ihm schien, am ungestörtesten umherzuwandern und zu warten, zu verweilen und zu lauschen und zu fühlen, daß sich seine gespannte Aufmerksamkeit – nie zuvor im Leben war sie so gespannt gewesen – auf den Puls des großen, leeren Hauses konzentrierte. Diese Stunde ohne Licht war ihm die liebste, und er wünschte jeden Tag, den Zauber des Dämmers verlängern zu können. Später – selten vor Mitternacht, dann aber für geraume Zeit – streifte er mit der flackernden Kerze umher, schritt langsam dahin, hielt das Licht hoch, ließ es spielen, freute sich von Herzen über die weiten Durchblicke und die verbindenden Linien zwischen den einzelnen Räumen und den langen Fluren, freute sich über die geradlinige Perspektive oder Aussicht, wie er es genannt haben würde, auf die Offenbarung, die herauszufordern er vorgab. Es war dies eine Gewohnheit, der er seiner Ansicht nach, ohne Aufsehen zu erregen, nachgehen konnte; niemand ahnte auch nur etwas davon; und selbst Alice Staverton, die überdies ein Muster an Diskretion war, vermochte sich sein heimliches

Treiben nicht ganz vorzustellen. Mit der Sicherheit des selbstbewußten Eigentümers schloß er auf und zu; und der Zufall kam ihm dabei so weit entgegen, daß er, falls ihn überhaupt einer dieser feisten patrouillierenden Polizisten um halb zwölf eintreten sah, bei seinem Herauskommen um zwei Uhr seines Wissens noch nie ertappt worden war. So wanderte er an den kalten Novemberabenden zu seinem Haus und kam stets gegen Mitternacht dort an; dies war für ihn, nachdem er auswärts gegessen hatte, genauso einfach, wie wenn er zum Klub oder zu seinem Hotel gegangen wäre. Wenn er nicht auswärts gegessen hatte und später seinen Klub verließ, mußte man annehmen, daß er ins Hotel gehe; und wenn er das Hotel verließ, nachdem er den Abend dort zugebracht hatte, mußte man annehmen, daß er in den Klub gehe. So war also alles ganz leicht; alles verschwor sich zu seinen Gunsten, kam ihm entgegen; selbst in der Art seines Abenteuers lag etwas, was sein Bewußtsein bis ins letzte beschwichtigte, beruhigte. Er schweifte umher und redete und erneuerte zwanglos und freundlich alte Bekanntschaften, nährte sogar, soweit dies möglich war, neue Hoffnungen und erkannte, daß man ihn, alles in allem, trotz seinem Werdegang, trotz den andersartigen Begegnungen, die manchen Zeugen wenig erbaulich erscheinen mochten, eher gern als nicht gern mochte. Er war, gesellschaftlich gesehen, nicht völlig erfolglos – in den Augen von Leuten, die ihn nicht im geringsten kannten. Das ganze Willkommgeschrei und Knallen der Korken, das war doch nur oberflächlich – genauso wie seine erwidernden, übertriebenen Gesten nicht mehr bedeuteten als die verzerrten Schatten eines *Ombreschinoises*-Spiels. Den ganzen Tag über sprang er in Gedanken über die mit harten, geistlosen Schädeln gespickte Mauer, sprang er hinein in das wirkliche wartende Leben, in jenes Leben, das für ihn – sobald er die riesige Haustür hinter sich ins Schloß fallen hörte – stets

ebenso faszinierend begann, wie wenn die langsamen Eröffnungsakte einer großen Symphonie dem Klopfen des Dirigentenstabes folgen.
Die erste Freude bereitete ihm die Stahlspitze seines Spazierstocks auf dem alten Marmorboden der Halle: auf den großen schwarzen und weißen Quadraten, die er, wie er sich erinnerte, schon als Kind bewundert hatte, worin sich bereits damals sein früherwachtes Stilgefühl verraten haben mußte. Diese Freude war der dünne, widerhallende Klang, der dem einer fernen Glocke glich, einer Glocke, die irgendwo tief im Innern des Hauses hing, in jener vergangenen, geheimnisvollen Welt, die sein eigen gewesen wäre, hätte er sie nicht, ob nun zu seinem Wohl oder Wehe, aufgegeben. Unter diesem Eindruck tat er stets das gleiche: er stellte seinen Stock behutsam in eine Ecke, wobei er das Haus erneut als eine große muschelförmige Schale aus kostbarem, geschliffenem Kristall empfand, eine Schale, der man mit dem an ihrem Rand entlangfahrenden Finger zarte Töne zu entlokken vermochte. Diese geschliffene Kristallschale umschloß jene geheimnisvolle andere Welt, und das unbeschreiblich schöne Summen ihres Randes war für sein gespannt lauschendes Ohr der Seufzer, die kaum hörbare, pathetische Klage all der alten, verleugneten, vereitelten Chancen. Durch seine stumme Gegenwart erweckte er sie gerade so weit zu einem gespenstischen Leben, wie sie es noch zu genießen vermochten. Sie waren scheu, fast unüberwindbar scheu, aber doch nicht unheimlich; wenigstens waren sie es bisher nicht gewesen – ehe sie jene Form angenommen hatten, von der er sich so sehr gewünscht hatte, daß sie sie annehmen möchten: die Form, die er manchmal vor sich sah, wenn er in seinen Abendschuhen auf Zehenspitzen behutsam von Raum zu Raum und von Stockwerk zu Stockwerk auf Jagd ging.
Dies ungefähr war das Wesentliche seiner Vision – eine,

wenn man wollte, offenkundige Narrheit, solange er außerhalb des Hauses und anderweitig beschäftigt war, die jedoch der letzten Wahrheit gleichkam, sobald er sich allein sah. Er wußte, was er meinte und was er wollte; dies war so klar wie die Zahl auf einem Scheck, den man einlöst. Sein *alter ego* ›ging umher‹ – so jedenfalls in seiner Vorstellung; seine Vorstellung vom Motiv seines eigenen merkwürdigen Zeitvertreibs dagegen war der dringliche Wunsch, ihm den Weg zu versperren und entgegenzutreten. Er streifte bedacht, umsichtig und doch ruhelos umher – Mrs. Muldoody hatte ganz recht gehabt mit ihrem ›Herumschleichen‹; und das zweite Ich, nach dem er Ausschau hielt, streifte wohl ebenfalls ruhelos umher. Aber sicherlich ging es genauso vorsichtig und raffiniert zu Werke wie er; die Überzeugung, daß dieses andere Ich wahrscheinlich, wenn nicht gar sichtbar und hörbar, der Verfolgung auszuweichen versuchte, wurde für ihn von Nacht zu Nacht größer und umschloß ihn schließlich mit einem Zauber, dem nichts in seinem bisherigen Leben gleichkam. Manche oberflächlich urteilenden Leute waren der Meinung gewesen, er verschwende dieses Leben an lauter Sensationen; und doch hatte er noch nie ein Vergnügen gekostet, das so köstlich gewesen war wie seine augenblickliche Hochspannung, keinem Sport gehuldigt, der solche Geduld und auch solche Nerven erforderte, wie er sie bei seiner Pirsch auf ein Geschöpf brauchte, das listiger, doch in seiner Bedrängnis vielleicht herrlicher war als jedes Tier des Waldes. Es herrschten nun wieder die alten Bedingungen, Verhältnisse und Praktiken der Jagd; es gab sogar Augenblicke, da seine geringen Erfahrungen als Sportler wieder wach wurden und die Erinnerungen an seine Jugend in Moor, Gebirge und Wüste in einer sich steigernden Kühnheit auflebten, und das alles durch die zwingende Kraft des Vergleiches. Manchmal ertappte er sich dabei, wie er – nachdem er sein Licht auf einen Kaminsims oder in eine Nische gestellt hatte – ins Dunkel oder in den Schatten trat und sich hinter einer Tür oder einem Vorsprung verbarg, so wie er früher den Schutz eines Felsens oder Baumes gesucht hatte; und er ertappte sich dabei, wie er den Atem anhielt und ganz dem Augenblick hingegeben war, dieser äußersten Spannung, die man nur auf einer großen Jagd erlebt.

Er hatte keine Angst (wenn er sich auch die gleiche Frage stellte, die sich seiner Ansicht nach jene Herren gestellt hatten, die Bengaltiger gejagt oder in den Rockies den großen Bären gegenübergetreten waren), und dies vornehmlich deshalb – was er doch wohl offen zugeben durfte –, weil er den gewohnten und doch so fremden Eindruck hatte, daß er eine Furcht, zumindest eine Beklommenheit verbreitete, die seine eigene bei weitem übertraf. Die Anzeichen des Schreckens, der von seiner Gegenwart und Wachsamkeit ausging, häuften sich und wurden ihm bereits vertraut; und zu seiner Freude gaben sie ihm auch zu bedenken, daß er vielleicht eine Beziehung geschaffen habe und ein Wissen genieße, das in der Erfahrung des Menschen einmalig sei. Schon immer hatten sich die Leute vor Erscheinungen gefürchtet, doch wer hatte je zuvor gleich ihm den Spieß umgedreht und war in der Welt der Erscheinungen selber zu einem unberechenbaren Schrecknis geworden? Er hätte dies vielleicht überwältigend gefunden, würde er nur gewagt haben, ernsthaft daran zu denken; aber er legte nicht allzuviel Gewicht auf diese Seite seines Privilegs. Durch die wiederholte Übung erlangte er bis zu einem ungewöhnlichen Grade die Macht, den Nebel der Entfernungen und das Dunkel in den Ecken zu durchdringen und den Trug des diffusen Lichtes und die schreckenerregenden Umrisse, die im Dämmer aus den Schatten, den Luftspiegelungen und den verzerrten Perspektiven entstanden, in ihre Unschuld zurückzuverwandeln. Wenn er seine flackernde Kerze abgestellt hatte, vermochte er ohne sie weiterzugehen, andere Räume zu betreten und im Bewußtsein, daß sie im Notfall ja irgendwo hinter ihm stehe, seinen Weg zu suchen und eine für seinen Zweck ausreichende Helle zu finden. Mit dieser neuerworbenen Eigenschaft kam er sich wie eine riesige schleichende Katze vor; und er fragte sich, ob man bei ihm in solchen Stunden vielleicht leuchtende, gelbe Augen entdeckt hätte und was es für das schwergeprüfte *alter ego* bedeute, sich einem derartigen Gesicht gegenüberzusehen. Dabei liebte er es trotz allem, wenn die Läden offen waren; alle, die Mrs. Muldoody geschlossen hatte, schlug er zurück (und machte sie nachher sorgfältig wieder zu, damit sie nichts merke); denn er liebte – und dies vor allem in den oberen Räumen – das harte Silber der herbstlichen Sterne, die durch die Fensterscheiben hereinfunkelten, und er liebte nicht weniger das Flimmern der Straßenlaternen, das weiße Strahlen der Glühlampen, das man nur durch Vorhänge hätte fernhalten können. *Dies* war menschlich, wirklich, gesellig; dies kam aus der Welt, in der er gelebt hatte, und der Schutz, den sie ihm, so kalt und gleichgültig und unpersönlich sie war und obwohl er sich von ihr getrennt hatte, gewährte, erleichterte ihm manches. Die größte Sicherheit fand er daher in den Zimmern an der Vorderfront und der Längsseite, während er sich in den hinteren Räumen ziemlich verlassen fühlte. Aber wenn er auch bei seinen Runden manchmal froh war über seine Sichtweite, so erschien ihm der rückwärtige Teil des Hauses doch oft als der eigentliche Dschungel seiner Jagd. Dort gab es mehr Einzelräume, besonders in jenem Teil des Hauses, wo sich die vielen Dienstbotenkammern, unzähligen Nischen und Ecken, Alkoven und Gänge und vor allem eine gewundene breite Hintertreppe befanden, über die er sich oft beugte, um hinunterzuschauen: ohne Angst vor seiner Schwerkraft und wohl wissend, daß ihn jeder, der ihn so gesehen, für einen Versteckenspielenden Narren hätte halten müssen. Außerhalb des Hauses hätte er dies ironische *rapprochement* sicherlich selber gemacht; innerhalb der Mauern jedoch war seine Logik trotz der hellen Fenster gegen das zynische Licht New Yorks gefeit.

Es gehörte zu jener Vorstellung von dem verzweifelten Bemühen, sein Opfer gewahr zu werden, daß er sie geradezu als Bewährungsprobe empfand; hatte er sich doch von Anfang an eingeredet, er könne – wie bezeichnend für ihn! – seine Wahrnehmungen ›kultivieren‹. Er hatte das Gefühl gehabt, daß sie für die Kultivierung besonders geeignet seien – was nur eine andere Charakterisierung für die Art war, in der er seine Zeit verschwendete. Er brachte es durch ständige Übung bis zur Perfektion darin, und durch seine Bemühungen erreichte er etwas so Einmaliges, daß er jetzt Eindrücke gewann und Bestätigungen all seiner Forderungen fand, die ihm sonst nicht so einfach zugefallen wären. Dies traf noch weit mehr auf ein Phänomen zu, das er in den oberen Räumen schließlich recht häufig erlebte: die Erkenntnis – ganz unmißverständlich und in einer bestimmten Stunde gewonnen, bei Wiederaufnahme seiner Kampagne nämlich nach einer diplomatischen Pause, nach einem absichtlichen Fernbleiben in drei Nächten –, daß ihm jemand in wohlüberlegter Entfernung folgte, und zwar allein zu dem Zweck, daß er sich weniger zuversichtlich, weniger arrogant als Verfolger vorkomme. Dies beunruhigte, ja zermürbte ihn, denn es bestätigte von allen faßbaren Eindrücken gerade den, der ihm am wenigsten gelegen kam. Man behielt ihn im Auge, während er – was den Grund seiner Situation betraf – nichts zu sehen vermochte, und das einzige, was ihm übrigblieb, waren unvermittelte Kehrtwendungen und schnelles Gewinnen an Boden. Er wirbelte herum und lief zurück, als könnte er dadurch wenigstens die von einer anderen schnellen Drehung bewegte Luft spüren. Es war tatsächlich so, daß diese verwirrende Vorstellung ihn an den Hanswurst im Weihnachtsspiel erinnerte, der vom allgegenwärtigen Harlekin hinterrücks gepufft und überlistet wird; doch dies beeinflußte die Umstände, denen er täglich ausgesetzt war, nicht nachteilig, so daß seine Assoziation, hätte er sie auf die Dauer anerkannt, in gewisser Weise seinen Ernst vertieft haben würde. Er war, wie gesagt, drei Nächte ferngeblieben, um an Ort und Stelle ein unheimliches Gefühl der Verzögerung aufkommen zu lassen; und das Ergebnis der dritten war, daß es die Nachwirkung der zweiten erfüllte.

Bei seiner Rückkehr an jenem Abend, der seiner letzten Unterbrechung folgte, stand er in der Halle und blickte mit einer stärkeren Gewißheit als je die Treppe empor. ›Er ist da, steht dort oben und wartet, aber diesmal wird er nicht wie sonst verschwinden. Unerschütterlich steht er dort zum ersten Male, und dies beweist wohl, daß etwas mit ihm geschehen ist.‹ So argumentierte Brydon, der, die Hand auf dem Geländer, die unterste Stufe betrat; und in dieser Haltung spürte er wie nie vorher den Eiseshauch der Logik. Es wurde ihm ganz kalt: auf einmal glaubte er zu wissen, was dies bedeutete. ›Schwer geprüft? – Ja, er nimmt es hin und macht sich klar, daß ich, wie man so sagt, gekommen bin, um zu bleiben. Und das mag er nicht: weil sein Zorn, seine bedrohten Interessen jetzt sicherlich seiner Furcht die Waage halten. Ich habe ihn gejagt, bis er umgekehrt ist: daß er da oben steht, ist das Ereignis – er ist das Tier mit dem scharfen Gebiß oder dem großen Geweih, das endlich gestellt werden konnte.‹ Wie unerschütterlich seine Gewißheit war, vermochte er, wie gesagt, nicht zu übersehen – und dennoch wurde sie durch etwas beeinflußt, was außerhalb meiner Beschreibung liegt. Und so brach ihm schon in den nächsten Minuten der Schweiß aus – ein Schweiß, den er ebensowenig geneigt gewesen wäre als Angstschweiß zu bezeichnen, wie er es gewagt hätte, auf dieses Zeichen der Exaltation hin unverzüglich zu handeln. Immerhin, er kennzeichnete eine starke Erregung, eine Erregung, die zweifellos ein plötzliches Erschrecken, aber in der gleichen Sekunde die beglükkendste und seltsamste und in der nächsten Minute schon die kühnste Verdoppelung des Bewußtseins war.

›Bisher hat er sich geduckt, zurückgezogen, versteckt, jetzt aber wird er in seinem Zorn den Kampf aufnehmen!‹ – dieser zwingende Eindruck bedeutete Entsetzen und Beifall zugleich. Das eigentlich Wunderbare daran war jedoch, daß der Beifall so lebhaft einsetzte; denn wenn es wirklich sein zweites Ich war, das er da zu Tode hetzte, dann war diese unfaßbare Identität genaugenommen der seinen durchaus würdig. Da krümmte sie sich nun – irgendwo in nächster Nähe, aber noch nicht sichtbar – wie eine gejagte Kreatur, ja wie der getretene Wurm im Sprichwort sich schließlich krümmen *muß*. Und Brydon erlebte wohl in diesem Augenblick ein komplexeres Gefühl, als es mit einem gesunden Verstand je zu vereinbaren war. Fast beschämte es ihn, daß es einem so eng mit ihm verbundenen Charakter gelungen sein sollte, sich erfolgreich zu drücken, und daß er es nicht gewagt hätte, ihm entgegenzutreten. Daß diese Gefahr nun nicht mehr bestand, gab daher seiner Situation sofort einen ungeheuren Aufschwung. Doch durch eine weitere ungewöhnliche und ebenso spitzfindige List versuchte er bereits festzustellen, wieviel mehr er selbst jetzt vielleicht in der Gefahr der Furcht schwebe; und so genoß er es geradezu, daß er diese Furcht in anderer Gestalt aktiv erregen und gleichzeitig zittern konnte um jene Gestalt, in der er sie womöglich passiv erfahren würde.

Dieses Bewußtsein war offenbar nach und nach in ihm gewachsen, und wohl der merkwürdigste Augenblick seines Abenteuers, der denkwürdigste und vielleicht auch bedeutungsvollste seiner Krise war das Erlahmen eines krampfhaft konzentriert geführten Kampfes, war die zwingende Notwendigkeit, um jeden Preis durchzuhalten, wenn auch gleich einem Mann, der auf einer beängstigenden Schräge tiefer und tiefer gleitet, war vor allem der lebhafte Drang, sich zu bewegen, zu handeln, irgendwie und irgendwas anzugreifen – mit einem Wort: sich selbst zu beweisen, daß er keine Angst hatte. So war er also gegenwärtig auf das Stadium des Durchhaltens beschränkt; hätte es in der großen Leere irgend etwas Greifbares gegeben, würde er zweifellos sofort zugepackt haben – so wie er zu Hause in einem Wutanfall die nächste Stuhllehne gepackt hätte. Jedenfalls war er – das ließ sich nicht bestreiten –, seit er das Haus übernommen hatte, noch nie von etwas so Beispiellosem überrascht worden; er hatte die Augen geschlossen, sie eine Minute lang nicht geöffnet, aus instinktiver Angst vor diesem Bild. Als er sie wieder aufschlug, schienen ihm der Raum und die angrenzenden Zimmer wie durch ein Wunder heller geworden – so hell fast, daß er zuerst glaubte, es sei Tag. Er jedoch wich nicht von der Stelle, wo er stehengeblieben war; sein Widerstand hatte ihn gestärkt – es war, als hätte er bereits etwas überwunden. Bald schon wußte er auch, was es war: die drohende Gefahr der Flucht. Er hatte seinen ganzen Willen dagegen eingesetzt; ohne ihn wäre er zur Treppe gehastet; und er war überzeugt, daß er sie mit geschlossenen Augen hinuntergerannt wäre und daß er seinen Weg schnell und sicher gefunden hätte.

Nun aber, da er hier ausgehalten hatte, konnte er – der sich nach wie vor im Labyrinth der oberen Räume befand, herausgefordert von den anderen Zimmern, ja von dem ganzen übrigen Haus –, wenn es Zeit war, zu verschwinden, immer noch weglaufen. Er würde zu seiner Zeit verschwinden – erst zu seiner Zeit: verschwand er nicht jede Nacht etwa zur selben Stunde? Er zog seine Uhr heraus – dafür war es hell genug: es war knapp Viertel nach eins; so früh war er noch nie gegangen. Meist erreichte er gegen zwei sein Hotel, und für seinen Weg dahin brauchte er nur fünfzehn Minuten. Er würde bis Dreiviertel warten – eher wollte er sich nicht vom Fleck rühren; so hielt er den Blick auf seine Uhr gerichtet und sagte sich, daß dieses vorsätzliche Warten, ein Warten, dessen Anstrengung ihm durchaus bewußt war, völlig für den gewünschten Beweis genügen würde. Es würde seinen Mut beweisen – es sei denn, er bewiese noch mehr Mut darin, daß er sich schließlich doch noch von der Stelle rührte. Was ihn jedoch am stärksten beschäftigte, war, daß er, da er nicht gleich Reißaus genommen hatte, seine ganze Würde – die ihm noch nie im Leben so vielfältig erschienen war – wahren und wie eine Fahne hochhalten mußte. Dies stand fast wie ein greifbares Bild vor ihm – ein Bild, das in ein romantischeres Zeitalter gepaßt hätte. Diese Erkenntnis jedoch dämmerte erst schwach in ihm, aber schon im nächsten Augenblick erstrahlte sie im reinsten Licht; denn welches romantische Zeitalter wäre überhaupt seiner Verfassung oder – wie man so sagt: objektiv betrachtet – seiner wundersamen Situation angemessen gewesen? Der einzige Unterschied hätte darin gelegen, daß er, der seine Würde über dem Kopf schwang wie eine Pergamentrolle, in einem heroischen Zeitalter mit gezogenem Schwert in der anderen Hand die Treppe hinuntergestürmt wäre.

Für den Moment jedoch mußte die Kerze, die er auf den Kaminsims im Nebenzimmer gestellt hatte, das Schwert ersetzen; um sich dieses Requisits zu versichern, hatte er im Laufe einer Minute einige Schritte darauf zu getan. Die Tür zwischen den beiden Zimmern stand offen, und von dem zweiten führte eine Tür in ein drittes Zimmer. Diese drei Räume gingen, wie er sich erinnerte, alle auf denselben Flur, aber hinter ihnen lag noch ein viertes Zimmer, das man nur durch das davorliegende erreichen konnte. Sich bewegt, die eigenen Schritte gehört zu haben, war bereits eine gewisse Hilfe. Als ihm dies aber klar wurde, blieb er geraume Zeit vor dem Kamin stehen, auf dem sein Licht gestanden hatte. Nun er sich wieder rührte und noch überlegte, wohin er sich wenden solle, entdeckte er etwas, was ihm nach der ersten und verhältnismäßig ungewissen Wahrnehmung einen Schock versetzte, wie man ihn oft bei wiederkehrenden Erinnerungen erlebt: die heftige Erschütterung, wenn man aufhört, sich in glücklichem Vergessen zu wiegen. Er hatte jene Tür erblickt, bei der die kurze Kette der Verbindungen endete und auf die er nun von der nächsten Schwelle aus, die nicht genau gegenüberlag, starrte. Hätte sie etwas weiter links gelegen, würde sie ihm Einblick in den vierten Raum gewährt haben, jenen Raum ohne zweiten Zu- oder Ausgang – wäre jene Tür nicht, wovon er fest überzeugt war, seit seinem letzten Gang vor einer Viertelstunde *geschlossen* worden. Er blickte entsetzt ob dieser mysteriösen Tatsache, stand wie festgenagelt, hielt den Atem an und überprüfte seine Sinne. Wahrhaftig, die Tür war geschlossen worden – denn vorhin erst, als er vorbeigegangen war, hatte sie bestimmt offengestanden.

Es war ihm ganz klar, daß etwas geschehen sein mußte – daß er vorher (während seiner ersten nächtlichen Runde durch alle Räume) nicht bemerkt haben konnte, was für ein Hindernis sich ihm hier entgegenstellte. Seit jenem Augenblick hatte er allerdings derart erregte Minuten durchlebt, daß sich seine Erinnerung getrübt haben mochte; und er versuchte sich einzureden, daß er dabei vielleicht in jenes Zimmer gegangen sei und beim Herauskommen unabsichtlich, automatisch die Tür hinter sich geschlossen habe. Doch die Sache war eben die, daß er dies niemals tat: dies entsprach so gar nicht seinem Verfahren, wie er es genannt hätte – einem Verfahren, bei dem es darum ging, den Durchblick nicht zu verdecken. Von Anfang an hatte er ständig nur an das eine gedacht: Die seltsame Erscheinung seiner verwirrten ›Beute‹ (zu der durch eine scharfe Ironie dieses Wort auf einmal so gar nicht mehr paßte) am äußersten Ende des einen Durchblicks war eine Art des Triumphs gewesen, die seine Phantasie am meisten beglückt und in die sie eine noch verfeinerte Schönheit projiziert hatte. Wenigstens fünfzigmal hatte er eine erregende Wahrnehmung gemacht, die sich nachher als nichtig erwiesen, wenigstens fünfzigmal hatte er in beglückender, kurzer Halluzination ›Halt‹ gerufen. Das Haus eignete sich dafür prächtig; er mochte manchmal zwar staunen über den Geschmack, die Architektur jener Epoche, die sich in der Vielzahl der Türen bekundete – ganz anders als die moderne Zeit, die Türen fast ganz verbot; aber diese Architektur hatte immerhin dazu beigetragen, jene beklemmende Erscheinung hervorzurufen, die er, auf den Ellbogen aufgestützt, sozusagen durch ein Teleskop verkleinert wahrgenommen hatte.

Mit solchen Betrachtungen befaßte er sich jetzt; sie unterstrichen das Außergewöhnliche seiner Situation geradezu vollkommen. Er konnte keinesfalls versehentlich jene Tür geschlossen haben; und wenn dem so war, wenn dies wirklich undenkbar war, dann konnte es doch gar nicht anders sein, als daß da ein anderer gewesen sein mußte. Ein anderer? – er versetzte sich zurück: er hatte buchstäblich dessen Atem auf sich gespürt; aber wann war er ihm je so nahe gewesen wie in diesem schlichten, diesem natürlichen, diesem ganz persönlichen Akt? Ich meine, es war so natürlich, daß man ihn für persönlich nehmen *mußte*; doch wofür nahm ihn Brydon, fragte er sich selbst, unterdrückt keuchend, wobei er das Gefühl hatte, die Augen mußten ihm aus den Höhlen springen. Nun also waren sie endlich anwesend, seine beiden Ichs; und damit erhob sich wirklich die Frage der Gefahr. Mit ihr erhob sich wie nie zuvor auch die Frage des Mutes – denn das nackte Gesicht der Tür sagte zu ihm: ›Nun zeig uns, wie mutig du bist!‹ Mit dieser Herausforderung starrte es ihn an; es stellte ihm die Alternative, sie aufzustoßen oder nicht. Aber dieses Gefühl hieß *Denken* – und Denken bedeutete, wie Brydon während dieser verstrichenen

Minuten wußte, nicht gehandelt zu haben. Nicht gehandelt zu haben – welch entsetzliches Bewußtsein – bedeutete wiederum: nicht handeln; es bedeutete nichts anderes, als alles in neuer und schrecklicher Sicht zu erleben. Wie lange stand er nun schon hier, und wie lange debattierte er? An nichts ließ sich dies abmessen; denn auch sein Schwanken hatte sich, wie durch seine eigene Intensität, bereits verändert. Hier eingeschlossen, wankend und herausfordernd, in der Überzeugung, den andern greifbar vor sich zu haben, Zeichen gebend gleich einem riesigen Wegweiser – mit dieser Verschiebung des Akzents hatte sich auch die Situation selbst verändert; und Brydon machte sich schließlich klar, wozu sie sich verändert hatte.

Sie hatte sich zu einer Warnung ganz anderer Art verändert, zu einer deutlichen Anspielung auf den Wert der Besonnenheit. Es dämmerte ihm zweifellos nur langsam, es hatte ja auch Zeit; noch immer stand er starr auf der Schwelle, hatte sich weder vorgewagt noch zurückgezogen. Und das merkwürdigste war: wenn er jetzt zehn Schritte machte und die Hand auf die Klinke legte und notfalls sogar Schulter und Knie gegen die Türfüllung stemmte, dann würde all seine ursprüngliche Sehnsucht erfüllt, seine Neugier gekrönt, seine Unruhe gestillt werden – es war erstaunlich, aber es war auch ungeheuerlich und unglaublich, daß sein Verlangen durch eine einzige Bewegung plötzlich nichtig geworden wäre. Besonnenheit – darauf sprang er geradezu; aber nicht, weil sie seine Nerven oder seine Haut rettete, sondern weil sie, was viel wichtiger war, die Situation rettete. Wenn ich sage, er ›sprang‹ darauf, dann denke ich dabei auch daran, daß er – ich weiß nicht, nach wie langer Zeit – sich von der Stelle rührte und geradenwegs auf die Tür zuging. Er wollte sie nicht berühren – wenn er jetzt auch meinte, daß er es wirklich könnte, so er nur wollte: aber er wollte lediglich ein wenig warten, um zu zeigen, zu beweisen, daß er nicht

wollte. Er erlebte somit noch eine weitere Station nahe der dünnen Trennwand, durch die ihm die Enthüllung verborgen wurde – doch nun mit gesenktem Blick und die Hände in der vollkommenen Stille ausgestreckt. Er lauschte, als gäbe es etwas zu hören. Aber dies galt nur seinen eigenen Worten. »Wenn du also nicht willst – gut: ich verschone dich und gebe dich auf. Du rührst mich wahrhaftig, als bätest du um Mitleid; du überzeugst mich, daß wir beide aus was weiß ich für harten und undurchsichtigen Gründen hätten leiden sollen. Ich will sie respektieren, und obgleich ich im Schwung und im Vorteil bin wie wohl selten ein Mann zuvor, verzichte ich und werde es, auf Ehre, nie wieder versuchen. So ruhe also für immer – und laß mich gehen.«
Dies war für Brydon der tiefere Sinn seiner feierlichen und abgemessenen und richtungweisenden Geste. Er beendete sie, wandte sich ab; und jetzt erst spürte er, wie aufgewühlt er war. Er ging zurück, nahm seine Kerze auf, die nun fast bis zum Halter heruntergebrannt war und, als er sie wieder anzündete, erneut die feierliche Art, in der er sich bewegte, sichtbar machte; und gleich darauf merkte er, daß er im andern Teil des Hauses war. Er tat dort, was er zu dieser Stunde noch nie getan hatte: er öffnete eines der Vorderfenster und ließ die Nachtluft hereinströmen. Dies hätte er bisher stets als eine grobe Verletzung des Banns betrachtet. Aber jetzt war der Bann gebrochen, und das beunruhigte ihn nicht einmal – war gebrochen durch seine Ergebung und Übergabe, durch die es von nun an sinnlos wurde, daß er je wieder zurückkehrte. Die einsame Straße, deren ganz anderes Leben selbst in ihrer großen, von Lampen erhellten Leere überdeutlich war, lag unter ihm in Ruf- und Reichweite; er verharrte, als stünde er auf ihr, obwohl er in Wahrheit hoch über ihr stand; er suchte sie nach einer tröstlichen Gemeinsamkeit ab: nach einer Menschenstimme, nach einem vorübergehenden Straßenfeger oder Dieb oder Nachtschwär-

mer, mochte er auch noch so ordinär sein. Solch ein Lebenszeichen hätte er jetzt begrüßt; er hätte geradezu frohlockt über das langsame Heranschreiten seines Freundes, des Polizisten, den er bisher lediglich zu vermeiden gesucht hatte, und er war sich nicht sicher, ob er nicht, wäre der Polizist in Sichtweite gekommen, das Bedürfnis verspürt hätte, sich bemerkbar zu machen: unter irgendeinem Vorwand vom vierten Stock hinunterzurufen. Es war ihm allerdings keineswegs klar, unter welchem Vorwand – ein Vorwand, der in solch einem nicht in den Büchern stehenden Fall nicht gar zu albern oder kompromittierend gewesen wäre und der seine Würde und seinen Namen geschont hätte. Er war so beschäftigt mit dem Gedanken an seine Besonnenheit – als der Wirkung eines Schwurs, den er seinem intimen Gegenspieler geleistet hatte –, daß dessen Bedeutung alles überragte und ihm komischerweise auch jedes Gefühl für Proportionen raubte. Hätte an der Vorderfront eine Leiter gestanden – und wäre es nur eine jener senkrecht aufgestellten, schwindelerregenden Leitern gewesen, wie sie Maler und Dachdecker benützen und manchmal über Nacht stehenlassen –, dann hätte er sich über den Sims geschwungen und es auch sicherlich fertiggebracht, mit ausgestreckten Armen und Beinen diese ungewöhnliche Treppe zu erreichen. Und hätte es hier so etwas gegeben, wie er es in Hotelzimmern schon gefunden hatte: eine brauchbare Feuerleiter in Form eines geknüpften Seils oder einer Segeltuchgleitbahn – er hätte sich ihrer jetzt bedient als eines Beweises für seine, nun ja, seine jetzige Zurückhaltung. So wie die Dinge jedoch lagen, gab er sich mit dieser Frage vergeblich ab, und schließlich – er wußte wieder kaum, nach wie langer Zeit – geriet er, da die Außenwelt auf die Aktivität seines Geistes zu antworten versäumte, in eine unbegreifliche Wut. Er glaubte, eine Ewigkeit darauf gewartet zu haben, daß das große, grausame Schweigen gebrochen würde; doch selbst das Leben der

Stadt lag unter einem Bann; auf all den vertrauten und recht häßlichen Dingen lastete eine unnatürliche Leere und Stille. Hatten sie je, fragte er sich, diese hartgesichtigen Häuser, die im aufkommenden Dämmer auffallend fahl aussahen, auch nur im geringsten seinem geistigen Bedürfnis entsprochen? Die große erbaute Leere und die große überfüllte Stille legen im Herzen der Städte zu manchen Stunden düstere Masken an, und dieser riesigen, kollektiven Verneinung wurde sich Brydon plötzlich bewußt – um so mehr, als zu seinem Erstaunen auf einmal der Tag anbrach und ihm enthüllte, was für eine Nacht er hinter sich hatte. Wieder blickte er auf die Uhr und sah, wie er sich in der Zeit verschätzt hatte (ihm waren Stunden wie Minuten vorgekommen – nicht, wie sonst in spannungsreichen Situationen, Minuten wie Stunden), und die eigentümliche Atmosphäre auf der Straße beruhte auf nichts weiter als dem schwachen, schwermütigen Schein der Morgendämmerung, in der noch alles schlief. Sein erstickter Ruf aus dem offenen Fenster war der einzige von Leben kündende Ton gewesen, und er konnte nun nichts weiter tun, als verzweifelt aufbrechen. Und doch zwang er sich in seiner tiefsten Demütigung zu einer Entscheidung, die – wenigstens nach seinen augenblicklichen Maßstäben – ungemeine Entschlußkraft verlangte: seine Schritte dorthin zurückzulenken, wo er vorhin bis in den letzten Nerv erstarrt war in der Ahnung, daß hier noch ein anderer sei als er selbst. Dies verlangte einen solchen inneren Anlauf von ihm, daß ihm fast übel wurde; doch er hatte einen Grund, der im Augenblick alles andere überschattete. Er mußte noch durch das ganze Haus gehen; wie aber würde er sich dazu überwinden können, wenn die Tür, die er geschlossen gesehen hatte, plötzlich offenstünde? Er konnte sich natürlich einreden, daß das Schließen sozusagen ein Gnadenakt gewesen sei, eine Gelegenheit, die ihm geboten worden war, damit er hinunter- und weggehe, das Haus verlasse und es nie wieder entweihe. Diese Vorstellung überzeugte, hatte einen Sinn; aber was sie für ihn bedeutete, hing jetzt ganz davon ab, wieviel Nachsicht seinem letzten Tun – oder besser Nicht-Tun – entgegengebracht wurde. Das Bild des ›Anwesenden‹, wer immer er auch war, der da wartete, daß er gehe – dieses Bild war ihm noch nie so konkret erschienen wie in dem Augenblick, da er kurz vor jener Stelle haltmachte, an der ihm Gewißheit kommen sollte. Denn trotz all seiner Entschlossenheit, genauer gesagt, trotz all seiner Angst, hielt er inne, wich er der Gewißheit aus. Die Gefahr war zu groß und seine Furcht zu offensichtlich: schon im selben Moment nahm sie eine entsetzliche, sonderbare Form an.

Er wußte – wußte es, wie er nie zuvor etwas gewußt hatte: Wenn er die Tür offen fände, würde dies ein jämmerliches Ende für ihn bedeuten. Es würde bedeuten, daß der Urheber seiner Schande – dieser jämmerlichen, abgrundtiefen Schande – wieder obenauf und Herr der Situation war; und die Konsequenz, die er daraus ziehen müßte, stand ihm grell vor Augen. Er würde direkt aufs Fenster zugehen müssen, das er offengelassen hatte; und schon sah er sich durch dieses Fenster, mochte die lange Leiter oder der baumelnde Strick vorhanden sein oder nicht, wie irre und ohne nachzudenken den Weg zur Straße nehmen. Diese gräßliche Aussicht wenigstens wollte er vermeiden; aber er konnte sie nur vermeiden, indem er rechtzeitig vor der Gewißheit zurückschreckte. Er hatte noch das ganze Haus zu durchwandern – noch immer stand ihm diese Tatsache vor Augen; nur wußte er jetzt wenigstens, daß allein die Ungewißheit ihn zum Gehen zu treiben vermochte. Er stahl sich fort von der Stelle, an der er innegehalten hatte – schon dies kam ihm nun der Sicherheit gleich –, tastete sich blind zu der breiten Treppe und ließ klaffende Räume und hallende Gänge hinter sich. Dann der Anfang der Treppe, das schöne hohe, düstere

Treppenhaus, und schließlich drei breite Absätze, die es zu meistern galt. Sein Instinkt befahl ihm völlige Stille, seine Schritte aber hallten, und, so merkwürdig es war, als ihm dies nach einigen Minuten zum Bewußtsein kam, empfand er es sogar als Hilfe. Zu sprechen hätte er nicht vermocht; der Klang seiner Stimme würde ihn erschreckt haben, und die übliche Zuflucht und Stärke des ›Pfeifens im Dunkeln‹ (ob nun wörtlich oder nur im übertragenen Sinn) wäre ihm einfach unwürdig und ordinär erschienen; immerhin hörte er gern seine Schritte, und als er den ersten Treppenabsatz erreicht hatte, den er ohne Hast, aber beharrlich hinter sich brachte, entlockte ihm sein Erfolg einen Seufzer der Erleichterung. Wieder kam ihm das Haus riesig vor und die Ausdehnung der Räume grenzenlos; die offenstehenden Zimmer, zu denen sein Blick nicht hinschweifte, glichen mit den geschlossenen Läden Höhleneingängen. Nur das hohe Oberlicht, das den Treppenschacht überwölbte, schenkte ihm genug Helligkeit zum Weitergehen, wenn es auch in seiner seltsamen Farbe einer Unterwasserwelt hätte entstammen können. Er versuchte, an etwas Schönes zu denken, wie zum Beispiel, daß sein Besitz doch wahrlich großartig, ja geradezu feudal sei; aber auch dieses Schöne verwandelte sich schließlich in helles Entzücken – in dasselbe Entzücken, mit dem er das Haus opfern würde. Mochten sie also kommen, die Bauleute, die Zerstörer – mochten sie kommen, sobald sie Lust hatten. Nach zwei Treppenabsätzen hatte er eine andere Zone erreicht, und vom dritten Absatz aus, als ihm nur noch einer blieb, gewahrte er bereits den Einfluß der unteren Fenster, der zur Hälfte heruntergelassenen Jalousien, des gelegentlichen Aufleuchtens der Straßenlaternen und den schimmernden Glanz der Eingangshalle. Dies war der Meeresgrund mit der ihm eigenen Beleuchtung, den er – als er sich in einem begnadeten Augenblick aufraffte, einen langen Blick über das Geländer zu werfen – mit den Marmorquadraten seiner Kindheit belegt sah. In diesem Stadium fühlte er sich, wie er es bei einem alltäglichen Anlaß genannt hätte, bereits besser, durfte er doch stehenbleiben und Atem holen, und als er dann die alten schwarzen und weißen Platten sah, wurde ihm noch einmal leichter. Was er jedoch am stärksten empfand, war das Gefühl der Immunität, das ihn wie eine feste, sichere Hand geleitete, denn nun hatte sich entschieden, was er oben gesehen haben würde, wenn er jenen letzten Blick gewagt hätte. Die vorhin geschlossene Tür – jetzt wohltuend fern – war nach wie vor geschlossen, und er hatte nur noch eine kurze Strecke bis zur Haustür zurückzulegen.

Er ging weiter hinunter und überquerte den Gang, der zum ersten Treppenabsatz führte; und wenn er hier noch kurz stehenblieb, dann nur wegen der starken Erregung über die gelungene Flucht. Er mußte die Augen schließen – und öffnete sie erst, um das letzte Stück der Treppe hinunterzugehen. Hier war er wieder immun, wenn auch auf eine geradezu übertriebene Weise: die Seitenfenster und das hohe Fächergewölbe des Eingangs schimmerten hinein in die Halle; dies war, wie er im nächsten Augenblick begriff, nur dadurch möglich, daß der Flur offen vor ihm klaffte und die Flügel der Innentür weit zurückgeschlagen waren. Und nun sprang ihn wieder die Frage an und ließ ihm die Augen fast aus dem Kopf springen – wie vorhin oben im Haus angesichts der anderen Tür. Wenn er jene offengelassen hatte, hatte er diese hier doch wohl geschlossen gehabt; befand er sich etwa im Bann einer unfaßlichen okkulten Macht? Diese Frage durchbohrte ihn wie ein Messer, aber noch blieb die Antwort aus und schien sich in dem diffusen Dunkel zu verlieren, das von der matten, nahenden Dämmerung, die in einem Bogen über der Außentür stand, halbkreisförmig begrenzt wurde: ein kaltes, silbriges Leuchten, das sich unter Brydons Blick zu bewegen, auszudehnen und zusammenzuziehen schien.

Es war, als umschlösse das Halbdunkel etwas, was in der Verschwommenheit Schutz suchte, und berührte in der Ferne das dahinterliegende Dunkel, die gestrichene Täfelung des letzten Hindernisses, das sich seiner Flucht entgegenstellte und zu dem er den Schlüssel in der Tasche trug. Diese Verschwommenheit spottete seiner, während er dastand und starrte, spottete seiner mit verhüllender oder anklagender Gewißheit, so daß er, nachdem er auf der letzten Stufe gezögert hatte, sich plötzlich dem Gefühl überließ, hier endlich gebe es etwas zu treffen, zu berühren, hinzunehmen, zu erfahren – etwas Widernatürliches und Entsetzliches, dem sich zu nähern für ihn Befreiung oder Niederlage bedeute. Der dichte, dunkle Halbschatten war tatsächlich die Maskierung einer Gestalt, die so regungslos darin stand wie die aufrechte Figur in einer Nische oder wie die in einer Rüstung steckende Schildwache vor einem Schatz. Später erst wurde Brydon klar, erinnerte und erklärte er sich, was er während der letzten Schritte die Treppe hinunter gedacht hatte. Er sah in dem großen grauen Halbkreisschimmer die Undeutlichkeit von der Mitte her entschwinden und jene Form annehmen, nach der er sich in tagelanger leidenschaftlicher Neugier gesehnt hatte. Es flimmerte, es schwankte, es war etwas, war jemand: das Wunder einer plötzlichen Gegenwart.
Steif und gespannt, gespenstisch und doch menschlich, ein Mann aus seinem Stoff und von seiner Statur – so wartete er, um sich mit Brydons Macht, Angst zu erregen, zu messen. Es konnte nicht anders sein – nicht anders, vermeinte Brydon, bis er nach ein paar weiteren Schritten erkannte, daß das, was das Gesicht verdunkelt hatte, die erhobenen Hände waren, in denen es wie zur Abbitte vergraben lag, und daß der andere weit davon entfernt war, sich ihm trotzig entgegenzustellen. Jetzt erst nahm der vor ihm stehende Brydon seinen Anblick in dem nun besseren Licht klar und deutlich auf: die völlige Starre, die überzeugende Echtheit, der

graumelierte, gesenkte Kopf und die weißen, das Gesicht verbergenden Hände, die kuriose Realität des Abendanzugs, des baumelnden Lorgnons, des seidenglänzenden Rockaufschlags und der weißen Hemdbrust, der Perle und der goldenen Uhrkette und der glänzenden Schuhe. Kein Porträt eines modernen Meisters hätte ihn mit größerer Genauigkeit wiedergegeben, ihn künstlerischer aus dem Rahmen heraustreten lassen können, so daß man hätte meinen mögen, jeder Schatten und jeder Zug sei in einem neuartigen ›Malverfahren‹ erzielt worden. Die Umstellung war für unseren Freund, noch ehe er sich dessen bewußt wurde, ungeheuer: diese Erleichterung, als er das unergründliche Manöver seines Widersachers wahrnahm! So wenigstens mußte er, der immer noch starrte, die Sache ansehen; denn als er in diesem ganz anders gearteten Zorn auf sein zweites Ich blickte, mußte er es unwillkürlich voll Staunen anstarren, weil dieser da, der hier für das erfolgreiche, genossene, siegreiche Leben stand, nicht als Sieger betrachtet werden konnte. Lag der Beweis dafür nicht in den schönen, bedeckenden Händen, die er so kraftvoll und weit gespreizt hielt? – so bewußt gespreizt, daß trotz einer ganz bestimmten Übereinstimmung, die alle anderen übertraf – nämlich daß an der einen Hand zwei Finger fehlten, von denen, als wären sie zufällig weggeschossen worden, nur noch die Stummel dastanden –, das Gesicht gänzlich bedeckt und verborgen blieb.
Doch würde es wirklich verborgen bleiben? fragte sich Brydon keuchend, bis die Immunität seiner Haltung und die Hartnäckigkeit seines Blicks plötzlich eine Bewegung erzeugten, die schon im nächsten Moment zu einem bedeutsamen Vorzeichen wurde, und der Kopf sich hob und eine mutige Absicht verriet. Und während er noch starrte, rührten und öffneten sich die Hände, und dann, als hätten sie sich blitzartig entschieden, fielen sie herunter und boten das Gesicht frei und schutzlos dar. Bei diesem Anblick überlief

Brydon eiskalter Schrecken, und er keuchte, weil er keinen Laut hervorbrachte: das entblößte Gesicht war zu scheußlich, um das seine zu sein, und sein Blick dokumentierte die Leidenschaft seines Protestes. Das Gesicht, dieses Gesicht sollte Spencer Brydon gehören? Noch immer suchte er darin, blickte jedoch voll Abscheu und Abwehr zur Seite und stürzte jählings von seinem Podest der Vornehmheit. Es war fremd, unfaßbar, schrecklich, weit entfernt von jeder Wahrscheinlichkeit –! Er war, stöhnte er innerlich, als er sich auf dieses Spiel eingelassen hatte, ›verraten‹ worden, der Anwesende war anwesend, der Schrecken war schrecklich, aber die Verschwendung all der Nächte war lediglich eine Groteske und der Erfolg seines Abenteuers eine Ironie. Diese Identität paßte in keinem Punkt zu der seinen und machte seine Wahl zu etwas Ungeheuerlichem. Wohl tausendmal mußte er denken, während dieses Gesicht auf ihn zukam: Dies ist das Gesicht eines Fremden. Denn nun kam es auf ihn zu und glich einem dieser sich verzerrenden phantastischen Bilder, die in seiner Kindheit von der Laterna magica an die Wand projiziert worden waren; der Fremde, wer immer er auch sein mochte, dieser böse, gräßliche, widerliche, vulgäre Fremde, kam langsam und feindselig auf ihn zu, und Brydon spürte, wie er selbst zurückwich. Dann, als er immer weiter zurückgedrängt wurde, schwindlig ob des erlittenen Schocks und zurückweichend vor dem heißen Atem und der aufgerührten Leidenschaft eines Lebens, das größer war als das seine, einer Glut der Persönlichkeit, vor der die seine zusammenbrach, verdunkelte sich das ganze Bild auf einmal, und seine Beine gaben unter ihm nach. Der Kopf drehte sich ihm; er verlor das Bewußtsein; hatte das Bewußtsein verloren.

3.

Was ihn wieder zu sich brachte – nach wie langer Zeit? –, war die in der Nähe erklingende Stimme von Mrs. Muldoody, so nah erklingend, daß er, der im Liegen zu ihr aufblickte, wahrhaftig meinte, sie kniee neben ihm; das heißt, er lag nicht ganz auf dem Boden, sondern halb aufgerichtet, wurde festgehalten und spürte eine zärtliche Stütze und merkte dann auch, daß sein Kopf in etwas außerordentlich Weichem und erfrischend Duftendem ruhte. Er grübelte und überlegte mühsam, da sein Gehirn noch nicht wieder arbeiten wollte; dann aber trat ein zweites Gesicht dazwischen, das sich noch tiefer über ihn beugte, und auf einmal wußte er, daß Alice Staverton ihren Schoß zu einem breiten und bequemen Kissen für ihn gemacht und sich zu diesem Zweck auf die unterste Treppenstufe gesetzt hatte, während seine lange Gestalt sich auf den alten schwarzen und weißen Quadraten ausstreckte. Sie waren kalt, diese Marmorplatten seiner Jugend; und doch fühlte er die Kälte nicht, als er nach und nach das Bewußtsein wiedererlangte, in der schönsten Stunde, die er je erlebt hatte und die ihn so dankbar und so unendlich träge machte und wobei ihm dennoch zumute war, als wartete ein wahrer Schatz von Neuigkeiten auf ihn und seine stille Billigung: wartete verstreut, wie er es hätte nennen können, in der szenischen Atmosphäre und zauberte das goldene Glühen eines späten Herbstnachmittags hervor. Er war zurückgekehrt – jawohl, er war zurückgekehrt, und zwar von so weit her, wie vor ihm noch nie ein Mensch gereist war; und doch: das merkwürdigste war das Gefühl, er sei zurückgekehrt zu dem, was nun wirklich das Große zu sein schien, und daß er seine ganze wundersame Reise nur um dessentwillen unternommen habe. Langsam und stetig wuchs sein Bewußtsein und vervollständigte die Erkenntnis seines Zustands: er war auf geheimnisvolle Weise zurückgeholt, hoch-

gehoben und weitergetragen worden von dort, wo man ihn aufgelesen hatte: dem äußersten Ende eines nicht enden wollenden grauen Ganges. Selbst dann noch hatte er weitergeschlummert, und was ihn nun wieder zur Erkenntnis brachte, war das Verebben der langen, sanften Bewegung.
Es hatte ihn zur Erkenntnis gebracht, ja zur Erkenntnis – das war das Schöne an seinem Zustand: er glich mehr und mehr dem eines Mannes, der vor dem Schlafengehen von einer großen Erbschaft erfahren und der, nachdem er diese Nachricht im Traum mit Dingen, die nichts damit zu tun haben, profaniert hat, nun zur vollen, heiteren Gewißheit erwacht und jetzt nur noch dazuliegen braucht, um sie hell vor sich erstehen zu sehen. Das war der Zweck seiner Geduld: daß er sie nur vor sich hell erstehen zu lassen brauchte. Überdies mußte er in Abständen noch einmal hochgehoben und getragen worden sein; denn warum und wie hätte er sich sonst geraume Zeit später, als das Nachmittagslicht weiterhin zugenommen hatte, nicht mehr am Fuße der Treppe finden sollen – die ihm jetzt am andern Ende des dunklen, langen Tunnels gelegen schien –, sondern auf einer niedrigen Fensterbank des hohen Salons, über die wie ein Kissen ein weicher, mit grauem Pelz gefütterter Mantel gebreitet worden war, ein Mantel, der ihm bekannt vorkam und den seine Hand zärtlich betastete, als wäre es ein Unterpfand der Wahrheit. Mrs. Muldoodys Gesicht war verschwunden, aber das andere, das zweite, das er erkannt hatte, schwebte noch immer über ihm, und daran merkte er, daß er nach wie vor gestützt und in Kissen gebettet war. Er nahm alles in sich auf, und je intensiver er es in sich aufnahm, desto mehr genügte es ihm: er fühlte sich so wohl, als hätte er gegessen und getrunken. Die beiden Frauen hatten ihn gefunden, nachdem Mrs. Muldoody zur gewohnten Stunde das Schnappschloß geöffnet hatte und überdies zu einer Zeit gekommen war, da sich Miss Staverton noch in der Nähe des Hauses

aufhielt. Sie war gerade, nachdem sie vergeblich die Glocke gezogen hatte, in großer Sorge weggegangen, denn eigentlich hatte sie zu dieser Stunde mit dem Besuch der braven Frau gerechnet, doch dann war diese ihr zum Glück entgegengekommen, um sie nicht zu verfehlen, worauf sie zusammen das Haus betreten hatten. Dort hatten sie ihn dann gefunden, gleich hinter der Vorhalle, fast genauso, wie er jetzt noch dalag – das heißt genauso, wie er offenbar gefallen war, und doch wie durch ein Wunder ohne jede Prellung oder Verletzung, nur eben in tiefer Ohnmacht. Was er nun jedoch, da sein Blick klarer wurde, am stärksten in sich aufnahm, war, daß Alice Staverton für einen langen, unbeschreiblichen Moment geglaubt hatte, er sei tot.

»Und ich muß es auch gewesen sein«, sagte er mühsam, während sie ihn stützte. »Ja – ich kann nur tot gewesen sein. Und Sie haben mich im wahrsten Sinne des Wortes zum Leben erweckt. Nur –«, so fragte er und hob den Blick zu ihr, »im Namen aller Heiligen, warum?«

Unvermittelt neigte sie ihr Gesicht und küßte ihn, und irgend etwas in der Art, wie sie das tat und die Hände um seinen Kopf schlang, während er ihre kühlen, gütigen und reinen Lippen spürte, irgend etwas in all dieser Glückseligkeit war die Antwort auf jede Frage. »Und nun halte ich dich fest«, sagte sie.

»Halte mich! Halte mich!« bat er das über ihm schwebende Gesicht, das sich als Antwort darauf abermals neigte und ihm nahe blieb, ganz nahe. Dies war das Siegel ihres Schicksals, und für einen langen, gesegneten, stillen Augenblick spürte er seinen Druck. Doch dann fand er seine Stimme wieder. »Aber woher hast du gewußt –?«

»Ich war so unruhig. Du wolltest doch kommen ... und du hattest keinerlei Nachricht geschickt.«

»Ja, ich entsinne mich. Ich wollte um eins bei dir sein.« Dies erinnerte an ihr ›altes‹ Leben und Verhältnis – das so nah

und doch schon so fern war. »Da war ich noch ganz in diesem fremden Dunkel – aber wo war das nur, was war es? Ich muß sehr lange dort gewesen sein.« Er konnte über die Tiefe und Dauer seiner Ohnmacht nur staunen.
»Schon seit gestern nacht?« fragte sie mit einem Anflug von Furcht, indiskret zu erscheinen.
»Seit heute morgen – ja, es muß Morgen gewesen sein, kalte, graue Morgendämmerung. Wo war ich nur?« sagte er leise, klagend, »wo war ich nur?« Er spürte ihre Hände, die ihn festhielten, und es war ihm, als vermöchte er dadurch befreit zu stöhnen. »Was für ein langer, dunkler Tag!«
Voll zärtlicher Rücksicht wartete sie einen Augenblick. »In der kalten, grauen Morgendämmerung?« fragte sie dann.
Aber er dachte bereits weiter, fügte die einzelnen Mosaiksteine des Wunders aneinander. »Als ich nicht kam, bist du direkt hierher –«
Diesmal zögerte sie nicht. »Zuerst bin ich in dein Hotel gegangen, aber dort sagte man mir, du seiest nicht da. Du habest gestern abend auswärts gegessen und seist seither nicht zurückgekehrt. Offenbar wußten sie jedoch, daß du im Klub gewesen bist.«
»Und dann hast du daran gedacht –?«
»An was?« fragte sie schnell.
»Nun – an das, was passiert ist.«
»Jedenfalls nahm ich an, du seiest hier. Ich wußte ja die ganze Zeit schon«, sagte sie, »daß du immer hierhergingst.«
»Du wußtest es?«
»Ich dachte es mir zumindest. Wenn ich auch seit unserem Gespräch vor einem Monat nichts mehr darüber gesagt habe, so war ich mir meiner Sache doch ziemlich sicher. Ich wußte, du würdest –«, erklärte sie.
»Ich würde darauf bestehen, meinst du?«
»Ihn zu sehen.«
»Aber ich habe ihn ja nicht gesehen!« schrie Brydon auf. »Da

war zwar einer, ein scheußliches Untier, das ich zu meinem eigenen Entsetzen gestellt habe. Aber es war nicht ich.«
Und wieder beugte sie sich über ihn, und ihre Augen blickten in seine Augen. »Nein – du warst es nicht.« Solange ihr Gesicht über ihm schwebte, war es ihm, als hätte er einen bestimmten, von einem Lächeln verwischten Sinn darin erkennen können – wäre es ihm nicht so nah gewesen. »Nein, dem Himmel sei Dank!« rief sie und wiederholte: »Du warst es nicht! Aber so sollte es doch auch gar nicht sein.«
»O doch«, beharrte er sanft. Und er starrte vor sich hin wie nun schon seit so vielen Wochen. »Ich wollte mich doch kennenlernen.«
»Das konntest du nicht«, entgegnete sie tröstend. Und dann griff sie wieder zurück, als wollte sie Rechenschaft über ihr Verhalten ablegen. »Aber es war nicht nur, daß du nicht daheim warst. – Ich habe bis zu der Stunde gewartet, zu der wir damals Mrs. Muldoody hier angetroffen hatten; und sie kam, wie ich dir erzählt habe, in genau dem Augenblick, da es mir nicht gelungen war, jemanden herauszuklingeln, und ich verzweifelt auf der Treppe stand. Wenn sie nicht zu meinem Glück doch noch gekommen wäre, hätte ich schon Wege gefunden, sie aufzutreiben. – Aber das war es nicht«, sagte Alice Staverton, wieder mit dieser bedeutsamen Anspielung, »das war es nicht.«
Im Liegen wandte er ihr den Blick zu. »Was war es dann?«
Nun endlich beantwortete sie die Frage, die sie aufgeführt hatte.
»In der kalten, grauen Dämmerung, sagtest du? Nun, in genau derselben kalten, grauen Dämmerung dieses Morgens habe auch ich dich gesehen.«
»Du hast mich gesehen?«
»Ihn gesehen«, sagte Alice Staverton. »Es muß im selben Augenblick gewesen sein.« Einen Moment lag er sinnend – als wollte er sich konzentrieren. »Im selben Augenblick?«

»Ja – abermals im Traum, dem gleichen, von dem ich dir schon erzählt habe. ›Er‹ ist wiedergekommen. Da wußte ich, daß dies ein Zeichen war – daß er auch zu dir gekommen war.«

Brydon richtete sich auf; er mußte sie deutlicher sehen. Sie half ihm, da sie seine Absicht erriet, und er setzte sich, wobei er sich auf die Fensterbank stützte und mit der Rechten ihre Linke umklammerte.

»Er ist nicht zu mir gekommen.«

»Du selbst bist zu dir gekommen«, sagte sie mit schönem Lächeln.

»Ja, ich bin zu mir gekommen – dank dir, Liebste. Aber dieses Ungeheuer, dieses entsetzliche Gesicht – dieses Untier ist nichts als ein Fremder. Er hat nichts mit mir zu tun und ist auch nicht so, wie ich hätte sein *können*«, beharrte Brydon weiter.

Sie jedoch behielt ihre Klarheit. »Geht es denn nicht nur darum, daß du anders gewesen sein würdest?«

Er knurrte unmutig.

»So anders wie dieser –«

Ihre heller Blick wirkte wie Balsam. »Aber du hast doch genau wissen wollen, *wie* anders. Und so bist du mir heute morgen auch erschienen«, schloß sie.

»Wie er?«

»Ein Fremder!«

»Woher hast du dann gewußt, daß ich es bin?«

»Weil ich, wie ich dir schon vor Wochen erzählt habe, immer wieder im Geist, in der Phantasie überlegte, was du hättest werden und nicht werden können – dies nur, um dir zu zeigen, wie sehr ich an dich gedacht habe. Und mitten in diesen Überlegungen kamst du zu mir – und meine Frage war beantwortet. So wußte ich also Bescheid«, fuhr sie fort, »und glaubte, da die Frage auch dich so beschäftigte, wie du mir damals erzählt hast, daß du ebenfalls eine Antwort fändest. Und als ich ihn nun heute morgen abermals sah, da wußte ich, daß ich ihn sah, weil du ihn gesehen hattest – und ich spürte auch augenblicklich, daß du mich brauchtest. Er selbst schien es mir zu sagen. Warum also«, meinte sie abgründig lächelnd, »sollte ich ihn nicht gern haben?«

Spencer Brydon schnellte auf. »Du hast dieses Scheusal gern?«

»Ich hätte ihn gern haben können. Und für mich«, erklärte sie, »war er kein Scheusal. Ich hätte ihn akzeptiert.«

»Akzeptiert?« fragte Brydon verstört.

»Vorher – aus Teilnahme an seinem Anderssein, ja. Und weil ich ihn nicht verleugnet habe, weil ich ihn erkannte – was du schließlich, als du seinem Anderssein gegenüberstandest, grausamerweise nicht getan hast, mein Lieber –, ja, siehst du, darum konnte er mir nicht so greulich erscheinen. Und vielleicht hat es ihm sogar gutgetan, daß ich ihn bemitleidet habe.«

Sie stand neben ihm und hielt immer noch seine Hand, wobei sie ihn mit dem Arm stützte. Aber da ihm alles nur langsam dämmerte, grollte er: »Du hast ihn bemitleidet?«

»Er war so unglücklich, so entstellt«, sagte sie.

»War ich vielleicht nicht unglücklich? Bin ich nicht – sieh mich doch an! – entstellt?«

»Ich habe ja nicht gesagt, daß ich ihn lieber mag«, gab sie nach kurzem Nachdenken zu. »Aber er ist verbittert, erschöpft – er hat so viel mitmachen müssen. Er behilft sich, um besser sehen zu können, nicht wie du mit einem charmanten Monokel.«

»Nein«, rief Brydon einsichtig. »*Downtown*, im Geschäftsviertel, hätte ich das meine auch nicht tragen können. Sie hätten mich ausgelacht.«

»Seinen riesigen Zwicker mit den starken Gläsern – ich habe ihn gesehen –, brauchte er für seine armen, ruinierten Augen. Und seine arme rechte Hand –«

»Ach!« stöhnte Brydon – ob seiner bewiesenen Identität

oder seiner verlorenen Finger? Dann aber rief er heiter: »Er hat eine Million im Jahr. Aber er hat nicht dich.«

Und als er sie sanft an seine Brust zog, flüsterte sie: »Ja – und er ist nicht du!«

Dino Buzzati

Die Tatarenwüste

Roman

Ullstein Buch 3362

ein Ullstein Buch

Die Besatzung der Grenzfeste Bastiani, allen voran der junge Leutnant Drogo, fiebert dem langerwarteten Tatarenüberfall entgegen, der ihren harten Dienst erst rechtfertigen wird. Wann dürfen sie sich endlich bewähren?

Dieser Roman über ein Heldentum, das sich ohne Gegner erschöpft, wurde in alle Weltsprachen übersetzt und ist Buzzatis Hauptwerk. Als Parabel über den Sinn des Lebens weckt es Erinnerungen an Kafka und Camus.

Verfilmt mit Vittorio Gassman, Helmut Griem, Jean-Louis Trintignant, Max von Sydow.

M. Y.
Ben-gavriêl

Das Haus in der Karpfengasse

Ullstein Buch 20071

ein Ullstein Buch

Wie sich die Karpfengasse nicht von den übrigen stillen und winkligen Straßen der Prager Altstadt unterscheidet, so fällt auch das Haus Nr. 115 durch nichts Besonderes auf. Nie hätten seine Bewohner, die da – jede der sieben Mietparteien für sich – ihr kleinbürgerliches Durchschnittsleben führten, es für möglich gehalten, daß die Geschichte sie an einem einzigen Tag aus ihrer engen Welt herausreißen könnte. An jenem historischen Tag beginnen die Ereignisse, die M. Y. Ben-gavriêl in dieser Chronik erzählt. Er versteht es, Menschen voll unheimlicher Lebendigkeit zu zeichnen. Sie leben am Rand jener Zeit, deren Gesamtbild zusammenzusetzen dem Leser selbst überlassen bleibt. Man sieht nur ihre Auswirkungen und erkennt erschüttert den Sog der Geschichte in diesen mosaikartig nebeneinandergesetzten Schicksalen.

John Fowles

Der Ebenholzturm

Eine Geschichte

Ullstein Buch 3440

ein Ullstein Buch

»John Fowles ist als Erzähler ein überlegener Arrangeur. Jeder Handgriff sitzt, jedes Wort ist an seinem Platz ... Eine Landschaft aus Menschentürmen.«

Frankfurter Allgemeine Zeitung

Henry James

Bildnis einer Dame

Roman

Ullstein Buch 30121

ein Ullstein Buch

In seinem Meisterroman hat Henry James eine der klassischen Frauengestalten der Weltliteratur geschaffen. Er erzählt die Schicksals- und Charaktergeschichte einer jungen kapriziösen Amerikanerin, Isabel Archer, die zum erstenmal nach Europa kommt und die finanzielle Unabhängigkeit, die sie einer unerwarteten Erbschaft verdankt, nutzen will, die »große Welt« zu erleben. In Florenz lernt sie Gilbert Osmond kennen, einen Amerikaner, der ihr all das zu verkörpern scheint, was ihre romantische Vorstellung von europäischer Kultur umschließt. Sie heiratet ihn und wird unglücklich mit ihm. Obwohl sie ihren Irrtum bald einsieht, bleibt sie bei ihrem Mann: Sie nimmt das Leid ihrer Ehe an und entsagt damit bewußt ihrem Traum von Selbstverwirklichung und Freiheit.